U0661074

焚舟纪

[英] 安吉拉·卡特 著

严韵 译

南京大学出版社

目录

Introduction

前言

前言

撒尔曼·拉什迪

我最后一次造访安吉拉·卡特是她死前几周，当时她尽管病体相当疼痛，仍坚持打扮起来与我喝茶。她眼神闪亮，坐得直挺挺，侧着头像只鹦鹉，讽刺地撮起嘴唇，认真开始午茶时刻的重要正事：说和听最近的肮脏八卦，言词犀利恶毒，态度热烈。

她就是这样：有话直说，尖锐刺人——有一次，我结束了一段她并不赞同的感情，她打电话给我说："好啦。从今以后你会更常听到我的消息。"——同时又有礼得足以克服致命病苦，来一场冒充斯文的正式下午茶。

死亡真的令安吉拉火大，但她有一项安慰。癌症来袭前不久，她才刚保了一笔"巨额"保险。想到保险公司没收几次费便得付出一大笔钱给她家的"男孩们"（丈夫马克，以及儿子亚历山大）她就非常愉快，并为之发出一连串黑色喜剧式的自鸣得意咏叹调，让听的人要不笑都很难。

她仔细计划了自己的丧礼，分配给我的任务是朗读马维尔的诗作《一滴露水》。这令我很惊讶。我所认识的安吉拉·卡特是最满口粗话、毫无宗教情操、高高兴兴不信神的女人，然而她却要我在她葬礼上朗诵马维尔对不朽灵魂的沉思——"那滴露，那道光／自永恒之日的清泉流淌"。这是否是最后一个超现实的玩笑，属于"感谢上帝，我到死都是无神论者"那一类，或是对形上诗人马维尔充满象征的高蹈语言表示敬意，来自一位自身别具风味的语言也很高蹈、充满象征的作家？值得一提的是马维尔诗中并没出现任何神明，只有"全能的太阳"。也许总是散发光芒的安吉拉要我们，在最后，想象她消溶在那更大之光的"辉耀"中：艺术家变成了艺术的一部分。

然而，她这个作家太富个人色彩，风格太强烈，不可能轻易消溶：她既形式主义又夸张离谱，既异国奇艳又庶民通俗，既精致又粗鲁，既典雅又粗鄙，既是寓言家又是社会主义者，既紫又黑。她的长篇小说与众不同，从《新夏娃的激情》的跨性别华彩花腔到《明智的孩子》的歌舞厅康康舞无所不包；但我想，她最精彩的作品还是短篇小说。在长篇小说的篇幅中，那独特的卡特语调，那些抽鸦片者般沙哑、时有冷酷或喜剧杂音打岔的抑扬顿挫，那月长石与假钻石混合的绚丽与胡话，有时会让人读得筋疲力尽。在短篇小说中，她则可以光彩炫惑飞掠席卷，趁好就收。

卡特几乎一出手的作品就有完整自我风格，她早期的短篇小说《一位非常，非常伟大的夫人居家教子》已经充满卡特式的母题。其中有对哥特风、华丽语言及高蹈文化的喜爱，但也有低俗的臭味——掉落的玫瑰花瓣声音听起来像鸽子放屁，父亲满身马粪味，而且大便之前"人人平等"；还有作为表演的自我：散发香水气息，颓废，慵懒，情欲，变态——很像她倒数第二部长篇小说《马戏团之夜》的女主角菲弗丝。

另一早期短篇《一则维多利亚时代寓言》，宣告了她对语言一切奥义的上瘾沉迷。这篇与众不同的文本半是不知所云半是《微暗的火》①，开棺挖掘出过去寡欢高地村庄——那种村庄，如她在《染血之室》的《狼人》中所说，"天气冷，人心冷"。这些卡特国度的村庄四周满是狼嗥，其中有许许多多的变形。

卡特的另一个国度是游乐场，那世界充满耍把戏变花招的表演者、催眠师、骗子、傀儡戏班主。《紫女士之爱》把她封闭的马戏世界又带到另一个中欧高山村庄，那里的人将自杀者视同吸血鬼（大蒜串，穿心木桩），还有真正的巫师在森林里"施行远古的兽性邪乱仪式"。一如卡特所有的游乐场作品，"丑怪才是正常"。强势的木偶"紫女士"是道德家的警告——她起初为娼，最后变成木偶，因为她"任凭色欲之线操控"。她是小木偶匹诺曹的女性、性感、致命改写版，跟《主人》里变成大猫的女人一样，都属于安吉拉·卡特如此偏爱的许许多多"贪求无餍"的黑暗（也包括浅色发肤）女士。在她第二本合集《染血之室》中，这些烈性女士继承了她的虚构世界。

《染血之室》是卡特的代表杰作，在这本书里，她高蹈、热烈的模式完美契合故事的需求。（若要看最佳的庶民低阶卡特，请读她最后一部长篇小说《明智的孩子》；但尽管该作充满夸张谐趣和大量莎士比亚喜剧元素，她最可能流传久远的作品还是《染血之室》。）

与书同名的中篇作品，或者说序曲，以经典的大木偶戏展开：天真无辜的新娘，结过好几次婚的百万富翁新郎，孤独兀立在消退海岸的城堡，一个藏有可怖秘密的房间。无助的女孩与文明的、颓废的、杀人的男人：这是卡特对"美女与野兽"此一主题的第一变奏，还加上一道女性主义的转折——童话故事中，美女为了救软弱

---

① *Pale Fire*，纳博科夫作品。——译注（本书注释若无特别说明，均为译注。）

的父亲而同意去见野兽，这里则是不屈不挠的母亲赶去拯救女儿。

这本合集里，卡特的神来之笔在于用美女与野兽的寓言作为性关系中无数渴望与危险的隐喻。有时美女较强，有时野兽较强。在《师先生的恋曲》中，野兽的命得靠美女来救；而《老虎新娘》中的美女自己也将被情欲地转变为美丽动物："他每舔一下便扯去一片皮肤，舔了又舔，人世生活的所有皮肤随之而去，剩下一层新生柔润的光亮兽毛。耳环变回水珠……我抖抖这身美丽毛皮，将水滴甩落。"仿佛她整个身体都被开苞，变成一样新的欲望工具，让她得以进入一个新的（"动物"的意思除了老虎也包括性灵）世界。然而《精灵王》中美女与野兽无法和解，这里没有疗愈，没有服从，只有报复。

此书还包括其他许多绝妙的古老故事：血与爱永远紧密相连，加强并贯穿每一篇作品。在《爱之宅的女主人》中，爱与血在吸血鬼身上合而为一：美女变成怪物，变成野兽。在《雪孩》中，我们来到童话故事的领域，有白雪、红血、黑鸟，还有一个又白又红又黑的女孩，依伯爵的愿望而生；但卡特的现代想象力知道，只要有伯爵就会有伯爵夫人，后者是不会容忍梦幻敌手的。两性战争也在女人之间进行。

小红帽的到来，使卡特对《格林童话》的精彩重新创造变得更加完整且完美。如今我们看到一个令人震惊的激进假设：外婆可能就是大野狼（《狼人》）；或者同样令人震惊，同样激进的是，女孩（小红帽，美女）也很可能无关道德，跟大野狼／野兽一样野蛮，可能以自己具有猎食威力的性别和情欲狼性征服大野狼。这是《与狼为伴》的主题，而看过安吉拉·卡特与尼尔·乔登合作、串连了她好几篇狼作品的电影《与狼为伴》，让人更渴望看见她不曾写出的完整长篇狼小说。

《狼女艾丽斯》提供了最后一种变形。这里没有美女，只有两头野兽：吃人的公爵，还有被狼养大的女孩，她自以为是狼，成熟为女人之际受自己染血之室的神秘——也就是说，她的经血——吸引，从而获致自我了解的知识。除了血，她另一个了解自己的途径是让房屋看起来不亲近的镜子。

> 终于，壮阔的山脉也变得单调……他转过身，长久注视那座山。他在山里住了十四年，但从没这样看过它，以一个并未对此山熟悉得几乎像是自己一部分的人的眼光……他向山道别，看着它变成布景，变成某个乡野老故事的奇妙背景画片，故事说的是一个被狼奶大的小孩，或者，说的是被女人养大的狼。

在卡特最后一篇狼故事，即《黑色维纳斯》的《彼得与狼》中，她告别了那山区国度，意味着，就像故事中的主角，她也已"大步向前，走进另一个不同的故事"。

这第三本合集中有篇妙想天开的幻想作品，对《仲夏夜之梦》做出沉思，早于（且优于）《明智的孩子》里的一段。在这篇小说中，卡特的异国风味语言发挥得淋漓尽致——这里有微风"甜蜜多汁如芒果，神话诗般爱抚着蔻拉曼德海岸，在那斑岩与青金石的印度沿海"。但一如往常，她深具讽刺意味的常识将故事一把拉回地面，不至于消散成一团细致轻烟。这座梦中林——"离雅典一点也不近……事实上……位于英格兰中部某地，可能靠近……布雷齐理"——潮湿又积水，小仙子都感冒了。而且，从故事发生的年代至今，这树林已被砍掉，腾出空间盖公路。卡特把《仲夏夜之梦》的树林与格林兄弟"那种死灵魔法黑暗森林"对比铺陈，使这莎士比亚主题的优雅赋格曲变得更加璀璨。最后她提醒我们，森林是个吓人的地方，迷失其中就会变成怪物和女巫的猎物。但在树林里，"你故意走岔路"，这里没有狼，树林"对恋人是友善的"。英国与欧洲童话的不同之处就此有了令人难忘的精确定义。

然而，《黑色维纳斯》及之后的《美国鬼魂与旧世界奇观》大多避开幻想世界，卡特的改写想象力转向真实，兴趣偏向描绘而非叙述。这两本后期合集中最佳的作品是人物描绘——波德莱尔的黑人情妇湘·杜瓦，艾德加·爱伦·坡，还有两篇莉兹·波登的故事，一篇讲的是远在她"拿斧头"之前的事，另一篇是案发当天的莉兹，那一天被以缓慢、慵懒的步调描述得精确又仔细——热浪来袭时穿太多衣服会有什么后果，还有吃热过两次的鱼，两者都是原因的一部分。然而在这层超级写实的表面下，却有《染血之室》的回音，因为莉兹做出的是血腥举动，而她又正值经期。她的生命之血流出，死亡天使则在附近树上等候。（再一次，如同那些狼故事，这让人渴望更多，渴望我们读不到了的莉兹·波登长篇小说。）

波德莱尔，爱伦·坡，莎士比亚《仲夏夜之梦》，好莱坞，杂剧，童话故事：卡特把自己所受的影响明显摆出，因为她是这一切的解构者、破坏者。她将我们所知的事物拿来打破，然后用她自己那尖锐刺人又有礼的方式加以组合；她的字句既新又不新，一如我们自己的字句。灰姑娘在她手中换回了原先的名字"扫灰娘"，是一则母爱造成的可怕残害故事中被火灼伤的女主角；约翰·福特的《可惜她是娼妇》变成另一个很不一样的福特执导的电影；而杂剧人物的隐藏意义——或者该说隐藏本质——也被揭露。

像打蛋一样，她为我们打开一则旧故事，然后在里面找到新故事，我们想听的现在故事。

世界上没有完美的作家。卡特的高空钢索特技在一片过分讲究的沼泽上方进行，在一片堂皇与渺小的流沙上进行；无可否认的，她有时候会掉下来，偶尔冒出难以自圆其说的花里胡哨古怪发作，而就算最热爱她的读者也会承认，她的某些布丁用了太多的蛋。太多"奇诡"（eldritch）这类的词，太多男人"富可敌国"，太多斑岩和青金石，可能会让某类纯粹主义者为之不满。但奇迹在于她的特技有多常成功，多常踮脚转圈而不摔倒，或者同时抛接好几个球而不漏掉任何一个。

有些不求甚解的人指控她"政治正确"，但她是最富个人色彩、最独立、最别具特色的作家；生前她被许多人斥为小众崇拜的边缘人物，只是一朵异国风情的温室花朵，但她如今已成为英国大学中最广受研究的当代作家——这项征服主流的胜利一定会让她高兴。

她还没有写完。就像伊塔罗·卡尔维诺，像布鲁斯·查特温，像雷蒙德·卡佛，她死在创作力正旺盛的时刻。对作家而言，这是最残酷的死亡：可说是一句话才讲到一半。这本全集里的作品正显示我们的损失有多大。但这些作品也是我们的宝藏，值得品尝与囤积。

据称雷蒙德·卡佛死前（他也是因肺癌过世）对妻子说："现在我们在那里了。我们在文学里了。"卡佛的个性再谦逊不过，但说这话的是一个知道——且一再被人告知——自己作品价值的人。安吉拉生前，她独特作品的价值没有受到那么多肯定，但她，现在也在那里了，在文学里，是永恒之日清泉的一道光。

Ⓘ
Early Works

早期作品

爱上低音大提琴的男人

据说，艺术家都有点疯。这种疯癫多少是他们自己创造出来的神话，让艺术创作者的小圈圈与凡夫俗子保持距离。然而在艺术家的世界里，刻意特立独行的人总是很尊重并敬佩那些有勇气真能有点疯的人。

众人对待大提琴手钱宁·詹姆森的态度便是如此——尊重加敬佩，因为毫无疑问，詹姆森是个不折不扣的疯子。

他受到其他乐手照顾，从不虞没工作做，没床睡，没烟抽或没啤酒喝，总有人帮忙处理那些他自己没法顾及的事。何况，他演奏大提琴的技艺确实非凡。

事实上，这一点也给他种下了麻烦。对他而言，那把大提琴，那把庞然、亮泽、丰润的大提琴，就是他的母亲、父亲、妻子、儿女兼情妇，他全心全意深爱着它，热情不曾稍减。

詹姆森是个寡言的小个子，头发日见稀疏，又大又重的眼镜遮住一双目光温和的近视眼。他和他的琴几乎形影不离，走到哪都背在背上，轻松自然像印第安妇女背着婴孩，但以他那瘦小孱弱的模样，这个婴孩可是太大了点。

大家管这琴叫劳拉。劳拉是全世界最美的低音大提琴，有着丰乳肥臀的女子身形，让人想起某些原始文化的大地母神雕像，流露最灿烂、最根本的女性特质，无需头或手脚那些不相干的细节。

琴身是红木，原就是温暖的栗色，加上詹姆森经常一连好几个小时擦拭打磨，更显出深沉润泽的光亮。巡回演出时，巴士上大家都忙着喝酒，吵架，赌博，只有他静静坐着，从黑色琴盒中取出劳拉，打开包裹着她的布，手势颤抖充满感情。然后他拿出一条专用的柔软丝帕开始擦拭打磨，脸上带着没来由的微笑，近视眼眨呀眨，像只快乐的猫。

乐团里的人向来把这琴当作女士看待，在咖啡馆里也开玩笑地请她一杯咖啡或茶。后来玩笑成了习惯，大家总是多点一杯饮料搁在她面前，没人会去动它，直到他们离开，冷掉的饮料仍原封不动放在桌上。

詹姆森上咖啡馆总是带着劳拉，但绝不带她去大众酒吧，因为她毕竟是位女士。要找詹姆森喝酒就得约在沙龙①，还要买杯菠萝汁请劳拉，不过如果场合特殊，她有时也肯破例喝杯雪利酒，比方圣诞节、某人过生日，或者谁的太太生了孩子。

但若有人对劳拉太献殷勤，詹姆森是会吃醋的。要是哪个男人态度太轻佻，比方随手拍打她的琴盒或者乱开玩笑，他会恨恨瞪向对方。

詹姆森只动手打过一次人，那次是个神经大条的钢琴手喝醉了，当着他的面开劳拉的黄腔，结果詹姆森打断了对方的鼻梁。因此大家从不在詹姆森面前开劳拉玩笑。

---

① 老式英国酒馆多分为大众酒吧（public bar）及沙龙（saloon）两种（有些酒馆则两者皆含，分为两区），前者摆设较简陋，消费较低廉，较为龙蛇杂处；后者较注重装潢、消费较高，较为隐密安静。传统上，出入这两类顾客群的阶级身份通常壁垒分明。

但在巡回演出途中，清纯无知的年轻乐手若不巧跟詹姆森分配到同一间房，总是会窘得无以复加，因此詹姆森和劳拉通常单独住一间房。小喇叭手杰夫·克拉克常背着詹姆森说他是名副其实跟艺术结了婚，还说改天大伙儿应该找家饭店替小两口订个蜜月套房。

但克拉克为詹姆森安排了一份好差事，在他那名为"西区切分音"的传统爵士乐团。尽管名称有点严肃，团员表演时可是穿戴着灰色高礼帽与燕尾服，而他们稀释版本的"西区蓝调"（加上新配的歌声）还曾打进过排行榜前二十名。

他们戴起灰色高礼帽非常滑稽难看，尤其是詹姆森。但乐团还是挺赚钱的。

然而要赚钱，就得日复一日搭着绿线巴士改装的游览车全国四处赶场，每个地方都只待一晚；要赚钱，就得在谷物市集、市镇公所、酒吧里油腻腻的场地表演。随之而来的是永远累到骨子里的倦意，还有永远不缺的现金和名气，全团都爱死了这种生活，满心疯狂欢欣。

"传统爵士乐不会一直这么红下去，所以咱们要及时行乐！"单簧管手连恩·尼尔森说。

他性好渔色得无可救药，他所谓享受传统爵士乐此时的荣景，就是在乡下俱乐部勾引来听他们演奏的追星少女，把她们带到旅馆房间干一场。他爱死了名利双收的生活。其他人虽没他这么夸张，但也都乐在其中。

当然，只有詹姆森例外，他根本没注意到传统爵士乐正当红，人家叫他演奏什么他就演奏什么。只要拉出的琴音不至于让劳拉生气，他其实并不在乎拉什么曲子。

十一月某个夜晚，他们预定在东盎格利亚 ① 纷岚荒野的一个小镇演奏。下午天就黑了，雾气填满沟渠，盖住剪去树梢的柳树。乐团巴士沿着一条笔直的路往前开，一路不曾转弯也毫无坡度，终于来到要演出的爵士俱乐部。众人下车，黑暗像被雨淋湿的毛毯披覆在他们肩上。

"他们知道我们要来吗？"鼓手戴夫·简宁斯不安地说。酒馆里毫无灯光。

关闭的大门上钉着一张卷了边的海报，广告他们要来演出的消息，但纷岚荒野的连绵多雨使海报纸变得又湿又软，几乎看不清上面写着："周五夜晚尽情欢乐——欢乐、精彩、畅销又快活的'西区切分音'来此表演"。

"唔，只是还没到酒馆开门的时间。"连恩·尼尔森安慰道。

"这才更糟啊。"简宁斯嘟囔。

"他们当然知道我们要来。"杰夫笃定地说。"这家俱乐部好几个月前就跟我们预约了，早在我们出唱片之前。所以我们才会接受，跑来这么个鸟不拉屎的地方表演，不是吗，赛门？"

乐团经理赛门·普莱斯是犹太人，曾是失意的高音萨克斯风手，跟着团员四处巡回，怀念自己以前当乐手的日子。此时赛门瞪着酒馆，眼神明亮而恐惧。

"我不喜欢这里，"他说着打了个寒噤，"空气里有种不对劲的感觉。"

"妈的湿气太重了啦。"尼尔森咕哝着。"我敢说这里的妞脚上都长了蹼。"

"别来神秘东方那一套了。"杰夫冲赛门说。

_____

① 英格兰中部以东一带，范围约等于今诺福克与苏福克二郡。

赛门只顾猛摇头，打寒噤，尽管他身穿又长又大的开司米羊毛大衣，大片衣领还高高竖起。他总是打扮得像舞台上的犹太人，把自己的种族当成道具，装出一口浓重的意第绪口音，尽管他家族在曼彻斯特落地生根将近一百五十年，早已是当地资产阶级的中坚分子。

但此时酒馆老板出现了，负责打理俱乐部的两个中学六年级男孩也来了，众人置身在啤酒、闲谈、暖意和笑声中。詹姆森非常担心湿气会伤到劳拉，让她琴身变弯，琴弦生锈；为了劳拉健康着想，詹姆森容许其中一个男孩——大伙儿叫他"少年戴维"——请她喝杯兰姆酒加柳橙汁。少年戴维一头雾水，尼尔森和简宁斯悄悄把他拉到角落解释了一番。

但赛门尖细敏感的鼻子几乎在颤动，闻出潮湿空气中有些不对劲，有麻烦。东盎格利亚的空气对他的肺不好。少年戴维正在说明他们的俱乐部。

"说实在的，这儿的顾客有点老派，不过也有人特地远道而来——甚至有念艺术的学生，一些时髦年轻人，还有穿皮夹克、骑摩托车的客人大老远跑来。但是本地观众嘛，唔，他们还在留鬓角，穿天鹅绒衣领的外套哪！"

乐手哄笑表示难以置信，男孩立刻不好意思起来，买了更多酒请大家喝，掩饰自己的困窘。今晚团员就在酒馆过夜，这地方虽然外表不起眼，但确实有些客房可住。赛门悄悄离开吧台，去房里摸摸床单，是潮的。他的喉咙立刻感同身受地痒了起来。

詹姆森也背着劳拉悄悄离开，来到后面供演奏、跳舞的房间，打开琴身的包布，在寒冷中抱着它坐下，用丝帕抚拭。这场地等待着俱乐部开门，线条寒酸的椅子静静等着，供乐手演奏的小小舞台也等着。

但夜色中有种强烈的不安，乐手们也感觉到了，于是他们的笑声带有叛逆意味，试着用欢笑吓走不安。可是徒劳无功。年轻的东道主也感染了这股沮丧沉默，最后大家只是呆坐在那里喝酒，因为没别的事可做。但詹姆森很高兴，只有他一个人高兴，远离众人独坐，有劳拉倚在他双膝间。

团员逐渐聚集在狭小舞台上，第一批客人也来了，闲站着喝第一杯苦啤酒①。乐声响起，客人被动地等在一旁，等哪一对外向的男女率先开舞。

这些早到的客人是很容易辨识的类型，男生穿着浅色宽松毛衣，V型领口随意塞着草履虫花纹丝巾，女生的打扮则仿照"垮掉的一代"，穿着黑色或网纹细密的长袜，宽松洋装滚了一层又一层荷叶边。这些是本地医生、教士、教师、退役军人的子女，大概就快要从学校毕业，习惯穿粗绒呢外套，开老旧的车，常喜欢收集画有古董车的陶瓷小烟灰缸。

就在第一段演奏快要告一段落时，一个打褶短裙配黑袜的女生和一个穿斜纹骑兵裤的男生壮起胆子，吃吃笑着下场跳舞，他们的模样是那么羞怯扭捏，乐手们不禁互相眨眼偷笑。人渐渐愈来愈多，有附近镇上的艺术学生，对蹩脚模仿他们的小资产阶级嗤之以鼻；有一群头发剪得短短的现代派，也是远道而来。现代派那群人鼻子又挺又尖，身穿意大利西装，女伴则打扮得仔细正式，一张张风格化的脸孔，脸颊和嘴唇苍白，眼睛画得鲜明，一丝不乱的头发用发胶喷得硬邦邦。

现代派那群人揶揄赛门，赛门待在收门票的桌子旁，因为那两个负责的男孩太年轻了，他替他们担心。现代派那群人开团员灰礼

帽和条纹长裤的玩笑，对"西区蓝调"抱着优越施恩的态度，事实上他们对整个传统爵士乐都抱着这种态度，言下之意是，他们今晚来这里只因为恰好没别的事可做。赛门带着职业性的温暖微笑，不知自己敢不敢溜到别处给喉咙喷点药。

但他的眼睛猜疑地眯了起来，因为透过敞开的门看见一群年轻人在酒馆外停摩托车。他们脱下安全帽放在车下，白色安全帽微微发亮，像蘑菇或刚生的蛋。然后那些小伙子走过来，塑料夹克吱嘎作响，赛门亲自帮他们脱下夹克，不安地看着他们在吧台旁争抢棕麦酒。

"哪，比起你那些现代派朋友，他们会惹的麻烦可少多了。"少年戴维告诉他。赛门叹口气。

"你大概不会刚好有颗阿司匹林什么的吧——还有，如果可能的话，哪里可以弄杯热牛奶？"

俱乐部里，浓重的烟雾使本已够暗的灯光更加微弱，室内呈现半黑暗状态。手腿挥动，啤酒四洒，震天价响的音乐简直像一堵实质可触的墙。"西区切分音"又将完成一场成功的表演。

但穿皮夹克那些人没有融入欢闹的群众，自顾自占了一个角落，也不跳舞，只拿着啤酒站在那里笑。

乐手们演奏，流汗，趁空喝口苦啤酒提神，解开丝质背心和黑领结，擦擦被高礼帽勒出红痕的额头。又是一场一如往常的表演。

直到一个穿紧窄贴身橄榄绿洋装的瘦女生跳舞时撞到身后一个穿皮夹克的，皮夹克的啤酒全泼在她屁股上。她气冲冲转过身，皮夹克满腔讽刺地道歉，她更生气了，向穿短外套的时髦男伴抱怨，皮夹克们则站在那里一脸鄙夷。

"你不打算跟这位小姐道歉是吧，老兄？"女生的舞伴在音乐声中大喊。

皮夹克们包围过来，像出了鞘的弹簧刀。一张张垮着下巴的苍白脸孔看来全一样，全都同时咧嘴而笑。

"就算我不特别想道歉，又怎样？我的啤酒可也全浪费了啊。"

一群意大利小伙子抛下女伴，聚在橄榄绿女生男伴的身后表示声援。事情就这样开始了。争执愈来愈激烈，双方大动干戈，变成一团吵嚷、喊叫、扭打，暗蒙蒙室内满是挥舞的拳脚和摔碎的酒瓶。一只酒瓶砸破了室内唯一的、漆成红色的电灯泡，四周陷入令人惊恐的黑暗。混乱中，两个皮夹克朝乐手发动攻击，后者正惊叫着点燃小小火柴，想稍微看清战况。

"我们都打进排行榜前二十名了，居然还会碰上这种事！"赛门惊得喘不过气。

保守党青年匆匆冲过，赶去保护受惊的苏珊、布兰达和珍妮弗们，艺术学生则安然挤在门边吃吃笑。穿紧身裙的泰迪飞女[1]不再一副无动于衷模样，伐齐丽[2]一般涌入战局为战士加油打气，神色激奋的脸孔在吧台传来的微弱光线中忽隐忽现。

此时乐手们抛开了礼帽、乐器和中立态度。赛门看见连恩·尼尔森——在间歇光线中显得跳动不稳，像早期电影里的人物——跳下舞台，抓住一个意大利青年完美无瑕的窄衣领拼命摇晃个不停，直到对方张开嘴嚎叫起来。

"以前从没发生过这种事！"少年戴维急疯了，拼命道歉。四处都是摔砸破裂声，酒馆老板也出现了，浑身发抖。赛门把他带到沙龙，拿出自己的苏格兰威士忌给他压惊。

"跟以前挺像的，在我们成名之前。"尼尔森边喘气边护卫麦

---

[1] teddy boy/girl 是英国五六十年代的一种次文化衣着风格，与早期摇滚乐相关，被视为倾向暴力的不良少年。

[2] Valkyrie，北欧神话中主神 Odin 的侍女，负责迎接战士死后英灵进入天国殿堂。

克风。

但一切很快就结束了，有人喊了句警察，满屋人立刻跑得一个不剩，像浴缸拔了塞子水迅速流光，只剩下乐手们沉重的喘息、小小的胜利呼声和叹气。

"我会笨到打电话报警吗？"赛门问了个不需要回答的问题。大家都笑了，一起喝杯酒。

"对了，"一会儿有人说，"有没有人看见詹姆森？"

"灯光熄灭之后就没看到了。"

"哎呀，有什么关系？我要上床睡觉了。"赛门说。"我快要重感冒了，我感觉得出来。虽说上床睡觉也没多大好处，床单全都湿答答……"

然后他们就全把詹姆森抛到脑后，直到过了很久，众人一一回房，只剩杰夫和尼尔森还在楼下。两人喝得挺开心，决定去看看俱乐部场地的损害如何，于是从酒吧拿了个灯泡，装在原来红色灯泡的位置，眼前立刻出现满地碎玻璃、破椅子和一摊摊渗进地板的棕色啤酒。

杰夫陡然为之一醒，爬上舞台不安地翻看剩余的乐器。鼓和配件都奇迹似的没有损伤——他叹了口气——舞台上似乎没有东西受损。然后他发现一件可怕的事。在詹姆森和劳拉的位置，只剩下地板上一堆栗色木柴。

"哦，天哪。"他说。尼尔森被他的语调吓了一跳，抬起头来："詹姆森，我们该怎么告诉詹姆森？他的琴……"

他们站在那里看着劳拉残缺可悲的尸体，两人都感到被一根冰冷手指摸过，是惊异、惧怕和带着迷信的悲伤。突然间，不进大众酒吧的女士只剩下一堆不成形状的碎片。

"不晓得他知不知道？"尼尔森小声说。此时此刻大声说话似乎不应该。

"闹起来之后我就没再看到他。"

"就算他真的知道了，呃，在这种时候也该有人陪陪他，几个朋友跟他做伴……"

"也许他上楼回房了。"

他们问了酒馆老板，得知詹姆森房间在高高的阁楼，像个老旧的兔子窝。杰夫和尼尔森爬上一道又一道台阶，纷岚荒野的雾气渗进酒馆，模糊了他们的视线。此时夜已非常深，而且很冷，一种寒冽入骨的湿冷。然后所有灯光突然毫无预警地熄灭，尼尔森吓得紧抓住杰夫。

"连恩，没事啦，别紧张。一定是保险丝烧断之类的，不然就是线路有问题——这么老的房子，线路也老掉牙了。"

但他自己也吓坏了。两人都感觉有某种陌异的、几乎实质可触的东西在黑暗中，在脸颊上雾气的濡湿亲吻里。

"点个火吧，杰夫，快。"

杰夫点亮打火机，微小火焰却只更显出周遭的黑暗有多深沉。他们来到阶梯顶端的平台。

"到了。"

推开门，杰夫举起打火机。两人先是看见一把椅子翻倒在地，然后是廉价塔夫绸床单上打开的空琴盒，怎么看怎么像棺材。但劳拉不会躺在里面，尽管那正是她的。

在静止的一圈火光中，有双脚，轻轻地，前后晃动着，晃动着……杰夫高高举起打火机，他们终于看见詹姆森整个人，吊在已经不用的瓦斯管上，温和的脸孔已扭曲发黑。缠绕他脖子的是一条鲜艳丝帕，就是他多年来用来磨拭低音大提琴的那条。下方地板上有东西闪着光——是他的眼镜，掉落摔破了。

一股潮湿的风吹进开启的窗，立刻吞没打火机的火焰，只剩湮灭一切的黑暗，黑暗中别无声响，只有那缓缓的吱、嘎、吱。只有两个男子紧紧抓着对方的手，像害怕的小孩。

　　同一阵风从没装好的窗框缝隙钻进楼下一个房间，让赛门·普莱斯喉咙发痒，于是他咳嗽，在睡梦里不甚安稳地动了动身子。

一位非常，非常伟大的夫人居家教子

"我十几岁的时候，母亲教了我一样魔法，给了我一个护身符，让我掌握开启世界的钥匙。因为当时的我活在怖惧中，我太年轻，太害怕太多人——比方说话轻声细语、发出气音的人；电影院的带位小姐，那时候她们制服是宽大的丝绸睡衣，模样招摇又淫荡，讥嘲着我尚未觉醒的性意识；十一月，在空荡寂寞的巴士上层的世故男人，把冰冷双手按在我毫无防卫、才刚发育的乳房上。太多，太多人了。

"我母亲说：'孩子，如果这些人令你又惊又畏，你就想象他们坐在马桶上使劲费力的便秘德性，如此一来他们立刻会显得渺小，可悲，容易处理。'然后她低声对我说了一句伟大的宇宙真理：'大便之前，人人平等。'

"我母亲是个粗鲁的女人，老拿叉子剔牙，晚上还习惯脱下毛毡拖鞋，伸出一根手指仔细抠着趾缝间剥落的厚皮和污垢，抠得津津有味。但她很有智慧——是农民那种粗暴但充满生命力的智慧。"

女人的声音高而清晰，像汤匙轻敲玻璃杯召唤侍者，此时停顿，沉思片刻。她坐在角落仿佛凝结的一潭阴影中，只露出纤细无瑕长又长的双腿。

银钵里一朵红玫瑰，花瓣落在血色的桃花心木矮圆桌上，发出轻柔疲惫的微弱声响，像鸽子放屁。女人重新交叉双腿，窸窸窣窣的丝料映光闪现，像剪刀刀锋，剪断任何介于其中的东西。她继续叙述。

"我小时候一直很害羞，而且寂寞，在大家庭里——足足有二十三个小孩，其中十八个已经成年！——排行居中毫不起眼，住的地方也狭小寒酸，是我父亲马厩上的阁楼。啊！"她叫道："不知有多少个夜晚我躺在那里无法成眠，只有大灰马'花斑'轻柔的低鸣抚慰我！他腿上的长毛盖在蹄子上，就像法国哑剧的小丑衣袖。"

她再度停顿片刻，稍做回想，然后继续叙述。

"很悲哀也很吊诡的是，正因为我们家那么拥挤，总是不停有人来来去去，我反而更加与世隔绝。我很孤单，非常孤单，也非常怯生生，无法掌握自己作为一个完整个体的人格。

"我内向得濒临自绝，而在我家那一大团高涨的混乱中，只有外向到充满表现欲、暴露狂的行为才会受到注意。

"我记得有天晚上，某个弟弟——或妹妹，人是健忘的，健忘的——两只光着的小脚就这么踩进晚饭要吃的汤里，好让我父母注意到他有多需要新靴子。或者新鞋子，或者凉鞋，或者袜子……"

声音消逝，而后再度涌出，带着激切的悔憾。"重要的细节——却忘了！忘了！"但不久她又继续叙述。

"可怜的孩子，弟弟——或妹妹——膝盖以下几乎全烫伤了。那汤热滚滚的，里面有包心菜叶——那汤我却还记得。还有围坐在餐桌旁的脸，那么多，那么多张脸。那汤是那么让人吃不饱，很多时候我小小的肚子叫得像响葫芦，夜深人静时我会偷偷下楼去，伸手挖一点花斑那冒着热气的麦谷饲料，悄悄自己吃。

"事实上——虽然这实在算不上什么好事——母亲把我的名字

叫错了很多年，一直把我跟一个夭折的姐姐搞混。我那灰头发、浑身马粪味的父亲却是个讲求确实的人，在他那顶油腻的黑帽子里缝了一份我们所有小孩的名单（加上简短的描述），每次看到我都仔细叫出我受洗的名字，靠的是脱下帽子，关节粗大的手指沿着名单往下找，直到找到其中一段寥寥几字的描述符合眼前这个大眼睛、绑两根麻花辫的孩子。印象中，只有这种时候才见得到他脱下帽子。

"杰森，拿烟来。"

盘腿坐在她脚边的男孩一跃而起，消失在黑暗中，接着传来烟盒啪地打开、打火机嚓地点燃的声响。烟头红点在阴影中发亮，像表示警告的灯号——停——另一朵盛开玫瑰的花瓣颤抖，但没有掉落。

"我被迫缩回自己的世界，变成书呆子，踩着我那双已经穿裂的木屐走五里路到免费的图书馆去拼命读书，读、读、读，不管什么书都照读不误……我父亲拿着鹅毛笔往廉价墨水瓶里沾了沾，在他那份目录中我的名字旁费劲加上'金属框眼镜'。那是慈善机构捐的眼镜。我感觉丢脸极了。

"但我彻底沉迷于阅读。那些书对我而言是那么珍贵，我都把它们抱在心口，藏在教区捐献箱里捡来的破旧背心底下，但还隔着母亲缝在我们贴身衣服里保暖、每年秋天更换的那层报纸。

"我的心智在黑暗中像花朵般成长，但我觉得更加孤绝。我对精神层面事物的热爱、惊奇和不折不扣的渴望完全无法跟父母沟通——跟教师也一样，我恨他们，他们把我的脸困在金属框里：先是眼睛，然后是牙齿。

"在一分钱一根的蜡烛跳动摇曳的火光旁，我父亲又加上了'戴牙套'这项描述。或者那蜡烛是一便士一根？还是半便士的灯芯草蜡烛？人是健忘的——健忘的。"

她又短呼一声，然后继续叙述。

"日子继续过下去，一年又一年。月经的鲜红牡丹开了花，我的乳房像幼鸽逐渐成长。我发了场高烧，他们把我头发剪短了，让我惊奇又高兴的是，新长出来的头发多了柔和的鬈曲。

"我拿下眼镜和嘴里的牙套，在花斑的饮水槽里盯着自己的倒影，模糊看见一张白皙的脸和头上的金发。我觉得害怕，因为我原本是的那个孩子死了，死了，被一个我不认识的美女取代。

"杰森，点蜡烛。"

那男孩——苗条、纤细、金发白肤——擦亮火柴，分枝烛台上的蜡烛活了过来。

她的脸是一张绘就的美丽面具，蓝色眼影下是更蓝的眼，白皙脸颊精准画着圆形红晕，散发微光的发在闪烁的钻石头冠上堆起。而钻石的火般光芒再危险也比不上她的白皙乳房，领口低及乳头的绉绸黑袍在大腿处高高开衩。

她美得就像波提切利那幅著名画作中自浪涛升起的维纳斯，只是她的美更胜一筹。她美得就像罗浮宫那座著名的娜芙提提^①胸像，只是她的美更胜一筹。她美得就像出自著名大师米开朗基罗之手的少年戴维雕像，以静谧眼神凝视着米兰拥挤的交通，只是她的美更胜一筹。

她慢慢将香烟摁熄在坐椅扶手上一个满是灼痕的玛瑙烟灰缸里，继续叙述。

"十五岁时，我去公园散步。在划船的池塘里，我在半克朗一小时的小船上散发美丽光芒，与一个腰间缠布的小个子棕色男人辩

① Nefertiti 为古埃及法老王 Akhenaton（约 1350-1334 BC 在位）之妻，以美貌著称。

论我已深入研读的柏拉图作品，同时一直注视着涟漪水中自己的倒影。

"当我集中精神在自己的倒影上，我就是那个美丽的存在。我就是他者①。如此顿悟自己人格存在的奇迹令我感到昏晕，仿佛酒醉，转回头来要向我的同伴提出某个精辟论点——此时我那全新的自己就像披风般滑落，我哭了，结巴起来：又变成了十岁小孩。

"我跌跌撞撞奔回熟悉温暖的马厩，脸埋在花斑温暖的鬃毛里哭泣。此时我母亲从街上进来了，双手捧满从邻居垃圾桶捡来的马铃薯皮（只在没人看到的时候捡，她非常要强），要给花斑的麦谷饲料加点菜……母亲看见了我。

"'苏珊，'她说，'别哭哭啼啼了。'然后她愣住了，把手里的东西放在旁边一口装茶叶的木箱上，走到我身旁，近得我都能数出她鼻孔里的灰色鼻毛。她那双浑浊的眼睛湿了，流下眼泪。

"'可你不是我的苏珊啊！'她叫道，'我的苏珊没长到你这么大！'她把脸埋进围裙，哭得肩膀一抽一抽的。但我自私地用花斑的尾巴擦干眼泪，因为母亲终于认清楚我是谁了，我感觉到一股微弱的希望。

"杰森，捶膝盖。"

他立刻跪下，动手按摩她的膝盖，膝骨关节在他长长的手指下喀喀作响。一支蜡烛的火光一阵闪动，一时间她脸庞下半蒙上一道影子，像嘴唇上下多了黑色小胡子和尖尖髭须。

"'母亲，'我说，'我太害羞了。'印象中那是我这辈子第一次对她说话。我一直重复说着'母亲'，这词在我嘴里有种健康的感觉，就像面包配牛奶。"

---

① 本篇中以楷体字代表英文以外的原文，若无另加批注，皆为法文。

"她若有所思看着我，把围裙一角揉成一条清耳屎。然后她给了我那道配方，照亮了我的人生。

"'只要你想象他们坐在马桶上便秘费力的样子，那些自以为了不得的王八蛋就会变得无助又可悲。'她说。

"'大便之前，人人平等。'

"这句话带给我极大的启示。我立刻冲向世界，再也不回头，牢记着这句话，以它作为人生指标。

"然后世界就像牡蛎，任我撬开享用，杰森！"

她的声音响亮，像黄铜小喇叭突然吹起。那朵盛开玫瑰终于崩散，几乎有如沉默的喝彩。女人的美强烈得近乎缺陷，因为那美实在离凡人常理太远。她膝盖的骨头互相挤压，发出轻微的咕哝声。

仿佛追忆着朦胧、轻柔、芬芳、久远的事物，她喃喃说道（与其说是对男孩讲，更像是自言自语）："啊，杰森，那些伟人的孩童大腿和婴儿屁股。你可以停手了。"

他退下。她凑着烛火点起另一根烟。他眨着眼，一手掠过头发，烛光照亮他的牙套，把他金属框眼镜的镜片照成两潭刺眼的光。他朝后退，撞上落满一摊血红花瓣的桃花心木桌。

"杰森，"她锐声问道，"你为什么盯着我看？杰森？"

他咳嗽，不安地动了动，光脚趾在厚地毯上一缩一伸。

"杰森？"问得更急了。

"那你坐马桶的样子是不是也很可悲，母亲？"

香烟自没了神经的手指间落下，她张开又闭上嘴，但发不出声音。她朝前扑倒在地毯上，仿佛一棵砍断的树，动也不动。

男孩走出门外，大笑着消失在夜色中。

一则维多利亚时代寓言（附词汇对照）

村里，噎着碗

鸦巢

大堆嫁妆中，这儿有唱歌的鸡和拖把妞在献宝，那儿有戴帽子的在危险鼓里库着自己的长长短短。

在每一条使你磕和挤挪儿里，刮骨头的、乱毛的、打哆嗦的、钓鱼的、装可怜的、劈特拉的①、西贝乞丐②和带着姘头的鞭子杰克③，下了海盗船，来诓人，诈人，吃人。

一个瘸吉尔斯④惹火了割喉咙的⑤，落得杰米⑥血淋淋；扒帕的拐⑦领巾、鸟眼纹手巾、blue billies and Randal's men。

---

① 文中有许多原无批注、又远非今日通用英语的字词词组，尽量直接意译是一种做法，但译者也希望保留原文的突兀陌生、难以卒读感，因此其中一些斟酌加以批注，而不直接译成容易了解的名词。此处"劈特拉"指偷车辆上行李的贼。
② 西贝，贾（假）也，这里指假扮乞丐趁乱扒窃的小贼。
③ 鞭子杰克指冒牌水手，姘头是他号称自船难中救起的女子。
④ 跛脚的人。圣吉尔斯是跛脚者的守护圣人，故名。
⑤ 以杀人或其他暴力行为为业的恶棍。
⑥ 脑袋。
⑦ 偷。

在圣地①一个酒窝②，一个dunk-horned的家伙——斗鸡眼，刀子嘴，穿着招摇花俏的班杰明③和血红fancy——在路人杂货旁掉了一滴泪。

可是他生命之水落了普通阴沟之后，反圣经的痛扁破布得太厉害，扒昵都溪了，都抓了锈。

"这嘴里的一铲让我想射猫！我的面团保管仓太过头了！"

他可是上了山峰，还白蹭。酒桶塞叫道："跟傲满把山谷奶油摆平了再走！"但那死不赖叽的已经迷踪了，没付那半个唠叨。

在他邋棘的郭舍，他的破娃——一个杀得死人、姜色羽毛、给脑袋搭稻草屋顶的女孩——正踮着鼻子为乔郎。

她为她的门多希假装橡胶，弄了一份高又高的豌豆小贩，有披枷戴镣的镇议员、纽扣门牌、一纳底利刀巷的血虫，配上爱尔兰杏、抱着猩猩踩和波罗红。

"求求上帝，"她说，"希望他别熊模熊样，眼糊糊，发青，灌饱，疙疙瘩瘩，头重脚轻，晕颠颠，耍无赖，拉塌塌，给犁耙了，昏茫茫，恍神，乱抓抓，磕来磕去，给线缝满，或者拖把扫把的！也不要舔水沟，连梯子有洞都看不见，或者到邦盖市集弄丢了自己两条腿！"

但礼物好一场火亮！他一回来就立刻掉她。他对蝙蝠尖牙特别扭癖，让她知道拉扯时间到了。她病得像匹马，他则是胡抓胡拿的心头汉子。

"你这长霉的老床条，你这臭烂老娘们，你这老丑鸡仔，你这满身跳蚤的老摸仔！"他轰炸。"看我给你一劫奚，你这莫林格小

---

① 圣吉尔斯，伦敦的一区，当时是穷人及罪犯聚集之处。
② 酒馆。
③ 外套，大衣。

母牛！”

　　顶楼一个戴藤壶的扣夫（他是个私泼非的老黑莓哇客，有新门滚边）高唱："切掉，你这蠢货！你给我完了假！"但两便士上挨了镇住的一记，差点上艾伯特城去报到。

　　跟这种死拉白乞在一起，她是买兔子。他把她又拍又克又勒，直到她趴垮在敌人同伴，然后他沿着腰上大刀踏了，去找番石榴米的乔布雷。

　　他对她跳小枝。

　　"他应该进直立推磨！"她呛呼。"他应该被送去腌！我以后再也不会跟他这种猪肝脸、恰蹄、牛肉脑袋、橱柜脑袋、卡疤脑袋、小提琴脸、咕嚷痞的肥短淡坏一起破揽了！

　　"我都半边戴孝了——不成，这真的不成。他害我杰瑞变灵活。我要镇他——我要掠，我要捡起树枝砍了。"

　　于是她蹦了，敲一通鼓回花瓜。

　　屁冈星期六，一群虫在一家汤姆与杰瑞钉了她那个鳞里鳞气的嘴上没毛的家伙，因为他挖星星。他在尖刺公园收惊安神，然后被掀了。

【词汇对照】

村里	伦敦
噎着碗	夜晚（押韵俚语）
鸦巢	指落后的街区，住着肮脏的爱尔兰人和窃贼
大堆嫁妆	大雨
唱歌的鸡	娼妓（押韵俚语）
拖把妞	衣着俗艳的女仆，阻街女子

献宝	秀一下，展示自己的货色
戴帽子的	诱哄别人赌博的人
库	看，顾（谐音俚语）
长长短短	用来诈赌的牌
危险鼓	小赌场，不懂耍老千的人在这里会被骗得精光，甚至无法全身而退
使你磕	低矮小巷
挤挪儿	更低矮的小巷
刮骨头的	在垃圾坑、阴沟等任何可能角落寻找吃剩骨头的人，然后将骨头卖给收破烂的或收购骨头的
乱毛的	假扮成残废老兵的乞丐
打哆嗦的	在寒冷天气中衣不蔽体以讨施舍的乞丐。这工作颇不好干，但收入非常可观
钓鱼的	夜里用一根带钩杆子伸入开着的窗户，碰运气偷东西的窃贼
装可怜的	利用自己的或借来的小孩惹人同情的乞丐
路人杂货	炉火（押韵俚语）
掉一滴泪	喝一口或一杯不掺水的烈酒。玩笑用语，但老牌酒鬼说起来却有种不苟言笑的认真。此词的起源或许是，年纪较轻的人不掺水纯喝烈酒常会呛得眼泪汪汪
生命之水	琴酒（来自 aqua vitae[①] 一词？）
普通阴沟	喉咙

[①] 拉丁文，意即"生命之水"，指蒸馏烈酒；在欧洲，蒸馏酒初发明时被炼金师视为长生不老之药，具有医疗效果，故名。

反圣经	形容以脏话指天誓日
痛扁破布	凶狠辱骂，或以威吓辱骂的方式骗钱
扒昵	同在场的人
溪	被激怒
抓锈	生气
嘴里的一铲	一杯烈酒
射猫	呕吐
面团保管仓	肚子
太过头	形容生病、不舒服、不对劲
上山峰	勃然大怒
白蹭	没付钱就离开店
酒桶塞	酒馆老板
傲满	管事的人；老大；酒馆老板（用以自称）
山谷奶油	琴酒
摆平	付清账款
死不赖叽的	粗蛮无礼的人
迷踪	迅速离开，消失
半个唠叨	六便士
邋棘	窒闷，不干净
郭舍	房子，家
破娃	与一位男士维持不正常关系的年轻小姐
杀得死人	表示高度称赞的形容词，表示杰出、独特
姜色羽毛	赤褐色或亚麻色的头发
给脑袋搭稻草屋顶	编制草帽
踮着鼻子	张望等待
乔郎	情人

门多希	亲爱的，心爱的。昵称用语，可能出自英勇的战士门多萨
假装橡胶	准备极为丰盛的款待
高又高的	第一流的，棒极了的
豌豆小贩	晚饭（押韵俚语）
披枷戴镣的镇议员	火鸡配香肠串
纽扣门牌	牛排（押韵俚语）
纳底	用以称大量商品，如"一纳底水果"、"一纳底鱼"
利刀巷的血虫	猪血（或其他动物的血）香肠。一直到非常晚近，利刀巷都是著名的屠宰场，靠近铁匠野
爱尔兰杏	马铃薯
抱着猩猩踩	包心菜（押韵俚语）
波罗红	红萝卜（颠倒俚语）
熊模熊样	
眼糊糊	
发青	
灌饱	
疙疙瘩瘩	
头重脚轻	
晕颠颠	
耍无赖	
拉塌塌	形容不同程度的醉态
给犁耙了	
昏茫茫	

恍神

乱抓抓

磕来磕去

被缝满

拖把扫把的

舔水沟

连梯子有洞都看不见

到邦盖市集弄丢了	到达烂醉的极端。古埃及象形文字中，"喝醉"
自己两条腿	此动词的决定格有着一人被砍去双腿的表意形
礼物	屋里（颠倒俚语）
火亮	吵架
掉	无缘无故殴打
蝙蝠尖牙	痛打，狠揍
扭瓣	很有胃口。例如："威尔对纽扣门牌特别扭瓣"，我们这则轶事的主角特别扭瓣的东西则如上述
拉扯时间	乡间市集日的傍晚，小伙子动手把姑娘们拉跑的时间
病得像匹马	常用的比喻，形容极度苦恼
胡抓胡拿	习惯乱占别人便宜
心头汉子	男友
床条	床伴
娘们	女人
鸡仔／摸仔	称呼女性的贬抑用语

轰炸	咒骂
给某人一劫奚	伤害殴打某人
莫林格小母牛	形容女士的脚踝“很有牛肉”，也就是说腿粗。来自爱尔兰的用语。 据说某人路经莫林格，对当地女性的此一奇异特点大感惊讶，决定当场拦下一位加以询问。“请问一下，”他说:“你鞋子里有装稻草吗？”“咋，有又怎样？”女孩说。“因为，”那人说，“那就难怪你腿上的小牛[①]会跑下来吃草了。”
藤壶	眼镜（是否为拉丁文 binnoculi 之讹转[②]？）。藤壶（学名 Lepas Anatifera）是一种附生于船底的螺贝，讨海人用以形容蛙镜，其中有些是供视力不良的水手所用
扣夫	或称扣非，指任何年纪的男子
私泼非	多管闲事，好探人隐私
黑莓哇客	兜售绳带、鞋带等物之人
新门滚边	蓄于下巴的一圈胡子，正是杰克·克齐[③]下手的位置，故名
高唱	大声喊叫
切掉	住手，停止
完了假	停止不良活动

① 英文中，“小腿”与“小牛”皆写做 calf。

② 两者音近。

③ Jack Ketch 是 John Price 的外号，此人为十八世纪初伦敦负责执行吊刑的刽子手，素行不良、作恶多端，一七一八年自己也因杀人罪被吊死。新门（Newgate）为监狱名。

镇住	惊人
一记	打一下
两便士	头
艾伯特城	村里人对肯辛顿戈尔区的玩笑称呼
死拉白乞	没用的废物
买兔子	得不偿失；因某种行为而带来相当大的麻烦和不便
拍／克／勒	形容不同程度的殴打
趴垮	倒地不起
敌人同伴	地板（押韵俚语）
腰上大刀	要道（押韵俚语）
踏	潜逃
去找番石榴米的乔布雷	造访不良场所的低下阶层女性
跳小枝	跑走，抛下某人见死不救
直立推磨	踏车①
呛呼	大叫
腌	坐牢。此语出自康瓦尔的鲱鱼盐腌过程
猜肝脸	狠心，卑劣
恰蹄	爬满虱子
牛肉脑袋	笨
橱柜脑袋	形容人木头木脑且脑袋空空
卡疤脑袋	软弱愚笨
小提琴脸	形容人脸干皱
咕噜痞	顽固又坏脾气（显然非常符合我们这位

---

① 为一平置圆板，用人或畜踩踏使其转动，带动各种机械。古时用作监牢内的刑罚，所以亦代称监狱。

	主角！）
肥短	又胖又矮又粗
淡坏	坏蛋（颠倒俚语）
破揽	与异性进行有违善良风俗的未婚同居
半边戴孝	扭打中被打出一个黑眼圈（黑眼圈又称"老鼠"）
不成	表示"这样不行"或"这样不会有用的"之意
杰瑞变灵活	拉肚子
镇	使吃惊
掠	潜逃
捡起树枝砍了	收拾家当不声不响搬离某处，也就是"月夜飞奔"
蹦	跑走，逃跑
敲一通鼓	到乡下去
花瓜	家（押韵俚语）
屁闷星期六	"闭门星期六"之讹转，即耶稣受难日与复活节星期日之间的那一天
虫	警察
汤姆与杰瑞	酒店
钉	逮捕，拘禁
鳞里鳞气	令人不快，恶心
嘴上没毛的家伙	年轻人
挖星星	打破珠宝店或其他店铺的玻璃橱窗，卷走窗内的值钱物品逃之夭夭。有时下手的人会以钻石割开玻璃，并用一条皮革系住被

割开的那块玻璃，使之不落进店内发出声
响。又称为切钱袋

尖刺公园	"女王凳"监狱
收惊安神	受审（押韵俚语）
掀	处决。正是这个畜生应得的惩罚

Ⓘ Ⓘ

Fireworks: Nine Profane Pieces

烟火：九篇世俗故事

一份日本的纪念

我走到外面看他回来了没，角落空地上有几个穿棉布连身睡衣的孩子在玩仙女棒。火花流泻而下像缀满星星的胡须，孩子们面带微笑，轻声发出喃喃惊叹。他们的快乐是如此克制，因此非常之纯。一名老妇说："他们吵着要烟火，他们父亲烦得不行，只好买了。"日语中，烟火叫作はなび，意思是"花火"。整个夏季，每天晚上都能看到各式各样烟火，从最简单普通到最繁复华丽的，有次我们还从新宿搭了一个小时火车去看一场烟火大会，烟火都在河边施放，好让黑暗的河水倒映得更加缤纷缭乱。

那次我们抵达目的地时天已经黑了，那里是郊区，路上有许多人携家带眷正要去看烟火。做母亲的把小小孩洗得干干净净，打扮得漂漂亮亮，小女孩尤其整洁无瑕，穿着粉红白色相间的棉布和服①，系着毛茸茸的腰带像一团团棉花糖，头发也美美地梳成一对包包头，装饰着金银线。因为场合特殊，孩子难得有这样可以晚睡的机会，个个都表现得乖巧非凡，牵着父母的手带着一种可爱的占有

---

① 西方人常误以 kimono（きもの，"着物"）指所有日式服装，此文亦然；但"着物"其实是昂贵繁复的正式服装，这里出现的显然应是夏季的单件轻便"浴衣"（ゆかた）。

姿态。我们跟着一群群全家出动的行人来到河边空地，看见烟火已经在高空绽放，像五光十色的阳伞，大老远就看得到。我们沿着步道穿过空地，愈往烟火的来源走，烟火就愈是占满天空。

步道旁有路边摊，小贩打赤膊，绑头带，卖着炭烤玉米和花枝。我们买了两串烤花枝边走边吃，花枝涂满酱油，非常美味。另外有些摊子卖的是装在塑料袋里的金鱼，或者兔耳朵大气球。这里就像个游乐园——可是实在太井然有序了！就连巡逻警察手里拿的都是彩色纸灯笼，代替平常用的手电筒。一切都有种安静的节庆味道。卖冰淇淋的穿梭在人群间，手里摇铃，箱子冒着冷烟，用恳求的声音喊道："冰，冰，冰淇淋！"当年轻情侣悄悄避开人群，走进草丛小径，这些影影绰绰、不知疲倦为何物的小贩仍摇着铃提着灯追过去，用哀愁的声音叫卖。

此时已有大量群众朝烟火走去，但他们的步伐那么轻，闲谈的声音那么细，所以没有嘈杂，只有一片温暖、持续、喃喃低语的嗡鸣，是共享快乐的舒适声响，夜色中因而充满一种缄默的、资产阶级的、如假包换的魔力。在我们头上，烟火为夜色挂上逐渐消融的耳环。不久我们找到一片留下收割后残株的空地，躺下来看烟火，但如我所料的，他很快就变得坐立不安。

"你快乐吗？"他问，"你确定你快乐吗？"我正看着烟火，起初并没回答，尽管我知道他觉得很无聊，如果他享受到任何乐趣，也只是因为我高兴他就高兴——或者说，因为他认为只要我高兴他就高兴，因为那便证明他爱我。我感到内疚，于是建议回市中心，两人沉默地打了一场"谁更能为情人牺牲自己"的仗，我赢了，因为我个性比较强，然而我一点也不想离开那荡漾的河水与温和的人群。但我知道他其实很想回市中心，我们便回去了，尽管如今我不知道这场表示自己多么无私的小小胜利是否值得，值得我承受他由于使我无法好好享受烟火而感到的悔憾，虽然在某个潜在层面上，构筑这份悔憾根本就是这趟出游的重点所在。

不过，随着火车慢慢驶入霓虹灯丛，他活泼的本性也逐渐恢复。他有个改不掉的旧习，走在街上总有一种期待感，仿佛随时转个弯就会碰上命中注定的邂逅遭逢；只要在外面待得愈久，发生特殊事件的机会就愈大，而就算什么都没发生，那种有事可能发生的感觉也能暂时缓解他甜闷无聊的人生。何况今晚他对我的职责已尽，已经带我出游过了，现在只想摆脱我。至少这是我当时的看法。妻子在日文里叫おくさん，指的是住在内室，几乎足不出户的人。因为我常被当成他妻子，便常面对此种态度，尽管我死命抗拒这处境。

但通常我仍处于在家等门的状态，心中不无怨恨，知道他不会回来，而且连告诉我他将迟归的电话都不会打一通，因为他太内疚了。我无事可做，只有看着邻居小孩嘻笑着点燃仙女棒。老妇站在我身旁，我知道她对我不满。这整条街都礼貌地对我不满。也许他们认为我是在带坏青年，因为他显然比我年轻。老妇的背因为背小孩驼得几乎成圆形，那小孩就是现在正看孩子们玩烟火的父亲，他穿着晚间居家便装，也就是只有一条宽松白色四角裤，光着上身。老妇是这国家老者的典型模样，满脸皱纹，态度含蓄保留。这一带老太太特别多。

街角那家店每天早上都搬出一位老太太，坐在反扣过来的啤酒箱上吹风透气。我想她一定是那家的老祖母，老得几乎已完全进入休眠般的植物状态。她对自己，对这世界并不比身旁那盆盛开的牵牛花更有意义，说不定那在午餐之前就会凋谢的花比她还有意义。他们将她保持得非常干净，用缀有粗花边、一尘不染的围兜盖在她浅色和服上，她也从不会弄脏围兜，因为她根本不动。不时会有个孩子出来替她梳头发。她的意识已经因年迈而模糊，每当我走过，她浑浊的眼睛总是以同样朦胧而不感兴趣的惊奇眼神看着我，仿佛爱斯基摩人看火车。有时她会说，いらっしゃいませ，也就是店家欢迎客人光临的句子，声音轻得有如鬼魂缥缈，像纸袋微微窸窣，这时我会看见她的金牙。

鼠灰天空下，孩子们点亮仙女棒；由于空气污染，月亮呈现淡紫色。后院里，阵阵蝉鸣尖声不休。如今当我想到那城市，永远都会记得响彻夏夜长鸣不歇的蝉声，在微暗黎明逼近刺耳的高潮。就连在最繁忙的街上我也听到过蝉声，尽管蝉在小巷里繁殖得最多，发出没完没了让人几乎无法忍受的嘶鸣，仿佛由酷热浓缩而成的刺耳尖响。

一年前，在这样一个搏动的、肉感的、平凡无奇的亚热带夜晚，我们一同走过充满树荫的小巷，在柳影中穿进又穿出，想找地方做爱。低矮木造平房外的花架爬满牵牛花，但黑夜掩去了花朵柔和的色彩，日本人非常欣赏这种花，因为它凋谢得很快。不久他便找到了一家旅社，因为城市对情人是友善的。我们被领进一间纸盒般的房间，除了一张床垫之外空无一物。我们立刻躺下，开始亲吻。然后一名女侍无声无息拉开纸门，脱下拖鞋，穿着袜子的脚轻悄悄挪进来，细声说着道歉的话。她将放有两杯茶和一盘糖果的托盘搁在我们身旁的榻榻米地板上，边鞠躬边道歉地倒退出房，而我们的亲吻始终不曾稍停。他动手解我的裙子，此时女侍又回来了，这次抱来一堆毛巾。第三次她送来发票，我已经被脱得一丝不挂。她显然是个规矩正派女人，但就算当时她感到尴尬，也没有半个字或手势泄漏出来。

我得知他名叫太郎。在一间玩具店里我看到设计精巧的童书，一翻开，纸雕图形就会站起来，背景是立体化的歌舞伎风格。那本书说的是桃太郎的故事，他是从桃子里生出来的，纸雕桃子在我眼前裂开，原该有果核的地方出现了婴儿。而他也有那种非人的甜美，像是由非人类母亲的其他东西生出来的孩子，一种被动、残忍的甜美，我当下无法了解，因为那是压抑的被虐狂，在我的国家通常只出现在女人身上。

有时他蹲坐在床垫上，膝盖缩在下巴下，模样像个敲门环上的小妖精，似乎带着不属于这个尘世的奇妙特质。在这种时候，他的脸会莫名显得太平，太大，不适合那具带有雌雄同体般奇妙情致的优雅身体，滑顺的长长脊梁、宽肩，还有出奇发达的胸肌，几乎像接近青春期的女孩乳房。脸和身体之间有某种微妙的不协调，让他看来几乎像个哥布尔①，仿佛借了别人的头（这是日本哥布尔的习性）要施行什么诡计。这种有如怪异访客的印象为时很短，但却挥之不去。有时我甚至可能相信他像这个国家的狐狸那样对我下了咒语，因为这里的狐狸是可以假扮成人的，而时机对的时候，他那高高的颧骨让他的脸看来就有面具的味道。

他的头发太浓密，压得脖子都为之垂坠，发色之黑之深在阳光下会变成紫色。他的嘴也有点带紫，如遭蜂螫的厚唇像高更笔下的大溪地人。他的皮肤摸来平滑，仿佛水流过指间。他的眼皮像猫那样可以缩回，有时候完全看不见。我真想把他施以防腐处理，装进玻璃棺材留在身边，这样我就随时都可以看着他，他也没办法离开我了。

人说日本是男人至上的国家，确实如此。我刚到东京时正值一年一度的"男儿节"，有幸生下男孩的家庭院子里都竖起长竿，飘着鲤鱼旗。至少他们不掩饰这种情况，至少这样你知道自己位置何

---

① 西方传说中的丑怪妖精。

在。男与女的两极差别受到公开承认以及社会规范。比方说，では这个词有时表示"在"（至少就我能理解的程度是这样），课本上的一个例句翻译起来是这样："在男人主导的社会里，女人的价值只在身为男人激情的对象。"如果我们唯一可能的连接词是那违抗死亡的爱之双人特技，那么，只具身为激情对象的价值也许比什么价值都没有来得好。在这之前，我从不曾是如此彻底神秘的他者。我变成了某种凤凰，某种神话中的兽，是一颗来自遥远异地的宝石。我想，他一定觉得我充满无可言喻的异国情调。但我常觉得自己只是个假扮的女人。

百货公司里有一架洋装，标签写着："仅限年轻可爱女孩"。看着那些洋装，我觉得自己丑怪粗鄙一如格鲁达克立齐①。我穿男用凉鞋，因为只有男用凉鞋合我的脚，而且我还得穿最大号。在这个城市的视觉交响乐中，所有人头都是黑发，所有眼睛都是深棕，所有皮肤都是一个颜色，我的蓝眼、粉红脸颊和黄得明目张胆的头发让我成为一把弹奏陌异旋律的乐器。在轻轻拨弹的乐器和幽幽笛声组成的沉静和弦中，我像大剌剌的喇叭，永远响亮宣告自己的存在。他的体态是那么细致，我想他的骨骼一定像鸟类那样轻盈优雅，有时候很怕自己压坏他。他告诉我，与我同床共枕感觉像一艘小船行在波涛汹涌的大海上。

我们在最不搭轧的环境安营扎寨，住在家徒四壁、仅有激情的房间里，左邻右舍却都正派规矩得惊人。四周尽是扫把扫在榻榻米上的沙沙声和日语家常对话，每一处窗台上都有盆景规规矩矩开着花。每天早上七点，每户阳台挂起洗好的衣物，有天一大清早，我还看见一个男人擦洗他家树上的叶子。棉被和床垫则是八点拿出来

① 典出《格列佛游记》，格鲁达克立齐（Glumdalclitch）是大人国与格列佛为友的九岁小女孩，身高四十英尺。

晒。巷道没有铺路，强烈的阳光足以使尘埃落定，不知哪家有人在练弹肖邦。这些不堪一击的房子好似夹板沾胶黏组而成，似乎全靠意志力撑住。然而只要我在家，感觉就仿佛我住在内室而他不希望我出门，尽管房租是我在付。

然而，不在我身旁时，他大部分时间都在独尝强烈得足以歼灭一切的悔憾。但这份悔憾、这份后悔是他的维生必需品，于是明晚他又会在外流连不归，或者，如果我大发脾气的话，他就会隔一天晚上再出去。就算他完全有心要早点回来，也答应我会早点回来，但总会受到什么环境因素阻碍，于是他又一次成功地错过最后一班火车。他和朋友结伴四处夜游，从咖啡馆到酒吧到小钢珠店再到咖啡馆，彻头彻尾散发着纯正存在主义英雄的漫无目的。他们是鉴赏无聊的名家。经过漫长虚度的好几个小时，来到夜的死巷尽头，每次出现的无聊风味总是会有些微妙不同，供他们品尝欣赏。到了早上第一班车的时间，他会回到车站那神秘地空无一人、在晨光中苍白褪色的皮拉内希[①]式景色，饱受一个念头的折磨——而其中八成也包含了受潮黯淡的一星希望之火——不知自己这次是否终于造成了无法修复的伤害。

此刻我这样谈来，仿佛对他一切都了然于胸。哪，你要明白，当时我正深受爱恋之苦，对他的了解亲密一如自己的镜中映影。换句话说，我对他的了解仅止于与自己有关联的层面。但在这些层面上，我确实十分了解他。然而有些时候我会以为他是我自己编造出来的，所以关于我们是否真正存在，你也只能相信我的片面之词。但我并不想加入环境细节，画出我们立体又清晰的画像，好让你不得不相信我。我并不想要这种招数。你只能满足于我们大致轮廓的

---

① Giovanni Battista Piranesi（1720-1778），意大利艺术家，以版画与蚀刻画著名。

惊鸿数瞥，仿佛你走过人家窗口，在屋里镜中偶尔瞥见我们的影像。他的名字并不是太郎，我叫他太郎只为了要用那个桃子男孩的譬喻，因为那譬喻似乎颇为恰当。

说到镜子，日本人对镜子非常尊敬，在老式旅馆里，常可看到镜子不用时盖上一层布罩。他说："镜子让房间看起来不亲近。"我相信实情远不只如此，尽管他们确实很喜爱亲近。如果大家得住得那么近，你非得喜爱亲近不可。但是，仿佛在礼赞他们所畏惧的东西，他们似乎将整座城市都变成一间冷冷的镜室，不停衍生出整批不断变幻的影像，全都奇妙美好但无一实质可触。要是他们不把真正的镜子锁住，就很难分辨何者为真何者为幻了。就连你习于认为牢固的建筑都会一夜之间消失不见。一天早上我们醒来，发现隔壁房子只剩下一堆木条，和一叠用绳子绑得整整齐齐的报纸，等着收垃圾的来收。

我倒不会说他在我看来也有那种虚幻不实的特性，尽管他似乎永远都快要离开。后来我终于明白，他尽管跟天气一样难以预料，却也跟天气一样无可避免。如果你打算来日本定居，你必须确定自己够坚忍，受得了这里的天气。不，问题不在于虚幻不实，而是它那套修辞只在自己的逻辑上成立。听他表示抗辩时，我能够相信他相信自己说的话，尽管我完全知道那些话毫无意义。而且此时这样讲并不公平。话说出口时，他心里是相信的，在那个当下完全确信不疑。但他主要相信的是自己正在恋爱，这概念在他看来多么壮丽，甚至无比崇高。他愿意为之而死，就像波德莱尔笔下的纨绔公子会愿意当场自杀，以维持自己作为一件艺术品的地位，因为他想让这段经历成为经历中的杰作，绝对超越日常平庸。这样就能消灭那种令他上瘾的残酷毒品——无聊——的药效，尽管一段如此与世隔绝的恋情必然带有无聊因子，可能也正是他受到吸引的主要原因。但我无法得知他究竟确信到什么地步，不时会在脑海中自问：用绝对的确信维持假装的感情，能弄假成真到什么程度？

这个国家已经将伪善发扬光大到最高层级，比方你看不出武士其实是杀人凶手，艺妓其实是妓女。这些对象是如此高妙，几乎与人间无涉，只住在一个充满象征的世界，参与各种仪式，将人生本身变成一连串堂皇姿态，荒谬却也动人。仿佛他们全都认为，只要我们够相信某样事物，那事物就会成真，结果可不是吗？他们确实够相信，而事物也成真了。我们住的这条街基本上是贫民区，但表面看来充满和谐宁静，于是，说来神奇^①，表象果然成为现实，因为他们全都循规蹈矩，把所有东西保持得干干净净，活得那么卖力有礼。和谐生活需要多可怕的纪律呀。为了和谐生活，他们狠狠压住自己所有的活力，于是有一种缥缈的美，就像夹在厚重大书里的干燥花。

但压抑并不只会产生严苛之美。在一切井井有条的缝隙中，猛兽般的激情蓬勃生长。他们折磨树木，让树木看来像是树木的抽象概念。他们用尖锥和凿子在身上绘制惊人的图画，边绘边拭去血滴：身上刺青的男人便是疼痛记忆的活生生杰作。他们有全世界最激情的偶戏，以形式化的风格模仿殉情，因为这里没有"从此过着幸福快乐的日子"这种简易公式。那时，当我想起偶戏悲剧的结局，想起木偶情侣一同刎颈，便感到有些不安，仿佛这国家象形文字般的意象会吞没我，因为他已经无聊到与一切绝缘的地步，只有痛苦能烦扰到他。若说我在他眼中的价值是身为激情对象，那么他已将激情（passion）一词化约到最基础，其拉丁文字根 patior 就是"我受苦"的意思。我在他眼中的价值是身为带给他痛苦的工具。

---

① 原文为拉丁文。

于是我们活在一轮迷失方向的月亮下，那月亮是愤怒的紫，仿佛天空的眼睛淤血，而就算我们有过真正的交集，也只在黑暗之中。他深信我们的爱是独一无二又绝望的，我也因之传染了焦虑不安的病；不久后我们便学会以温柔规避的态度互相对待，仿佛两人同是截肢病患，因为我们身旁满是稍纵即逝的动人意象，烟火、牵牛花、老人、孩童。但最动人的意象是我们在彼此眼中虚幻的倒影，映现的只有表象，在一个全心全意追求表象的城市。而不管我们如何努力想占有对方身为他者的本质，都无可避免会失败。

刽子手的美丽女儿

来到这里，已是深入高地。

一股抑扬顿挫不成调、近乎音乐的凄怆声响，出自无师自通的乐团之手，在群山围绕中回荡，发出似狂喜复似大悲的回音，吸引我们走进村里广场，看见他们手持各式各样粗糙弦乐器，又是拨，又是弹，又是用马毛琴弓乱拉一通。新铺的干燥木屑在我们脚下低语滑移，底下是多年来层层累积、踩踏坚实的木屑，处处沾染血迹凝结成块，时日久远的血迹已是铁锈的色彩和质感……悲哀不祥的污渍，是某种威胁，某种逼迫，痛苦的纪念碑。

空中没有光亮，今天太阳不会照亮这场黑暗戏码的主角，是意外加上杂音使我们成为这场面的观众。这里的空气永远充满窒人湿气，永远颤抖着濒临落雨边缘，天光有如透过薄纱照下，因此无论什么时间都像薄暮黄昏。天空看来仿佛泫然欲泣，于是，在未流之泪的黯淡光线中，我们眼前俨然一幅活人静物①，色调深褐一如老照片，画面中一切都静止不动。围观群众屏气凝神动也不动，全神贯注于这场象形符号仪式表演，看来几乎不像活物，这景象与其说是

---

① tableau vivant 指演员或模特儿摆出特定姿势，组成静止不动的画面。

活人静物不如说是死物写生，因为这场阴郁寡欢的嘉年华是在庆颂死亡。他们眼白发黄，眼神全牢牢定住，仿佛被一根无形的线紧紧拉向那座木墩，千年来在此受死之人流出的生命晶露已将木头染成黑色。

此刻，那群乡间乐手停止了刺耳走调的音乐。这场死亡必须在极为戏剧化的沉默中完成。这些粗野的山区居民群聚在此是要围观公开处决，这是这个国家唯一的娱乐。

时间一如雨势悬停在半空，此刻在沉默中缓缓重新开始。

一层厚重沉寂笼罩着刽子手的一举一动，他在木墩旁摆出一个惹人厌的英雄姿势，仿佛尊严行事是这整件事背后的唯一动机。他抬起一只穿着靴子的脚踩在那阴沉的牺牲台上，对他来说那是进行艺术创作的画布，而他手中骄傲握着的画具就是斧头。

刽子手足有六英尺半高，而且又宽又壮；相较之下村民像歪七扭八的树墩，以敬畏又恐惧的眼神看他。他衣着永远是丧服的颜色，总是戴一副以柔软皮革制成的奇特面具，紧贴脸孔，染成绝对的黑。面具完全遮住他的头发和上半脸，只有两道细缝露出眼睛，眼神木然，仿佛也是面具的一部分。面具下只露出他暗红厚唇，以及嘴四周发灰的皮肤。如此展现出来的零星皮肉部分让人看了害怕，完全不符合我们一般常识预期的脸孔，反而带有某种猥亵的赤裸，仿佛下半脸被剥了皮。身为屠夫的他如此打扮或许是在展示自己，仿佛他是自己屠宰过的肉品。

多年下来，那紧密贴合的面具质材已与他脸孔的实际结构合而为一，现在那张脸看来似乎有两种颜色，仿佛天生如此；而这张脸也已不再具有人性，仿佛他首次戴上面具时便已抹灭了原先的脸，永远将自己毁容。因为这副公职头套把刽子手变成客体物件，变成行使惩罚的客体、令人畏惧的物件，变成报应的意象。

没人记得最初为什么要设计那副面具，又是谁设计的。也许是某个好心古人采用它遮盖住刽子手的头脸，好让靠在木墩上即将受死之人的临终痛苦不至于有太人性的面目；不然，或许这装备起源于黑色空无的魔力——如果空无的颜色真是黑的话。然而刽子手不敢取下面具，怕万一不小心在镜中或水池看见倒影，会对自己真实的脸大吃一惊。那样他会活活吓死。

即将受死之人跪下，他瘦削、苍白、优雅，年方二十。空地上满心期待的沉默群众不约而同打了个寒噤，纠结的五官扭成同一个咧嘴而笑的表情。没有声响，几乎没有任何声响扰动潮湿的空气，只有一缕声响的幽魂，一缕遥远的啜泣，仿佛风在矮小松树间吹拂。受死之人跪下将脖子靠上木墩，刽子手沉沉挥动闪亮钢锋。

斧头落下，皮肉离析，人头滚动。

砍断的伤口血如泉涌。观众颤抖，呻吟，惊喘。此时弦乐队再度开始又拉又锯，合唱团那群受惊的处女也开口发出在这一带算做歌声的尖细哀鸣，唱起一首名为"斩首场景的严厉警告"的野蛮安魂曲。

遭刽子手斩首的是他的亲生儿子，在自己妹妹身上犯下了乱伦罪行。那个妹妹是刽子手的美丽女儿，这片高地唯一的玫瑰就绽放在她脸颊上。

葛瑞倩再也睡不安稳。打从哥哥的头滚落在血淋淋木屑中的那一天起，她就不停梦见他没完没了骑着脚踏车，尽管这可怜女孩已独自偷偷去把哥哥尸首仅存的部分，那颗怵目惊心、长着胡须的潮湿草莓，取回家来埋在鸡圈旁，免得被狗吃了。但无论她再怎么努力在河边石头上搓洗那条小小白围裙，都洗不净缠住布料经纬纤维的渍痕，仿佛是珍奇水果的浅红幽魂。每天早晨到鸡圈捡拾成熟的蛋给父亲做早餐时，她伤心但徒劳的泪水都洒在那处翻挖过的泥土上，土里埋着哥哥逐渐腐烂的脑子，母鸡则在她脚边无动于衷地啄食，咯叫。

这国家地势之高，烧水永远到达不了沸点，不管水在锅里如何翻腾起泡；因此这里的白煮蛋永远是生的。刽子手坚持他早餐的煎蛋卷只能用恰好正要长成小鸡的蛋来做，并且八点准时上桌就座，津津有味享用一盘带着羽毛、略有尖爪的黄色煎蛋卷。软心肠的葛瑞倩常在热腾腾奶油即将淹没仍然冰冷、还没长硬的小喙时听见闷声咯叫而受到惊吓，但她那从不摘下皮面具的父亲的话就是法律，而他吃的鸡蛋里一定要有初生雏鸟。在这个地方，只有刽子手能纵容自己的怪癖。

高高位于群山之中，这里是多么潮湿寒冷！寒风吹着阵阵细雨，吹过几乎垂直的山峰；低处山坡的枞树松树林里有狼群出没，只适合女巫安息日的邪恶狂欢；挥之不去的雾气弥漫中，阴暗穷困的村子高高位于日常习见的天空之上，稀薄空气令初来乍到的人难以呼吸，只能喘息呛咳。然而，初来乍到的人比陨石和雷电还要稀少，因为这村子毫不欢迎外来客。

就连这些粗糙构筑的房舍墙壁都渗出怀疑之意。屋墙以石板盖成，没有任何向外探看的窗户，平平屋顶上随便凿个洞，偶尔喷出几缕家常炊烟，要进屋也非常困难，必须穿过如同花岗岩裂罅的低矮门口。因此每栋房子看来都毫无五官，就像东方不知名邪鬼的脸，不受任何通俗特征如眼、鼻、嘴的破坏。这些毫不舒适的丑陋小屋里，人和家畜——羊、牛、猪、狗——在烟雾弥漫的杂乱炉台边平起平坐，不过他们的狗常会染上狂犬病，口吐白沫在满是车辙轨迹的街上乱跑，像泛滥的溪水。

此处居民体格粗壮，性格阴郁，长年不友善的态度出自各种环境及先天因素，长相全都平凡无奇。他们脸的轮廓像爱斯基摩人那样又平又扁，眼睛是斜斜两条缝，没有眼睑覆盖其上，只有蒙古人种松松的两片皮。爬虫般的凌厉眼神毫无亲昵，微笑起来显得格外恶狠，幸好他们很少笑。他们的牙齿也年纪轻轻就烂了。

这里的男人尤其如怪兽般多毛，头上和身上皆然。他们的头发一律是单调的紫黑，随着年纪增长逐渐变成熄灭的灰烬色。所有人都打赤脚，因此幼年起脚底就长出日渐粗厚的角质。女人的体型是实用远胜美观，她们负责操持那原始农业的一切，手臂粗壮得像食用葫芦，双手则明显变成铲形，最后终于成为有五根尖角的叉子。

毫无例外，所有人都又脏又病，蓬乱头发和粗糙衣服里爬满虱子跳蚤，私处则随着阴虱的盲目动作而鼓搏振动。皮肤的脓疮、疥癣、搔痒普遍得不值一提，脚趾间的皮肉也早早就开始腐烂。他们长期生着与肛门相关的各种疾病，因为饮食习惯粗蛮——清汤寡水的麦片粥，酸啤酒，在高地不够热的火焰上没烤几下的肉，发酸的羊奶酪搭配容易产生胀气的大麦面包大口吞下。这些燃料很难不助长各种疾病，产生普遍的恶意不安气氛，而这正是他们最直接明显的特征。

在这疾病博物馆里，刽子手女儿葛瑞倩的粉彩美貌就更加醒目了。每当她走向鸡窝要采摘萌芽的鸡蛋，两条亚麻色辫子便在她乳房上一颠一跳。

白昼是笼罩雾气的凹谷，充满艰苦的劳力工作，夜晚则是湿冷黑暗的裂缝，孕育跳动着最可鄙的渴望；被黑鼠般的迷信及冰霜的利齿一同啃噬化脓的僵死感官，想象着，充斥着难以启齿的不堪欲望，让他们饱受煎熬。

如果有那能耐，他们会上演全本瓦格纳歌剧式的邪恶，兴高采烈把村子变成舞台，真人演出大木偶戏①的丑陋恶行，不遗漏任何不堪的细节，也不放过任何对肉体欢愉的丑恶扭曲……要是他们知道这些行为确实存在、如何进行的话。

他们有无限的为恶能力，却遭无知断然阻拦。他们不知道自己欲求什么，因此他们的欲望存在于没有定义的临驳②中，永远只能潜伏待发。

他们热切渴盼最卑劣的堕落，却连最简单的拜物概念也没有，饱受折磨的肉体永远被贫乏的想象和有限的词汇背叛。他们的语言只有粗鲁的咕哝和呱叫，用来表示，比方说，家里养的猪正在生产，而你要怎么以那种语言传达这些渴望？既然他们的恶性是名符其实的难以启齿，他们秘密激烈的欲望也就始终成谜，连自己都不明白，只拘限在纯粹感官的领域，只是未形成思绪或行动的感觉，不受定义限制。因此他们的欲望无穷无尽，尽管确切说来，他们的欲望又几乎可说完全不存在，只有某种烦扰不宁。

他们笃信的那套民俗传说既鲜明又杀气腾腾。在这些落后愚昧的山区居民中，有着巫师、魔法师、巫医及秘教术士等世代相传、划分严格的阶级，而奥秘权力的巅峰看来似乎就是国王本人。但事实并非如此，那名义上的统治者其实是这崎岖险恶王国中最穷的乞丐，承袭了野蛮的传统，一无所有，只拥有"无所不能"这个概念，并透过动弹不得的处境来展现出这一点。

自从继承王位开始，他整天倒悬在一座小石屋里。一条结实的带子拴住他右脚踝，与屋顶上一个铁环相连，将他绑在天花板上；

---

① Grand Guignol 是一种法国木偶戏，约于十八世纪末源自里昂，专门演出充满暴力、谋杀、强暴、闹鬼的短戏码。

② limbo 是基督教传统中介于天堂与地狱之间的地方，供基督降生前的善人、不及受洗便死去的婴儿、白痴等的灵魂栖息，此处译为"临驳"。

左脚踝也绑着带子，与固定在地板上的另一个铁环相连。就在这样缺乏足够支撑的情况下，他处于摇摇欲坠但绝对的姿势，由仪式和记忆规定的姿势。他静止不动，仿佛浸入使人石化的井中，也从不开口说话，因为他已忘记如何言语。

内心深处，他们全都相信自己受到诅咒。此处流传一个民间故事，说这一族原先来自另一个快乐富裕的地区，但因为他们全都热衷于乱伦——儿子与父亲、父亲与女儿，等等，涵括核心家庭四个成员可能组成的所有变化——招致邻近居民的憎恶，遭到放逐，才来到如今这片只适合持续折磨自己的鬼地方定居。在这国家，乱伦是死罪，要受斩首惩罚。

每一天都有交媾的手足遭到处死，末世般的挽歌令他们的心智惧怕并受教。只有刽子手，因为没人来砍他的头，敢于，在皮革头套无可动摇的隐私中，在溅满血迹的木墩上，与他美丽的女儿做爱。

葛瑞倩，山中唯一的一朵花，掀起白围裙和摇曳的条纹亚麻布裙，以免弄皱或弄脏，但即使在动作的最后关头，她父亲也不拿下面具，因为没了面具谁还认得出他？为了这地位，他付出的代价便是永远被孤独监禁在自己的权力里。

在那发臭的空地上，在他将亲生独子斩首的木墩上，他行使那不可剥夺的权利。那一夜，葛瑞倩在缝纫机里发现一条蛇，并且，尽管她不知道脚踏车是什么，哥哥仍踩着脚踏车在她不宁的梦境里绕圈圈，直到公鸡报晓，她出门拾蛋。

紫女士之爱

在"亚洲教授"那粉红条纹的帐亭里，只存在神奇诡妙之事，没有天光。

这傀儡戏班主所到之处总是洒下些许黑暗，浑身充满与其技艺直接相关、令人迷惑的谜团，因为傀儡愈是栩栩如生，就表示他的操控愈是出神入化，而僵硬木偶与灵活手指之间的共生共栖关系也愈是对比强烈。操纵傀儡的人在真实与看似真实（尽管我们知道那并非真实）之间一处三不管地带投机取巧，穿针引线于我们——活生生的观众，与他们——不死的木偶之间；那些木偶根本没有生命，却将活者模仿得惟妙惟肖，因为尽管他们不会说话或哭泣，但仍能做出表意的信号，让我们立刻将之辨识为语言。

傀儡戏班主用自身的动能使不会动的东西活过来。那些木头跳舞，做爱，假装说话，最后模仿死亡；然而这些拉撒路总是死而复活，及时现身于下一场表演，不会有蛆虫掉出鼻孔，也没被尘土封住眼睛。他们完好无缺，再度短暂而精确无比地模仿男人女人，但正是那份精确格外令人不安，因为我们知道那是假的；因此，若以神学角度视之，这门艺术或许是渎神的。

尽管亚洲教授只是四处卖艺的穷汉，但他的傀儡戏技艺已然登峰造极炉火纯青。他赶着一辆马车，车上装载可重复折叠搭展的戏台、唯一一出戏码的各个角色以及其他种种道具，在许多已不复存在的美丽城市如上海、君士坦丁堡、圣彼得堡[①]演出过之后，一行数人终于来到了中欧某国，那里的山脉险峻陡峭，突兀得一如小孩用蜡笔画出的线条。在这黑暗充满迷信的川薮凡尼亚[②]，自杀的死者会被戴上串串大蒜，心脏用木桩钉穿，埋在十字路口，森林里则有巫师施行远古的兽性邪乱仪式。

他只有两名助手，十几岁的耳聋男孩是侄子也是学徒，七八岁的哑女则是在路上捡到的弃婴。教授说话没人听得懂，因为他只会讲自己的母语，听起来全是一串无法理解、充满断音的ㄅ和ㄊ，因此他平常根本不开口；于是，尽管三个人走向沉默的路径不同，到头来全都与沉默签署了完美的契约。但在演出之前的早上，教授和侄子会坐在帐亭外，用手语加上轻柔低哼与吹哨进行没完没了的对话，那经过编舞的沉静就像热带鸟类的求偶舞蹈。而这种与人类保有巧妙距离的沟通方式格外适合教授，因为他有种另一个世界来客的味道，那世界中的存在是以微妙细节而非肯定句加以界定。他会给人这种感觉部分是因为他年纪非常非常大，而尽管已经很老却又显不太出来，虽说这段日子待在这一带，天气总让他觉得有点阴寒，总用羊毛披肩将自己团团裹住；但更主要的原因在于，除了自己创造出来的活灵活现假象之外，他对一切都抱持着毫无兴趣的和蔼态度。

此外，无论戏班子已走遍多少地方，成员全都对外国事物毫无任何理解。他们都是游乐场的原生子民，而毕竟游乐场到哪里都是

---

① 君士坦丁堡为神圣罗马帝国首都，即今之伊斯坦堡（惟希腊人仍以旧名称之）；圣彼得堡于苏联时期改称列宁格勒，现已恢复原名。

② Transylvania 为罗马尼亚中部地区，传说中为吸血鬼的故乡。

一样的。也许每一处游乐场都只是某个单一、庞大、最初的游乐场的零星碎片，在很久以前惊异世界的一场不明的颠沛流离中散落各地。不管在哪里，游乐场都保有它那不变、一致的氛围。旋转木马像西洋棋的国王那样象形，绕着如星球轨迹般不变的圆圈，也如星球般与此时此刻的寒酸世界毫无关联，任这世界的囚徒来目瞪口呆看着如此免于现实的特殊自由。商贩叫卖招徕用的是语言外的语言，或者说，那是藏在所有语言之下的闷哼低吠所组成的原型语言。无论在哪里，游乐场上都是同样的老妇兜售黏答答的糖果，尽管这类甜腻糖果的外形或许会随地而异，但本质永远相同，仿佛专门做来让苍蝇吃到醉。无论在哪里，游乐场必然有双头狗、侏儒、鳄鱼男、胡子女士，以及腰系一块豹皮的巨人，在奇人怪物秀里展示他们的特异，并且不管他们来自何方，都带有畸形人事物那种共通的阴郁光彩，那种不受任何疆界所限的跨国特性。在这里，丑怪才是正常。

　　游乐场是张堆积如山的餐桌，亚洲教授捡食餐桌掉下的面包屑为生，但永远显得格格不入，因为他的特质跟这里的刺耳声响及鲜艳原色不合，尽管这是他唯一的家。他带着一股缥缈怅然的魅力，就像某种落入水中才绽放的日本花朵，因为他也是透过自身之外的另一种媒介来展现激情，那就是他的女主角，傀儡"紫女士"。

　　她是夜之后，眼睛是镶嵌的玻璃红宝石，脸上带着恒久不变的微笑，永远露出珠母贝刻成的尖牙利齿，一层再柔软不过的白皮革包覆她白如白垩的脸，以及整个躯干、四肢关节，所有部位。她美丽的双手看来更像武器，因为指甲又长又尖，是五英尺锡片涂上鲜红珐琅，头上的黑假发梳成髻，其繁复沉重远超过任何真人颈项所能承受。这头浓密云鬟插满缀有碎镜片的鲜亮发簪，只要她一动，就会洒下整片粼粼闪动的映影，像小小的光鼠在戏棚中跳舞。她的衣着全是深沉如睡的色彩——浓暗的粉红、猩红，还有如其名的紫，那鲜活振动的紫是殉情之血的颜色。

她一定是某个早已辞世的无名工匠的呕心沥血之作，然而若没有教授拉动她的线，她只不过是一具奇特的构造。是他，如死灵法师一般，为她注入活力。他自身的生命力似乎薄弱，却能传送给她丰沛的生命力，她的动作模样与其说是惟妙惟肖的女人，不如说是可怖怪异的女神，荒唐却也堂皇，仿佛不需依赖他的双手，既完全真实却又完全不真实。她的举止与其说模仿真人女性，不如说将真人女性的动作加以过滤，浓缩，化身为情欲精髓。没有哪个真人女性敢像她那样明目张胆充满诱惑。

教授绝不让别人碰她，亲自为她打理服装首饰。戏演完了，他把这具木偶放进一口特制的箱子，背回他和两个孩子在客栈同住的房间，因为她太珍贵了，不能随便放在草草搭就的戏棚里，何况没有她躺在身边教授是睡不着的。

让这位绝代女伶大展身手的戏码有个耸动名称："恬不知耻的东方维纳斯紫女士之声名狼藉风流韵事"，整出戏从头到尾充满异国情调。咒语般念念有词的戏剧仪式立刻歼灭了理性世界，让观众置身于魔幻异地，一切都毫不熟悉。一连串描述她故事的静止画面本身就充满意义，当教授用他那无人能解的母语吟诵起旁白，场景的奇异氛围不但没有稍减，反而更显强烈。他在戏台上方俯着身，指导女主角的动作，口中诵读着某段念词，声音时而铿锵，时而沙哑，抑扬顿挫起伏不定，与哑女不时拨动的弦乐器组成怪异的二重奏。但教授讲紫女士的台词时你绝不会听不出来，因为这时他的声音变成低沉淫荡、仿佛毛皮浸蜜的呢喃，让观众不禁打起一阵阵舒爽的寒噤。在通俗剧的象征世界里，紫女士代表激情，她所有的动作都经过计算，是性欲的三角几何。

不知怎么，教授总是弄得出一些用当地语言印制的传单，传单上一律写着剧名，然后底下是：

> 东方奇女子，名妓紫女士，快来看她如今沦落成何等模样！

> 独一无二的奇观。请看贪求无厌的紫女士如何终于变成各位眼前这具傀儡，任凭色欲之线操控。快来看放荡不知羞的东方维纳斯如今仅存的遗迹，一具木偶。

这令人迷惑的演出具有近乎宗教的力道，因为傀儡戏里没有所谓自然自发，所以永远倾向仪式般的忘我强烈；剧终，观众跌跌撞撞走出幽暗棚亭时，不相信的想法也几乎被抛开，在教授的流畅表达下快要确信那君临戏台的古怪人形真的是某座放诸四海皆准的娼妓化石，曾经是一个真的女人，身上丰沛的生命力多到适得其反，她的吻像酸液萎蚀，她的拥抱像闪电雷霆。但教授和助手随即拆卸场景，收好木偶，毕竟那些都只是普通的木头，明天戏又会再度上演。

以下就是教授的傀儡演出的紫女士的故事，配上哑女那癫狂的三味线 ① 伴奏，以及演员们肢体擦碰清晰可闻的喀哒声。

> 恬不知耻的东方维纳斯紫女士
> 之
> 声名狼藉风流韵事

----

① 一种日本传统乐器，略似三弦。

她才出生几天，就被母亲用破毯子包着丢在一对无法生育的富商夫妇家门口，这两个资产阶级规矩人便将成为这惑人女妖的第一批冤大头。他们用钱用心对她宠爱备至，然而养大的这朵花虽然芬芳，却是吃肉的。十二岁那年，她引诱养父上床，养父被迷得晕头转向，将存放所有财产的保险箱钥匙交给她保管，她随即把钱席卷一空。

　　她将钱财跟养父本已送给她的衣物首饰装进一只洗衣篮，拿厨房里片鱼的刀捅进这首任情人及他妻子，也就是她养母，的肚子。然后她放火烧屋，湮灭自己犯罪的痕迹。她将童年消灭在这场烧毁她第一个家的大火里，像只堕落凤凰自罪行的火葬堆中重生，现身在红灯区，立刻将自己卖给最具规模那家妓院的鸨母。

　　红灯区的生活完全在人造日子中度过，因为外界昏昏欲睡的午夜时分正是那些拥挤小巷的繁忙正午，而这个晨昏颠倒、邪恶丑陋世界的唯一功能便是满足感官欲望。人心的变态天才所能设想出的任何欲望、任何繁复花样，这里都能充分满足，在镜室，在鞭笞屋，在违反自然的交媾秀，在"既男又女"和"女性男子"的暧昧夜场表演中。肉体是每一家的招牌菜，热腾腾端上来，配上你想象得到的任何佐料。教授的傀儡木然而敷衍地演出这些战术，就像玩具士兵假装进行一场肉欲之战。

　　沿着街道两旁，待价而沽的女人，欲望的人偶，关在藤笼里展示，让可能的客户可以慢慢逛，细细看。这些崇高的妓女坐着动也不动如同偶像，脸上画着抽象图形代表各式魅力，华丽繁复的衣装暗示底下是一层不同的皮肤。软木鞋跟高得令她们无法步行，只能蹒跚摇晃；织锦腰带之僵硬，使手臂难以动作伸展；她们肢体不适的模样尽管十足令人心动，但至少也有部分原因是耳聋助手的动作不够熟练，因为他学艺的成绩连一般程度都还没达到。所以这些姬妾的姿态形式化得一如发条控制，然而不管是否歪打正着，这整体配合的效果极佳，每一具木偶都像修辞文句里的用字恰到好处，被这份行当的严厉规范化减成女人此一概念的无名本质，是"女性"的形而上抽象化约，只要付一笔费用，就能立刻转译为甜美或可怕的忘我沉醉，视她擅长的项目而定。

紫女士擅长的项目不堪到几乎无法言传。十五岁不到，她就足蹬长靴，身穿皮衣，成为鞭子女王。尔后她习得酷刑折磨的神秘技艺，彻底研究各式各样巧妙装置，动用一系列繁复华丽的程序，包括法兰绒、羞辱、针筒、拶指夹、鄙视及精神痛苦；对她的情人们而言，如此无情的操演是生命所系的食粮，而她那残酷双唇的一吻是受苦的圣餐。

不久，她便成功自立门户。在声名最盛的巅峰岁月，她心血来潮一个念头就足以让年轻男子荡尽家产，而没血没泪的她一旦榨干了对方的财富、希望和梦想，便将他抛弃，或者也可能把他锁在衣橱里，逼他眼睁睁看她随便从街头找来一个乞丐，免费带上她那张平常昂贵得难以置信的床。她冷硬，不是供欲望恣意摆布的可塑材料；她不真的算是妓女，因为她是男人将自己变成娼妓而献身的对象。她是独一无二的欲望行使者，周身繁衍恶性幻想，将情人们当做画布，创作闺房木作，涂绘毁灭。她散发的电力足以使皮肤为之融化。

不久后，为了摆脱情人或者只为了好玩，她开始杀人。她毒死一名政客，取出大腿骨，交给工匠打造成一支长笛。她说服后来的历任情人吹这笛给她听，并以最柔软如蛇的优雅姿态随着妖异乐声起舞。这时哑女放下三味线，拿起竹笛吹出怪异旋律，尽管此处并不是剧情最高潮，但这支舞确实是教授演出的高潮，因为在这不怀好意的室内乐中顿足、旋转、扭身的紫女士，完全变成了令人无法抗拒的邪恶化身。

她像瘟疫般降临，对男人而言既是恶疾也是可怕的启蒙，而她也如瘟疫般极具传染性。她所有情人的下场都是这样：身上的褴褛破布被伤口流出的脓黏住，眼神空洞得可怕，仿佛心智已如烛火被吹灭。他们像游行的幽魂走过戏台，还加上中古世纪式的恐怖场景，一会儿这人的手脱离肩膀，忽地飞进侧幕消失不见，一会儿那人的鼻子停留在空中，尽管骨瘦如柴的身形依然蹒跚前进。

紫女士烟火般灿烂辉煌的生涯也如同烟火结束在灰烬、寂寥与沉默中，她变得比那些受她感染的人还要不堪入目。喀耳刻[①]自己终于也变成了猪，被自己的火焰烧灼入骨，成为形销骨立的影子在人行道上徘徊。灾难毁了她。她被以往争相奉承她的人用石块和毒誓赶走，沦落在海滩拾荒，拔下溺死尸体的头发卖给做假发的人，假发再卖给其他没那么魔鬼心肠，因此比较幸运的妓女。

此时她的华服、假宝石和庞大发髻都挂在后台，在这悲惨绝望的最后一幕她穿的是一件粗麻布破衫，在极度色情狂的驱使下，她对大海不屑地抛在她脚边的浮肿尸体做出骇人听闻的奸尸行为，因为她那干枯的放纵欲望已经完全变得机械化，于是她重复自己以前做过的动作，尽管她已彻底成为他者。她废除了自己的人性，变成一堆木头加头发，变成了木偶，自己就是自己的复制品，是虽死犹动的、恬不知耻的东方维纳斯。

教授终于感到上了年纪，四处奔波逐渐吃不消了。有时他在喧闹的沉默中向侄子抱怨这里疼、那里痛，肌肉僵硬，肌腱不灵活，气也喘不过来。他走路开始有一点点跛，把装卸戏台的粗活全交给男孩。然而经年累月，紫女士那芭蕾舞般的哑剧变得更加精妙，仿佛长久以来从他身上流向单一目标的那些能量逐步自我提炼，终于

---

① Circe 是希腊史诗《奥德赛》中一女妖，将漂流至她岛上的奥德修斯之随从变成了猪。

变成单一、纯净、浓缩的精华，完全传送到木偶身上。教授的心智变得颇似习禅剑客，剑与魂合而为一，因此剑离了人、人离了剑都没有意义。这样的人持剑欺向对方时一如自动机械装置，心中空无杂念，再分不出何者为己，何者为剑。傀儡戏班主和木偶也已到达了这个境界。

年龄影响不了紫女士，她从未渴求长生不死，因此不费吹灰之力便超脱此一局限。有些人不明白光是让她举起左手的如此小动作都需要何等技巧，看到她不肯老去或许会觉得受不了，但教授没有这种胡思乱想。她奇迹般的非人存在使他们的友情完全不受拟人联想的限制，即使万灵节也一样——这里的山区居民说，那天夜里死者会在坟场举行面具舞会，由恶魔拉小提琴亲自伴奏。

粗朴无文的观众付了小钱，得到一点值回票价的刺激，鱼贯走出戏棚，游乐场仍像头活蹦乱跳的老虎精力充沛。路边捡来的女孩收起三味线，在棚亭里扫地，侄子重新搭好戏台，为明天的午场演出做准备。教授注意到紫女士最后一幕穿的破麻衫绽了线，老大不高兴地嘟哝自语，替她脱下衣服；她挂在那里左右轻轻摆晃，他则坐在戏台一把道具木凳上动起针线，像个勤奋的家庭主妇。缝补工作比乍看之下麻烦，因为麻布也扯破了，需要密密补缀，于是他叫两个助手先回客栈，自己留在那里完工。

戏台一侧的钉子上挂了盏小油灯，光线微弱但安宁。夜色中，阵阵雾气穿透防水帆布的处处缝隙飘进戏棚，白色傀儡忽隐忽现，忽亮忽暗，然后绉绸般的蒙蒙帘幕逐渐掩住她，仿佛为她妆点打扮，或者要让她更具朦胧的诱惑力。她的头微微偏向一侧，雾气让画在脸上的微笑变得柔和了些。最后一幕她戴的是披散的黑假发，直垂到她包覆着柔软皮革的身侧，发梢随她的零星动作飘动，在她如同白板的背上制造出波动的视觉效果，让看的人怀疑自己是否眼花。教授与她独处时常用自己母语跟她聊天，此刻也不例外，念念叨叨随口说着家常小事，说天气，说他的风湿，说这地方的粗黑面包又贵又难吃。微风吹动她，作为这支细微得几乎无法察觉的悲伤华尔兹舞伴；雾气一分浓于一分，愈来愈苍白，愈来愈黏稠。

老人缝补完毕，在老骨头一两声喀响中站起身，把可怜兮兮的戏服整整齐齐挂在后台衣架上，旁边是那件发着微光的酒紫色晚礼服，上面缀满粉红芙蓉，配上洋红腰带，是她跳那支骇人之舞时穿的。他正准备把赤裸的她放进棺材形木箱背回冷飕飕的房间，却停了下来，突然有股孩子气的念头，这一夜想再看一次她全副盛装的模样。他取下衣架上的礼服走向她，她在那里摇曳款摆，只受风的意志控制。他一边为她穿衣，一边喃喃轻哄仿佛她是小女孩，因为她双臂双腿都无力软垂，像个六英尺高的婴孩。

"这里，这里，我的美人儿，这只手伸这里，对啦！哎呀当心点，慢慢来……"

他温柔取下那顶悔罪的假发，看见没了头发的她秃得多么无助，不禁啧啧出声。那巨大发髻几乎要坠断他的手，他得踮起脚尖才能把发髻安在她头上，因为她是真人大小，比他高出不少。不过发髻戴好后，着装便于焉完成，她再度变得完整。

现在她打扮妥当，看来仿佛那一身枯木同时绽放一整个春季的花朵，供老人独自享受。她足以扮演最美的女人的范本，一个只有男人的记忆加想象能塑造出的女人，因为油灯的光线太微弱，模糊了她平常傲慢的神态，又太柔和，使她长长的指甲看来有如飘落的花瓣般无伤。教授有个怪习惯，总要亲吻这木偶道晚安。

小女孩会亲吻玩具，假装玩具也会睡觉，但尽管年纪小，她也知道玩具的眼睛无法闭上，因此永远是再怎么亲吻也唤不醒的睡美人。极度孤单难熬的人可能会亲吻镜中自己的影像，因为没有别的脸可以亲吻。这些亲吻都是同一类，是最痛楚的爱抚，因为太谦卑、太绝望，不敢奢求任何回应。

然而，尽管教授悲哀又谦卑，他干裂枯萎的嘴吻上的却是温热、潮湿、颤动的唇。

木头睡美人醒来了。她一口贝齿碰撞到他的牙齿，发出铙钹般声响，她温暖芬芳的气息吹在他身边，像一阵意大利狂风。那张突然动起来的脸上闪现万花筒般各式表情，仿佛她瞬间试过库存的所有人类情绪，在永无止尽的那一刻练习所有情绪的音阶，一如演奏音乐。她双臂像勒人的藤蔓，缠绕住教授羸弱的骨皮结构，愈缠愈紧，她的真实比他年老体衰的身体更真实，更有生命。她的吻来自黑暗国度，在那里欲望变成客体，自有其生命。穿过某个形而上学的漏洞她进入了这个世界，随着那一吻吸尽他肺中的气息，自己的胸口开始起伏。

于是，不需旁人的操纵，她开始了接下来的表演，看似临场发挥，实则只是同一主题的变奏。她一口咬进他喉咙，将他吸干，他连叫喊一声都来不及。被吸空的他随之滑出她的怀抱，窸窣落在她脚边，像满满一抱的枯叶被扔下，就这么委顿在地板上，跟他落在地上堆成一团的羊毛围巾一样空洞、无用、没有意义。

她不耐地拉扯固定住她的线，线断了，整把落在她头上、臂上、腿上。她将线从指尖撕下，伸出又白又长的双手，一再伸缩。多年来第一次，或者说永恒以来第一次，她终于求之不得地闭上那口沾血的牙，脸颊仍因工匠当初刻在她原先那张脸的材料上的微笑而酸痛。她跺了跺那双优雅的脚，好让新获得的血液流得更畅通。

她的发髻自动松散披落，摆脱发梳、头绳和发胶的限制，重新在她的头皮上生根，像割下来的草跳出草堆回到地上。一开始，她愉快地打着哆嗦感受寒冷，因为知道自己正在体验一种生理感觉；然后她记起，或者说她相信自己记起，寒冷不是一种愉快的感觉，于是跪下捡起老人的披肩，仔细围在自己身上。她的每一个动作都是本能，带有爬虫般的美妙流畅。此时棚外的雾气已像潮水般涌入，白色浪头扑在她身上，使她看来像一尊巴洛克式船艏破浪雕像，是船难的唯一幸存者，被潮水冲上岸来。

但无论她是重生或新生，复活或变活，是从梦中醒来，还是实现只因相同动作重复太多遍而在木雕头壳中产生的幻想，总之，那活过来的头发下的大脑，对如今眼前的无数可能性只有最微薄一点概念。渗透进木偶的念头是，她或许可以不必受别人技巧的操控，而是出于自己的欲望自行演出生活的种种形式，但她没有能力理解启发了她的那套复杂逻辑，因为她一直以来只是个傀儡。然而，尽管她无法认知困住自己的矛盾，却依然逃不过这套循环吊诡：是傀儡可以尽情模仿活人，还是如今活过来的她要模仿自己身为傀儡时的表演？尽管她很明显是个女人，年轻又美丽，但那张麻风般惨白的脸却让她看来像受恶魔意志操纵的尸体。

她刻意打翻挂在墙上的油灯，戏台上随即积起一摊油，一抹火星跃过燃油，火舌立刻开始吞噬帘幕。不一会儿戏台便化为地狱火海，教授尸体在不安的火床上辗转反侧。但她已悄悄溜到戏棚外的游乐场，没有回头看戏台烧得像被自身烛火燃着的纸灯笼。

此刻时间已经很晚，奇人怪物秀、姜饼摊和卖酒的亭子都拉下门上了锁，只有浮云半掩的月亮发出微弱脏污的光芒，让这些薄弱的木板门面显得扭曲变形，使这整个空无一人、满地饮酒作乐后的呕吐物的地方看来无比寂寥。

她迅速走过寂静的圆环朝城镇走去，只有阵阵雾气陪伴，像只归巢的鸽子，出于必须的逻辑，投向城里唯一的妓院。

冬季微笑

　　这里没有海鸥，唯一的声响是海浪回荡。这一带海岸地势相当平坦，只见过于宽广的天空以令人难以忍受的重量笼罩下来，挤出一切事物的本质，沉沉压得我们全得反躬自省，大海永无休止的喧嚣更加强了抑郁内向的感觉。太阳下山后变得很冷，我轻易就哭了起来，因为那轮冬之月刺穿我的心。异常的黑暗包围冬之月，正是白昼那不似人间的清澈天光的反命题。在这片黑暗中，只要见到一颗星，每家每户的狗便成群嗥叫起来，仿佛星星是不自然的事物。但从早晨到傍晚都有幻觉般的光照遍沿岸，在冷冷闪动的明亮阳光下一切都变了模样，海滩仿佛沙漠，大海是海市蜃楼。

　　但这海滩从不像沙漠那样杳无人迹，差远了，有时甚至聚集了沉默的群众——三五成群的女人来将晒在竹架上的鱼干翻面，星期天的游人，甚至有形单影只的钓客。有时候卡车从邻近岬口开来开去，在海滩上来来往往；放学后也有孩童来这里打场克难棒球，木棍充当球棒，潮水冲上来的死螃蟹当球。孩童戴着黄色棒球帽，头很圆，脸色很平淡，形状色泽都像棕色鸡蛋。他们一见到我就吱吱咯咯笑，因为我的皮肤是白色加粉红，他们则一律是实用的淡棕。除了这些人之外，还有夜里来的机车骑士在沙滩上留下深深车辙，仿佛在说:"我来过了。"

当夜色阴影浓重落在海滩上,仿佛多年没掸过尘埃时,机车骑士就出动了,这是他们最喜欢的时间。他们在沙丘间用红色木桩标出一条跑道,以惊人的速度穿梭奔驰。他们爱什么时候来就什么时候来,有时在一大清早,但多半是在星月微光下,猛催油门大声宣告现身。他们留着长发,头发飘在身后有如黑旗,美丽一如《奥菲》那部电影里的死亡前导骑士。我真希望他们别那么美;要是他们没那么美,那么难以接近,我会觉得比较不寂寞——尽管我来这里就是为了要寂寞。

海滩上满是大海的垃圾,浪潮留下了连大海铁胃都难以消化的、残缺卷曲的透明塑料袋,有裂口的米酒瓶,装满沙子的单独一只防水靴,破啤酒瓶,有次还把一只僵硬的棕色死狗直冲到松树林那里。受天气微妙缠裹成形的松树蹲踞在我花园尽头,干土与沙地交接之处。

松树已经开始结今年的球果,每一根长着蓬乱针叶的粗钝树枝尖端都有略带茸毛的一小团,就像幼犬的小鸡鸡,而去年的松果仍攀着粗糙的树干,但已经摇摇欲坠,只要轻轻一碰就会纷纷掉落。但整体说来,松树有种顽强的味道。它们将根深深挖进满是贝壳的干土地,在从阿拉斯加一路吹来的狂风中吃力后仰,完全暴露于天气中,却又跟天气一样对一切无动于衷。这十二月的沿海一派漠然,正适合我寂寥的心情,因为我是个生性忧伤的女子,这点毫无疑问。在这快乐的世界,我该是多么不快乐呀!这国家有着全世界最鲜活有力的浪漫主义,认为独居女子应该以寥落凄清、触景伤情的环境来加强她的忧郁。在他们的古书里,我读遍一个又一个遭弃的情人痛切伤心一如玛莉安娜[①]在壕沟围绕的庄园,荒废花园长满

---

① 典出丁尼生诗作《玛莉安娜》(*Mariana*),描写女子因日夜盼情人不至而悲痛欲绝;诗中的玛莉安娜则是引自莎士比亚《自作自受》一剧的人物。

鸭跖草和艾蒿，泥墙失修倾圮，锦鲤池被莲叶遮蔽。一切都与女主人的哀愁心境相辅相成，形成一幅动人的寂寥意象。在这国家你不需想，只需看，很快你就会觉得自己了解了一切。

村里每栋老房子都以隐蔽隔绝为要务，饱经风霜、未上油漆的木窗扇通常紧闭，关住自家一片忧伤天地。这种建筑秉持阴郁枯寂的美学，以不断向内退去为原则。房舍铺满薄木板，屋顶的形状和颜色都像灰霾天气里结冻的浪潮。早上，人们拆下外侧墙板让新鲜空气流通，走过时能看见里面的墙也全是可拉动的门扇，不过是硬挺的纸糊而非木板，你可以瞥见屋内渐次退去的无尽层次，色调偏棕，仿佛一切都曾在若干时日以前涂上一层厚厚清漆。尽管屋内层次可以随意改变，移动门扇形成新房间，但新房间永远跟原来的房间一模一样。反正铺着榻榻米的室内全都一样。

有些围篱的栅栏缝隙较大，有时我能看见围篱内的花园，与季节完美契合得简直像无人照料。但有时候，这些原色木料搭建成的脆弱民居，后院生锈水泵与枯萎菊花组成的静物（或者该说死物写生），弃置在沙滩上逐渐腐朽的渔船——有时候整个村子看起来都像已遭遗弃。这毕竟是弃置的季节，活力暂告悬置，精力止歇一段长时间，要我们培养坚忍精神。一切事物都挂上寂寥的冬季微笑。在我住处破旧的前门外，有一条运河，就像玛莉安娜住在壕沟围绕的庄园；屋后除了那些匍匐潜藏的松树之外，再过去就只有海。冬之月刺穿我的心。我哭泣。

但今天早上我来到海滩，挂着干去泪痕变得僵硬的脸颊在风中皲裂，却发现大海冲上了一份好礼物给我——两块漂流木。一块形状分岔，像条木头长裤，另一块则较大，是发灰磨损的树根，像毛发蓬乱的狮爪。我习惯收集漂流木，放在松树间摆出充满画意的姿态，然后我自己也摆出充满画意的姿态站在一旁，看着永远烦乱的波浪，因为在这里我们大家都摆出充满画意的姿态，所以我们都这么美。有时我想象某个晚上那些骑士会在我花园前停车，我会听见他们靴子踩在去年掉落的松果那层易碎地毯上，然后面海那扇门会传来迟疑的敲门声，他们会恭敬沉默等待我出现，因为他们的身体都只是影像。

我的口袋里总沉积着一层粗糙沙砾，因为我去海滩时会捡贝壳放进口袋。绝大部分贝壳都状如圆形雕塑，色如棕色鸡蛋，内面是温暖的乳黄，有一种古典式的单纯。贝壳表面有几乎察觉不出的纹路，形成一种花瓣般细微起伏的质感，抚摸起来也像日本人肌肤那样顺手适意。但也有纯白的贝壳，外层凹凸不平，内面却光滑如大理石，总是相连成对出现。

此外还有一种贝壳，不过比较不常找到。这类贝壳是包头布般的螺旋状，带有粉红斑点，质地非常细薄，大海轻易就能磨去外壳，露出螺旋中心，通常还附有巴洛克式精细繁复的微小钙化寄生虫。这类贝壳是三种里最小的，结构却细得多。有次我捡起一颗这种贝壳，发现里面有一根干燥的、桃红色的、某种小小海生物的断肢，像一段脱水的记忆。有时贝壳之间会掉落一些鱼，每条鱼都像道家之镜以绝对的纯净反映天空。

这些鱼是从晒鱼干的架子掉下来的。铺满鱼干的竹篾搭在支架上，遍布海滩，仿佛为全县办了一场盛宴，但没人来吃。靠近村子处另有些放满竹篾的晒场，其中一处拴了头羊在吃草。这些鱼亮得像锡，只有我小指大小，晒干后装进塑料袋贩卖，用来增添煮汤的滋味。

村里的女人把鱼铺放在架上，每天都来翻动，鱼晒好后便叠起竹篾，搬进小屋准备装袋。这里有很多这种安静得吵人、肌肉发达、令人生畏的女人。

残酷的风在她们毫无表情的阴沉脸上灼出黄褐皱纹。她们每人都穿深色或灰扑扑的长裤，裤脚扎紧，脚上是橡胶短靴或足趾分岔的袜子，再加上毛衣外套和缝有衬里的宽大棉外衣，看来呈头重脚轻的方形，仿佛被推也不会倒，只是不怀好意地前后摇晃。外衣上又套着一尘不染、饰有粗糙花边的短围裙，白巾包在头上，或者类似修女头巾那样垂下来包住耳朵和喉咙。她们凶恶又有侵略性，公然盯着我看，好奇中带点敌意，笑起来露出值钱的金牙，双手粗硬像十八世纪为钱打拳的人，那些人也常把拳头泡在盐水里。她们让我觉得不是我就是她们在女性特质方面有所匮缺，我想一定是我，因为她们背上多半有一团有生命的突起，外套底下背着婴孩。村里看起来似乎只有女人，因为男人都出海了。每天一大早，我会出门去看闪闪烁烁的渔船灯火，船下的海水在即将日出的时刻变成深紫。

暴风雨过后的早晨潮湿有雾，看不清海平面，水天连成一气，风与潮水改变了沙丘的轮廓。湿沙颜色深如棕色奶油软糖，又比软糖更扎实而柔软，我仿佛走在一锅奶油软糖里，在甜点王国散步。潮水留下一条条发亮的盐粒痕迹，强而有力地将岸边形塑成悬崖、港湾、入海口似的抽象曲线，一如阿普①雕塑的曲线坟冢。但暴风雨本身就是吵闹的音乐，把我住的房子变成风神的木琴。风整夜敲打每一片木板表面，房子就像个共鸣箱，即使最静的夜里，在松树间轻声沙沙的风也会溜进纸窗。

有时午夜骑士的车灯会在窗扇上画出明亮的象形图案，尤其是没有月亮的夜里，当我独处在异常黑暗中，看见他们的车灯、听见引擎隆隆，我有点害怕，因为那时他们像是被否定之光的子孙，从

① Hans Arp（1887–1966，又名 Jean Arp），法国前卫雕刻家、画家、诗人。

海里直驶而来。而海正如黑暗一样神秘，也是夜的完美意象，因为海是有人居住的这半已知世界的倒转，正如夜晚。不过夜之国度里也住着许多不同的居民。

他们都穿满是钉扣的皮夹克和高跟靴。这身虚华行头不可能是在村里买的，因为村里的商店只卖实用物品如煤油、棉被、食品，且村里的所有色彩都微暗而暧昧，如饱经风霜的灰暗木头，没有生命力的冬季植物。有时我看见柳橙树结着累累金球仿佛魔法，却更对比突显出其余一切的静止端肃，共同组成寂寥的冬季微笑。下雨的夜晚，若有足够明亮、足以刺穿人心的冬之月，我常会满脸泪痕犹湿地醒来，于是知道自己又哭了。

夕阳西下之际，每一道阳光变得个别可辨，以一种奇特的强度斜照在海滩，从沙粒中冲出长长的影子，同时仿佛照穿涌来的浪潮中心，使其看来有如由内点燃亮起。浪头扑上来之前鼓涌前进，臃肿的形状和巧妙缺陷的炽亮就像新艺术派玻璃，仿佛其中那些半透明的意象形体试图喷发——我说意象是因为海洋生物就是意象，这点我深信不疑。在一天这个时刻，大海的色彩变幻多端——十九世纪着色明信片里海洋的那种化学亮绿，或者太深浓不适合傍晚的蓝，或者有时闪着几乎无法逼视的金属般光辉。我带着惯常的冬季微笑，站在花园边，旁边是一群绿熊，看着太平洋那色彩丰富的袖口上永远烦乱的白色蕾丝。

海洋国度里住着不同的居民，他们散发出来的东西有些会起伏着经过我身旁，当我在少见的灰暗阴郁冬日沿着海滩走向村子，沙砾有如怨灵被一阵阵盲目的阿拉斯加风吹动，赶往不知名的聚会场所。海里来的东西如蛇般缠绕抚上我的脚踝，眼睛满是沙子，但有些生物眼里则满是水；当那些女人在晒鱼架之间走动时，我觉得她们也是海洋生物，是长在海底骨架坚硬的植物。如果潮水吞没了村子——这随时可能发生，因为这里没有山丘或防波堤保护我们——村里的生活在水下也会继续，海羊仍然吃着草，商店仍热闹卖着章鱼和芜菁泡菜，女人们继续静静做着事；反正这里一切本来就安静得有如置身水底，空气也如水般沉重、如水般扭曲光线，看出去让人觉得自己眼睛是水做的。

　　别以为我不明白自己在做什么。我正在写一篇文章，运用以下元素：冬天的海滩、冬天的月亮、大海、女人、松树、机车骑士、漂流木、贝壳、黑暗的形状和水的形状，以及废物。这些都不利于我的寂寞，因为它们对我的寂寞一派漠然。身处这些不利的漠然事物之间，我打算代表寂寥的冬季微笑——你一定已经猜到，那就是挂在我脸上的微笑。

穿透森林之心

　　这整个区域就像弃置的花钵，满溢鲜活绿意，这片美丽森林深处内陆，四周又有崇山峻岭险阻屏障，此地居民相信"海洋"是某个外国人的名字，若见到船桨也一定会以为是用来扇谷去糠的扇子。他们不修路，不筑城，在各方面——尤其是不幸的过往遭遇——都与憨第德①相似，也像他一样一心一意只种花莳草。

　　他们的祖先曾是奴隶，多年前逃离了远处平原上的农园，艰辛困苦越过此洲大陆荒瘠的地岬，耐受无垠的沙漠和冻原，然后翻越崎岖丘陵、攀登高山，终于来到这片宛如梦中乐土的丰饶之地。现在他们自成天地，与世无争，感兴趣的范围不超过谷地中央松树林外围的灌木丛，生活中只需些许简朴乐趣便已满足。从不曾有谁充满冒险精神去追溯灌溉他们耕地的大河源头何在，或走进森林中心深处。他们对自己遗世独立的堡垒已太心满意足，除了悠闲之乐外什么也不关心。

　　过往生活的唯一遗迹，是昔日奴隶主烙印在他们舌端的法语，但其中也掺杂残存某些被遗忘的鸟鸣般非洲方言，使他们的腔调多

---

① 憨第德（Candide）为伏尔泰一部小说名及其同名人物。

了些出人意料的抑扬顿挫，多年下来自成一套木本隐语，与法文文法已大相径庭。当年他们破烂的包袱巾里也带来一点点黑暗的巫毒民俗，但这类血腥鬼魂无法存活在阳光和新鲜空气中，便集体迁出了村子，只栖息在关于森林的暧昧邪门传言，终至仅剩下可能潜藏于蓊郁深处难以捉摸的轮廓，最后，其中某个阴影无声无息转变成一棵树的真实形体。

几乎像是要为自己缺乏探险欲望编造正当理由，他们终于口耳相传地在森林里种出一棵不怀好意的神秘树木，就像爪哇传说中连树荫之影都能致人于死的"乌帕斯树"，潮湿树皮分泌剧毒汗汁，果实足以毒死一整个部落。因为有这棵树，探险便成了绝对禁止的活动——虽然每个人心底都知道事实上并没有这样一棵树存在。但尽管如此，他们觉得还是待在家里最安全。

这些林地居民生活不能没有音乐，便以巧妙的手艺与天分自制小提琴与吉他。他们喜爱美食，因此有足够的动力种植蔬果，畜养羊鸡，把这些材料做成朴实但丰盛的菜肴。他们将自家种的美味水果晒干，加糖做成果脯，浸蜂蜜做成蜜饯，偶有外地人带着一捆捆棉布、一束束缎带，穿过唯一一条危险重重的山路隘口来到此地时，便用来以物易物。妇女用换来的布为自己裁制长裙、衬衫，也为男人裁制长裤，因此每个人都穿得五颜六色：红花黄花、紫格子绿格子、彩虹般条纹，等等，头上还戴着自编的稻草帽。只需再插上几朵花，一身称头的打扮便大功告成，而花朵在他们四周本就漫山遍野，茂盛得让这戴着稻草屋顶的村子本身就像座花园。这里的土壤肥沃得惊人，处处花团锦簇姹紫嫣红，骑驴穿越隘口的植物学家杜柏瓦[①] 看见山下天堂般的景色时不禁惊呼："老天！简直像亚当

①　杜柏瓦（Dubois）在法语中原意即为"（来自）森林的"。

夏娃把伊甸园对外开放！"

杜柏瓦正在寻找一处他自己也不知在何方的目的地，但他十分确信那地方必定存在。他已走遍全世界大多数偏远地带，用戴着厚厚圆眼镜的眼睛细细观察每种植物。以他为名的包括达荷美^①的一种兰花，中南半岛的一种百合，还有巴西某城镇一个黑眼睛的葡萄牙女孩，那城镇无比保守端庄，连出租车都有椅套。但他深爱那纤细羸弱、一双哀愁眼睛已预示她将不久人世的妻子，因此在那里落地生根，就像一株移植异地的植物，而她也感激丈夫的爱，为他生了一对双胞胎之后死去。

只有回到当初为了她而抛下的花草荒野，他才能得到些许慰藉。他已近中年，大骨架，戴眼镜，对自己的巨人身高不好意思因而总习惯弯腰驼背，须发蓬乱，个性温和，像头草食的狮子。由于不善与人计较，他的研究成果没得到应有的学术地位，再加上痛失爱妻，使他渴望独处，渴望在一个没有野心、钻营和欺骗的地方抚养孩子，让他们如小树般有力而无邪地成长。

但这样的地方很难找。

他四处漫游，离文明世界愈来愈远，但始终不曾感觉找到归属，直到那天早上，阳光照散雾气，他骑的驴子一步步走下崎岖小径，小径上长满被露水沾湿的野草青苔，已不太能算是路，只是再模糊不过的一道方向。

小径带他迂回下坡，来到深埋在忍冬花丛的村落，高地的稀薄空气满是慵懒甜香。晨曦中音符颤动，有人正用吉他轻弹一首牧野晨歌。杜柏瓦经过那户人家，一个深色皮肤、系大红头巾的丰满妇人正好推开窗扇，摘一串牵牛花插在耳后。她看见陌生人，露出如

---

② 达荷美（Dahomey）为西非一共和国，一九七六年改称贝宁。

朝阳再升的微笑，用几句悠扬词语向他打招呼，那词句是他的母语，可又不知怎么添加了阳光和焦糖奶油。她表示要请他吃早餐，因为他远道而来肚子一定饿了，正说着话，黄漆大门砰地推开，涌出一群吱吱喳喳的小孩将驴子团团围住，仰脸看着杜柏瓦像一朵朵向日葵。

来到这克里欧人 ① 的村落六个星期后，杜柏瓦再度动身，回到岳父母家开始打包，带走所有的藏书、笔记、研究纪录、众多珍贵标本、器材设备、足够下半辈子穿的衣物，以及一箱有纪念价值的私人物品。这一箱东西和两个子女，是他对过去所做的唯一妥协。村民们暂时中断无所事事的生活，为他准备了一栋木屋；一切安顿好之后，他便紧闭起心门，只亲近森林边缘，对他来说那就像一本奇妙天书，要竭尽余生之年才能学会阅读。

鸟兽都不怕他，他在树林间素描时，彩色的喜鹊停在他肩上若有所思，幼狐则在他脚边玩耍，甚至学会把鼻子拱进他宽大的口袋里找饼干吃。对他日渐成长的子女而言，他愈来愈像是周遭环境的一部分而非具体的父亲，他们也不知不觉从他身上吸收了一种非人性的光芒，对绝大多数的人类——也就是对那些不美、不温和、不性不善良的人——抱持一种和气的无动于衷。

"在这里，我们都变成了 homo silvester，也就是'森林人'。"他说，"这比那种早熟又只知破坏的 homo sapiens，也就是'智人'，要好多了。还智人呢，人的智慧哪能跟大自然比？"

其他无忧无虑的孩子是他们的玩伴，玩具则是花鸟蝴蝶。父亲腾出点时间教他们读写绘画，然后就放任他们自由阅读他的藏书，自由成长。因此他们在简单食物、温暖天气、无尽假期和东一点西

---

① 克里欧人（Creole）一般指西印度群岛或美国南部的欧洲殖民者后裔，或非洲与欧洲族裔的混血儿。

一点学习的滋养下茁壮，无所畏惧，因为没有需要畏惧的东西，永远说实话，因为没有必要说谎。从没有人对他们愤怒打骂，所以他们不知愤怒为何物；在书上读到这个词时，他们猜想它一定是指连下两天雨时他们那种有点焦躁的感觉，不过这里也很少连下两天雨就是了。他们差不多已完全忘记原出生地那个无趣城镇，这绿色世界接纳他们为自己的孩子，他们也不辜负大自然这位养母，长得结实敏捷又柔软灵活，同村民一样给太阳晒成棕色，也同村民一样讲着那种流水般的方言。他们相像得简直可以拿对方当镜子，几乎像是同一人的不同面，姿态、语气、用词都一模一样。若是他们懂得骄傲，他们一定会觉得骄傲，因为两人的亲密关系是如此完美，很有可能产生源自孤独的骄傲。读愈多父亲的书，两人的伴侣情谊也愈深，因为除了彼此，他们没有别人可以讨论那些共同发现的事物。从早到晚两人形影不离，夜里也睡在同一张简单窄床上，床下是泥土夯实的地板，狭窄窗外是一框友善夜色，柔和的南方之月高挂天际。但他们也常直接睡在月光下，因为他们出入完全自由，大部分时间都在户外探索森林，渐渐甚至比父亲还深入其中，看到更多东西。

最后，他们的探险终于来到森林深处未曾有人涉足的处女地。两人携手同行，走在松树的梁柱拱顶下，四下阒静，仿佛一座有知觉的大教堂。树梢枝条密密纠结，将光线过滤成一层青碧朦亮，浓烈的沉默仿佛长有毛皮，贴在两个孩子耳边。与这地方不够亲近的人可能会觉得不安，宛若被抛弃在静谧无声、对人类毫不顾念的巨大形体之间。但这两个孩子尽管有时找不到路，却始终不曾迷途，因为白天有太阳，别无踪迹的夜晚有星星可当罗盘，他们在这迷宫中也能分辨不够信任森林的人所认不出的线索，他们太熟悉这森林了，浑然不知它可能造成什么伤害。

从很久以前开始，他们便在家中自己房间着手制作森林的地图，但与正牌制图者绘制的地图完全不同。他们用在山丘上见到的鸟的羽毛一蓬蓬标示山丘，空地是一层压花，特别壮丽的大树就以笔触细致、颜色鲜艳的水彩画出，树枝上还插着用真树叶编成的花环，于是地图成为一幅用森林本身的材料织成的刺绣。起初，在地图中央他们画上自己家的稻草顶小屋，玛德琳还在花园里画上不修边幅的父亲，他狮鬃般的须发如今已白得像蒲公英的绒球，正拿着绿色浇水罐给盆里的植物浇水，宁静，受孩子所爱，对一切浑然不觉。但他们逐渐长大，对自己的作品也开始不满意，因为他们发现自己的家并非位于森林中心，只是在其绿色边郊的某个角落。于是他们一心想要更加深入林中鲜有人迹之处，出外探险的时间也拉长到超过一星期。父亲看到他们回家总是很高兴，但也常常忘记他们出了门。到最后，他们满脑袋想的都是找出无人曾至的山谷中心，找到森林的肚脐，几乎变成一种执迷，此外再无其他事物能满足他们。探险的事他们只跟彼此谈，从不对其他友伴提，而随着两人日渐长大，彼此间的亲密关系变得愈来愈绝对，也就愈来愈不需要其他友伴，因为近来，由于一些他们无法理解的原因，这份亲密多了某种微妙紧绷，让他们神经紧张，却也让两人都增添一种令人着迷的光辉。

而且，每当他们跟其他朋友提起森林之心，林地孩子的眼中总会笼罩一层黑暗，对方会半笑半低语地暗示林中那棵邪恶树木，仿佛它象征某种他们宁可忽视的不熟悉事物——尽管他们并不相信那树真正存在——就像是说："何必去吵醒睡着的狗呢，我们现在这样不是很快乐吗？"看到朋友笑着不感兴趣、毫不好奇又掺杂些许恐惧的态度，艾米尔和玛德琳忍不住有点看不起他们，因为那些人的世界尽管美丽，但在他俩眼里总觉得不够完整——似乎缺少某种他们可能（可不是吗？）在森林中独自发掘的神秘知识。

在父亲的书里，他们读到印度洋马来群岛的箭毒木，又称见血封喉，学名 antiaris toxicaria，其乳状汁液含有剧毒，就像经过萃炼的颠茄精华。但理性思考告诉他们，就算是最大胆的候鸟也不可能用爪子将那树黏答答的种子一路带来，抛在这片远离爪哇的内陆山谷。他们不相信这半球会有那种邪恶的树，但仍感觉好奇，不过并不害怕。

这年两人十三岁。八月的一个早晨，他们将背包装满面包奶酪，一大早便出发上路，此时其他人仍在家中安睡，连牵牛花都还没开。这聚落依旧是他们父亲初次见到的模样，存在于原罪之前的村庄，没有任何堕落的可能；这两个生长于此宁静所在的孩子，回顾的眼神里不包含任何对失落天真的怀旧，想到这地方也只有那模糊、温暖、封闭的概念，"家"。中午他们来到无人地带边缘的一户人家，与那家人共进午餐之后道别，心里知道——带着某种享受期待的心情——接下来很长一段时间，他俩除了彼此将见不到任何人。

起初，他们沿着大河径直走进壁垒般的松林，树木浓密得连鸟都没有飞翔或鸣唱的空间。响亮的宁静中，日与夜很快就交融难分，但他们仍仔细纪录着时间，因为他们知道，沿河慢慢走五天，松林就逐渐稀疏了。

遍布河岸的野蔷薇在这个季节开满扁圆粉红小花，两岸愈来愈窄，水流快速翻腾如教堂的排钟鸣响。灰松鼠在树木低枝上跳跃，这里的树脱离了森林里空间狭小的限制，得以舒展，长成女性化的窈窕优雅。两个赤脚的孩子经过时，兔子抽动着天鹅绒般的湿润鼻头，耳朵也往后贴在背上，但并没有逃走。艾米尔把一只若有所思蹲在驴蹄草丛间的明智蟾蜍指给玛德琳看，说他头里一定有颗宝石，眼睛才会发出那么明亮的光芒，仿佛脑袋里燃烧着冷火。这种现象他们曾在旧书里读过，但先前从没见过。

这里的东西他们全都没见过，美得让他们有些不知所措。

玛德琳伸出手，想摘水面上一朵半开的睡莲，但惊叫一声退开，低头看着手指，表情痛苦，生气又吃惊。她鲜红的血滴在草上。

"艾米尔！"她说，"它咬我！"

以前他们在森林中从不曾遭逢半点敌意，这时两人望向对方，半是惊异半是猜测，听着鸟鸣的叙唱调为河水伴奏。"这地方很奇怪。"艾米尔迟疑说道，"也许在森林的这一带不该摘花。也许我们发现了一种肉食性的睡莲。"

他洗净那小小伤口，用自己的手帕包扎起来，亲亲她的脸颊安慰她，但她不肯接受安慰，不高兴地朝那朵花丢了块小石头。小石头打中睡莲，闭合的花瓣啪一声绽开，两人讶然瞥见里面有一排白色利齿；然后色白如蜡的花瓣很快再度合起，完全隐藏住利齿，睡莲又恢复洁白无辜的模样。

"你看！真的是肉食性的睡莲耶！"艾米尔说，"等我们告诉爸爸，他一定会很兴奋。"

但玛德琳眼睛仍盯着那朵掠食者，仿佛着了迷。她慢慢摇头，神态变得很严肃。

"不行。"她说，"在森林之心找到的东西是不能说的。这些都是秘密。否则我们一定早就会听别人说起。"

她的字句带有奇异的重量，就像她本身的重力那么沉，仿佛那张伤了她的、表里不一的嘴对她传达了某个神秘讯息。艾米尔听她这么说，立即联想到那棵传说中的树，然后他发现这是有生以来自己第一次不明白她的意思，因为那棵树他们当然早就听说过了啊。他以一种新的不解眼光注视她，感觉到女性特质与自己的终极不同之处，这是他以往从来不需要也不想要去认知的；而这份不同或许使她得以开启某种他还不能触及的知识，使她突然显得比他年纪大得多。她抬起眼睛，肃穆地看了他长长一眼，将他也铐在秘密的共谋之中，从此之后他们只能与彼此分享周遭这些充满背叛的惊奇。最后他点点头。

"好吧。"他说，"我们不告诉爸爸就是了。"

尽管知道父亲听他们说话都是心不在焉，但他们以往从不曾刻意对父亲隐瞒任何事。

夜色渐至，他们又走了一小段路，直到在一棵开着花的树下找到现成的苔藓枕头。他们喝些清水，吃光带来的最后一点食物，抱在一起睡去，仿佛天生就是这地方的孩子。然而他们睡得不如平常好，两人都做了陌生的噩梦，梦里有刀，有蛇，有化脓的玫瑰。但尽管两人都欠动身体，喃喃说着梦话，那些梦境却又奇怪地并不重要，只是一串稍纵即逝、零星恶意的画面，两个孩子在睡眠中便忘掉了，醒来时只感到噩梦后仅余的烦躁、被遗忘梦境的残渣，只知道自己没睡好。

早上睡醒，他们脱光衣服在河里洗澡。艾米尔看出时间正在悄悄改变两人身体的轮廓，发现自己已无法像从小以来继续对妹妹的赤裸视若无睹，而她如往常朝他泼水嬉闹之后，也突然转开眼神，感到同样不寻常的困惑。于是他们变得沉默，匆匆穿好衣服。然而这种困惑是愉悦的，让他们感觉有些酥麻。他检视她的手指，睡莲的咬痕已经消失，伤口完全愈合了，但想到那长牙的花，仍让他有种不熟悉的惧怕，为之一阵寒噤。

"食物都吃光了。"他说，"我们中午就回去吧。"

"哦，不要啦！"玛德琳的语气带有一种神秘的刻意，如果他懂的话，便会明白那只可能出自一种新的念头：想要他不顾自己想法，只照她说的做。"不要啦！我们一定找得到吃的东西，毕竟这季节野草莓正多着呢。"

他也熟悉森林万物，知道林中一年到头都找得到食物——浆果、草根、菜叶、蘑菇，等等，因此他明白她知道他只是拿食物当做薄弱借口，掩饰自己与她在离家这么远的地方独处心中愈来愈不平静的感觉。现在借口用完了，便只能继续走下去。她的步伐带着某种不确定的胜利感，仿佛意识到自己刚赢了第一次，尽管这项胜利本身微不足道，却可能是未来重大战役的预兆——虽然他们连架要怎么吵都不知道。还不知道。

如今，这种意识到对方形体轮廓的感觉，已经让他们不再那么像双胞胎，那么难以分辨。于是他们再度开始渊博的植物研究，假装一切依然如常，一如森林尚未露出利齿之前那样；蜿蜒的河流带他们去到一处处神奇所在，多得是东西可谈。阴影消退的正午时分，他们来到一片仿佛经过炼金术改造、植物大变迁的景致，每一样事物都奇妙不已。

蕨叶在他们眼前舒展，分岔叶缘本应排满孢子的地方却是无数宝石般闪烁的小眼睛。一条藤蔓长满浓艳紫花，在他们经过时以浑厚女低音唱出弗拉明戈乐曲般冶艳狂野的歌声——而后安静无声。有些树上长的不是叶子，而是带有斑点的棕色羽毛。等他们实在很饿了，又找到连玛德琳都不曾料到的美味食物：水边一丛长着鳟鱼般鳞片的矮树结着贝壳形状的水果，撬开来吃，味道竟像生蚝。吃完这顿鱼鲜午餐，他们又走了一小段路，发现一棵树干上长有白色隆起，尖端是红点，看起来实在很像乳房，他们便朝乳头凑过嘴去，吸饮甜美清新的乳汁。

"怎么样？"玛德琳说，这次声调中带有明显的胜利意味。"我跟你说过吧，一定找得到东西填饱肚子的！"

当傍晚暗影像一层厚厚金沙落在魔幻的森林上，两人开始觉得累的时候，来到了一处小小山谷，谷里有个水潭，看来似乎没有水流进或流出，所以源头一定来自看不见的涌泉。山谷里充满类似柠檬的宜人清香，如天降香水般清冽醒神，他们立刻就看见了香气的来源。

"哎呀！"艾米尔叫道，"这可绝对不是那鼎鼎大名的乌帕斯树！一定是某种香料树，就像印度北部的那些，毕竟那里的气候跟这里很类似，至少书上是这样说的。"

这棵树比一般苹果树稍大些，但形状优雅得多。涌泉般的枝桠像节庆的鲜艳彩带，长长坠满芬芳的星形绿花整树洒泻而下，花心是雄蕊顶端的红色花粉囊，衬着一丛丛深绿光滑的叶子，树叶有的被夕阳照成火红，有的被暮色染成黑玻璃。叶片下藏着一簇簇果实，神秘的金色圆球带有绿纹，仿佛全世界还没成熟的太阳都在这树上沉睡，等待宇宙间一个复数黎明唤醒它们的灿烂。他们牵手站在那里凝视这棵美丽的树，一阵微风吹开枝叶，让他们更清楚看见果实：每一颗果实微微发红的双颊上，都有一个奇特的痕迹——一圈断续印痕，就像被饥饿的人咬了一口。这情景也仿佛刺激了玛德琳的食欲，她笑道："你看，艾米尔，森林连甜点都帮我们准备了！"

她轻快奔向那棵绝美馥郁的树，那一刻树笼罩在宛如幻觉、液态琥珀般的渐暗余晖中，看在艾米尔眼里正与妹妹惊人的美相互辉映，那份以前从未得见的美如今使他心中充满狂喜。深暗潭水映现她深暗身影，宛如一面古镜。她伸手拨开树叶，想找一颗熟透的果实，但泛绿果皮似乎一接触她的手指便变暖，变亮，于是第一颗被她碰到的果实不待采摘便自动掉落，仿佛是她的碰触使它成熟完美。果实看来类似苹果或梨子，丰沛汁液直沿着她下巴流淌，她伸出崭新的、感官的鲜红长舌，舔舔嘴唇。

"好好吃哦！"她说，"来！你吃！"

她走回他身边，踩在潭缘水里溅起水花，果实放在掌心向他伸来，宛如一座甫化为真人的美丽雕像。她的大眼像夜生花朵发亮，只等这个特别的夜晚绽放，在那双令人晕眩的深邃中，她哥哥看见了完整传达的，至今不曾猜想，知晓，传达的，爱的景象。

他接过苹果，咬下；而后，两人相吻。

肉体与镜

　　时值午夜——我对时间的选择和场景的设定都精确一如天生贵族。我不是长途跋涉了八千里，只为找到一种含有足够痛苦和歇斯底里的气候，好让自己满意吗？那天晚上，我从英国回到横滨，没人来接我，尽管我以为他会来。于是我搭火车前往东京，车程半小时。一开始我很生气，但这处境的不堪意味压倒了愤怒，于是我伤心起来。回到爱人身边，却发现他不在！以前，只要一想到有这种可能，我的心就像巴甫洛夫的狗那样乱跳，想到可能发生不愉快之事我简直垂涎三尺，因为我确信那才是真正的人生。人家说，我单独一人时看来总是很孤单；这是因为，当我还是个讨人厌的青少年时，学会了把外套领子竖起，状似孤单地坐在一旁，好吸引别人来跟我说话。即使到现在我还改不掉这习惯，尽管现在这只是个习惯，而且，我也明白，这是个掠食者的习惯。

　　时值午夜，我痛哭着走过装饰假樱花的路灯下。从四月到九月，路灯都装饰着假樱花，好让红灯区时时刻刻看来都有种喜庆味道，不管心烦意乱的涟漪如何搅扰那永不停歇、来往不断、安静温和的忧郁人群，他们撑着假屋顶般的伞，穿梭在潮湿的巷道网络里。一切看来寂寥一如狂欢节。我在无数陌生脸孔中寻找心爱之人的那一张，夏日温热的密密大雨将黑暗路面变得湿滑，闪着水光，像刚从海底冒出的海豹的滑顺毛皮。

人群在我四周涌动如同长满眼睛的潮水，我感觉自己正走过一片大海，海里无言的居民比着手势，就像中古世纪哲学家想象深海国度的居民那样，是陆地居民的对比或者镜像。我一身黑洋装穿过这些印象派场景，仿佛是我创造这一切，也创造我自己，我的女主角，以第三人称单数穿着黑洋装，爱着某人，哭泣着在城市里走过，仿佛世界全由我的眼延伸而出，就像以敏感轮轴为中心散放的轮辐，仿佛是我的注视使一切获得生命。

我想，现在我知道当时我想做什么了。我是想把那城市变成自身成长疼痛的投影，以便制服那城市。多么自我中心，多么傲慢！这城市，世界上最大的城市，设计得毫不符合我这欧洲人的任何期望，这城市呈现在外国人面前的生活模式看似谜般透明，一如梦境那种不可解的清澈。而这是那外国人自己永远做不出来的梦。那陌生人，那外国人，以为自己握有掌控权，但其实他是陷在别人的梦里。

在东京，你永远料想不到会发生什么事。什么事都可能发生。

这城市吸引我，起初是因为我猜想它含有大量作戏的资源。我总是在内心的戏服箱里翻找，想找出最适合这城市的打扮。那是我保护自己的方法，因为那时，如果我让自己太靠近现实，总是会非常痛苦，因为定义分明的日常世界有着坚硬边缘和刺眼灯光，无法共振响应我对人之存在所做的要求。仿佛我从未把体验当做体验去体验。生活永远达不到我对生活的期望——包法利夫人症候群。那时我总是在想象其他可能发生、取代现况的事情，因此我总是觉得被骗，总是不满。

总是不满，尽管我像个完美的女主角，哭泣着在芬芳的巷道迷宫里漫步穿梭，无望地寻找着失去的爱人。而且我不是在亚洲吗？亚洲！但，尽管我就住在那里，感觉起来它总是离我好远，仿佛我和世界之间隔着玻璃。但是在玻璃的另一边，我可以清清楚楚看见自己，我就在那里，走来走去，吃饭，交谈，恋爱，漠然，等等。但我时时刻刻都拉动着线，控制我自己这具木偶，是这具木偶在玻璃的另一边四处移动。即使是最精彩的冒险，我也以无聊的眼神视之，就像抽着雪茄的经纪人看着又一场试演会。我掸掸烟灰，问事件："除此之外你还会做什么？"

因此我试着依照自己想象中的蓝图重建这座城市，作为我木偶戏的舞台布景，但这城市坚决拒绝重建，我只是自己想象它被如此重建而已。回到这城市的那一夜，无论我怎么努力寻找心爱的人，她都找不到他，而城市将她交给一个完全陌生的人，陌生人走到身旁与她并肩而行，问她为什么哭。她随他去到一间立意清楚的旅社，天花板上有镜子，不法意味简直实质可触的床挂着淫荡的黑色蕾丝帘。他的眼睛形状像亮片。一整夜，一弯细细苍白的镰刀月下，一颗孤星浮在雨里，雨淅沥沥打在窗上，蝉声如时钟彻夜不休。挂在檐下的风铃不时玎玲作响，声音细致哀愁。

夏雨中甜美忧伤月夜的抒情情欲，这一切都出乎我意料，我本来多少预期他会勒死我。我的感受在反应的重担下凋谢，在感官的袭击下错乱。

我的想象被预先遏止了。

房间像油纸糊的盒子，充满雨声回音。熄灯后，我们一同躺下，我仍能在上方镜子里看见两人拥抱为一的形状，是这城市的谜般万花筒意外凑出的奇妙图案。透过蕾丝帘的回纹阴影，我们皮肤上多了动物毛皮般的条纹，仿佛这是旅社发给的制服，好让来此做爱的人隐姓埋名。镜子消灭了时、地、人，当初在这房屋的献堂

礼 ① 上，镜子已被赋予职责，专司映照偶遇邂逅的拥抱，因此它以堪任典范的态度对待肉体，慈善而中立。

镜子过滤了所有陌生邂逅的本质，两人对彼此的概念只存在于偶遇的拥抱，只存在于意料之外。在做爱那段似长若短的时间里，我们不是自己——不管那自己又是谁——而是，在某种意义上，自己的鬼魂。但我们当下所不是的那个自己，我们惯常概念中的那个自己，其实质反而比当下我们所是的映影更虚幻得多。魔镜让我看见在此之前不曾思索过的、关于我自己之为我的一种意念。无意间，我被镜中映照的动作所定义。我围困了我。我是镜中所写的句子的主词，而不是在观看镜子。镜面之外毫无他物。没有任何事物阻挡在我和这项事实、这个动作之间，我被抛入关于真实生存情况的知识中。

镜子是暧昧的东西。镜子的官僚体系发给我一份通行世界的护照，显示出我的面貌。但对一个坐在安乐椅上神游的人，护照又有何用？女人与镜子私下串通，闪避我／她所进行而她／我无法观看的行动，我藉之冲出镜子，藉之巩固面貌的行动。但这面镜子拒绝与我共谋，仿佛它是我有生以来见到的第一面镜子。它毫不掩饰，映照出下方的拥抱，它显示的一切都无可避免，但是我自己做梦也想不到的。

我看见肉体和镜子，但无法承认这个影像。我当下的立即反应是，感觉自己做出了不符合角色性格的行为。我为了配合这城市而假意穿上的花俏服饰背叛了我，让我来到一个房间、一张床和一个对自己的修正定义，这些全都不该出现在我的人生，至少不该出现在我看着自己演出的这个人生。

---

① 指教堂的祝圣仪式。

因此我躲避那镜子，爬出它的臂弯，坐在床缘，用先前的烟蒂点起另一根烟。雨滴落下。我这心慌意乱模样的表演完美精确，就像电影里那样。我表示喝彩，满意于镜子不曾诱我做出会让自己觉得不适恰的举动——也就是说，耸耸肩埋头睡去，仿佛我的不贞一点也不重要。此刻我被一种不祥的预感震动，怕这个亮片眼睛、对我仁慈的他只是另一个人，我爱的那个人，的反讽替身，仿佛街头武断随意的嘉年华会无缘无故送来这个年轻男子，看我能不能做出不符合角色性格的行为，然后把我们的交会投射在镜子上，作为研究事物本质的客观教材。

因此，一等户外天色微明，我就快快穿好衣服跑走；在黎明那没有颜色的神秘天光中，深眼睛的乌鸦从庙宇的灌木丛飞出，停栖在电线杆上呱叫着凄怆的黎明合唱曲，回荡在寻欢作乐人群皆已消失的大街。雨已经停了，这是个炎热无比的阴天早晨，我稍稍一动就满身大汗。这城市夜间那令人迷惑的电子图文全都已关掉，放眼望去尽是一片苍白粗粝的灰，空气中满是尘埃。我从未见过如此陈腐的早晨。

前一夜之前的那个早晨，这个给人压迫感的早晨之前的那个早晨，我是在船舱里醒来。那一整天，船在晴亮天气中沿着海岸前进，我梦想着即将到来的团圆，经过我必须回家奔丧而不在的这三个月之后，情人会面将更加甜蜜。我一定会尽快回来——我会写信给你。你会来码头接我吗？当然，他当然会来。但是码头上没有他，他在哪里？

于是我立刻前往市区，在红灯区展开哀怨的行程，到所有他会去的酒吧找他。到处都找不着。我当然不知道他的住址，他四处租房不停搬家，充满毫无目标的敏捷，我们通信的地址包括住所、咖啡馆、存局待领邮件等等。此外，我们之间寄丢的信件之多简直像十九世纪小说的情节，令人难以置信，起因只可能是出于迫切的情绪需求，想制造愈多混乱愈好。当然，我们两人都以自己的热情敏感为傲。我们起码有这么一个共通点！因此，在我哭着走遍大街小巷时，尽管认为没人能想象比此时此刻的我更浪漫的情景，事实上却冒着危险——我跌进了现实人生在浪漫情景中所留下的洞，这些奇特的洞是通往某些遭逢的入口，你会因此付出自己生活方式的代价。

随机偶遇的运作与存在状态的这些脱漏空隙有关，碰上它的时机是：由于饥饿、绝望、失眠、幻觉。或者对火车和飞机时刻表意外而蓄意的误读所造成的空洞时间边缘，你暂时迷失了。于是你任由事件摆布。所以我喜欢当外国人，我旅行只为了那种不安全感。但当时我并不知道这一点。

那天早上我不久便找到了我那自我加诸的命运，也就是我的情人，但我们立刻争吵起来。我们孜孜不倦吵去整日光阴，当我试着拉好自我木偶的线以控制情势时，却吃惊地发现自己想要的情势竟然是灾祸，是船难。我看着他，仿佛那张脸已成废墟，尽管那是全世界我最熟悉的景物，而且打从第一眼看到他起，便从不觉得那张脸陌生。在这之前，我一直觉得那张脸跟我概念中自己的脸有所类似，似乎是一张熟识已久、记忆清晰的脸，在我的意识里始终是个近在眼前的概念，现在它却首度找到了自己的视觉呈现。

因此，现在我想我并不知道他确切的模样，事实上，我想我永远也不会知道了，因为他当初显然只是幻想模式下创造出的客体对象。他的意象早就存在我脑中某处，当时我只是到处寻找现实中的对应，细看每一张见到的脸，看它是不是我要找的那张——也就是说，一张呼应我对自己应该爱的那个未曾谋面之人的概念的脸，一张我在想要爱人的强烈欲望之中单性生殖来的脸。因此他的自我——我所谓他的自我指的是他对他自己而言的意义——我其实并不了解。我完全以自己为出发点创造他，就像浪漫主义的艺术作品，是呼应我自己内在幽魂的一个客体对象。我刚爱上他时真恨不得把他拆开来，就像一个孩子拆开发条玩具，以便了解内在那不可思议的机械原理。我想要看见比脱下衣服更赤裸的他。把他剥光并不困难，于是我拿起手术刀开始动手，但由于解剖过程完全操控在我一人手上，因此在他内里我只找到自己基于过往经验本来便能辨识的东西，就算找到任何不曾见过的新事物，我也坚定地置之不理。我是如此全神贯注于这番解剖，根本没想过他会不会觉得痛。

为了以这种方式创造出爱的对象，并发给它"确实被爱"的证书，我也必须努力营造出我自己在恋爱的概念。我仔细观察自己，寻找恋爱的各种迹象，果不其然，那些迹象一应俱全！渴求，欲望，自我牺牲，等等等等。爱的症状我一个也不少。然而，尽管有这些赋格曲般的情绪，当路边与我搭讪的年轻男子在那色情电影般的房间里插入我身体时，我感觉到的只有欢愉。内疚是后来才出现的，当我发现自己在性爱当时完全不觉得内疚。究竟是感觉内疚还是不感觉内疚才符合我的角色性格？我迷糊了，已经搞不清楚自己这场表演的逻辑。有人背着我把我的剧本全盘搅乱，摄影师喝醉了，导演神经崩溃被送去疗养院，而与我一同演出的明星已经自行从手术台爬下，按照他自己的设计痛苦地重新缝好了自己！这一切全都在我注视镜子的时候发生。

你想想，这让我受到多大的侮辱。

我们争吵直到入夜，然后，一边继续争吵一边找了另一家旅社，但这家旅社和这个夜晚在每一方面都是前一夜的戏仿。（这才像话！脏乱和羞辱！啊！）这里没有蕾丝帘没有风铃没有月光也没有伤情诱人的雨的湿润低语，这里晦暗、寒酸、令人沮丧，放在地板上的床垫所铺的床单有泥点，不过起初我们没注意到，因为我们必须假装仍如以前那样一见面就满心热切激情，尽管现在已经没了感觉，仿佛只要演得够卖力就能重新创造出激情，虽然肌肤（它们比我们更了解我们自己）告诉我们两情相悦的日子已经结束。这是间寒酸的房间，窗下是停车场，再过去是公路，因此房间纸壁被往来交通那地狱般的嘈杂震得阵阵颤动。房里有台迟缓转动的电风扇，扇叶卡着死苍蝇，头上只有一条霓虹灯管，那无情照亮我们和一切的灯光令人几乎无法忍受。一个围着肮脏围裙的邋遢女人端来又淡又冷的棕色麦茶，随即关上门。我不让他亲吻我两腿之间，怕他会尝出昨夜历险的痕迹，这又是自欺的一点点偏执妄想。

我不知道选择那家破烂旅社是否跟内疚有关，但当时我感觉那里再适合不过了。

我记得，那里的空气比煮了一整天的茶更浓，天花板上有蟑螂在爬。前半夜我一直在哭，哭到精疲力竭，但他转过身去睡了——他看穿了那个伎俩，虽然我没有看穿，因为我不知道自己在说谎。但我睡不着，因为墙壁震动和交通噪音太吵。我们已经关掉那盏刺眼的灯，后来我看见一道光照在他脸上，心想："现在还太早，不可能已经天亮了。"但只是另一个人悄悄拉开没上锁的门：在这家声名狼藉的旅社，什么事都可能发生。我放声大叫，入侵者逃逸无踪。情人被我的叫喊吵醒，以为我发疯了，立刻紧紧勒住我，怕我杀死他。

当时我们俩年纪都够大了，应该更清楚状况才是。

我打开灯想看现在几点，却惊讶地注意到他的五官愈来愈模糊，像可消去旧字另写新字的羊皮纸上的底层字痕。不久后我们就分手了，没几天的时间。那种步调不可能撑太久的。

然后那城市消失了，几乎立刻就失去那种令人骇异的魔力。一天早上我醒来，发现它已经变成我的家。尽管如今我仍竖起外套衣领一副孤单模样，并且总是注视镜子里的自己，但这些都只是习惯，丝毫提供不了关于我角色性格的线索，不管那角色是什么。

世上最困难的表演就是自然而然的演出，不是吗？除此之外，一切都是刻意技巧。

主人

　　他发现自己的天赋志业是猎杀动物，从此便浪迹天涯，远离温带，直到不知餍足的非洲烈日侵蚀他的眼瞳，晒白他的头发，鳌黑他的皮肤，使他与原来的模样恰为相反负片：他变成白色猎人，在模仿死亡的放逐中流离，一种出于自我意志的剥夺失所。看见猎物临终抽搐，他会随之销魂喘息。他杀，不是为了钱，而是为了爱。

　　他首度展现施暴倾向，是在英格兰一所小小的公立学校。在校内臊臭刺鼻的厕所，他把新来男生的头按进马桶，冲水淹没他们咕噜咕噜的抗议声。青春期过后，他将无法定义但变本加厉的怒气发泄在伦敦几个大火车站（国王十字、维多利亚、尤斯顿……）附近廉价旅社的床上，用牙齿、指甲，有时还用皮带，在年轻女人苍白躲闪的身体上留下一道道伤口。但阴凉多雨的家乡只能提供这些色调浅淡的放纵，始终无法满足他，直到去到炙热地区，他的凶狠才得到野兽派色彩，磨炼得更加精锐，最后与他所屠杀的那些动物的兽性几乎难以分辨，只不过他几乎已完全扬弃的人性中仍留有自我意识，自我的眼睛仍注视着他，让他为自己的堕落鼓掌喝彩。

　　他歼灭一群群在大草原上吃草的长颈鹿与瞪羚，直到他一接近他们便在风中闻出赶尽杀绝的气味；在泥浆中打滚、身上仿佛绘有纹章的河马，也被他一一解决；但他那把来复枪最爱单挑的是丝般冷漠平滑的大猫，最后更特别专精于扑杀毛皮有花纹的那些，如花豹、猞猁。是不承认人心中有任何神性的缄默诸神指尖沾着棕色墨汁，在那些动物的毛皮上印下条纹斑点的语言，死亡的象形文字。

非洲远比我们古老得多，但他对那片无邪质朴的大陆始终抱着优越感，等非洲大猫宰得差不多，他决定探索新世界的南部区域，打算猎杀身披斑点的美洲豹。于是他来到世界的潮湿偏远裂缝，一处宛如孤寂隐喻的地方，时间在这里周而复始，丰饶大河本身就是个蛮女：亚马逊。在那巨大植物的静谧国度，一层无可违逆的绿色沉默笼罩住他，惊慌之余，他紧抓着酒瓶不放，仿佛那是乳头。

他开吉普车穿过一片植被宛如建筑的不变景致，没有一丝风掀动棕榈树沉沉的复叶，仿佛那些全在天地初开之际以青翠重力雕刻而成，之后便弃置于此，枝干重得简直不像往天空伸展，而是将窒迫的天空往下拉，像森林上盖着一只擦得光亮的金属盖。树干上长满各种植物、兰花、色彩流转的有毒花朵，还有粗如手臂的藤蔓张着开花的嘴，伸出黏黏的舌头诱捕苍蝇。偶尔有未曾见过的鲜艳鸟类飞过，有时是吱吱喳喳如多嘴外人的猴子在树枝间跳跃，树枝却动也不动。但一切动作、声响都打不破这地方深沉非人的内省幽静，只能在表面激起小小涟漪，因此猎杀成了他唯一能确认自己还活着的方式，因为他生性不喜内省，也从不觉得大自然能带来什么抚慰。屠杀是他唯一的习癖，也是他独一无二的技术。

他遇上住在这阴郁树林的印第安人，其部族人种之繁多简直像活生生的博物馆，以倒退方式编年：他愈往内陆走，见到的部落就愈原始，仿佛表示进化是可以逆转的。这些棕色印第安人有的完全露天席地，跟那种花一样食虫为生，用叶子和浆果的汁液在自己身上涂画，拿羽毛或鹰爪编成头冠。这些天性温和、浑身装饰的男男女女围在他吉普车旁细声交谈，照向自己内在、琥珀太阳般的眼瞳被些微好奇心点亮。他认不出他们是男人，尽管他们也懂得用自制的器具过滤发酵酒精，而他也喝了，以便在如此陌生奇异的环境让自己的脑子充满熟悉的狂乱。

面对那些天真祖露尖翘裸胸、带着朦胧微笑的棕色女孩，他的混血向导时常带一个到空地边的灌木丛里，当下就把与自己为伍多年的淋病传染给她。之后他会津津有味地边回想边舔舔嘴唇，对猎人说："棕色的肉，棕色的肉。"一天晚上猎人喝醉了，又受到常在一日工作结束之余来袭的肉欲骚扰，便用吉普车的备胎换来一个十几岁少女，处女一如这片孕育她的处女林。

她胯间缠着一块红棉布，宛如退化器官的痕迹，纤长结实的背部则像天鹅绒剪裁缝制，因为自月经来潮开始，她背上便刻上弯弯曲曲的部落图纹——突起线条像未知地域的等高线地图。这部落的女人把头发泡进泥浆，然后缠在木棍上变成长卷形，在太阳下晒干，于是每个人都一头硬邦邦如素烧陶的发鬙，看来就像主日学校图画书里那些有名罪人头上的带刺光圈。她的眼神温柔绝望，是那种即将被抛弃之人的神情，而她的微笑则如猫般无可改变——这种动物受限于生理，不管想不想笑都带着微笑。

部落的信仰教她视自己为有感觉的抽象物，是鬼魂与动物的中介，所以她看着买主形销骨立、因热病而颤抖的身体几乎丝毫不感好奇，因为在她眼中，他并不比森林中其他消瘦的形体更令人惊讶。如果说她也没把他看成人，那是因为她学到的玄妙宇宙观并不认为她和野兽和灵魂之间有任何不同。她的部落从不杀生，只吃植物的根。他生火烤熟猎物的肉教她吃，起初她并不喜欢，但还是乖乖吃下，仿佛他命令她参与圣餐礼，因为当她看见他杀死美洲豹是多么随意又轻易，便明白他是死亡的化身。之后她看他的眼光逐渐转为惊异，因为看出死亡已经自我荣耀，成为他人生的原则。但他看她，只看见自己没花什么钱买来的珍奇肉体。

他将自己的坚挺插进她的惊讶，等她伤口复原后，便在睡袋里与她共眠，用她来背动物毛皮。他管她叫"星期五"，因为他是在星期五买下她；他教她说"主人"，让她知道那就是他的名字。她眨着眼，尽管能运用唇舌照他的发音说，但并不知道那声音是什么意思。每一天，他屠杀美洲豹。向导被打发走，因为现在他买了这女孩，已不再需要向导；于是关系暧昧不明的这两人继续前行，而女孩的父亲用橡胶轮胎为家人做了凉鞋，穿着鞋朝二十世纪前进了一点点，但没多远。

她的部落流传着一个生动的民间传说如下。美洲豹邀食蚁兽进行一场拿眼睛当球抛的杂耍比赛，于是双方都把眼睛挖出来玩。比完了，食蚁兽把眼睛抛向天空，掉下来不偏不倚落回眼眶；美洲豹有样学样，但眼睛却挂在高高树梢上够不着，他成了瞎子。食蚁兽找金刚鹦鹉用水为美洲豹做一双新眼睛，美洲豹从此便能在夜里视物，有了个圆满结局。这个不知道自己名字的女孩也能在夜里视物。两人朝森林深处更深处走，离小小聚落愈来愈远，每一夜他在她的身体上强取豪夺，她则越过他肩膀，注视四周浓密草木耳语中的魂灵身形，那些魂灵——在她看来——似乎便是他当天杀死的兽。她是美洲豹氏族的孩子，于是，当他的皮带抽在她肩上，用来做成她双眼的魔幻之水便会可怜地漏流而出。

他无法与雨林达成和解，雨林压迫他，毁坏他。疟疾开始让他全身发抖。他继续猎杀，剥下毛皮，把尸体留给兀鹰和苍蝇。

然后他们来到一处再也无路可通的地方。

见到内陆森林全是野兽，他的心跳动着狂喜畏惧与渴望。他要杀光他们，好让自己不再如此孤独。为了以他赶尽杀绝的存在穿透这片蛮荒，他把吉普车留在绿色小径尽头一个与世隔绝的小镇，那里一座教堂废墟里成天坐着一个威士忌老教士，用野蕉酿制烈酒，哀歌悼挽十字架的分部。主人把枪支、睡袋、装满液态热病的葫芦都交给棕色女奴背，所到之处皆留下尸体，让植物和兀鹰去吃。

夜里，她将火生好，他先用来复枪托痛打她肩膀，再用阴茎凌虐她，然后喝酒睡觉。她用手背抹去脸上的泪，又恢复了自己，而两人相处几星期后，她便懂得利用这独处机会检视他热爱的那些枪支，同时或许也偷学些主人的魔法。

她眯起一眼往长长枪管里瞄，抚摸金属扳机，然后照先前看主人做过的那样，小心把枪口转向不朝自己的地方，轻轻扣下扳机，看这样模仿他的手势是否也能触发那惊天动地的激奋。但什么事也没发生，她很失望，不高兴地用舌头啧牙。然而在进一步探索下，她发现了保险栓的秘密。

鬼魂飘出丛林坐在她脚边，偏着头看她，她友善地摆摆手向它们打招呼。火光逐渐微弱，但她的眼睛是水做的，透过来复枪的瞄准器仍看得清清楚楚。她照先前看主人做过的那样把枪举上肩膀，瞄准头上枝叶屋顶外稳挂天际的月亮，想把它射下来，因为在她的世界里月亮是只鸟，而既然他已教会她吃肉，她想自己现在一定是死亡的学徒。

他在一阵恐惧痉挛中醒来，看见她在将熄火光的黯淡映照下，除了胯下围布之外全身赤裸，手持来复枪；在他眼中，她那满头陶土仿佛就要变成一窝猛禽。看着睡鸟被自己用子弹从树上打下的尸体，她开心地笑了，月光在她尖尖的牙齿上闪亮。她相信自己射下的这只鸟就是月亮，如今夜空中只见月亮的鬼魂。尽管他们在这毫无人踪路迹的森林早已完全迷失方向，她却很清楚自己在哪里：与鬼魂为伴，她总是非常自在。

第二天，他开始教她射击，看着她从树上打下森林各种鸟兽的代表。见他们坠落时她总是发出开心的笑声，因为她从没想到让火堆旁新增几个鬼魂是这么容易的事。但她无法下手杀美洲豹，因为美洲豹是她氏族的象征；她拼命摇头，以有力的手势拒绝这么做。但她学会射击后，不久便成为比他更优秀的猎人，尽管她的猎杀毫无章法；于是两人在幽绿草木丛中一路砰砰开火，见到什么打什么。

葫芦中野蕉酒的量愈来愈少，标示时间的流逝，他们所经之处无不血肉横飞。她大开杀戒的景象令他心动，他狂热骑上她的身，粗暴撞开她的阴唇，里层的鲜红皮肉淤血化脓，她喉间、肩头的咬痕也渗出病态珍珠般的脓，吸引一大团棕色苍蝇嗡嗡围绕。她的尖叫是宇宙共通的语言，就连猴子都了解主人享乐时她有多痛苦，只有他不了解。她愈来愈像他，也愈来愈憎恨他。

他睡着了，她在对她而言掩蔽不了任何事物的黑夜中伸缩手指，毫不意外地发现指甲变得愈来愈长、弯、硬而尖。如今他蹂躏她时她可以扯破他的背，在他皮肤上留下一道道血痕；他既痛且爽地嘶叫，动作只变得更加野蛮。她的头左转右摆，满头陶土发髻形成繁复的痛苦图形，爪子徒然抓着空气。

他们来到一处泉水，她跳进去想清洗自己，但立刻又跃出，因为水接触她毛皮的感觉实在很不愉快。她不耐烦地甩去头上的水滴，陶土发髻全都融化了，沿着她肩膀流下。她再也受不了烤熟的肉，一定要趁主人看不见时用爪子直接将生肉撕下骨头。她再也无法卷着鲜红舌头发出他的名字，"主——人"，想说话时只有一股隆隆鸣声震颤喉头肌肉。她还在地上利落挖洞埋掉自己的排泄物，因为长出胡须之后她变得非常爱干净。

他被疯狂和热病占据，杀死美洲豹后连皮也不剥，就这么把他们丢在森林里。占有长了爪子的她，本身就是一种屠杀。他跟在她身后走，恍惚的眼里满是酒精，看着阳光不时穿过枝叶，在她背上突起的部落花纹上洒下斑点，直到那些染色部分看来就像微妙模仿那种模仿穿透枝叶的阳光的兽，若不是她直立以双足行走，他一定会射杀她。就这样，他把她推倒在草木里、兰花丛间，用他另一种武器插进她柔软潮湿的洞，牙齿咬着她喉咙任她哭泣，直到有一天，她发现自己再也不会哭了。

酒喝光那天，他独自一人发着高烧。他头晕目眩，尖叫颤抖，空地只剩被她抛下的睡袋；她伏在藤本植物间，呢喃如同轻柔雷声。尽管此时是大白天，无数美洲豹的鬼魂仍聚过来看她要做什么，无形鼻孔因血的预感而抽动。她曾架着来复枪的肩膀如今有毛皮的质地。

猎物射杀了猎人，但现在她已拿不住枪，琥珀棕的身侧洒着斑点，走动起来如水面泛着微波。她小步跑向尸体，啃咬尸体上的衣服，不过不久她便觉得无聊了，一跃离去。

然后只剩爬在他尸体上的苍蝇还活着，他在离家很远的地方。

倒影

暮春的一天，我走在树林里。天上飘着云，阳光沾染了阵雨，偶有阴暗的天空是澄澈的蓝——清凉、明亮、微颤的天气。树枝裹满泛绿的五月花朵，一只黑鸫栖息其上唱着花腔，流泻一串偶有瑕疵的听觉珍珠。充满春季魔法的树林中只有我一人，我用手杖挥打长草，不时惊起什么森林小动物，野鼠或兔子之类，迅速窜离。草丛里开放着小小雏菊和一枝枝纺锤形的毛茛，闪闪发亮的茎条接近根部处仍然潮湿，因为昨夜下过雨，洗得整片树林为之清新，多了一层凄切的透明，是多雨地区独有的哀愁特质，仿佛一切都是透过泪眼看见。

空气清冽，带着湿草和新土的香味，此时正值神秘春分的时节变换交替之际，但我一无所知，感觉不到窸窣树林中那迫在眉睫的沉默魔力。

然后我听见有位少女在唱歌，那声音的抛物线比黑鸫鸣声华丽得多，鸟一听就住了嘴，因为他无法与如此醇厚、猩红、婉转的声音匹敌，歌声穿透听者的所有感官，如梦中的箭。她唱着，每字每句都在我心中震荡，似乎充满一种与我所理解的词义无关的意义。

"在叶子下，"她唱道，"生命之叶——"然后歌声戛然中止，只留下目眩神迷的我。我一时分了神，不小心绊到藏在草丛里的某样东西，摔倒在地。尽管地上是柔软湿草，我却重重摔得喘不过气来，忘了那诱人的音乐，咒骂着绊倒我的东西。我在沾泥的植物苍白细根间寻找，摸到的竟是一只螺贝。离海这么远的地方居然有贝壳！我想握住它捡起来好看个仔细，却出乎意料地困难，我的决心随之更加坚定，尽管同时也感到一股畏惧冷颤，因为那贝壳实在太重太重，外壳轮廓又那么透冰沁寒，宛如发出一道冷电，震遍我手臂，传进心窝。我感到极为不安，却又深受这神秘螺贝的吸引。

我心想这螺贝一定来自热带海洋，因为它比我在大西洋岸边见过的任何贝类都大，旋纹也更繁复，形状不知哪里有些奇怪，我一时说不上来。它在草丛中微微发亮，像一枚受困的月光，却又那么无比冰冷、无比沉重，仿佛包含了重力本身过滤提炼的沉重。我变得非常害怕那只螺贝，我想我哭了起来，但仍决心要把它扳出地面，于是绷紧肌肉，咬紧牙关，拼命又拉又推。最后它终于松脱，我也应声朝后跌了个跟头，但这下子可以把这宝贝拿在手里，一时间我感到满意。

我细看螺贝，看出了第一眼感觉到却又说不上来的差异何在：旋纹是反的，螺旋朝反方向转，看来就像螺贝的镜中倒影，因此也不该存在于镜子之外。在这个世界上，它不可能存在于镜子之外。但它就在我手里。

螺贝大小恰如我合捧的双手，冰冷沉重一如死亡。

尽管它重得不可思议，我仍决定把它带出森林，拿到邻近城镇的小博物馆，让他们检查化验一番，告诉我它究竟是什么，又是怎么来到我发现它的地方。于是我抱着它蹒跚前进，但它重得直往下坠，好几次我差点跪倒在地，仿佛这螺贝决心把我扯倒，不是倒在地上，而是拉进地底。这时更令人困惑的是，我又听见那充满魔力的歌声。

"在叶子下——"

但这次歌声中断，变成惊喘，立刻转为命令语句。

"去找！"她催促道，"去找他！"

我才朝那声音的方向瞥了一眼，什么都还来不及做，一颗子弹便从我头上呼啸而过，射进一棵榆树，树梢鸟巢里的乌鸦一涌而起，有如飓风盘旋。一头黑色巨犬突然从草木丛中向我奔来，我才刚看见那张血盆大口和伸出的舌头，就被他扑倒在地。我吓得几乎失去知觉，狗在我身上流口水，接下来只知有只手抓住我肩膀，粗鲁地将趴着的我翻过身来。

她把狗叫回身旁，狗蹲坐着喘气，用灵敏的红眼注视着我。那狗黑得像煤，是某种猎犬，睾丸足有葡萄柚大小。狗和女孩都以毫无慈悯之心的眼神看我。她穿着蓝色牛仔裤、靴子、看来不怀好意的宽皮带、绿毛衣，纠结棕发长度及肩，那发型的乱是刻意的，不是天生狂野。两道深色剑眉，让她坚毅的脸有种跟我手中螺贝一样可怕的沉重。她的蓝眼是爱尔兰人形容为"用沾了煤烟的手指拿着安进眼眶"的那种，眼神对我毫无安慰或关切，正义女神若非目盲便会有这样的眼睛。她肩上挂着一把猎枪，我立刻知道那颗子弹由此而来。她也许是守林人的女儿，但不，她那骄傲的神态不会是这种身份，她是凶恶严厉的森林守护者。

全身所有直觉都叫我藏起螺贝，我不明原因，但将它紧紧抱在怀里，仿佛生死全系于能否保住它，尽管它如此沉重，且开始狂烈搏动，仿佛贝壳扰乱了我的心跳，或者变成了我狂跳的心。俘获我的无礼女孩用猎枪狠狠戳我的手，我淤血的手指不禁松开，螺贝掉出来。她俯身，那头死灵巫术般的头发拂过我的脸，令人吃惊地轻而易举就拿起了螺贝。

她检视了一下，没对我说半个字或做任何表示，将螺贝抛给狗，狗衔在嘴里准备帮她带回去。狗开始摇尾巴，尾巴扫在草上规律的刷刷声如今是这片空地上唯一声响，连树木都停止呢喃，仿佛一股神圣的怖惧使它们噤声。

她比个手势要我站起来，我照做，然后被枪抵住腰眼一路穿过树林，她在我身后大步行走，狗则衔着螺贝小跑在她身侧。这一切都在全然沉默中进行，只有狗喘气的声音响得吵人。菜粉蝶在静定空气中飞舞，仿佛一切都再正常不过，看来可口的杏黄色与紫罗兰色云也依照天空的不同逻辑继续相互追逐着掠过太阳——这么说是因为，吹动那些云的强风远在树林上方的高空，我周遭一切却都静止如困在水闸里的水，嘲笑着全身发抖的我。

不久我们走上一条满是杂草的小径，来到一处园墙门口，门边挂着老式钟绳，连结上方一个满是青苔铁锈的钟。女孩拉绳敲钟，然后才开门，仿佛警告屋内的人有不速之客到来。门内是一座失修的雅致花园，绽满初夏的灿烂，有蜀葵，有桂竹香，有玫瑰；一座长满青苔的日晷，一座裸体青年小雕像举起双臂，满身常春藤盔甲。但尽管花圃里有蜜蜂嗡嗡飞舞，却也像树林那样长满长长杂草、毛茛和雏菊，凋谢的蒲公英抬着满头绒毛种子，仙翁花和羊角芹合力将多年生花草赶出园外。每样东西都披着一层明亮忧伤的荒芜仿佛落尘，那栋沉睡在园中、几乎完全被爬藤遮蔽的砖造老屋也是，长满藤蔓、花朵的窗户带着神谕般的盲目神情，屋顶满是苔藓地衣，看似包裹着绿色毛皮。然而这凌乱美丽的地方毫无宁静感，每一株植物都似乎奇妙地紧绷期待着什么，仿佛这座花园是间等待室。饱经风霜的屋门前有几级崩垮台阶，门开了条缝，像女巫住的房子。

走到门前，我不由自主停下脚步，一股可怕的晕眩笼罩而来，仿佛我站在深渊边缘。从捡起螺贝开始，我的心脏就跳得太猛太急，如今仿佛快要迸裂。昏晕和死亡的怖惧涌向我，但女孩残忍地用猎枪戳戳我屁股，强迫我走进一处乡间宅邸式的大厅，深色地板沾有污渍，一张波斯地毯，一座詹姆斯一世时代式五斗柜上放了个古董钵，一切都很完整，但一切仿佛都多年，很多年，没人碰过。一道阳光随我们闯进屋，照见窒闷室内一团迷蒙飞舞的尘埃。每个角落的线条都被蛛网柔化，勤奋蜘蛛在东倒西歪的家具间也织起纤细蕾丝的几何图形。屋内满是潮湿腐朽的甜郁气味，又冷又暗。前门在我们身后合上，但没关紧，我们走上虫蛀的橡木台阶，最前面是我，然后是她，然后是狗，爪子喀啦喀啦踏在光秃木板上。

　　起初我以为楼梯两侧也结了蛛网，但后来便发现沿着楼梯内侧向下延伸的花纹并非来自蜘蛛，尽管颜色相同，但这网有种明确的模式，更像是网状细工编织，就是高级妓女用来做睡衣外衫的那种羽毛般飘飘轻纱。这段织物是一条没完没了的纱巾的一部分，就在我眼前以慢如植物的速度缓缓朝楼下大厅伸展，在楼梯间平台上堆了细薄轻盈的一码又一码。我听见喀、喀、喀的单调声响，是一对棒针在近处织打；一扇房门像前门那样开了条小缝，纱巾就从门缝中一点一点挤出，像条纤弱的蛇。

　　女孩用枪托示意我闪一边去，稳稳敲了敲门。

　　房里有人干咳几声，然后说："请进。"

　　那声音柔和，窸窣，不加强调，几乎没有顿挫，缥缈，带着微微香气，就像古老的蕾丝手帕，多年前与干燥香花一起放进抽屉，从此被人遗忘。

　　女孩把我先推进门，近距离之下，她皮肤的恶臭令我鼻孔颤动。房间很大，半是起居室半是卧室，因为里面的住户不良于行。她，他，它——不管那屋主是谁，是什么——躺在一张老式藤编轮椅上，旁边是一座有裂纹的大理石壁炉，浮凸着垂坠装饰和丘比特。白皙手指长得不像话，像教堂圣坛上的蜡烛白而半透明，这纤纤十指就是那令人迷惑的纱巾的源头，握着两根骨质棒针动个不停。

　　轻飘织物占满了地板上没铺地毯的部分，有些地方还堆得高如编织者不良于行的膝盖，在房里蔓延许多许多码，甚至许多许多英里。我小心翼翼穿过，跨越，用脚尖将它轻轻挪开，走到女孩用枪示意我去的位置，在藤编轮椅对面的恳求者的位置。躺在藤椅上那人下巴和嘴的轮廓充满帝王尊贵，有种骄傲而忧伤的气息，像阴雨国度的国王。她一边侧面是美丽女子，另一边侧面是美丽男子。我们的语言缺乏适当词汇来指称这种难以辨别、无法定义的生灵，但是，尽管她并未自承任何性别，我仍称她为"她"，因为她穿着女性服装，一件色如蛛网的宽松蕾丝睡衣，除非她也像蜘蛛那样自己纺线并织成衣物。她的头发也与手中织物相同颜色、相同缥缈的质地，仿佛自行在周遭空气中飘动；她的眼睑和深陷眼眶都贴满厚厚银色亮片，闪动水底般奇异的、仿佛被淹没又仿佛能淹没一切的光，照亮整个房间，穿透满是油污、半掩着藤蔓的窗扇。壁炉对面墙上挂着一面其大无比的镜子，镶着缺损的镀金框，反射那通灵的光芒并更添其奇异，仿佛这镜子就像月亮，在反射光线的同时也拥有那光线。

　　镜子以感人的忠实复制整间房里的一切：壁炉，贴着绿色复叶条纹脏污白壁纸的墙，每一件乏人闻问的镀金家具。我真高兴看见自己没有因这段遭遇而变样！虽然我的粗呢旧西装沾了草汁，手杖也没了——掉在树林里没捡回来，但我看来有如倒映在森林水塘而非涂银的玻璃里，因为这镜子表面就像毫无波动的水面或水银，仿佛是一大团固定住的液体，被某种颠倒的重力变成这样。说到重力，又让我想起那螺贝的骇人重量，此刻狗已将螺贝放在阴阳人脚边，她手中的编织一刻不曾停，只用涂了银霜的美丽脚趾轻轻挪碰它，愁苦之情使她的脸非常女性。

"就那么小小一针！我只漏了那么小小一针！"她悲叹道，带着狂喜般的悔憾低头注视手中的织物。

"起码它没掉在外面太久。"女孩说，军乐般的声音铮然回荡；悲悯是她音乐中永不会出现的小调装饰音。"被他找到了！"

她的枪朝我比了比。阴阳人看向我，那双太大的眼睛朦胧静滞，毫无光亮。

"你知道这贝壳从哪里来的吗？"她以严肃有礼的口气问我。

我摇头。

"从'丰饶之海'来的。你知不知道那在哪里？"

"在月亮表面。"我回答，声音在自己耳中听来粗哑无文。

"啊，"她说，"月亮，极化光芒的表面。你的答案既对也错。那是模棱两可的地方。丰饶之海是个颠倒的系统，因为那里每样东西都跟这贝壳一样死透。"

"他在树林里找到的。"女孩说。

"把它放回原处吧，安娜。"阴阳人说。她有一种纤弱但绝对的权威感。"免得造成伤害。"

女孩弯腰捡起螺贝，仔细打量镜子，朝镜中一点瞄准，似乎那在她看来是螺贝的合理标的。我看她举起手臂将螺贝抛向镜子，也看见她镜中的手臂举起螺贝抛向镜外。然后双重的螺贝抛出，房中除了棒针喀喀编织之外阒然无声，只有她将螺贝抛进镜子而她的倒影将螺贝抛出镜外。螺贝与自身倒影相遇那一瞬，立刻消失无踪。

阴阳人满足地叹了口气。

"我侄女名叫安娜，"她对我说，"因为她往这儿往那儿都行。

我自己也是，不过我并不只是单纯的回文。"①

她对我诡秘一笑，动动肩膀，身上的蕾丝睡衣滑下，露出柔软苍白的乳房，乳头是深沉的粉红，带有覆盆子浆果那种齿状纹路。然后她稍稍移动胯下，露出男性的标示，粗鲁的红紫色阳具歇息着，显得凶恶野蛮。

"她，"安娜说，"往这儿往那儿都行，尽管她完全不能动。她的力量与她的无能正好对等，因为两者都是绝对的。"

但她姨低头看着自己那柔软武器，轻声说："并不是绝对的绝对，亲爱的。能，是无能的潜能，因此是相对的。不确切，所以是中介。"

说着，她以双手前臂不甚利落地摩挲赤裸乳房——她不停编织，所以手臂无法自由移动。两人对看，大笑起来，笑声在我脑中插进恐惧的冰柱，我不知该往哪里逃。

"是这样，我们必须除去你。"阴阳人说。"你知道太多了。"

恐慌如浪潮扑来，我拔腿朝房门跑，也不管安娜手上有枪，只顾着逃。但织物困住我的脚，我再度跌倒，这次跌得更重，倒在地上头晕目眩动弹不得，她们再度发出残忍笑声在房里穿梭。

"哦，"安娜说，"我们不会杀你的。我们会把你送进镜了，到那贝壳去的地方，因为如今你就该在那里。"

"可是那贝壳消失了啊。"我说。

"没有。"阴阳人说。"它并没有真正消失。那贝壳不该出现在这个世界。今天早上我掉了一针，就那么小小一针……那要命的贝壳就溜出了漏洞，因为那些贝壳都非常，非常重，你明白吧。它一与自己的倒影相遇，就回到原来的地方，再也不会回来了。你也是

---

① 安娜（Anna）一字由前拼到后或由后拼到前的字母顺序皆同，英文称这类字（或句）为"回文"（palindrome）。

一样，等我们把你送进镜子之后。"

她的声音无比柔和，但说的却是要让我进入永恒的异离。我叫出声来。安娜转向她姨，手放在她下体，阴茎挺了起来，尺寸惊人。

"哦，阿姨，别吓他了！"她说。

然后两个怪异的女妖吃吃笑，任我畏惧又困惑，六神无主。

"这是一个对等的系统。"阴阳人说，"所以她有枪，我也有。"

她展露那昂然勃起，仿佛展示实验室里的成果。

"在我中介又凝聚的逻辑中，对等存在于象征之外。枪和阳具跟生命都有相似的关系——也就是说，一个给予生命，另一个取走生命，所以两者在本质上是相似的，否定命题重新陈述肯定命题。"

我只有愈来愈迷惑。

"那镜子世界里的男人胯下都有枪吗？"

安娜对我的头脑简单很不耐烦。

"那是不可能的，就像我也不可能用这个——"她说着用枪指着我，"让你怀孕，不管在这里还是在任何其他世界。"

"去抱住你镜子里的自己。"阴阳人边说边织呀织呀织。"你得离开了，现在就去。快！"

安娜仍持枪威胁我，除了乖乖照做别无他途。我走到镜前，细看镜中深处的自己。镜子表面起了一层淡淡涟漪，但当我伸出手，碰到的表面仍如常光滑坚硬。我看见自己的下半身被镀金框切掉，安娜说："找张凳子站上去！谁想要你只有半截的样子啊，不管在这里还是那里？"

她咧嘴露出令人害怕的微笑，打开枪上的保险。我将一张镀金椅背藤椅垫的小椅子拉到镜前，站上去，凝视镜中的自己：我就在那里，从头到脚完整无缺，她们也在那里，在我身后，阴阳人编织着那半虚半实的连绵织物，持枪的女孩此刻手指稍稍一扣就能杀死我，看来美丽一如劫掠北非城市的罗马士兵，一双无情的眼睛，一身谋杀的香水。

"亲吻你自己。"阴阳人以令人昏晕的声音命令道，"亲吻你镜中的自己，镜子是象征的母体，是此与彼，这里与那里，外与内。"

然后我看见——尽管如今什么都不会让我惊讶了——虽然她在房里和镜中都在编织，但房里并没有任何毛线团，线是从镜中散发出来的，毛线团只存在于倒影。但我没时间对这奇景感到讶异了，安娜兴奋的恶臭充满房间，手微微发颤。我愤怒又绝望，只能朝自己的嘴唇凑去，那熟悉却又未知的嘴唇也在沉默的镜中世界朝我凑来。

我以为那嘴唇会是冰冷没有生命的，只有我碰触到它而它不会碰触到我。然而当镜子里外两两成双的唇相遇，嘴张开了，镜中我的嘴唇竟是温热有脉搏的，潮湿的嘴里有舌头，有牙齿。我几乎无法承受，这意外的抚触是如此深沉感官，我的生殖器蠢蠢欲动，眼睛不禁闭上，双臂紧紧抱住自己穿着粗呢外套的肩膀。这拥抱是如此强烈欢愉，我为之天旋地转。

眼睛睁开时，我已变成自己的倒影，穿过了镜子，站在一张镀金椅背藤椅垫的小椅子上，嘴贴着不为所动的玻璃表面，镜面被我呼出一层雾，沾染着我的口水。

安娜喊道："好耶！"她放下猎枪拍手，她姨则始终不停编织，对我露出奇特淫荡的微笑。

"好了，"她说，"欢迎。这房间是中途之家，介于这里与那里、此与彼之间，因为，你也知道，我是如此模棱两可。你先在镜子的力场里待一阵，适应一下整个环境。"

我注意到的第一件事是，光线是黑的。我的眼睛花了点时间适应这片绝对黑暗。尽管我穿过镜子让镜中的自己诞生之际，眼睛这整副精细的机制，包括角膜、眼前房水、水晶体、玻璃体、视神经，全都随之颠倒了，但我的感知能力仍一如以往；因此，刚穿过镜子时我眼前尽是黑暗，景物一片混乱，只有她们的脸因熟悉而浮现。等到头脑能够处理颠倒感官所接收的信息，我这另一双眼，或说反眼，便看见了一个充满荧光色彩的世界，仿佛用针将斑驳火焰蚀刻于没有维度的不透明。世界还是一样，却又绝对改变了。我该怎么形容……几乎就像这房间是那房间的彩色负片一样。除非——我怎能确定哪个世界为主，为先，哪个世界为从，为后？——那一切才是我此刻所在房间的彩色负片，在这里我呼出的气等于镜中反向孪生兄弟吸入的气，在他转身离开我的同时我转身离开他，进入镜后这房间扭曲的——或者真正真实的——世界，反映出这房间所有的暧昧模棱，已不再是我离开的那间房间。那没完没了的纱巾仍绕满房间，但如今绕的是反方向，安娜的姨不再从右往左织而是从左往右，而那双手，我发现，大可以左手戴上右手手套，反之亦然，因为她是真正的左右开弓、双手俱利。

但当我看向安娜，我发现她的模样跟在镜子彼端完全相同，于是知道她的脸是那种罕见的绝对对称，五官每一处都相互对等，因此一边侧面能当两边的模板，她的颅骨就像一道几何命题。她如岩石般无从消减，如三段论般确切，不管镜里镜外都与自己一模一样。

但那无论如何始终编织不停的阴阳人的脸则颠倒过来。虽然那张脸永远半男半女，但面孔轮廓和前额线条都换到原来的相反位置，尽管脸依然半女半男。然而此一改变使这张不同但仍相似的脸看似组合了原先镜子彼端没有出现的那女性半脸和男性半脸的倒影，有如倒影的倒影，恒久的逆行回归，雌雄同体之人自给自足的完美涅槃。她是提瑞西亚斯①，能够投射预言般的映影，不管她选择在镜子哪一端让我看见；而她继续织呀织呀织不停，仿佛在地狱郊区居家安适。

我转身背向镜子，安娜朝我伸出右手或左手，但是，尽管我确信自己正朝她走去，并坚定无比地交替抬动又放下双腿，安娜却离我愈来愈远。倪姨两人一阵吃吃笑，我猜想要走向安娜必须反其道而行，于是稳稳朝后踏，不到一秒钟，她瘦硬日晒的手便抓住了我的手。

她手的碰触让我心充满狂野寂寞。

她以另一只手打开房门。我对那扇门畏惧万分，因为挂着镜子的这房间是我在这未知世界的唯一所知，因此也是唯一安全之处。而此刻对我露出难解微笑的安娜在这世界行动自如，仿佛她便是春分的化身，在此处与彼处间奇异地变换交替，不像她不良于行的姨无法移动；除非那永远静止的状况其实意味她移动的速度太快，我根本看不见，于是迟滞的眼睛便把那速度当做了不动。

但当那扇门打开，在这个世界或任何世界都不曾上过油的平凡无奇铁铰链发出吱嘎声响，我只看见安娜先前带我上楼、现在带我下楼的那道阶梯，纱巾仍蜿蜒延伸到大厅，空气也一如先前阴湿。只有楼梯的线条稍有改变，光线由颠倒的光谱组成。

蛛网像白色火焰形成的结构，相较于我先前上楼时改变如此微小，我只有靠记忆才能察觉那些几何工程全都成为反向。于是我们穿过蜘蛛为我们搭建的虚渺拱门，走到室外，但空气并没有令我困惑的头脑为之一清，因为这空气质地浓实如水，无法穿透，声响或气味也无从传递。要穿透这液态沉默必须使出全力，全神贯注，因

---

① Tiresias，希腊神话中雌雄同体的预言家。

为镜子此端的重力不属于地面，而属于空气。了解这世界物理法则的安娜以某种刻意不推动的方式朝我施加否定压力，我便惊异地发现自己仿佛被人从后狠狠推了一把移动起来，沿着小径朝园门而去，两旁花朵自头上的黑色天空滤出无以言传的色彩，那些色彩只能用反转的语言描述，若说出口就永远无法了解。但那些色彩简直独立于植物形体之外，像炽亮光晕随便停留在雨伞般展开的花瓣上，花瓣薄硬一如兔子的肩胛骨，因为这些花全都钙化，毫无生命。这座珊瑚花园里无一植物有所知觉，一切都经历了死亡之海的改变。

黑色天空毫无距离远近的维度，不是笼罩在我们头上，而像是贴在我们身后那栋半毁古屋的平扁线条之后；那屋宛如沉船载有奇特货物，一个女性男子或雄性女人手持棒针在眼睛可见的沉默中编织不停。是的，眼睛可见的沉默：浓密液态的大气并不将声响传达为声响，而是变成蚀刻在其内部的不规则抽象动能，因此进入那陌生树林，那充满恶意和无可稍减的黑暗的矿物国度后，听黑鸫鸣叫就等于看某个点在一块潮解玻璃中移动。我看见这些声响，因为我眼睛接收的光线已不同于镜子彼端照在我心跳胸口上的光，尽管如今安娜将我移动穿过横向重力的这片树林正是我初听见她歌声的地方。此时此刻我无法告诉你——因为这个世界里没有语言能形容——那座对反树林和甜美的六月白日多么奇怪，两者都有系统地否定了本身的另一面。

安娜必定仍以某种反转的方式持枪威胁着我，因为是她的推力让我移动，我们继续前进一如来时——但现在安娜走在我前面，枪托抵着空无，而她那只魔宠 ① 这回打前锋，颜色雪白，睾丸也不见

① 中世纪迷信，女巫皆饲有妖异小鬼供其差遣，称为魔宠（familiar）。

踪影。在镜子此端，公狗都是母狗，反之亦然。

我看见化石草木丛中的野蒜、羊角芹、毛茛和雏菊，全都变成鲜活夺目却无以名状的颜色，毫不动弹一如没有深度的大理石雕。但野玫瑰的芬芳像一串风铃在耳中作响，因为香气在我的鼓膜上振动一如我自己的脉搏跳动，但尽管气味已变成一种声音，却无法像声音那样传送。就算要我的命，我也想不清哪个世界是哪个，因为我明白这个世界与原先那片树林在时空中是并存的，事实上是那片树林的另一极端，却又一点也不像那片树林，或这片树林，在镜中会呈现的倒影。

我眼睛愈习惯黑暗，就愈觉得这些石化植物毫不熟悉。我发现这整个地方都遭到硬生生入侵，充满了，是的，螺贝，巨大的螺贝，庞然空洞的螺贝，仿佛走在海底城市的废墟。这些色彩清凉浅淡的巨贝如今散发着幽魂般陌生微光，一只只堆叠起来戏仿树林的景致，除非其实是树林在戏仿它们。每一只螺贝的旋纹都是反向，每一只都像先前诱惑我的那只螺贝沉重如死、充满超自然的震荡。安娜以一种我立即能解的无声语言告诉我，这片改头换面、如今只丰饶于形变的树林，就是——除此之外别无可能——丰饶之海。她暴力的臭味震耳欲聋。

然后她再度开口歌唱，我看见无声黑暗的火焰燃烧，一如《诸神的黄昏》中的华海拉殿[①]。她唱出火葬柴堆，天鹅之歌，死亡本身，接着猎枪一扫，逼我跪倒在地，动手撕开我的衣服，狗在一旁看。歌曲在四周闷烧，空气的重量像棺材盖沉沉压下，加上黏稠的大气，使我动弹不得，就算知道该怎么防御也无法自卫；很快她就把可怜兮兮的我按倒在一堆螺贝上，双腿岔开，长裤拉到膝盖。她

---

① 华海拉殿（Valhalla）是北欧神话主神欧汀接待阵亡战士英灵之处。《诸神的黄昏》（Götterdämmerung）为瓦格纳歌剧作品，《尼伯龙根指环》第四部。

微笑，但我分辨不出那微笑的意思。在镜子此端，微笑完全无法暗示意图或情绪，而我不认为她打算对我做什么好事，当她解开粗糙皮带脱下牛仔裤。

她双臂如刀切分空气，扑在我身上像掷环套上木桩。我尖叫，叫声飞散空中，像游乐园里喷射水流上的乒乓球。她强暴我，也许在这个系统里，她的枪让她有权力这么做。

我在她的蹂躏下吼叫，咒骂，但四周的螺贝毫无共振，我只发出一团团光线。她强暴我，凌辱我，造成我极大的身心痛苦。在她肉体的侵略下，我的存在逐渐漏失，自我在痛楚中消减。她苗条的下身如活塞上下戳动，仿佛她是把铁锤，正在将我冶炼成肉体与精神之外的某种物质。我知道这种可怕欢悦来自肆无忌惮的放恣，她已经点燃我的火葬柴堆，现在就要杀死我。她不知疲累地往复挤榨我的生殖器，我愤恨万分，双拳只能无助挥打脑后的空气，却惊讶地看见她神色渐变、脸上出现淤血，尽管我的手离她远远的。她是个勇敢顽强的女孩，挨了打却肏我肏得更凶，激烈一如塞尔柱土耳其人攻陷君士坦丁堡。我知道若不立刻采取行动，就毫无希望了。

她的枪靠着螺贝立在一旁，我朝反方向伸手，抓到枪，在她的跨骑下朝黑色天空开了一枪。子弹在平板天空上打出一个整齐的圆形空洞，但没有任何光线或声音穿透那洞漏入。我射出了一个没有品质的洞，但安娜发出撕裂般的尖叫，在树林表面造成一条歪扭不平的疤痕，她往后倒去，身体略为抽搐。狗朝我狺狺怒视，模样非常吓人，正要扑向我喉咙，我迅速以同样的反向方式射杀了他。现在我自由了，接下来只需回到镜前，回到世界的右手边，但我仍以松松的手势紧抓住枪，因为镜子还有一个看守者。

我离开安娜陈尸的贝堆，朝来时的反方向前进，以便回到古屋。我一定是跌进时间映影的镜中删节，或者碰上连猜都无从猜起的物理法则，总之树林溶解了，仿佛安娜伤口流出的血是那石化存在的溶剂，于是我阴茎上她的体液还没干，我便已回到倾圮的园门前。我先停步拉上拉链，再朝大门走去，双臂像剪刀剪过厚重大气，而大气变得愈来愈不液态，愈来愈难触及。我没有敲钟，满心愤恨，强烈感受被这些神话怪物般的生灵玩弄羞辱。

一如预期，织物蜿蜒伸下楼梯，接下来便看见棒针的声响，一副断音谱表。

她，他，它，提瑞西亚斯，尽管仍不肯罢休地织着，但此刻她哀哭悼挽一整排掉针的织线，试着尽可能修复损伤，哀哭声让房内充满女巫狂欢夜般的疯狂形状。看见我独自一人，她仰头嚎叫起来。在位于这里和那里间的缓冲之室，我听见清澈如水晶的声音发出无言的指控之歌。

"哦，我的安娜，你把我的安娜怎么了——？"

"我射杀了她。"我叫道，"用她自己的武器。"

"强暴！她被强暴了！"阴阳人尖叫。我将那把镀金椅拉到镜前站上去，在涂银镜面深处看见一张新的凶手的脸，是我在镜后此端戴上的。

仍继续编织的阴阳人用光脚在地板上蹭，将藤编轮椅移过披散一地的纱巾，接近我，攻击我。藤椅撞上镀金椅，她尽可能站起身，用柔弱拳头捶打我，但因为她编织不辍，便无从抵抗我一拳重重打在她脸上。我打断了她鼻子，鲜血涌出，她尖叫着丢下手中的织物，我转向镜子。

她丢下手中的织物当我撞进镜子

　　进镜子，玻璃粉碎在我四周同时

　　　　无情刺进我的脸

　　　　　　进镜子，玻璃粉碎

进镜子——
半进

然后镜子像个有技巧的娼妓聚拢起来，推开我。镜子拒斥了我，重新聚合，只剩下一片映照的、不透明的神秘，只剩下一面镜子，无法穿透。

我跌跌撞撞后退。提瑞西亚斯的起居寝室里尽是极深的沉默，没有半点动静。提瑞西亚斯空无一物的双手掩住那张如今永远改变的脸，两根棒针各整齐断成两截，落在地上。她哭了起来，双臂无助狂乱地挥动，血和泪流溅在睡袍上。但她又开始凄怆绝望地大笑，时间一定随之重新启动并以毁灭性的高速运转，于是那没有年龄的生灵便在我眼前凋萎，仿佛身上迅即降霜。她苍白的前额冒出皱纹，头发大把大把落下，睡衣变成棕色绉缩消失，露出全身松垂的皮肉。她是时间的废墟，抓着喉咙挣扎喘气。也许她快死了。不知何处起了一阵风，将纱巾如枯叶般吹走，吹遍房间，尽管窗户仍紧紧关着。但提瑞西亚斯对我说话，对我说了最后一次。

"脐带断了，"她说，"线断了。你难道不明白我是谁？不明白我就是综合的化身吗？这世界往哪儿，我也就往哪儿都行，所以我将两者织在一起，正与反，这个世界与那个世界。叶子之上与叶子之下。凝聚消失了。啊！"

她颓然倒地，又皱又秃的老丑婆，倒在一堆细弱散乱灰毛线上，镀金家具四分五裂，墙纸剥落。但我很高傲，我没有被打败。我不是杀死她了吗？我以男人的骄傲再度迈步向前，迎向镜中自己的影像，充满自信伸出双手拥抱自己，我的反自我，我的自我非自我，我的刺客，我的死亡，世界的死亡。

自由杀手挽歌

　　我清清楚楚记得你，仿佛你昨天才死去，尽管我并不常记起你——通常我都太忙了。但我曾跟政委提过你一次。我问他我做得对不对，如果他是我，是否也会那么做？但他说，若我要寻求赦免，他是最不合适的对象，何况现在一切都已改变，我们也不一样了。

　　我记得当时我住在高高的阁楼，房子在一处广场上，周围其他房舍的门窗大多已钉上木板封死，但并非没人住。尽管这些房屋都在等待拆除，里面却仍住着一小群合法边缘的家庭，成员从秘密出入口爬进爬出，点蜡烛照明，睡在前任游民曾用过的肮脏床垫上，煮汤的材料是蔬果店垃圾桶里拣出来的蔬菜，还有假称要喂狗而向肉店讨来的骨头。

　　但我们的房东——那年头，拥有并出租私人产业是合法的——拒绝把房子卖给那些想拆除这整排连栋屋舍的投机商人。他在这栋房子里熬过二战的德军闪电轰炸，这是他的巢穴。他用龋齿般坑坑洞洞的墙挡住耳朵，感觉自己身在安全的小天地，尽管那份安全事实上并不存在，他却全心相信。他出租房间，收取旧日物价水平的租金，因为他不知道时代已经变了。他怎么可能知道？他根本足不出户，行动不便只能坐在椅子上，且几乎全盲。他的房间就是整个世界，这栋屋子则是他知晓但从不前往冒险的未知宇宙，此外的一切都是不可知。他甚至不知道住地下室的那群小伙子暗地用牛奶瓶做汽油弹。

有个十五岁女孩跟他们同住在地下室，圆润的脸苍白温和，神情总仿佛有点惊讶，惊讶于自己晴天霹雳怀了孕，大腹便便步履蹒跚。她鲜少开口说话，动作沉重有如置身水底。你在我们房间里放了把来复枪，喜欢坐在开着的窗边扫视广场和楼下那条街。

每天早上，年轻的一男一女来广场做瑜伽。他们摆出树式，秋千上一个孩子摇得愈来愈慢，转过身去看他们。他们的观众总是相同：游乐场上那孩子，以及尚未出师的狙击手。他们右腿伸出，弯起膝盖，让光着的右脚底贴住左大腿内侧，双手合十宛如祈祷，然后将合十双手高举过头。为了保持平衡，他们全神贯注，视线固定在面前的光秃草地上。这姿势保持了整整一分钟——我看着手表指针移动——然后他们右脚踩回地上，手放下，接着抬左腿，重复先前的动作。结束后，他们倒立，姿态端庄，专注忘我。

X透过来复枪的瞄准器看他们做完全套动作。当他打开保险栓，我吓得六神无主，什么也不敢说。楼下那对男女我不认识，但是是熟面孔。他们偷住在广场对面一栋屋里，就像住在屋顶上的鸽子一样不会伤害任何人。做完瑜伽，他们离开，X关上保险，笑了。我非常害怕他这类野性情绪，但他告诉我，真正的杀手应该像天气那样对一切都无动于衷，还说，他扫视广场只是在练习无动于衷而已。

我爱上他，便进入他的世界，只觉得自己能进入这与外隔绝的世界是项特权。我们刻意放逐自己远离日常生活，骄傲地活在括号里。夜里有时我会出门透透气，路灯鬼魂般的黄光洒遍街道，使车祸留下的血迹失去颜色，看起来不那么真实。我常在街上一走就是好几里，孩子气地开心拍手，为爆破的终点站热切鼓掌。

当时这城市看来不太可能熬过那年夏天。天空开花，像沙皇家族赠送的、设有精巧机关的复活节彩蛋。夜色像黑壳分成两半，喷出爆炸。因为住在一栋满是业余恐怖分子的房屋，我感觉就像是自己点燃了引信，引发这些烟火表演。然后我会觉得自己几乎无所不能，就像 X 坐在我房间窗边手持来复枪俯视广场时那样。

当时我住在高高的阁楼，在那里我悬浮于夏天之上，仿佛阁楼是热气球的吊篮。伦敦岔开大腿躺在我下方，她是个够随和的娼妓，为我们在她怀中找到容身之地，尽管要爱她得花很高的代价。

她这么老，这老太婆早该淘汰了，你说。她在昨天前天和大前天的残妆地层上又厚厚涂抹，简直看不清那么多层油漆、涂鸦、旧海报底下的黑斑粉刺——淫逸、压迫、腐化、只顾自己的伦敦，腌泡在她自己的腐朽糖浆中像兰姆糕，投机的房地产商则四处挖着她的肠子，恶毒的勤奋一如淋菌。

这病恹恹的城市散发一股热病般歇斯底里的光华，像夏夜灯光。城市就在我眼前变形，钢铁玻璃塔戳穿这枚腐烂水果柔软脏污的天鹅绒般果皮。塔里没人住，怎么可能有人住——一如德意志第三帝国的建筑，这些塔看来就是要成为最美丽的废墟。这种寂寥建筑充满老鼠横行的残砖断瓦幻影，托钵僧和劝人改宗的人穿梭其中，摇着铃，敲着铃鼓，向路人提供目不暇接的各式救赎。穿藏红袍子剃光头的人拜请印度次大陆诸神，邻居则叫我们信任耶稣。但炸药才是我们的救赎，我住处的地下室已成了小小军火库；随便哪个聪明的孩子都能自己做出手榴弹，孩童十字军[①]的时候到了。

那是一段奇怪、悬空的时间。这城市从不曾如此美丽，但我当

---

① 十三世纪初，在十字军东征的狂热中，法、德等国有人起而集结儿童成军，向东行进打算从事夺回耶路撒冷的"圣战"。成员大多在半途失散，不知所终。

时并不知道，它在我眼中如此美丽只因为它已在劫难逃，而我是资产阶级美学的无知奴隶，总在腐朽中看见令人哀挽的魅力。我记得那些夜晚充满着尖锐的威胁，也记得某业余炸弹客炸掉一处警局时那美丽的阵阵火花流瀑。我住的房子总是充满广场上树木随风摇曳的窸窣，仿佛海浪冲进走廊，冲进房间。

我住在四楼，尽管我只要看到任何深渊，不管高度多么微不足道，都会感觉晕眩兴奋不已，几乎情不自禁要纵身坠落。面对重力的吸引，我简直无法抵抗，只能无力地任由它摆布。因此住在四楼，意味着我的每一天都始于意志战胜本能的小小胜利。我想跳，但是不可以跳。脸色苍白，呼吸急促，一阵冷汗——恐慌的症状一应俱全，我与 X 相识时也是这样。当时我的感觉正像站在深渊边缘，但这回晕眩来自一种认知，认出这深渊便是我自己的空虚；于是我一头栽进去，因为当时我是如此天真无知，反而在屈服中看见最终极的世故。

那年夏天美丽一如战前。附近开自助洗衣店的那位太太来自西印度群岛，总是戴一顶面纱小毡帽，仿佛不管环境再怎么不堪也要维持称头打扮。她用湿答答拖把将地板上的灰尘挪来挪去，杂务做完后便坐在椅子上，把那本快翻烂的《圣经》念给自己听，声调是难以形容、带着牢骚味道的轻快，像只鸟在教训人。有时书里的东西会让她惊叹出声。有次她喊了句和撒那[1]，我从她背后探过头去，看到她正在读《启示录》。

非法住客把隔壁那栋房子当做教堂，当我们在地下室搞炸弹的时候，他们整夜吟诵着：圣婴耶稣，圣婴耶稣，圣婴耶稣。

当时我并没读过列宁，但就算读过，也不会同意他说革命里没

---

[1] Hosanna，基督教用语，希伯来文原意为"请你拯救！"，后来演变成一种赞美欢呼用词。——原注

有狂欢余地的这句话。光是我们在床上所做的几乎就能颠覆世界了。X狼人般的眼睛在黑暗里像保险丝发亮，他贴得太近时那种充塞我心的甘美畏惧尤其令我欢愉。我想成为"路障圣母"，你叫我开枪打谁我都会照做，只要他们不因此受伤。除了自己的感受之外，我觉得我什么都不需了解。就像原始人的信仰，我觉得我们所做的那些仪式足以让死去的大地重新复活。你沿着我手臂印下的吻就像曳光弹。我迷失。我流动。你的肉体定义我，我变成你的创造物，我是你肉体的倒影。

（"首都上一段危机期间，性关系普遍充满原欲与伪意识。"政委如是说。）

人以自己对这世界的意识构筑自己的命运。你参与阴谋，因为你相信再不起眼的事物都参与了对付你的阴谋。你的确信具有感染力，令我印象深刻。"连草莓闻起来都有血的味道，今年夏天。"你的语气带着津津有味的预期。我看见你愈来愈常待在窗边，练习无动于衷。

你向我描述永远的革命是何等光景，听起来像一连串美丽的爆炸；火山会一座接一座在内部压力下爆发，永无休止地复制狂喜。床在我们身下吱嘎，听来像军乐队狂热演奏《崔斯坦与伊索妲》的《爱之死》。你描绘的斗争痉挛是那么光辉、堂皇、美丽，我感动得哭了；但你说，我们从小处开始，从一次开一枪做起。在你口中，暗杀就像色情一样诱人。A、B和C怀疑我，因为你离弃地下室，上了我的床，但如今我们都深陷在相同的执迷中，他们对我便比较客气。两人行、三人行、四人行的疯狂。我们生活在火山口，感觉土地在脚下移动。多么动荡不安的时代！多么地动山摇的时代！

（"资产阶级把政治变成浪漫主义的一个面向。"政委说。"如果政治只是一种艺术形式，就没办法威胁他们了。"）整个城市绽线般分崩离析，运输工人罢工使各区之间距离变得遥远，但我们只在住处附近步行可达的范围活动，所以不受影响。

我们那栋房子又高又窄，一道磨损阶梯从前院通往地下室。房东住在一楼前侧的房间，缩在电视机前，努力想搞懂那双昏花老眼偶尔能看见的一鳞半爪，可怜的老头，只有一根手杖和一群猫做伴。房里有洗手台、瓦斯炉，还有个小食柜放猫鱼。他一星期替他们煮两次鱼，煮好后收进一个洗碗盘用的塑料盆，整栋屋子都是馊鱼臭味，我们得一天到晚燃香与之抗衡。他拿干净报纸铺在桌上，把鱼分装在小盘里，猫全都跳上桌去吃。一个汤盘装满清水，尽管水每天更换，但才到中午一定已淹死一两只苍蝇；另一个小盘里的牛奶也是，晚间六点播新闻时已经成了奶冻。三条腿的椅子用一叠叠旧报纸垫起，铺盖着不要的旧衣物。各色各样的猫坐在杂物橱上，夹杂着喝空的棕麦酒瓶，敞着口的炼乳盒，不走的时钟，发黄的传单，赌足球的票券，牛奶已经结块的瓶子，缺了一只耳朵的阿尔萨斯犬石膏像。他就坐在那里，俨然自己国度的国王，脚步重重落在地板上，浑然不觉地下室的阴谋分子不小心弄出的砰隆声响。

我们一周见他一次，付房租，因为我们决心表现得规规矩矩，而如果非有房东不可，像他这样半瞎的最为理想。那感觉就像对圣像献上香油钱。年岁将他长着老人斑的发黄皮肤拉得紧绷在颅骨上，使他的头亮得像打磨过的骨头，那双眼睛退化成婴儿缎带般的无邪蓝色，视线对不住焦，总是泪汪汪，眼角糊着眼屎。他瘦骨嶙峋的手指紧抓手杖，姿势带有某种退缩的凶狠。

现在想想，他大概是害怕我们，所以装出凶狠模样。酒馆里大家都说他把一卷又一卷钞票塞进老贺尔本①罐，藏在房中那堆破烂

_____

① Old Holborn，烟草厂牌。

间。他像海绵把房租吸收殆尽，但丝毫不疑有他，不像那些猫察觉事有蹊跷，见到我们进他房间就猛甩尾巴，有时还发怒嘶啐。橘黄色那只还抓过你。

二楼住了个有变装癖的中年人，但他太沉迷于自己的怪异习性，无暇分神注意我们。在薄暮轻柔纱幕的遮掩下，他奇装异服在广场上小小溜达，摇摇晃晃踩着五英寸高跟鞋，人未到鞋先在地面上钉出洞来，就像登山客用带勾的长伞钩住山壁。在这些散步的黄昏，他都穿黑色嘎别丁上衣加薄外套配长窄裙，脖子围一圈狐皮，狐头垂在左肩，圆圆小眼替他留意身后动静。他楼上住的是一个有点智慧不足的未婚妈妈，跟一窝小孩过着邂逅的生活。她负责替房东老头采买，如果她记得的话，不过反正他也只要一星期两份鱼、一两罐豆子，偶尔再加瓶麦酒。

那栋屋子永远昏昏暗暗，充满熟食馊味、培根幽魂、厕所臊臭和走廊上的猫尿味。楼梯间那些灯泡永远是烧坏的。那是一栋黑暗的老屋，是一个我们在岩壁看见影子的洞穴，是一处贫民窟，是一座要塞。那是杀手作为自由职业的时代，这沉疴垂危的城市长满各种癌细胞般的组织；我们此一支部足以自给，不受任何其他支部命令或认知。你就像涅恰耶夫[①]一样令人信服，一心只想着筹划杀人。

你随便挑选了一名内阁议员作为目标。我们求问于《易经》，掷币卜卦；卦象似乎是吉兆，尽管语调一如往常谨慎保留。我们抽签，做记号的那张卡永远都会到你手上。身为一个清楚意识到自己将成为杀手的年轻男人，你与我做爱，势如攻陷巴士底狱。然而接着我发现你谋求无动于衷的途中碰到了障碍，因为你在哭，但当我

---

① Sergei Nechaev（1847–1882），俄国革命者，提倡高度纪律、专业组织的革命运动，著有《革命教义问答》。

问你为什么哭，你却打我。

邻居吟诵的声音响得简直像就在我们房里。窗户无帘，刺眼的黄色灯光凄怆照亮你悲哀的脸，但我太着迷于你的魔咒了，猜不出你为什么哭泣。一切不是都决定好了吗？明天我们就去杀死那个政客，我按门铃，你开枪。我不懂你为什么哭，你这计划的模范单纯令我印象太深刻，使我确信我们做的必然是正确的事。因为被打，我生起闷气，而后重新入睡。那嗡嗡作响的单调吟诵声——圣婴耶稣，圣婴耶稣，圣婴耶稣——诱我进入梦乡。

醒来看见好一幅景象！——你衬衫上满是血，把钞票撒在我身上。蓝色钞票紧紧缠成一小卷一小卷，落到我身上反弹起来，再掉到地上散落摊开。好大一笔钱！我在紫罗兰色的晨曦中眨眼，被你奢华的歇斯底里惊得愣住了。你又是哭，又是胡言乱语，又是砸家具、打破杯子、弄翻垃圾桶。我替你泡茶，狡猾地在杯里加了安眠药，逼你喝下去，让你躺在我空出来的床上，因为我再也无法跟你同睡一张床。我待在你身旁，直到确定你睡着，然后把你反锁在房里。

A、B和C忙了一晚，正在瓦斯炉上煎蛋烤面包。A的女孩仰躺在床垫上，肚子又圆又大活像艘飞船，足以高高飞上天空，带她远离这人世泪谷，越过彩虹，去到一个好远好远的快乐天地。我把你说的话告诉他们：你杀了他作练习。我们本来打算当非常哲学的杀手啊！但杀了房东，你做为人之存在还有什么可信的凭据？那是暗杀的彩排，还是杀手的试镜？

老头身穿臭烘烘睡衣倒在地上，发黄裤裆垂露出孱弱衰老的那话儿。猫们围着他转，饿得直叫，胡须和好奇的脚掌上都沾了血。X打破了老头的头，他痛苦垂死之际滚下床来。从满屋迹象看来，尽管他年迈体衰，却仍奋力抵抗挣扎了一阵：床单乱成一团，床头小儿也打翻了，几下的夜壶侧倒出来，尿流满地。之后 X 一定翻遍房里每一处橱柜抽屉，找出传说已久的藏钱烟草罐。我们看着这些证据，一片沉默，尽管隔壁邻居仍然鬼喊鬼叫个不停，连在一楼这里都听得见。猫大声喵叫着朝我们身上磨蹭，我想我最好喂他们吃东西，免得他们把房东尸体给啃了。于是我打开食橱拿出鱼，铺好桌子放好食盘，仿佛一切如常。猫全跳上桌埋头就吃，边吃边发出呼噜呼噜的鸣声。

A 的女孩因为怀孕，我们没让她进房来。现在我们隔着蕾丝窗帘看见她，肩上胡乱裹着披肩，跟在沉重的大肚子后面沿街走去。A 说："她破水了——她去找警察。"我冲出屋子去追她，很快就追上了，因为她胖得跑不快。她哭起来，说她从来就不喜欢 X，说他眼神冰冷。然后她昏倒了。A 赶来跟我一起把她抬回地下室，不久她便开始分娩。邻居继续念诵：圣婴耶稣，圣婴耶稣，圣婴耶稣。A 的女孩很害怕，我握着她又热又黏的手，A 烧水，B 和 C 则拿条绳子上阁楼把 X 绑住。他们说，他醒过来时惊讶得完全不知反抗。他一定觉得这像是玩具在叛变。

屋外开来一辆警车，我们吓得抱头鼠窜，只剩可怜的苏西躺在那里，呻吟着揪扯床垫。但警察是来找我们邻居的，是变装男投诉隔壁太吵，于是我们站在地下室通前院的那道阶梯上，看他们拿斧头朝门上钉的木条砍，破门而入。过一会儿他们又出来了，半领半抱着那些恍惚、发抖的住户，他们个个惨白，神智迷离，形销骨立，呆瞪眼睛仍喃喃念着祷词，乏力又倦怠得无意抵抗。

我用瓦斯炉火给剪刀消毒，剪断脐带，A 把哇哇大哭的小男婴抱在怀里。但不管当了父亲有多高兴，A 仍坚持要对 X 做一场公平审判。也许，甚至到了那时候，B 和 C 仍不太信任我，因为我以前很有钱。但 X 很快就向我们坦承了一切。

我们在阁楼里审判他，把苏西留在楼下奶孩子。我们解开 X 腿上的绳子，让他坐在椅子上，但手臂仍绑着。他坦白的内容如下，似乎在羞辱和辩解之间痛苦不堪。

"我觉得没把握，对自己没把握。万一我搞砸了怎么办？说不定我会彻底搞砸，扣不下扳机，只呆站在门口看他。万一我想杀人，要杀的人也是正确的，却下不了手怎么办？万一我整个人僵住了怎么办？万一我花了那么多时间透过来复枪的瞄准器去看人，克制得太久，根本永远开不了枪怎么办？一想到自己可能软弱，我就怕得全身发抖。

"房东对谁有什么好处吗？成天只知道坐在房里收房租，没人爱他，他对谁都没意义。他根本不算活着，几乎不会说话，眼睛也差不多全瞎了，像只癫蛤蟆蹲在那里，守着那么多钱。

"我乱了，我祈祷。是的，我祈祷。因为怕失败，我整个人都乱了。我祈祷，然后得到答案。我看她睡着了，就拿着枪到他房间。我进去时他没醒，但猫都醒了，伸着懒腰从椅子、柜子、床铺上跳下来，喵喵叫着走向我，像一波有眼睛有嘴巴的毛皮浪潮。他醒过来听见猫叫，也跟着喵起来。'是谁呀，喵咪，怎么了，喵咪？'我进房间时对他完全没有恶意——完全没有，只是要练习自制。

"但一看到他那么无助，我就恨起他来。一看到要杀他是那么容易，易如反掌，我就恨起他来。我举起来复枪，透过瞄准器看他。瞄准器改变了我对他的看法，现在我看到的他不是人，甚至不是又老又破的人类遗迹，只是有待消灭的东西。他朝着某个他看不见的凶神恶煞讲话，问那人是不是要来抢他的钱。我醒悟到那人就是我，于是心想反正我都来了，把他的钱顺便拿走也好，既然他自己说要给我。但我什么都没说，我的手在发抖。他叫我别杀他，这下提醒了我，我是可以杀他的，如果我想要的话。直到那一刻之前我都没有想杀他，但当他把我说成杀他的人，我就是了。是他自己决定了他的命运，发生那种事是他自己的错。

"隔壁那些人像疯了一样又唱又念。他在肮脏的床单里滚，双手抱头，仿佛这样就能保护自己。他的睡衣敞开了，一身老肉露在床单上，看到那身老肉让我恶心想吐，我扣住扳机的手指收得愈来愈紧。猫群挤在我腿边尖叫，橘黄色那只还抓我，他们全都人立起来朝我吼，简直就是在攻击我。那只老臭虫真是恶心死了，当他完全任我发落的时候！但我正准备开枪时想到：枪声一定会很大，大到甚至超过隔壁的吟唱。枪声会吵醒'女装小子'，女装小子会醒过来，套上他的性感睡衣下楼来看怎么回事。楼上那女人也会醒，或者她的小孩会醒，他们全都会下楼来，连那个四岁小鬼也不例外，边走还边揉着睡眼。我想到来场大屠杀——把他们全干掉。但我太有自制力了。

"我放下枪。他伸手乱摸乱抓那个放尿盆的床头小几，小几摇来摇去，因为他乱动得太厉害。猫被尿盆掉地的声音吓到，全都竖起身上的毛，拱起背，喉咙发出嘶嘶声，从我四周退开，但他还在床头几里摸来摸去，找出一个小罐子。罐里的钞票卷成卷发纸一样，他把钞票全倒出来，有些掉进打翻满地的尿里，猫都跑过来用脚掌把纸卷挥来拍去。他两手抱起一堆钞票朝我送，说：'拿去吧，我就只有这么多。'但我知道他还有很多其他烟草罐子藏着钱，大家不都这么说吗？他却想这么便宜就收买我，我对他立刻完全失去慈悲心，用枪托猛打他的头，直到他动也不动。"

他看着我们，仿佛确信我们完全了解他说的每一句话。我闭上眼睛，感觉犹如坠落，然而当我张开眼睛，深渊仍在，我只是站在边缘。现在我的眼睛张开了，明晰知觉就成了我的新职业。故事说完，X孩子般哭起来，仿佛他值得怜悯，这时我再害怕他不过，怕自己真的开始怜悯他。看着他哭哭啼啼，我们变老了；他哭得像个孩子，我们则变成他的父母，必须决定怎么做对他最好。现在我是他的母亲，他们是他的父亲，我们看见我们共同的责任，在于身为他这场随机行动结果的起因。

"你一定最难受。"A对我说，因为我曾是这人的情人。但我们全强烈感受到同样的怖惧，因为，一旦他只为自己且独自一人采取行动，我们与他的共谋关系就结束了，如今可以站在与他不同的立场评断他，由此也评断自己。

我会试着把你形容得好一点。我很高兴你死在路障搭起来之前。我们在那路障里坐了牢受了罚，但我不会希望有你端着机关枪在我身旁，因为你是你自己的英雄，一直都是你自己的英雄，不会轻易受人命令。但你或许可以成为杰出的神风敢死飞行员，要不是你那么怕死的话。你让我们相信你是领导人，因此，在你对我们发号施令的时候，我们怎能结成联盟？我们与你有最深的共谋关系，我们景仰你的偏执狂，也因为景仰，便相信你的偏执狂本身就是各种事件的解释。但我始终都有点怕你，因为你抱我抱得太紧太紧，让我达到高潮的技巧灵活得近乎野蛮，像猎人剖开一头鹿。

听完X的告白，我们给他喝点水，重新绑起他的腿，然后塞住他的嘴，怕女装小子或楼下的未婚妈妈听见叫喊会来救他。然后我们下楼，在地下室讨论该拿他怎么办。A的女孩正在奶孩子，看来对自己怀中的奇迹有着晦涩难解但完完全全的心满意足。她气我们把她锁在地下室，说她永远不会离开A，因为A是她小孩的父亲，但我认为她这么说只是因为刚生了孩子情绪高昂，我们还是得小心她。A帮她煮了糙米和蔬菜，还加了两个蛋，因为现在她需要营养。讨论很久之后，B也拿了些食物上楼，但X把盘子摔到地上。

他现在闹起脾气来了，B告诉我们；他认为我们的举动很不理性。

看来他昔日的自信已经恢复得差不多，但我们对他不再有信心。我们共同做出决定，尽管C——真是满脑袋老电影啊！——起初是想把X锁在阁楼里，留给他一把左轮，让他自求解脱。但我们一致认为，也说服了C，X是不会这么做的，就算我们给他这个机会。

B从水槽下的小柜里取出一卷结实的绳子。我们等到天黑，漫不经心听着收音机，听见军队已被召集去终结汽车工人的罢工，但我们已被自家支部的意外事件震住了，对这消息都没有反应。眼前的私人情境似乎重要得多。

我们整天没给X松绑，因此他身上都是自己的排泄物，又脏又臭，脾气也很坏，咒骂我们。但当他看见绳子，起初是大笑起来，想虚张声势逃过一劫，然后转而口齿不清哭哭啼啼——除此别无他词能形容他痛哭失声的哀求。我们没有他竟也能采取行动，似乎令他惊诧。A手持左轮。这里离汉普斯戴荒地不远。

我们拿左轮抵着双臂仍牢牢绑住的X的背，逼他前进。在街上没碰到其他人，所经之处别人都悄悄移开，一定是以为我们全都喝醉了。荒地也空荡无人，只有远处一堆火，大概是某个无家可归的家庭在那里露宿。这时月亮已经升起，我们不久便找到一棵合适的树。

X明白他已经没有希望，再度变得沉默，但当我把绳圈套在他颈上时，他问我是否爱他。这话让我十分意外——在我听来完全不是重点，但我还是回答，是的，我曾经爱过他，然后试了试绳结够不够活。B和C拉动绳子，他向上升去，像面旗子。窃窃私语的灌木丛上，一轮大得不祥的赤褐月亮挂得太低；脖子折断声传来之后，他在那月亮下激奋舞动了五分钟。然后屎尿齐下。真是一团脏乱！

他的身体静止下来，无力地悬垂，我们切断绳子，把尸体丢进草木丛。A 吐了，B 掉了点眼泪，C 和我用树叶把尸体盖住，就像《林中孩童》①里的知更鸟。我始终保持平静，平静到凶狠的地步，C 对我说你变成母老虎了，我以前还以为你是小猫咪。现在想起来，我认为正义获得了伸张，但我们本身既是罚者也是罪人，而且我们没挖洞埋 X，便是因为想留下漏洞，让正义的日常活动有机会追上我们。我们的举动开始有些尊严，我们的非逻辑逐渐增添一种严酷美德，尽管我们以蒙昧陌生的眼光看着彼此：我们是谁，我们变成了什么样子？

　　我们怎么可能做出这件事，怎么可能计划出这样的意图？

　　在地下室，A 的女孩和婴儿睡得挺安详，我们泡茶，喝起来跟吊死他之前喝过的茶味道没有什么不同。

　　现在 B 显露出强硬的道德感，说我们该去报警，去坦白一切并接受惩罚，因为我们并没做任何让自己蒙羞的事。但 A 有儿子要顾虑，想带苏西和小孩去韦尔斯山区一处他有朋友在的公社，在那里的新鲜空气中慢慢恢复，摆脱这段荒唐日子，还没头没脑地说他再也吃不下肉了，以后走路经过肉店都要避到对街去。他坐在床垫上熟睡女孩身旁，每分每秒都变得更像寻常人夫人父。但 C 和我现在不知该怎么办，也不知该怎么想，什么感觉都没有，只有感觉的中断，一种迟钝的沉重，一种绝望。

　　九月初的纯净清凉天光照进来，用挑剔手指摸过房里的一切。我们看着白昼，有点惊讶，惊讶于它竟跟任何一天一样明亮，事实上比平常更明亮。然后我感觉一滴沉重雨水滴落在我头上，但那不是雨滴，因为外面正出着太阳，也不是蓄水池漏水，因为我们头顶

───────────────

① *Babes in the Wood* 是一首古老民谣，描述两个孩童在树林中迷路死去，知更鸟飞来用翅膀遮覆住他们的尸体。

上就是房东的房间。这滴水是红的。可怕！那是血，我抬头看见天花板上已被老头的血渗出一片污渍。

我们争执起来。我们是不是该照 A 想要的，在后院挖个洞把老头埋了，收拾自己仅有的家当，化名离开，偷偷各奔前程，还是该照 B 认为正确的，向执法单位自首？本能和意志再度对上：在一栋我根本不曾知晓其存在的建筑物上，我身处四楼窗台，不知道是意志还是本能在叫我跳，叫我逃。正讨论着，我们听见远处传来低沉轰隆，本以为是打雷，但当 A 打开收音机想知道现在几点，却只有军乐和新闻快报，告诉我们政变已经发生，军方掌权了，仿佛这里不是这里，而是香蕉共和国。他们在北边遭到一些抵抗，但正迅速把对方打得落花流水。我们密谋筹划了半天，军方将领却同时也在密谋筹划，而我们竟一无所知。一无所知！

雷声愈来愈响，是枪弹和迫击炮的声音。天空很快便满布直升机。内战开始了。历史开始了。

III

The Bloody Chamber
and Other Stories

染血之室与其他故事

染血之室

　　我还记得，那一夜我躺在卧铺无法成眠，充满温柔甘美的极度兴奋，热烘烘的脸颊紧贴一尘不染的亚麻枕头套，狂跳的心像在模仿引擎那些巨大活塞，不停推动着这列火车穿过夜色，离开巴黎，离开少女时代，离开我母亲那封闭又安静的白色公寓，前往无从猜测的婚姻国度。

　　我也还记得，当时我温柔地想象着，此时此刻母亲一定在那间我永远离开的窄小卧房里缓缓走动，折叠收起所有我留下的小东西，那些我随手乱扔的再也不需要的衣衫，那些我行李箱里容不下的乐谱，那些被我丢弃的演奏会节目单。她会依恋地看看这条断了的缎带，看看那张褪色的照片，怀着女人在自己女儿出嫁当天那种半喜半忧的心情。在新嫁娘的高昂情绪中，我也感到一种失落的疼痛，仿佛当他将金戒指套在我手上、我变成他妻子的同时，某种意义上我也不再是母亲的女儿了。

　　你确定吗，店里送来那巨大纸盒时她问我；盒里装的是他买给我的新娘礼服，用绉纹纸包好打着红缎带，像圣诞节收到的蜜渍水果礼物。你确定你爱他？他也买了件新礼服给她，黑丝料，暗暗泛着一层水上浮油般的七彩光泽；从她身为富有茶园主的女儿，在中南半岛度过多彩多姿的少女时代之后，就不曾再穿过如此精致的衣裳。我那轮廓如鹰、桀骜不驯的母亲：除了我以外，音乐学院还有哪个学生有这么不得了的母亲，曾面不改色斥退一船中国海盗，在瘟疫期间照顾一整村人，亲手射杀一头吃人老虎，而且经历这一切冒险的时候比我现在还年轻？

"你确定你爱他吗？"

"我确定我想嫁给他。"我说。

然后就不再说别的了。她叹气，仿佛不太情愿将盘踞我们寒酸餐桌已久的贫穷鬼魂终于驱走。因为我母亲当年是心甘情愿、惊世骇俗、叛逆不羁地为爱变成乞丐，然后有那么一天，她那英勇的军人再也没从战场归来，只留给妻女永远流不干的眼泪，一只装满勋章的雪茄盒，还有那把古董佩枪。在艰苦生活中，我母亲的行事变得更堂而皇之地不同常人，手提网袋里总装着那把左轮，以防——我老是笑她——从杂货店回家途中碰上拦路贼。

拉下的百叶窗外不时一阵光芒四射的骤亮，仿佛铁路公司为了欢迎新娘，将我们一路经过的每个车站点得灯火通明。我的丝绸连身睡衣刚从包装纸里取出，滑过套上我青春少女的尖翘乳房和肩膀，柔顺得像一袭重水，在我不安翻转于狭窄卧榻上的此刻挑逗抚摸着我，大胆逾矩、意有所指地在我双腿间挪蹭。他的吻，他的吻里有舌头，有牙齿，还有微刺的胡须，暗示过我——细腻委婉一如这件他送我的睡衣——我们淫逸的新婚之夜将会延后至我们回到他那张祖传的大床，回到那座此刻仍位于我想象范围之外、受大海侵蚀的高塔……那魔幻之地，泡沫城墙的童话城堡，他出生的传说之家。有一天，我或许会为那个家生下一个继承人。我们的目的地，我的命运。

在火车咆哮的切分音中，我可以听见他平稳的呼吸。我和丈夫之间只隔着一道门，现在那门也开着，我只要支起上身，就能看见他那头深色狮鬃般的发。我闻到淡淡一抹皮革与香料的丰厚雄性气味，他身上总是有这味道，在他追求我的期间，也只有这味道能透露线索，告诉我他走进了我母亲的起居室，因为尽管他身材魁梧，步履却轻悄得仿佛鞋底是天鹅绒，仿佛他踩踏之处地毯全变成雪。

他总喜欢趁我在钢琴旁独处出神的时候给我意外惊喜。他会要人别通报他来了，自己无声无息打开门，轻悄悄走近我身边，带着一束温室鲜花或一盒栗子糖，把礼物放在琴键上，双手掩住正沉迷于德彪西前奏曲的我的眼睛。但那香料皮革的香味总是泄露他的踪迹，我只有第一次被他吓一跳，之后就总得假装惊讶，以免他失望。

他比我年纪大，大很多，那头深色狮鬃掺杂了几缕银白。但人生经历却没有在他奇特、沉重，几乎如同蜡像的脸上留下皱纹，反而像是将那张脸洗刷得平坦光滑，犹如海滩上的石头被一波接一波浪潮冲去棱角。有时候，当他听我弹琴，厚重眼皮低垂遮住那双毫无光亮得总令我不安的眼睛，那张静止的脸看起来就像面具，仿佛他真正的脸，真正反映他在这世界上，在认识我之前，甚至在我出生之前度过的生活——仿佛那张脸藏在这副面具下。或者藏在另一个地方。仿佛他用以生活许久的那张脸被放在一旁，换上一张没有岁月痕迹的脸来匹配我的青春。

到了另一个地方，也许我会看见素面的他。另一个地方。但是，哪里呢？

也许是，这列火车如今带我们前往的那座城堡，他出生的那座宏伟城堡。

就连他向我求婚，我说"好"的时候，他脸上那厚重肉感的沉着也不曾变化。我知道拿花比喻男人很怪，但有时我觉得他像百合。是的，百合。那种有知觉的植物，那种奇异不祥的平静，眼镜蛇探头般的葬礼百合，卷成白色花蕾的肉质厚实，触感有如上等羊皮纸。我答应嫁给他时，他脸上肌肉毫无动弹，只是发出一声抑哑的长叹。我心想：噢！他一定好想要我！仿佛他沉重得无法想象的欲望是一种我承受不起的力量，不是因为那欲望暴力，而是因为它本身充满重力。

求婚时他已准备好戒指，装在内衬猩红天鹅绒的皮盒里，是一颗大如鸽蛋的火蛋白石，镶在一圈花纹繁复的暗金古董戒上。我往日的保姆仍与我和母亲同住，她斜眼看这只戒指，说：蛋白石会招厄运。但这枚蛋白石是他母亲戴过的戒指，之前是他祖母，再之前是祖母的母亲，最早由梅第齐的凯瑟琳①送给某位祖先……不知从多久前开始，每个嫁进他家城堡的新娘就都戴过这戒指。那他是不是也曾把这戒指送给其他太太，然后又要回来？老保姆无礼地问；但她其实很势利，只是想鸡蛋里挑骨头，掩饰她对我飞上枝头做凤凰——她的小侯爵夫人——不敢置信的欣喜心情。但她这问题碰到了我的痛处，我耸耸肩，小家子气地转身背对她。我不想被人提醒他在我之前爱过其他女人，但在夜深人静、自信心薄弱不堪的时刻，这件事常在我脑海缠扰不去。

我才十七岁，对世事一无所知；我的侯爵已经结过婚，而且不止一次。我一直有点想不通，经过那些妻子之后他怎会选上我。可不是，他不是应该还在为前一任妻子服丧吗？啧，啧，我的老保姆说。就连我母亲都有点犹豫，不太想让一个新近丧妻没多久的男人把她女儿这么匆匆带走。我认识他时，前任夫人才刚死三个月，是位罗马尼亚女伯爵，引领时尚的仕女，在他布列塔尼的家宅翻船发生意外，尸体始终没找到。我在老保姆收在床下一口箱子里的过期

① Catherine de Medici（1519—1589），法王亨利二世之妻，法兰西二世、查理九世、亨利三世之母，十六世纪六十至七十年代初掌控法国政权。

社交名流杂志上找到她的照片，鼻嘴尖尖像只漂亮、伶俐、淘气的猴子，充满强烈诡异的魅力，是一种深沉、明亮、野性却又世故的动物，原生栖息在某处陈设豪华、精心布置的室内丛林，那儿充满盆栽棕榈树和呱呱叫的温驯鹦哥。

在她之前呢？那张脸就是大家都看得到的了，每个人都画过她，但我最喜欢的是雷登 [1] 那幅版画，《走在夜色边缘的晚星》。看着她谜样优雅的瘦削体态，你绝对想不到她原先只是蒙马特一间咖啡馆的女侍，直到普维·夏凡看到她，要她宽衣解带，让他的画笔描绘她的平坦乳房和纤长大腿。然而苦艾酒毁了她，至少人家是这么说的。

他的第一任夫人呢？那位风华绝代的歌剧女伶，我听过她唱伊索姐。我是个音乐天分早熟的小孩，父母曾带我去听歌剧作为生日礼物，那是我的第一场歌剧，便是她唱的伊索姐。舞台上的她燃烧着多么白炽的激情！让人感觉得出她会盛年早逝。我们的座位很高，高得快与天际众神同坐，但她的光芒仍让我目为之眩。当时父亲仍在世（哦，好久好久以前的事了），最后一幕他握住我黏黏的小手安慰我，但我耳中只听到她辉煌灿烂的歌声。

仅是在我出生到现在的短短时间之内，他便结过三次婚，娶过三美神 [2]，而现在，仿佛为了显示他的品位很有弹性，他邀我加入那群美女的行列，我这个穷寡妇的女儿，不久前才开始自由披散的鼠色头发还留着扎麻花辫的弯弯痕迹，腰臀瘦削，弹钢琴的手指不安又紧张。

他富可敌国。我们婚礼——在市政厅简单公证，因为他那位女伯爵才去世不久——前一夜，出于某种奇妙的巧合，他带我和母亲

---

[1] Odilon Redon（1840-1916），法国画家。
[2] 三美神（the three Graces）是希腊神话中象征光辉、喜悦、开花的三姊妹女神。

去看《崔斯坦》。你知道吗，听到《爱之死》那段时我的心澎湃疼痛不已，我想我一定是真的爱他。是的，我爱他。在他怀里，我是众人注目的焦点。在剧院门厅，窃窃私语的众人如红海般分开让我们走过。他的碰触使我肌肤酥麻。

从我第一次听到那充满死亡激情的旋律到现在，前后境遇真是天壤之别！这回我们坐在包厢的红天鹅绒扶手椅上，中场休息时一名戴着编辫假发的下人送上银冰桶里的香槟。泡沫涌出玻璃杯弄湿了我的手，我想道：我的福杯满溢[1]。而且我身上穿的是一袭波瓦雷[2]洋装。他说服我那不情愿的母亲让他为我置办嫁妆——否则我能穿什么嫁给他呢？补了又补的内衣，褪色的条纹布，哔叽布裙，别人淘汰的二手衣。因此，去听歌剧那晚，我穿的是一身轻飘飘白色细薄平纹棉胚布，胸线下横系一条银带。每个人都盯着我看，也盯着他的结婚礼物看。

他的结婚礼物紧扣在我颈间，一条两英寸宽的红宝石项链，像一道价值连城的割喉伤口。

法国大革命的恐怖时期过后，督政府早期，逃过断头台的贵族阶级流行一种反讽的装饰品，在脖子上原先可能遭刀锋砍断的位置系着红缎带，像伤口的记忆。他祖母很喜欢这个主意，便命人以红宝石串成她的缎带，多么奢华的叛逆！即使现在，歌剧院那一夜仍历历在目……白洋装、穿白洋装的纤弱少女，以及环绕少女喉头的猩红闪亮宝石，色彩夺目犹如鲜血。

我看见他在镀金镜子中注视我，评估的眼神像行家检视马匹，甚至像家庭主妇检视市场肉摊上的货色。先前我从不曾见过——或

---

① 典出《圣经·诗篇》，第二十三篇第五章："你用油膏了我的头，使我的福杯满溢。"
② Paul Poiret（1879-1944），二十世纪初活跃于巴黎时装界的著名设计师，装饰艺术（Art Deco）早期代表人物之一，服装线条细致流畅。

者说从不曾承认——他那种眼神，那种纯粹肉欲的贪婪，透过架在左眼的单片眼镜显得更加奇异。看见他以欲望的眼神看我，我低头转眼瞥向别处，但同时也瞥见镜中的自己；突然间，我看见了他眼中我的模样，苍白的脸，细钢弦般紧绷的颈部肌肉。从小至今这段天真而封闭的生活中，这是我第一次感觉自己内在有种堕落的潜能，令我为之屏息。

翌日我们便成婚了。

火车减速，一阵抖动后停住。灯光；金属哐当声；一个声音喊出某个再也不会经过的未知车站的名字；沉寂夜色；他呼吸的节奏，如今我将一辈子与之共枕而眠的节奏。但我睡不着。我悄悄坐起，稍稍掀起百叶窗，缩身凑在被我的呼吸染上一层雾的冰冷窗边，凝视窗外的黑暗月台，望向一方方家居灯光，灯光里有温暖，有陪伴，有腊肠在炉子上的平底锅里滋滋作响准备当站长的晚餐，他的孩子都上床睡了，在装有油漆窗扇的砖屋里……日常生活的所有一切。而我，结下这桩惊人婚姻之际，便已将自己放逐远离了那一切。

进入婚姻，进入放逐；我感觉得出来，我知道——从今以后，我将永远寂寞。但这都包含在那枚已变得熟悉的火蛋白石的重量里，它闪闪发亮有如吉卜赛人的水晶球，我弹琴时总不由自主直盯着它看。这只戒指，那条红宝石的染血绷带，满柜波瓦罗和渥斯[①]的衣裳，他身上俄罗斯皮革的味道——这一切全将我诱惑得如此彻底，使我对离开原先那切片面包和妈妈的世界毫无一丝悔憾。此刻那世界仿佛由线拉着朝后退去，就像小孩的玩具，同时火车又开始

① Charles Frederick Worth（1826–1895），原为英国设计师，将原本仅贵族独享、量身定做的服饰裁缝业转变为设计、成衣产业，被誉为时装之父。

轰然加速，仿佛满心愉悦期待要把我带向远方。

拂晓的最早几道灰白此刻出现在天空，半晦半明的奇诡光线透进车厢。他的呼吸声听来没有改变，但我因兴奋而特别敏锐的感官告诉我他已经醒了，正在看我。他是个高大的男人，庞然的男人，暗黑双眼毫无动静，一如绘在古埃及石棺上的人像眼睛，牢牢盯着我。在如此沉默中被如此观看，我感觉胃一阵紧缩。一根火柴亮起，他正点燃一支粗如婴儿手臂的"罗密欧与朱丽叶"雪茄。

"快到了。"他说，声音如敲钟洪亮回荡。在那火柴亮光的短短几秒间我感到一股尖锐惧怕的不祥预感，看见他又白又宽的脸仿佛脱离身体飘浮在床单之上，被火光由下映照，像个丑怪的嘉年华会人头。然后火柴熄了，雪茄烟头亮起，车厢充满熟悉的香气，让我想起父亲，想起小时候他常用哈瓦那①的温暖浊闷空气拥抱我，后来他亲亲我离家远去，死在异地。

丈夫扶我走下火车的高高阶梯，我一下车便闻到海洋那胞衣般的咸味。时值十一月，饱受大西洋狂风侵袭的树木一片光秃，火车停靠的此地偏僻无人，只有一身皮衣的司机乖乖等在一辆晶亮黑色汽车旁。天气很冷，我将身上的毛皮大衣拉得更紧，这黑白宽条相间的大衣是白鼬加黑貂皮，我的头在衣领衬托下仿佛野花的花萼。（我发誓，认识他之前我从不虚荣。）钟声当当响起，蓄势待发的火车奔驰而去，留下我们在这偏僻无人、只有我和他下车的临时停靠处。噢，多令人惊异啊：那强而有力的蒸汽钢铁竟只为了他的方便而暂停。全法国最富有的人。

"夫人。"

司机瞄向我。他是否正令人不快地在拿我跟女伯爵、艺术家模

---

① 古巴首都。古巴是世界知名的重要雪茄产地，前文的"罗密欧与朱丽叶"便是该国厂牌。

特儿、歌剧明星比较？我躲在那身毛皮里，仿佛它是一组柔软的护盾。丈夫喜欢我把蛋白石戒指戴在小羊皮手套外，这是种戏剧化的招摇做法——但那态度讽刺的司机一瞥见闪闪发亮的它便露出微笑，仿佛这确切证明了我是他主人的妻子。我们朝逐渐展开的黎明驶去，晨光将一半天空染上一道道冬季花束的色彩，玫瑰的粉红与虎斑百合的橘，仿佛丈夫为我向花店订了这片天空。白昼在我四周逐渐亮起，像个清凉的梦。

大海，沙滩，融入大海的天空——一幅朦胧粉彩的风景，看似总在融化边缘。这幅风景充满德彪西式的潮解和谐，那些我为他弹过的练习曲，初识他那天下午我在公主的沙龙里弹奏的幻想曲。那时我是茶杯和小蛋糕之间的孤女，上流人士出于慈善之心雇我去提供帮助消化的音乐。

然后，啊！他的城堡。童话故事般的孤寂场景，雾蓝色的塔楼，庭园，尖栅大门，那座城堡兀立在大海怀抱中，哀啼的海鸟绕着阁楼飞，窗户开向逐渐退去的紫绿色海洋，通往陆地的路径一天中有半天被潮水淹没阻绝……那座城堡不属于陆地也不属于海水，是两栖的神秘之地，违反了土地与浪潮的物质性，像忧愁的人鱼停栖在岩石上等待，无尽等待，多年前溺毙于远方的情人。那地方真美，像个忧伤的海上女妖！

正是清晨退潮时分，堤道立在海面之上。车子转上潮湿的卵石堤道，两旁是海水缓流，他握住我戴着那枚淫欲妖魅戒指的手，轻轻压按我的手指，以无比温柔亲吻我的掌心。他的脸仍如我向来看到的那样，静止如冻结厚冰的池水，但在黑色胡须之间看来总赤裸得奇怪的红唇此时则微微弯扬。他微笑了，他在欢迎新娘回家。

每间房、每条走廊都回响着窸窣潮声，所有的天花板，以及排满穿戴阶级分明华服的黑眼白脸祖先画像的墙壁，都映着流动不歇的条纹波光。而我就是这座暖暖含光、喃喃细语的城堡的女主人，就是我，就是那个靠母亲变卖所有首饰，包括婚戒，才付得起音乐学院学费的小女学生。

首先是一场难熬的小考验，我要首度跟管家见面，是她掌管这架精密的机器，这艘下了锚的城堡大船，使之运作畅通无碍，不管站在船桥上的人是谁。我忖道，我在这里不会有多少权威可言的！她有张平淡、苍白、无动于衷的不讨喜脸孔，头上戴着这地区常见的白色亚麻巾，浆洗得一尘不染无懈可击。她对我打招呼的态度有礼但无心，令我心头一凉；原先我做着白日梦，斗胆把自己的地位想得太有权力……一度还曾考虑，要如何以我那尽管不能干，但家常使人安心的亲爱老保姆取代她。想得太美了！他告诉我，这管家等于是他的养母，对他的家族绝对效忠，尽心尽力，"跟我一样都是这个家的一分子，亲爱的。"此时她的薄唇对我露出淡淡的骄傲微笑。只要她是他的盟友，就也是我的盟友。我必须满足于这种安排。

但在这里，要满足其实很容易。他拨出塔楼一整间房让我独自拥有，在那里我可以凝望窗外大西洋翻腾的浪涛，想象自己是大海女王。音乐室里有一架贝克斯坦钢琴供我弹奏，墙上挂着另一份新婚礼物——早期法兰德斯原始画风，画的是圣瑟希莉亚弹奏天堂之琴。这位圣女双颊丰润气色不佳，一头棕色鬈发，有种端庄魅力，正是我可能也会希望自己变成的样子。我心头一暖，感受到先前不曾发现的他的体贴爱意。然后他带我走上一道精致的螺旋台阶，来到卧房；管家悄悄退下之前用她的不列塔尼母语对他讲了句什么，引得他轻声窃笑，我敢说一定是对新婚夫妇的淫秽祝福。我听不懂，而面带微笑的他不肯翻译。

房中就是那张祖传的气派婚床，仅床本身就几乎跟我的娘家卧房一样大。床架表层是乌木、朱漆和金叶，雕刻着滴水嘴怪兽，白纱帐在微微海风中飘动。我们的床。四周有好多镜子！墙上都是镜子，镶着饰有缠枝花纹的华贵金框，映照出我有生以来所见最多的白百合。他让人在房里摆满了百合，以迎接新娘，年轻的新娘。年轻的新娘变成我在镜中看见的无数个女孩，全都一模一样，一身入时的海军蓝定做服饰，专供出门或者散步时穿着，夫人。毛皮大衣已被女仆接了过去。从今以后，什么事情都有女仆接手。

"你看，"他说着朝那些打扮高雅的女孩一比，"我娶了一整个后宫的妻妾！"

我发现自己在发抖，呼吸急促，无法迎视他的眼神，只能转开头，因为骄傲也因为害羞。我看见十二个丈夫在十二面镜子里向我靠近，慢慢地、有条不紊地、逗人遐思地解开我外套的纽扣，将它脱下。够了！不，还要！裙子也脱掉了，接着是杏色亚麻衬衫，这衬衫比我第一次行圣餐礼穿的礼服还贵。屋外冷冷太阳下的波光在他的单片眼镜上闪烁，他的动作在我感觉起来似乎刻意粗鄙不文。热血又涌上我的脸，始终没退去。

然而，你知道，我也猜到情况会是这样——一番正式的新娘脱衣典礼，来自妓院的仪式。尽管我的生活向来备受呵护，但就算在那个端庄的波西米亚世界，怎么可能不曾听说过他那个世界的若干暗示？

他剥去我的衣服，身为美食家的他仿佛正在剥去朝鲜蓟的叶子——但别想象什么精致佳肴，这朝鲜蓟对这食客来说并没有什么稀罕，他也还没急着想吃，而是以百无聊赖的胃口对寻常菜色下手。最后只剩下我鲜红搏动的核心，我看见镜中活脱是一幅罗普斯[1]的

---

[1] Félicien Rops (1833–1898)，比利时画家。

蚀刻画，那是在我们订婚后得以独处时他给我看的藏画之一……小女孩伸着骨瘦如柴的四肢，除了手套和扣扣子的靴子之外一丝不挂，一手遮住脸仿佛那是她矜持的最后容身之处；旁边是个戴单片眼镜的老色鬼，仔细检视她每一部分肢体。他穿着伦敦裁缝的手工西装，她则赤裸如一块小羊排。再也没有比这更色情的遭逢了。我的买主便是这样拆开他购得的划算货色。而就如听歌剧那天，我第一次以他的眼神看自己的肉体，此时我也再度大惊失色地发现自己情欲撩动。

他随即合起我的腿像合上一本书，我再度看见他嘴唇那表示微笑的罕见动作。

还不是时候。等晚些。期待是乐趣最主要的部分，我的小心肝。

我开始阵阵颤抖，像出赛在即的赛马，但同时带有某种畏惧，因为我对做爱这念头既感到一股非关私人的奇特兴奋，却又无法压抑嫌恶反感的情绪，因为他沉重的白色肉体跟我房里这些大把大把插在大玻璃瓶的百合实在太相似，那些葬礼百合有浓厚花粉会染上你的手指，仿佛你手指沾到了郁金②。百合总是让我联想到他，白色的，而且会弄脏你。

这一幕淫逸景象被突儿打断，原来他有公事要办，有那些产业和公司要顾——连蜜月也不例外吗？是的，红色嘴唇回答，吻吻我，然后他便离开，留下我充满紊乱的感官情绪——他胡须潮湿的丝般擦触，略略伸出的舌尖。我满肚子不高兴，套上一件古董蕾丝睡袍，啜饮女仆为我端来的热巧克力充当早餐。之后，由于音乐是我的第二天性，我只可能前往音乐室，不久便在钢琴旁坐下。

但我指尖下只流泻出一串微微不谐和的音符：走了调……只有

---

① 亦称姜黄，为一种香料，一般咖喱粉之为黄色便是由于加了郁金。

一点点，但我天生具有完美的音感，无法忍受继续弹下去。海风很伤钢琴，若我要继续练琴，一定得请个调音师住进家里才行！我失望地摔下琴盖，现在我该做什么，要怎么打发充满海水光亮的漫长白日，直到丈夫与我同床？

想到那，我打了个寒噤。

图书室似乎是他那身俄罗斯皮革味道的来源。一排又一排包着小牛皮的书本，棕色，橄榄色，书脊烫金，鲜红摩洛哥皮的八开本。一张深深的皮沙发可供躺靠。一座雕成老鹰展翅状的读书台，放着一本于斯曼①的《下面》，是某份私人印刷过分精致的版本，装订得像弥撒书，钉以黄铜，饰有一颗颗彩色玻璃。地上的地毯有的深蓝如搏动苍穹，有的艳红如心头鲜血，产自伊斯法罕②与波卡拉③。墙上的暗色镶板微微发亮，海涛传来催人欲眠的音乐，炉里烧着苹果木，玻璃门书柜里有新有旧的书脊映闪着火焰。埃里法斯·勒维，这名字对我毫无意义。我眯眼看看一两本书名：《启蒙》、《神秘之钥》、《潘多拉盒子的秘密》，然后打个呵欠。这里没什么能留住一个等待初夜的十七岁女孩。此刻要是有本黄纸小说就好了，我想缩在熊熊炉火前的地毯上沉迷于廉价小说，嘴里嚼着黏黏的酒心巧克力。若我拉铃，就会有女仆送来巧克力。

然而我随手打开了书柜的门，浏览那些书。现在想起来，我想当时我知道，甚至还没打开那本书脊上全无书名的簿册之前，便透过指尖传来的某种微麻感觉知道会在书里找到什么。他给我看那幅新买而爱不释手的罗普斯时，不就暗示了他是这方面的行家？然而

---

① Joris Karl Huysman（1848–1907，本名 Charles Marie George Huysmans），法国小说家。
② Isfahan（一作 Eṣfahān），在今伊朗中部，为波斯地毯名产地。
③ Bokhara（又作 Bukhoro 或 Bukhara），在今乌兹别克西部，为地毯等织品产地。

我没料到会看到这个，女孩脸颊上挂着珍珠般的泪滴，又大又圆屁股下的尻是熟裂的无花果，多节的九尾鞭正要往那屁股抽下，旁边一个男人戴着黑面具，空出来的那只手抚弄自己的阴茎，阴茎向上弯曲仿佛他手持弯刀。图片标题是"好奇的惩罚"。我那行事不同常人的母亲已精确告诉过我情人之间做的是什么事，因此我虽少不更事，但并不天真无知。根据扉页的标示，这册《尤拉莉土耳其大王后宫历险记》是一七四八年在阿姆斯特丹印行的珍本。是某个祖先从那北方城市亲自买回来的吗？还是我丈夫在河左岸那些满是尘埃的小书店买来自赏，书店里会有个老头透过一英寸厚的眼镜朝你瞄，看你敢不敢细看他店里的货……我带着畏惧期待翻动书页，油墨是锈铁色。接着又是一张钢版画：《苏丹妻妾作为献祭牲礼》。我知道得够多，能看懂书里内容并因此惊喘屏息。

充满图书室的皮革味变得浓烈刺鼻，他的影子落在大屠杀的画面上。

"我的小修女找到了祈祷书，是不是？"他问，奇特的语气混合了嘲弄与享受；然后他看见我困惑难过又生气的样子，笑出声来，把书从我手中抽走，放在沙发上。

"可怕的图片吓到小宝贝了吗？小宝贝还没学会用大人的玩具，就不该拿来玩，对不对？"

然后他吻我。这次不再收敛。他吻我，一手不容抗拒地按在我乳房上，隔着那层古董蕾丝。我跌跌撞撞走上螺旋梯进入卧室，来到雕刻镀金的、他在此受孕成胎的那张床。我傻乎乎、结结巴巴地说：我们还没吃午餐呢，而且，现在是大白天呀……

这样才好把你看得更清楚。

他要我戴上那条项链，那是一个逃过刀斧加颈的女人留下的传家宝。我用颤抖的手指将项链戴上脖子，它冷得像冰，让我全身发寒。他把我头发卷绕成一条绳从肩上掀起，好亲吻我耳下生着细细茸毛的凹陷部位，吻得我一阵颤抖。然后他亲吻那串炽烈的红宝石。先吻红宝石，然后吻我的嘴。心荡神驰中，他吟道："华服美饰中她只留下／铿锵响亮的珠宝首饰。"

十二个丈夫刺入十二个新娘，哀啼海鸥在窗外邈邈高空中荡着无形的秋千。

尖锐持续的电话铃声让我清醒过来。他躺在我身旁像棵砍倒的橡树，鼾声如雷，仿佛刚跟我打过一架。在那场一面倒的斗争中，我看见他死亡般镇定的面容像瓷花瓶掼在墙上崩裂粉碎，听见他高潮时尖叫渎神的话语，我自己则流了血。也许我看见了他面具下的脸，也许没有，但失去童贞让我的发变得无比散乱。

我打起精神，伸手探向床边的景泰蓝小柜，接起藏在里面的电话。是他在纽约的经纪人，有急事。

我摇醒他，自己翻过身侧躺，双臂环抱自己耗乏的身体。他的声音嗡嗡响，像远处一窝蜂。我丈夫。我充满爱意的丈夫，将我卧房摆满百合，变成葬仪社的防腐室。那些沉沉欲眠的百合摇着重重的头，散发浓郁蛮横的香气，让人想到娇生惯养的肉体。

跟经纪人讲完电话，他转向我，抚摸那条紧咬我脖子的红宝石项链，但现在他的手势是那么温柔，我因之不再畏缩，任他爱抚我的乳房。我亲爱的，我的小心肝，我的孩子，是不是很痛？真对不起，他太粗鲁了，他情不自禁，因为，是这样的，他太爱她了……这套情话让我眼泪泉涌而出，紧紧抱住他，仿佛只有造成伤害的那人才能安慰我的疼痛。他对我喃喃低语了一阵，那声音我从没听过，像大海柔声的抚慰。但然后他便解开缠绕在他居家外套纽扣上的我的头发，在我颊上短短一吻，对我说纽约经纪人打来通知的事实在太紧急了，他必须一退潮就离开。离开城堡？离开法国！这一去就是六星期。

"可是我们还在度蜜月呀！"

一笔交易，涉及风险、机会和好几百万元的生意，如今岌岌可危，他说。他从我身旁退开，恢复蜡像般的静定：我只是个小女孩，我不会懂的。而且，他不曾明言的那些话对我受伤的自尊说，我已经有过太多次蜜月，一点也不觉得这有什么重要，我很清楚，这个用一把彩色宝石和若干死兽毛皮买来的小孩不会跑掉。但是，等他打完电话叫巴黎的经纪人替他订明天到美国的船票——只要打小小一通电话就好了，我的小亲亲——我们还有时间共进晚餐。

而我必须满足于这种安排。

一道墨西哥菜，雏鸡加榛果与巧克力；色拉；滋味浓郁的白奶酪；麝香葡萄冰沙和阿斯提·史布曼德①酒。克鲁格香槟啵一声喷涌欢庆。然后是盛在珍贵小杯的酸浓黑咖啡，那杯壁其薄无比，杯上绘饰的鸟都笼罩在咖啡的阴影里。在图书室里，我喝匡卓酒②，他喝干邑白兰地，紫色天鹅绒窗帘拉起挡住夜色，他坐在摇曳炉火旁一把皮椅，让我坐在他膝上。我已照他要求换上那件纯洁的波瓦雷薄棉白洋装，他似乎特别喜欢这件衣服，说我的乳房在轻薄布料下若隐若现，像一对柔软小白鸽，各睁着一只粉红眼睛睡觉。但他不肯让我拿下那条红宝石项链，尽管它已经勒得我很不舒服，也不肯让我挽起披散的头发，那头乱发标示着才刚破裂的童贞，仍是我们之间的一道伤口。他手指绕扯着我的发，痛得我不禁皱眉。我记得当时我几乎没说什么话。

"女仆应该已经把我们的床单换好了。"他说。"我们没有把沾

---

① Asti Spumante 是一种通常偏甜的气泡白酒，产于意大利皮耶蒙地区的阿斯提。
② cointreau，一种透明无色、柑橘口味的利口酒。

146

血床单挂出窗外，向全不列塔尼宣布你是处女的习惯，现在已经是文明时代了。不过我要告诉你，如果真要这么做，结这么多次婚以来，这会是第一次我能够向对此感兴趣的佃农亮出这样一面旗。"

这时我才意外又吃惊地醒悟到，他之所以受我吸引，一定是因为我少不更事——他说我的懵懂就像无声的音乐，以轻灵琴键弹出的《月光下的露台》①。你要记得当时我在那豪华城堡有多不自在，和他交往期间我又始终有多不安，这个追求我的、一脸肃穆的半人半羊神此刻正轻轻折磨着我的头发。如今知道我的天真让他愉悦，使我有了勇气。加油！总有一天我会扮演完美无瑕的高雅仕女，尽管我现在只能从零开始。

然后，慢慢地但逗人地，仿佛送给小孩一份惊奇的大好礼物，他从外套某个暗袋掏出一堆钥匙———一把又一把，他说全家每一道锁的钥匙都在这里。钥匙各式各样，有的是黑铁做的巨大古董，有的纤细精巧近乎巴洛克式，还有扁平的耶鲁钥匙是开保险箱和盒子的。他不在的时候，这些钥匙就全交给我保管了。

我慎重看着那串沉重的钥匙。在此之前，我不曾想过这桩婚姻的实际层面，在一栋大宅里，有一笔大财富，与一个钥匙多得像典狱长的大男人。这些是地牢的笨重古老钥匙，以前我们有很多地牢，但现在都改装成酒窖存放他的葡萄酒了，城堡岩石地基里挖出的那许多痛苦深洞如今放着一排排落满尘埃的酒瓶。这些是厨房钥匙，这把是画廊钥匙，那可是个宝窟，满是五个世纪以来狂热收集的作品——啊！他可以想见我会在那里待上好多个小时。

他以略显贪婪的口吻告诉我，他依自己的品味恣意收藏了许多象征主义画作。画廊里有莫罗②画他第一任妻子的伟大作品，著名

---

① La Terrasse des audiences au clair de lune，德彪西作品。
② Gustav Moreau（1828-1896），法国画家。

的《牺牲受害者》，锁链在她清净的肌肤留下蕾丝般痕迹。你知不知道那幅画背后的故事？知不知道，当刚离开蒙马特酒吧的她第一次在他面前宽衣解带，羞得不由自主披上一层红晕，乳房、肩膀、臂膀，全身都红了？他第一次脱去我衣服的时候，就想到了那个故事，那个亲爱的女孩……恩索①，伟大的恩索，巨大的画作：《愚昧的处女》。两三幅晚期的高更，他最喜欢的是废屋里一个棕色女孩恍惚出神的那幅：《我们来自夜色，去至夜色》。除了他自己新买的画，还有祖先留下来的精彩作品，有瓦陀②，有普桑③，还有两幅非常特别的法歌纳④，是一个淫荡好色的祖先请他画的，听说那祖先亲率两个女儿充当大师的模特儿……细数这些珍藏到一半，他突然停口。

你这张又瘦又白的脸，亲爱的；他说，仿佛第一次看见。你这张又瘦又白的脸充满放荡的可能，只有行家才看得出来。

一截木柴落进火里，掀起一阵火星，我手指上的蛋白石吐出绿色火焰。我感到非常晕眩，仿佛站在深渊边缘，最怕的并不是他，他这庞然存在沉重得仿佛一出生便比我们其他人多了更确切的重力，即使在我自认最爱他的时刻也微妙地压迫着我……不。我怕的不是他，而是我自己。在他那双不反光的眼睛里，我仿佛重生，重生为不熟悉的形体。他对我的形容陌生得简直不像我，然而，然而——其中会不会有一丁点下流的真实？在那红色火光中，我悄悄又红了脸，想着他之所以选择我，可能是因为在我的少不更事中察觉到鲜有的堕落天分。

---

① James Sidney Ensor（1860-1949），比利时画家。
② Jean-Antoine Watteau（1684-1721），法国画家。
③ Nicolas Poussin（1594-1665），法国画家。
④ Jean-Honoré Fragonard（1732-1806），法国画家。

这把是瓷器柜的钥匙——别笑，亲爱的，那柜子里的赛弗蕾 ①
可是价值连城，里莫杰 ② 也不遑多让。还有这把钥匙是那间锁住又
上闩的房，房里放着传了五代的盘子。

多不胜数的钥匙，钥匙，钥匙。他将他办公室的钥匙托付给
我，尽管我只是个小女孩；还有那些保险箱的钥匙，他答应下次我
们回巴黎时让我穿戴箱里的珠宝首饰。首饰可多着了！到时候我每
天都可以换三副耳环和项链，就像约瑟芬皇后一天换三套内衣。至
于也放在保险箱里的股票，他发出敲击般的空洞声响——那算是他
的轻笑声——说，我大概就不会那么感兴趣了，尽管它们的价值当
然比珠宝高出太多。

在我们独处的这方火光之外，我可以听见潮水从前滩小石头间
退去的声响，他离开我出发的时间就快到了。钥匙环上只剩一支小
钥匙还没交代，他略显迟疑，一时间我还以为他会从众多钥匙兄弟
间取下那支，放回口袋带走。

"那支是什么钥匙？"他先前的善意揶揄让我胆子大起来，追
问道。"打开你心房的钥匙吗？给我！"

他把钥匙高举在我头顶逗我，就举在我极力伸长手指恰好够不
到的地方，光裸红唇裂出一个微笑。

"哦，不是，"他说，"不是我心房的钥匙。是我禁区 ③ 的钥匙。"

他没有取走那支钥匙，将钥匙环重新扣好，摇动着发出乐声，
仿佛排钟。然后他把整堆钥匙丁零当啷丢在我膝上，透过细薄的棉

① 法国知名瓷器，最初于一七三八年在维塞恩（Vicennes）生产，后迁至赛弗蕾
（Sèvres），故名。
② 亦为法国瓷器名产地，一七七一年于里莫杰（Limoges）附近发现高岭土矿藏后开
始生产。
③ 原文为法文 enfer，意为地狱，亦有"乱七八糟、难以忍受的地方"或"存放禁书
的地方"之义。

布，我感觉冰冷的金属让我大腿发寒。他俯身向我，隔着胡子面具在我额上印下一吻。

"每个男人都必须有个妻子不知道的秘密，即使只有一个也好。"他说。"答应我，我的乳白小脸的钢琴手，答应我你不会去用最后那支小钥匙。除了它之外，整串钥匙随便你用，你爱玩什么就玩，珠宝也好，银盘也好，高兴的话拿我那些股票折纸船，放进大西洋让它们漂来找我也行。一切都是你的，哪里你都可以开——独独除了这支钥匙的那个锁。但它其实只是西塔楼底的一个小房间，在蒸馏器室后面，一条又暗又窄的走廊尽头，结满可怕的蜘蛛网，如果你去那里，蛛网会沾你一身又吓着你。哦，何况那只是个无趣的小房间而已！但你必须答应我，如果你爱我，就离那里远远的。那只是个私人书房，避难天地，就像英国人说的'私人小窝'，让我有时可以去躲一躲，在婚姻重担偶尔但难免变得太沉重的少数时刻。你懂吧，让我可以到那里偶尔享受一下，想象自己没有妻子的感觉。"

我裹着毛皮大衣送他上车，庭院里有淡淡星光。他最后说的话是，他已打电话跟内陆那边联络过，雇了一名调音师，那人明天就会来报到。他把我往那骆马毛料的胸口抱了一下，然后便搭车远去。

那天下午我在昏沉瞌睡中度过，现在睡不着了，在他的祖传大床上辗转反侧，直到又一个破晓染白那十二面镜子，让镜中充满海水白亮的映影。百合香味沉沉压着我的感官。一想到从此之后我必须同床共枕的男人跟百合一样有着蟾蜍般微微潮冷的皮肤，我心中便模糊感到一股寂寥；如今我的女性伤口已经愈合，某种昏晕反胃的渴望随之觉醒，渴望他的爱抚，就像孕妇渴望炭味、石灰味，或腐坏食物的味道。他不是已以他的肉体、言谈和神态，向我暗示未来将有无数巴洛克式的肉体交合吗？我躺在我们的大床上，与我为伴的是无眠的、新生的黑暗好奇心。

我独自躺在床上。而我渴望他。而他令我作恶。

他保险箱里所有珠宝可足够补偿我受的这折磨？这整座城堡的财富是否足以暂时替代那个我如今必须共享这一切却又不在我身边的人？还有，我对这个谜样人物既欲望又畏惧的心情到底是什么，这个为了展现他对我的掌控，新婚之夜便抛下我的人？

然后我猛然从床上坐起，在上方滴水嘴怪兽雕刻的讥嘲面具下，震惊于一个疯狂的猜想。他离开我会不会并非前往华尔街，而是去找某个天知道藏在哪里的纠缠不清的情妇，她知道怎么取悦他，远胜这个手指只练习过音阶和琶音的女孩？而后我慢慢平静下来，躺回枕头堆上。我承认，我这自己吓自己的嫉妒猜测之中，也不是没有掺杂一点点松了口气的感觉。

天光照进房里赶走噩梦，我终于睡去。但睡着前我记得的最后一样东西是床旁那瓶百合，厚厚的玻璃瓶身使粗肥花茎扭曲变形，看似一条条手臂，切断的手臂，漂浮淹没在发绿的水里。

咖啡和牛角面包聊以慰藉独自醒来的新娘。很美味。还有蜂蜜，来自玻璃小盘上的一块蜂窝。女仆把芳香的柳橙汁挤进冰透的高脚杯，我躺在有钱人日上三竿还不起的床上看着她。然而今天早上不管什么事都无法让我愉快太久，只有听见钢琴调音师已经动手工作最令我高兴。一听女仆这么说，我立刻跳下床，套上旧日学生装扮的哗叽裙和法兰绒衬衫，跟众多精致新衣比起来，还是这么穿最令我自在。

我练了三小时的琴，然后找来调音师向他致谢。他是盲人，这点在意料之内，但是很年轻，有一张线条温和的嘴，灰色眼睛定在我身上，尽管看不见我。他家住在堤道那一头的村里，父亲是铁匠；他在教堂参加唱诗班，好心神父教他调音，让他有一技之长可以谋生。一切都非常满意。是的。他想他在这里工作会很愉快。还有，他害羞地又加了一句，如果偶尔可以允许他听我弹琴的话……因为，是这样的，他很爱音乐。当然可以，我说。没问题。他似乎察觉到我露出了微笑。

尽管我起得这么晚，但让他退下之后我的"五点钟"才刚到而已。由于丈夫已经细心吩咐过管家，因此她先前没有来打扰我练琴，现在则庄严肃穆来见我，列出一顿迟来午餐的洋洋洒洒菜单。我告诉她我不想吃，她挺着鼻子斜眼看我，我立刻明白，身为城堡女主人的要务之一就是让仆役有工作可做；但我还是保持坚定，说我等晚餐时再吃即可，尽管我对于即将独自一人用餐感到紧张。结果我又得告诉她我晚餐想吃什么。我的想象力还是小女学生，这时天马行空起来。鲜奶油酱配禽肉——或者该以外皮涂油烤得光亮的火鸡提早过圣诞？不，我决定了，酪梨鲜虾，要很多很多，然后完全不要主菜。但甜点就给我个惊奇吧，把冰库里所有口味的冰淇淋都端上来。她记下我的吩咐，但态度不以为然。我令她震惊了。这么差劲的品味！还是个孩子的我，在她离开后吃吃笑起来。

但，现在……现在我该做什么呢？

我很可以高高兴兴花一个小时打开整理那些装满新衣的皮箱，但女仆已经代劳了。那些洋装礼服、那些量身定做的衣裳都挂在我穿衣间的衣橱，帽子戴在木头假人头上保持形状，鞋子也套在木头假脚上，仿佛这些不会动的东西都在模仿活人，嘲笑着我。我不喜欢在那过于拥挤的穿衣间里待太久，充满阴沉百合香味的卧房亦然。该怎么打发时间？

就在我个人专用的浴室泡个澡吧！于是我发现水龙头全是黄金

小海豚，镶着碎土耳其石的眼睛；浴室里还有一大缸金鱼，在款摆水草间游来游去，就跟我一样无聊，我想。我真希望他没有丢下我一个人。我真希望能够跟，比方说，女仆或调音师闲聊……但我已经知道，自己如今的身份阶级是不允许与仆役为友的。

原本我希望尽可能拖得晚一点再打电话，这样晚餐后那死气沉沉的多余时间就有件令我期待的事可做，但到了六点四十五分，城堡四周已陷入黑暗，我再也按捺不住了，终于打电话给母亲。然后一听到她声音就哭起来，让自己大吃一惊。

没有，没事。妈。我的浴室有黄金水龙头。

我说，黄金水龙头！

是啊，这是没什么好哭的，妈。

线路状况非常差，我几乎听不见她对我的祝贺和询问和关切，但挂掉电话后，我还是感觉稍微安慰了些。

然而离晚餐还有整整一小时，之后还有无法想象的沙漠般的一整夜。

那堆钥匙仍在他留下的地方，就在图书室壁炉前的地毯上，金属材质被炉火烘得不再冰冷，摸起来几乎跟我的皮肤一样温暖。我捡起那串叮当作响的钥匙时，加添柴火的女仆对我投来责备的眼光，仿佛我粗心把钥匙随手乱放是对她设下圈套。这些是这座美丽监狱中每一扇门的钥匙，我既是囚犯又是主人，却几乎什么都还没看到。想起这一点，我感到探险的兴奋。

开灯！更多灯！

只消一碰开关，如在梦中的图书室便照得一片光亮。我在城堡里到处乱跑，打开找得到的所有电灯，还命令仆人将他们房间也开亮灯光，让这座城堡大放光明，像个海上的生日蛋糕，由一千枝蜡烛照亮，每一枝代表它的一岁，让岸边每个人看得惊奇。等到整座城堡亮堂堂一如巴黎北站的咖啡馆，拥有这堆钥匙所代表的意义便不再令我却步，因为现在我下定决心要寻遍每个角落，找出我丈夫的真实性情。

显然，第一个就从他办公室找起。

一张足有半里宽的桃花心木书桌，一副干干净净的吸墨具，一整排电话。我让自己奢侈地打开装有珠宝的保险箱，在皮盒堆中翻来翻去，看见这桩婚姻让我如今坐拥神灯精灵般的何等财富——首饰、手镯、戒指……我正如此这般处在钻石包围中，一名女仆敲敲门，不待我回答便径自进房；这是暗含轻慢的不礼貌行为，等丈夫回来我一定要跟他提。她傲慢地瞟瞟我的哔叽裙：夫人晚餐要换装吗？

听见这话我大笑起来，她轻蔑地撇嘴。她比我更有上流仕女架势。可是你想象一下——穿起一件波瓦雷的华丽盛装，插戴满头珠宝帽饰，披挂着长至肚脐的珍珠项链，只为了独自一人坐在那公侯将相的餐厅里，坐在那张据说马克国王曾宴请麾下骑士的庞大餐桌桌首……在她不赞许的冷淡眼光下，我逐渐冷静下来，以军官之女的简洁语气发话。不，我晚餐不打算换装。而且我不饿，根本不想吃晚餐。她必须转告管家取消我吩咐的那场学生宿舍式盛宴。请他们在我的音乐室留些三明治和一壶咖啡好吗？然后他们今晚就可以休息了好吗？

当然，夫人。

从她痛切的声调，我听得出我再次让他们失望了，但我不在乎，有丈夫满坑满谷的璀璨珠宝保卫我对抗他们。但在闪亮宝石堆里是找不到他的心的，一待女仆离开，我便开始有系统地搜寻他书桌抽屉。

一切井井有条，因此我一无所获。没有随手涂写的旧信封，也没有褪色的女人照片，只有生意往来书信的档案、领地农庄的账单、裁缝收据、跨国金融机构的"情书"。什么也没有。他真实生活的证据如此付之阙如，反而令我更觉蹊跷；既然他如此不遗余力掩藏，表示一定有很多见不得人的东西。

他的办公室是间特别没有人味的房间，朝向内侧庭院，仿佛他要背对女妖魅人歌声般的大海，专心让阿姆斯特丹某个小商人破产，或者——我既兴奋又不齿地想到——参与寮国某项必然牵涉到鸦片的生意，因为他曾语带玄机地提到，自己对罕见的罂粟花有着业余植物学家的热切兴趣。他已经这么有钱，难道不能不插手犯罪活动吗？还是犯罪活动本身正是他赚钱的方式？然而我已经看到够多，足以体会他是多么狂热地将一切保密。

翻遍他抽屉后，接下来我必须头脑清醒地花十五分钟将每一封信放回原位，掩饰我翻看过的痕迹。我将手伸进一个卡住的小抽屉，一定是凑巧碰到了某个弹簧，小抽屉中立刻应声弹出另一个秘密抽屉，里面放着——终于！——一份标示"私人"的档案。

我独自一人，只有未拉窗帘的窗上映影与我为伴。

一时间我觉得，他的心仿佛就夹在这份非常薄的档案里，扁平一如压花，猩红而薄如面纸。

也许我宁愿没找到那张错字连连的动人纸条，写在印有"小酒杯咖啡馆"字样的餐巾纸上，第一句是："亲爱的，我迫不及待完全成为你的。"歌剧女伶捎给他一张《崔斯坦》的《爱之死》乐谱，上面只潦草写着谜般的："直到……"但这些情书中最奇怪的一份是一张明信片，画面是一处山间村落的坟场，某个一身黑的食尸妖正兴致勃勃挖着坟墓；这场景以大木偶戏极度阴森浓烈的风格组成，文字说明："川薮凡尼亚的典型场景——万灵节，午夜时分"；另一面则写着："此回与吸血鬼的后裔婚配——永远别忘记，'爱情最至高无上、独一无二的愉悦，乃在于心中确知自己正从事邪恶之事'。致上所有的爱，卡"。

一个玩笑，而且是个没品位到极点的玩笑：他上一任夫人不就是位罗马尼亚女伯爵吗？然后我记起她那张漂亮伶俐的脸，还有她的名字——卡米拉。看来，距我时间最近的这位城堡女主人是历任中最世故机敏的一位。

我将那份档案收好，整个人清醒过来。我在亲情和音乐的围绕下长大，完全无从学会这些成年人的游戏，然而这些正是他留给我的线索，至少显示了他曾受到何等深爱，尽管没有说明他何以值得如此深爱。但我还想知道更多。我关上并锁起办公室的门，此时，提供更多发现的方式就这么落在我面前。

不只是落，还发出整盒餐具掉地的叮当乱响，因为我转动办公室门滑顺的耶鲁锁时不知怎么碰开了钥匙环，于是所有钥匙全稀里哗啦散落满地。而不知是巧合或厄运使然，我第一把捡起的就是那间他不准我去的房间的钥匙，那间他专供己用、想感觉自己仍然单身时便可前往的房间。

我决定前去一探，接着感觉自己对他那蜡像般静止神态所感到的难以定义的畏惧又再度微微浮现。也许当时我半是想象地忖道，或许在他的小窝里我会找到他真正的自己，等着看我是否真的听他的话；或许他送去纽约的只是一具会动的躯体，是那具呈现在公众面前的神秘内敛外壳，而那个我曾在性高潮的风暴中瞥见其面目的真人，则在西塔下的书房里忙着紧迫的私事。然而若真是如此，那我更必须找到他，认识他，同时我也太受他对我表现出来的欣赏所蒙蔽，根本没去想我不听话可能真的会触怒他。

我拿走那把禁忌的钥匙，其他的弃于原地。

现在时间非常晚了，城堡漂在水上，离陆地的距离最远，浮在

156

沉默大海中——如我所要求的——宛若放光的花环。一切沉默静定，只有浪潮喃喃低语。

我不畏惧，一点也不觉得害怕，如今我步伐坚定，就像走在自己娘家屋里。

那走廊根本不窄小，也没有积满灰尘，他为什么要骗我？但这里灯光确实不足，电线不知为何没有牵到这里，于是我退回蒸馏器室，在橱柜里找到火柴和一捆蜡烛，是准备用在豪华晚宴场合照亮那张橡木大桌的。我用火柴点燃寥寥一根蜡烛，拿在手里往前走，仿佛悔罪之人。长廊两旁挂着沉重的织锦，我想是来自威尼斯，烛火不时照出这里一个男人的头，那里一双丰满乳房露在衣服的裂缝外——也许是《萨宾女子遇劫图》①？出鞘的剑和被杀的马匹显示主题是某个血腥的神话故事。走廊蜿蜒向下延伸，铺着厚地毯的地面有几乎察觉不出的轻微斜度。墙上沉甸甸的织锦掩住了我的脚步声，甚至我的呼吸声。不知为什么，这里愈来愈热，我额上冒出汗珠，也不再听见海的声音。

这条走廊漫长曲折，仿佛我走在城堡的肠道里。最后，这条走廊通往一扇遭虫蛀蚀的橡木门，上端是圆形，闩以黑铁。

而我仍然不畏惧，颈背上没有汗毛直竖，指尖也不觉得发麻。

钥匙插进那具新锁，顺畅一如热刀切奶油。

不畏惧，但有些迟疑，心理上一阵屏息。

若说我在标着"私人"的档案里找到了一点他的心，那么在这地底的私密空间或许能找到一点他的灵魂。想到可能有此发现，想到发现的内容可能奇怪，我静止不动片刻，然后在我已有些微不纯

---

① 萨宾（Sabine）人为意大利中部亚平宁山区的古代民族，被传说中建立罗马的罗慕勒斯（Romulus）征服，劫掠萨宾女子是战争中一个事件。

的天真鲁莽中，我转动钥匙，门吱嘎一声缓缓推开。

"爱的举动与施行酷刑有惊人的相似之处。"我丈夫最喜欢的诗人如是说，我在婚床上也体会到了些许。此刻我手中的烛火照见一张拷问台，还有一个巨大的轮子，就像我在老保姆那些圣书里看过的圣人殉教的木刻版画。此外——只来得及匆匆一瞥，我的微弱烛火便熄灭了，让我陷入彻底黑暗——有一具铁铸人形，身侧装置铰链，我知道它内布尖钉，名为"铁处女"。

一片彻底黑暗中，我被残酷刑具包围。

直到那一刻，这个被宠坏的小孩才知道，自己继承了母亲在中南半岛力抗黄皮肤不法之徒的那种勇气和意志力。母亲的精神驱使我继续前进，深入这可怕的地方，冷然忘我地探知最恶劣的情境。我从口袋里摸索出火柴，火柴的光线是多么晦暗凄凉！然而那光线却足够，哦太足够了，让我看见一间专为亵渎神圣而设计的房间，专为某个黑暗夜晚设计，让难以想象的情人以毁灭代替拥抱。

这间赤裸裸酷刑室的墙壁是光秃岩石，微微发光，仿佛它们也怕得冒汗。房间四角放着年代久远的骨灰瓮，或许是传自伊特鲁利亚[①]；数座乌木三脚架上放着他点燃的香炉，让房里充满神职处所的怪味。我看见，巨轮、拷问台和铁处女在这里都堂而皇之陈列着，仿佛是雕塑艺术品，于是我几乎感到安慰，几乎说服自己我或许只是撞见了他小小怪癖的博物馆，或许他把这些东西装在这里只是为了沉思观想。

然而房间正中央有一座放置灵柩的台架，阴惨而不祥，出自文艺复兴时期的工匠之手，四周围满白色长蜡烛，前端一只四尺高的

---

① Etruria，意大利中部一古国。

大花瓶，釉色是肃穆的中国红，瓶里插一大把百合，跟他摆满我房里的百合一模一样。我几乎不敢细看这座灵柩台和上面躺着的人，但我知道非看不可。

我每擦亮一根火柴点燃她床边的蜡烛，就仿佛他所欲求的我的天真又脱落了一层。

歌剧女高音赤裸地躺在那里，只盖薄薄一层非常稀有珍贵的亚麻布，以前意大利君王用来包裹遭他们毒杀之人的尸体。我非常，非常轻地碰触她的白皙乳房，她是冷的，被他防腐处理过。在她喉头，我看见他勒毙她留下的青色指痕。清冷悲哀的摇曳烛火照在她紧闭的白色眼睑上。最可怕的是，死者的嘴唇露出微笑。

在灵柩那一头的幢幢暗影中，有一处珠母贝似的白色微光，等我的眼睛习惯了四周聚拢的黑暗，终于——哦多可怕！——看出那是一颗骷髅头。是的，这骷髅头已完全没有皮肉，几乎无法想象光秃秃的颅骨外曾一度包裹着生命丰沛的血肉。骷髅头以一组看不见的线悬吊，看来仿佛兀自飘浮在沉重静止的空气中，戴着一圈白玫瑰，披着蕾丝薄纱，便是他新娘的最后形象。

然而那颗头仍然美丽，那副骨骼轮廓曾形塑出一张那么高高在上的面容，我一眼就认了出她。那张脸是走在夜色边缘的晚星。哦，可怜的亲爱的女孩，只踏错一步，你便走进他不幸妻子的行列；只踏错一步，便跌进黑暗深渊。

而她又在哪里呢，那最新近死去的她，那位或许曾以为自己的血脉足以熬过他折磨的罗马尼亚女伯爵？我知道她一定在这里，在这个如一卷无法收回的线拉着我穿过城堡走向它的地方。但起初我看不到任何她的踪迹。然后，由于某种原因——或许是我的出现导致空气氛围有所改变——铁处女的金属外壳发出一声幽魂般的嘤嗡，我犹如热病谵妄的想象力差一点以为是里面的人想爬出来，

159

但即使在愈来愈歇斯底里的情况下，我也知道里面的她一定已经死了。

我用发抖的手指扳开那具直立棺材的前半面，铁处女张着嘴的脸带着永远的痛苦神情。惊吓中，我失手将仍攥在手里的钥匙掉在地上，掉进那摊逐渐积起的她的血。

她全身被百道尖钉穿透，这个吸血鬼国度的后裔看来仿佛刚死，如此充满鲜血……哦天哪！他到底什么时候才变成鳏夫的？他把她在这猥亵牢房中关了多久？难道是他在巴黎的光天化日下追求我的那整段时间？

我轻轻关上她的棺材盖，痛哭起来，既是怜悯他这些受害者，也是恐惧痛苦于知道我也是其中之一。

烛火猛然变亮，仿佛有另一道通往别处的门吹来一阵风。火光照在我手上的火蛋白石，它闪现一道邪异光芒，仿佛告诉我上帝的眼睛——他的眼睛——正在看我。看见自己为之卖身给如此命运的那枚戒指，我第一个念头便是该如何逃离。

我还足够镇定，用手指一一捻熄棺架旁的烛火，捡起自己带来的那根蜡烛，尽管打着寒噤也不忘环顾四周，确保不留下来过的痕迹。

我捡起那摊血中的钥匙，包在手帕里免得弄脏双手，摔上门逃离那房间。

门在一阵震动回响中砰然关上，有如地狱之门。

我不能躲回卧室，因为那里还有他存在的记忆，锁在那些镜子深不可测的涂银表面里。音乐室似乎是个安全的地方，不过我看着圣瑟希莉亚的眼神带有些许恐惧：她是怎么殉教的？我脑中一片混乱，种种逃离计划挤成一团……一等到退潮露出堤道，我就要逃向内陆——用走的，用跑的，用跌跌撞撞的。我不信任那个穿皮衣的司机，也不信任举止规矩的管家，更不敢向那些鬼魂般苍白的女仆任何一个吐露秘密，他们全是他的人，全部都是。一到村子里，我就要直接冲去警部求援。

但是——他们我就可以信任吗？他祖先统治这带沿岸已经八个世纪，以大西洋为护城河，以那城堡为王座。警察、律师，甚至法官，难道不会也听命于他，对他的恶行视若无睹，因为他是主子，他的命令必须服从？在这偏远的海岸，有谁会相信来自巴黎的这个白脸女孩，跑向他们诉说令人颤抖的故事，诉说血迹、恐惧、在阴影中低语的妖魔？或者他们立刻就会知道我说的是实话，只不过每个人都以名誉担保，不容我再去向外人说。

救援。我母亲。我奔向电话，而，当然，线路是断的。

就像他那些命断于此的妻子。

窗外仍是一片毫无星光的浓重黑暗。我将房里每一盏灯大开，抵挡外面的黑暗，但黑暗却似乎仍侵向我、仍来到我身旁，只不过以灯光作为面具，夜色宛若某种有渗透性的物质，能沁透我皮肤。我看着那座珍贵的小时钟，多年前在德勒斯登制成，装饰着伪善的天真小花朵；从我下楼前往他的私人屠宰场到现在，指针才移动了不到一小时。时间也是他的仆人，会把我困在这里，困在这将永远持续的夜色里，直到他回到我身边，像无望早晨的黑色日出。

然而时间却也可能是我的朋友：在这个钟点，就在这个钟点，他便要上船航向纽约。

想到再过几分钟丈夫便会离开法国，让我的慌乱失措稍微平静了一点。理智告诉我没什么好怕的，潮水会带他前往纽约，也会让我逃出这座城堡监牢。我一定不难避开仆人的耳目，在火车站买车票也很简单。然而我心中仍充满不安。我掀开钢琴盖，也许觉得自己的这套魔法此刻或许能帮助我，从音乐中创造一个五芒星形保护我不受伤害，因为，既然当初是我的音乐吸引了他，难道它不会也给我力量逃离他获得自由？

我机械地开始弹奏，但手指僵硬又发抖，起初除了彻尔尼的练习曲之外什么也弹不了，但弹奏的动作本身抚慰了我；为了寻求慰藉，为了他曲中那崇高数学的和谐理性，我在巴赫的作品中寻找，直到找到《十二平均律曲集》。我开始了疗愈的练习，弹遍巴赫笔下所有方程式，一首不漏，并告诉自己，只要我从头到尾不弹错半点——那么早晨来临时我便将重回处子之身。

手杖掉地的喀啦声。

是他的银头手杖！除此之外还能是什么！狡猾聪明的他回来了，就在门外等着我！

我站起身，恐惧给了我力量。我叛逆地高高抬起头。

"进来！"我的声音坚定又清晰，令自己吃了一惊。

门紧张地慢慢打开，我看见的不是庞然而无法挽回的丈夫躯体，却是体型瘦弱、弯腰低头的调音师，他看来对我的害怕远超过我母亲的女儿面对恶魔本人时可能的害怕。在酷刑室时，我以为自己再也不会笑了，但此刻我不由自主松了口气大笑起来，那男孩一阵犹豫，脸上的表情也逐渐柔和，露出一点几乎是羞愧的微笑。那双眼睛虽盲，却非常甜美。

"请原谅我。"尚伊夫说，"我知道我这样半夜躲在你门外，你就已经很有理由辞退我……但我听见你到处走来走去，楼上楼下跑——我住在西塔下的一个房间——某种直觉告诉我你睡不着，也许会弹琴度过失眠的时光。这样一想，我就无法抗拒。而且我无意间绊到了这些——"

他递出我掉在丈夫办公室门外的那串钥匙，钥匙环上少了一支。我接过来，环顾四周找地方放，最后决定放琴椅上，仿佛藏起钥匙就能保护自己。他仍站在那里对我微笑。要若无其事闲聊是多么困难。

"太完美了。"我说，"这琴。音调得太完美了。"

但他因困窘变得非常饶舌，仿佛必须把自己这不当行为的起因彻底解释清楚，我才会原谅他。

"今天下午我听到你弹琴，我从没听过这样的手法，这样高妙的技巧。能聆听这么一位大师，对我真是太奢侈了！所以，夫人，刚才我像只卑屈的小狗悄悄爬到你门边，把耳朵贴在钥匙孔上听——直到我一时笨手笨脚掉了手杖，被你发现。"

他的微笑纯真，无比动人。

"音调得太完美了。"我又说一遍。令自己惊讶的是，说完这句，我发现我再也说不出别的话，只能一而再，再而三重复："音准……完美……调得完美。"我看见他脸上逐渐出现惊讶的表情。我的头阵阵作痛。看见充满可爱人性的盲眼的他，似乎刺伤了我，让我胸口内在某处深深刺痛；他的模样变得模糊，房间在我四周摇晃。在那染血之室的可怕秘密揭露之后，却是他温柔的神情使我晕倒在地。

恢复意识时，我发现自己躺在调音师的怀里，他正拿琴椅的丝绸坐垫枕在我背后。

"你正受着很大的苦。"他说，"才刚结婚的新娘不应该会这么难过呀。"

他说话的语调带着乡间的节奏，潮汐的节奏。

"被带到这座城堡的新娘都应该穿着丧服，带着神父和棺材来。"我说。

"什么？"

事到如今，要保持沉默已经太迟；如果他也是我丈夫的人，那么至少他对我很仁慈。于是我告诉他一切，那串钥匙，那项禁忌，不听话的我，那间房间，那张拷问台，那颗骷髅头，那些尸体，那摊血。

"我简直难以相信。"他惊诧说道，"那个人……那么富有，出身那么高贵。"

"证据在这里。"我说着抖出手帕里那支致命的钥匙，落在丝毯上。

"哦，天啊。"他说，"我闻到血的味道。"

他握我的手，双臂紧拥住我。尽管他只是个大男孩，我感觉有股强大力量自他的抚触传达到我身上。

"在我们沿海这一带，从北到南都谣传许多奇怪的故事。"他说。"以前有一位侯爵，常在内陆狩猎年轻女孩，放猎犬去追她们，好像她们是狐狸。我祖父听他祖父说，侯爵有次从马鞍上的袋子里拎出一颗人头，给正在帮他的马上蹄铁的铁匠看。'很不错的棕发品种吧，吉尤姆？'那是铁匠妻子的头。"

但是，在比较民主的现代，我丈夫得到巴黎去进行狩猎。我一打寒噤，尚伊夫便察觉了。

"哦，夫人！以前我以为那都是无稽之谈，只是蠢人胡扯，用来吓小孩乖乖听话的！但你是外地人，哪可能知道这地方以前叫作'谋杀城堡'？"

的确，我哪可能知道呢？只不过在心底深处，我一直知道这座城堡的主人会置我于死地。

"听！"我这位朋友突然说，"大海换了音调，现在一定快早上了，正在退潮。"

他扶我站起，我看着窗外，视线沿着堤道望向陆地，堤道的石子路面在夜晚尽头的薄光中一片湿亮。此时一阵无法想象的惊恐、一种我此刻无法向你传达的惊恐袭来，我看见远方，尽管仍然遥远但一分一秒无可挽回地愈来愈近，是他那辆大黑车的一对大灯，在飘荡雾气中挖出一条通道。

我丈夫真的回来了，这一次不再是想象。

"那把钥匙！"尚伊夫说，"得套回钥匙环上，假装什么事都没发生。"

但钥匙仍裹着潮湿血迹，我奔进浴室开热水冲洗。猩红水流在洗手盆里旋绕，但那血痕始终洗不去，仿佛钥匙本身受了伤。海豚水龙头的土耳其石眼睛嘲弄地朝我眨，它们知道丈夫比我聪明得太多！我拿我的指甲刷拼命刷它，但血渍仍然纹风不动。我想到此刻车正无声无息驶向关闭的院门。我愈是拼命刷洗，那血渍愈是色彩鲜明。

门房小屋的铃声即将响起，守门人那睡眼惺忪的儿子即将掀开百衲被，套上衬衫，把脚穿进木鞋……慢慢地，慢慢地，尽可能慢慢地为你主人开门……

而那血渍仍然嘲笑着从狞笑海豚口中流出的清水。

"你没有时间了，"尚伊夫说，"他到家了。我感觉得到。我必须留在这里陪你。"

"不行！"我说，"回房去，请你快回去。"

他迟疑着。我声调里加进钢铁意味，因为我知道自己必须独自面对我的夫君。

"快走！"

他一离开，我便收起那些钥匙，回到卧房。堤道上空无一物，尚伊夫没说错，我丈夫已经进入城堡。我拉上窗帘，扯下身上的衣服，把床单盖上身，这时一阵刺鼻的俄罗斯皮革香味清楚告诉我，丈夫已经回到我身旁。

"最亲爱的！"

他以最阴险、最淫荡的温柔亲吻我的眼睛，而我假扮刚被唤醒的新娘，伸出双臂揽住他。我是否能得救，全靠百依百顺的表现了。

"里欧的达西尔瓦比我技高一筹。"他嘿然说道，"纽约的经纪人打电话到勒哈伏港，省了我白跑一趟。这下我们可以继续先前被打断的乐趣了，亲爱的。"

我一点也不相信这番说词。我知道我的所作所为完全依照他心里所想，他买下我不就是为了这一点吗？我被骗得背叛了自己，走进深不可测的黑暗，禁不住趁他不在时去找出那黑暗的源头；如今我已见过他那只活在暴虐酷刑中的阴暗现实，就必须为新获得的知识付出代价。潘多拉之盒的秘密。但那盒子是他亲自交给我的，知道我一定会找出那秘密。在这场棋戏中，我每一步都受控于如他一般沉重压迫且无所不在的命运，因为那命运就是他。而我输了。输掉了他让我加入的那场天真与恶习的比手画脚表演，就像受害者输给刽子手。

他一手拂过床单下我的乳房，我拼命控制自己，但仍禁不住退却缩躲那亲密碰触，因为这让我想到铁处女穿透全身的拥抱，以及地下室那些输给他的情人。看见我的迟疑，他眼神笼罩起一层雾，但欲望并没有减退。他伸舌舔舔已经潮湿的嘴唇，无声神秘地自我身边移开，脱去外套，取出背心口袋的金怀表放上梳妆台，就像个中规中矩的资产阶级，再掏出叮叮当当的零钱，接着——哦天哪！——煞有介事拍拍全身口袋，困惑地嘟起嘴，寻找某样不知放到哪里的东西。然后他转向我，带着一个可怖的胜利微笑。

"对了！我把钥匙交给你了嘛！"

"你的钥匙？呀，当然啰，就在我枕头底下，等一下——怎么——啊！没有……我想想，我把它放哪去了？我记得我在弹钢琴，排遣没有你的时光。对了！在音乐室里！"

他把我那件古董蕾丝睡衣抛在床上。

"去拿来。"

"现在？现在就要？不能等到早上再说吗，亲爱的？"

我强迫自己摆出诱人姿态，看见自己苍白柔顺，像一株植物求对方把自己踩在脚下，十二面镜子里映照出十二个脆弱恳求的女孩，也看出他几乎差一点抗拒不了我的诱惑。若他上床到我身旁，我当下便会勒死他。

但他半咆哮地说："不行，不能等。现在就要。"

陌异的晨曦充满房间。在这个邪恶的地方，我真的才度过一个早晨吗？现在我别无选择，只能去取出琴椅里的钥匙，祈祷他不会太仔细看，向上帝祈祷他的眼睛失灵，祈祷他突然变瞎。

我走回卧室，每一步钥匙环都叮当作响有如奇妙乐器。这时，身穿一尘不染衬衫的他坐在床上，头埋在双掌中。

看来仿佛陷入绝望。

真奇怪。尽管我那么怕他，让我脸色变得比身上睡衣还白的却是这幅情景。那一刻，我感觉他身上散发出一股绝对绝望的气息，腐臭又可怖，仿佛他周遭的百合花全都同时开始腐烂，或者他那俄罗斯皮革的香味退化成原先的成分：剥下的皮与排泄物。他的存在具有冥府般的重力，使房间承受无比压力，使我耳朵里只听见自己血管突突跳，仿佛我们突然深在海底，在拍岸浪涛之下。

我把自己的性命跟那串钥匙一起捧在手里，接下来就得交给他那双修得干干净净的手。染血之室的证据显示我无法期待他大发慈悲。然而当他抬起头，以那双仿佛封闭、视而不见的眼睛看着我，我对他感到一阵怖惧的怜悯，怜悯这个生活在如许奇异秘密地方的男人，若我够爱他，愿意随他前往，那么我便必须死。

那无比残暴的怪物却又是那么寂寞！

他脸上的单片眼镜已经掉下，一头鬈曲狮鬃变得乱糟糟，仿佛他心烦意乱之际两手胡乱揉头。我看见他那无动于衷的神态已消失无踪，如今充满强自压抑的兴奋。他伸手要接那串计数他爱与死之游戏的筹码，手微微颤抖，那张转向我的脸上是肃穆的狂乱，仿佛混合了可怖的羞耻——是的，羞耻——但也带有一份可怕的、内疚的喜悦，在他慢慢细看，确定我犯了罪的时候。

那泄露秘密的血渍已变成一个标记，形状和颜色都像一枚扑克牌红心。他从钥匙环上取下那一支，注视片刻，独自沉思默想。

"这把钥匙通往不可想象的国度。"他说。他的声音低沉，带有某种教堂大琴的音色，弹奏时仿佛与上帝交流。

我忍不住啜泣出声。

"哦，我亲爱的，带给我白色音乐礼物的小情人。"他说，几乎像在哀悼。"我的小情人，你永远不会知道我有多恨天光！"

然后他厉声命令我："跪下！"

我跪在他面前，他将钥匙轻轻按在我前额，停留片刻。我感觉皮肤一阵微麻，不由自主瞥向镜中的自己，看见心形血迹已经转移到我前额两眉之间，就像婆罗门[①]女性的阶级标记。或者该隐的印记。此刻那钥匙闪闪发亮，崭新一如方才打成，他将钥匙装回钥匙环，发出一声沉重叹息，一如我答应他求婚时那样。

"我的琶音处女，准备殉教吧。"

"将是什么形式？"我说。

---

① 印度种姓制度的最高阶级。

"斩首。"他低语，声调几乎是淫荡的。"去沐浴净身，换上你穿去看《崔斯坦》的那件白洋装，戴上那条预示你下场的项链。至于我要到武器室去，亲爱的，磨快我曾祖父的礼剑。"

"那仆人呢？"

"我们的临终仪式会有完全的隐私，我已经打发他们走了。看看窗外，你就会看见他们正往内陆走。"

现在已完全是早晨，晨光苍白，天气阴灰不定，大海看来仿佛泛油而不怀好意，一个赴死的阴沉日子。我看见每一个女仆、侍役、小厮、家臣、洗衣女工、洗碗的、擦盘子的，全都沿着堤道离去，大多步行，有些骑脚踏车。面目模糊的管家提着一个大篮子，我猜想篮里一定装满她尽可能从食物储藏室搜刮的东西。侯爵显然让司机借用车子一天，因为车子最后开了出来，堂皇缓慢地前进，仿佛这一行人是送葬队伍，车上已经载着我的棺材要送去内陆埋葬。

但我知道不列塔尼的美好土地不会覆盖住我，像最后一位忠实情人。我另有命运。

"我让他们全都放假一天，庆祝我们的婚礼。"他说，并微笑。

不管我再怎么努力盯着那群渐行渐远的人，都丝毫不见尚伊夫的身影，那个我们前一天早上才雇的最后一名仆人。

"现在，去吧，沐浴净身，穿戴妥当；完成被褥和着装仪式之后，就进行牺牲献祭。在音乐室等我打电话叫你。不，亲爱的！"我想起电话线路不通，吓了一跳，他微笑。"在城堡里要怎么通话都行，但若要拨出去——绝不可能。"

我用先前刷洗钥匙的指甲刷拼命刷洗前额，但无论怎么洗，那红色印记也如先前一般不肯消退，我知道它会一直跟我到死，不过死也已经不远了。然后我到穿衣间换上那件白棉洋装，是他买给我穿去听《爱之死》的服装，也是信念之举①的牺牲者服装。十二个年轻女子在镜中梳理十二头凌乱棕发，不久后就会一个也不剩。我四周的大量百合如今散发出枯萎气息，看来就像死亡天使的号角。

梳妆台上盘着一条蓄势待扑的蛇，是那条红宝石项链。

我几乎已成行尸走肉，心头冰冷，沿着螺旋梯下楼到音乐室，但在那里我发现自己没有被抛弃。

"我可以给你一点安慰。"男孩说，"尽管没有多少用处。"

我们把琴椅推到开着的窗前，让我在死前能尽量呼吸大海那古老和谐的气息。海风将会慢慢清涤一切，漂白枯骨，洗净所有血迹。最后一名女仆早已沿着堤道匆匆离去，此刻与我同样受宿命束缚的潮水逐渐涌上，微小波浪冲溅在古老的石头路面上。

"你不该落得如此下场。"他说。

"谁说得准呢？"我说，"我什么都没做，但这理由或许就已足够谴责我。"

"你违反了他的命令。"他说，"对他而言，这理由就已足够惩罚你。"

"我只是照他预料的去做。"

"就像夏娃。"他说。

电话响起，声音尖锐而不可违抗。就让它响吧。但我的情人扶着我站起来，我必须接起电话。话筒沉重一如大地。

"到庭院里来。立刻。"

情人亲吻我，牵起我的手。若我带领他，他会与我同去。勇气。想到勇气，我想到母亲。然后我看见情人脸上一道肌肉微颤。

"马蹄声！"他说。

---

① 信念之举（auto-da-fé），指宗教审判曾大量烧死"异端邪说"者的行动。

我朝窗外瞥了走投无路的最后一眼，宛如奇迹般看见有人骑着马，以令人晕眩的高速沿堤道奔驰而来，尽管如今潮水已冲到马蹄上覆毛的高度。骑士的黑裙挽在腰间好让她尽全力极速冲刺，穿着寡妇丧服的、豪气干云的疯狂女骑士。

电话又响了。

"你要让我等一整个早上吗？"

每分每秒，母亲都离我愈来愈近。

"她会赶不上的。"尚伊夫说，但声调掩不住一丝希望，希望尽管事情已成定局，却又或许不尽如此。

第三通无可通融的电话。

"是不是要我上天堂去接你下来啊，圣瑟希莉亚？你这恶女，难道你要我犯下加倍的罪行，玷污婚床吗？"

于是我必须前往庭院，丈夫就等在那里，穿着他在伦敦定做的西装裤和"特博与阿瑟"①衬衫，旁边是上马石，手中是他曾祖父当年举枪自尽前呈给那名小下士以示对共和国投降的礼剑。那把出鞘的剑沉重，致命，灰如那个十一月早晨，尖锐如分娩生产。

丈夫看见我的同伴，说道："盲人领盲人，是吧？但就算是像你这么一个昏愚的女孩，接受我那枚戒指时，难道真的对自己的欲望盲目无知？把戒指还给我，你这娼妇。"

蛋白石上的火光已全熄灭，我求之不得地将它取下，就连此时处境已这么悲惨，少了它让我感觉心头一轻。我丈夫充满爱意地将它接过，套在指尖，因为他指头太粗无法完全戴上。

"它还能再为我服侍一打未婚妻。"他说。"到上马石旁去，女人。不——把那男孩留下，我稍后再处置他，这把剑是我为了让妻

---

① Turnbull and Asser，纽约知名男服精品店。

子光荣献祭特别用的高贵器具，不值得用在他身上，不过别担心，你们会结伴走上黄泉路的。"

慢慢的，慢慢的，一只脚踏在另一只脚前，我走过石子地面。我将处决时间拖延得愈久，复仇天使就愈有时间降临。……

"不要拖拖拉拉的，女娃！你以为你拖这么久不上菜，我就会失去食欲吗？才不，我只会变得更饿，每分每秒都更加饥肠辘辘，更加残忍……跑过来，用跑的！我在展示室里已为你精致的尸体准备好了位置！"

他举剑将空气挥砍成明亮的一截截，但我仍迟疑徘徊，尽管我那刚刚才升起的希望已开始泄气。如果她现在还没到，表示马一定是在堤道上失足了，跌进海里了……我只有一点可以高兴的，那就是情人不用眼睁睁看着我死。

丈夫将我前额带有印记的头靠在上马石，然后如他先前曾做过一次的那样，将我的发扭成一股绳拉离颈子。

"真美的颈子，"他说，语气似乎回到以往的真心温柔，"就像年轻植物的枝条。"

他亲吻我的颈背，我感到他胡须的丝般轻刺和嘴唇的潮湿碰触。这一次我身上也只能留下那条宝石项链，我的洋装被锋利剑刃从中划开，掉落在地。长在上马石缝隙中的一点青苔，将是我临终前看到的最后景物。

沉重的剑咻然挥动。

此时——大门外传来猛力敲击，门铃哐当，马嘶狂乱！这地方渎神的沉默立刻粉碎。剑锋没有砍下，项链没有断，我的头没有落地，因为那瞬间野兽挥剑的动作略一迟疑，惊诧犹豫的电光石火刹那已足够我一跃而起，冲去帮助手忙脚乱的盲眼情人，拉开将我母亲阻挡在外的沉重门闩。

侯爵站在原地动也不动，完全茫然失措。对他而言，那感觉一定像是将他深爱的《崔斯坦》看了十二、十三遍，到最后一幕崔斯坦竟动弹起来，跳下棺架上，插进一段活泼抖擞的维尔第咏叹调，宣布过去的就让它过去，为已经难收的覆水哭泣对谁都没好处，他打算从今以后过着幸福快乐的生活。就像傀儡戏班主目瞪口呆，到最后完全无能为力，眼睁睁看着他的木偶挣断线绳，抛弃他自从开天辟地以来便为它们规定的仪式，径自过起自己的生活。就像惊异莫名的国王眼睁睁看着小卒叛变。

你绝对没看过比我母亲当时模样更狂野的人，她的帽子已被风卷走吹进海里，她的发就像一头白色狮鬃，裙子挽在腰间，穿着黑色莱尔棉线袜的腿直露到大腿，一手抓着缰绳拉住那匹立起来的马，另一手握着我父亲的左轮，身后是野蛮而冷漠的大海浪涛，就像愤怒的正义女神的目击证人。我丈夫呆立如石，仿佛她是蛇发女妖，他的剑还举在头上，就像游乐场那种机械装置的玻璃箱里静止不动的蓝胡子场景。

然后，仿佛有个好奇的孩子投进一枚生丁①，让机械动作起来。留胡子的沉重人形大声咆哮，愤怒嘶吼，挥舞那把高贵礼剑仿佛事关生死与荣耀，朝我们三人冲来。

我母亲十八岁生日那天，曾打死一头肆虐河内以北山丘村落的吃人老虎。此刻她毫不迟疑，举起我父亲的手枪，瞄准，将一颗子弹不偏不倚射进我丈夫脑袋。

如今我们三人过着平静的生活。我当然继承了巨额财富，但我们将大部分都捐给各式慈善机构。城堡如今是一所盲人学校，但我

---

① 法国货币单位，为百分之一法郎。

祈祷住在那里的孩子不会被悲哀的鬼魂纠缠，鬼魂哭泣寻找着永远不会再回到染血之室的丈夫，而染血之室里的东西都已埋葬或烧毁，房门封死。

我感觉自己有权留下足够金额，在巴黎近郊创办一所小小的音乐学校。我们日子过得不错，有时甚至稍有宽裕可以去听歌剧，不过当然不是坐在包厢。我们知道自己是许多人窃窃私语、谣言四传的话题，但我们三个都知道真相，闲言闲语伤不了我们。我只能感激那——该怎么形容呢？——那母女连心的默契，让母亲那晚跟我通过话后一挂掉电话就直奔车站。她的解释是，我从没听你哭过，高兴时你从来不哭的。何况，有谁会为了黄金水龙头哭呢？

她搭上我搭过的那班夜车，跟我一样在卧铺辗转难眠。到了偏僻无人的临时停靠处，她叫不到出租车，便向一名摸不着脑袋的农夫借了那匹老朵宾，因为内心某种焦急直觉告诉她，她必须在潮水将我与她永远分离之前赶到。我那留在家里的可怜老保姆大表不满——什么？去打扰侯爵大人的蜜月？——不久后她便过世了。自己拉拔大的小女孩变成侯爵夫人，先前她内心是多么偷偷高兴，现在我又回来了，几乎跟以前差不多穷，才十七岁就在非常可疑的情况下守了寡，还忙着跟一个调音师建立家庭。可怜的她，走的时候是多么幻灭失望！但我相信母亲跟我一样，都很爱尚伊夫。

无论多厚的油彩、多白的粉，都无法掩盖我前额那红色印记。我庆幸他看不见它——不是怕他对我反感，因为我知道他的心把我看得通透——而是因为，如此可稍减我的羞愧。

师先生的恋曲

厨房窗外那排灌木矮篱闪闪发亮，仿佛雪本身便会发光。天色渐晚渐暗，但仍有一层仿佛不属于这尘世的苍白光线反映笼罩这片冬季景致，柔软的雪片仍在飘落。简陋厨房里有个美丽女孩，肌肤同样带着那种由内散发的光泽，宛如也是冰雪堆砌而成，此刻她停下手中的家事，望向窗外的乡间小路。一整天都没有人车经过，路面洁白无瑕，仿佛一匹裁制新娘礼服的丝绸铺散在地。

父亲说天黑前就会回家。

雪势太大，所有的电话线路都不通，就算有最好的消息他也没法打电话回来。

路况很糟。希望他平安无事。

但那老爷车深深陷进一道车辙，完全动弹不得，引擎呼吼，咳呛，然后熄火，他还离家好远。他已经毁过一次，现在又再度毁灭，因为今天早上从律师那里得知，他试图重建财富的漫长缓慢努力已经失败。仅为了加足可开回家的油量，就让他掏空了口袋，剩下的钱甚至不够给他的美女，他心爱的女儿，买一朵玫瑰。她说过她只要这么一份小礼物，不管官司结果如何，不管他是否再度变得富有。她要的这么少，他却连这都不能给她。他咒骂这没用的烂车，这最后一根压断他士气的稻草，然后别无他法，只能扣紧羊皮外套的纽扣，抛下这堆破铁，沿着堆满积雪的小径步行去找人帮忙。

铸铁大门后，一条积雪的短车道转个小弯，通往具体而微的完美帕拉迪欧式建筑，房子仿佛躲在一棵古老丝柏的积雪厚裙后。此时已近入夜，那栋恬静、内敛、忧郁的优雅房子几乎看似空屋，但楼上一扇窗内有光线摇曳，模糊得仿佛是星光的倒影，如果有星光能穿透这愈下愈大的漫天风雪的话。他全身都快冻僵了，脸凑在门闩处，心头一阵刺痛地看见，一丛枯萎的尖刺枝丫中仍残存一朵破布般的凋谢白玫瑰。

他走进园内，大门在他身后哐当一声响亮关上，太响亮了。一时间，那回荡的哐当声听来有种盖棺论定般强调而不祥的意味，仿佛关上的门将里面一切都囚禁在冬季园墙内，与外在世界断绝。此时他听见远处，尽管不知是多远之处，传来世上最罕异的声音：一阵巨吼咆哮，仿佛发自猛兽之口。

他走投无路，没有害怕的本钱，只能大步朝桃花心木的屋门走去。门上装有狮头形敲门物，狮鼻穿着环，他举手正要拿它敲门，发现这狮头并非原先以为的黄铜，而是黄金。然而他还没来得及敲门，铰链上足润滑油的门便静悄悄朝内开启，他看见白色门厅里挂着一盏大吊灯，灯上众多蜡烛投下温和光芒，照着散放四处、插着好多好多花的巨大水晶瓶，一阵扑鼻芬芳中，仿佛是春天将他拉进满室温暖。然而门厅里没有人。

屋门在他身后静静关上，一如先前静静打开，但这次他不觉得害怕，尽管屋里笼罩着一股现实为之暂停的氛围，让他知道自己走进了一处特别的地方，原先已知世界里的法则在此不见得适用，因为很富有的人通常也很古怪，而这房子的主人显然非常富有。既然不见来人帮他脱外套，他便自己动手脱下，这时水晶吊灯发出微微叮玲声，仿佛愉快轻笑，挂衣间的门也自动打开。然而挂衣间里没有半件衣物，连法定的乡间庭园用防水风衣都没有，只有他的乡绅式羊皮外套孤单单挂在那里。但他退出衣帽间之后，门厅里终于有招呼来客的动静——竟然是一只白底猪肝色斑点的查尔斯王小猎犬 ① 蹲在薄织长毯上，侧着头一副聪明模样。使他进一步安心，也进一步证实不见踪影的屋主确实富有又古怪的是：那狗脖子上戴的不是项圈，而是条钻石项链。

狗一跃而起表示欢迎，像赶羊一般（多有趣！）将他带到二楼一间舒适的小书房，镶墙板上贴皮革，一张矮桌拉在壁炉前，炉里熊熊烧着柴火。桌上放有银托盘，盘中的威士忌瓶挂着一张银标签，写着：喝我，一旁的银盘盖上则刻着草写的：吃我。掀开盖，盘中好些三明治，夹的厚厚烤牛肉片还带着血。他加苏打水喝下威士忌，用主人细心备在一旁石罐中的上好芥末配三明治吃，那只母猎犬见他动手吃喝，便小步跑走，忙她自己的去了。

最后让美女的父亲完全放下心的是，帷帘后的一处凹壁里不但有电话，还有一张二十四小时服务的拖救修车厂名片；打了两通电话后他得以确认，谢天谢地，车子没有大毛病，只是太旧再加上天气太冷……他一个小时后来村里取车可以吗？村子离此只有半里，而对方一听他描述自己所在的这栋房屋，向他说明该怎么走的语气里便多了一层尊敬。

接下来他着慌地得知——但在如今一文不名的境况下却也因此松了口气——修车费用将算在这位不在场的好客主人账上。没问题的，修车师傅要他安心，这是这位大人的惯例。

---

① 一种长毛垂耳的猎犬，个性热情忠贞、乐于助人。

他再倒一杯威士忌，试着打电话告诉美女自己会晚回家，但线路仍然不通，不过月亮升起后暴风雪奇迹般停息了，他拨开天鹅绒窗帘，看见一片仿佛象牙镶银的景致。然后猎犬再度出现，嘴里小心叼着他的帽子，摇着漂亮的尾巴，仿佛告诉他该走了，这段好客的魔法已经结束了。

屋门在他身后关上，他看见那狮头的眼睛是玛瑙。

如今玫瑰树已裹着大串大串摇摇欲坠的积雪，他走向大门时擦过其中一株，一大捧冰冷软雪随之落地，露出仿佛被雪奇迹似保存完好的、最后的、完美的单单一朵玫瑰，犹如整个白色冬季中仅存的唯一一朵，细致浓洌的香气仿佛在冰冻空气中发出扬琴般的清响。

这位神秘又仁慈的东道主，一定不可能不愿意送美女一份小礼物吧？

此时传来一声惊天动地的愤怒咆哮，不再遥远而是近在咫尺，近如那扇桃花心木前门，整座花园似乎都为之屏息担忧。但是，因为深爱女儿，美女的父亲偷了那朵玫瑰。

刹那间，整栋屋子每扇窗发出激烈炽亮，一阵宛如狮群的吠吼中，东道主现身了。

庞然的体积总是带有一股尊严，一份确信，一种比我们大多数人都更存在的特质。惊慌中，美女的父亲觉得眼前的屋主好像比屋子更加巨大，沉重却又敏捷。月光照见一大头错综复杂的发，照见绿如玛瑙的眼睛，照见那双紧抓住他肩膀的金毛巨掌，巨掌的利爪刺穿羊皮外套狠狠摇晃他，一如生气的小孩乱甩洋娃娃。

这狮般人物直摇晃到美女的父亲牙齿格格碰响，然后松开爪子任他趴跪在地，小猎犬则从开着的屋门里跑出来绕着他们转，不知所措地尖吠，仿佛一位仕女看见宾客在自家晚宴上大打出手。

"这位好先生——"美女的父亲结结巴巴开口，但只招来又一阵咆哮。

"好先生？我可不是什么好好先生！我是野兽，你就只能叫我野兽，而我则叫你小偷！"

"野兽，请原谅我偷你的花！"

狮头，狮鬃，狮子的巨掌，他像一头愤怒的狮子以后腿人立，但身上却又穿着暗红缎子家居外套，拥有那栋可爱的房子和环绕此屋的低矮山峦。

"我是想把花送给女儿。"美女的父亲说，"全世界她什么也不要，只想要一朵完美的白玫瑰。"

野兽粗鲁地夺过那父亲从皮夹取出的照片，起初随便看看，但接下来眼光便多了一种奇妙的惊奇，几乎像是某个揣测的开端。相机捉住了她有时那种绝对甜美又绝对重力的神情，仿佛那双眼睛能看穿表象，看见你的灵魂。递还照片时，野兽小心不让爪子刮伤照片表面。

"把玫瑰拿去给她，但你要带她来吃晚餐。"他吼道。除了照做，还能怎么办？

尽管父亲已描述过等着她的对象是何等模样，看见他时她仍忍不住一阵本能的恐惧寒噤，因为狮子是狮子、人是人，尽管狮子比我们美丽太多，但那是一种不同的美，而且他们对我们并不尊重：我们有什么值得他们尊重的？然而野生动物对我们的畏惧比我们对他们的畏惧合理得多，且他那双几乎看似盲目的眼睛里有某种悲哀，仿佛已不想再看见眼前的一切，触动了她的心。

他坐在桌首，不动声色，宛如船艏破浪雕像。餐厅是安女王时代式，垂挂织毯，富丽精致。除了放在酒精灯上保温的芳香热汤之外，其他的食物虽然精美，却都是冷的——冷的禽鸟肉、冷的奶蛋酥、奶酪。他叫她父亲从餐车上为父女两人取用食物，自己则什么都没吃。他不甚情愿地承认她猜得没错，他确实不喜欢请用人，因为，她忖道，眼前总有人形往来会太过苦涩地让他记得自己有多不同。那只小猎犬倒是整顿饭都守在他脚边，不时跳上来看看是否一切顺利。

他实在太奇怪，那令人困惑的不同模样几乎令她无法忍受，那存在使她难以呼吸。他屋里似乎有一种无声的沉重压力施加在她身上，仿佛这房子位于水底。看见那双搭在椅子扶手上的巨掌，她想道：这双爪子能杀死任何温和的草食动物。而她感觉自己正是如此，纯净无瑕的羊小姐，献祭的牲礼。

然而她留了下来，面带微笑，因为父亲希望她这么做；而当野兽告诉她，他将协助她父亲上诉，她的微笑是真心的。但是，当他们啜饮白兰地，野兽用他藉以交谈的那纷杂隆隆的呼噜声提出建议，带着一点怕遭拒绝的害羞，邀她在这里舒舒服服住下，让她父亲回伦敦再度展开官司战争的时候，她只能强逼出微笑。因为，他一说完此话，她便一阵畏惧地知道事情必将如此，而且知道：出于某种相互作用的魔法，她陪伴野兽便是父亲重获好运的代价。

别认为她没有自己的意志。她只是感到一股强烈超出寻常的义务，何况她深爱父亲，为了他走遍天涯海角都愿意。

她的卧室有一张精美绝伦的玻璃床，有自己的浴室，挂着厚如羊毛的浴巾，备有一瓶瓶精致的香膏，还有一小间她专属的起居室，墙上贴着满布天堂鸟与中国人的古老壁纸，摆放着珍贵的书本与图画，以及野兽那些无形园丁在温室里种出的花朵。第二天早晨父亲吻吻她驾车出发，见他散发出新希望令她高兴，但她仍渴望回到自己贫穷寒酸的家。四周陌生的豪华感觉格外刺人，因为这份豪华无法让主人快乐，而那主人她也整天没见到，仿佛反而是她奇妙地吓到了他，不过小猎犬有来坐在身旁陪她，今天她戴的是一条短紧合颈的土耳其石项链。

谁为她准备三餐？野兽的寂寞。她在那里待了那么久，从不曾见到另一个活人的踪迹，但饭菜放在托盘上，由运送食物专用的小升降机送进她起居室一个桃花心木橱里。晚餐是班奈狄克蛋[①]和烤小牛肉，她边吃边翻看在黄檀旋转书柜里找到的一本书，内容是法国上流社会的优雅童话故事，里面有变成公主的白猫，变成鸟的仙子。然后她摘着一串又圆又大的麝香葡萄当甜点吃，发现自己在打呵欠，发现自己觉得无聊。这时小猎犬用天鹅绒般的嘴咬住她裙子，坚定但温和地一拉。她让狗跑在前面带路，走到当初她父亲接受款待的书房，惊慌地（但表面掩饰得很好）看见屋主坐在那里，旁边的托盘摆着咖啡，等着她去倒。

他的声音仿佛从充满回音的山洞中传出，那深沉柔软的隆隆低吼仿佛是一种专为激起怖惧而设计的乐器，就像弹动巨大的琴弦。经过一整天舒适的闲暇，她怎能与拥有如此声音的对象交谈？她入迷地，几乎是惊畏地，看着火光在他金色狮鬃的边缘流转，仿佛他脑后笼罩着光圈，使她想起《启示录》中的第一头巨兽，一掌按着马可福音的有翼狮子。闲谈的话语在她口中化做尘埃，就连平常最自在的时候美女也不善于闲谈，因为她鲜少有机会练习。

但他，迟疑地，仿佛他也惊畏于这个宛如一整颗珍珠雕成的少女，开口问起她父亲的官司，问起她去世的母亲，问他们怎么会从以往的富有变成如今的贫穷。他逼自己克服那种野生动物的羞怯，于是她也努力克服自己的羞怯——结果没过多久，她便与他聊开

---

① eggs Benedict，英式松饼加蛋，再加菜或鱼肉等。

了，仿佛两人已是一辈子的老友。等到壁炉架上那只镀金时钟的小小丘比特敲响手中的迷你铃鼓，她大吃一惊地发现它竟然敲了十二下。

"这么晚了！你一定困了。"他说。

两人沉默下来，仿佛这对奇怪的搭配忽然尴尬于彼此独处在这冬夜深处的房里。她正准备起身，他突然扑到她脚边，将头埋在她腿上。她呆愣如石，动弹不得，感觉到他热热的呼吸吹在自己手指上，他口鼻处硬扎扎胡须的摩擦，他粗粝舌头的舔舐，然后一阵同情地醒悟到：他只是在吻她的手。

他抬起头，用难测的绿眼凝视她，她看见自己的脸变成一双小小倒影，仿佛含苞待放。然后他一言不发跃离房间，她震惊不已地看见他是四脚着地跑走的。

翌日一整天，仍积着雪的山丘回荡着野兽隆隆的咆哮：大人去狩猎了吗？美女问小猎犬，但小猎犬狺狺低吠，几乎像是很不高兴，仿佛在说，就算他能说话也不想回答这问题。

白天美女都待在房里看书，或者也做点刺绣，有人为她备好了一盒彩色丝线和刺绣用的框子；或者穿裹着温暖衣服，在院墙内那些落尽叶子的玫瑰树间散步，稍做耙土整理，小猎犬跟在她脚边。那是一段闲适时光，一段假期。这明亮悲哀的美丽地方的魔力包围住她，她出乎意料地发现自己在这里很快乐，每晚与野兽交谈也不再感觉丝毫忧惧。这个世界的一切自然法则在此都暂且失灵，这里有整群看不见的人温柔服侍她，而她在棕眼小猎犬的耐心监护下与狮子交谈，谈论月亮借来的光芒，谈论星星的质地，谈论天气的变幻莫测。然而他的奇怪模样仍使她打寒噤，每夜两人分手之际，他无助地扑倒在她面前吻她的手时，她总是紧张退回自己的内心，畏缩于他的碰触。

电话尖声响起，找她的。是她父亲。天大的好消息！

野兽把巨大的头埋在掌中。你会回来看我吗？这里没有你会很寂寞。

看见他这么喜欢她，她感动得几乎落泪，很想吻吻他蓬乱的鬃毛，可是尽管她一手伸向他，却仍无法让自己碰触他，因为他跟她是这么迥异不同。但是，会的，她说，我会回来的。不久就会，在冬天结束之前。然后出租车来了，把她带走。

在伦敦，你永远不会任天气肆虐摆布，人群集聚的暖意让雪来不及堆积就已融化。她父亲也等于再度富有了，因为那位鬃发蓬乱的朋友的律师把事情掌控得很好，使他恢复财务信用，可以为两人置办最好的一切。灿烂光华的饭店，歌剧，戏院，一整柜新衣给心爱的女儿，挽着她出入派对、宴会、餐厅，过着她从不曾经历的生活，因为在她母亲难产过世之前，她父亲便已破产了。

尽管这新获得的富裕来自野兽，他们也常谈到他，但现在他们已远离他屋里那超越时间的魔咒，于是那栋房子便有种梦般光辉，也如梦般已然完结，而那宛如怪物却又如此善心的野兽就像某种好运的精灵，对他们微笑之后放他们走。她派人送白玫瑰给他，回报他曾给她的那些花朵；离开花店时，她忽然感到一股完的自由，仿佛刚逃离某种未知的危险，与某种可能的变化险险擦身而过，但最后毕竟毫发无伤。然而随着这股兴奋而来的，却是空洞寂寥的感觉。但父亲还在饭店等她，他们打算高高兴兴去选购毛皮大衣，她对此雀跃不已，一如任何少女。

花店里的花一年到头都相同，于是橱窗里没有任何事物能告诉她，冬天就要结束了。

*　*　*

看完戏后吃了顿延迟的晚餐，她很晚才回来，在镜前拿下耳环：美女。她对自己满意微笑。在青春期即将结束的这段日子，她正逐渐学会当一个被宠坏的孩子，珍珠般的肌肤也稍稍变得丰腴，因为生活优裕又备受赞美。某种本质逐渐改变她嘴旁的线条，显示出人格，而她那份甜美与重力有时可能有点惹人厌，当事情不完全如她意的时候。倒不能说她的清新气质逐渐消失，但如今她有点太常对镜中的自己微笑，而那张报以微笑的脸也跟当初映在野兽绿玛瑙双眼中的不太一样了。如今她的脸不是美，而是逐渐添上一层清漆般的所向无敌的漂亮，就像某些娇生惯养的矜贵猫。

春天的和风从邻近公园吹进开着的窗，她不知道为什么这阵风让她觉得想哭。

门外突然传来一阵急促猛抓，好像是爪子发出的声音。

镜前的出神状态立刻破灭，刹那间她清清楚楚记起一切。春天已经来了，她没有遵守自己的诺言，现在野兽亲自来追捕她了！一开始她害怕他的愤怒，但又有种神秘的欢欣，跑去打开房门。但扑进女孩怀中的却是白底猪肝色斑点的小猎犬，又是叫又是低吠，又是哀鸣又是松了口气。

然而，当初在起居室满墙点着头的天堂鸟围绕之下，坐在她刺绣框子旁那只梳理得干干净净、戴着宝石项链的狗呢？眼前这只狗皱皱的耳朵上满是泥，全身毛都灰扑扑打了结，瘦得就像一只走了好远的路的狗，而且，如果她不是狗，现在一定会哭。

在一开始狂喜的团聚后，她没有等美女叫人送来食物和水，只顾咬住她绉绸晚礼服的下摆，哀鸣着拉扯，然后抬起头嚎叫，又哀鸣着拉扯几下。

有一列深夜慢车，可以带她回到三个月前她出发前往伦敦的那个车站。美女匆匆留个条子给父亲，披上外套。快点，快点，小猎犬无声地催促，于是美女知道野兽快死了。

在黎明前的深浓黑暗中，站长为她叫醒一个睡眼惺忪的司机。麻烦你，能开多快就开多快。

十二月仿佛仍占据他的花园，土地硬得像铁，深色丝柏的裙边在冷风中摇摆，发出哀愁的窸窣，玫瑰树上也没有绿芽，仿佛今年将不再开花。没有一扇窗子透出光亮，只有最高层的阁楼窗玻璃透出再微弱不过的一抹亮，是薄弱的光线幽魂，即将灭绝。

先前小猎犬在美女怀里睡了一下，可怜的狗儿已经累坏了，但此刻她哀伤激动的情绪让美女更加匆忙。女孩推开屋门时良心一阵疼痛，看见金色敲门物已经笼上一层厚厚的黑纱。

门不像以往那样无声开启，铰链发出凄然呻吟。如今门里是一片漆黑，美女点起她的金打火机，看见吊灯的长蜡烛全化成一摊摊蜡，水晶棱块也全结满有如惨淡细织花纹的蛛网。玻璃瓶里的花全枯死了，仿佛自她离开后便没人有心去换。屋里很冷，到处都是尘埃，有种精疲力竭的绝望氛围，更糟的是有种实质的幻灭，仿佛先前的华美全靠廉价戏法维持，现在魔术师招引不来人群，便离开这里去别的地方碰运气。

美女找到一根蜡烛，点来照路，跟着忠心的小猎犬爬上楼梯，经过书房，经过她的套房，穿过整栋废弃的房子，来到一道满是老鼠和蜘蛛的狭窄台阶，跌跌撞撞，匆忙中扯破了礼服的荷叶边。

多么简朴的一间卧房！斜屋顶的阁楼，如果野兽雇用仆役的话，女仆可能就会住在这里。壁炉架上一盏夜用小灯，没有窗帘，没有地毯，他就躺在铁架窄床上，消瘦得好可怜，本来庞然的身体在褪色百衲被下几乎没有隆起，鬃毛像发灰的鼠窝，双眼紧闭。他的衣服随便抛挂在一把木条靠背的椅子，椅上放着用来倒水洗手的瓶子，瓶里插着她派人送给他的玫瑰，但花全已枯死。

小猎犬跳上床钻进薄薄被单下，轻声哀叫。

"哦，野兽，"美女说，"我回来了。"

他的眼皮眨动着。她为什么从不曾注意过他的眼睛也有眼皮，就像人的眼睛一样？是因为她只顾着在那双眼睛里看自己的倒影吗？

"我快死了，美女。"他以往的呼噜声如今变成喑哑低语。"你离开我之后，我就病了。我没办法去狩猎，我发现我不忍心杀死那些温和的动物，我吃不下东西。我病了，现在快死了，但我会死得很高兴，因为你回来向我道别。"

她扑在他身上，铁床架一阵呻吟。她拼命亲吻他可怜的双掌。

"野兽，别死！如果你愿意留我，我就永远不离开你。"

当她的嘴唇碰触到那些肉钩般的利爪，爪子缩回肉囊，她这才看出他向来紧紧攥着拳，直到现在手指才终于能痛苦地、怯生生地逐渐伸直。她的泪像雪片落在他脸上，在雪融般的转变中，毛皮下透出了骨骼轮廓，黄褐宽大前额上也出现皮肉。然后在她怀里的不再是狮子，而是男人，这男人有一头蓬乱如狮鬃的发，鼻子奇怪地像退休拳击手那样有断过的痕迹，让他英姿焕发，神似那最为威武的野兽。

"你知道吗，"师先生说，"我想今天我或许可以吃下一点早餐，美女，如果你愿意陪我吃的话。"

师先生和太太在花园中散步，一阵花瓣雨中，老猎犬在草地上打瞌睡。

老虎新娘

父亲玩牌把我输给了野兽。

北方旅人来到这片长着柠檬树的宜人土地，常会染上一种特殊的疯狂。我们来自天寒地冻的国度，家乡的大自然总是与我们为敌，但这里，啊！简直让人以为自己来到了狮子与羔羊同眠的福地。一切都开着花，没有刺人冷风扰动淫逸的空气，太阳为你洒下满地果实。于是甜美南方的致命感官慵懒感染了饥渴已久的大脑，大脑喘息着："奢侈！还要更多奢侈！"但接着雪就来了，你逃不掉，雪从俄罗斯跟着我们来了，仿佛一路都追在马车后，而这座黑暗苦涩的城市终于逮住我们，蜂拥而上围在窗边，嘲笑我那以为乐趣永不会结束的父亲，看着他前额血管突出猛跳，双手颤抖着发派恶魔的图画书。

蜡烛淌下热烫刺人的蜡滴，落在我光裸的肩上。有些女人迫于环境必须一声不吭旁观愚行，她们特有的愤恨犬儒便是此刻我的心情，看着父亲灌下愈来愈多此地称为"格拉帕①"的烈酒，孤注一掷地输光我最后一丁点遗产。离开俄罗斯时，我们拥有黑土地，栖息

---

① 意大利渣酿白兰地。

着熊和野猪的青蓝森林，农奴，众多麦田与农庄，我心爱的马匹，凉爽夏天的白夜，烟火般的北极光。这么多财产对他来说显然是一大重担，因为他将自己变成乞丐之际大笑着，仿佛十分开怀，充满热情要把一切全捐给野兽。

每个初到此城的人都必须跟城主阁下①玩一局牌，鲜少有人来。在米兰，的确有人警告过我们，或者说，就算他们警告了，我们也没听懂——我的意大利文说得结结巴巴，那地区的方言又很难懂。事实上，当时我自己还为这落后流行两百年的偏远乡下地方说话，因为，哦多么反讽啊，这里没有赌场。我不知道，要在这时值十二月的寂寥城市落脚，代价是跟大人博一场。

时间已晚，此地的阴湿寒意悄悄爬进石壁，爬进你骨头，爬进肺脏海绵般的内里，随着一阵寒噤慢慢渗入我们所在的起居厅，极为重视隐私的大人便是来这里进行牌戏。当他的小厮将请柬送来我们住宿的地方，谁能拒绝呢？我的浪荡子父亲当然拒绝不了。牌桌上方的镜子映照出他的狂乱，我的漠然，逐渐萎去的蜡烛，逐渐喝空的酒瓶，彩色潮水般来来去去的牌，掩住野兽整张脸的静定面具，只露出那双不时从手中的牌瞥向我的黄眼睛。

"野兽！"我们的房东太太说，小心摸着那只上有一头猛虎巨大纹章的信封，脸上的表情半是畏惧半是惊异。我没办法问她为什么他们管这地方的主人叫野兽——是不是因为他那徽饰的关系——因为她口音很重，是这一带那种支气管炎般多痰黏稠的腔调，我几乎完全听不懂，只听懂她刚见到我时的那句："好个美女！"

打从会走路起，我就一直是众人口中的漂亮娃儿，一头坚果棕亮泽鬈发，粉嫩双颊，而且出生在圣诞节——我的英国保姆总说我

---

① 本篇中楷体字原文皆为意大利文。

是她的"圣诞玫瑰"。农民们则说:"活脱就是她母亲的样子。"一边在自己身上比划十字,表示对死者的敬意。我母亲并没能绽放多久:一场嫁妆与头衔的以物易物,将她卖给这个无能的俄罗斯小贵族,他嗜赌、好嫖和一再痛切忏悔的习性不久便害死了她。野兽到这里时,将他纽扣孔插的那朵玫瑰递给了我,一身服装虽然过时但整洁无瑕,小厮在身后替他掸去黑斗篷上的雪。这朵不合自然、不符时节的白玫瑰此刻正被我紧张的手指一瓣瓣揪下,同时我父亲则豪迈地为他一生的败家事业做了总结。

这地区忧郁内敛,一眼看去没有阳光也没有特色,阴沉的河流冒着雾汗,砍除了枝叶的柳树缩身低伏。这也是个残忍的城市:肃然的中央广场看起来特别适合公开处决,笼罩着一座好似恶意谷仓的教堂的突出阴影。以前他们都把罪犯关进笼子吊死在城墙上。这些人天性薄情,两眼的距离很近,嘴唇又薄;这里的食物也差,油腻不堪的意大利面,煮熟的牛肉配苦草酱。整个地方一片噤声静默宛如葬礼,居民都拱起身子抵御寒冷,你几乎根本看不见他们的脸。而且他们会对你撒谎,骗你的钱,客栈老板也好,马车夫也好,每个人都一样。老天,他们把我们宰得可狠了。

靠不住的南方,你以为这里没有冬天,但是你忘记自己身上就带着冬天。

大人的香水味愈来愈使我头晕眼花,那是泛紫的浓重麝香猫,在这么小的房间,这么近的距离闻来实在太过强烈。他一定都用香水洗澡,连衬衫内衣也浸泡香水。他身上到底有什么味道,竟需要如此浓烈的掩饰?

我从没见过体型如此庞大却又看来如此平面的人,尽管野兽有种古意盎然的优雅,那身老式燕尾服可能是多年前买的,在他离群索居之前,而现在他并不觉得自己需要跟上时代。他的身形轮廓有种粗糙笨拙的感觉，偏向巨大难看，此外还带着奇特的自制自抑，仿佛得努力与自己交战才能保持直立，其实他更宁可四脚着地行走。人类企求模仿神明，但那份渴望在这可怜人身上变得扭曲可悲；尽管他戴着绘有精美人脸的面具，但只有隔着一段距离，你才会以为野兽跟其他人并无不同。哦，是的，那张脸确实很美，但五官太端正对称，少了些人味：那面具的左半与右半仿佛镜子对映般一模一样，太过完美，显得诡异。他还戴了顶假发，就像老式画像里那种，垂在颈背处扎个蝴蝶结。一条中规中矩的丝巾别着颗珍珠，遮掩住他的喉咙。手套是金黄小羊皮，但又大又笨拙，套在里面的似乎并不是手。

他就像用硬纸板剪成、绉纹纸当头发的嘉年华会人形。然而他的牌技却精得像魔鬼。

他弯身看手里的牌，面具下的声音回响，仿佛从遥远之处传来。他的话语里有太浑重的咆吼，只有他的小厮听得懂，能替他翻译，仿佛主子是笨拙的人偶，小厮是腹语师。

烛芯在融塌的蜡堆里软垂，烛火闪灭不定。等到我手上的玫瑰不剩半片花瓣，父亲也已一无所有。

"还有那女孩。"

赌博是一种病。父亲说他爱我，然而却将我押在一手牌上。他展开手里的牌，我在镜中看见他眼中燃起希望的光亮。他的衣领松开了，头发揉得乱糟糟，这是堕落到最后阶段之人的苦痛挣扎。凉飕飕气流从古旧石墙钻出咬刺着我，我在俄罗斯从不曾这么冷过，即使在最冷的深夜。

一张皇后，一张国王，一张爱司。我在镜中看到了。哦，我知道他心想绝不可能输掉我，何况赢了这局除了可以保住我，还能赢回先前输光的一切，一举恢复我们散尽的家产。更锦上添花的是，还会赢得野兽位于城外的代代相传的宫殿，他的巨额岁收，他在河两岸的土地，他的佃租、财宝、曼德纳[①]画作、朱利欧·罗马诺[②]画作、切里尼[③]盐罐、他的头衔……这整座城。

千万别误会我父亲，别以为他并不把我当做价值连城的宝贝。但也只是价值连城而已。

起居厅里冷如地狱。在我这个来自酷寒北方的孩子感觉起来，有丧失之虞的不是我的肉体，而是父亲的灵魂。

当然，我父亲相信奇迹。哪个赌徒不是这样？我们大老远自熊与流星的国度来，不就是为了追寻这样一桩奇迹吗？

于是我们在深渊边缘摇摇欲坠。

野兽吠叫一声，摊开手中的牌，是另三张爱司。

无动于衷的仆人此刻滑步上前，仿佛附有轮子般平顺，将蜡烛一一熄灭，看他们的样子，你会以为不曾发生什么重要的事。他们有点怨恨地打着呵欠，现在快早上了，我们害他们整夜没法上床睡觉。野兽的仆人为他披上斗篷，准备离去，我父亲坐在那里，瞪着桌上那些背叛他的牌。

野兽的小厮简洁地告诉我，明天早上十点他会来接我和我的行李，前往野兽的宫殿。听懂吗？处在极度震惊中的我几乎没有听懂，他耐心重复吩咐一遍。他是个奇怪、敏捷的瘦小男人，走起路来一颠一跳，节奏很不平稳，八字脚穿着奇特的楔形鞋。

我父亲先前脸色红赤如火，现在则白得像厚厚堆在窗玻璃上的积雪，眼里涌满了泪，很快就要哭了。

---

① Andrea Mantegna（1431-1506），意大利画家。
② Giulio Romano（1499？-1546），意大利画家、建筑师。
③ Benvenuto Cellni（1500-1589），佛罗伦萨雕刻家、版画家，亦为意大利文艺复兴时期首屈一指的金银饰品艺匠。

"'就像那些愚蠢的印度人,'"他说,他最爱华美的辞藻,"'就像那些愚蠢的印度人／把一颗珍珠随手扔了,想不到／它的价值胜过了他整个部落……'① 我失去了我的珍珠,我无价的珍珠。"

这时野兽突然发出一声可怕的声音,介于吠吼与咆哮之间,烛火随之一亮。那敏捷的小厮,那装模作样的伪君子,眼睛眨也不眨地翻译道:"我主人说:如果你不好好珍惜自己的宝物,就该料想它会被别人拿走。"

他代主人向我们鞠躬微笑,而后两人离去。

我看着落雪,直到天快亮时雪停,继之以一层坚霜,翌晨的天光冷如铁。

野兽的马车老式但优雅,全黑一如灵柩车,拉车的是一匹活力充沛的黑色阉马,马鼻孔中喷出烟雾,踩踏坚实积雪的脚步充满朝气,给了我一点希望,觉得不是全世界都像我深锁冰雪中。我向来都有些同意格列佛的看法,认为马比我们优秀,而那天早上我会很愿意与他一同奔往马的国度,如果我有这机会的话。

小厮高高坐在车厢外,一身帅气的镶金黑制服,手上竟然还握着一束他主子那该死的白玫瑰,仿佛送花就能让女人比较容易接受羞辱。他以敏捷得简直不自然的动作一跃而下,煞有介事把花束放在我迟疑的手上。涕泗纵横的父亲请我给他一朵玫瑰表示原谅,我折下一枝,刺伤了手指,于是他拿到的玫瑰沾满了血。

小厮趴在我脚边将毡毯包好铺好,态度是一种并不巴结的奇怪逢迎,但他又好像忘了自己的身份,忙着用太粗的食指在扑了粉的白色假发下搔来搔去,同时以一种我的昔日保姆会称为"老式眼

---

① 《奥瑟罗》第五幕第二景。本书中莎翁剧作译文绝大多数引自方平所译之《新莎士比亚全集》(台北:木马,2001),非引用者将另外说明。

神"的表情看我，其中有反讽，有狡黠，有一点点轻蔑。还有怜悯？没有怜悯。他的棕眼水汪汪，脸上是苍老婴孩般的无辜狡猾，还有个烦人的习惯，老是咕咕哝哝自言自语。他念念叨叨将主子赢得的东西装上车，我拉上窗帘，不想看见父亲送别，心中的怨恨尖利如玻璃碎片。

我被输给了野兽！而他的"兽性"又究竟是怎么一回事？我的英国保姆曾说，她小时候在伦敦看过一个虎男。这么说是为了把我吓得乖乖听话，因为那时我是个管不住的野小娃，她不管皱眉生气或者用一汤匙果酱贿赂都无法驯服我。我的小美女，要是你再缠着那些清理房间的女仆，虎男就会来把你带走。她说，他是从印度群岛的苏门答腊被带来的，背后全是毛，只有正面像人。

然而野兽永远戴着面具，他不可能有一张跟我一样的人脸。

但那个满身毛的虎男却也能手里握杯麦酒喝下去，与正经基督徒无异。这可是她亲眼看过的哦，在上荒野原① 台阶旁的乔治酒馆招牌下，那时她只有我这么高，也跟我一样讲话漏风，走路摇摇晃晃。然后她会叹气怀念伦敦，远在北海那一头，远在多年以前。不过呢，要是这位小小姐不乖，不肯吃光盘里的水煮甜菜根，虎男就会披上他旅行用的黑色大斗篷，就像你爸爸的斗篷还滚着毛皮边，向精灵王② 借来狂风快马，穿过夜色直奔我们这间育儿室，然后——

没错，我的小美人！然后大口吃掉你！

我会又怕又乐地尖声嘻笑，半是相信她，半是知道她在逗我。然后有些事情我知道不可以告诉她。在我们现已失去的农场上，女佣们吃吃笑着告诉我公牛对母牛做的那些神秘勾当，我听说了运货

---

① Upper Moorfields，伦敦一地区，十八世纪曾建有医院。
② 参见《精灵王》注一。

车夫女儿的事。嘘，嘘，别告诉你奶妈是我们说的；车夫那女儿兔唇又斜眼，丑得要命，谁会要她？然而丢人的是，她的肚子在众马夫的残忍嘲笑中日渐隆起，生下了熊的儿子，她们窃窃私语告诉我。一生下来就满身毛满口牙哦，这就是证据。但他长大后牧羊是一把好手，只是始终没结婚，住在村外一间小屋，能随心所欲改变风向，还看得出哪些鸡蛋会孵出公鸡，哪些会孵出母鸡。

农民们曾大惑不解地拿来一个头骨给我父亲看，两侧各有一根四英寸长的角，是他们的破犁从田里翻出来的，而后他们非要有神父跟着才肯回去——因为这头骨可不是长着人的下巴吗？

无稽之谈，骗小孩的恐怖故事！在我童年结束的这一天，我知道自己为什么怀想童年那些迷信奇谈，就像给心中的战栗呵痒。如今这身肌肤是我在世上唯一的资产，今天我将做出第一笔投资。

我们已将城市远远抛在身后，正穿过一大片平坦雪地，结冻沟渠的彼侧有残缺不全的柳树残株，摇动着一头纤毛。雾气模糊了地平线，将天空直拉下来，压迫在我们头顶上方看似仅几寸之处。极目望去，没有一点生机。伪伊甸园的这个死气沉沉季节是多么饥贫，多么匮缺，将所有果实都霜害冻死！我这束娇弱的玫瑰已经凋谢，我打开马车门，将无用的花束丢到路上，路面满是结霜冻硬的绉乱泥泞。一阵刺骨寒风突然吹来，干米粒般的雪粉扑打在我脸上。雾气略散，足以让我看见半荒废的建筑正面，完全以红砖建成，面积足有数亩，一个巨大的困人陷阱，便是他宫殿那自大狂式的城堡。

宫殿本身自成一个世界，但却是个死的世界，是焚毁殆尽的星球。我看出野兽以钱财买下的不是奢华，而是孤寂。

拉车的小黑马轻快小跑，进入雕刻黄铜大门，门敞开着任风雪肆虐，就像一座谷仓。小厮在大厅满是刮痕的瓷砖地上伸手扶我下车，厅里充斥马厩那种混合甜甜稻草与刺鼻马粪的温暖气味，高耸屋顶下的梁柱有前一个夏天燕子筑巢的痕迹。四周传来纷纷嘶鸣、轻轻踏蹄，十几匹纤细优美的马从食槽里抬起口鼻，竖着耳朵转头看我们。野兽把餐厅拨给马匹使用，厅墙上原先的壁画也正好画着马、狗和人，在一处枝上同时开花结果的树林里。

小厮有礼地拉拉我衣袖。大人正在等。

敞开的门和破掉的窗户四处灌风。我们爬了一道又一道台阶，脚步喀喀踩在大理石地上。穿过一道道拱门与开着的门，我看见一套套拱顶房间重重相连，就像一组盒中盒，形成此处复杂极致的内里。他和我和风是唯一的动静，所有家具都盖着防尘布，吊灯以布包起，画从挂钩拿下正面朝墙靠放，仿佛主人受不了看见它们。这宫殿遭到拆解，仿佛屋主正要搬走或从不曾真正住进来。野兽选择了一个不适人居的住所。

小厮以那双很会说话的棕眼朝我一瞥要我安心，然而那一瞥含有太多怪异的傲慢蔑视，无法安慰；他继续挪动那双罗圈腿走在我前面，轻声自言自语。我把头抬得高高，跟在他身后，但尽管力持骄傲自尊，心情仍非常沉重。

主人的居室高高在宅屋之上，是一间窒闷昏暗的小房间，连正午都紧锁窗扉。走到那里我已经气喘吁吁，他沉默迎接我，我也沉默以对。我不肯微笑。他不能微笑。

在这鲜少被人打扰的隐私空间，野兽穿着一套奥图曼式服装，领口有金色刺绣花纹的钝紫色宽松长袍，将他从肩到脚完全遮住。他坐的那张椅子的椅脚刻成漂亮的爪形。他双手藏在宽大袖子里，那张脸的人工完美令我厌恶。小小炉栅里生着小小的火。一阵烈风刮得窗扇格格作响。

小厮咳嗽一声。敏感的任务落在他身上，他必须向我传达主人的愿望。

"我主人——"

炉栅里一根木柴掉落，在那要命的沉默中发出惊天动地的声响，小厮吓了一跳，忘记说到哪里，又重新开口。

"我主人只有一个愿望。"

前一天晚上浸透大人全身的那股浓重丰厚野性气味缭绕四周，从一个珍贵的中国香炉徐徐升起袅袅青烟。

"他只希望——"

此刻，面对我的一脸漠然，小厮变得语无伦次，不复原先的反讽镇定，因为，不管主人的愿望多么微不足道，从仆人口中说出都可能显得傲慢不堪，而扮演中间人这个角色显然让他非常尴尬。他吞咽一口，又咽了一口，终于冒出一串没有标点的滔滔不绝。

"我主人只有一个愿望就是看见这位美丽小姐脱去衣裳赤身裸体只要一次之后小姐便会毫发无伤送回父亲身旁并且以转账方式归还他玩牌输给我主人的金额加上若干精美礼物包括毛皮大衣、珠宝首饰和马匹——"

我站着不动。这段会面期间，我眼睛始终直视面具里那双眼，那双眼此刻回避我的视线，仿佛他还有些良心，知道自己要仆人代为传达的要求多么可耻。慌乱，非常慌乱，小厮扭绞着戴白手套的双手。

"一丝不挂——"

我简直不敢相信自己的耳朵。我发出轰然狂笑，年轻小姐不可以这样笑！保姆以前常告诫我。但我就是这样大笑，至今依然。在我这毫无笑意的响亮笑声中，小厮不安地直朝后退，揪着手指仿佛想把它们掰下，劝诫着，无言恳求着。为了他，我感觉必须尽自己所能，以最纯正地道的托斯卡尼话做出回答。

"先生，你可以把我关进没有窗子的房间，我发誓我会把裙子拉到腰上等你。但我的脸必须用床单盖住，不过要轻轻盖着，以免让我窒息。所以我要腰部以上整个盖住，房里也不可以有灯光。你可以这样来找我一次，先生，仅仅一次。之后你必须立刻送我回城，在教堂前的广场上放我下车。如果你愿意给我钱，我很乐意接受，但我必须强调，你给我的金额不得超过你会在这类情况下给任何其他女人的钱。然而，如果你选择不送我礼物，那也是你的权利。"

看见自己击中野兽的心，我是多么高兴！因为，隔了十三下心跳的时间，那面具眼角渗出了一滴闪亮的泪。一滴眼泪！我希望那是羞惭的眼泪。泪滴在绘制的眼眶颤抖片刻，然后滑下绘制的脸颊，落在地砖上，发出突兀的一声玎玲。

小厮自顾自啧舌嘀咕着，匆匆把我带出房间，一团他主人香气的紫色烟雾涌进寒冷走廊，在盘旋风中消散。

他们为我准备了一间牢房，真正的牢房，没窗，没空气，没光线，在城堡的内脏深处。小厮为我点起一盏灯，幽暗中浮现一张窄床和一张刻有花果的深色橱柜。

"我要用床单扭成绳子上吊。"我说。

"哦，不。"小厮瞪大眼睛看我，眼神突然变得忧郁。"哦，不，你不会的。你是一位信守诺言的贞洁女士。"

那他在我房里做什么，这个叽里呱啦的可笑男人？难道他是负责看守我的狱卒，直到我向野兽屈服，或者野兽向我屈服？我已经沦落到连个使女都不能有的地步了吗？仿佛回答我未说出口的质问，小厮拍了拍手。

"为了让你不那么孤单寂寞，小姐……"

橱柜门内传来一阵叮咚喀哒，门开处，滑出一个轻歌剧的风流侍女，一头坚果棕亮泽鬈发，粉嫩双颊，滴溜溜转的蓝眼。我过了一会儿才认出她的长相。她头戴小帽，身穿荷叶边衬裙与白长袜，一手镜子一手粉扑，心脏部位是个八音盒，脚下有小轮子，在叮当玲琮声中一边朝我滑来。

"住在这里的都不是人类。"小厮说。

我的使女停下来，鞠躬，紧身胸衣侧边一处绽线露出上发条的钥匙。她是台精妙的机器，世上最精致平衡的弦索与滑车系统。

"我们把仆人都打发走了，"小厮说，"代之以幻象，为了实用也好，为了取乐也罢，都不比一般绅士更觉得不方便。"

这个长得跟我一模一样的发条装置停在我面前，肚子里传出一首十八世纪小步舞曲，对我露出大胆的肉色微笑。喀哒，喀哒——她伸起一只手忙着用粉红色白垩粉末扑拍我的脸，呛得我一阵咳嗽，然后把小镜子塞到我面前。

我在镜中看见的不是自己而是父亲的脸，仿佛我来野兽宫殿为他还债时便戴上了他的脸。怎么，你这个自己骗自己的傻子，还在哭？而且还喝醉了。他仰头将格拉帕一饮而尽，一挥手甩出酒杯。

小厮看见我惊愕恐惧的神情，连忙取过镜子，呵口气用戴着手套的拳头擦了擦，再还给我。现在我看到的只是自己，经过无眠的一夜脸色憔悴，的确苍白得需要使女扑腮红。

我听见沉重房门外钥匙转动，然后小厮的脚步声噼哩啪啦沿着岩石走廊远去。我的分身继续朝空中扑粉，发出叮叮当当的旋律，但她毕竟不是不会累的。不久她的扑粉动作便愈来愈迟缓，金属心脏变慢模仿疲倦，八音盒的每一声隔得愈来愈久不成曲调，像单独一滴两滴雨点，最后仿佛睡意袭来，她终于不再移动。她睡着了，我也别无选择只能入睡，躺倒在床宛如树木遭砍伐倒下。

时间过去，但我不知过了多久。然后小厮端来面包卷和蜂蜜，叫醒我。我挥手要他拿走托盘，但他稳稳将盘放在灯旁，拿起一只鞣皮小盒，朝我递来。

我转开头。

"哦，我的小姐！"他是如此受伤，高尖的声调都哑了！他灵活地解开金扣，猩红天鹅绒底垫上放着单独一枚钻石耳环，完美如泪滴。

我啪地合上盒子丢到角落。这突如其来的动作一定是扰动了那人偶的机械装置，她猛一抬手臂仿佛在责备我，发出一串放屁般的嘉禾舞曲，然后恢复静止。

"好吧。"小厮失望地说，然后表示我该再度与主人会面了。他没让我梳洗。宫殿内几乎不见自然天光，我分不出此时是白天或黑夜。

从我上次见他之后，野兽简直像不曾移动分毫，仍坐在那把巨大椅子上，双手藏在袖里，沉重的空气动也不动。我可能睡了一小时、一夜或一个月，但他那雕刻般的平静和房中窒闷的空气仍将永远如常。香炉冒出烟雾，仍在空中划写着同样的签名。炉里烧着同样的火。

在你面前脱光衣服，像个跳芭蕾舞的女孩？这就是你对我的全部要求？

"一位小姐从未被男人看过的肌肤——"小厮结结巴巴说道。

我恨不得自己跟父亲农庄上每一个小伙子都在稻草堆里打过滚，就能丧失资格，不必接受这种羞辱的交易。他要的这么少，正是我不能给的原因。我不需要开口说，因为野兽明白我的意思。

他另一侧眼角冒出一滴泪。然后他动了，把嘉年华会的纸板假人头和系着缎带的沉重假发埋进，我想是，他的手臂；他把他的，我猜是，双手从袖子里缩回，我看见他长着毛的肉掌，尖利的爪子。

泪滴落在他毛皮上，闪闪发亮。回到房间，我听见那爪掌在我门外来回踱步，一连好几个小时。

小厮再度端着银盘回来时，我有了全世界最清透水滴般的一副钻石耳环。我将这一枚也扔到原先那枚弃置的角落。小厮难过又遗憾地喋喋自语，但没有表示要再带我去见野兽，而是露出讨好的微笑，透露道："我主人，他说，邀请小姐去骑马。"

"干什么？"

他敏捷地模仿骑马奔驰的动作，并且，令我大为讶异地发出没有高低起伏的聒噪声："喀哒哒！喀哒哒！我们要去打猎啰！"

"我会逃走，我会骑马逃回城里。"

"哦，不。"他说，"难道你不是一位信守诺言的贞洁女士吗？"

他拍了拍手，我的使女滴答答、叮当当地假活过来，朝她原先出来的橱柜滑去，将人工合成手臂伸进橱中，取出我的骑装。竟然是这套衣服，一点没错，正是我留在我们乡间大宅顶楼一口箱子里的那套骑装。那栋位于圣彼得堡城外的大宅我们早就失去了，甚至早在我们出发前来残忍的南方，进行这趟疯狂的朝圣之旅之前。若这不是昔日保姆为我缝的那套骑装，那它就是完美之至的复制品，连缺了一颗纽扣的右袖口、一道用别针别起的裂缝都一模一样。风在宫殿里奔跑，震得门格格颤动，是北风将我的衣服吹过整个欧洲带来这里吗？家乡那个熊的儿子可以随意操纵风的方向，这座宫殿跟那片枞树林有什么共通平等的魔法？或者，我是否该接受这证明了父亲一直灌输给我的那句格言，只要有钱什么都可能办到？

"喀哒哒。"小厮建议道。此刻他眨着眼，显然很高兴看到我惊异愉快交加的表情。发条使女伸手将我的外套递来，我让她帮我穿上，仿佛有些犹豫，但其实我想离开这座死气沉沉的宫殿走出户外想得快疯了，尽管有那样的同伴同行。

大厅的门敞向明亮白昼，我看出时间是早上。我们的马匹已经上了鞍鞯，成为受束缚的野兽，正在等我们，不耐烦的蹄子在地砖上踏出火花，其他马则轻松漫步在稻草间，以无言的马语彼此交谈。一两只蓬着羽毛抵御寒冬的鸽子也走来走去，啄食一束束玉米穗。将我带来此处的那匹黑色小阉马发出响亮嘶鸣迎接我，屋顶下雾蒙蒙的大厅就像回音箱随着马嘶振动，我知道这匹马是要给我骑的。

我向来非常爱马，他们是最高贵的动物，明智的眼中充满受伤敏感的神色，高度紧绷的臀腿充满受理智克制的精力。我对这匹黑亮的伙伴发出唤马的声响，他回应我的招呼，用柔软的唇在我前额一吻。一旁有只毛发蓬乱的小型马，鼻子蹭着壁画马匹蹄下的错视画法枝叶，小厮飞身一跃坐上他背上的鞍，动作灵活花俏有如马戏表演。然后裹着毛皮滚边黑斗篷的野兽来了，骑上一匹神色凝重的灰色牝马。他不是天生的骑马好手，紧攀着牝马的鬃毛像遭遇船难的水手抱住帆柱。

那个早晨很冷，然而充满足以刺伤视网膜的耀眼冬季阳光。周遭一阵盘旋的风似乎要与我们同行，仿佛那戴面具、不说话的庞大身形斗篷里藏着风，可以随心所欲将它放出，因为风吹动我们马匹的鬃毛，却没有吹散低地的雾气。

景色一片凄清，四周满是冬季悲哀的棕与深褐，沼泽厌倦地向宽大的河伸展而去。那些斩了首的柳树。偶尔一只鸟咻然飞过，发出哀戚难当的鸣声。

我逐渐被一股深沉的奇异感笼罩。我知道这两名同伴——类人猿般的家臣和由他代为发言的主人——跟其他人没有半点相似，那个前脚长着利爪的人与女巫有密约，要远在北方芬兰边界的她们放出困在打结手帕里的风。我知道他们生活的逻辑与我截然不同，直到父亲以人类特有的草率莽撞将我抛弃给这些野兽。想到这，我更觉几分畏惧，但，我想，也不算太强烈畏惧……我是个年轻女孩，是处女，因此男人否认我有理性，就像他们也否认那些不与他们完全相同的生物有理性，这是多么没理性的态度。若四周这整片蛮荒孤寂中看不见任何其他人，那么我们六个——包括骑士与坐骑——全加起来也没有半个灵魂，因为世上所有高等宗教一律明确宣言：野兽和女人都没有那种虚无飘渺的东西，上帝打开了伊甸园的大门，让夏娃和她的魔宠全数跌出。于是，请了解，尽管我不至于说，骑向芦苇河岸的一路上我私下进行着形而上学的思考，但我确实在思索我个人处境的本质，思索我是怎么被买卖，转手。那个为我脸颊扑粉的发条女孩，被制造人偶的工匠设定为模仿真人；而在男人之间，我不也一样被设定为只能模仿真实人生？

这长着利爪的魔法师骑在苍白马上的姿态，让我想起忽必烈汗麾下的豹般勇士骑马打猎，然而他究竟是什么，我一点概念都没有。

我们来到河边，河面宽得看不见对岸，河水充满冬的静止，几乎看不出在流动。马匹低下头喝水，小厮清清喉咙，准备讲话。这地方完全隐蔽，前有一片在冬季变得光秃的灯芯草，还有树篱般的芦苇遮掩。

"如果你不愿让他看见你脱光衣服——"

我不由自主摇头——

"——那么，你就必须准备看见我主人赤裸的模样。"

河水拍打卵石，发出细微叹息。我的镇定立刻荡然无存，几乎濒临恐慌边缘。不管他究竟是什么，我都不认为自己能受得了看见他真实的样子。那匹牝马抬起头，口鼻还滴着水，用热切的眼神看我，仿佛促劝着什么。河水再度拍打我脚边。我离家好远。

"你，"小厮说，"必须看他。"

我看出他很害怕我会拒绝，于是点点头。

突然一阵狂风，吹得芦苇弯下腰，也吹来一阵他那浓重的伪装气味。小厮举起主人的斗篷为他遮挡，不让我看见他拿下面具。马匹动了动身体。

老虎永远不会与羔羊一同躺下，他不承认任何不是双向的合约。羔羊必须学会与老虎一同奔驰。

一头庞然大猫，黄褐皮毛上有焦木色的野蛮条纹几何。他沉重浑圆的头是那么可怕，所以他必须将之隐藏。那肌肉多么有力，那步伐多么深厚，那双眼睛充满横扫一切的热烈，像一对太阳。

我感觉自己胸口撕裂，仿佛出现一道奇异的伤口。

小厮走上前来，似乎要遮掩住主人，既然女孩已经看见了他。但我说："不。"那虎坐着动也不动如同纹章图案，他与自己的凶猛立下了不伤害我的合约。他比我想象中更大许多，以前我在圣彼得堡沙皇的动物园里曾看过一次老虎，那些动物可怜憔悴，金色果实般的双眼光芒微弱，在遥远北地的牢笼中枯萎。他全身上下没有一处像人。

于是，此刻我打着寒噤解开外套，向他表示我不会伤害他。然而我的动作笨拙，脸有些红，因为没有任何男人曾见过我赤身裸体，而我是个骄傲的女孩。是骄傲，而非羞耻，让我手指的动作那么不灵活，此外我也有些忧惧，怕他面前这个纤弱的小小人类样品本身或许不够堂皇，不足以满足他对我们的期望，因为，谁知道，在他如此长久无尽的等待中，期望可能会变得太大。风吹得灯芯草丛沙沙作响，河面上掀起阵阵波纹漩涡。

在他严肃的沉默中，我向他展露我的白肌肤、红乳头，马匹也转过头来看我，仿佛他们对女人的自然肉体也抱持有礼的好奇。然后野兽低下庞大的头，够了！小厮比个手势表示。风已停息，一切恢复静定。

　　然后他们一同离开，小厮骑着小型马，老虎跑在前面像猎犬。我在河岸稍走一会儿，有生以来第一次感觉自由。然后冬季阳光开始晦浊，渐暗的天空吹来几阵雪花，我回到马匹旁时，发现野兽已骑上他那匹灰色牝马，再度穿戴斗篷与面具，看来完全人模人样，小厮则一手提着猎捕到的肥大水鸟，马鞍后还横搭一头年轻雄獐子的尸体。

　　小厮没有把我送回牢房，而是带到一处虽老式但优雅的起居室，房里摆放着褪色的粉红织锦沙发，足以媲美神灯精灵宝藏的众多东方地毯，叮玲作响的数盏玻璃大吊灯。分枝烛台的烛火将那副钻石耳环中心照出彩虹般七彩光芒，耳环就放在我的新梳妆台上，而我那周到备至的使女已经捧着粉扑和镜子站在一旁。我打算戴上耳环，于是拿起她手中的镜，但镜子又处在魔法发作的阶段，我看见的不是自己的脸而是父亲。一开始我以为他在对我笑，然后才看出他那完全是欲望得到满足的笑容。

　　我看见父亲坐在我们住处的起居厅，就在那张他把我输掉的桌子旁，但现在正忙着数算一大叠钞票。他的处境已经改善了，胡子刮得干干净净，头发理得整整齐齐，身穿入时新衣，手边方便拿取的地方放着一只盛有气泡酒的冰透酒杯，旁边摆着冰桶。野兽显然一看见我的胸脯便立刻付了现金，尽管我可能为那一眼而死。然后我看见父亲的行李都打包妥当，准备离去。他真的忍心这么轻易就把我丢在这里？

　　桌上除了钱还有一张纸条，漂亮的字迹我看得相当清楚："小姐不久便来。"他是不是用这一大笔不义之财迅速勾搭上哪个妓女？

完全不是。因为，就在此时，小厮敲敲我房门，宣布从现在开始我什么时候要离开宫殿都可以。他手上还搭着一件黑貂大衣，是野兽给我的小小奖赏，早晨的礼物，他正准备用它把我包装起来送走。

再看向镜子时，父亲已经消失，只看见一个眼神空洞的苍白女孩，我几乎认不出她是谁。小厮有礼地询问该何时为我备车，仿佛丝毫不怀疑我一有机会便会卷细软而逃，而使女的脸已不再与我一模一样，仍高高兴兴继续微笑。我会给她穿上我的衣服，上紧发条，送她回去扮演我父亲的女儿。

"让我一个人留下。"我对小厮说。

这回他没有锁门。我戴上那副耳环，耳环非常重。然后我脱下骑装，任它堆栈在地，但脱到衬裙时，我的手落回身侧。我不习惯赤裸，对自己的肌肤这么不熟悉，使得脱光衣服像是剥皮。相较于我原先准备给的东西，野兽要的只是一件小事，但人类赤身裸体是不自然的，从我们以无花果叶遮掩私处开始便是如此。他的要求因此令人厌恶。我感觉痛彻心肺，仿佛剥去自己的内层毛皮，而那微笑的女孩保持姿势站在那里一无知觉，暂停模仿生物，看着我脱得只剩下供买卖的冰冷白肉；若说她的眼睛对我视而不见，这里就更像市场了，众多眼睛看着你，却丝毫不思及你的存在。

自从离开北方，我的整个人生似乎都在如她这般无动于衷的凝视下度过。

最后只剩下我畏缩的裸体，除了他那对完美无瑕的泪滴之外一丝不挂。

我缩身裹上稍后必须还给他的毛皮，抵御沿着走廊穿梭的刺骨寒风。不用小厮带路，我知道怎么去他的书房。

我试探地敲门，没有响应。

然后风把小厮团团转地沿廊吹来。他一定是决定了：既然有一人赤身裸体，那么大家都要赤身裸体。除去制服的他正如我先前怀疑的那样，是只纤巧动物，一身蛾灰色丝般柔毛，棕色手指丰肥如皮革，巧克力色的口鼻，温和无比。看见我穿戴着精致毛皮和首饰，他嘻嘻嗤笑，仿佛我盛装得像要去听歌剧，然后他以非常温柔的庄重态度脱下我肩上的黑貂皮，貂皮化为一群吱吱叫的黑老鼠，立刻踩着硬邦邦小脚冲下楼梯，消失不见。

小厮鞠躬引我进入野兽的房间。紫色睡袍、面具和假发放在椅子上，左右扶手各套一只手套。这套外貌就像空屋等着他，但他抛弃了它。屋里有毛皮和尿液的臭味，香炉四分五裂躺在地板上，炉火熄灭，烧了一半的木柴被拨得四散。一根由自身蜡油固定在壁炉架上的蜡烛，在老虎眼中燃起一双细狭火焰。

他来来回回，来来回回不停踱步，沉重的尾巴尖端微抖，沿着这处囚室的四壁走来走去，四周满是啃嚼过的血迹斑斑骨头。

他会大口吃掉你。

吓小孩的恐怖故事变得有血有肉，那是最早最古老的恐惧，恐惧于遭到吞噬。野兽，他那肉食兽的骨堆之床，白皙、颤抖、赤裸裸的我，仿佛将自己当做一把钥匙献上，开启一处和平国度，在那里他的食欲并不意味我的绝灭。

他静立如石。他怕我比我怕他更甚许多。

我蹲在潮湿稻草上，伸出一只手。现在我已在他金色双眼的力场中。他自喉咙深处发出狺吼，前脚弯下伏低头，狰狞咆哮，张开血盆大口，对我露出他的黄牙。我动也不动。他嗅着空气，仿佛想闻出我的恐惧，但闻不到。

慢慢地，慢慢地，他光滑发亮的沉重庞然躯体朝我走来。

一阵震耳欲聋的轰隆充满小房间，仿佛来自驱动整个地球的引擎，是他发出的低沉呼噜声。

这低沉呼噜的甜美雷声撼动古老屋墙，震得窗扇拍撞不停直到崩裂，让一轮雪月照进白光。屋顶上的砖瓦砰然落下，我听见它们落进远在下方的庭院。他的低沉呼噜动摇了整栋屋子的地基，墙壁开始舞动。我心想："一切全都将倒塌，全都将瓦解。"

他离我愈来愈近，最后我感觉到那粗粝天鹅绒般的头蹭抵着我的手，然后是砂纸般刮人的舌头。"他会舔掉我身上的皮肤！"

果然，他每舔一下便扯去一片皮肤，舔了又舔，人世生活的所有皮肤随之而去，剩下一层新生柔润的光亮兽毛。耳环变回水珠，流下我肩膀，我抖抖这身美丽毛皮，将水滴甩落。

穿靴猫

费加洛在这儿，费加洛在那儿，可不是嘛！费加洛在楼上，费加洛在楼下，还有——哦呵，乖乖，这个小费加洛完全可以爱什么时候就什么时候大摇大摆走进仕女香闺，因为呢，你要知道，他是只见过世面的猫，悠游于都会，世故又圆滑，看得出女士什么时候最需要毛茸茸朋友的陪伴。这世上有哪位小姐拒绝得了一只热情却又永远懂得分寸的橘色漂亮猫呢？（除非她一碰上丁点猫毛就眼泪鼻水流不停，这情况发生过一次，待会儿我就告诉各位。）

我是只公猫，各位，一只非常自豪的橘黄色公猫。自豪于胸前称头的白色衣襟，跟橘橙相间的条纹花色搭配得完美耀眼（啊！我这身火光般的服装）；自豪于能催眠小鸟的眼神和英姿挺拔的胡须；更自豪于——有些人会说自豪得过了头——有一副音乐般动听的好嗓子。一听见我对着照在贝嘉莫①城上的月亮即兴引吭高歌，广场每户人家的窗子都会忙不迭打开。广场上那些蹩脚乐手，那些衣衫褴褛、在乡下地方乱绕的乌合之众，搭起临时舞台，扯开破锣嗓，倒也能赚一堆零钱；但对我，本城公民更是出手大方，毫不吝

_____
① Bergamo，意大利北部一城。

惜投以一桶桶最新鲜的清水，几乎没怎么腐烂的水果，偶尔还有拖鞋、皮鞋和靴子。

看到没，我这双闪闪发亮的神气高跟皮靴？是一位年轻骑兵军官的馈赠，先来一只，然后我放声唱起又一首助奏感谢他的慷慨，满心愉悦一如美满明月——哎哟！我往旁边轻巧一闪——另一只也扔下来了。以后本猫在砖瓦上悠闲散步时，这双靴子的高跟会踩出响板般的声音，而我的歌声正好偏向弗拉明戈风；其实所有的猫唱歌都带点西班牙味，不过本猫雄赳赳气昂昂的、土生土长的贝嘉莫腔还添加了滑顺优雅的法文，因为要打呼噜只可能用这种语言。

“多——谢您啦！”

我立刻把靴子套上穿着帅气白长袜的后腿，那个小伙子好奇地看着我在月光下穿上他的鞋，朝我叫唤：“喂，猫！我说猫啊！”

“乐意为您效劳，先生！”

“到我这阳台上来，小猫！”

身穿睡衣的他探出半个身子，鼓励我利落跳上那栋楼的正面，前脚攀着鬈发小天使的脑袋瓜子，后脚踩着灰泥花环往上一蹬，嘿唷！来到水仙子石雕的奶子上，然后左脚下来一点，那半人半羊牧神的屁股刚好供我使力。小事一桩啦，只要懂得诀窍，洛可可风的建筑一点问题也没。空中飞人特技？本猫可是天生好手，后空翻的同时右爪还可以高捧一杯葡萄酒，而且一滴也不会洒出来。

不过，说来惭愧，那著名的死里逃生绝技：凌空空翻连三圈，也就是说在半空中翻跟斗，也就是说没施力点也没安全网，这个本猫始终还没尝试过，但空翻两圈我倒是常潇洒演出，赢得众人喝彩。

“我看你是只很有见识的猫。”我抵达小伙子的窗台之后，他说。我对他摆出俊俏有礼的姿势，撅着屁股，尾巴直竖，头低低，方便他在我下巴友善摩挲，同时带着我那天生惯常的微笑，仿佛不由自主送上的免费礼物。

全天下的猫都有这项特点，没有一只例外，从潜行小巷的狠角色到优雅靠在教宗枕头上的、最洁白最高傲的猫小姐皆然——我们的笑容就像画在脸上，永远得带着那微微、淡淡、静静的蒙娜丽莎微笑，不管情况是否令人愉快。因此猫都有点政客味道，我们微笑再微笑，人们看了就觉得我们是坏蛋。但我注意到，这个小伙子也是生就一副笑脸。

"来份三明治吧，"他邀我，"或许再配点白兰地。"

他的住处不怎么样，但他本人则相当英俊，尽管此刻衣衫不整，穿着睡衣还戴睡帽，仍有一股伶俐、潇洒、时髦劲儿。咱心想，这是个懂事识趣的人：一个人若是在卧室都能保持称头模样，出了卧室也绝不会给你丢脸。而且他请我吃的牛肉三明治美味极了。我很欣赏烤牛瘦肉，也很早就喜欢上喝点烈酒，因为我最初是酒店养的猫，负责在酒窖里抓老鼠，后来我脑袋磨炼得够聪明了，便出来独自闯荡世界。

那么这番夜谈的要点何在？先生当场雇我为他的小厮，亲信小厮，偶尔还得兼任贴身仆从，因为呢，每当财务吃紧（每个英勇军官都会碰上手气不佳的时候），他就得把棉被当掉啦，到时候忠心耿耿的本猫便会蜷缩在他胸前，让他夜里保持温暖。尽管他不喜欢我用脚掌来回按揉他的乳头——偶尔我心不在焉时会这么做，纯粹是为了表示亲近，以及（好痛！他说）测试我爪子伸缩的灵活度——但是，除了我之外，还有哪个小厮能溜进青春少女神圣私密的闺房，在她与圣人般的母亲一起读祈祷书的当下把情书传送给她？这任务我帮他进行过一两次，令他感激不已。

而且，待会儿我就告诉各位，我最后还为他带来了我们大家都非常受用的绝佳好运与财富。

总之本猫得到靴子的同时也得到了职位，我敢说主人跟我个性很像，因为他骄傲得像魔鬼，急躁难惹得像棘手铁钉，色迷迷得像涩橄榄，而且——我这么说可没有恶意——脑筋动得跟流氓一样快，还是个穿干净内衣裤的流氓。

手头紧的时候，我会去市场扒点早餐来——一条鲱鱼，一颗柳橙，一条面包，我们从来不挨饿。本猫在赌场对他也大有用处，因为猫可以毫无顾忌爬上每个人的腿，看每个人手上的牌；猫可以跳上去扑住骰子——他看到骰子滴溜溜转就忍不住嘛！可怜的笨猫，还以为那是小鸟呢——等我装出浑身发软四肢僵硬的呆相，任人将我一把抓起骂完之后，谁还记得骰子原来掷出几点呢？

如果他们不准我们上桌赌博了（那些小气鬼有时候会这样），我们还有其他比较……不绅士的谋生方式。我会跳起西班牙舞，他则拿着帽子在旁边绕：哦咧！① 但不到逼不得已，他不会要我做这么丢人的事，考验我对他忠诚和感情的限度，只有在家中橱柜跟他屁股一样光溜溜的时候才会——也就是说，在他穷途末路到连内裤都当掉的时候。

就这样，一切进行顺利，本猫跟主人这对好搭档过得快快活活，直到这家伙什么事不好干，非要坠入爱河不可。

"猫啊，我神魂颠倒了。"

我径自进行净身，秉持猫族无懈可击的卫生习惯舔舐屁眼，一条腿高高跷起像火腿，选择对此保持沉默。爱情？为了主人，我跳进过城里每家妓院的窗户，还在修道院的处女后园出没，外带天知道其他哪些好色任务，这个浪荡子跟温柔激情哪会有什么关系？

"可是她。简直是高塔里的公主。像毕宿五②那样遥远闪亮。跟

---

① olé，西班牙文的喝彩声。
② 金牛座最亮的一颗星。

个蠢货拴在一起，还有喷火龙看守。”

我把头自私处抬起，朝他露出最讽刺的微笑，看他敢不敢唱出那个调。

"猫全都是愤世嫉俗的家伙。"他论道，在我的黄色瞪视之下畏缩。

就是因为这事危险，才特别吸引他，懂吧。

有位女士每天会在窗边坐一小时，仅仅一小时，在黄昏最温柔的时刻。窗帘几乎将她遮掩，你简直看不清她的长相，她就像一幅以布掩盖的圣像，看着窗外广场上的店家打烊，摊贩收摊，夜色掩至。这就是她所能见到的世界。全贝嘉莫没有哪个女孩比她更与世隔绝，只有星期天她家会让她去望弥撒，一身黑衣包得严严实实，还戴着面纱。可是望弥撒时还有个老巫婆跟着，那个看守她的丑八怪一副坏脾气不好惹的样子，看起来就像监狱里的伙食一样恶劣。

他是怎么见着那张神秘脸孔的？不是本猫的杰作，还会有谁？

那天我们赌到很晚才下桌，非常晚，于是我们惊讶地发现一转眼就已是一大清早了。他全身上下的口袋沉沉装满银币，我俩灌饱香槟的肚子都发出惬意的咕噜声，这一晚幸运女神与我们同在，我们的兴致多高昂！时值冬季，天寒地冻，寒雾中已有虔诚信徒提着小灯准备上教堂，正与我们这两个兴高采烈回家的不敬神家伙成对比。

你看，一艘黑色小帆船，简直像国丧；本猫冒着香槟气泡的脑袋里下了个决定，要上她的身。我斜靠着她身侧，橘色脑袋瓜往她小腿上蹭：不管再怎么硬心肠的太太，看到一只小猫来亲近她监护的对象，也不可能会不高兴吧？（结果，这位太太——哈啾！——就会。）黑斗篷中伸出一只芬芳如阿拉伯香料的白皙玉手，投桃报李地摩挲猫儿耳后，那是最令我全身舒爽的地方。本猫响亮打起呼

212

噜，短暂人立起来，踩着高跟靴欢欣喜悦地跳舞转圈——她被逗笑了，将面纱往旁掀开。本猫往那高高的上方一瞥，见到一盏雪花石膏灯，透出黎明最初的淡红晨曦：那是她的脸。

而且她在微笑。

一瞬间，就那么短短一瞬间，你会以为此刻是五月的早晨。

"快走吧！快点！别在那只脏兮兮的野猫身上浪费时间了！"那个嘴里只剩一颗牙、满脸长疣的老巫婆凶巴巴地说，打着喷嚏。

面纱垂下，于是四周又恢复一片寒冷黑暗。

看到她的不只是我。他发誓，她那个微笑偷走了他的心。

爱情。

我曾一脸神秘高深坐在一旁，用伶俐脚掌清洗我的脸和白亮前襟，冷眼旁观他大玩四脚兽的把戏，跟城里每个妓女，以及相当数量的良家妻子、乖巧女儿、来街角卖芹菜和荷兰莴苣的红扑扑乡下女孩，加上替他铺床的那个女仆。甚至连市长夫人都为他取下了钻石耳环，公证人的妻子则七手八脚脱下衬裙，而要是我会脸红的话，她那个女儿摇散亚麻色发辫跳上床跟他们来趟三人行的场面就足以让我脸红，她还不满十六岁耶。但在这些欲仙欲死时刻的当下或之后，主人口中都从不曾说出"爱"这个字，直到他在潘大隆[①]先生的妻子走去望弥撒的路上看见她掀起面纱，尽管不是为他。

这下他开始病相思，无心上赌桌，还伤春悲秋守身如玉起来，连在那女仆又翘又大的屁股上拍一下都不肯，结果我们的剩饭剩菜馊了烂了好多天都没人收，床单也脏得要命，那姑娘只顾气冲冲拿

---

① 原文 Panteleone 显然取自 Pantaloon 一字，后者是英国 harlequinade 喜谑哑剧的老丑角，源自意大利传统喜剧 commedia dell'arte 中的一类角色（及其所戴的面具），扮演年轻女角可伦萍（Columbine）恋情的阻碍者：可能是她的父亲，想把她嫁给自己属意的对象，或者是她的监护人，自己就想娶她。

着扫把到处砰砰咚咚乱扫，连涂在墙上的石膏都快被她扫下来。

我发誓，他简直专为星期天早上而活，尽管他以往从来信教不虔。星期六晚上，他入浴把自己洗得一干二净，甚至——我很高兴看到——连耳朵后面都没漏掉，接着在身上喷香水，把制服压得笔挺，好像真有那资格穿它似的。如今他深陷爱河，鲜少纵容自己淫乐，甚至连俄南①那套都不来了，只躺在沙发上辗转反侧，因为他睡不着，怕错过教堂召集信徒的钟声。然后就在寒冷清晨出门，追逐那个模糊的黑色身影，像个倒霉的渔夫，取不得藏在紧闭蚝壳里的绝美珍珠。他悄悄跟在她身后越过广场，满心爱恋的人怎能忍受如此低调不引人注目？然而他必须如此，不过有时候那老巫婆还是会打喷嚏，说她敢发誓附近一定有猫。

他会躲在夫人阁下身后那排座位，有时全体跪下时还能想方设法碰到她衣服下摆；他的心思完全没放在祈祷上，她就是他前来崇拜的神明。之后他如在梦中，一声不吭，就这么呆坐到就寝时间。在他身边我还有什么乐趣？

而且他不肯吃饭。我从客栈厨房替他弄来一只美味的鸽子，刚离开烤架还热腾腾的，龙蒿调味芳香宜人，可他连碰都不碰，我只好连骨带肉全啃了，饭后照常边洗脸边沉思，忖道：一，他这样荒废正业会毁了我们俩；二，爱这种欲望全维系于得不到满足。要是我将他领进她卧室，让他尽情享用她的百合白，没两下他就会恢复正常，隔天又可以使坏搞鬼了。

然后主人和本猫就还得出债了。

目前我们可是欠了一屁股哪，各位。

除了老巫婆，这位潘大隆先生另外只请了一个仆人，是一只厨

---

① 典出《圣经·创世记》三十八章，本意为性交中断（体外射精）法，后指手淫。

房里的猫，毛皮柔亮，个性活泼。我勾搭上她，稳稳咬住她的颈背，照惯例用我那条纹花色的鼠蹊部稳稳给她抽送了几下。等她缓过气来，便极为友善地向我保证那老头是个呆子，又很吝啬，为了要她抓老鼠，平常都不肯给她吃饱；那位年轻夫人则有副软心肠，常偷偷给她鸡胸肉吃，有时候，趁着巫婆喷火龙监护午后打盹，还会把这只可爱小猫从厨房炉火边带进闺房，拿丝线和手帕逗她玩，她们俩玩得可开心了，就像两位灰姑娘参加一场全是女生的舞会。

可怜的夫人好寂寞，年纪轻轻就嫁给颤巍巍的老头，他秃头凸眼，个性贪婪，挺着大肚腩，一身风湿老骨头走起路一瘸一拐，还永远都降半旗，阳痿也就罢了，他又多疑善妒——虎斑儿说，要是他能的话，他会让全世界都没得发情，只为了确保年轻妻子不会从别人那里得到他没法给的东西。

"那我们就设计让他戴绿帽怎么样，小亲亲？"

乐意之至，她告诉我他每周会出门一次，抛下妻子和财库，骑马下乡去向吃不饱穿不暖的佃农压榨更多田租，这便是最适合我们计划的时间。到时候就只剩她在家，关在多到你简直不敢相信的重重锁闩后面；就只剩她独自一人——要是没有那个老巫婆在的话！

啊哈！最大的阻碍就在这个老巫婆，她是个穿铁皮衣钉铜纽扣、恨死男人发誓不让他们近身的老太婆，活了大约六十个充满怨恨的年头，而且——厄运使然——光是看到猫胡须就会喷嚏拼命打不停，过敏大发作。这下任本猫再迷人可爱，都不可能讨那家伙喜欢了，我的小虎斑儿也一样！但是，哦我亲爱的，我说，等着看我的聪明才智如何应付挑战吧……于是我们在满是煤灰、没人打扰的煤洞里重新开始对话中最愉快的那一段，她向我保证，她最起码可以把一封情书安然送给那至今难以接近的美人儿，如果我把信转交给她的话，而我可不是正跟她转"交"得火热吗，尽管脚上的靴子有点碍事。

那封情书花了我主人整整三小时，跟我舔干净前襟上的煤灰花的时间一样长。他撕掉了半刀纸，仰慕之情激烈得写岔了五根笔尖："我的心哪，别期望得到平静；我已沦为她那暴君般美貌的奴隶，被她灿如日光的容颜迷花了眼睛，我承受的酷刑是无从舒缓的。"这样写可没法通往她的床，那床上已经有一个笨蛋了！

"就讲你的心声嘛。"我终于劝道，"好女人都有种传教士心态，主人，只要你让她相信她那小洞是你的救赎，她就是你的人啦。"

"猫，要是我想听你的建议，我会开口问的。"他说，突然成了一副清高模样。但最后他好不容易写了十页，说他原是如何不成材的浪子，玩牌的老千，遭革职的军官，正往自我毁灭的死路上走，但却见到了她的脸，仿佛瞥见上帝的恩典……她是他的天使，他的良善天使，将引领他远离地狱。

啊，他那封情书真是杰作！

"她看信时哭得一塌糊涂！"我的虎斑朋友说。

"哦，斑斑，她啜泣着说——她都叫我'斑斑'——我被那只穿靴的猫逗笑时，完全想不到会让一颗纯净的心如此痛苦！然后她把信按在胸口，说捎来这纸盟誓的人有着善良的灵魂，她太爱美德了，怎能拒绝他。这是说——她补充了一句，因为她是个明理务实的女孩——如果他不老也不丑的话。"

夫人回了一封令人赞赏的短简，由这儿那儿来去自如的费加洛转交，信中语气有所响应，但也有所坚持。因为，她说，一眼都没见过他本人，叫她如何与他进一步讨论他的激情？

他把她的信吻了一下，两下，千百下。她一定要也绝对会看到我！我今晚就去对她唱情歌！

于是一到黄昏，我们便去了广场，他带着一把用典当佩剑的钱买来的旧吉他，那身打扮，容我这么说，实在非常古怪，像个四处流浪的江湖郎中，是他用饰有金穗的背心换来的，又像个涂白脸的哑剧丑角，在广场上扯着嗓子穷吼，因为他正是疯癫痴狂、为情所困的傻瓜，甚至把面粉抹在脸上，以充分表示他病相思得多么憔悴苍白，这可怜的傻子。

她出现了，宛若云层围绕的晚星。但广场上马车吱吱嘎嘎嘈杂来往，摊贩拆卸收摊一片喀啦嘈噪，还有民谣歌手咿哦吟唱，兜售万灵丹的大声叫卖，跑腿杂役熙熙攘攘，尽管他朝她高声泣诉："哦，我的爱！"她却仍犹如梦中，坐在那里凝视不太远的远方，看着大教堂后天空里那弯新月，那景色美得像绘制的舞台布景，她也是。

她听见他了吗？

半个音符也没。

她看见他了吗？

半眼也没。

"你上去，猫，叫她往我这里看！"

洛可可式建筑是小事一桩，但那简洁有品味的早期帕拉迪欧式可就难了，多少比我更高明的猫都曾望之却步。碰上帕拉迪欧式，敏捷矫健是没有用的，只能靠大胆。尽管一楼有一座高高的雕像女柱，腰间围布蓬圆如球茎，又有一副大胸脯，有助我一开始的攀爬，但她头上顶的多利安式柱就完全不同了，我跟你说。要不是看见我亲爱的虎斑儿蹲在上方的檐槽对我热切鼓励，我，就算是我，也可能没那勇气飞扑而起，像吊钢索的哈乐津[①]一般，奋力一跃便上了她的窗台。

---

① 参见本篇前注，是喜谑哑剧的年轻男角，扮演可伦萍的情人。

"上帝啊！"夫人吓了一跳，说道。我看见她，哎呀，也是个多情种子！手里紧紧攥着一封读了又读的信呢。"穿靴猫！"

我对她行了宫廷式的一礼。没听见吸鼻子或打喷嚏的声音，太走运了，巫婆呢？突然闹肚子上厕所去了——机不可失，稍纵即逝。

"往下看，"我嘶嘶说道，"你所知的那位就在楼下，穿白衣戴着宽帽，准备对你唱上一整晚的小调。"

这时卧室门开了，紧接着：咻！本猫立刻飞跳闪人，还是谨慎为妙。然后我便做了，为了她们两位甜姐儿，那两双明亮的眼睛激发了我，做出不管是我还是其他猫，不管有没有穿靴都从未曾尝试过的——死里逃生的空翻连三圈！

况且还是从三楼直跃而下，华丽降落。

只有非常轻微的一点点喘不过气。我可以很自豪地说，我是四脚稳稳着地的，斑斑立刻疯狂喝彩，好耶！但主人有没有看见我的精湛表演呢？看见个屁。他光顾着给那把旧曼陀林调音，就在我一跃而下的同时又唱了起来。

正常情况下，我绝不会说他的声音能把树上的鸟儿迷下来，像我的声音这样；然而此刻四周喧嚣为他停息，正要回家的蔬果小贩都停下脚步聆听，街头卖笑的女孩为之回首，忘记摆出她们饱尝冷暖的微笑，其中有些年纪比较大的还哭了。

高高蹲在屋顶上的斑斑啊，竖起耳朵！因为，听到这动人无比的歌声，我知道他唱出了我的心。

这时夫人低头看向他，露出微笑，一如当初对我微笑。

然后，砰！一声，一只手牢牢将窗扇拉上。刹那间，仿佛所有卖花人的所有提篮里的所有紫罗兰都一同垂头凋萎，仿佛春天当场停下脚步，说不定今年根本不会来，而广场上先前为他歌声全神奇停歇的生意也再度喧闹起来，发出失去爱情的刺耳吵嚷。

于是我们荒寂无趣地穿过脏兮兮的街道，回家吃一顿贫乏晚饭。我只偷到面包和奶酪，但至少这可怜的家伙现在胃口大开了，因为她已经知道他存在这个世界上，而且长得也不丑；打从那个命中注定的早晨至今，这是他第一次沉沉熟睡。但今晚本猫却难以成眠。我午夜散步走过广场，不久便舒舒服服吃着一块上好的盐腌鳕鱼，是虎斑朋友在炉台的灰烬里找到的，之后我们的对话就转为其他事务。

"老鼠！ ①"她说，"你这粗鲁的猪头，靴子脱掉啦，那双三英寸高跟把我肚子上的软肉弄得好痛！"

我们稍微恢复之后，我问她说"老鼠"是什么意思，于是她提出了她的计划：我主人必须打扮成抓老鼠的，而我则是他的可移动式橘色捕鼠器；然后，在老笨蛋下乡收租那天，我们去捕杀肆虐于夫人闺房的老鼠，她便可以不慌不忙、随心所欲地跟他如此这般，因为呢，若说有什么比猫更叫那老巫婆怕的东西，那就是老鼠，她会吓得躲进橱柜里，直到屋里所有老鼠都清光才肯出来。啊，这个虎斑姐，真有她的；我亲昵地在她头上轻拍几掌，称赞她的聪明才智，然后回家吃早餐，本猫这儿那儿无所不在，你的费加洛又是谁？

主人对老鼠计划十分赞赏，但是那些老鼠，要怎么让屋里有老鼠呢？他问。

"简单得很，主人；我的伙伴，一位住在厨房炉台边的伶俐俏红娘，非常关切年轻夫人的幸福。她会亲自收集一大堆死掉或快死的老鼠，散布在监督上述妙龄夫人的太太房间，尤其更集中散布在上述妙龄夫人本人的房间。明天早上胖大鲁先生一出门收租，她就

---

① 口语亦有"讨厌"之意。

会着手进行。接着，很幸运的，楼下广场就来了个抓老鼠的人吆喝生意！咱们那个老巫婆受不了老鼠也受不了猫，于是就必须由夫人亲自带着抓老鼠的，也就是主人您，和他大无畏的猎人，也就是在下我，前往鼠灾为患的地点。

"进了她卧房之后，主人，要是你还不知道该怎么做，那我就帮不上你的忙了。"

"少把你那些肮脏念头拿出来讲，猫。"

这样啊，原来有些事是神圣不可玩笑的。

果不其然，第二天早上五点，天色还黑蒙蒙，我就亲眼看见美丽夫人的粗蠢丈夫出门收租去也，骑在马上七歪八倒活像一袋马铃薯。我们已经做好了招牌：威猛先生，不留活口的老鼠杀手；他穿上向门房借来的皮衣，连我都几乎认不出他来，尤其是因为他还戴着假胡子。他用几个吻哄骗女仆——可怜的女孩，被他骗了！爱情是不知羞愧的——借来一大堆老鼠夹，我们便在某户紧闭的窗户下埋伏妥当，本猫蹲在那堆标示我们行业的捕鼠器上，摆出谦逊但坚定的模样，俨然是害虫势不两立的敌人。

我们才等不到十五分钟——正是时候，因为许多饱受鼠患之苦的贝嘉莫居民已经被吸引前来，要说服他们不雇用我们可不容易——屋门便随着一声洪亮的尖叫砰然推开。惊吓不已的老巫婆一把抱住直想躲她的威猛先生，找到他真是太幸运了！但她一闻到我的气味便大打特打起喷嚏，眼泪直流，直式窗扇般的鼻孔满是鼻涕，使她几乎无法形容屋内的情景，说她床上、房里到处都是死老鼠，夫人的房间更糟！

于是威猛先生和他身负重任的猫便被带进女神的圣殿，由她的看守者以鼻子竖琴一阵奏乐宣布我们到来：哈—啾—！！！

咱们的妙龄夫人身穿宽松亚麻晨袍，甜美悦人，看见我靴跟上的花纹时吓了一跳，但立刻恢复镇定，而那又喷嚏又咳嗽的老巫婆根本无暇多管，只说了句："我是不是看过这只猫？"

"不可能。"我主人说，"他昨天才跟我一起从米兰来呢。"

她也只好接受此说。

我的斑斑连楼梯上都排满了老鼠，把老巫婆的房间变成老鼠停尸间，但夫人的房间则比较有生气，因为她非常有技巧地不杀死、只是弄瘫其中一些猎物。土耳其地毯上一只大黑老鼠就这么左摇右晃朝我们走来，猫，快上！我可以告诉你，老巫婆又是尖叫又是喷嚏，模样好不凄惨，不过夫人阁下表现出极为令人激赏的沉着镇静，我猜想她也是个有头脑的女孩，所以或许已约略察觉到这项计谋的内容。

我主人趴下来爬进床下。

"我的天！"他叫道，"我抓了这么久的老鼠，从没看过这片护墙板上这么大的洞！里面全挤满了黑老鼠，正准备要冲出来！快攻击！"

但尽管老巫婆吓得要命，却不肯离开让主人和我单独对付老鼠，眼睛直盯着房里的银发刷和珊瑚念珠，又是吱吱喳喳，又是四处乱晃，又是惊声尖叫，又是念念叨叨，直到夫人阁下在愈来愈甚的大乱场面中向她保证：

"我会亲自待在这里，不让威猛先生拿走我这些小玩意儿。你快去闻一闻修士药膏①恢复一下，等我叫你再回来。"

老巫婆一离开，美人儿立刻以迅雷不及掩耳的速度锁上房门，轻声笑起来。真是个淘气的小姐。

威猛先生掸去膝盖上的灰尘，慢慢起身站直，并立刻摘下假胡

---

① friar's balsam，一种含安息香、妥鲁香脂、芦荟等成分的酊剂。

子，因为不能容许任何闹剧因素玷污了这对情侣首度如在梦中的狂喜会面，是吧。（可怜的家伙，他的手抖得真厉害。）

我习惯了吾等猫族正大光明的赤裸，不像人们平常遮掩住灵魂，只在情侣坦然相对时才展露出来，因此看见人类动情之际，在胜过万语千言的沉默中害羞、迟疑地除去身上拉里拉杂的遮掩布片，我总觉得有点感动。于是，一开始，这两人露出小小微笑，仿佛是说"在这里遇见你真奇怪呀！"暂且还不确定会得到柔情蜜意的欢迎。还有，是我搞错了，还是真的看见他眼角有一滴闪烁的泪？但，是谁先走向对方呢？哎，当然是她咯，我想，在人类两性之中，女人对自己身体的甜美音乐更加敏感。（是哦，还说什么我满脑袋肮脏念头！那个身着睡衣、有智慧又一脸严肃的人，她难道会以为你大费周章搬演这一场好戏只是为了吻她的手吗？）但是，然后——啊，她脸红得多么可爱！她后退，现在轮到他往前两步，继续这场爱欲的萨拉邦舞。

不过我倒希望他们舞步跳快一点，那老巫婆的发作不久便会恢复，会不会被她撞见他们精赤大条？

他伸出一只发抖的手，放在她胸口，她也伸出一只手，起初迟疑，继之目标较为明确，放在他的裤裆。然后他们的恍惚出神状态破除，含情脉脉的瞎扯结束，我从没见过办起事如此天雷地火的一对。仿佛旋风钻进了他们的指尖，两人一眨眼就剥光对方，她躺倒在床，向他露出标靶，他现出飞镖，立刻正中靶心。漂亮！这张老床从不曾有机会随着如此风暴摇晃。然后是他们上气不接下气的喃喃蜜语，可怜的人儿："我从不曾……""我亲爱的……""还要……"等等，等等。再怎么样的铁石心肠听了都要融化。

他一度用手肘支起身，朝我喘气："猫，快假装杀老鼠！用黛安娜的战斗掩饰维纳斯的音乐！"

于是咱们就开始打猎咯！我可是彻头彻尾的忠心，拿斑斑的死老鼠玩猫捉老鼠，给那些快死的赏以致命一击，发出中气十足的响亮叫声，淹没发自那（谁猜想得到？）热情少妇的阵阵销魂尖叫，当她达到淋漓尽致的高潮。（好个满分哪，主人。）

这时老丑婆来到房前拼命敲门。发生了什么事？怎么这么吵？敲得门的铰链都快撑不住了。

"安静！"威猛先生叫道，"我这不才把那大洞堵上吗？"

不过夫人阁下可不急着重新着装，这可人儿慢慢来，酥软的肢体充盈着无比欢悦满足，你简直会觉得连她的肚脐都在微笑。她美美地在我主人脸颊上亲了一下表示感激，用草莓般粉红舌尖沾湿他假胡子的粘贴处，亲自帮他贴回唇上，然后才开门让她的监督人进入伪造的屠杀现场，一副全世界最端庄正经的模样。

"你看！猫把这些老鼠全杀死了。"

我发出骄傲的呼噜声，冲向老巫婆，她立刻变得眼泪汪汪。

"床单怎么这么乱？"她尖声挤出一句，她的眼睛还没完全被黏液遮掩，但性格多疑，这才在众多应聘者中脱颖而出，获得现在的职位，尽管（哦，多么尽忠职守啊）她严重恐惧老鼠。

"猫就在这张床上跟前所未见的超级大老鼠大战了一场，你没看到床单上的血吗？威猛先生，你的服务太棒了，我们该付你多少钱？"

"一百个金币。"我飞快接口，因为我知道，要是任主人回答，他会表现得像个有荣誉感的傻子，分文不取。

"这数字是全家一整个月的开销！"贪婪老头挑得正合适的同党哀鸣道。

"而每一分钱都花得值得！因为那些老鼠足可以把我们全家吃个精光。"由此我略略瞥见这位年轻夫人的坚定意志。"去，拿你的私房钱来付账，我知道你偷偷克扣家用开销。"

她又是念叨又是呻吟，但无计可施，只有照做。于是威猛的主人和我带走了一整个洗衣篮的死老鼠当纪念品——我们把他们，扑通！倒进了最近的阴沟。然后坐下来，像个正人君子付钱买晚饭，这可太稀奇了。

但这傻小伙子又没食欲了。他推开餐盘，一下子笑，一下子哭，一下子把头埋进双掌，而且一而再，再而三走到窗边，瞪着那紧闭的窗扇，里面有他的情人在刷洗血迹，还有我亲爱的斑斑在如此一番劳累之后好好休息。他坐下，呆了一会儿，草草写了几句什么，然后把纸一撕为四，往旁边一扔。我一挥爪勾住一张飘落的碎片。上帝啊，他居然写起诗来了。

"我必须也一定要永远拥有她。"他喊道。

这下我知道我的计划全是白费心机。满足感满足不了他，他俩在彼此身体中看见的灵魂有着无法餍足的饥饿，绝不是吃一顿就能解决的。我开始清理我的下半身，这是我沉思世道时最喜欢的姿势。

"没有她要我怎么活？"

你已经没有她活了二十七年，主人，从来也不觉得少了什么。

"我全身燃烧着爱情的高热！"

那我们就省下生火的钱了。

"我要把她从她丈夫身边偷来，跟我生活在一起。"

"那你打算靠什么生活，主人？"

"亲吻，"他魂不守舍地说，"拥抱。"

"唔，那样可肥不了你，不过她倒是会肥起来。然后就又多一张嘴得吃饭。"

"我受够了你满口带刺的脏话，猫。"他怒斥。但我却挺感动，因为他现在说的是浅显、清楚又愚蠢的爱情语言，除了我之外，还有谁够狡黠，能帮他得到幸福呢？筹划，忠心的猫，快筹划吧！

我清洗完毕，出门穿过广场去造访那迷人的她，她的聪明机智和俏模样已经一路钻进我这颗从不曾被占据的心。见到我，她流露出温情，而且，哦！告诉了我一个大消息！令人狂喜的私人消息，让我开始动脑想起未来，而且，是的，是非常家庭的居家计划。她帮我留了个猪蹄，是夫人眨眨眼偷塞给她的一整个猪蹄。好一顿大餐！我边嚼边思索。

"来，"我建议，"把胖大鲁先生每天在家的行动从头到尾说一遍。"

他的习惯规律僵硬毫无变通，连大教堂的钟都用他来对时。天一破晓，他就拿昨天吃剩的干面包皮打发一顿寒伧早餐，配一杯冷水，省下烧水的燃料费。接着到财库数钱，一直数到中午，才来一碗兑了很多水的稀粥。至于下午的时间，他用来巧取豪夺，这里害一个商人破产，那里害一个哭泣的寡妇没钱，既有乐趣又有利润。四点钟的晚饭可豪华了：一道汤，里面放点发臭的牛肉或又老又硬的禽肉——他跟肉贩谈了项交易，把卖不完的肉给他，他就不张扬某次一个派饼里有手指头的事。四点半到五点半，他打开窗扇上的锁让妻子往外看，哦，我难道还不知道吗！老巫婆则守在旁边不让她微笑。（哦，那次闹肚子真太是时候了，那珍贵的解放的几分钟，让整局游戏都动了起来！）

在她呼吸傍晚空气的同时，他则检查一整箱的宝石、一捆捆的丝绸，所有他深爱得不愿与天光分享的宝贝，尽管这样会浪费一根蜡烛，就算他纵容自己一下吧，哎呀，每个人都有权享受一样奢侈啊。再来一杯亚当的麦酒[1]健康地结束一天，他上床躺在太太身旁，

---

① 水也。

而既然她是他最珍贵的财物，便同意稍微碰她一下，摸摸她屁股，拍拍她大腿："真是太物超所值了！"不过呢，除此之外也不能做什么了，不想浪费他的天然精华。然后他心安理得地睡去，想着明天会赚到的黄金。

"他有多富有？"

"富可敌国。"

"够养活两对恩爱夫妻吗？"

"丰衣足食。"

没有蜡烛照明的一大清早，睡眼惺忪摸索着前往厕所时，万一老头一脚踩上阴影掩盖中某只微暗但会跑动的年轻虎斑猫——

"我的爱，你真是完全读懂了我的心。"

我对主人说："好，你去弄件医师袍来，相关器材要一应俱全，否则我们从此分道扬镳。"

"怎么回事，猫？"

"照做就是了，别管理由！你知道得愈少愈好。"

于是他花了几枚老巫婆的金币，买来白领黑袍、小帽和黑提包，然后在我的指示下做了另一个招牌，以恰如其分的堂皇姿态宣称他是"著名大医生"：治疗疼痛，预防痛苦，接骨，波隆纳大学毕业，一流医师。他直问，这回她是不是要扮病人，让他再进香闺？

"我会把她紧紧抱在怀里跳出窗子，我俩也来表演一招爱的空翻连三圈。"

"你只管顾好你自己的事，主人，让我用我的方法把你的事顾好。"

又是一个凛冽多雾的早晨！这片山丘的天气难道永远都不会变吗？实在太晦暗阴沉，太了无生趣了！但他站在那里一身黑袍，严肃得像在讲道，半个市场的人都跑来找他要治疗咳嗽、疔疮、头上摔破的伤口，我则将本猫事前很有先见之明地装进他提包的膏药和一小瓶一小瓶着了颜色的水分发给病人，因为他激动紧张得没法自己卖。（谁知道，说不定我们误打误撞发现了有利可图的未来职业，如果我的计划失败的话？）

直到晨光那微小但炽烈的金箭射过大教堂，钟敲六点。最后一声钟响还没完，那扇知名的屋门便再次砰然推开，传出老巫婆咿——！的叫声。

"哦，大夫，哦，大夫，请你快来，我们家老爷摔得不轻！"

她哭得泪流成河足以漂起小渔船，没看见医生的学徒全身长满色彩鲜明的毛，还有一嘴胡须。

老呆瓜摊平在楼梯下，头歪成一个可能永难恢复的尖锐角度，一大把钥匙仍在他右手中咧嘴微笑，仿佛是通往天堂的钥匙，标示着：诚征旅人一同前往。夫人则围着披肩，俯身看他，好一位心怀关切的俏佳人。

"他摔倒——"见到医生她开口说话，但看到区区在下便突然停住，本猫尽我那天生永恒微笑的可能摆出严肃撇嘴模样，拖着主人的吃饭家伙，装腔作势假扮蒙古大夫。"又是你。"她说着忍不住吃吃笑起来，不过老喷火龙哭哭啼啼的没听见。

我主人耳朵贴着老头胸口，一脸哀戚摇摇头，然后拿出口袋里的镜子，凑到老头嘴前：没有呼吸产生的雾气。哦，真悲哀！哦，真伤心！

"死了，是不是？"老巫婆哭着说，"摔断了脖子，是不是？"

同时她狡猾地伸手偷偷去抓钥匙，尽管表面装得伤心欲绝；但夫人啪地打下她的手，她乖乖缩回。

"把他搬到比较软的床上吧。"主人说。

他抬起尸体，搬到我们都非常熟悉的那间房，砰地放下胖大鲁，扭扭他眼皮，敲敲膝盖，探探脉搏。

"完全死透了。"他宣布，"你们现在需要的不是医生，而是葬仪社。"

夫人拿出手帕拭拭眼角，非常尽责，非常正确。

"你去找人来，"她对老巫婆说，"然后我就宣读遗嘱。因为别以为他忘了你，你这忠诚的仆人。哦，不，当然没有。"

于是老巫婆去了，你绝没见过这么大岁数的女人跑这么快。一待两人独处，这回可没有耽误，他们立刻办起事来，在地毯上翻云覆雨，因为床铺已经有人占用。他的屁股上上下下，上上下下，在她双腿间进进出出，进进出出，然后她翻身把他压倒在地，轮到她来推磨了，简直永远不打算停的样子。

永远懂得分寸的本猫则忙着松开窗扇，将窗户大开迎接这崭新的美丽早晨，敏感的鼻子在充满生机的芬芳空气中嗅到第一丝春的气息。没过多久，我的亲爱朋友便来到身边，我已经注意到——或者只是我充满温情的想象？——她那本来窈窕纤灵的身形多了迷人的圆润。我们就这么坐在窗台上，像一对保护这个家的精灵；猫啊猫，你四海为家的日子已经结束咯。我将要变成一只守在炉台地毯上的猫，又胖又惬意的靠垫猫，再也不对着月亮高唱，终于安顿下来享受我俩，我和她，如此卖力赚得的安宁居家欢乐。

他们的狂喜叫喊打断了我愉悦的遐想。

老巫婆果然挑中这敏感而离谱的时刻回来，领着头戴绉绸礼帽的殡葬业者，还有两个黑得像甲虫、哭丧着脸像保安官的哑巴，扛着榆木棺材准备带走尸体。不过看到这意料之外的精彩场景，他们的心情倒是大大改善，他和她便在欢声雷动和热烈掌声中完成了爱的插曲。

但老巫婆可是大吵大闹！警察，谋杀，小偷！直到主人把她那袋金币塞还给她，当她的养老金。（同时我则注意到，那位明理务实的少妇尽管赤身裸体像刚出娘胎，却非常沉着镇定地抓住丈夫的钥匙环，一把从他干枯冰冷的手里夺下。只要钥匙到手，她就掌控一切了。）

"好了，别胡扯乱闹了！"她斥骂老巫婆，"我现在炒你鱿鱼，但你会得到一笔丰厚的礼金，因为如今我"——亮亮那串钥匙——"是个有钱的寡妇，而这位年轻人"——对众人指指我那光着屁股但满脸幸福的主人——"将会是我的第二任丈夫。"

等到监护老太婆发现潘大隆先生的确没忘记她，遗嘱里将他每天早上喝水的杯子留给她做纪念，她便再也不吭一声，道谢收下一笔丰厚赏金，然后打着喷嚏离开，也再没提过半句"谋杀"什么的。老笨瓜旋即装在棺材里埋了，主人获得一大笔财产，夫人的腰围已经大了一圈，两人快乐得就像吃饱喝足的猪。

但我的斑斑赶在她之前，因为猫怀小孩不用花那么多时间：三只新亮称头的橘色小猫，全都有雪白的袜子和前襟，在牛奶里打滚，勾乱夫人织的毛线，任谁看了都忍不住微笑，而不只是他们的母亲和自豪的父亲，因为斑斑和我本来就成天带着笑，而且如今呢，我们的微笑都是真心的。

最后，在此祝各位的妻子（若你们需要妻子）全都美丽多金，丈夫（若你们想要丈夫）全都年轻坚挺，更愿你们的猫全都狡诈、聪慧又能干，一如：

穿靴猫。

精灵王 [1]

那个下午澄澈明净的天光自成一种存在，完美的透明必然是无法穿透的。大堆大垛饱积雨水的灰云蹲踞天空，阳光像一条条黄铜从云间的硫磺黄裂隙垂直伸下，用被尼古丁染黄的手指触摸树林，树叶闪动。十月底寒冷的一天，悬钩子的枯萎黑莓悬在变了色的枝桠间，像自身的阴魂。脚下锈红湿烂的枯死蕨菜间尽是窸窣脆响的榉实与橡实，秋分的雨已将地面完全浸透，于是寒意渗出土地从鞋底侵入，那刺人寒意预示即将到来的冬，攀抓住你的肚腹，让你的胃为之紧缩。此时光秃秃的接骨木看来仿佛得了厌食症，秋季树林里没有什么可以让你微笑的事物，但又还不到，暂且还没到，一年中最悲哀的时节。只有一种挥不去的感觉，感觉一切存在都即将停止；在这季节转换之际，大自然跟自己作对。内敛的天气，充满病房般的噤声寂静。

树林圈绕包围住你。一踏进枞树林间，你便离开了空旷，被树林吞没，再也没路可以穿度，这片树林已回归初始的私密。一旦走进，你便必须留到它放你出去为止，因为这里毫无任何线索能引领

---

[1] Erl-King，传说中的精灵之王，居于黑森林，捉弄孩童，甚至诱骗成人。

你走向安全。小径早已杂草蔓生，多年无人走过，如今只有兔子和狐狸在那微妙迷宫开出自己的路。树木摇曳，声响就像塔夫绸裙窸窣，而穿那裙的是迷失于林中，茫然四顾找不到出路的女人。榆树上全是乌鸦巢，乌鸦在枝桠间翻飞，玩捉鬼游戏，不时发出响亮吵人的呱叫。一条小溪流穿树林，两岸是柔软沼泽，但在这个季节小溪变得肿胀，沉默发黑的溪水如今厚结成冰。一切都将静止，一切都将暂停。

年轻女孩走进这片树林，不疑有他，就像小红帽要去外婆家，但这片天光不容许任何模棱暧昧，在这里她会困于自己的幻觉，因为树林中的一切都完全表里如一。

树林圈绕包围又圈绕包围，像一组一个套一个的盒中盒。树林的私密视野不断在外来者四周变换，那想象中的旅人永远走在我前方，永远隔着那段想象中的距离。在这片树林，你很容易迷失自己。

静定空气中，响起一声两个音调的鸟鸣，仿佛是我女孩儿气的怡人寂寥化为声音。草木丛中薄雾缭绕，模仿老人的绺绺胡须，穿梭在树木灌木的低处枝桠间。山楂树上挂着一串串沉甸甸红色浆果，成熟美味有如哥布尔或施了魔法的水果，但老草则枯萎退去。蕨类一一收卷起它们的百只眼睛，缩卷回地里。树叶尚未落尽的树枝在我头顶上编织翻花鼓，我感觉自己仿佛身在网屋中，而尽管在我四周温和吹拂的冷风始终预示着你的存在（但我当时对此一无所知），我却以为树林里只有我一人。

精灵王会重重伤你。

鸟鸣再度尖声传来，寂寥得仿佛发自全世界最后一只活鸟。那鸣声充满这濒临衰竭的一年的忧郁，直直穿透我的心。

我在树林中行走，最后来到一片渐暗的空地。一看见那里的居民，我便知道他们从我踏进树林的那一刻起就在等我，带着野生动物的无尽耐心，因为他们多的是时间。

那是一处花园，园里的花朵全是鸟兽：柔灰的斑鸠，纤小的鹪鹩，斑点的唱鸫，戴着黄褐色围兜的知更，仿佛戴着头盔、人造皮般光亮的大乌鸦，黄喙的黑鸫，田鼠，鼹鼠，田鹨，蹲在他脚边、双耳平贴背上像汤匙的小棕兔。一只毛色略红的瘦高野兔用粗壮后腿站着，鼻子一耸一耸；鼻子尖尖的锈色狐狸把头靠在他膝上；一棵鲜红花楸的枝干上攀着一只松鼠，注视他；一只雄雉从荆棘丛中伸出纤细脖子，看着他；还有一头白得异常的山羊，晶亮如雪，温和眼神转向我轻声咩叫，让他知道我来了。

他微笑，放下烟斗和接骨木做的唤鸟笛，伸出一只无可挽回的手放在我肩上。

他的眼睛很绿，仿佛看树林看得太久。

有些眼睛可以吃掉你。

精灵王独自住在树林深处，他的屋子只有一间房，以木枝和石头搭成，屋外长了一层毛皮般的黄色地衣，爬满青苔的屋顶上生着青草与杂草。他将掉落的树枝砍作柴火，用锡桶从小溪中汲水使用。

他吃什么？咦，当然是林地的丰饶物产！荨麻炖汤，美味的繁缕洒上肉豆蔻，荠菜当包心菜煮。他知道哪些有绉褶、长斑点或腐烂的蕈类适合食用，了解它们的奇诡习性，如何一夜之间便在阴暗角落冒出来，靠死物成长茁壮。甚至貌不惊人，加上牛奶与洋葱像动物内脏那样烹调的紫丁香蘑，还有长着扇形顶，带有淡淡杏桃香的蛋黄色鸡油菌，这些全都连夜长出犹如土地起了泡泡，由大自然供养，存在于空无。我可以相信他也是这样。他是从树林的欲望中活起来的。

他一早出门采集那些大自然的宝藏，轻手轻脚采摘有如拿取鸽蛋，放进他用杞柳编成的篮子。他给蒲公英取难听的名字，管它们叫"通屁管"或"尿床"，拿来做色拉，加几片野草莓的叶子调味。但他决不碰悬钩子，说上面有恶魔在圣米迦勒节[1]吐的口水。

　　那头乳浆色的母山羊提供他丰沛奶水，他将羊奶做成柔软奶酪，吃起来有种略带阿摩尼亚气息的独特臭味。有时他用线绳做陷阱抓只兔子，加野蒜烧汤或炖煮。他熟知树林及林中生物的一切。他告诉我草蛇的习性，说老蛇闻到危险就会张开大嘴，让细瘦小蛇钻进喉咙里，危险过去后小蛇再钻出来，照常四处游窜。他告诉我，夏天蹲在溪畔驴蹄草间的明智蟾蜍，脑袋里有一颗非常珍贵的宝石。他说那只猫头鹰本来是面包师傅的女儿。然后他对我微笑。他示范给我看，如何用芦苇扎草席，如何用杞柳枝条编篮子，编饲养鸣禽的鸟笼。

　　他厨房里满是鸣禽，云雀、红雀，鸟叫声震天价响，笼子堆满一面墙，一整墙受困的鸟。把野鸟关在笼子里，多么残忍！但听我这么说他只是笑我，笑着露出那口尖利白牙，唾液在牙上闪闪发亮。

　　他是个绝佳的主妇，简朴的屋里一尘不染，刷得干干净净的深锅与长柄浅锅整齐并排在炉台边，像一双擦得光亮的鞋。炉台上方挂着一串串风干的蘑菇，是人称"犹太耳朵"又薄又卷的那种，自古以来都长在接骨木上，因为犹大就是用那种树上吊自杀；他告诉我的森林知识就是这一类，逗引着半信半疑的我。此外挂起晾干的还有一束束芳香药草——百里香、滇香薷、鼠尾草、马鞭草、苦艾、洋蓍草。房内充满歌声与香气，炉栅里总有木柴噼啪燃烧，烟雾又甜又呛，火焰明亮摇曳。但挂在墙上鸟笼旁的那把老旧提琴是拉不出曲调的，因为琴弦全断了。

　　如今，我散步的时候——有时在草木留有白霜闪亮指印的早

---

① Michaelmas，九月二十九日，约在秋分前后。参见《狼人》p. 259 注。

晨，较不常但更诱人的是在冷暗渐沉的晚上——总是去找精灵王，让他将我放倒在那张沙沙作响的稻草床上，任他那双大手摆布。

他是温柔的屠夫，教会我肉体的代价是爱，把兔子的皮剥了，他说！于是我的衣服全都脱落。

当他梳理那头枯叶色的发，发中便掉出枯叶，窸窣飘落在地，仿佛他是一棵树。而他确实也能静立不动如树，让斑鸠轻拍翅膀咕咕叫着飞来栖在他肩上，那些颈上戴着婚戒的呆鸟又笨又肥没有戒心。他用接骨木小枝做成唤鸟笛，从天空中招来众鸟——所有的鸟全来了，歌声最甜美的会被他关进笼子。

风吹动幽暗树林，吹过灌木丛。他所到之处总有一丝飘荡在坟场上方的冷空气，让我颈背汗毛直竖，但我并不怕他，只怕那种晕眩，那种他以之攫住我的晕眩。只怕坠落。

坠落，就像鸟从半空落下，当精灵王将风绑进手帕里，系紧四角让风无法逃逸。于是没有流动的气流能支撑鸟儿，受制于重力的他们尽皆坠落，就像我为他坠落，并且知道自己之所以没有坠落得更深，只是因为他对我手下留情。铺着夏天残留的、纤弱如羊毛的濒死草叶的土地支撑住我，只是因为与他共谋，因为他肉体的实质与那些缓慢化为泥土的叶子相同。

他可以将我插入明年植物的苗圃，我便必须等待，直到他吹笛将我从黑暗中唤起，才能再度回来。

然而，当他用唤鸟笛吹出那两个音调的清越声响，我便来了，像随便哪一只毫无疑心的动物停栖在他手腕上。

我见到精灵王坐在爬满常春藤的树干残株上，以一道自然音阶召来林中所有的鸟：一声高，一声低，如此甜美嘹亮，一群群轻柔鸣啭的鸟儿便随之而来。空地堆满枯叶，有些色如蜂蜜，有些色如余烬，有些色如泥土。他看来完全就是此地的精灵，看到狐狸毫不畏惧地将嘴靠在他膝上我一点也不惊讶。一日将尽，棕色光线渗进潮湿沉重的土地，一切沉默静定，夜晚的清凉气息拂来。几滴雨开始落下，林里唯一的遮蔽处只有他的小屋。

我便是这样走进精灵王鸟鸣缭绕的孤独，他将那些长着羽毛的小东西关进自己用杞柳枝编成的笼，让他们在笼里为他歌唱。

饮料是羊奶，盛在有凹痕的锡杯里。他在炉台上烤了燕麦饼，我们可以一起吃。屋顶上雨声淅沥，门闩喀喀碰响。我们两人锁在屋里，木柴随着小小火焰颤抖，燃烧的辛涩气味充满这个棕色房间，然后我躺在精灵王吱咯作响的稻草床上。他皮肤的颜色和质感像酸奶油，锈红色的硬挺乳头成熟如浆果，像一棵枝头同时开花又结果的树，多么悦人，多么可爱。

而现在——啊！在你深沉如水的吻中我感觉到你的利齿。秋分的狂风将光秃秃的榆树吹得疯狂摇晃，有如旋转苦行僧。你将牙齿咬进我喉咙，让我尖叫。

空地上，白月冷冷照亮我们拥抱的静止画面。我的四处漫游是——或者说，曾是——何等甜美，我曾是夏日草地的完美孩子，但季节转变了，天光变得清澈，我看见瘦削的精灵王，高大一如枝干上停栖鸟群的树，他那非人的音乐就像套索将我拘去。若我用你的发为那老旧提琴装上弦，我们便可以在树间渐薄的天光中随乐声翩翩起舞，那音乐会胜过关在成堆漂亮鸟笼里的云雀的嘈杂尖鸣，屋顶也被你诱来的飞扑鸟群压得吱呀作响，当我们在树叶下参与你那不神圣的神秘。

他将我剥除得只剩最后的赤裸，只剩丝绸般带有珠光的紫褐色内层肌肤，像一只剥了皮的兔子。然后又用拥抱为我着衣，那拥抱如此澄澈，如此淹漫似水。然后将枯叶摇散在我身上，仿佛摇进我所变成的溪流。

各自凌乱鸣唱着的鸟儿，有时会偶尔合为一个和弦。

他的皮肤完全覆盖我，我们就像一颗种子的两半，封在同一层皮里。我想变得好小好小，让你咽下，就像童话中的王后吞下一颗谷实或芝麻而怀胎成孕。然后我便可以栖居在你体内，你便可以怀着我。

烛火摇曳，熄灭。他的抚触对我既是慰藉也是摧毁。我感觉自己心跳加快，然后凋萎，在咆哮的稻草床上赤裸如石，美妙的月光夜色穿过窗子，照得他身侧斑斑驳驳，这个编织笼子关住甜美鸟儿的、懵懂天真的他。吃我，喝我；我饥渴，溃烂，受哥布尔指使，一再回去找他，让他手指撕去我破碎零落的皮肤，将我包在他那袭水衣中，水衣将我完全浸湿，带着滑腻的气味，足以使人溺毙。

如今乌鸦翅膀滴下冬天，叫声侵入这最严酷的季节。

天气愈来愈冷，树叶几已落尽，来找他的鸟愈来愈多，因为这严苛天气中觅食困难。黑唱鸫和画眉必须在树篱底抓蜗牛，将蜗牛在石头上摔裂，才吃得到壳里的肉。但精灵王给鸟儿谷实吃，只要他一吹鸟笛，片刻间你就看不见他人影，因为鸟群像整片柔软的羽毛大雪覆盖住他。他为我摆出足可称为哥布尔盛宴的水果，丰盛多汁得骇人。我趴在他身上，看火光被吸进他眼中的黑漩涡，中央全无光亮，传出无比强大的压力，将我朝那里拉进。

绿如苹果的眼睛。绿如死掉的海洋果实。

一阵风起，发出独独一声狂野、低沉、奔腾的声音。

你的眼睛真大呀。充满无可比拟的光亮，像狼人那超自然磷火般的眼。你双眼那冰冷的绿紧盯着我反映光芒的脸。那是一种保存剂，一如液态绿琥珀，捉住我，我怕自己会永远困在其中，就像那些一脚踩进松脂脱不了身的可怜蚂蚁苍蝇，沉埋在被水淹没的波罗的海。他用鸟鸣的发条将我在他圆眼中拴紧。你双眼中各有一处黑洞，看着那静止的中央令我昏晕，怕自己跌落其中。

你的绿眼是使人缩小的房室。若凝视你的眼太久，我会变得小如自己的倒影，我会缩小成一个点而消失。我会被拉进那黑色漩涡，被你吞食。我会变小得可以关进你的杞柳鸟笼，让你嘲弄我失去的自由。我已看到你为我编织的笼子，那笼很美，我今后便将栖息其中，跟其他鸣唱的鸟儿为伍，但我——我将哑然无声，表示怨恨。

当我明白精灵王准备拿我做什么时，强烈恐惧使我全身颤抖。我不知该怎么办，因为我全心爱着他，然而我并不想加入那群被他关在笼里的鸣唱鸟儿，虽然他对他们照料爱护备至，每天给他们清水，把他们喂饱。他的拥抱是诱饵，然而又是织成陷阱本身的树枝。但他天真懵懂，完全不知自己可能害死我，尽管我第一眼看见他便知道，精灵王会重重伤我。

墙上的老旧提琴旁挂着琴弓，但弦全断了无法拉奏。如果重新装上琴弦，我不知道可能演奏出什么样的旋律，也许是给愚蠢处女的摇篮曲。现在我知道那些鸟儿并非歌唱，而是在哭泣，因为他们找不到路走出树林，当初浸在他蚀人的眼神中失去了肉体，现在只能住在笼里。

有时他会将头枕在我腿上，让我为他梳理那美丽的发，梳下林中每一棵树的叶，干枯堆积在我脚边。他的发披散在我膝上，嘶嘶作响的炉火前一片梦般宁静，当他躺在我脚边而我梳出那头慵懒发中的枯叶。今年，知更鸟又在稻草屋顶下筑了巢，他栖在一根没烧着的木柴上，清理鸟喙，整理羽毛，歌声中有股甜美恳求和某种忧郁，因为这一年结束了——知更鸟，人类的朋友，尽管精灵王挖出他的心，在他胸前留下伤口。

将你的头枕在我膝上，好让我再也看不见你眼中向内照射的淡绿太阳。

我双手颤抖。

他躺在那里半梦半醒，我要摇下两大把他鬈卒的发，缠成绳子，动作非常轻柔，好让他不被吵醒。然后，轻柔地，以温和似雨的双手，我将用那绳勒死他。

然后她将打开所有鸟笼放鸟儿自由，他们每一只都会变回少女，每一人喉间都有他的猩红吻痕。她将拿他剥兔皮的刀割下他那一大头鬈发，用五根灰棕色的发为老旧小提琴装上琴弦。

然后，不需手触，提琴会发出不和谐的音乐，琴弓会自行在新弦上舞动，叫道："母亲，母亲，你杀死了我！"

雪孩

　　隆冬——所向无敌，洁白无瑕。伯爵偕妻子出门，他骑一匹灰牝马，她骑黑马，身裹亮黑狐皮，足蹬光亮的高跟黑靴，鞋跟与马刺猩红。新雪落在已落下的雪上，雪停之际，世界尽白。"我真希望有个女儿，白得像雪。"伯爵说。两人继续前行，看见雪地里一个洞，洞里满是血。他说："我真希望有个女儿，红得像血。"接着两人继续前行，看见一只渡鸦栖息在光秃树枝。"我真希望有个女儿，黑得像那鸟的羽毛。"

　　话才说完，女孩就站在路旁，白肤，红唇，黑发，赤身裸体；她是他欲望的孩子，伯爵夫人恨她。伯爵抱起女孩，让她坐在自己身前鞍上，但伯爵夫人只有一个念头：我该怎么摆脱她？

　　伯爵夫人把手套掉在雪地，叫女孩下马去捡，心想随即策马狂奔，把女孩丢在那里，但伯爵说："我再给你买新手套。"话一出口，伯爵夫人肩上的狐皮应声飞起，包住女孩赤裸的身体。然后伯爵夫人将钻石胸针抛进结冰的池塘："下水去帮我捞回来。"她说，想藉此让女孩溺毙。但伯爵说："她又不是鱼，天气这么冷怎能游泳？"这时伯爵夫人脚上的靴子一跃而落，套上女孩的腿。现在伯爵夫人光裸如骨，女孩则身披毛皮脚穿长靴，伯爵为妻子感到难过。而后他们遇上一丛满树盛开的玫瑰。"给我摘一朵。"伯爵夫人对女孩说。"这我总不能拒绝你。"伯爵说。

于是女孩摘下一朵玫瑰，刺伤手指，流血，尖叫，倒地。

伯爵哭着下马，解开裤子，将坚挺阴茎插入死去女孩的身体。伯爵夫人勒住踏步的马，眯起眼睛看他。不久他便完事了。

女孩开始融化，不一会儿便消失无踪，只剩一根羽毛，可能是哪只鸟脱落的；一摊血，像狐狸在雪地猎杀的痕迹；以及她摘下的那朵玫瑰。现在衣物又回到伯爵夫人身上，她修长的手轻抚毛皮。伯爵拾起玫瑰，鞠个躬，递给妻子；她手一碰到花就猛然缩回，任它落地。

"它咬我！"她说。

爱之宅的女主人

　　那些亡魂终于变得太会找麻烦，农人弃村迁离，村子完全落入心怀仇恨的幽微居民之手。他们展现自己存在的方式是透过歪斜得几乎觉察不出的阴影，太多阴影，即使正午亦然，阴影没有任何肉眼可见的来源；透过有时从荒废卧室传出的啜泣，尽管房内墙上挂的裂镜没有照见任何人；透过一种侵扰旅人的不安感，如果旅人不明智地停下脚步，啜饮广场上那口仍源源流出石狮头的泉水的话。一只猫在长满杂草的花园里巡走，突然咧嘴嘶啐，弓起背，恐惧得四腿僵硬，从某个看不见的东西旁跳开。如今所有人都避开城堡下那座村庄，城堡里有美丽的梦游者无法自禁地继续祖先的罪行。

　　这美丽的吸血鬼之后身穿一袭古董新娘礼服，独坐在那黑暗高耸的大宅，承受画像中众多癫狂残暴祖先的眼神注视；透过她，每一个祖先都投射获致一种阴惨的死后存在。她翻动塔罗牌，不停构筑各式可能的星座般组合，仿佛随机出现在面前红丝绒桌布上的牌能让她离开这紧闭窗扇的阴寒，去到恒久夏日的国度，抹去她既是死神又是处女的永恒悲哀。

　　她的声音充满各种遥远响动，仿佛山洞里的回音：如今你身在一切灰飞烟灭之处，如今你身在一切灰飞烟灭之处。而她本身就是一座满是回音的山洞，一套一再重复的系统，一组封闭的电路。"鸟是只能唱他知道的那首歌，还是可以学会新曲？"宠物云雀在笼中鸣唱，她伸出一根手指，又长又尖的指甲划过鸟笼，发出悲切的珰琅声，像拨动金属女人的心弦。她的头发披散如泪落。

城堡大多已被鬼魂所占，但她仍有自己的一套起居室加卧房。紧闭拴锁的窗扇和厚重天鹅绒窗帘阻绝任何一丝自然光线，一张单腿圆桌铺着红丝绒，让她排列必不可少的塔罗牌。房里的光线最多只有壁炉架上一盏遮着厚厚灯罩的灯，暗红图案的壁纸上隐隐浮现令人不安的花纹，是雨水渗进失修屋顶随处浸染的污渍，像死去情侣留在床单上的不祥痕迹。屋内处处可见腐烂生霉的破败。没点亮的吊灯积满灰尘，一颗颗玻璃棱块已完全看不出形状；蜘蛛在这腐烂豪宅的每一个角落勤奋结出华盖，用柔软灰网缠住壁炉架上的瓷花瓶。但这逐渐倾圮的一切的女主人什么也没注意到。

她坐在饱受蛾蛀的酒红色天鹅绒椅子上，在低矮桌上排列塔罗牌，云雀有时会鸣唱，但大多都只是一团阴郁灰暗的羽毛。有时女伯爵会拂过鸟笼栏杆吵醒他，让他短短唱起一段装饰乐段：她喜欢听他宣唱自己无法逃脱。

太阳下山后她醒来，立刻坐到桌旁耐心玩牌，直到她开始饿，直到她饥肠辘辘。她美到不自然的地步，那份美是一种畸形，一种缺陷，因为她的五官完全不见任何不完美缺点，而正是那些动人的缺点让我们能接受人类处境的不完美。她的美是她的病征，显示她没有灵魂。

这阴暗难解的美女，白皙双手排列着命运的牌戏，指甲与中国古代官员的指甲一般长，磨得尖尖。这指甲和白如棉花糖的利齿，表明了她怅然渴望藉由奥义塔罗牌逃离的是何种命运；磨利她爪与齿的是许多个世纪以来的尸体，她是毒树上最后一朵花蕾，这株在川薮凡尼亚拿尸体做野餐的"暴虐弗拉"① 胯下长出的毒树。

她卧房四壁挂着黑丝绸，缀绣珍珠泪滴。房间四角放着骨灰瓮，几个香炉散发出沉沉欲眠的呛鼻香烟。房中央是一座精雕细琢的黑木灵柩台，四周围满插于巨大银烛台的长蜡烛。每天拂晓，女伯爵穿上沾有少许血迹的白蕾丝睡衣爬上灵柩台，躺进一具打开的棺材。

在她乳牙还没长出来之前，她邪恶的父亲就被一个梳着髻的东正教神父以木钉穿心，埋在卡帕希安② 山区一处十字路口。胸口钉了木钉的伯爵死前喊道："诺斯法拉杜③ 已死，诺斯法拉杜万岁！"如今她拥有他广大领地上那些闹鬼森林和神秘居处，她继承了统治权，掌管驻扎在城堡下方村庄的阴影大军。那些阴影变成猫头鹰、蝙蝠与狐狸的模样出没在森林，让牛奶变酸，让奶油做不出来；他们整夜骑马进行疯狂追猎，使马匹到早上只剩一身骨头和垮皮；他们挤干乳牛的奶，更特别喜欢骚扰青春期的女孩，让她们不时发作昏厥，血液出问题，罹患想象力过剩造成的各种疾病。

但女伯爵自己却对这份怪异权威无动于衷，仿佛一切都只是做梦。在梦中，她会希望自己是人类，但她不知道那是否可能。塔罗牌出现的排列永远相同：她翻开的永远是女教皇、死神、断塔，也就是智慧、死亡、消散。

没有月光的夜晚，管家让她出屋走到花园。这座花园无比阴森，与坟场极为相似，她亡母种植的玫瑰长成一道满是尖刺的庞然高墙，将她监禁在继承的城堡里。后门打开时，女伯爵会闻嗅空

---

① Vlad the Impaler，十四世纪瓦勒齐亚（在今罗马尼亚）君主，生性暴虐，尤喜处人以穿刺于柱（impale）之刑，故名。据称英国作家 Bram Stoker 便是以他为本（并用了该家族的姓 Dracula）创造出吸血鬼德古拉伯爵此一人物。

② Carpathians，中欧主要山脉。

③ Nosferatu，为德国导演穆瑙一九二二年改编 Bram Stoker 作品的吸血鬼名片。

气，发出嗥叫，然后四脚着地趴伏，鼻头颤动，找到猎物的气味。纤细骨头被咬嚼时会发出清脆声响的兔子，还有其他长毛的小东西，她都以四足野兽的敏捷加以捕捉；之后她会低声哀鸣爬回家，脸颊上沾了血。回到卧房，她将大水罐的水倒进钵中洗脸，蹙眉眯眼、仔细爱干净的姿态一如猫。

幽暗花园中女猎人的饥饿夜晚边缘，缩伏、跃扑，围绕着她惯常的痛苦的梦游习性，她的人生或她的模仿人生。她是夜行动物，瞳孔会放大放光，有利爪可以扑击，有尖牙可以咬噬，但没有任何事物，任何事物，能抚慰深陷这丑陋处境的她。她求助塔罗牌的魔法安慰，洗牌，翻牌，解读牌，叹口气收起牌，再洗一遍，不停构筑关于无法逆转的未来的种种假设。

一名老哑巴负责照顾她，确保她永远不见着太阳，白天完全待在棺材里，把镜子和所有会反射的东西收到她看不见的地方——简言之，执行吸血鬼仆人的所有工作。这位美丽又可怕的仕女的一切都如其所应然，她是夜之后，怖惧之后——只不过她痛苦迟疑地不想扮演这个角色。

然而，若有冒险来此的人不明智地在荒村广场歇脚，啜饮泉水，立刻会有一个黑衣白围裙的老丑婆从某间房舍走出，用微笑和手势邀请你，你便会随她而去。女伯爵要新鲜的肉。小时候她像只狐狸，只需小兔子、田鼠和野鼠就能满足：小兔子在她手中发出可怜兮兮的吱叫，她随即以一种作恶又耽溺的感觉咬住他们的脖子，而田鼠与野鼠只来得及在她绣花般纤纤十指间短暂挣跳片刻。但现在她已是成年女人，就必须要有男人。如果你在那吱咯轻笑的泉水旁停太久，就会被那只手引进女伯爵的食物橱。

整个白天，她身穿那件沾血蕾丝睡衣躺在棺材里。等太阳下山，她便打个呵欠醒转，换上她唯一的礼服，也就是母亲的新娘礼服，然后坐在桌边解读牌义，直到肚子饿。她厌恶自己所吃的食物，她多想把兔子带回家养，喂他们吃生菜，摸摸他们，帮他们在自己的黑红色中式写字桌里做窝，但饥饿永远占上风。她将牙齿咬进搏跳着恐惧的脖颈动脉，吸尽所有营养之后扔下瘦瘪皮囊，发出一声既痛苦又憎恶的呼喊。同样情况也发生在那些，出于无知或出于愚蠢，来泉水边洗脚的牧童和吉卜赛小伙子身上，女伯爵的女管家将他们带进起居室，桌上翻出的牌永远是"死神"。女伯爵会亲自用有裂纹的珍贵小杯端咖啡给他们，还有小小糖蛋糕，那些笨拙男孩便一手拿着快泼洒出来的杯子，另一手拿着饼干，目瞪口呆看着身穿丝绸华服的女伯爵。她从银壶中倒出咖啡，同时随口闲聊让他们放下心来迈向死亡，眼神中有种寂寥的静定，显示她无法得到抚慰。她多想轻抚他们瘦瘦的棕色脸颊，抚摸他们蓬乱的头发。当她牵起他们的手将他们领进卧室，他们简直不敢相信自己这么走运。

事后，她的女管家会将残骸收拾成整齐的一堆，用被抛在一旁的原先衣服包裹，然后将这包尸骨仔细在花园里埋妥。女伯爵脸颊上的血迹会混合着泪水，女管家则用银牙签帮她剔指甲，剔去残留的皮肤和骨屑。

　　嘿，喝，嗨，嗫
　　我闻到不列颠人的鲜血味。

在这个世纪青春期的某一年，又热又熟的一个夏天，一名金发蓝眼、肌肉结实的年轻英国陆军军官休假到维也纳访友，之后决定利用剩下的时间探访罗马尼亚鲜为人知的北地。他浪漫大胆地决定骑脚踏车去走那些满是牛马车辙的路，看出此举充满幽默意味："在吸血鬼国度两轮行"，于是大笑着展开探险行程。

　　他具有童贞的特殊气质，那是最为也最不暧昧模糊的一种状态：既是无知，同时却也是潜在的力量，再加上不同于无知的不知。他的所是超过自己所知——此外还有他们那一代独具的一种光华，因为历史已为他们在法国的战壕里准备了独特典范的命运。这个植根于变迁与时代的生灵，即将遭遇吸血鬼那超越时间的哥特式永恒，对后者而言现在和未来都与一直以来的过去相同，牌永远出现同样的排列组合。

　　他虽很年轻，但也理性。他选择了全世界最理性的交通工具来进行这趟卡帕希安山脉之旅。骑脚踏车本身就是对迷信恐惧的抵御，因为脚踏车是纯粹理性运用为动能的产物。几何学为人类服务！只要给我两个圆和一条直线，我就让你看我能将它们带到多远。脚踏车虽不是伏尔泰发明的，但服膺他的原则，对人类福祉大有贡献，同时又不会造成丝毫祸患：它有益健康，不会排出有害废气，速度也只能保持在高尚有礼的范围。脚踏车怎么可能造成任何伤害？

　　一个吻唤醒了森林里的睡美人。

　　女伯爵白蜡般的手指，圣像般的手指，翻出那张叫作情侣的牌。从没有，以前从没有过……女伯爵从不曾为自己排出与爱相关的命运。她发抖，打颤，闭上那双大眼，细小血管隐约可见的薄薄眼睑紧张眨动着。这一次，第一次，美丽的纸牌卜卦师发给了自己一手爱与死的牌。

　　不管他是活还是死。

　　我要磨碎他骨头做面包吃。

　　夜晚将至，天色泛着紫褐，英国绅士正奋力骑上山坡，前往他大老远瞥见的那座村庄。路太陡了没法骑，他得下车用推的。他希望能找到一家友善的客栈投宿，他又热，又饿，又渴，又累，又灰头土脸……起初他大失所望，看见村里所有小屋的屋顶都已坍垮，一堆堆掉落的砖瓦间长满长草，窗扇孤零零挂在铰链上。这地方完全没人住，而且臭烘烘的植物低语着，仿佛讲述丑恶的秘密，在这里，如果够有想象力，你几乎可以看见倾圮屋檐下偶尔闪现扭曲的脸……但来到此处的冒险感，加上杂乱花园里仍勇敢绽放鲜艳夺目色彩、给予他安慰的蜀葵，再加上火般的夕阳，这一切很快就抵消了失望，甚至安抚了他先前感觉的些微不安。此外，以前村中妇女用来洗衣的泉水仍涌出闪亮的清流，他感激地洗了双脚双手，将嘴凑近出水口啜饮，然后让冰冷泉水流过全脸。

喝饱后，他抬起滴着水的头，看见广场上他身旁静悄悄多了一名老妇，朝他露出热切、甚至是殷恳的微笑。她身穿黑衣白围裙，腰间系着管家的钥匙环，灰发整齐梳成一个髻，戴着这地区年长女性的白色亚麻头巾。她朝年轻男子行礼，招手示意他来，他一时迟疑，她便指向上方那栋建筑正面俯逼村庄的庞然大宅，揉揉肚子，指指嘴，再揉揉肚子，显然表示邀请他吃晚餐。然后她再度招手，这回随即坚定转身迈开步，似乎不容他再推辞。

他们一离开村庄，迎面便扑来浓郁、厚重、醉人的红玫瑰香，让他一阵陶然晕眩，那带有淡淡腐败气息的丰郁甜美猛地袭来，强烈得几乎足以将他击倒。太多玫瑰。太多玫瑰开放在夹径的巨大树丛上，树丛满是尖刺，而玫瑰花本身看来几乎太过奢华，大量群集的丝绒花瓣不知怎么多得有点猥亵，层层卷卷、紧紧含苞的花蕾带着放肆的暗示。从这片丛林中，大宅好不容易露出脸来。

在西下夕阳挥之不去的微妙余晖中，在那对刚结束的一日充满怀念的金色光线下，这房子一副严肃面容，半是豪华宅邸，半是加盖防御工事的农舍，巨大而四处蔓延，像高居危崖的失修鹰巢俯视下方随侍蜿蜒的村落，让他想起小时候冬夜听的故事就是发生在这样的地方：他和兄弟姊妹用那些鬼故事自己把自己吓得半死，上楼睡觉时还得点蜡烛照亮那突然变得很可怕的楼梯。他几乎后悔接受了丑老太婆无言的邀请，但此刻站在那遭时间侵蚀的橡木门前，看她从腰上叮叮当当的钥匙中选出一把铁打的大钥匙，他知道现在要回头已经太晚，便没好气地提醒自己他现在已经不是小孩了，不该被自己的胡思乱想吓到。

老太太打开门锁，推开门，铰链发出戏剧化的吱嘎声响。她不顾他的抗议，坚持要帮他安顿那辆脚踏车，他的心不禁一沉，看着那美丽的两轮的理性象征消失在大宅的幽暗内部，一定是被推到一旁某间潮湿的户外厕所，没人替它上油或检查轮胎。但是既来之，则安之——带着他的青春、力量与金发碧眼的美，带着他看不见，甚至没有意识到的童贞的五芒星，年轻男人踏进了诺斯法拉杜城堡的门槛，从无光的山洞般内部猛然扑来的冷空气仿佛出自墓穴，也没有使他打寒噤。

老太婆将他带进一间小房间，房里有黑色橡木桌铺着干净白布，上面仔细摆满沉重的银餐具，餐具的银有点变色，仿佛某个口气很臭的人朝它们呼气。桌上只有一份餐具。愈来愈奇妙了[1]：他被请来城堡用餐，现在却要一个人进食。但他还是依她吩咐坐了下来。尽管屋外还没天黑，屋里的窗帘却都紧紧拉上，只有独独一盏油灯的暗淡光线照出他周遭的惨淡环境。老太婆忙里忙外，从一个虫蛀的橡木古董柜取出一瓶葡萄酒和一只酒杯；他饶有兴味地啜饮着酒，她消失片刻，随即端来一盘冒着热气的食物，盘中是加了香

---

[1] "Curiouser and curiouser"，语出《艾丽斯漫游奇境记》。

料的当地炖肉与饺子，加上一截黑面包。骑了一整天车，他饥肠辘辘，便胃口大开地吃起来，还用剩下的面包将盘中酱料擦吸得一干二净，但这粗糙食物与他原先预期的贵族招待相差甚远，且哑妇看他吃东西时的那副品头论足眼神也令他不解。

但他一吃完第一盘，她便冲去又给他端来第二盘，态度看来那么友善又帮忙，而且他知道晚饭后还必定可在城堡借宿一夜，便严厉责备自己太孩子气，对这安静得怪异、潮湿又阴冷的地方不够热衷。

他吃完第二盘后，老妇来了，比手势示意他起身离桌，再度跟她走。她做了个喝东西的动作，他推想这是邀请他到另一间房，与家里身份较高的成员共进餐后咖啡，对方先前虽不想一起用餐，但还是想认识他一下。这显然是一项殊荣，他把领带调正，拍干净粗呢外套上的面包屑，以示对主人的尊敬。

他很惊讶地发现屋内毁坏得这么严重——蛛网、虫蛀的梁柱、墙上崩落的石灰。但老哑婆提着灯，步履坚定地带他穿过无尽的走廊，走上盘旋的楼梯，穿过挂着家族画像的画廊，他们经过时画像的眼睛短短闪了一下，而那些画像的脸，他注意到，全都具有一种令人难忘的兽性。最后她在一扇门前停步，他听见门后传来一声轻轻的珰琅，仿佛大键琴弹了一个和弦，接着美妙的云雀鸣声流泻而出，在那（尽管他并不知道）朱丽叶的坟墓深处为他带来早晨般的清新。

老太婆伸手敲门，门内回应的是他这辈子听过最充满诱惑爱抚的声音，以口音很重的法文——这是罗马尼亚贵族的第二语言——轻声唤道："请进。"

起初他只看见一个人形，充满模糊的黄色微光，因为那人形承受并反映暗淡房间中仅有的光线。人形逐渐清晰，竟然是一身点缀蕾丝的白绸蓬蓬圆裙，已经过时五六十年，但显然曾是新娘礼服。然后他看见穿那套礼服的女孩，纤弱得宛如飞蛾的躯壳，那么细瘦，那么孱弱，那身礼服看来似乎毫无支撑地兀自悬在湿闷空气中，一袭借来的神奇外衣，一件自我表达的服装，她活在其中就像机器里的鬼魂。房里仅有的灯光来自远程壁炉架，一盏厚厚绿灯罩的油灯燃着小火，带他来的老太婆还用手挡住提灯，仿佛要保护女主人，让她不会突然看见他，或者让来客不会突然看见她。

就这样，他眼睛逐渐适应了房中的半黑暗，一点一点看出这穿着俗丽服装的稻草人有多么美丽，又是多么年轻，让他联想到穿母亲衣裳的小孩，也许是穿起亡母的衣裳好让她再度活过来，不管为时多么短暂。

女伯爵站在一张矮桌后，旁边是一只漂亮傻气的镀金铁丝鸟笼，双手伸出，姿态失神几乎像是在逃躲，看来仿佛被他们吓了一跳，仿佛不是她自己应声让他们进房。她的脸孔苍白全无血色，美丽而死气，披着直泻而下仿佛湿淋淋的黑色长发，看来像个遭遇船难的新娘。那双又大又黑的眼睛带着流浪动物的迷失神色，几乎使他心碎，然而那张丰厚出奇的嘴却令他不安得几乎反感，厚唇又宽又鼓，颜色是鲜明的泛紫猩红。这是一张病态的嘴，甚至——但他立刻挥去这个念头——是一张娼妓的嘴。她一直打着冷颤，一种饥饿消瘦的寒噤，一种深入骨髓的疟疾般疾病。他心想她一定只有十六七岁，不可能更大，带有肺痨病人那种狂乱、不健康的美。她便是这整座毁坏城堡的女主人。

老太婆做了好一番温柔的预防措施，才举起提灯让女主人看见来客的脸。这时女伯爵发出一声微弱尖细的叫喊，盲目惊骇地乱挥双手，仿佛要将他推开，同时撞到桌子，一副绘有图片的牌如蝴蝶翩飞落地。她的嘴是苦痛的圆圆 O 形，身躯略微摇晃，跌坐回椅子上，倒在那里仿佛无法动弹。一见面就这样真令人不解。老太婆自顾自啧舌，在桌子四周找来找去，最后找到一副非常大的深绿墨镜，就像瞎眼乞丐戴的那种，然后将墨镜戴在女伯爵鼻梁上。

他上前帮她捡起牌，却惊讶看见地毯有些地方烂掉了，有些地方长满各种看来充满毒性的蕈类。他捡起牌随手一洗，因为那些牌对他毫无意义，尽管年轻少女玩这东西似乎很不寻常。真可怕的图片，竟是一具蹦蹦跳跳的白骨！他用另一张比较愉快的牌盖住它——一对年轻情人相顾微笑，然后将这玩具放回她纤细的手上，那只手半透明的肌肤下得简直可以看见脆弱的骨骼，留着又长又尖的指甲，像弹斑鸠琴的拨子。

在他的碰触之下，她似乎稍微恢复了一点活力，几乎露出微笑，将自己站直起身。

"咖啡，"她说，"一定要请你喝咖啡。"她一把将牌收拢成一叠，腾出桌上空间，让老太婆在她面前放下银酒精灯、银咖啡壶、奶罐、糖碗、银托盘上的杯子。在这破败房内，这份优雅显得奇怪甚至褪色，而女主人始终散发着光辉，仿佛自有一种病态的、海底般的光芒。

老太婆帮他搬了把椅子，无声偷笑，离开，让房间又暗了一点。

小姐料理咖啡壶时，他有时间不以为然地观看房里满是污渍的剥落墙壁上的更多画像，这些丑恶的脸看来全带着一种热病似的扭曲疯狂，每个人都有厚唇和癫狂大眼，与眼前这个近亲通婚的不幸受害者相似得令人不安，尽管某份罕见的优雅将那些特征在她脸上做了如此美丽的变化。她正耐心煮着，滤着芳香四溢的咖啡，唱完歌的云雀早就沉默下来，除了银器与瓷器相碰的叮当声，一片沉寂。不久，她朝他递来一只绘有玫瑰的小杯。

"欢迎。"她说，声音如大海般澎湃回荡，仿佛不是来自她洁白而静止的喉头。"欢迎来到我的城堡。这里很少有客人，实在很可惜，因为我最喜欢结识陌生人……村子荒废之后这里好寂寞，我唯一的同伴，唉，却又不会说话。我通常也都很沉默，我觉得自己好像很快也会忘记怎么说话，这里就再也不会有人开口了。"

她从一只里莫杰瓷盘拿起一枚糖饼请他吃，指甲敲得那古董盘发出排钟般一列音阶。她的声音来自那双不动的红唇，像花园中那些肥满玫瑰的红唇——她的声音听来奇异，仿佛没有实体；他心想，她就像个人偶，腹语师的人偶，或者更像一具精巧之至的发条装置。她的不足动力似乎来自某种她无法控制的缓慢能量，仿佛发条在多年前她出生时上紧，现在发条不断愈来愈松，最后她会毫无生气。他觉得她好像一具自动机械，包覆着白天鹅绒与黑毛皮，无法依自己意志行动；这感觉始终存在，事实上深深触动了他的心。那件白礼服的嘉年华会气息更加强了她虚幻不实的感觉，像个悲伤的可伦萍好久以前在树林里迷了路，始终没走到嘉年华会。

"还有这灯光。我必须向您道歉，灯光这么暗……遗传的眼疾……"

她的盲目镜片双重反映出他的英俊脸孔，如果她直接看他，他会像那禁止接触的阳光照得她睁不开眼，将她立刻化为一团皱缩可怜的夜行鸟，可怜的掠食屠戮鸟。

您将是我的猎物。

您的喉咙真漂亮，先生，像大理石柱。当你走进我房间，全身披满我一无所知的夏日金光，那张叫作"情侣"的牌刚从我面前众多交错意象中浮现；你仿佛从那张牌上走进我的黑暗，一时之间，我以为，你或许会将那黑暗照亮。

我无意伤害你。我会穿着我的新娘礼服，在黑暗里等你。

新郎已经来到，将会走进为他准备的房间。

我受了诅咒，只能在黑暗中孤独；我无意伤害你。

我会非常温柔。

（而爱是否能将我从阴影中解放？鸟是只能唱他知道的那首歌，还是可以学会新曲？）

你看，我已为你准备好了。我一直都在为你准备，一直都穿着新娘礼服等你，你为什么这么久才来……一切都会很快就结束。

你将不会感到痛苦，我亲爱的。

她本身便是一幢鬼屋，不归自己拥有，祖先有时会来，从她的眼睛之窗朝外看，那感觉非常吓人。她具有暧昧模棱的神秘孤独，盘旋在生与死之间的无人地带，在长满尖刺的花篱后入睡、醒来，诺斯法拉杜的鲜血花蕾。墙上的兽性祖先诅咒了她，她永远只能重复他们的激情。

（然而一个吻，独独一个吻，唤醒了森林里的睡美人。）

紧张地，为了遮掩她内在的众多声音，她用法文进行无关紧要的闲聊，而祖先在墙上做着鄙夷的鬼脸；无论她如何努力思索，想找出其他方式，她都只知道一种两人合一的方法。

他再度惊异注意到她美妙双手上的掠食者般的鸟爪。从他把头伸在那涌泉之下，从他进入这座致命城堡的深暗大门开始，心中就有种奇怪的感觉逐渐扩散，现在更完全涌上。如果他是猫，他会恐惧得四腿僵硬，从她的手爪旁跳开，但他不是猫，他是英雄。

他对眼前所见的一切有种基本的不信任，即使在诺斯法拉杜女伯爵本人的起居室里亦然。就是这份不信任支持着他，他或许会说，某些事情就算是真的，我们也不该相信有此可能；他或许会说，相信眼睛所见是愚蠢的。他并非不相信她的存在：他看得见她，她是真实的，如果她取下墨镜，那双眼睛会流泻出充满于这片吸血鬼肆虐之地的种种意象，但由于他的童贞——他还不知道有什么需要恐惧——他对阴影免疫，而由于那使他喜欢阳光的英雄性格，他只看见面前是一个近亲通婚的产物，一个精神极度紧绷的小女孩，没有父母，被关在黑暗的房里太久，苍白得像从未接触光线的植物，因为某种遗传疾病双眼半盲。尽管他觉得不安，但他感觉不到怖惧，于是他便像童话里那个不懂怎么发抖的男孩，不管任何鬼魂、食尸妖、怪兽、甚至恶魔亲自率领手下前来，都无法让他害怕。

正是缺乏想象力，使英雄具有英雄性格。

他将在战壕里学会发抖，但这女孩无法让他发抖。

现在天色已暗，窗扇紧闭的窗外有蝙蝠飞舞吱叫。咖啡喝光了，糖饼也吃完了，她的闲聊逐渐干涸见底，她扭绞手指，揪扯礼服上的蕾丝，在椅子里紧张地欠动身体。猫头鹰发出尖叫，她处境的累赘在我们四周叽呱吱叫。如今你身在一切灰飞烟灭之处，如今你身在一切灰飞烟灭之处。她转头回避他眼睛的蓝光，除了她能提供的那种方法，她不知道任何其他两人合一的方式。她已经三天没吃饭。晚餐时间到了。上床时间到了。

请跟我来。

我等着您。

您将是我的猎物。

乌鸦在受诅咒的屋顶上呱叫。"晚餐时间，晚餐时间。"墙上的画像吵道。一股可怕的饥饿啃噬着她的内里，她一辈子都在等他却不自知。

这位英俊的单车骑士会随她进入卧房，简直不敢相信自己这么走运。她祭坛四周的蜡烛燃烧着明澈小火，光线照着缝在墙上的银色泪珠。她会以充满诱惑的声音向他保证："我的衣服就要脱落了，你眼前会看到一连串的神秘奥妙。"

她没有可以用来亲吻的嘴，没有可以用来爱抚的手，只有掠食野兽的尖牙利爪。只要你碰触冷凉烛光中那具散发矿物般光辉的肉体，便是邀请她对你做出致命拥抱，听着她低沉甜美的声音对你呢喃诺斯法拉杜之宅的催眠曲。

拥抱，亲吻，你的一头金发像狮鬃，尽管我从没见过狮子，只见过想象中的阳光之狮，也尽管我唯一见过的阳光是塔罗牌上的图画。你一头情人的金发，我曾梦想将释放我获得自由的情人，这颗头会向后仰去，双眼翻白，在一阵你误以为是爱而非死的痉挛之中。在我那颠倒的婚床上，流血的是新郎。赤裸裸、死透透、可怜的单车骑士，他付出了与女伯爵共度一夜的代价，有些人认为太高，但有些人并不。

明天，管家会把他的尸骨埋在她的玫瑰下。是这些食物让她的玫瑰有丝绒的色彩，令人发晕的气味，散发出禁忌乐趣的淫逸气息。

请跟我来。

"请跟我来！"英俊的单车骑士为女主人的健康和神智担忧，小心翼翼跟着神态歇斯底里、傲慢专横的她走进另一间房。他真想把她抱在怀里，保护她不受墙上狞笑的祖先危害。

这房间真病态！

他的长官上校是个久经风月的老色鬼，以前给过他一张巴黎妓院的名片，向他保证，在那里只要花十个路易就可以买到这样一间伤感过火的房间，房里有个女孩赤身裸体躺在棺材上，看不见的角落有妓院的钢琴手用风琴弹奏《最后审判日》，在那充满防腐室气味的房间，顾客便可以在假装的尸体上发泄恋尸癖。当时他和气地拒绝了老头这项启蒙建议，现在他又怎么能可耻地占这个病弱女孩的便宜，她的手爪干枯如骨，高烧般发热，那双眼睛充满怖惧、悲哀、可怕而压抑的温柔，否决了她身体所承诺的一切情欲享受？

如此纤细，又如此受到诅咒，可怜的孩子。受到诅咒。

但我相信她几乎不知道自己在做什么。

她抖得好厉害，仿佛四肢接合得不完整，仿佛她会抖散成碎片。她伸手解开礼服领口，眼里充满了泪，泪水滑出墨镜边缘。她得先拿下墨镜才能脱掉母亲的新娘礼服，她把仪式搞乱了，这下它不再是无可挽回。现在她内在的发条装置失灵了，偏偏在她最需要它的时候。她拿下墨镜，墨镜从手中滑落，在铺着地砖的地上摔成碎片。她的这场戏剧没有临场发挥的空间，而这出乎意料的、平常之至的打破玻璃声完全打破了房中的邪恶咒语。她视而不见地瞪着地上的碎片，一手握拳徒劳抹着脸上的泪。现在她该怎么办？

她跪下捡拾玻璃碎片，一片尖锐的碎玻璃深深刺进她大拇指，她痛呼出声，声音响亮真实。她跪在玻璃碎片间，看着一滴鲜红血珠滴落。她从没见过自己的血，这让她惊悚不已。

在这间充满丑恶杀孽的房间，英俊的单车骑士带来了育儿室那种天真无辜的解药；他自身，他的来临，就是一种驱魔。他轻柔拉过她的手，用自己的手帕擦去血迹，但血仍然在流，于是他将嘴凑上伤口。他要用一个吻让伤口不痛，就像她母亲，如果她母亲在世的话，会做的那样。

墙上的银色泪珠尽皆掉落，发出微弱的叮玲声。她画像中的祖先转开眼神，紧咬着利牙。

她怎能承受变成凡人的痛苦？

结束放逐，便是结束存在。

他被云雀的歌声唤醒。所有窗扇、窗帘，甚至这间闷透的卧房封缄已久的窗子全都大开，任光线和空气流泄而入。现在你可以看见一切都那么俗艳，丝绸又薄又廉价，灵柩台的质料不是乌木，而是涂成黑色的纸架在木棍上，就像舞台布景。风从房外吹进大把大把玫瑰花瓣，猩红落英在地板上芬芳旋绕。蜡烛烧尽了，她一定是放了那只云雀，因为他此刻栖息在那具蠢棺材上对他唱着狂喜的晨曲。他全身骨头又僵又痛，昨晚他抱她上床之后自己便躺在地上睡了，把外套卷成一团当枕头。

但现在她到处不见踪影，只有皱乱的黑绸床单上抛着一件轻盈的蕾丝睡衣，上面沾了些许血迹仿佛来自女人的经血，还有一朵玫瑰，一定是从窗外摇曳的茂盛凶猛树丛里摘下。空气充满焚香和玫瑰的味道，呛得他直咳嗽。女伯爵一定是起了个大早去享受阳光，悄悄溜到院里为他摘来一朵玫瑰。他站起身，哄那只云雀站上他手腕，将他带到窗边。起初，他显现出被关太久的鸟对天空的迟疑犹豫，但当他将他抛向流动的空气，他便展开翅膀高高飞进蔚蓝苍穹，他看着他飞翔，心中充满雀跃喜悦。

然后他走进起居室，满脑袋计划。我要带她去苏黎世看医生，治疗她的歇斯底里紧张症；然后去看眼科专家，治疗她的畏光，然后去找牙科医师，把她牙齿形状修整得好一点；至于她的指爪，任何像样的指甲美容师都能处理。我要把她变成不负她美貌的漂亮女孩，我要治好她所有的梦魇。

沉重窗帘拉开了，清晨的明亮阳光如炮火射入。在寂寥的起居室，她身穿白礼服坐在圆桌旁睡着了，面前排列着那副显示命运的牌，牌被摸弄翻洗过太多次，变得太脏，画面也磨损得太厉害，再也看不清每一张的图案。

她不是在睡觉。

死去的她看来老得多，比较不美丽，也因此首度显得完全人性。

我会消失在早晨的阳光中，我只是黑夜的发明。

我留给你一份纪念，是我从双腿间摘下的深暗带刺玫瑰，就像放在坟前的花朵。放在坟前。

我的管家会处理一切。

诺斯法拉杜总是参加自己的葬礼，她前往坟场的路上不会独自一人。此刻老太婆哭着出现了，不客气地比手势赶他走。在几间臭气冲天的室外厕所搜寻一阵，他找到了脚踏车，接着便放弃休假，一路直骑回布加勒斯特，在邮局代收信件的窗口接到一份命他立刻归营报到的电报。好一段时间之后，当他在军营自己房里换上制服，他发现女伯爵的玫瑰还在身上，一定是他发现她尸体时将花插在骑车外套的胸口口袋里。奇异的是，尽管他大老远将花从罗马尼亚带来，它却似乎没有完全枯死。一时冲动之下，因为那女孩那么美丽，她的死又是那么意外而可悲，他决定试着救活她的玫瑰，用衣橱上的玻璃水壶将漱口杯注满水，把玫瑰丢进去，让它凋萎的头漂浮在水面。

那天晚上，当他从食堂回来，诺斯法拉杜伯爵玫瑰的浓重芬芳沿着军营的石墙走道飘来，他那简朴之至的房间充满令人昏晕的气息，来自一朵发亮的、天鹅绒般的、怪兽似的花朵，花瓣全都恢复了原先的盛开娇嫩，恢复了腐败、鲜艳、凄怆的灿烂。

翌日，他的军团便开拔前往法国。

狼人

这里是北地；天气冷，人心冷。

寒冷，风暴，森林里的野兽。生活很艰难。房舍以原木搭建，屋内阴暗，烟雾弥漫。忽明忽灭的蜡烛供着粗糙的圣母圣像，一条盐腌猪腿挂在角落，一串风干蘑菇，一床，一凳，一桌。生活艰苦，短暂，贫穷。

对这些高地林区居民而言，魔鬼就同你我一样真实，甚至更为真实；他们没见过我们，根本不知道我们存在，但魔鬼他们可常在坟场瞥见。在那些凄凉感人的死者城镇，坟墓饰以原始朴素的往生者画像，坟前不放花，因为那里不长花，放的是微薄供品，几小截面包，有时一个蛋糕，会有熊摇摇摆摆走出森林边缘夺去吃。尤其是女巫狂欢夜的午夜时分，恶魔在坟场举行野餐，邀请女巫参加，然后挖出新鲜尸体吃掉。任谁都会这样告诉你。

门上挂几串大蒜可抵挡吸血鬼。圣约翰节前夕[①]脚先头后出生的蓝眼孩子将有阴阳眼。如果发现女巫——某个老妇的奶酪熟成了而邻居的却没，或某个老妇有只黑猫，哦，真是邪门！居然成天跟

---

① St. John's Eve，六月二十三日晚上。与异教传统的夏至节庆有关，后结合基督教文化，定六月二十四日为圣约翰节。

在她身边——他们会脱光那老太婆的衣服，在她身上寻找标记，那个供魔宠①吸食的多余乳头。不久便会找到。然后将她乱石砸死。

冬季，天寒地冻。

去看看生病的外婆，把炉台上我替她烤的那些燕麦饼带去，还有一小罐奶油。

那乖小孩照母亲吩咐的去做——要穿过森林走上五英里。沿着小路走，别乱跑，到处都有熊，有野猪，有饿狼。来，把你父亲的猎刀带上，你知道怎么用。

小女孩身穿破旧羊皮外套御寒，她对森林太了解，不会害怕，但仍须时时保持警戒。当她听见令人胆寒的狼嗥，立刻丢下礼物抓起刀，转身面对来兽。

那狼体型巨大，一双红眼，灰毛大嘴淌着口水；若不是山区居民的孩子，光看到他恐怕就会活活吓死。他依狼的习性扑向她喉咙，但她手持父亲的刀狠狠一挥，便砍断了他右前脚。

他喉头闷鸣一声，几乎像是哭喊，狼的勇敢一般只是虚张声势。她看见他可怜兮兮跑进森林，尽三条腿的可能努力跑快，一路留下血迹。小女孩把刀在围裙上擦干净，拿母亲原来包燕麦饼的布裹起狼掌，继续朝外婆家前进。不久下起大雪，小路和任何原有的足迹、蹄印、兽踪都变得模糊不清。

她发现外婆病得很厉害，躺在床上昏沉沉时睡时醒，又是呻吟又是发抖。小女孩猜想她发烧了，摸摸额头果然滚烫，于是从提篮取出布，打算蘸水浸湿给外婆冷敷，这时狼掌掉在地上。

但那已经不是狼掌，而是一只齐腕砍断的手，因操劳而粗糙，

---

① 中古世纪迷信，女巫皆饲有妖异小鬼供其差遣，称为魔宠（familiar），通常以"邪恶"动物的形体出现，如黑猫。人们相信女巫身上长有多余的乳头供魔宠吸食，所谓第三只乳头是当时判定女巫"罪证确凿"的常见且重要因素。

长有老人斑，中指戴着婚戒，食指上有个疣。看到那疣，她便认出这是外婆的手。

她掀起被单，这时老妇醒了，拼命挣扎，哑声尖叫仿佛遭魔鬼附身。但小女孩身强体健，手上又有父亲的猎刀，终于把外婆按住得够久，足以看清她发烧的原因：她右手如今只剩血肉模糊的残肢，已经开始发炎。

小女孩往身上画十字，大声喊叫，邻人听见了都匆匆赶来。一看到手上的疣，他们立刻知道那是女巫的乳头，于是用棍棒将衣衫单薄的老妇赶出屋外，在雪地上一路追打那身老骨头至森林边缘，然后石头一阵乱砸，直到她倒地死去。

现在小女孩住在外婆的房子里，过得很好。

与狼为伴

　　一种兽，独独一种，夜里在林中嗥叫。

　　狼是不折不扣的肉食野兽，凶狠又狡猾，一旦尝过肉味，其他食物就再也满足不了他。

　　夜里，狼群的眼睛亮得像烛火，发黄发红，但这是因为狼眼在黑暗中会睁得更大，反射你手上提灯的光线——红色代表危险；如果狼眼反映的只有月光，那么便呈现一种不自然的冷绿，一种有穿透力的矿物般色彩。夜行旅人若突然看见这些放光的可怕亮片缝缀在黑色灌木丛中，便该拔腿就跑，如果他没有吓得呆若木鸡的话。

　　但除了眼睛之外你也看不见他们其他部位，若你不明智地太晚走在树林里，满身人肉味引得这些来无影去无踪的森林杀手团团围绕住你。他们像影子，像幽灵，一群灰色的梦魇。听！那抖颤的长嗥……是化为有声恐惧的咏叹调。

　　狼嗥之歌是你即将被撕裂的声音，本身就是一种杀戮。

　　时值冬季，天寒地冻，在这森林山区，狼无食可觅。羊都关在棚栏里，鹿到南边山坡寻找残存的青草，狼变得又瘦又饥，身上几乎没有肉，你简直可以隔着毛皮数出肋骨，如果他们扑向你之前给你时间数的话。下巴流着口水，舌头伸垂在外，灰毛大嘴上一层白霜似的唾沫——森林夜色中充满各式各样危险，有鬼魂，有妖魔，有食人怪兽把婴儿放在烤架上烤，有女巫将抓来的人关在笼里养肥了再宰，但狼是最可怕的，因为他不会听你讲理。

在杳无人迹的森林，你永远身处险境。踏进高大松树间的门户，四周全是纠结蓬乱枝桠，旅人一不小心便会受困，仿佛连植物都跟住在这里的狼群阴谋合作，仿佛这些邪恶的树替朋友钓鱼——踏进森林的大门，你必须无比戒慎，步步小心，因为只要稍离开路径片刻，狼群便会吃掉你。他们灰色一如饥馑，无情一如瘟疫。

附近稀疏村落的居民养山羊，提供家中食用的发酸羊奶和馊臭生蛆奶酪；那些灰眼孩童放羊时总是随身带刀，刀足有他们半人高，刀锋每天磨得锋利。

但狼群自有办法来到你家门口。我们尽一切努力，但有时还是防不胜防。每一个冬夜，小屋居民都深怕看见又瘦又饥的灰色口鼻在门下探闻，有个女人在自家厨房沥干通心粉时还曾被咬。

狼是你该恐惧逃离的对象。更糟的是，有时狼不只是狼而已。

从前，这附近有个猎人设陷阱抓到了一头狼。那狼大肆猎杀羊群，吃掉一个独居在半山腰、整天对耶稣唱歌的疯老头，还曾扑倒一个看羊的女孩，不过女孩大叫大喊，引来了手持来复枪的男人把他赶跑，那些人试着追向他森林里的巢穴，但他聪明狡猾，轻易摆脱他们。于是这猎人挖了个洞，里面放只活蹦乱跳的鸭子当饵，再用抹了狼粪的稻草盖住洞口。鸭子呱呱直叫，一头狼悄悄潜出森林。这狼又大又沉，足有成年男子那么重，稻草被他一踩就塌，他跌入洞里；猎人立刻跟着跳进去，割断他的喉咙，四只脚全砍下来当战利品。

然后猎人面前的狼不见了，只剩一具血淋淋的人类躯体，没有头，没有脚，奄奄一息，死去。

以前山上那里有个女巫，曾把一场婚宴的宾主全变成狼，因为新郎移情别恋。她余恨未消，又令狼群夜里前来，他们便围坐在她小屋外，用自己的悲苦为她谱唱小夜曲。

不算太久以前，我们村里一个年轻女子结了婚，丈夫却在新婚之夜消失得无影无踪。新娘躺在铺着新床单的床上，新郎说要出去小解，坚持要去屋外，说这样比较有礼貌，于是新娘把被单拉到下巴躺在那里等，等了又等——他怎么去这么久？最后听见风中传来森林狼嗥，她从床上惊跳起来，失声尖叫。

那拖长、抖颤的响亮嗥叫虽然令人生畏，却也带着某种挥不去的悲哀，仿佛那些野兽也很想不那么野兽，但身不由己，只能永远哀叹自己的处境。狼群之歌无比哀愁，广袤如森林，漫长如冬夜，然而那凄楚的悲哀，那对他们自己不知餍足的食欲的哀叹永远无法打动人心，因为其中毫无救赎的可能。上天恩惠无法从狼自身的绝望中产生，只能透过外在中介而来，因此有时那兽似乎也半有些欢迎那终结他生命的刀锋。

年轻女子的兄弟们在室外厕所和稻草堆里到处找，但始终没找到任何残骸，于是明理的女孩擦干眼泪，另找了一个不会不好意思朝室内尿壶撒尿，夜里都待在家的丈夫，为他生了两个瘦巴巴的小孩，一切都很顺利，直到某个滴水成冰的寒夜。那一夜是冬至，是一年时节转换的枢纽铰链，事物运转咬合得不如平常精确；在那最长的一夜，她的第一任丈夫回家来了。

她正在替孩子们的父亲煮汤，有人砰砰敲门，她一拉开门闩便认出他，尽管她为他服丧已经是好几年前的事。此刻他衣衫褴褛，不曾梳理、爬满头虱的乱发长长披在背后。

"我回来了，太太。"他说，"赶快把我的包心菜汤端上来。"

然后第二任丈夫拿着柴火回来，第一任看见她跟别的男人睡过了，更糟的是，那双红眼还瞥见她那两个爬进厨房来看这阵吵闹是怎么回事的小孩。他咆哮道："真希望我变回狼，好给这荡妇一番教训！"就这样，他当场变成狼，咬断他们大儿子的左脚，然后被他们用劈柴的斧头砍死。但当狼流血倒地奄奄一息时，毛皮又消失了，他恢复成多年前的模样，就像逃离新婚之床那时一样，于是她哭了，还因此被第二任丈夫打。

人家说，恶魔有种药膏，一抹上身就会变成狼。又说，狼人是公狼的孩子，出生时脚先头后，躯干是人，但腿和生殖器官是狼，还有一颗狼心。

狼人的自然期限是七年，但若烧掉狼人的衣服，他这辈子便永远困于狼性，因此这一带的乡野传说认为朝狼人丢个帽子或围裙会有点保护功效，仿佛人果然要靠衣装。但只要看到那双闪着磷光的眼睛，不管他是什么形体你都认得出来，唯一不受变形影响的就是眼睛。

变狼之前，狼人会剥去全身衣物。若你在松林里无意瞥见一个赤裸男人，就死命快逃吧，仿佛背后有鬼追你那样。

时值隆冬，与人为友的知更鸟栖在垦园用的铲子把手上鸣唱。这是一年里狼最难熬的时节，但有个性子很强的孩子坚持要穿过树林。她相当确定野兽伤不了她，不过在大家警告之下还是带了把切肉刀放进提篮，篮里有她母亲装满的奶酪，一瓶用悬钩子蒸馏制成的辛涩烈酒，一叠在炉台上烤熟的燕麦饼，还有一两罐果酱。女孩要把这些美味礼物送去给独居孤僻的外婆，她已经好老好老，光是岁数的重量就快把她压死了。要到外婆住的地方，得在这片冬季森林里走上两小时；小女孩把厚厚披肩围裹在身上，盖住头，穿上结实的木靴，这就准备出发。今天是圣诞夜，不怀好意的冬至之门仍在铰链上摇摆不定，但她一直受到众多关爱，根本不觉得害怕。

在这蛮荒国度，孩子的童稚之心保持不了多久，他们没有玩具可玩，只能卖力工作，并因此变得明智。但这个小女孩长得漂亮，又是家中老幺，跟前面兄姊的年龄差距颇大，于是母亲和外婆一直都很宠她。她这件披肩就是外婆织的，今天看来红得有如雪地上的血迹，虽鲜艳但也有些不祥。她的乳房刚开始发育，浅金头发细柔如棉屑，颜色淡得几乎不会在她苍白前额上留下影子，脸颊白里透红，女人的血也刚开始流，如今她体内那时钟将每个月敲响一次。

不管是静是动，她全身都笼罩在无形的童贞五芒星中。她是没敲破的蛋，是封缄的容器，体内有一处神奇空间，其入口用一片薄膜紧紧塞住。她是个封闭的系统，她不知道颤抖为何物，她带着刀，什么也不怕。

如果父亲在家，可能会阻止她出门，但他此时在森林里捡柴，而母亲拗不过她。

森林笼盖住她，像一双爪子。

森林里总有东西可看，就连隆冬也不例外——鸟们缩挤成一团团小丘，屈服于这滞钝昏睡的季节，蹲在吱嘎响的树枝上，愁眉苦脸无心鸣唱；斑斑点点的树干上，长着冬季蕈类色彩鲜艳的伞褶；兔和鹿有如楔形文字的足迹，鸟儿一排箭头般的爪痕，瘦如一条培根的野兔窜过小径，小径上一丛丛去年的红棕地衣被稀薄阳光照得光影斑驳。当她听见令人胆寒的狼嗥，一手立刻熟练地握住刀柄，但却四处不见狼的踪影，也没有赤裸男人。不过接着她便听见灌木丛中传来声响，跳出一个衣着整齐的男人，一个非常英俊的年轻男人，穿戴着猎人的绿外套和阔边呢帽，拎一大串禽鸟尸体。小树枝稍有窸窣，她手立刻握住刀，但他一看见她就笑了，露出一口白牙，朝她打趣但也殷勤地鞠了一小躬。她从没见过这么俊俏的男子，村里全是些粗陋的呆头鹅。于是两人并肩同行，穿过午后愈来愈暗沉的天光。

没过多久他们就有说有笑，像多年旧识。他自告奋勇要替她提篮，她便把篮子交给他，尽管刀还在里面，因为他说他的来复枪可以保护他们。天色渐暗，雪又开始下了，起初几片落在她睫毛上；但现在只剩半里路，等到了外婆家，就有火可烤，有热茶可喝，有温暖的欢迎在等待她和这帅气有劲的猎人。

年轻男子口袋里有样稀奇东西，是指南针。她看着他掌心那圆圆的玻璃面、晃动的指针，感到些许惊奇。他言之凿凿对她说，这指南针帮助他安全穿越森林四处打猎，因为指针永远能精确无比告诉他哪里是北。她不相信，她知道穿过森林时绝不可偏离这条小径，否则立刻就会迷路。他又笑了，白牙上有唾液闪闪发亮。他说，如果他离开小径直接穿过森林，一定能比她整整早一刻钟到外婆家，不像她得沿着曲折小径绕远路。

我才不相信，而且，你难道不怕狼？

他只用手指点点来复枪发亮的枪托，咧嘴一笑。

怎么样？他问她。我们来打个赌吧？要是我先到你外婆家，你要给我什么？

你想要什么？她狡黠地问。

要你吻我一下。

这是乡间常见的调情招数，她低下头，脸红了。

他穿过丛生草木离去，也带走了她的提篮，但她忘记要害怕野兽，尽管此刻月亮已逐渐升起。她刻意慢慢走，想确保英俊的绅士赢得赌注。

外婆家离村里其他房屋有一小段距离。新落的雪被风吹得在菜园里打转，年轻男子轻轻巧巧沿着积雪小路走到门口，仿佛不想弄湿双脚，手里摇着那串猎物和女孩的提篮，嘴里轻声哼歌。

他下巴上有一点点血迹，因为先前他拿猎物吃了顿点心。

他伸手用指节敲敲门。

外婆又老又孱弱，骨子里的疼痛向她保证死亡已经不远，她也已差不多臣服于死亡，就快要完全投降。一小时前，村里一个男孩来替她生了火，此刻厨房炉火噼噼啪啪烧得好不热闹。她是个虔诚的老妇人，有《圣经》为伴。她坐在农舍常见的嵌进墙里的床上，背后垫了好几个枕头，身上裹着婚前自己做的百衲被，那已经是不知多少年以前的事了。火炉两旁各摆一只瓷狗，是身上有猪肝色斑点的小猎犬，波形地砖上铺着色彩鲜艳的碎织毡子，老爷大钟滴答滴答数去她来日不多的时光。

好好生活，就是我们把狼挡在门外的方式。

他伸手用多毛的指节敲敲门。

我是你外孙女啊，他捏起嗓子用女高音说。

把门闩拨开进来吧，亲爱的。

你可以从眼睛认出他们，那是猎食野兽的眼睛，杀戮无情的夜行眼睛，红得像伤口；你可以用《圣经》丢他，再用围裙丢他，外婆，你以为这样对付这些地狱来的妖物一定有用……现在你尽管祈求基督和圣母和天堂所有天使来保护你吧，可是那一点用也没有。

他野性的大嘴锐利如刀，把那串啃过的金黄雉鸡丢在桌上，还有你亲爱孙女的提篮。哦，我的天，你把她怎么样了？

伪装消失了，森林颜色的布外套，帽带上插着羽毛的帽子。他纠结的头发披散在白衬衫上，她看见那发里满是虱子。火炉里的木柴滑动，发出嘶嘶声响。森林夜色进入了厨房，头发里缠绕着黑暗。

他扯下衬衫，皮肤的颜色和质地像上等羊皮纸，肚腹间一道卷卷毛发向下延伸，乳头熟暗如毒果，但他瘦得你简直可以数出他皮肤下的肋骨，可惜他不给你那个时间。他脱下长裤，她看见他的腿浓密多毛，生殖器巨大。啊！巨大。

老太太死前看见的最后一幅景象，是一个目光炯炯、赤裸如石的年轻男子走近她的床。

狼是不折不扣的肉食动物。

解决她之后，他舔舔嘴巴，迅速穿好衣服，最后恢复成刚进门的模样。他把不能吃的头发丢进火炉烧掉，骨头用餐巾包好藏入床下一口木箱，并取出箱里的干净床单仔细铺好，原先沾有血迹、会泄露秘密的床单则塞进洗衣篮。他把枕头拍松，抖抖百衲被，捡起地上的《圣经》合起放在桌上。一切都恢复原状，只有外婆不见了。木柴在火炉里偶尔微动，老爷钟滴答走，年轻男子耐心坐在床旁，戴着外婆的睡帽假扮。

叩叩叩。

谁呀，他用外婆苍老发抖的假音说。

是你外孙女啊。

于是她进来了，一小阵雪也跟着吹进来，在地砖上融成一摊泪。看到炉火旁只有外婆一人，她似乎有点失望。但这时他掀开毛毯跳到门边，背紧紧抵着门，让她逃不出去。

女孩环视屋内，看到枕头一片平坦，完全没有头靠过的痕迹，而且以往这本《圣经》从不曾合起来放在桌上。钟响滴答，有如挥鞭。她想拿出提篮里的刀，但是不敢伸手，因为他眼睛直盯着她——那双眼此时似乎由内发出独有光芒，大得像小盘子，装满希腊火药的小盘子，妖魔般的磷光。

你的眼睛真大呀。

这样才好把你看得更清楚。

四下全无老妇的痕迹，只有一根没烧到的木柴树皮上夹了一撮白发。女孩看见了，心知自己有生命危险。

我外婆呢?

这里只有我们俩，亲爱的。

此时四周响起一片响亮嗥叫，距离很近，近如厨房外的菜园，是一大群狼的声音。她知道最可怕的狼是外表看不出毛的那种，不禁打了个寒噤，尽管她把披肩往身上裹得更紧，仿佛它能保护她。但那是血的颜色，一如她必须流的血。

谁来给我们唱圣诞歌了，她说。

这是我兄弟们的声音，亲爱的，我最爱与狼为伴。你往窗外看，就可以看见他们。

雪厚厚积在窗框，她推开窗，朝菜园里望。一片月光雪色的白夜，暴风雪吹袭中有瘦削灰兽蹲坐在一排排冬季包心菜间，尖尖的口鼻全朝向月亮，发出犹如心碎的嗥叫。十头，二十头——多得算不过来的狼放声嗥叫，仿佛神智失常或已然癫狂，眼睛映着厨房火光，像一百枝蜡烛闪闪发亮。

外面好冷，他们真可怜，她说，难怪他们叫成这样。

她将狼群哀歌关在窗外，脱下鲜红披肩，那是罂粟花的颜色，是牺礼的颜色，是她月经的颜色。既然害怕没有用，她便不再害怕了。

我该拿这披肩怎么办?

丢进火里吧，心爱的。你不会再需要它了。

她把披肩卷成一团丢进烈焰，火立刻将它吞噬。然后她把衬衫往头上拉起脱下，她小小的乳房闪着微光，仿佛雪下进了屋里。

我该拿这衬衫怎么办?

也丢进火里吧，小亲亲。

细薄的平纹棉胚布猛燃起一阵火向烟囱蹿去，像只魔幻的鸟。接下来是她的裙子，她的羊毛袜，她的鞋子，全都进了火里，永远消失。火光照透她的皮肤边缘，如今她身上只剩下未经碰触的肉体。令人目眩的赤裸的她用手指梳开头发，那发看来白得像屋外的雪，然后她径直走向红眼睛的男人，男人蓬乱的鬃毛上爬着虱子。她踮起脚尖，解开他衬衫衣领的扣子。

你的手臂真粗呀。

这样才好把你抱得更紧。

此刻，世上所有的狼都在窗外嗥叫着祝婚歌，她自动送上那个欠他的吻。

你的牙齿真大呀！

她看见他的下巴开始流涎，满屋尽是森林的《爱之死》歌声，震耳欲聋，但这明智的孩子丝毫不退缩，尽管他回答：这样才好吃你。

女孩大笑起来，她知道自己不是任何人的俎上肉。她当着他的面笑他，扯下他的衬衫丢进火里，就像先前烧光自己的衣服。火焰舞动一如女巫狂欢夜的鬼魂，床下的老骨头喀啦喀啦发出可怕声响，但她完全不予理会。

不折不扣的肉食野兽，只有纯净无瑕的肉体才能使他餍足。

她会让他那令人生畏的头靠在自己大腿上，为他挑去毛皮里的虱子，也许还会照他要求把虱子放进嘴里吃掉，完成一场野蛮婚礼。

暴风雪会停息。

暴风雪停了，山脉凌乱覆着雪，仿佛盲眼女人胡乱铺上床单。森林中松树枝沉沉积满雪，吱吱嘎嘎几乎要折断。

雪光，月光，满地紊乱的爪印。

一片沉寂，一切沉寂。

午夜，钟响，圣诞节到了，这是狼人的生日。冬至之门大开，让他们全穿过去吧。

看！她在外婆的床上睡得多香多甜，睡在温柔的狼爪间。

狼女艾丽斯

若这个衣衫褴褛、一双条纹耳朵的女孩同我们一样会说话，她会说自己是狼，但她不会说话，只会因寂寞而嗥叫——然而用"嗥叫"这个词也不对，因为她年纪还小，发出的是幼狼的声音，叽里咕噜听来美味，就像火炉上一平底锅的肥油。有时候，隔着无法挽回的分离深渊，那收养她的同类的灵敏耳朵听见了她，便从遥远松林和光秃山边回应。他们的对位旋律横越夜空来回交错，试着与她交谈，但徒劳无功，因为她尽管会用却不了解他们的语言，因为她本身并不是狼，只是被狼奶大。

她伸着舌头喘气，厚厚的嘴唇鲜红，双腿细长结实，手肘、双手和膝盖都结了厚茧，因为她总是手脚并用地爬。她从来不走，而是小跑或狂奔。她的步调与我们不同。

两条腿的用眼睛看，四条腿的用鼻子嗅。她的长鼻子总是颤动着，筛滤所有闻到的气味。以这项有用的工具，她花很长时间检查每一样她瞥见的东西。透过鼻孔中细小茸毛的敏感滤网，她能捕捉到的世界比我们多得多，因此视力不佳并不使她困扰。她的鼻子在夜间比我们的眼睛在日间更加敏锐，因此她喜欢夜晚，向太阳映借来的冷凉月光不会刺痛她的眼睛，更能带出林地中各式不同气味。

她一有机会就去林地漫游，但如今狼群远远避开农夫的猎枪，因此她再也无法在林中遇见他们。

她宽肩长臂，睡觉时身体蜷缩成一小团，仿佛收卷起尾巴。她全身上下没有一点像人，只除了她不是狼：仿佛她自以为有的那身毛皮已融进皮肤，成为皮肤的一部分，尽管事实上那层毛皮并不存在。一如野兽，她活在没有未来的状态，她的生活只有现在式，是持续的赋格曲，是一个充满立即感官知觉的世界，没有希望也没有绝望。

人们在狼窝里找到她，在她养母被乱弹打死的尸体旁，当时她只是一团棕色小东西，全身缠着自己的棕发，人们起初没看出她是小孩，还以为是小狼。她以尖利犬齿朝试图救她的人咬，最后他们用强的，把她绑起来送到修道院。来到我们人类世界，头几天她只是缩着动也不动，瞪着房间的白石灰墙。修女们拿水泼她、拿棍子戳她，想让她有点反应，然后她或许会一把夺过她们手中的面包，飞快跑回墙角，背对着她们啃食。她学会坐直身子乞讨一小块面包的那天，见习修女都很兴奋。

她们发现，只要对她稍微和善一点，她并没那么顽劣。她学会辨认自己的餐盘，之后又学会用杯子喝水，教她一些简单的事并不难，但她不怕冷，她们花了很长一段时间才又哄又骗地让她套上一件连身衫裙，遮盖她大胆触目的赤身裸体。然而她似乎始终野性难驯，不耐烦受限制，脾气古怪莫测。修道院长曾试着教她感谢人家把她从狼群中救回，她却弓起背四脚着地，退到小教堂的远程墙角缩成一团，又是发抖，又是小便，又是大便——看似完全退化回原先的自然状态。这孩子短期内惹人注目好奇，但长期而言却尴尬棘手，因此将她交到公爵那新荒寂而不洁的居所，修道院方面并没有什么犹豫。

被送到城堡后，她又闻又嗅，但只闻到一股肉臭，一丝硫磺味道都没有，也没有熟悉的气息。她后腿着地安顿坐下，发出狗的叹息，那只是吐出一口大气，并不代表放心或无奈。

公爵又干又皱，像陈旧的纸张。在布料与干枯皮肤摩擦发出的窸窣声响中，他掀开被单伸出两条瘦腿，腿上满是荆棘刺穿他毛皮留下的旧疤。他独居在这阴森大宅，唯一的伴只有那个跟他一样都与我们其他常人迥异的孩子。他的卧房呈赤陶色，是一层痛苦的锈迹，看来像伊比利亚半岛的肉店；至于他本人，没有什么东西伤得了他，因为他已不会在镜中映出倒影。

他睡在一张装有鹿角的钝黑色铸铁床上，直到月亮，掌管变形并统御梦游者的月亮，伸出一根手指探进窄窗，不容抗拒地击中他的脸，然后他眼睛便突然睁开。

夜里，他那双其大无比、充满哀愁、贪婪肉食的眼睛被又大又亮的瞳孔占满，只看得见食欲。这双眼睛睁开，是为了吞噬这个他处处见不到自己倒影的世界，他已穿过镜子，此后便仿佛活在事物镜像的那一面。

月光照在结霜冻脆的草地，仿佛泼洒一地闪亮的牛奶。在这样一个夜晚，在充满月色、万物变异的天气中，人家说你很容易见到他——如果你笨得晚上还出门的话——沿着教堂墓地匆匆走过，背上扛着半具可口多汁的尸体。白色月光一再刷洗田野，直到一切全闪闪发亮，他会在白霜上留下爪印，在夜色中嗥叫着奔绕坟场，享受他狼性的盛宴。

隆冬中，早来的日落刚开始染红天空，附近方圆数里的人家便都关紧屋门上了闩。他经过之处，牛棚中的牛群紧张鸣叫，狗哀鸣着把鼻子埋进脚掌之间。他那副瘦弱肩膀上背负着诡异的恐惧重担，被分派扮演吃食尸体的角色，侵犯死者最后的隐私，夺去他们的身体。他苍白一如麻风，指甲尖又弯，没有任何东西阻挡得了他。如果你把尸体塞满大蒜，哎呀，他只会觉得特别美味：普罗旺斯式死尸。神圣的十字架只是他的搔痒柱，圣水盆也只是他口渴时趴凑着舔水的地方。

她睡在炉台的柔软温暖灰烬中：床铺是陷阱，她绝不肯躺上去。她可以做几样受过修女训练的简单活儿，把他卧房散落一地的毛发、脊椎与指骨扫进畚箕，日落他离去之后替他铺床，那时屋外有灰毛野兽嗥叫，仿佛知道他的变形只是戏仿他们。狼对猎物虽狠心，对同类却很温柔；若公爵是狼，他们一定会愤而将他逐出狼群，他只能隔着好几里远远跟在后面，等他们吃饱才能以肚子贴地的卑屈姿态接近猎物尸体，啃啃吃剩的骨头，嚼嚼兽皮。然而，被母亲在北方高地生下并抛下的她虽然喝狼奶长大，却既不是狼也不是女人，只是他的厨房下女，只知道替他打点杂务。

她在野兽群中长大。如果能将她，包括她的肮脏、褴褛和野生不驯，原封不动送回我们初始的伊甸园，当夏娃和发出咕哝哼声的亚当蹲在长满雏菊的河岸互抓毛皮里的虱子，那么她可能会成为引领他们一切的明智孩子，她的沉默与嗥叫真实一如大自然中任何一种语言。在那充满会说话的野兽与化草的世界，她会是仁慈狮子口中的血肉花蕾。但咬过的苹果怎能重新长肉填平伤疤？

她只能当个哑巴，尽管她不时会不自觉发出沙沙声响，仿佛喉头未经使用的声带是风的竖琴，被随机流过的空气吹响，那是她的低语，比天生哑人的声音更含糊不清。

村中坟场发现熟悉的破坏迹象。棺材被胡乱撬开，就像小孩圣诞节早上迫不及待拆礼物，内容物则毫无踪影，只剩下尸体原先披覆的新娘头纱碎片，勾在教堂墓地门口那丛野蔷薇间随风飘扬，因此人们知道他把尸体带去哪里，正是朝他阴森城堡的方向。

在时间的缝隙中，在那被世界放逐之地的恍惚状态中，女孩逐渐长大，周遭充满她无法名状或意识的事物。她想什么，有什么感觉，这个有着毛茸茸思绪和原始知觉的永恒陌生人存在于不停流动转换的印象里，没有字词能形容她如何越过梦与梦之间的深渊，醒着的时刻与睡时同样奇怪。狼群照顾她，因为知道她是只不完整的狼；我们把她隔绝在动物的隐私世界中，也正是由于畏惧她这种不完整，因为这让我们看见自己可能变成什么样子。于是时间就这么过去，尽管她几乎对之一无所觉。然后她开始流血。

起初她对自己流血大惑不解，不知道这是什么意思，这辈子她第一次有某种类似猜测的模糊感觉，指向可能导致此事的原因：她醒来感觉自己双腿间流出什么时，月亮正照在厨房里，她猜想某只狼，或许，喜欢她，就像狼那样，而那狼，或许，住在月亮里？一定是他在她睡觉时轻轻啃她的屄，友善地啃了好一会儿，轻柔得没有吵醒她，但足以咬破皮。这理论模糊不成形，然而从中生根长出一套古怪的推理，仿佛某只飞鸟脚爪夹的种子掉了一颗在她脑袋里。

血流持续了几天，在她感觉就像没完没了。她对过去、未来，或某段持续期间仍没有直接的概念，只知道没有维度的、立即当下的此刻。夜里，她在空荡荡的屋里到处搜寻，想找破布把血吸干；先前修道院教会她一点基础的卫生习惯，她知道要埋起排泄物，清干净自己身上的体液，尽管修女没办法传达什么是应该的，但她这么做的原因却是出自羞耻而非爱干净。

她在衣橱里找到毛巾、床单、枕头套，打从公爵尖叫哭泣着出生在这个世界，满口已长出的牙咬掉母亲的乳头以来，这些衣橱就不曾再打开过。她在结满蛛网的衣柜里找到曾有人穿过的舞会礼服，在公爵那染血之室的墙角也堆有曾包裹他那些食物的尸布、晚

277

礼服、入殓服装，等等。她选了些最容易吸水的质料撕成一条条，笨拙地为自己包起尿布。搜寻过程中，她无意间撞到镜子，那面公爵经过就像风吹冰层般了无痕迹的镜子。

一开始，她用口鼻去拱镜中的倒影，然后仔细闻嗅一番，很快就发现对方没有味道。她试着跟这陌生人扭打，口鼻压在冰冷玻璃面上瘀了血，指爪也折断了。她先是觉得讨厌，然后觉得有趣地看见，对方完全模仿她每一个动作，学她把前脚举起来搔痒，或者把屁股在满是尘埃的地毯上拖，想摆脱下半身某种轻微不适的感觉。她把头往倒影脸上蹭，向对方表示友好，但感觉一层冰冷、坚实、无法动摇的表面挡在她和她之间——也许是一种看不见的笼子？尽管有这层阻碍，但寂寞的她仍邀这只生物试着跟她一起玩。她露出牙齿咧嘴而笑，对方也立刻响应，让她开心得不得了，开始绕着自己打转，兴奋地尖声吠叫；但此时她离镜子较远，看见新朋友突然变小了令她困惑，狂喜的动作顿时中断。

月光自云层后照进公爵毫无动静的卧房，于是她看见这只跟她一起玩的狼非狼有多苍白。被月光照成白色的狼女艾丽斯看着镜中的自己，心想，不知这是否就是晚上来咬她的那只兽。接着她敏感的耳朵竖了起来，听见大厅里有脚步声，她立刻小跑回厨房，碰见肩上扛着一条男人腿的公爵。但她丝毫不感好奇，与他错身而过，脚指甲在楼梯上发出喀啦声响，她的宁谧是无法侵犯的，因为她具有绝对的、害虫一般的懵懂无知。

不久血不流了，她也忘了这事。月亮渐亏，又一点点逐渐复盈。当满月再度照在厨房，狼女艾丽斯惊讶地又开始流血，如此周而复始准时来临，改变了她对时间的模糊概念。她学会预期这些流血的日子，备妥破布待用，之后把脏污的布埋好。透过习惯，顺序建立了起来，于是她完全懂了时钟一圈绕过一圈的原则。不过在这

278

座她与公爵各居于自己孤寂中的大宅，时钟已彻底不存，因此或许可以换个方式说，她藉由这个一再重复的循环发现了时间本身的动作。

她在余烬中蜷缩成一团时，灰烬的颜色、质感和温暖让她想起养母的肚腹，将这记忆从过去引出，印在她身体上。那是她最早有意识的记忆，疼痛一如修女第一次替她梳头发。她稍稍嗥叫了一下，声音传得更稳更深，希望获得狼群那难解的安慰响应，因为现在她周围的世界已开始有固定形状。她意识到自己与周遭事物有本质上的差异，但是，我们或许可以说，她还无法"指"出这差异何在——只是，屋外草地上的树木和草叶不再像是她探索的鼻子和竖直的耳朵的延伸，而是自成存在，却又是她的某种背景，等待她的到来给予意义。她看见自己在那背景之上，清澈肃穆的眼睛也多了一种蒙胧、内省的眼神。

那种流血好像让她长出新的肌肤，她常花好几个小时加以检视，用长长的舌头舔舐这身柔软外皮，用指甲梳理头发。她好奇地检视自己新发育的乳房，那白色突起在她看来最像马勃蘑菇，晚上她在树林里四处走动有时会发现这种蘑菇，是一种出现得令人意外但仍属自然的现象。但接下来她大吃一惊地发现双腿间新长出一小片王冠般的毛发，于是去露给镜中的同窝小兽看，对方让她放心，给她看见她也有长。

受诅咒的公爵在坟场出没，相信自己既不如亦远胜凡人，仿佛这种丑恶的不同是一种神恩。白天他睡觉，镜子忠实映照出他的床，但永远照不出紊乱床单中那单薄形体。

有时候，在宅里只剩她独自一人的那些白色夜晚，她会拉出他祖母的舞会礼服，套上那绵柔的天鹅绒和刮人的蕾丝，因为这触感使她青春期的肌肤感觉很舒畅。她的镜中密友穿上那些旧衣，衣袖和紧身胸衣间飘出时日久远但仍强烈的麝鼠与麝香猫气息，令她开心地皱皱鼻子。这个永远完全模仿她一举一动的对象终于让她觉得无聊，更让她惊觉一个令人遗憾的可能性：这友伴或许就像阳光照在草地上的她的影子，只是这种影子特别精妙而已。很久以前，她和同窝的小狼不也曾跟自己的影子一起打闹翻滚吗？她用灵敏的鼻子在镜后找来找去，只找到灰尘、一只坐困自己网中的蜘蛛和一堆破布。她眼角渗出一点点水分，但此后她跟镜子的关系变得更加亲密，因为她知道在镜中见到的是自己。

她拖出公爵藏在镜后的礼服，抖了一阵，不久便将尘埃抖尽。她试验性地把前腿伸进袖子。尽管礼服又破又皱，但它是白色的，质感又那么细柔，于是她想，穿上它之前，必须用院子里的水泵打水洗净自己这身外皮上的灰，她知道怎么用灵巧的前脚操作那个水泵。在镜中，她看见这袭白礼服让自己发光发亮。

虽然层层衬裙使她只能用两条腿走路，跑不快，但她仍穿着这身新衣，出去探索十月此刻充满气味的矮树丛，就像一位来自城堡，初入社交界的年轻仕女。她对自己这模样很开心，但仍不时向狼群高唱，声音中带着胜利也带着惆怅，因为现在她知道怎么穿衣服了，将自己与他们的不同显而易见地穿在身上。

她在潮湿土地留下足迹，美丽又具威胁，一如鲁滨逊的星期五留下的脚印。

那死去新娘的丈夫花了很长一段时间计划复仇，将教堂塞满摇铃、书本与蜡烛，备妥大量银子弹，众人还用车从城里拉来一缸十加仑的圣水，由大主教亲自祝福过，打算用以淹死公爵，如果子弹失灵的话。他们聚在教堂里念诵一段祷词，然后等待那个人来造访这个冬天刚去世的死者。

如今她夜里更常出门，景色在她四周拼组起来，她将自己的存在灌输其中。她就是它的意义。

在她看来，教堂里的会众似乎是在徒劳无效地尝试模仿狼群之歌。她用自己训练有素的声音帮助了他们一阵，蹲在坟场门边摇晃着身体，若有所思。然后她鼻孔颤动，闻到死尸的臭味，知道与她共居一宅的那人来了；她抬起头，新近变得敏锐的眼睛看到的可不正是蛛网城堡的主人，正准备进行食人仪式？

她闻到呛人的焚香，感觉可疑，张大了鼻孔，而他却不然，因为她的知觉比他灵敏得多。因此，听见子弹噼啪时她将会跑啊！跑啊！因为就是这种东西杀死了她养母。全身被圣水淋湿的他，也将会以同样的轻快步伐大步奔跑，直到年轻鳏夫射出的银子弹穿透他肩膀，将他那身假毛皮射掉了一半，于是他便只能像普通的两只脚的动物站起身，在惊惶中尽可能一瘸一拐地前进。

看见白色的新娘从墓碑间跳出，朝城堡飞奔而去，狼人跌跌撞撞跟在后面，农民们以为公爵那名最亲爱的受害者出现了，要亲自了结一切。于是他们惊叫四散，逃离那将对他施加报复的鬼魂。

受了伤的可怜东西……卡在半人半狼的奇怪状态，变形过程只到一半便遭破坏，如今是个不完整的谜，躺在黑铁床上痛苦扭动，在那间像迈锡尼古墓的房里，嗥叫得像只一脚困在陷阱里的狼或分娩中的女人，流着血。

起初，听见那痛苦的声音令她害怕，怕它会像以前那样对她造成伤害。她四脚着地绕着床转，猖猖低吠，嗅着他的伤口，那味道跟她自己的伤口不像。之后，她跟瘦削的灰毛母亲一样产生了怜悯之心，跳上他的床，舔舐他脸颊和额头上的血与泥，丝毫没有迟疑或憎恶，动作迅速、温柔、沉重。

清澈月光照亮靠在红墙上的镜子，那理性的玻璃，那所有可见之物的主人，公正不私地映出喃喃低鸣的女孩。

她继续这样照料他，那镜子，极度缓慢地，向自身的物理性质和映照能力屈服。一点一点，逐渐地，镜中如相片显影般浮现影像，先是一团没形没状的线条网络，宛如困在自己渔网中的猎物，然后成为较明显但仍影影绰绰的轮廓，直到终于鲜明一如活生生实物，仿佛在她那柔软、潮湿、温柔的舌头下成形，公爵的脸于焉出现。

黑色维纳斯

黑色维纳斯

悲哀，多么悲哀，晚秋时节这些烟蒙粉红、烟蒙紫褐的傍晚，悲哀得足以刺穿人心。太阳在层层俗艳的卷云中离开天空，苦痛进入城市，一种最为苦涩的悔憾，一种对从不曾得知的事物的怀旧，这是岁末的苦痛，充满无能渴望的时光，无法慰藉的季节。美国人管秋天叫"Fall"，想着人类的堕落[1]，仿佛原初偷食禁果的致命戏剧必须在每年这个季节一再上演，规律循环，在这学童成群跑去偷摘果园果实的季节，在最日常的意象中浮现，显示任何孩童，每一个孩童，若要在美德和知识之间二选一，永远都会选择知识，永远选择艰难的那条路。尽管这女子不知道"悔憾"一词是什么意思，但她仍叹了口气，没有确切的原因。

一股股缭绕薄雾侵入巷道，从缓流河水上升起，像精疲力竭的灵魂吐出的气息，渗进窗框裂隙，使他们这层寂寞高处公寓的线条为之摇摆融化。在这些傍晚，你看东西的感觉就仿佛眼睛要化为泪水一般。

她叹气。

---

[1] fall 一词有"秋天"及"坠落"之义。

那发臭伊甸园里的释迦①，她，这个悲愁的夏娃，咬了——然后立刻被传送到此地，犹如梦中；然而她却又仍是白纸一张②。她从未将体验当成体验来体验，生活始终不曾增加她的知识，反而将其减损。如果你一开始便一无所有，别人会把你的一无所有也夺走，《圣经》是这样说的。

　　事实上，我想她从来不曾费神咬过任何苹果，因为，她根本不知道知识是干吗用的，不是吗？当时她的状态既非懵懂无邪也非蒙受神恩。让我来告诉你湘是什么样子。

　　她就像一台钢琴，在一个所有人双手都被砍掉的国家。

　　在这些悲哀的日子，在房间沉入暮色的这些忧郁时刻，他没有点亮灯光，调几杯酒，让一切变得舒适惬意，反而没完没了说着："宝贝，宝贝，让我把你带回你归属的地方，回到你那可爱慵懒的岛屿，有披金戴玉的鹦鹉在珐琅树上晃荡，你可以用你结实的白牙咬甘蔗，就像你小时候那样，宝贝。等我们到了那里，在轻快歌唱的棕榈树间，在紫色花朵下，我会爱你至死。我们回去那里，住在一间稻草顶小屋，门廊上爬满开花的藤蔓，一个穿白短连身裙、扎紧的辫子上系着黄绸蝴蝶结的小女孩会拿一把大羽毛扇为我们扇凉，搅动迟滞的空气，我们则躺在吊床上摇晃，左摇右晃……船，船正等在港口里呢，宝贝。我的小猴子，我的小猫咪，我的小乖乖……想想看，住在那里将是多么美好……"

　　但是，在这些日子，受霜寒啃噬又闷闷不乐的她可不是小乖乖或小猫咪，看来更像一身锈色羽毛的老乌鸦，在冒烟的火旁蜷成一团沮丧，恨恨地拿棍子戳着火。她咳嗽，她咕哝，她总是觉得冷，

_____

① 英文称为 custard apple，直译则为"奶黄酱苹果"。
② 原文为拉丁文。

286

总是有凉飕飕气流咬她的背或拧她的脚踝。

去，哪里？才不要去那里！亮过头的黄色海岸和刺眼的蓝天，用直接从颜料管里挤出、完全不加调配的粗浓色彩涂抹而成，透视比例突兀得就像小孩画的画，让你看得眼睛发疼。满天苍蝇的城镇。只有绿香蕉、番薯和橡胶般难嚼的串烤羊肉可吃。她打了个戏剧化的哆嗦，足以将膝上那只老大不高兴的猫给掀下去。反正她本来就很讨厌那猫，一看见就想掐死他。她想喝一杯，朗姆酒就可以。她用字纸篓中作废的草稿捻成纸卷，点起她那气味难闻的短小黑雪茄。

夜色踩着毛茸茸的脚走来，奇妙的云朵飘过窗外，是那种夜空无光时仍清楚可见的诡异幽魂般的云。屋主的奇想也没放过窗户：除了最上层的窗扇，所有窗玻璃全换成毛玻璃，让屋里的人可以不受干扰地眺望天空，仿佛住在热气球的篮子里，就像他朋友纳达尔成功升空好几次的那种热气球。

若一阵风吹来灵感，就像现在，摇得我们头上的瓷砖格格作响，这间漂亮公寓以及公寓里的波斯地毯、波吉亚家族① 用来喂人毒药的核桃木桌、球茎状椅腿上有十六世纪意大利艺术家雕刻出笑脸和鬼脸的扶手椅、墙上挂的廷多列托② 伪作（他是个孜孜不倦的收藏家，不过目前还太年轻，缺乏那种察觉自己被骗了的第六感）——在上天那些神秘气流的邀请之下，这处装潢妥适的小房间便会脱离楼下街道的系泊，起飞离去，飘过黑夜苍穹，缆索缠住一弯死产的新月，上升之际挤开一颗星星，把我们带到——

---

① Borgia 是文艺复兴时期权倾一时的家族，十四世纪兴起于西班牙，横跨十五、十六世纪，影响力遍及意大利、法国、西班牙，曾出过十一名神圣罗马教会主教、三名教宗、一名英国王后、一名圣人等，以权术倾轧、贪婪邪恶而臭名昭彰。

② 原名 Jacobo Robusti（1518-1594），威尼斯画家，十六世纪末重要艺术家。廷多列托（Tintoretto）是他的外号，意为"小染匠"，因其父从事此业。

"不！"她说，"才不要去那个鬼鹦鹉森林！别带我沿着奴隶船的路线回西印度群岛！还有把这只鬼猫放出去，免得他在你珍贵的波卡拉地毯上拉屎！"

他们有这个共同点，两人都没有祖国，尽管他喜欢假装她在蓝色大洋怀里有个瑰丽的家，把那个家硬加在她头上不管她喜不喜欢，他无法相信她跟他一样无所依归……但只有在想象飞行的时候，他们才一同处在自己的家，两人都在等待风起，将他们吹到某个奇迹的他处，某片好远好远的乐土，充满愉悦舒坦的乐趣。

然而，喝下一两杯酒之后，她便不再咳嗽，变得比较友善一点，同意解开头发让他把玩，他就喜欢玩她的头发。如果她天生的怠惰没有一发不可收拾——在光线暗淡房里的冒烟炉火旁，她可以一躺就是好几个小时、好几天，呈现植物般的恍惚出神状态——不过，有时她会把雪茄屁股往火里一甩，答应脱下衣服为爹地跳支舞；在追问之下她会不情愿地承认，这个爹地是个好爹地，买给她漂亮衣服，不时帮她弄点大麻，还让她不至于沦为阻街女郎。

十月的夜晚，纤弱的弯月，地球将刺客的明亮共犯藏在阴影里，让一切变得更加神秘——在这样的夜晚，月亮可以说是黑色。

他渴望看她跳的这支舞是他特别为她设计的，由一连串淫荡的姿势组成，妓院私房风格但不失品味，他喜欢看她有节奏地款摆，而非四处乱蹦踢腿。他喜欢她跳舞时戴上所有手镯和珠链，全身披挂他买给她的珰琅首饰，都是人造假宝石，不能卖，否则她早就卖了。她边跳边哼着克里欧人的小调，她喜欢那些猥亵的歌词，关于鞋匠的老婆狂欢节做了什么，或者某个渔夫蔚为传奇的那话儿尺寸，但爹地完全不注意他的海洋女妖唱些什么，只把那双灵活明亮的黑眼盯着她披戴珠饰的肌肤，仿佛真的入了迷，好个容易上当的笨蛋。

"笨蛋！"她说，语调几乎是温柔的，但他没听见。

火光中，她投下长长的影子。她个子极高，是那种一百年后将会装点疯马夜总会或巴黎赌场舞台的美丽女巨人，穿戴亮片三角裤和闪亮假珠宝，高若神祇，色泽和质感一如麂皮。裘瑟芬·贝克[①]！但活力充沛从来不是湘的天性，她最突出的特质是对任何不能吃、不能喝、不能点来抽的东西抱着迟滞的怨恨。饮食、燃烧，这些是她的天职。

为爹地跳性感舞蹈的整个过程中，她心中冷笑生着闷气，无聊而出神地看着他买给她的串串玻璃珠在头上天花板拖曳投射出繁复光芒。她看似光源，但这是幻觉，她发光只因为将灭的火焰照亮了他送她的礼物。尽管他的注视使她发亮，但他的影子让她变得比原本更黑，他的影子可能将她完全遮蔽。她是否有颗善良的心全凭各人猜测，她是"吃苦头学校"养大的，而够多的苦头足以除掉任何人的心。

尽管湘的个性并不倾向内省，但有时候，当她扭动在那飘浮半空中、拉扯着系绳、渴望飞去寻找深受诗人们喜爱的月之女神的黑暗房间，她会纳闷，在一个付钱的男人面前裸体跳舞跟在一群付钱的男人面前裸体跳舞有何差别。她的印象是，两者之间的差别跟道德有点关联。十六岁时，她曾在夜总会直着嗓子唱她现在哼的这些克里欧小调，当时，吃苦头学校的教师，也就是夜总会的其他歌舞女郎，告诉她两者之间的差别可大了，而十六岁的她最大的愿望就是被人包养，也就是说，不必沦为阻街女。卖淫是数目的问题，也

---

① Josephine Baker（1906–1975），生于美国，后定居巴黎并归化法籍的知名歌舞表演者，当时正值法国对非洲文化极感兴趣的年代，她将美国黑人歌舞艺术引进欧洲。第二次世界大战期间加入法国反抗运动，二十世纪六十年代参与美国民权运动，退休后创办孤儿院。

就是一次付你钱的人不只一个。那是坏事。她不是个坏女孩。跟爹地以外的男人睡觉，她从不让他们付钱，这是名誉问题，是忠实问题。（这些伦理学推测中暗含着反讽的可能，但她的情人认定她杂交只因为她性喜杂交。）

然而现在，跟他在云端度过几个疯狂的季节之后，有时她会自问是否打对了牌。如果她反正得靠裸体跳舞为生，那她为什么不能靠裸体跳舞直接换来手中实实在在的钞票，赚钱养活自己？嗯？嗯？

但话说回来，一想到要安排新的职业生涯，她就打呵欠。在不同领班和歌舞秀场之间穿梭来去等等，多费力啊。而且该索取多少钱？她对自己的使用价值只有最朦胧的一点概念。

她裸体跳舞，项链耳环叮玲作响。一如往常，只要终于抬起懒屁股开始跳舞，她其实倒还蛮乐在其中。她对他几乎感觉温情，他年轻英俊是她的好运。她的厄运则是他财务状况不稳定，抽鸦片，涂涂写写，而且还……但想到"而且"，她便猛然中断自己的思绪。

她坚定只想自己的好运，向情人伸出双手，龇牙——尽管白齿已黑烂残缺，但尖尖犬齿仍白如吸血鬼——邀他与她共舞。但他从来不与她共舞，从来不，怕弄乱衬衫还是撑断领子什么的，不过若是抽了大麻他倒会随着节奏拍手。她喜欢他这样，让她觉得自己受到欣赏。几杯酒后，她把其他那些事也都忘记，尽管她当然已经猜到了。女孩们聚在化妆间害怕地小声说着那些食尸鬼般的症状，朝预言命运的镜子里瞧，看见的不是自己的粉嫩脸蛋，而是涂了胭脂的骷髅头。

当她独自在炉火前喝几杯，一想到这事就发出可怕的老丑婆笑声，仿佛她已是那个她将会变成的老丑婆，为一个阴森的笑话发笑，笑话主角便是她此刻仍是的这个暗地流脓的漂亮女孩。在女巫狂欢夜，年轻女巫对老女巫夸耀："我赤裸骑在山羊背上，展示我年轻美丽的身体。"把老女巫笑死了！"你会烂掉的！"我会烂掉的，湘心想，大笑。粗哑苍老的犬儒笑声非常不适合湘这样专为取乐而生的人，但对于专为取乐而生的人，梅毒岂不是最具代表性的命运？不也是你为了这个太阳的孩子，这个从安地列斯群岛带来腐败与无辜的灾难性混合的孩子，所付出的代价？

她可是来得干干净净，到巴黎的时候身上只有疥癣、钱癣和营养不良。因此这是个差劲的笑话，在湘出生之前几个世纪，阿兹特克的女神娜哈瓦津在征服者的船上倒满了轮椅、墨镜、拐杖和汞药丸，随着他们巧取豪夺的战利品一同从新世界带回旧世界，那是遭到强暴的美洲大陆的报复，在欧洲人的床上传播繁衍。湘天真无辜地沿着娜哈瓦津的路线渡越大西洋，但并未带来任何情欲的报复——头一个保护者就把病毒传给了她，正是她信任能带她远离那一切的男人。想起来足以让马开口大笑，只不过她是个宿命论者，她觉得无所谓。

她向后仰身，直到黑羊毛般的长发披散在波卡拉地毯上。她的身体柔软灵活，可以弓成一道桃花心木色的彩虹。（注意她的大脚和强壮的大手，能干得足以担任护士。）若说他是鉴赏美的行家，她便是鉴赏最巧妙羞辱的行家，但她向来都太穷，而承认羞辱之为羞辱是种奢侈，她负担不起。你得逆来顺受。她下腰弯背，足可让一个小男孩从底下跑过。倒流的血液在她耳中鸣响。

这样上下颠倒，她可以看见没换成毛玻璃的最上层右窗外，一弯镰刀月，精准得仿佛贴在天空。这月牙大小一如剪下来的宽宽一弯指甲，看得见月面其他部分被地球阴影遮住的模糊轮廓，仿佛地球被抓在月亮闪亮的爪子间，你可以说月亮将世界抱在怀里。月钩下，一根绷得紧紧的无形线挂着一颗亮得出奇的星。

那只当家的玄武岩花色的猫，沿着码头散步拉撒完毕，此刻在门外喵叫要人放他进屋。诗人放猫进来，猫跳进他敞开以待的怀里，公寓中充满他快乐的呜噜声。女孩打算用她灵活的长脚趾掐死猫，但做完那套感官运动使她心情宽容，不久就笑了起来，因为看见他对猫的爱抚和亲昵跟用在她身上的一样。她原谅了猫的存在，她和他有很多共通点。她利落放掉背上的弓，扑通坐在地毯上，揉着发酸的肌腱。

他说她跳起舞像条蛇，她说蛇不会跳舞，蛇又没腿，于是他说，但语气是和蔼的，你真蠢哪，湘；但她知道他连看都没看过蛇，根本没见过蛇的动作——那一整套横向的迅速击打，挥动自己一如挥鞭，留下身后沙地上一道道波纹般的蛇痕，快得吓人——如果他见过蛇移动的样子，就一定不会这么说。她忿忿走开，打量自己冒汗的乳房，反正她也想洗个澡，发出鼠般气味的阴道分泌物让她有点担心，这是以前没有过的，是不祥的，是可怕的。但，没有热水，这个时间没有。

"如果你付钱的话，就会有人送热水来。"

这下轮到他生闷气了。他又开始清理指甲。

"只因为我皮肤的颜色不显脏，你就认为我不需要洗澡。"

射出这第一支利嘴泼妇的飞镖，如果她有心，此种紧绷、刺人的攻击大可以持续一个小时以上，但她没了胃口，突然感觉一切都无所谓了。有什么重要呢？我们全都会死，我们现在就跟死了差不多。她缩起双腿下巴靠膝，蹲在火前盯着余烬，眼神空洞，脸上表情维持阴郁的怨恨。猫静静走来身旁，仿佛刻意添上一抹撒旦式的光彩，让你想象女子和猫都在与火中恶魔沉默对话。只要猫不来烦她，她就不理会他，她们一同独处。猫和女子各自沉浸在如此私密的世界，诗人感觉自己被排除在外，只好退开，浏览架上那些珍贵的善本书，镶珠宝的弥撒书，古书，从特殊店里买来、一翻开就会受到诅咒的书。他珍惜着他那好不容易激起的性欲，等她再度愿意承认它。

他认为她是一只黑暗的花瓶，若将她倾倒，便会流出黑光。她不是夏娃，她本身就是禁果，而他已将她吃下！

> 诡异的女神，夜般朦胧，
> 散发麝香抹于烟草的气息，
> 是萨满巫医变出你，大草原的浮士德，
> 黑色大腿的女巫，午夜的孩子……

没错，将她从深渊中变出——她眼里仍留有那深渊的毁灭记忆——的浮士德一定是用他的灵魂换来她的存在；黑色海伦的双唇吸尽诗人的精神骨髓，尽管她并无心如此。除了一日三餐和几杯酒，她没有太多清楚意识的欲望。若她是佛教徒，应该很有希望修成正果，因为她要的那么少，但是，可叹哪，她还是会受到需求的烦扰。

猫打个呵欠伸懒腰，湘回过神来。她用一首未完成的十四行诗捻起纸卷，点燃又一根短小雪茄，一身玻璃珠叮叮当当，回到诗人身边，以她那无可模仿的、半是嘎哑半是爱抚的声音，仿佛以蜂蜜喂养长大的乌鸦的声音，带着安地列斯群岛的懒散腔调，向他要一点钱。

似乎没人知道湘·杜瓦生于何时，不过她与查尔·波德莱尔相遇的年份（一八四二）有很确切的记录，而他另两名情妇，阿格拉雅裘瑟芬·萨巴提耶以及玛莉·多布伦的生平也都有详尽资料。除了杜瓦之外，她也用过波斯普和勒莫这两个姓，仿佛她的姓名无关紧要。她来自何处也是个问题：不同书有不同说法，印度洋上的模里西斯，或者加勒比海的圣多明各，这天南地北的两个角落任你选择。（如果她是葡萄酒，她的产地会更受重视一些。）模里西斯看来像是碰运气的瞎猜，只因波德莱尔一八四一年的印度之旅没抵达目的地，在该岛停留了一段时间。圣多明各又名哥伦布的西班牙岛，现在是多米尼加共和国，邻接海地，有段动荡的历史。法国大革命时，该地的徒桑·卢维度率领奴隶群起反抗，成功推翻了法国庄园主的统治。

尽管法国国会一七九四年不经辩论便通过法案，取消所有领地的奴隶制度，但拿破仑又在马丁尼克和瓜德鲁——不过不包括海地——重新实施蓄奴，这些奴隶直到一八四八年才正式解放。然而法国居民的非洲情妇常可脱离奴隶身份，她们的孩子亦然，异族通婚在当时也并不罕见。克里欧人的中产阶级于焉产生，嫁给实施蓄奴的拿破仑而成为法国皇后的约瑟芬便出身此一阶级。

湘·杜瓦不太可能出身此一阶级，就算她真的来自马丁尼克；由于她似乎会说法语，马丁尼克至少也是可能性之一。

在《展露我赤裸的心》中，他记了一笔："人们恨美。例子：湘和穆勒太太。"（穆勒太太是谁？）

街上的小孩会拿石头丢她，她个子高高又像个女巫，喝醉时步履摇摇晃晃，带着醉鬼那种永远招人嘲弄的脆弱忸怩的尊严，永远把她那颗困惑的头和满头庞然如斗篷披散的长发骄傲高抬，仿佛头上顶着装满忘川全部河水的巨大水罐。也许他看见她在街上哭泣，因为小孩拿石头丢她，骂她"黑母狗"或更难听的话，从阴沟里抓起一把把烂泥甩在她马鬃布篷裙的漂亮白色荷叶边上，因为他们认为她属于阴沟，她这个妓女居然敢装模作样走到街角小店去买小雪茄或普通香烟或朗姆酒，头还抬得老高仿佛她是全非洲之后。

但她是被罢黜的皇后，被放逐的王族，因为，她不是已经失去了那众多国家各式各样的财富吗？

遭人夺走了贝宁的青铜门，达荷美国王宫廷的亚马逊女战士的铁胸甲，提布克图那伟大大学的秘传智慧；被夺走了光华灿丽的沙漠城市，有骑士在城墙边奔驰，以两倍于身长的号角欢迎夜色降临。有黑色圣人和神圣狮子的阿比西尼亚对她而言甚至连传说都不是，人与豹角力的大草原她也半点不知。她黑色皮肤连结的那片大陆已从她记忆中切除。她被剥夺了历史，纯粹是殖民地的孩子，是殖民地——白色的，专横的——播下她的种。她母亲跟着水手走了，剩下外婆在只有一张破布床的房间里照顾她。

外婆对湘说："我生在船上，我母亲死了，被丢进海里喂鲨鱼。另一个来自某个其他国家的女人刚好生下死胎，便喂我吃她的奶。我不知道父亲是谁，也不知道我是在哪里怀的，不知道是在哪处海岸或什么情况下。我养母不久就在庄园上死于热病。我断了奶，我长大。"

然而湘仍保有一份负面的遗产：如果你试着要她做任何她不想做的事，如果你试着侵蚀她那小块钢铁般的、以怠惰形式呈现出来的自由意志，你便会看出她先前曾如何耗尽传教士的耐心，于是只继承了法律允许的那二十九下鞭打，连自怜都没有。

她外婆说克里欧话、土话，除此之外不懂其他语言，说得很蹩脚也把它蹩脚地教给湘；湘来到巴黎，开始跟时髦人物来往之后尽可能将它变成正统法语，但只变了个半吊子，她的心不在这上面，也难怪。仿佛她的舌头被切掉，另缝上一根不太合适的。因此可以说，不是湘不懂她情人那精雕细琢、宁谧中隐含不安的诗，而是那诗是对她永远的冒犯。他一天到晚对她诵诗，使她疼痛，愤怒，擦伤，因为他的流畅使她没有语言，使她变哑，一种更深层的哑，呈现为一连串不合文法的粗声咒骂与要求，对象倒不是她的情人——她挺喜欢他的——而是她自己的处境，巨鹰般的无知黑女孩，什么都不会。更正：只会一件事，尽管梅毒螺旋体已经在勤奋啃噬她的脊椎骨髓，当她将遗忘的惊人重量顶在亚马逊女战士般的头上时。

他心中的女神，诗人的理想，容光焕发地躺在床上，房里贴着红黑相间的哀戚壁纸。他喜欢她把自己变成一幅画面，为他明亮的眼睛提供豪华盛宴，但他永远眼大肚子小。

维纳斯躺在床上，等待风起：染了煤灰的信天翁渴望暴风雨。旋风！

她知道信天翁。是贝壳装着赤裸裸的她渡越大西洋，她抓着自己耻骨上一大丛阴毛。小小的黑天使们为她吹起大风，信天翁随之滑翔。

信天翁可以八天飞绕世界一圈，只要总能飞在有风暴的地方。水手给这些大鸟取了难听的名字，什么呆头鸟、笨鹰的，因为他们在地面上呆傻笨拙，但风，风才是他们的归属，他们御风自如。

在那里，在远远的下方，在世界的屁股又变窄的地方，如果你走得够南边，便会再度来到永寒之地。寒冷是我们对这个地球经验的开始和结束，那些冰雪山脉刮着公牛咆哮般的呼啸狂风，杳无人迹，只有神态庄严的企鹅，他穿的长礼服跟你挺像，爹地，令人尊重但，跟你不一样的是，宠爱妻子的企鹅把珍贵的蛋托在双脚上，让他亲爱的妻子出外享受愉快时光，就南极所能提供的愉快程度而言。

如果爹地像企鹅，我们会快乐得多；这屋里容不下两只信天翁。

风是信天翁的归属，正如家是企鹅的归属。在"翻腾的四十年代"或"激昂的五十年代"，狂风不停由西吹向东，从有人居住的大陆最偏远角落吹向无法居住的蓝色梦魇般的冰，这些大鸟欢欣喜悦地滑翔，往南，再往南，更往南，南得反转了诗人概念中鹦鹉森林与闪亮海滩的南方。在那里，在那南方，只有阴冷单色调，不会飞的鸟是观众，看着这些生活在风暴中心的空中飞人——就像布尔乔亚，爹地，乖乖把蛋抱在脚上坐着，看我们这些艺术家在高空秋千上冒死演出。

女子和情人等待风起，带他们离开这阴郁的公寓。他们相信自己可以乘风高飞，那阵风将会像是来自另一个星球。

她抹椰子油保持头发亮泽，年轻男子深深吸进椰油的芬芳。他那苦闷的浪漫主义将这加勒比海厨房的家常气味变成热带岛屿的馨香空气，有时他能说服自己，那些岛屿就是他所渴望的乐土。他活跃的想象发挥炼金术的效果，将她刚跳过舞新出了汗的健康气味加以转变，认为她的汗闻起来有肉桂味，因为她毛孔里都充满香料，她的肉体与他不同。

在他们的关系中很重要的是，当她换上私密的赤裸服装，穿戴无关裁缝的首饰与胭脂，他必须保持十九世纪男性的公众装束，长礼服（剪裁精致）、白衬衫（纯丝料，伦敦师傅量身定做）、牛血色领带以及无懈可击的长裤。《草地上的午餐》的意义远不只是表面看来那样。（马内也是他朋友。）男人是做事的，要穿上做事的服装，他的皮肤就是他的生意；他是人工的，是文化的产物。女人是存在的，因此一丝不挂便已穿戴妥当，她的皮肤是公众财产，她是与自然合而为一的生物，而她简单的肉体，他坚持，才是最可厌的作假。

有一次，在她被包养之前，他和一群波西米亚艺术家设法将她从夜总会顾客群中掳来，扛走先是抗议然后大笑的她，深更半夜在街上四处走，要找地方带他们这奖品去再喝一杯。她直截了当在街上撒尿，没事先说一声，也没独自拐进小巷，甚至连他的手臂都没放开，就这么双腿岔开跨在阴沟上尿了，仿佛这是全世界最自然不过的事。哦，那液体奔泻的声音是多么令人意外的中国铃声啊！

　　（那时，诗人裤裆里的拉撒路复活了，不请自来地敲着布料棺材盖。）

　　湘用另一手挽起裙子，跨过那摊尿，于是他看见她白长袜脚踝处溅了尿渍。在他过度敏感的惊恐知觉里，那液体似乎是一种体酸，灼蚀了棉袜布料，融化了她的衬裙、紧身褡、衬衫、洋装、外套，使此刻走在他身旁的她变成巡行的物神，野蛮，淫秽，令人惊恐。

　　他自己总是戴着浅粉红小羊皮手套，柔软贴合一如将来妇科医师会戴的橡胶手套。看着他玩弄她的发，她平静地想起夜总会里一个红发朋友曾在妓院短暂当过一阵学徒，但不久便脱离那行业，因为她发现好一部分客人只想要她允许他们射精在她那头华灿的提香式鬈发里。（其他女孩听了都咯咯笑。）红发女孩心想，整的说来，这样乱糟糟搞一下倒比一般性交卫生也较不讨厌，但如此一来她就得经常洗头发，使她那头——事实上是这眯眯眼小个子唯一的——辉煌特色失去了重要的天然油泽。娼妓既是卖家也是商品，她就是自己在这世上的投资，因此必须好好照顾自己；眯眯眼的红头发决定她不敢冒险如此浪掷自己的资本，但湘从来没有这种生意人的个性，她不觉得她是自己的财物，因此她把自己免费送给每个人，只有诗人例外，因为她太尊敬他了，不能随便提供如此暧昧的礼物而不求报偿。

"帮我把它弄起来。"诗人说。

> 信天翁以奇特的求偶招数闻名。整个繁殖期间，他们跳着丑怪笨拙的舞，加上鞠躬、刮擦、鸟喙一开一合，发出长长的鼻音叫声。
>
> ——《世界鸟类》，奥立佛·L.奥斯汀二世

他们并不擅长筑巢，地上随便一个浅坑就行，或者他们也许会自行挖出一小堆土。他们只肯对土地做出最低级的让步。他想象他们的床正像信天翁的巢，只是匆匆暂时的居处，而命运，全世界最伟大的领班，把他们这两只奇怪的鸟关在一起。在这过渡的放逐之中，任何事都可能。

"湘，帮我把它弄起来。"

什么事一到这家伙身上就变得很复杂！连干一炮都能搞成足以搬上法兰西剧院的演出，要让他射出来可是一出五幕剧，中间穿插闹剧和其他能让你哭泣的段落，而且事后他确实会哭，他觉得羞惭，他谈起他母亲，但湘不记得母亲，而外婆拿她跟某个水手换了两瓶酒，外婆说对这交易很满意，因为湘那时已经开始惹麻烦，长大得衣服全穿不下，又吃得太多。

他们一同解开越轨的历史之际，炉火熄了；窗户仅有的几片透明玻璃中，又小又白的闪亮冬月从左上方窗玻璃的左上角出发，在卫星陪伴下缓缓画弧走完了横渡黑暗夜空的最后一段路。当湘坚苦卓绝地伏在情人身上为他的肉欲努力，仿佛他是她的葡萄园而她正以吃力不讨好的苦工在天堂储存财宝，月与星一同来到了右下方的窗玻璃。

如果你看得见她，如果这里不是这么暗，她会看似遭到抢劫的

被害人。那双悲切的眼睛像深渊，但她会将他抱在怀里，安慰他在自我厌憎背叛之中留在她体内的共通人性痕迹，他因此怨恨责怪她，也因此将会荣耀她，送给她诗人承诺的永恒。

月与星消失。

纳达尔说曾再见过她一次，在又聋又哑、半身不遂的波德莱尔死后差不多一年。诗人被疾病征服之前的最后几个月，终于变得与自己都成陌路，别人拿镜子给他照，他会向镜中倒影鞠躬，仿佛见到陌生人。他叫母亲在他死后照顾湘，但他母亲什么都没给她。纳达尔说看到湘撑着拐杖，沿着人行道一颠一颠朝酒吧走去，没了牙齿，绑着头巾，但还是看得出那头如云秀发都已掉光。她那张脸会吓坏小孩。他没有停步跟她说话。

船开往马丁尼克岛。

牙齿是可以买的，你知道，头发也可以买。用修道院新进修女剪下的头发做成的假发最好了。

那个男人自称她兄弟，也许他们真的是一母所生，有何不可？她完全不知自己母亲后来怎么样了，这个混血黄皮肤的假设异父兄弟出现得正是时候，以天生企业家的技巧接管她混乱的财务——就算他是魔鬼梅菲斯托，她也不在乎。诗人死前那段时间，趁母亲不注意偷偷拿给她的那些东西，他们都攒起来了。这里五十法郎给湘，那里三十法郎给湘，倒也积少成多。

她惊讶地发现自己有多值钱。

再加上卖掉一两份没被她用来点雪茄的手稿；还有些书，尤其是里面龙飞凤舞写着题献的那些；还有袖扣和一抽屉又一抽屉几乎没戴过的粉红小羊皮手套。她兄弟知道上哪去卖。日后，与诗人相关的任何物品，甚至他蹩脚的图画，都能卖到令人惊讶的好价钱。他们在一个积极的经纪人那里留下一份档案。

她穿着一袭黑色柞蚕丝新衣，受损若干但仔细修整过的脸遮着隐恶扬善的面纱，搭上汽轮离开欧洲前往加勒比海，就像个好人家的寡妇，毕竟她还不满五十岁。她看来完全可能是某个小公务员的克里欧妻子，在他死后启程返国。她兄弟已经先去了，物色他们要买的房地产。

一路上她没受到任何信天翁打扰，完全没去想奴隶船的路线，除非是拿外婆当年渡洋的旅程与自己现在舒适的航程做比较。你可以说湘找到了自己，从半空中降回实地，并且，借助象牙手杖，她在地面上走得很稳。海风有益她的健康。她决定戒掉朗姆酒，除了每天晚上算完账之后、上床之前来一小杯。

如今她年事已高，每天早上穿着庄重的黑衣出现，撑着手杖身体有点倾斜，但姿态堂皇，只有曾狮口逃生的人才能如此。她走出那栋门廊爬满藤蔓的迷人房屋："您早，杜瓦太太！"诌媚的园丁高唱道。听来多么顺耳。她正要把昨晚的收入拿去银行存。"多谢您，杜瓦太太。"一旦尝到受人尊敬的滋味，她的胃口立刻变得贪得无餍。

最后，到了岁数极大的老年，她终于向骨头里的疼痛投降，由一群为她服丧的女孩送到教堂墓地。直到那时之前，她都仍继续向殖民官员中的高层人士，以并不过分的价钱，散播货真价实的、如假包换的、纯正的波德莱尔梅毒。

原注:

293 页的诗句译自:

Sed Non Satiata

Bizarre déité, brune comme les nuits,
Au parfum mélangé de musc et de havane,
Oeuvre de quleque obi, le Faust de la savane,
Sorcière au flanc d'ébène, enfant des noirs minuits,

Je préfère au constance, à l'opium, au nuits,
L'élixir de ta bouche où l'amour se pavane;
Quand vers toi mes désirs partent en caravane,
Tes yeux sont la citerne où boivent mes ennuis.

Par ces deux grands yeux noirs, soupiraux de ton âme,
Ô démon sans pitié! verse-moi moins de flamme;
Je ne suis pas le Styx pour t'embrasser neuf fois,
Hélas! et je ne puis, Mégère libertine,
Pour briser ton courage et te mettre aux abois,
Dans l'enfer de ton lit devenir Proserpine!

——《恶之花》,查尔·波德莱尔

　　《恶之花》中据信描写湘·杜瓦的其他诗作通常合称"黑色维纳斯篇",包括《珠玉》《长发》《舞动的蛇》《异国之香》《猫》《我爱你一如夜色苍穹》,等等。

吻

中亚的冬季刺骨阴郁，汗淋淋臭烘烘的夏季则带来疟疾、赤痢和蚊虫，但在四月，空气轻抚过你，触感就像大腿内侧的肌肤，处处盛开的满树花朵香气也浇熄了城里众多化粪池令人呼吸困难的恶臭。

每个城市都自有其内在逻辑。想象一个城市用孩童的蜡笔画成直截了当的几何图形，有赭，有白，有浅赤褐；房舍的淡黄色低矮露台仿佛从泛白泛粉红的土地长出，而非建造于其上。一切都罩着薄薄一层尘沙，就像蜡笔留在你手指上的碎粉。

在这些漂淡的苍白颜色中，那些古代陵寝散发虹彩的瓷砖硬壳更显炫目。凝视之下，鲜活搏跳的伊斯兰蓝会逐渐转绿；青蓝与翠绿相互交错的球茎状圆顶下，玉棺里躺着曾横扫肆虐亚洲的帖木儿。我们造访的是一座真正的神奇传说之城，这里是撒马尔罕。

乌兹别克当年的革命承诺让农妇都有丝料穿，而至少这一项确实没跳票。她们的衣衫是纤薄丝绸，粉红与黄，红与白，黑与白，红、绿与白，鲜艳色彩相互渍染的条纹亮丽夺目有如幻觉，此外她们还戴着许多红玻璃首饰。

她们看似总在皱眉，因为前额画着一道粗黑横线，将两侧眉毛连成一气，眼睛周围则涂以墨粉，乍看让人吓一跳。她们的长发编成二三十根缠卷的麻花辫，年轻女孩头戴刺绣金线、缝缀珠饰的天鹅绒小帽，年长妇女则以两条印花羊毛巾遮头，一条紧系在前额，另一条披散在肩。面纱已经六十年没人戴了。

她们步履坚定，仿佛并非住在一座想象的城市。她们不知道，在外国人眼中，她们和缠头巾、穿羊皮外套羊皮靴的男同胞全珍奇稀罕一如独角兽。她们满身披挂着闪亮无邪的异国风情，她们的存在完全抵触历史。她们不知道我知道她们什么，不知道这城市并非全世界。她们所知的世界就是这座城市，美若幻觉，阴沟长出鸢尾花，茶馆里一只绿鹦鹉挪蹭着藤编鸟笼的栏杆。

市场有一种犀利的青绿气味。一个眉毛涂成黑条的女孩手拿水杯，往芜菁上洒水。此时开春不久，只能买到去年夏天晒干的水果——杏、桃、葡萄干——还有少数珍贵的皱巴巴石榴，存放在木屑中过冬，现在剖成两半放在摊子上，展示满腹仍保持湿润的红宝石。撒马尔罕的一样特产是咸杏仁果，甚至比开心果还好吃。

一个老妇卖白星海芋。今天早上她从山区来，那里有野郁金香绽放一如血泡，甜蜜呢喃的斑鸠在岩石间做窝。老妇拿面包蘸一杯酪乳当午餐，慢慢吃着，等花卖完了，她会回到那些花生长的地方。

她几乎像是存在于时间之外，或者说，她仿佛在等谢赫拉莎德①体会到最后一个黎明已经来临，讲完最后一个故事之后归为沉默。然后，这个卖海芋的老妇或许才会消失。

一头山羊在废墟中啃吃野茉莉，这废墟是帖木儿美丽的妻子建造的清真寺。

帖木儿出外征战时，妻子命人动工这座清真寺，想给他一个惊

---

① Scheherazade，《天方夜谭》中夜夜讲故事不辍的苏丹妃。

喜，但当他即将返国的消息传来，寺里却还有一处拱门尚未完成。她直接找来建筑师，求他加快赶工，但建筑师说若要及时竣工，她必须给他一吻。一个吻，单单一个吻。

帖木儿的妻子不仅非常美丽、非常贞洁，同时也非常聪明。她去市场买来一篮蛋，煮熟，染成十几种不同颜色，然后召唤建筑师进宫，叫他选自己喜欢的吃。他挑了一颗红蛋。吃起来什么味道？就是蛋的味道。再吃一颗。

他挑了一颗绿蛋。

那颗吃起来又是什么味道？跟红蛋一样。再试一次。

他吃了一颗紫蛋。

只要新鲜，每一颗蛋吃起来味道都一样，他说。

这就是啦！她说。这里每一颗蛋看来各不相同，但味道全都一样。所以你可以亲吻我任何一名使女，但请不要向我索讨。

好吧，建筑师说。但不久他又回来找她，端着托盘，盘上放了三个碗，看似都盛满清水。

每一碗喝一口，他说。

她拿起第一碗喝了一口，然后第二碗，但喝到第三碗却又咳又呛，因为碗里盛的不是水，而是伏特加。

伏特加和水看起来很像，但味道大不相同，他说，爱情也是这样。

于是帖木儿的妻子吻了建筑师的嘴。他回到清真寺完成拱门，同一天帖木儿也凯旋归来，驰入撒马尔罕，大军浩荡，旌旗飘扬，囚笼里关着各国君王。但帖木儿去找妻子时，她却回避他，因为尝过伏特加的女人不可再回后宫。帖木儿用木柄皮鞭抽打她，直到她说出自己吻了建筑师，他立刻派刽子手马不停蹄赶去清真寺。

众刽子手看见建筑师站在拱门上，立刻拔刀奔上楼，但当他听见他们追来，便长出翅膀，飞到波斯去了。

　　这个故事有着简单的几何图形，以及孩童蜡笔的鲜明色彩。这故事里的帖木儿之妻前额会横画一道黑线，头发绑成十几二十根小辫子，就像任何一个乌兹别克女子。她会在市场买红白芜菁给丈夫做晚餐，逃离丈夫之后或许就在市场讨生活。或许她在那里卖海芋。

大屠杀圣母

　　我的名字不在这儿也不在那儿，因为我在旧世界用过好几个名字，现在不能提起；此外我还有过一个，所谓的，荒野之名，现在我也不再提了；再加上我在这里自称的名字，所以我的名字并不能提供任何关于我这个人的线索，我的生活也不能暗示我的本质。但我是主后一六□□年在旧英格兰的兰开郡呱呱坠地，父亲是个农庄穷仆人，他和我妈都在我还小的时候死于瘟疫，因此我和其他还活着的兄弟姊妹便归教区管，他们后来怎么样了我不知道，但我呢，我会一点针线活，也能打扫清洁，于是我九岁、十岁左右便被安排去帮佣，在一个住在我们教区的老妇家里负责一切杂务。

　　这个老妇，或者该说老仕女，一辈子没结婚，而且，我发现她是信罗马天主教的，不过这一点她可不对人说，还有，她以前曾比现在富有得多。此外，她父亲求子心切但只有这个女儿，便教了她拉丁文、希腊文和一点希伯来文，还留给她一支大望远镜，她用来在屋顶上看天观星，尽管她的视力已经很差，看不出多少名堂，但看不到的部分她就用编的，因为她说她看不清楚这个世间，但对那即将到来的世界可是一览无遗。她也常让我眯起眼看星星，因为我是她唯一的伴，又教我写字，就是你现在看到的这样，而且原本还会把她所知的一切全教给我，若不是我一去到她家，她便用父亲留下的星象图和黄道仪器替我排了星座命盘的话。看过我的命盘，她说我这辈子怎么也不会需要用上荷马的语言，但她倒是教了我一些希伯来文口语，原因如下：

她为她亲爱的孩子（她喜欢这样叫我）征询星象，星象明确断定我将会横渡大洋去到遥远的新世界，在那里生下一个受祝福的孩子，他的祖先从不曾搭乘诺亚方舟。经过一番累坏了眼睛的解读，她得到的结论是，那些"荒野中的红孩子"就是失落的以色列族，于是她教了我shalom①，还有"爱"和"饿"怎么说，此外其他一大堆我都忘了，好让我遇到丈夫时能同他交谈。若不是我生性务实，一定会被她满口的胡言乱语搞得头脑不清，因为她老是说星象预言我长大后将成为"红人圣母"。

因为，她说，远在大海那一边的国度叫作弗吉尼亚，便是以大能上主的童贞圣母为名，那里的河流直接发源自伊甸园，因此，当该地土著改宗皈依唯一真教——"我将这任务交给你了，孩子"，她说着朝我念起满口圣母经——当这任务圆满达成，哎呀呀，便是全世界的末日，死者将自棺材中再起，善人全都上天堂，我的小宝宝会头戴金冠而坐，微笑俯观一切。然后她便叽里咕噜讲起一大串拉丁文，朝自己身上画十字。但我从没告诉别人她的罗马作风，也没说她会看星象，否则她就算不被当成异端邪说者吊死，也会被当成女巫吊死，可怜人。

一天，老姑娘躺下后再也没起来，她的亲戚来了，把所有值半点钱的东西全收了去，但他们可没地方收我，我只有自谋生活。

我决定上伦敦去，说服自己相信可以在那里赚大钱，就这么沿

---

① 希伯来文，"平安"之意，用于招呼或道别。

着公路走，睡在谷仓和树篱里，因为我身强体健，走得很快——五天就到了。一到伦敦，我就偷了第一条面包，免得饿死，但这立刻让我开始堕落，因为有位绅士瞧见我把面包塞进口袋，却没嚷嚷，反而跟在我后面走上街，然后抓住我的手问：我这么做是因为不得已还是喜欢偷东西。我火了，大声说：不得已，先生！他说，只要他还有一口气在，像我这样年轻漂亮的"兰开郡牛奶女工"就不该沦落到偷东西的地步，把我又夸又哄，带到他很熟的一家酒店的一间房，房里有张床。当他发现我从来没做过那档事，他哭了，羞愧得捶胸顿足，悔不该败坏我的贞节，然后给了我五枚金币，我这辈子从没见过这么多钱，然后他离开，据他说是要上教堂去祈祷恳求宽恕，然后我再也没见过他了。在这第一次幸运的失足之后，我就开始接客，"兰开郡牛奶女工"不久便做起"兰开郡娼妓"的好生意来。

哪，要是我满足于诚实地卖身，毫无疑问我现在一定还在戚普赛街上，身穿丝绸坐马车，永远不会尝到放逐的苦滋味。但可以说，我一眼看到他的金币就一见钟情了，尽管起初做贼是因为不得已，但使我技艺精进的却是贪婪，卖淫只是我的"掩护"，因为我的客人都色迷迷昏了头，又常喝得醉醺醺，要扒他们这些活人的东西比拔死鹅的毛还容易。

一只从市府参事胸口掏出的金表把我送进了新城监狱，因为我跟房东太太为房租起了争执，她怀恨把他对我的投诉传到治安官那里。于是，正如我兰开郡的老主母所言，我横渡大洋去到弗吉尼亚，只不过搭的是遣送罪犯的船。他们在我手上烧了烙印，罪犯都得这样，然后把我卖到农庄去工作七年当作服刑，之后，他们说，我就自由了。

主人挺喜欢我，因为我还不满十七岁，他把我从烟草田里调到厨房工作。但工头可不喜欢这样，这样我就尝不到他的鞭子了，所以老是坏心纠缠我，说既然我以前在戚普赛是妓女，来到弗吉尼亚就别跟他扮诚实女仆。周日早晨，主人上教堂，屋里只有我一个人，这工头就不安好心眼来截我，一手按上我胸脯一手伸进我裙子，说不管我乐不乐意都得给他搞。我抓起大切肉刀，左一下，右一下，砍掉他两只耳朵。那场面真惊人！流了好多血，简直像猎野猪，他又是呻吟又是咒骂，我冲进花园，手里还握着滴血的刀。

园丁正提着一篮蔬菜走来，看见我这副狼狈样，叫道："怎么回事，妞子？"

"哪，"我说，"刚才工头想上我，我就把他耳朵砍下来了，真巴不得这是他的卵蛋。"

园丁是个好心的黑人，自己也是奴隶，也太常挨工头的鞭子，于是忍不住大笑起来，但对我说："那你就得逃到荒野去，妞子，把你的命运交给那些温柔好心的野蛮印第安人。因为你这么做是得吊死的。"

他把自己的午餐包在手帕里给了我，还给我他带在身上的火绒匣，我把东西收进围裙口袋，立刻拔腿离开庄园，可不是吗，在我的长串罪名上又多加了罪大恶极的一项：逃离劳役。

我很会走路，你听我说从兰开郡走到伦敦也知道了，我一直走到晚上，然后坐下来吃了园丁的面包夹培根，这时我已经离庄园十五里多，而且一路很难走，因为我主人的烟草田是从森林开出来的地。我的计划是，一直走到英国人的领地以外，因为我听说这沿岸也有西班牙人和法国人，到了那里，我想，我可以跟陌生人重操旧业，因为妓女做生意只需要身上这层皮就行。

你必须知道，当时我毫无地理概念，以为从弗吉尼亚到佛罗里达不过十天脚程，顶多十二天，因为我知道那里很远，而我能想到最远的距离就是这样，根本不知道美洲有多辽阔。至于印第安人，我心想，哼！就算碰到他们，我能用刀对付工头，难道还怕他们吗。于是我露天睡下，早上靠太阳分辨一下方向，然后继续走。

我喝溪流里的清水，这时正好是浆果成熟的季节，我就拿水果当早餐，但到了午餐时间肚子饿得咕噜叫，我东张西望寻找更能填饱肚子的东西。我看见矮树丛里满是没见过的小动物和鸟，心想："只要我用用大脑，怎么可能挨饿！"于是我抽出鞋带绑成一个小陷阱，抓到一只毛茸茸的棕色小东西，类似兔子但没有长耳朵，我割了他喉咙、剥了皮，插在我的切肉刀上，用好心园丁给我的火绒匣生火烤来吃。这下我只缺盐巴和几块面包了。

吃完午饭，我看到橡树在这季节结满橡实，心想可以用两块平扁石头想办法把橡实磨碎代替面粉，以前年月不好的时候人们也这么做过。我琢磨，可以加水把这种面粉和成面团，然后放进火堆余烬里烘烤成饼，这样就有面包配肉吃了。如果星期五我想吃鱼——当年兰开郡的老主母就有这习惯——溪里多的是鳟鱼可以抓，徒手抓鳟鱼这招每个乡下女孩都会，跟扒人口袋倒也有点类似。我还想到，只要摘下桑葚晒干，就能一个月都有甜的吃。计划了这么多可吃的东西，我心想：哎呀，我一个人在树林里也能好好过一段时间，就算吃肉没有盐！

因为，我想，我有刀有火，天气又挺温和，到处都结果实，这片人间天堂绝对养得活我！我可以用树枝搭个遮风挡雨的地方，先避避风头，等到没耳朵工头的事情冷下去，再慢慢往南走。而且，老实说，我已经闻够了人的臭味，也不想太早到佛罗里达的哪个赌场重返人世。但为了保险起见，我想我还得往前走一点，更深入荒野，以免被追捕的人逮回去吊死。我可以告诉你，吊死这事儿我可是怕得要命，比我很了解的白人更可怕，也比我当时一无所知的红人可怕。

于是我又走了一天，很容易就在野地找到食物；然后再走一天，除了鸟叫声啥也没听到；但第三天我听见女人唱歌的声音，看见空地里有个野人，心想趁她没杀死我之前先杀了她，但我看见她没有武器，只是在摘芳香药草，放进一只挺精美的篮子。于是我后退躲起来，以防她是某个庄园主的印第安仆人，尽管我确实认为我现在已经走得够远，走到没有任何英国人来过的地方。但她听见草叶的声音，看见我，吓一大跳仿佛看见鬼，打翻了篮子，芳香药草洒了一地。

我想也没想就一步踏出，帮她捡起洒落的药草，仿佛我又回到了戚普赛，跑过去帮助一个打翻了一篮苹果的女摊贩。

这女人看见我手上的烙印，自言自语闷哼了一句，仿佛知道烙印的意思，但并不因此怕我，或者说，正因为如此而不怕我，但还是不喜欢我这德性。她不靠近我，只从我手里接过篮子，仿佛打算把我留在森林里。但我好喜欢她的样子，这女人长得很俊，不是红色而是奇妙的棕色，我突然灵机一动，打开我的胸衣让她看见我的乳房，表示我虽然皮肤比较白，但也跟她一样能够哺乳。她伸手摸摸我胸脯。

她是个差不多中年的妇人，全身上下只穿一件鹿皮裙，看见我的紧身裙——因为我还穿着我的英国服装，尽管已经破破烂烂——她闷哼一声，朝我做了个动作，我想意思是说这身鲸骨不是印第安土地的风俗。于是我脱下紧身裙扔进灌木丛，呼吸可顺畅多了。然后她比手势，跟我要我插在围裙里的那把大刀。

"这下我完蛋了！"我想，但还是交出刀，她笑了一下，但笑容很淡，因为这些野蛮人不像我们那么容易流露感情。她说了一个字，我猜是"刀"的意思，于是我跟着说，朝刀一指，但她摇头，手指沿着刀刃比画，于是我跟着她说："利"，或者用另一个英文词，也可以说是：尖锐。就这样，我说出了这辈子第一句阿尔冈金话，但绝对不是最后一句。然后，因为这妇人的身材就我看来似乎没生过小孩，我想起女主人教过我的童贞女王，试着说了一句："Shalom。"她也有礼地跟着我说一遍，但我看得出来她不知道这是啥意思。

她朝我比手势：要不要跟她一起走？我心想，工头绝对不会到红人堆里来找我！于是我跟着她走进那个印第安村落，我是这样去的，绝对不是被他们"掳"去，尽管牧师不顾我的意愿，总要说他们是用暴力，扯着头发硬把我带走，如果他想这样相信，那就随便他好了。

他们整洁漂亮的村落外面搭了矮木墙防御，房屋用桦树皮搭建，菜园里藤蔓结了南瓜，空气中满是煮肉的香味，因为晚饭时间快到了。她们正在煮的是一种叫苏口达许 ① 的菜，一口大陶锅放在明火上，前面蹲着一个赤身裸体的野蛮人，神态平静安详，用桦树皮做的扇子扇火。村落四周是整齐的田地，种着烟草和玉米，附近有条河。但我没看到任何牲畜，没有牛或马或鸡，因为他们不养牲畜。她把我带回她家，她因为职业的关系独自一人居住，给我水洗澡，给我一堆羽毛擦身体，于是我神清气爽。

我听说过这些印第安人都是妖魔鬼怪，习惯吃死人的肉，但那些光着身体在土地上玩娃娃的漂亮小小孩，哦！这么可爱的小娃儿绝不可能是用死人肉喂大的！而我的印第安"母亲"——不久后我便这样叫她——要我安心，说虽然北边的部族同胞会把俘虏的大腿烤来吃，但那是一种，可以说是，圣餐的仪式，以吃食死者的方式

---

① succotash，新鲜玉米与莱豆（lima bean）加奶油或鲜奶油烹调。

荣耀他。我常跟牧师争论这一点，说伊若奎族那种食物只不过是一种自然的弥撒。然后牧师就会说，要不是我跟撒旦在一起住太久了，习惯了他的作风，就是罗马天主教的弥撒不过是穿了裤子的伊若奎人在吃大餐。

至于我，我在印第安人那里吃的是鱼、兽或禽肉，煮熟或烧烤，还有各式各样的玉米菜色，各季节的豆子、南瓜等，这种饮食非常健康，这里鲜少见到病人，我也从没看过任何人瘫痪发抖，牙疼，眼睛痛，或者老来弯腰驼背。

因为天气暖，这些野蛮人都光着身子，起初我看了脸红，因为那季节男人只穿桦树皮片，女人也只随便包块布。但不久后我就习惯了，脱下衬裙改穿母亲给我的鹿皮裙，她还给我用贝壳刻的珠子串成的项链，因为她说她一直没有女儿可以宠，直到树林给了她这个女儿，她感谢英国人把我送来。

这妇人对我慈爱之至，我跟她一起住在她的小屋里，因为身为部落产婆的她没有丈夫，所有的时间都用来照顾其他女人分娩。我在树林里遇见她时，她摘的药草便是用来制作减缓产痛的药剂。

这些所谓的半人半鬼是怎么过日子的？男人的日子很轻松，所有时间都闲着，只需要打猎或与敌人作战，因为他们这些部落总是打来打去的，此外也跟英国人打；至于他们所称的伟若宛司①并不是酋长或村里的头目，尽管英国人说他是，但他其实是打仗时冲在第一个的人，因此他通常比那些躲在后面指挥士兵的英国将军勇敢得多。

就这样，我住在印第安母亲的小屋里，跟她学习印第安人的风俗礼仪，比方跪坐在地上，吃放在面前席子上的肉，因为他们没有

---

① werowance，指领袖、首领等。

家具。我学会处理鹿皮、水獭皮和其他毛皮，用来做成袍子，缝上贝壳和羽毛当装饰。我围裙里有个针线盒，母亲对那些钢针非常满意，也很高兴有我的火绒匣，至于切肉刀她认为是样奇妙的方便工具，因为他们没有冶炼金属的知识，不过女人们用河里的泥做出精致陶罐，非常巧妙地以明火烧烤，而男人们脸上也没有半根胡须，因为他们用石片做成剃刀，都能把自己的脸刮得干干净净。

我得说他们确实有一两把枪，因为我到之前不久来了一个苏格兰人，用枪和酒交换皮袍，关于酒的影响，我也不想多讲，只说他们喝了酒就发疯，至于枪呢，他们很快就学会使用。

收获季节到了，他们收成玉米，在我看来是种可怜兮兮的小玉米，一根没比我拇指大多少，我们在地上挖出六七英尺深的洞，把吃不完的玉米晒干存在地下。但挖土是非常费力的工作，因为他们没有铲子，除非从英国人那里偷，因此我们以木棍或鹿的肩胛骨来代替。若说我对族里有任何一点不满，就是男人完全不碰农事，只顾在溪里钓鱼或追鹿或跳舞或做其他蠢事，说那些仪式能让玉米成长。

但我母亲说："反正那些仪式也没坏处，省得男人跑来碍事。"

等到天气转冷，我已经能用印第安话叽里呱啦了，好像一生下来就是讲这个语言，不过里面一个希伯来文字也没有，所以我想兰开郡的老主母搞错了，他们不是失落的以色列族，至于让他们改宗皈依唯一真教云云，我忙这忙那的根本没时间去想。至于我的白脸，等到收成结束，也已经晒得跟他们一样棕了，母亲又用某种深色染料染了我的浅色头发，于是大家也习惯了我的存在，六个月过去后，你会以为我称呼"母亲"的这个妇人真的是我生母，以为我真的是土生土长的印第安人，只除了我的蓝眼睛依然是一项奇观。

但尽管我们之间感情深厚，天一冷我可能还是会考虑前往佛罗里达，习惯的力量就这么强，要不是我看上了族里一个没有女人的勇士，他也看上了我，但他一个字也不说，似乎从头到尾打算跟我来正经的，所以最后是母亲对我说："你知道那个高大山胡桃吧，他想娶你做妻子。"高大山胡桃是他名字翻成英文的意思，在此地是个很普遍的名字，就像詹姆斯或马修在兰开郡一样。

现在事情到了这地步，我哭了，因为他是个好男人。

"我怎么能当那好男人的妻子，为他生小孩，因为我在家乡是个坏女人。"

"坏女人？"她说，"这是怎么回事？"

于是我告诉她我在戚普赛干什么营生，而且天生贼性。关于我卖淫的事，她很惊讶英国男人居然这么费事，会花钱买我卖的这种东西，因为印第安人的性全都是自由免钱的，否则就不做。至于我已不是处女，她笑着说："要不是你好，怎么会有人要你呢。"不过她对我偷东西的事感到很伤心，最后对我说："唔，孩子，你会从我的小屋偷碗或挽普^①皮带或袍子，然后自己留着不给我吗？"

"我怎么可能这么做，母亲。"我说，"如果我需要任何东西，我用完就会还你，就像你用我们的针和火绒匣和切肉刀一样。跟谁谁谁还有谁谁谁也一样——"我说了几个邻居的名字。"而且老实说，这村里没有任何东西会激起我以往贪婪的热情；要是我肚子饿，有需要，印第安人土地上任何一个锅里的食物我都可以吃，因为习俗就是这样。所以在这里，欲望和需要都不能让我做贼。"

"那么在印第安人这里，你就不得不是个好女人啦，而且我想你会继续好下去。"她说，"何不嫁给那小伙子呢？"

村里有些男人，比方将军，或者神父（我这样称他是因为他处

---

① wampum，以贝壳打磨的珠子串成带，北美原住民用作装饰或货币。

理宗教事务），娶的太太都不止一个，有三四个妻子为他们下田，但我不喜欢这样。我要当丈夫家里唯一的妻子，这是以往生活留下的一个我无法摆脱的怪念头。这她很难理解尽管她自己从不曾是任何男人的妻子，因为，她眨眨眼对我说，她不太喜欢性爱，又太喜欢自己独立。

"至于我们，我们太端庄正派了，女人绝不会为了结婚这种事跟朋友翻脸！"她说，"男人的妻子愈多，她们就愈有人做伴，也有更多人可以把小孩抱在膝盖上哄，还可以种更多玉米，大家都会过得比较好。"

但我还是说，我只肯当他唯一的妻子，否则不嫁。

"听着，亲爱的，"她说，"你爱不爱我？"

"当然爱，"我说，"我全心爱你。"

"那么，若你的情人说要同时娶我们俩，难道你会因此就少爱我一点吗？"

但我低下头不肯回答，怕她会要我的情人同时娶我也娶她，因为我实在太迷恋他了，想象不出任何女人，不管多么固执己见，有机会的话会不想嫁给他。然后她打了我屁股一掌，叫道："你看，孩子，嫉妒是多么要不得的事，居然能让女儿跟自己母亲翻脸！"

但看到我羞愧得哭起来，她便不再责备我，说她太老也太顽固，并不想结婚，何况我那小伙子太迷我了，会愿意照我的坚持以英国人的方式娶我。因为他们都受到教导要爱妻子，对妻子百依百顺，不管娶几个；如果我愿意独自一人辛苦翻垦一整片玉米田，他也不会干涉。

我们结婚时差不多是玉米播种季，他们载歌载舞地庆祝，尽管真正弯腰播种累得要命的是我们女人。我来此满一年的季节过了，冬天再度来临，等到春天，我已为他怀了一个小勇士。阳光愈来愈热，让我满身大汗，疲倦沉重，暴躁易怒，常咒骂着希望自己在英国，但我丈夫都承受了，看到他对我那么温柔感觉真是奇妙。

现在，我们村子的将军举办会议，讨论这一带的所有部落该怎么解决争端，共组一支大军把英国人赶回家去，有些人则说应该跟英国人订条约，从他们那里多弄点枪来，对抗其他那些是我们天敌的部族。

但我要丈夫代我说——女人不参加会议，但习惯让丈夫传话——我要丈夫代我说，若想赶走英国人得整个美洲的所有部族联合起来才行，而且到时候英国人只会人数倍增并卷土重来，因为他们一心想用我以前所是的那类可悲可怜人来"殖民"此地。于是我直截了当告诉他们，所有印第安部族必须组成一个武装精良的作战大联盟，绝对不要相信英国人说的半个字，因为英国人只要有机会就全会做贼，我就是活生生的例子，只有没东西可偷时才戒得掉。

但他们不听我的，无法达成协议，如果要打仗的话该怎么打，是否要趁夜攻击安斯顿，嘴里衔着弓，像熊一样手脚并用悄悄爬近；还是趁英国人出外打猎或者落单时各个击破；还是直接跟他们硬碰硬，就像两军对战。最后这方法他们最喜欢，因为这是最正直的做法，但在我看来简直是自寻死路。还有些人坚持英国人是盟友，因为他们是我们敌人的敌人。于是他们全吵成一团，谈了半天毫无结论，这让我很难过，因为我怀了孩子，希望生活能过得平静。

直到破水为止，我都还在菜园的豆畦间拿着尖头木棍挖地，然后才跑去找母亲，一小时后——我判断是这么长时间，因为他们没有准确计时的方法——她就在洗去我新生儿子身上的血了。

我们给新生儿子取的名字，翻成英文叫作小流星，你或许会觉得好笑，但以前叫这名字的可有不少好汉。我把他装在桦皮提篮里，绑在一小块木板上背在背后，对他的疼爱一如任何母亲。就这样，兰开郡老主母的预言实现了，因为我儿子的父亲完全不是闪、含或雅弗的后代，虽说我这母亲比较像痛改前非的妓女抹大拉的马利亚而非圣母玛利亚。但牧师是新教徒，不同意这一套，也不肯让我说这种话。

但后来我才知道，原来这孩子的王冠将是泪水而非黄金打造。

如今，阿尔冈金人之间的联盟瓦解了，英国人把各个村子往南逼赶，每个星期都更变本加厉，但我们的凶猛勇士把他们挡住了一阵。这地区的将军们开了一场会，讨论是该全部留下保卫家园，还是撤退，也就是说，在即将到来的收成之后拍屁股闪人，收起陷阱，离开田地，朝西边走一点，去找新的土地。但后者他们很不想做，因为西边有雷恰克瑞安人，那一族非常好战，不是好相与的。于是他们先派出一群人打头阵，对英国人以牙还牙，但我满心畏惧，深怕丈夫没法活着回来。

他把脸涂得又黑又红，宝宝看了吓得直哭，他们去了，也全回来了，斧头上沾着血，屋脊上挂着好几张黄发头皮，还抢来黄铜锅、子弹、火药，还有，唉，朗姆酒。

然而我必须说，一眼看到这些英国人的头皮，我只觉得高兴，尽管他们与我发色相同；然而牧师说我是个好女孩，上帝会原谅我在印第安人那里犯的罪。

说到火药，我丈夫高大山胡桃告诉我，很多年前英国人第一次拿给将军时，那些英国人边说边自己大笑，叫他像播种玉米一样把火药埋起来，这样就可以长出子弹。从此之后印第安人就怀怨在心，被这样当成傻瓜小孩取笑，而当初要不是红人教英国人种玉米，他们早就饿死了。

他们把俘虏带回来，绑在火药桶上，作弄他，假装要点燃一条长长的引信，就这样把他丢在村子中央，对他醉言醉语咒骂，因为他们一喝酒就成了恶魔，这我必须承认。

　　我丈夫滴酒没沾，清醒得很，因为他怕死了挨我的骂。"现在，亲爱的，"丈夫说，"我必须请你用你的语言跟这人说话，好让我们知道他的同胞是否终于想起他们以前和我们立下的某些盟誓和条约，还是他们真的要把我们赶到雷恰克瑞安人那里，我们跟他们可不友好，要是被两边夹攻就糟了。"

　　一开始我不肯，因为我对这英国人有点怜悯，他们对待俘虏很不客气，对这一个更是场残酷的宴会，又喝酒又什么的。然后我想起，我们这些戴着手铐脚镣的罪犯在安斯顿下船时，我见过这人高高骑在马上，于是怜悯之心当场烟消云散。

　　当他听见我说英文，"赞美上帝！"他叫道，立刻叫我以上帝与英国国王之名将这些部落全交到白人手里，看到我手上的烙印，又加了一句说可以给我特赦。但我给他看我抱着宝宝，于是他什么难听的话都骂出来了，说我是异教徒的娼妓，于是我拿根尖棍戳进他肚子，好教他懂得礼貌。他痛得大叫，但关于军队的事、他们可能驻扎在哪里等，他什么都不肯讲，只说：受诅咒的种子会从土地上被驱逐。他们不想在他身上白白浪费火药，就把他从桶上解下来架在火上，不久他就死了。

　　我翻看他的口袋，里面全是钱币，小孩子都跑来，拿金币在河边玩打水漂。但他的金表我拿了，上紧发条交给丈夫，纪念我从市府参事那里偷的表。

　　"这是什么？"他天真无知地说。此时表正好走到中午十二点，响了起来，他吓得吱吱呱呱丢下它就跑，表掉在地上摔开了，齿轮和弹簧散得满地，而我丈夫这可怜迷信的野蛮人，尽管他是全世界最好的男人，我丈夫跌坐在地拼命发抖，说那表是"坏药"，是不祥的预兆。

320

于是他跑去跟众人一起喝得大醉。我翻看那绅士的文件，发现我们杀死了弗吉尼亚全州的州长，于是我告诉他们这回事，满心忧虑，但他们全都喝得醉醺醺，根本没法讲理，醉了就倒头大睡，但第二天太阳还没出来，士兵就骑着马来了。

他们焚毁成熟的玉米田，把防御木墙也纵了火，因此木墙烧了，我们的小屋烧了，在火药燃起的大火中我于是清楚看见这场大屠杀，一如光天化日之下。他们一枪射中我丈夫的头，他正迷迷糊糊站在那里，先前我一听见大火就把他推出小屋外，但他个子那么高大，他们不可能漏掉他。喝醉了酒又睡眼蒙眬的可怜野蛮人全被赶尽杀绝。我抱起宝宝跑去躲在玉米田的稻草人里，那是支架上撑着一块平台盖着兽皮，因此我逃过一劫。

但我头发着火的母亲朝河边跑时被那些士兵抓住，她看见我奔逃，大喊："你这坏心的女儿！"因为她以为我急着投靠英国人，但绝对不是这样的。然后他们侵犯了她，然后他们割断她的喉咙。一切都结束得好快，天亮时只剩下满地灰烬、尸首、哀悼死去孩子的寡妇，士兵们倚靠着枪，满意于这一夜的工作成果，满意于他们为死去州长报仇的英勇行为。

宝宝大哭起来。那些禽兽之一听见他的哭声，穿过烧焦的玉米田走来，四处拍打草丛，推倒稻草人，我跌出来仰倒在地，宝宝从我怀里掉出来，头磕到石头撞破了，尖声惨哭起来，就连最铁石心肠的人听了也会立刻跑去顾他。但这士兵一膝盖顶住我肚子，解开裤子打算强暴我，但他得有十个人的力气才可能压住我，不过他立刻停止了那可厌的动作，一脸惊愕。

"上尉！"他说，"你看！这里有个蓝眼睛的印第安婆，我从没见过这样的！"

他一把揪住我头发，把我扯到上尉面前，领导这些好士兵的军官正悠闲地在水盆里洗他沾满鲜血的手，他部下则挑拣着贝壳念珠和袍子当战利品。他问我叫什么名字，会不会说英文，然后荷兰文，然后法文，然后又用西班牙文试着问我，但我只用阿尔冈金语说："我是高大山胡桃的寡妇。"但他听不懂。

最后他们靠耍诈发现我其实没有印第安血统。其中一人一把抓起我在玉米田里大哭的宝宝，拿出刀指着他，假装要一刀戳进我的小宝贝。

"汝不可！"我大叫，若不是其他人紧紧抓住我，我会亲手挖出他两只眼睛。听见这个头上戴羽毛的印第安婆讲起大咧咧的兰开郡腔，他们都笑得要死。然后上尉看见我手上的烙印，说我是"逃犯"，说一定有人悬赏我，赏金比杀印第安人高得多。他还取笑我，说等到了安斯顿，他们要在我脸上烙个 R 字代表逃犯，让我再也不能给印第安人当妓女，也不能给任何人当妓女。但我只想要借他的手帕，沾点水擦拭宝宝头上的伤口，最后他终于好心借给了我。

我好不容易把宝宝抱回怀里，给饿坏的他吃奶，然后就跟军队走了，因为我别无选择，母亲和丈夫都死了，而且，老实说，我的心也碎了。其他幸存的印第安婆，我曾经姊妹相称的那些，颓然跟在我们身后，因为军人想要女人，而女人想要食物，在新世界的那一片地方没留下任何活着的勇士，此刻或许可以称为"炸光了人的乐园"，而灌溉这片人间天堂的河里流满了血。

那些印第安婆都怪我，怪我为她们带来厄运，以这么残酷的下场回报她们的善心。但我的哀伤中又混杂了恐惧，想起那个耳朵被我砍掉的工头，怕一回到有法治的地方，我的下场就是往下一掉[①]。

我们来到一处有几间房屋的地方，那里刚盖好一座教堂，然

---

① 指吊刑。行刑时，犯人套上吊索后，脚下的活板会打开使其身体下坠，故名。

后："这是从撒旦手上抢救回来的人。"杀死我丈夫的那人对牧师说，牧师叫我感谢上帝将我从野蛮人手中救回，恳求主原谅我迷途违背了他的旨意。我由此得到暗示，立刻跪倒在地，因为我看出这里流行悔罪，我表现得愈是忏悔对我愈有好处。他们问我叫什么，我回答了兰开郡老主母的名字：玛莉，此后就一直叫这名，当她的鬼魂继续活下去，而她的预言全都成真了，只不过原来我是"大屠杀圣母"，我想我的杂种孩子会永远带有该隐的标记，因为他左眼上方的那个疤痕一直没有消。

牧师的妻子从厨房走出，拿来一件她的旧袍要我穿上，遮住我的乳房以免丢人，但孩子一直哭闹着不肯安静。但她是个正派人，牧师也是，因为他们不肯让军队把我带去安斯顿，付了一笔可观数目给上尉让我留在这里，看在我无辜宝宝的分上。上尉哼哼唧唧，牧师又加了一基尼金币，那好军人把钱全装进口袋，一行人全都走了，牧师说要给我儿子取个圣经上的名字，艾萨克或以实玛利之类的。"他本来的名字不就很好了吗？"我说。但牧师说："小流星不是基督徒的名字。"而我儿子必须受洗成为基督徒，灵魂才能加入有福的会众，尽管在那里这可怜孩子永远不可能找到他的爹。而这些死者又何时才能再起复仇呢？但我绝不用牧师取的名字叫他，四下无人的时候也只跟他说印第安话。

过了一阵子，故事传来，说两年多前印第安人悄悄闯进北方一处庄园，杀了工头，偷走一个劳役女仆。园丁亲眼看见他们揪着她的黄头发把她抓走。我心想，园丁一定是自行清算了工头跟他的旧账，祝他好运，而如果他们要相信我是被掳走的，如果他们高兴这么想，那就随便他们，只要他们不来烦我就好。由于牧师非常想要拯救我的灵魂，他妻子又很喜欢我的宝宝（他们自己没有孩子），所以别人确实都没来烦我，因为牧师夫妇付了好一笔钱让我们不受法律追捕。我当然也不是吃闲饭的，粗重的活可都落在我身上，又是提水，又是劈柴的。

于是我在牧师家刷洗地板，煮饭，洗衣，尽管牧师满口信誓旦旦，说他们来这新世界建立上帝之城，但我仍然跟当年在兰开郡一样是个小女佣；何况这圣人的社群里也没有妓女的职缺，就算我真有半点想法要重操旧业。但我做不到，印第安人已经诅咒我永远成为一个好女人了。

牧师太太常跟我说："玛莉，你还年轻，贾别兹·马瑟说他愿意娶你，因为他太太下痢死了，但他不要这个小孩，我就收养他吧。"但我永远不会让她把我的孩子当儿子，也不会让贾别兹·马瑟或任何其他男人当我丈夫，而只将坐在巴比伦的河边哭泣。

艾德加·爱伦·坡的私室

　　想象坡置身于柏拉图的理想国！那里的美德他一点也没有，不斯巴达得很哪，他。每当他倾壶倒酒迎接严谨的早晨，那些清醒的朋友便迟疑地同意："早餐前就喝酒的人都不安全。"忧郁的黑星在哪里？别的地方，总之不在这里。这里永远是早晨，坚定民主的天光将街头幻魅刷洗殆尽，那些他危险双脚必须走过的街道。

　　也许……也许忧郁的黑星始终都躲在壶底的暗处……或许整件事是酒壶跟他之间的小秘密……

　　他转身要回去看看酒壶，寻常日子的无情天光迎面打中他，宛如来自上帝之眼的一击，打得他摇摇晃晃。在这没有阴影的地方，他能躲到哪里去？他们把理想国一分为二，他们将知识的苹果切成两半，白光照耀上半，其他部分留在阴影中。在此处，在北方，在这一切平等的纬度，你若想躲藏便必须自己制造阴影，因为理想国的英雄强光不容许任何暧昧，你不是圣人，就是陌生人。他在这里是陌生人，一个来自弗吉尼亚州，时运有些不济的绅士，而且，可叹哪，他不能召唤黑暗王子（永远是完美的绅士）助他一臂之力，因为，在此地与正直白日恰成对反的绝对黑夜中，没有贵族。

　　坡在独立宣言的重压下步履蹒跚。别人以为他醉了。

他是醉了。

流亡的王子踉跄走过新发现地。

你说他反应过度？好吧，他确实反应过度。他家有戏剧的历史。他母亲是俗称"出生在皮箱里"[①]的那种人，血管里流的是油彩，九岁就首度粉墨登场，在一出名为《城堡之秘》的大奸大恶通俗剧中蹦蹦跳跳上台唱民谣，身穿芭蕾吉卜赛人的漂亮破衣衫。

那是十八世纪的傍晚。

此时，正在此时，遥远的法国巴黎，巴士底监狱的可怕地牢里，老萨德[②]正在打手枪。哼哧，呻吟，哼哧，在牢房地板上……啊——！他洒出龙牙种子[③]。每次射精，便从中冒出一群全副武装、眼神狂乱的小矮人。一切都即将陷于谵妄。

坡未来的母亲对这一切毫不知情，在刚孵化的美利坚合众国蹦蹦跳跳上台，身穿芭蕾吉卜赛人的漂亮破衣衫，唱一首旧世界的民谣。她姿态如舞者优雅，歌声尖高嘹亮，一头深色鬈发，两颊粉嫩——多可爱的娃儿！那双眼睛带着某种天真无邪、直触人心的动人神情，使烟雾弥漫的观众席为她爆出多愁善感的如雷欢呼，戴着皮手套的手大力鼓掌。那一夜，在舞台道具和烛火照明的粗鲁苍穹下，一颗明星诞生了；但她将是一颗流星，在空茫中短暂闪耀，沿着无可避免的陨石路线继续向下落，落在舞台上走起台步。

但因为身材娇小，青春期过去很久之后她仍能继续扮演孩童，机灵的小家伙、牙牙学语的幼儿，两性皆可。然而她非常多才多

———————————

[①] 参见《厨房的小孩》第一段。
[②] 指萨德侯爵（Marquis de Sade）。
[③] 典出希腊神话，英雄伊阿宋追寻金羊毛的过程中为伊提斯王所难，其中一项任务要他下田耕种，洒下的种子却是龙牙，每一颗均长出全副武装的战士攻击伊阿宋。

艺，也能饰演奥菲莉亚 [①]。

她的声音低沉悦耳，带着独有的甜美，这在女人身上是一大优点。当发疯的奥菲莉亚四处分发迷迭香，哀戚唱道："姑娘可知道，他离开人间了"[②]，座上没有一个观众不眼泪汪汪，我可以保证。她还扮过朱丽叶和蔻迪莉雅[③]，如果需要的话，也能称职演出风流快活俏红娘，甚至在几度怀孕严重害喜的时候，她仍能微笑，微笑，哦！那口白牙是多么耀眼坦诚！

长子亨利出生了，次子艾德加紧接着报到，在她膝上与剧本争位，在她背台词时凑着她乳房吸奶。但她永远能把台词说得一字不差，就算一晚上连饰两角也没问题：先演奥菲莉亚或朱丽叶，然后，比方说，再扮其后短剧的可爱小孩"小腌瓜"，因为当时观众看完悲剧是不肯离场的，一定要演员换装重新出现，再来一段小短剧逗他们恢复开心才行。

小腌瓜是男角。她跑回后台休息室，解开背心最上面几颗扣子，露出乳汁胀得难受的乳房来安抚小艾德加；她这太肉感淫逸的男孩扮相先前引得观众又是鼓噪又是口哨，小艾德加被吵醒，跟着放声哭嚎起来。

梳妆台上总是放着一大杯黑啤酒或一瓶威士忌。要是艾德加哭闹不休，她便拿一团棉花沾些威士忌，给他当奶嘴吸。

孩子的父亲是个蹩脚演员，在她工作过的许多剧团里只能偶尔演演手握长矛的侍卫，通常待在后台休息室照顾小孩。戴维·坡拿

---

① 哈姆雷特的情人，后因悲伤过度神智失常，失足落水而死。
②《哈姆雷特》第四幕第五景。
③《李尔王》中受误解而遭驱逐的三女儿，后与李尔王团圆，却旋即死去。

着一小杯纯琴酒凑上艾德加嘴唇，让他保持安静，红眼的酗酒天使就这么跳出烈酒瓶，钻进小艾德加的襁褓。此时，舞台上，她的最后一个胎儿正在紧身束腹下努力组合起自己的皮肉骨骼，束腹保持了伊丽莎白·坡太太十八英寸细腰的戏剧幻象，直到即将临盆的最后关头。

掌声响彻木造圆舞台。坡太太是个慈母——因为我们没有理由相信她不是——出了布景离了场，把一双宝贝孩子抱在膝上，疲累的泪水滔滔涌出，溶过腮红，溅在他们瘦弱的小脸上。最后他们在父母争执的单调吵闹中入睡，但子宫里那孩子惊恐地用透明双手捂住尚未长全的耳朵。

（出生可能会是最糟的事。）

然而这最后一个孩子终究还是出生了，那是七月的一个下午，在纽约一处廉价剧团宿舍一张租来的床上耗了许多个小时之后。苍蝇嗡嗡飞绕窗玻璃，艾德加和亨利在地铺上手握着手。产婆动用一副钝铁产钳，才好不容易弄出那不情愿出世的小婴儿；为了遮羞，床单架起布幕遮挡坡太太下半身，因此两个学步幼儿只看见产婆挥舞着她那可怕的器械，然后在精疲力竭的沉默中听见新生儿尖锐哭喊，像冰刀刮在冰面上，一个血淋淋如刚拔下的牙的东西夹在产钳里扭动着。

是个女孩。

妻子卧床分娩期间，戴维·坡待在附近一家酒馆，用酒为婴孩施洗。回来看到房中一片乱，他吐了。

然后，就在儿子困惑的眼前，他开始变得虚幻不实，逐渐消减。他身形立刻没了轮廓，开始凭空摇晃。暮色中，妈妈睡在床上，新生的紫褐肉蕾睡在床旁椅上的篮子里。空气随着父亲的缺无而颤动。

他一个字也没对儿子说，只是继续蒸发，最后完全溶解不见，房里唯一留下的他曾存在的证据，是磨损起毛地板上的一摊呕吐物。

被抛弃的妻子一起得了床，便带着哭嚷的孩子们南下弗吉尼亚，因为她已经签约到南方巡演，又没有积蓄，孩子们只能吃她的血汗。她用皮箱拖着他们到查尔斯顿，到诺福克，然后回到里齐蒙。

在南方，正值臭烘烘的盛夏。
密不透风的更衣室中，她脱得只剩衬裙，将胀痛双乳的奶水挤进杯子。这最后一个孩子必须在母亲死前断奶。

她咳嗽。她在如今憔悴的颧骨上涂了更多又更多腮红。"我的孩子！我的孩子怎么办？"她眼睛闪亮，不久便出现一种不属于这个世界的热病般光辉。不久她便再也不需要腮红，脸颊自动出现艳胜腮红的红斑，前额冒出粗大明显、搏动柔软的青筋，像史提顿奶酪的蓝纹。如今，身穿背心长裤扮小腌瓜的她再也唬不过任何人，她魂不守舍的演出中多了某种绝望，某种致命的气息，使看的人既惊迷又反感，简直像在她脸上看见活生生的死亡。她的镜子，那身为女演员之友、让她看见自己摇身变成哪个角色的魔镜，不再照出任何角色，只映现骷髅头。
潮湿阴郁的南方冬季签下了她的死期。为演出告别作，她穿上发疯的奥菲莉亚的睡衣。
幽魂马夫应她召唤而来，艾德加望向窗外看见了他，黑马无声的蹄在石板路上踏出火花。"爸爸！"艾德加说，以为父亲终于在这最后紧急关头重新组起自己，将把他们全变到另一个更好的地方，但他定神一瞧，在凸圆月亮的光芒下，看见马车夫的眼眶全爬满蠕虫。

他们告诉她的孩子，如今她不会再回来谢幕了，不管大家对她的告别多么激烈鼓掌。戏迷送的花束堆满她的灵车："但愿她洁白无瑕的肉体开放出紫罗兰鲜花。"①（座上没有一个观众不眼泪汪汪。）三个小孤儿分送到善心人家。三人最后一次亲吻那冷如陶土的脸颊，然后彼此亲吻道别，艾德加离开亨利，亨利离开那不动也不哭、只静静躺着紧闭眼睛的小小婴孩。三兄妹何时才能再聚？教堂钟声响：永不永不永不永不永不。

今后将出钱让艾德加吃饭的监护人，是弗吉尼亚州好心的爱伦先生，他牵着小手将孩子带离丧礼。艾德加把名字中间腾出空位，容纳爱伦先生。当时艾德加三岁。爱伦先生将他带进南方的富裕家庭，但别以为母亲什么都没留给艾德加，尽管死去的女演员只能留给他无法被取走的东西，亦即，若干破碎褴褛的记忆。

伊丽莎白·坡太太之遗产

项目：喂养。在后台休息室吸吮的乳头，一待轮她上台便从婴儿无牙的嘴里抽走，因此，关于喂养，他将只留下饥渴的记忆，永远不得满足。

项目：转变。此项遗物模棱两可得多。差不多是这样……艾德加躺在成堆假华服上的道具篮里，看着她往脸上涂涂抹抹。烛火使镜子变成俗世祭坛，她朦胧的脸在镜中游动，有如魔法鱼。如果你抓住他，他就会实现你的梦想，但妈妈滑溜逃过了欲望撒下捕捉她的所有渔网。

---

① 《哈姆雷特》第五幕第一景。

她戴上玻璃耳环，别好坚果棕的头发，将一条棉胚布缠绕在头上，一时间看来像具尸体。然后戴上黄色假发。你一会儿看见她，一会儿看不见她；一眨眼，棕发女郎就变成金发。

妈妈转过身来，变成了他在镜中瞥见的那位美丽女士。

"别摸我，你会把我衣服弄乱的。"

然后在塔夫绸的低语声中消失。

项目：女人内在都蕴含一声叫喊，一样需要被取出的东西……但这记忆极微薄，只会以模糊形态出现，使他对肉体交合的可能感到难以言喻的惧怕。

项目：对人必有死此事的意识。因为，她最后一个孩子一出生，甚至可能在生产前，她便私下开始排练垂死的漫长角色；一待开始咳嗽，她便别无选择。

项目：一张脸，一张完美的悲剧演员的脸，他的脸，白色皮肤紧绷在细致白骨上，形销骨立的最后阶段，清透得神奇。

坡太太死后三星期，她最后演出的里齐蒙戏院毁于大火，因为一枚仍在闷烧的雪茄烟蒂被随手扔进凹凸不平的地板裂缝。一切都烧成了灰。尽管爱伦先生告诉艾德加，他母亲必有一死的皮囊已装入棺材埋葬，但艾德加知道，某个她经常变成的人仍活在她梳妆台镜中，不受限于使她身体腐烂的物理法则。可是如今镜子也没了，所有美丽的、碰不得的、变化多端的、不真实的母亲，全在道具与布景图的火葬柴堆中化成一股烟。

这场大火的火星高高蹿入半空，留在天上变成星座，只有艾德加看得见，而且只在某些静定的夏夜，那些由奴隶从非洲带来的炎热、富饶、温和的蓝色夜晚，发酵出流亡音乐的天气，心碎和热病的天气。（哦，那些淫逸的夜晚，像某种禁忌！）这些看不见的星高高挂在天空，形成一张悲伤不已的脸孔。

戏剧幻觉的本质；你所看见的一切都是虚假。

在没有理由说明任何事物为真的年龄，这易受影响的敏感孩子就暴露在戏剧幻觉中，想想看，它对他特别可能造成什么影响。

他一定常摇摇晃晃走上舞台，当剧场里空无一人、布幕拉下，看来就像为降灵会准备的厅室，等待观者的眼睛创出神秘的那一刻。

在这里，他会发现绘制的布景，比方说一座古堡——古堡耶！那是这里的人不会建造的城堡，哥特式城堡，连猫头鹰和常春藤都一应俱全。顶棚画着一丛丛树，巨大橡树之类的，全是二度空间。人造阴影落在各个不该有阴影的地方。一切都不是表面看来那样。你撞上一座看来结实粗重、稳若磐石的镀金宝座或可怕拷问台，结果它被你踢到一边去，原来它是硬纸板做的，轻如空气——连你一个小孩都可以把它扛走，坐在宝座上当国王，或者躺在拷问台上遭受痛苦。

一阵不祥的叽叽嘎嘎声响吓坏了小小年纪的你，你惊跳转身，想看背后发生了什么事，哎呀，连古堡都悬在半空中！在舞台工作人员含糊不清的叫喊和咕哝咒骂中，它嗨唷嗨唷向上升去，代之降下的是朱丽叶的坟或奥菲莉亚的墓，一个跑龙套的匆匆走来，手里抓着约力克的头骨 [①]。

那些满口脏话的娼妓把你抱在她们枕头般的膝盖上颠动逗哄，把杯里的酸黑啤酒凑上你唇边，现在她们聚在舞台侧翼，变成了修女或什么。丝绒布幕把你跟满肚啤酒、满身烟垢、需索无度的群众隔开，他们付了小钱来看这些先验仪式，现在，在你看不见的那一边，传来跺脚、敲打、吵杂声，传达他们的期望。一个跑龙套的猛一把抄起你，将抗议不休的你抱去跟亨利一起，亨利已经乖乖埋头看着图画书，那里有一小袋糖果给你，还有蘸了私酒的手帕一角，头戴王冠、拖曳长长裙摆的妈妈以艳红嘴唇轻柔在你额上一吻，然后走向那群乌合之众。

在他额头上，她涂了胭脂的嘴唇留下该隐的印记。

在易受影响的小小年纪，他亲眼看到了城堡之秘的本质——那一切可惊可怖都是纸板上画出来的，但仍然能吓坏你——但他看到的另一桩神秘就比较难以理解了。

在他一再哀求之下，偶尔，若他能乖乖安静得像小鼠，便能获准待在侧翼观看。眼睛瞪得圆圆的小孩看见，如果有需要的话，奥菲莉亚一晚可以死两次。她的葬礼全都是操之过急的。

第四幕，两名肌肉发达的龙套演员把包着尸布的妈妈抬上舞台，在众人的一脸哀伤中将她放入地下室，但一到谢幕时刻她便一跃而起，掸去入殓衣衫上的尘埃，补点眼影，跟其他复活的不死之

[①] 《哈姆雷特》第五幕第一景中，被掘墓人挖出的头骨之一。

人一同行礼谢幕，那些人，就连哈姆雷特王子，原来也都跟她一样不会死。

于是，他怎能真心相信她不会再活过来，尽管他身穿爱伦先生善心提供的黑衣，跟在她棺材后摇摇摆摆走到坟地？等到某个黄道吉日，那幽魂马车夫必定会回来，从车顶座位爬下，打开车门，她会应声走出，穿着他最后一次看见她时的那件白睡衣，不过他希望这段期间睡衣已经洗过，因为上一次看到它时，睡衣上满是出血留下的斑斑血迹。

然后夜空中那透明星座会熄灭消失，四散的原子会重新组成完整又完美的妈妈，他会立刻飞奔进她怀抱。

此时是十九世纪的上午。他在蓄奴州的黑色星星下长大。女人被床单遮掩的那部分令他畏缩退却。他长成了男人。

艾德加一长大成人，富裕生活便离他而去。爱伦先生对这孩子敞开的心和钱包如今一并收紧，将他驱逐。艾德加掸去鞋跟上甜美南方的灰尘，急急奔往北方闯天下，那里的天光容不下他喜爱的明暗光影对比。现在，艾德加得靠自己紊乱的心智过活。

乳头从溢着奶汁的嘴里抽走，塞进胸衣；镜中照出的不再是妈妈，而是个素昧平生的陌生人。他向她伸出手，露出恍惚出神的微笑，她走出镜框。

"我亲爱的，我的妹妹，我的生命，我的新娘！"

他不久便娶了这个少女，并不失望于她的小小年纪；她不正是朱丽叶的岁数吗，年方十三？

在她高高的额头上，浓密华泽的秀发形成遮荫屋檐，发色一如永难再见的渡鸦①羽毛，黑得像他的西装，西装上的缝线则由忠实的岳母以墨水涂黑，以免暴露衣衫磨损的痕迹。如今他总是一身黑貂色，准备好参加下一场丧礼，黑色大衣一路扣到领口，他永不破坏这身绝对丧服，永不露出一丁点白色衬衫的前襟。有时候岳母不在，没人替他浆洗衣物，他便省下洗衣费用，根本不穿衬衫。

他发长及领，外套后领已被穷困磨损。他的双眼多么悲哀，在他难得一见的微笑中有太多悲伤，让人看了也快乐不起来，又有太多苦恼，你可能会把他的笑误认成愁容或发抖；只有他对前额如墓碑般的年轻妻子微笑时例外，那时他的笑容会带着未亡人的温柔，仿佛他已经看见她眉头刻着：某某之爱妻在此长眠。

她的肌肤白如大理石，名叫——你能相信吗！——"弗吉妮亚"，这名字正适合他离乡背井的怀旧之情，也适合她的处境，因为这娃娃新娘直到死都是处女。

想象这两个无罪的孩子一同躺在床上！多么可惜！

因为她来到他身边时便已有严格禁忌重重护卫——不得侵犯孩童的禁忌，不得侵犯死者的禁忌——因为，说得不客气一点，她向来不都看似一具会走路的尸体？但她是多么美丽，多么美丽的尸体啊！

此外，一具没有太多要求、节省开支，又具装饰性的尸体，不正是境遇潦倒绅士的最佳妻子？总被疑神疑鬼的四壁压迫的绅士？

弗吉妮亚·克莲。在北英格兰的方言里，"克莲"表示很冷。"我好克莲。"弗吉妮亚·克莲。

她带来了坚韧、耐久、勤奋的母亲，为他们打扫，做饭，管

---

① 典出爱伦·坡名作《渡鸦》，诗中渡鸦一再鸣叫着"永难再见"（Nevermore），令追悼亡人的叙事者更加触景伤情。

账，比他们活得更长，比他们两人都活得更长。

　　弗吉妮亚不太聪明，不过倒也绝非发展迟缓的可悲病例，不像他失落的亲生妹妹，在养父母家里过着不算存在的梦般生活，植物般的生活，永远拒绝参与，一朵不绽放的花苞。（他们个个笼罩着阴霾：哥哥亨利不久就死了。）但时间一年年缓缓度过，弗吉妮亚仍停留在十三岁，一个单纯的小女孩，她的甜美性格是他唯一的慰藉，说话也总是漏风，就连她开始排练垂死的漫长角色时亦然。

　　她步履轻盈一如亡魂，走过自家的小小花园时简直连根草都没踩折。她说话、唱歌的声音多么甜美，他们小屋的起居室放着她的竖琴，她母亲又扫又擦，让一切光洁如新。若干宾客聚集在那里，接受坡夫妇的朴素款待，他大发精彩言论，他的女眷则确保饮料只有茶，因为大家都知道他一沾酒就完蛋，但弗吉妮亚倒茶的姿态是那么单纯优雅，每个人都为之着迷。

　　他们恳请她在竖琴旁坐下，自弹自唱几首旧世界的民谣。小艾高兴地点头："去吧。"于是她轻轻拨动琴弦，白皙瘦长的手指那么纤细又那么苍白，你简直以为可以将她指尖如蜡烛般点燃，使之变成辉焰的"荣耀之手"①，将全屋人，除了魔法师本人，催入深沉如死的睡眠。

　　　　她唱：　今夜吹着冷风，我的爱，
　　　　　　　　还有几滴雨。

---

① "荣耀之手"（Hand of Glory）是西洋黑魔法中一种作法道具，砍下杀人凶手被处死后仍吊在绞架上尸体的右手，加以处理后在指缝间插上用另一名杀人死刑犯的脂肪与头发制成的蜡烛，或直接将此手浸于蜡中，便可点燃，见者将呆立哑然，利于小偷入屋行窃。

他拿草稿捻成纸卷代替蜡烛，悄悄取来火光。

> 我一辈子只有一个真爱
> 她躺在冰冷土地里。

他一根根点燃她的手指。

> 过了十二个月又一天
> 死者张口开言。

眼睛闭上，她双眸各蕴含一朵火焰。

> 是谁坐在我坟上
> 不肯让我安眠？

众人皆睡。她的眼睛熄灭。她睡去。

他调整一下这死气森森的分枝烛台，使辉耀火光落在她双腿之间，然后忙着掀开她的衬裙。她指尖烛火照得明亮。别以为打动他的不是爱；能打动他的只有爱。

他不畏惧。

他脸上掠过小奸小诈的狡猾神情，从后裤袋抽出一把偌大钳子，动起手来，一颗接一颗，一颗接一颗又一颗，拔去那些利齿，就像当年产婆那样。

一切沉默，一切静止。

然而，正当他把最后一颗凶狠犬齿高举在她毫无知觉的躺倒身形上，深信自己终于驱去了欲望中的魔，他却突然面如槁木死灰，

337

涌上排山倒海的寂寥苦痛，因为听见门外传来隆隆车轮声。马车夫不请自来了。她出身高贵的亲戚的阴沉密使傲慢大叫："序曲和开场戏，请开始！"她将一团沾了烈酒的布塞进他嘴唇，在丝料沙沙声中离去。

睡去的人们醒来，告诉他他喝醉了。但他的弗吉妮亚已经没有了呼吸！

廉价威士忌充当早餐之后，他在镜前梳洗，突然起念刮掉胡子，变成另一个人，好让那些自妻子死后便缠扰他不休的鬼魂认不出他，不再来烦他。但当他刮干净胡子，镜中升起一颗黑星，他看见自己的长发和悲伤不已的脸已经变得太像他失去的心爱之人，他当场呆立如石，手里握着足以割喉的剃刀。

当他惊迷又反感地盯着镜中倒影，那张既是他又不是他的脸，他的头骨棺材开始震荡，仿佛他发起一阵强烈颤抖。

晚安，甜美的王子。

他抖得像一片即将被吊离遗忘的布景。

灯光！他叫出声。

他摇晃起来，可怕呀！他开始溶解了！

灯光！更多灯光！他叫道，就像詹姆斯一世时代悲剧的主角在谋杀开始之际，因为黑星正在将他吞没。

遵从舞台指示，理想国的镭射光轰向他。

他的骨灰在风中飞散。

《仲夏夜之梦》序曲及意外配乐

叫我"金色阿同"就好。

母亲在南方荒野生下我，但，就像我泰坦妮亚阿姨说的："可惜她是凡人，生下这男孩，就死了"[1]，不过"男孩"有点言过其实，她这是剪去我不合尺度的地方，使我变得不暧昧模糊，好让选角导演轻松一点。因为，虽说"男孩"也算正确，但并不够。而甜美的南方也一点都不荒野，哦，一点也不！那是片美好的土地，满山遍野长着柠檬树，多得远超过你们以欧洲为中心的愚蠢想象。我是阳光的孩子，微风的孩子，那风甜蜜多汁如芒果，神话诗般爱抚着蔻拉曼德海岸，在那斑岩与青金石的印度沿海，一切都明亮确切一如清漆。

我泰坦妮亚阿姨。应该跟你们说清楚，她不是我亲阿姨，没有血缘，没有脐带连结，而是我母亲最好的朋友，母亲离去前将我托付给她，于是我一直都叫她"阿姨"。

泰坦妮亚，她，又肥又胖、爱出风头、粉红皮肤、金发蓝眼，

---

① 《仲夏夜之梦》第二幕第一景。按，方平原译为"生下这孩子"，此处因顾及后文，酌改为"生下这男孩"。

我管她叫"夫人"①，奶——奶——奶弹妮亚（因为她全身上下第一引人注目的就是奶子，大得活像充气飞船），奶——奶——奶大妈妈咪呀把我装进她从陆海军合作社买来的大皮箱，贴上"随身行李"（哦，是的，确实如此！）标签，把我托运到这里。

来到这——哈啾！——湿不拉答的杂种树林里感冒冻死。下雨，下雨，下雨，下雨，下雨！

"六月流火。"小仙子讽刺地咕哝，满脸郁闷。他们当然很有郁闷的理由，可怜的小东西，小小翅膀全湿透了贴在背上，湿淋淋得几乎飞不起来，就算飞起来也会立刻在倾盆大雨中歪歪倒倒，哗啦啦迫降在卷起的蕨叶之间，发出可怜兮兮的尖细叫声。"从没见过这么烂的天气。"小仙子在玫瑰丛中抱怨着，那些玫瑰在这恶劣天气中摆出——我必须承认——勇敢的淡彩花朵秀，树丛不断被连串又连串的微小喷嚏震得颤抖，积在浅色野玫瑰平扁花瓣上的雨滴都溅洒出来，因为仙子的小小身体没有可以放手帕的地方，而他们全跟我一样得了严重之至的感冒。

我在富丽精致、满是孔雀珠宝色彩的国度长大，根本无法适应英格兰这种又湿又灰的仲夏。这简直是仲夏夜噩梦，我说。风吹卷而来，连最高大橡树的树枝都被折断，跟比较容易动摇倒下的榆树一起吹落，横七竖八像醉鬼不支倒在凌乱的仙子草地②上。打雷，闪电，晚上还有炽亮的星星飞掠而下轰炸树林……你们这温带气候一点也不温和，我没好气地对泰坦妮亚阿姨说，但她把这一切全怪在奥伯朗姨丈头上，他的喘气会变成雷声，而他一自渎就会下雨，这样看来他差不多整天都在自渎，无疑边做还边想着我。想着我！

---

① Memsahib，印度人对欧洲妇女的尊称。
② 一圈与四周草地颜色不同的草，乡野传说是仙子跳舞留下的痕迹（事实上为蕈类造成）。

奥伯朗满肚子都是气恼和烦忧，
为了仙后不答应他一个要求。
从印度国王那儿她偷来个男孩，
十分乖巧伶俐，做她的侍从。
奥伯朗看得眼红，一定要那孩子。[①]

你看，又是"男孩"，这根本连一半事实都不到。错误讯息。父权版本。从来没哪个国王跟这事有关，全都是我母亲跟我阿姨之间的问题，是吧？

再说，小孩子可以用偷的吗？或者给？或者拿？或者卖为奴隶，该死的？这些英格兰金发小仙子难道是殖民主义原型的帮凶？

为了维持我复杂的整体性，我对这一切表示强烈反对。我在这里。我在。

我是阿同，这是"雌雄同体"的简称，一个睾丸，一个卵巢，两性各半，但加起来远超于此。垂在这里可伸缩的优雅器官……可不是女同性恋发达的阴蒂，不折不扣是挺立的生殖器，而底下那有着天鹅绒唇边，可以闭合的美妙开口，我向你保证，就是另一性的通行大道。懂了吧。

你尽量看。我不害羞的。很了不得吧，嗯？

大家叫我金色阿同，因为我浑身金色；我出生时，爱玩的小小天使吸饱气鼓起嘴巴，把薄纸般的金箔吹呀吹满我四肢，然后金箔就永远黏住了。看我闪闪发亮！

现在我站在这里，站在滴着水的树下，脚下是湿答答茂盛长

---

① 第二幕第一景。此处"男孩"原为"儿童"。

草，混杂着拖在泥水里的雏菊和分枝烛台似的毛茛，花瓣全被风雨打落，只剩下绿色秃头。还有讨厌的老鹳草。还有刺人的荨麻，它们简直是林地的葡萄牙佣兵，我第一次碰上它们时可吃了不少苦头。还有豌豆花和芥子[①]和无数我不认识的野草，全是那种洗褪色一般难看的粉红、黄和剑桥蓝。真无聊。在树下，在宛如废弃房屋里的威廉·莫里斯[②]壁纸的湿烂花花朵朵中，我，为了保持头脑平衡和心理健康，摆出所谓树式的瑜伽姿势沉思，也就是说，只用单脚站立。

我身上既有箭也有标靶，既有伤口也有弓，既有汤匙也有盛麦片粥的浅碗，左手拿一朵现在有点敝旧的莲花，右臂上缠着蛇。

> 我是金色，全身赤裸，男女一体。
> 我金色的脸上永远带着古老微笑，只除了——
> 哈啾！
> 该死的西方感冒病毒。
> 哈啾。

金色阿同站在绿色树林里。

这片树林当然离雅典一点也不近，那出剧本充满引人误入歧途的不实线索。事实上，这片树林位于英格兰中部某地，可能靠近那伟大译码机器所在的布雷齐理。更正：这片树林从前位于英格兰中

---

① "豌豆花"和"芥子"也是《仲夏夜之梦》中两个小仙子的名字。
② William Morris（1834-1896），英国诗人、艺术家、社会改革者，提倡回归中古世纪的设计、工艺、社群传统。一八六一年与罗赛提等前拉斐尔派画家成立设计公司，生产的装饰品以精细手工及自然美感闻名，直接启发了艺术与工艺（Arts and Crafts）运动，此运动影响遍及欧美，以及日后的新艺术（art nouveau）风格。

部，直到几年前橡树、桦树、荆棘全被砍掉，腾出空地盖公路。不过，既然这树林从一开始便只是为了提供想象架构，如今也就继续扮演装饰性绿地，存在于诗人对自己所承诺之永恒的边缘。那是个英国诗人，所以他想象的树林本质上是英国树林。这就是英国树林。

英国树林完全不同于占据北欧人想象的那种死灵魔法黑暗森林，森林里住着死者和女巫，一双鸡爪的芭芭尤嘎在屋里晃来晃去，寻找要吃的小孩。不。这树林和那森林有着质而非量的差别。差别并非在于树林的树比森林少，占地也小，那只是差别的起因之一，也不能解释差别所造成的影响。

比方说，英国树林，不管再怎么神奇，再怎么充满变形，都不可能毫无路径，尽管可能像座难以走出的迷宫。但迷宫总是有一条出路，就算暂时找不到，你还是知道出路确实存在。迷宫是人类头脑的产物，跟人类头脑也有些类似：当你迷失在树林里，这比喻总能带来一些安慰。但迷失在森林里就等于跟这个世界从此脱节，被日光抛弃，完全迷失自己，毫无保证你能找到自己或被别人找到，非自愿——或更糟的是出于自愿——被拘禁在永无人迹之处，那是事关存在的大灾难，因为森林就像人心一样无边无际。

但树林是有边际的、封闭的，在树林里你故意走岔路，好享受四处漫游的乐趣，暂时失去方向的感觉就像度假，假期结束后你会神清气爽回到家，口袋装满坚果，手中满握野花，腿上沾着某只鸟落下的羽毛。那森林是闹鬼的；这树林是充满魔法的。

树林里可能的危险，以种种声音影像为微微恐惧增添一股愉快的刺激；一只雉鸡飞起的迅速扑拍声，猫头鹰落下的天鹅绒般声响，一闪而过的红色狐狸——这些全可能"吓你一跳"，但在这里没有淘气鬼或邪恶妖魔让你失神丧气，因为英国各式妖精反映的正是世俗一般对大自然不会带来伤害的信心，一部分原因在于气候温和。（听到没，阿同？这里可没有色彩熊熊燃烧的老虎，没有浑身鳞片的巨蟒，也没有全副武装的蝎子。）自从英国的狼被赶尽杀绝，树林里再也没有什么能吓坏你的野蛮东西。在穿透枝叶的阳光下一切温和，象征丰饶多产的精灵罗宾汉躲在葱郁阴影里，这树林对恋人是友善的。

事实上，树林或许可称为村人的共同花园，几乎跟培根所说的"自然荒野"一样刻意保持野性，林中每一只蟾蜍脑袋里都有宝石，所有的花朵都有名字，没有任何未知事物——这种荒野不具他者性。

而且总找得到东西吃！大自然母亲的蔬果杂货店：煮汤的酸模，蘑菇，蒲公英和繁缕可以拌色拉，薄荷和百里香用来调味，野草莓，黑莓，秋天还有大量坚果。尼布甲尼撒若来到英国树林，就不必只吃草[①]。

英国树林让我们瞥见一个没有堕落的绿色世界，比我们所在之处离天堂近一点。

英国树林就是这样，在这里我们看见熟悉的小仙子，搞不清楚状况的未婚夫妻，粗鲁的机械工。这是真正的莎士比亚树林——但并不是莎士比亚时代的树林，那时代并不知道自己是莎士比亚时代，因此不觉得有必要维持事物的原来模样。不。我们刚才形容的那种树林是十九世纪的怀旧想象，给树林消了毒，清除其中的坟墓，也除去前一个世纪的迷信在林中装满的各种丑恶低等生物。或者该说是去除自然，将那些生物去势，使它们看来就像那些令柯南·道尔深深着迷的小仙子照片。那是门德尔松的树林。

---

① 典出《圣经·但以理书》第四章，巴比伦王尼布甲尼撒做梦不得解，问于但以理，但以理解道："你必被赶出人世，与野地的兽同居，吃草如牛"。(4:25)

"走进这着魔的树林……"谁能抗拒这样充满魔力的邀请？

然而，维多利亚时代的人并未把树林保持在他们希望初次发现的模样。

巴克对这异国来客偏执着迷不已。从某方面来说，这是相反特质的相吸，因为金色阿同光——滑——无——比，巴克却全身毛茸茸。在六月的沁寒夜里，只有一身毛皮的巴克能够保暖。毛茸茸，又蓬乱，尤其是大腿一带。（还有，嗯，双手手掌。）

毛发蓬乱得像匹薛特兰小型马，全身赤裸，有时四脚着地。四脚着地的时候他会学马嘶，不然就吠叫。

他是傻大个的粗蠢妖魔，有时假扮成坚果棕的家庭精灵，人家会在门外留一碗牛奶给那些精灵，不过你若想摆脱他，就得留给他一条长裤，他认为送长裤是侮辱他非常自豪的性征。他华丽的卷卷阴毛散发葛林凌·吉本斯[1]木雕的那种油炸般光泽，阴毛丛中就是又皱又熟犹如欧楂果的睾丸。

巴克最喜欢骗人和躲猫猫。他到处都有亲戚——冰岛的"蒲吉"，德文郡的"皮西"，荷兰的"史普克"都是他的亲戚，全没一个好东西。那个巴克！

围绕在仙后身旁的温柔侍从都不喜欢跟巴克玩，因为他很粗鲁，玩捉鬼游戏时会扯掉他们的彩色翅膀，拉掉替泰坦妮亚拉着小小马车飞过空中的那些灰蚋若有似无的腿，乱亲女孩害她们哭，偷偷溜来抓着泰坦妮亚床上方那些深褐阳具似的毛地黄柱子来回晃，让雨滴哗啦啦整片洒下来，淋醒泰坦妮亚。

巴克的模样并不比其他那些比显微镜还小的精灵怪异多变，但

---

① Grinling Gibbons（1648–1720），英国雕刻家，尤以木刻作品闻名。

他有种特别腥臭讨厌的感觉，他喜欢鸡奸，喜欢水精灵，有摩擦癖①又有偷窥狂，还有——事实上，要是我写出巴克在河边芦苇中干的某些勾当，连这张纸都会脸红，粉红得像张收据，因为他跟大坏神潘恩有点远亲关系，如果有那心情，他会做出在英国森林不太常见——不过在英国私立学校相当普遍——的举动。

从巴克偏重阳具的倾向，你就知道他是奥伯朗国王的人。

毛茸茸的巴克爱上金色阿同，常来到月光下的林中空地，绕着这尊活生生的美丽雕像蹦蹦跳跳，不过——对阿同而言值得庆幸的是——他无法靠近到足以触摸，因为很有先见之明的泰坦妮亚在这可爱的养女／养子四周以魔法设下一道防疫封锁线，因此她／他等于身在一个无形玻璃箱里，一如若干世纪后她／他将会陈列在维多利亚与艾伯特博物馆的一个玻璃箱里。巴克常贴在这道无可碰触的透明障碍上，把原本的朝天鼻压得更扁。

阿同放下轻松靠在胯下的左脚，踩在地上，一下子就流畅优美地将重心换到另一条腿。两手上的莲花和蛇则待在原位。

巴克紧紧贴着泰坦妮亚的魔法，沉重地叹了口气，后退几步，然后精力充沛地玩起自己。

你有没有看过仙子的精液？我们这些凡人管它叫"布谷鸟的唾沫"②。

偶尔有黏土捏成的凡人经过，踩着又大又重的脚穿过树林，将蝙蝠般吱吱叫的小仙子吓得四散纷飞，因此根本听不见他们的声音，也永远看不见没被吓跑、站立原地稳若磐石的阿同。

万一你真的恰巧看见她／他，你会以为这尊小偶像或许是吉卜

---

① frotteurism，指以摩擦他人或物以获得性快感的行为，患者绝大多数为男性，通常在人多拥挤场合如公交车上发生。

② 指沫蝉的泡沫。

赛人口袋掉出的护身符，或者女孩手环上落下的小饰物，不然就是非常昂贵的饼干包装里的赠品。

然而你若拾起这美丽的物品放在掌心，会感觉到它很温暖，仿佛你来之前有人紧紧攥住它，刚刚才放下。

如果看得够久，你会发现金色亮片般的眼皮会眨动。

此时一阵异风将吹起，吹走树林及林中的一切。

一如你的影子可以变大，然后缩得几乎不见，然后再度变大，这些影子也可以，他们是大地的虚幻泡沫，"存在"一词对他们可能不太适用，因为，就我们的定义而言，他们不存在。他们不可能存在，他们没有影子，因为谁见过影子的影子？他们的存在必然有待商榷——难道你相信有小仙子不成？他们永远生活在观察者眼角边缘似有还无之处，因此他们可能根本只是光线的幻象……这样的半存在，这样缺乏大众承认，使他们欠缺任何视觉的统一性，所以他们爱变什么形就变什么形。

巴克可以随心所欲变形：三脚凳，以进行那著名的恶作剧（"一屁股坐下，我溜了，她仰天一跤"①）。这剧本在教室里读出时，中小学生都好喜欢玩这一招，因为大家认为这出剧适合小孩子，因为剧里讲的是仙子，是飞雅特小车，是平台钢琴，是任何东西！

只除了爱上金色阿同的那人。

为主人办各项事务之余的闲暇时间，巴克惆怅徘徊在阿同的魔法圈圈外，就像顽童徘徊在糖果店外，他的结论是，为了要充分利用阿同提供的性爱设备，如果有一天他们之间的障碍去除的话——尽管这似乎不太可能，但巴克的座右铭是"有备无患！"——如果

---

① 第二幕第一景。

他能和金色阿同交合，那么便也需要一套跟阿同类似的装备，才能达到最大程度的满足。

然后巴克进一步做出结论，这套假想装备必须跟阿同的装备恰好上下相反，这样才能完美契合不需乱凑。当凡人男女误以为树林中很隐密，来此做那四脚兽的勾当时，巴克总是孜孜不倦好奇偷看，注意到爱抚时手的位置总是很恼人，所以惯用右手的人在前戏中真的需要惯用左手的伴侣，而大自然母亲塑造人类时并没考虑到前戏，这是我们在兽性时刻与其他野兽的唯一不同点。

巴克拼命试，奋力试，试了又试，还是没法完全搞定，尽管经过一番艰苦努力终于能成功变成阿同的完美翻版。偶尔他会仿照阿同的模样和姿势，在林中双双对面而立，就像活生生雕像的活生生镜像，只有胯下激昂的勃起不同，因为色情狂巴克在自己所爱之人的面前无法克制。

阿同继续露出莫测高深的微笑，除了打喷嚏的时候例外。

但他们全都可以变大！然后又缩小得……跟逗点一样小，然后比逗点更小。他们每一个都有如此弹性——因为虚幻——的体质。就拿仙后来说吧。

光是她的名字，泰坦妮亚，就见证了她祖先泰坦巨人的血缘。但她也能缩减形体，化名为玛布（在威尔士则叫玛布荷），统治其他迷你小生灵，自己也小得像订婚戒指镶的宝石，渺小无比一如祖先巨大无比。

"哪，我确实称我那长角的主人为'丰饶之角'，不过主母嘛——"巴克以他那无可模仿的伍斯特郡拖长口音说。

像落进一杯水中的日本水生花，泰坦妮亚变大……

沾着露水的树林被惑人的月光照得粼粼银亮，口齿不清、跌跌撞撞的仙子宝宝绊到她的衣裳下摆，那下摆也正是树林边缘；他们在纠结草地上翻滚玩耍，玩伴包括兔子、敏捷的棕色幼狐、铁锈色的野鼠、小不点灰色田鼠、天鹅绒般的瞎眼鼹鼠、有着条纹毛皮鼻子闻嗅不停的獾——林地居民全是她衣衫上的刺绣，鸟绕着她头飞，停在她肩上，在她编着罂粟花和麦穗的丰盈乱发里做窝。

宣布仙后到来的不是响亮号角，而是林间鸽子轻柔如灰烬的催眠曲和黑鸫行云流水的华彩花腔。月光如牛奶倾泻在她裸露的乳房上。

她像一张双人床，一张摆满婚宴早餐的桌子，或者，一间治疗不孕的诊所。

她眼睛里有宝宝，一看你，你就不得不繁衍。她的眼睛引发生殖。

更正：曾经引发。

但今年不行了。霜害摧残了果树的花，雨下烂了所有的玉米，因此她头上的花环不再是金色，而是发绿，带着病虫害的荧光色。一亩亩的麦田遭麦角症入侵，用今年的麦做的面包吃了会使人发狂。大水冲垮了"合体之桥"。野兽不肯交配，母牛拒绝公牛，公牛也自顾自地；就连向来跟好色画上等号的山羊，都宁可自己躲在床上读读好书；虫也不再以起伏不定的复杂拥抱搅乱腐殖土。树林中弥漫一片修道院般的贞洁沉静，仿佛恶劣天气让大家都没了兴致。

神奇的女巨人现身，肩上栖一只猫头鹰，围裙里满是玫瑰和宝宝，宝宝的粉红脸颊几乎与粉红玫瑰难分轩轾。她拿起死去朋友的孩子，阿同。阿同单腿立在泰坦妮亚掌心，露出莫测高深的狂热微笑，就像印度教情色雕像脸上的笑容。

"绝不能让我丈夫得到你！"泰坦妮亚叫道，"绝不能！我会保有你！"

这时雷声骤响，先前短暂收起雨势的天空此刻又变本加厉下起暴雨，泰坦妮亚围裙里的宝宝全淋得湿透，又是咳嗽又是喷嚏。玫瑰花蕾中的虫被吵醒，开始啃咬花心。

但仙后将小小的阿同妥善藏在双乳之间，仿佛她 / 他是一枚信物链坠，而她自己也缩小了，直到尺寸大小适合，可以在隐秘的橡实壳斗中享用她这个侄女或侄子或侄子 / 侄女二合一。

"但她没办法让丈夫头上长角①，因为他头上已经有鹿角了。"巴克忖道，滑过林中空地来到主人脚边。因为此刻在那丛荆豆后面看着这一切的不再是一头獐子，而是奥伯朗，头上长着足足分成十枝尖权的鹿角。

在环球剧场的各式道具中，跟制造雷声的机器和熊皮等等列在一起的，有一项叫作"代表隐身的袍子"。奥伯朗穿上这件外套，你就知道他要保持隐形，闷声不吭，君临一切，但无能为力，看着去年的橡叶中那几乎看不出来的微微颤动，底下藏着他妻子和介入这对仙界情人之间的金色争论对象。

高高地在滴着水的忍冬树篱上，一个小小生灵用野忍冬做的排笛吹出海神螺声般、充满华丽芳香的神秘旋律。曲声中断，吹笛者猛烈难听地咳起来。他吐口痰，痰划过空中直到撞上一株莲香报春花，透明一坨就这么黏在长了雀斑的穗上。然后那小得不能再小的生灵再度轻声吹笛。

---

① 英文中说男人头上长角，意指戴绿帽。

阿同的金色皮肤是金箔做成，但皮肤底下的肉体则腌泡着：黑胡椒、红辣椒、黄郁金、丁香、芫荽、小茴香、葫芦巴、姜、肉豆蔻干皮、甜胡椒、香根草、蒜、罗望子、椰子、石栗、香茅、南姜，不时还有点——啧！——阿魏[1]的味道。真是够劲！要是阿同被放在华美盘子里端上桌，装饰着自身外皮的碎片，她／他看起来会像御用佳肴"皇家辣鸡饭"，上面洒着可食的黄金屑，据说是为了帮助消化。阿同到来之前，英国的宜人绿地从不曾有过如此美味芬芳的东西，当时它还在努力消化中古世纪晚期人们吃的水煮包心菜重担。阿同又热又甜，仿佛浸满阳光与蜂蜜，但奥伯朗是灰烬的颜色。

巴克为了没有阿同而饱受折磨，拔起一株毒参茄，把他巨大的器官强插进那植物的根部裂缝，它发出哀愁的尖叫，但毫无办法，只能任毛毛腿为所欲为。

气候一点也不温和！现在正在下雨，下大雨，大地陌生得连自己都不认识，枯萎花蕾滚出仙后的围裙烂在泥泞里，因为奥伯朗停止了繁衍。但泰坦妮亚仍将阿同抱在萎缩的胸前，不肯让丈夫获得这小东西，一分钟也不行。她不是已向朋友发下了神圣誓约？

阿同想要什么？

阿同想知道"想要"是什么意思。

"我不熟悉欲望这个概念。我是独一无二的、完美的、典范的双性人，激起所有人的欲望，但我自己是超脱的，是不动的移动者，是暴风雨的静止暴风眼，模范而自足，既是始也是终。"

泰坦妮亚对阿同男性的这一面绝望了，试探地将食指插入那女性的孔穴。阿同觉得很无聊。

---

[1] 伞形花科植物，花有强烈鱼腥臭味。

奥伯朗看着橡树叶子发抖，什么都没说，因为心中充满受阻的渴望，渴望那金色的、一半一半的、带着令人垂涎香味的东西。他脱下隐身伪装，让自己变得巨大无比，高高矗立在夜空中俯瞰树林，伸开双臂挡住月亮，全身上下仅穿厚底靴和巨大的阳具套。除了前额的青苔鹿角，他还戴着由诡异哺乳动物的发黄脊骨编成的王冠，黑发垂落直如光线。因为这时他展现的是恶性的一面，因此还戴了一串耐人寻味的小骷髅头项链，可能是他从人类摇篮里抓来的小孩——别忘了，在德国，他们叫他精灵王。

他的脸、胸和大腿都涂着煤炭，奥伯朗，夜晚与沉默之王，无尽夜晚的坟墓般沉默之王，冥府黑暗之王。他的长发从没碰过剪刀，但他有个奇怪的特点——下巴完全没毛，小腿也没有，整张脸光溜像颗蛋，只有两道连成一气的眉毛。

说真的，哪个头脑清醒的人会把小孩交给这男人？

心情稍好些之后，奥伯朗让太阳出来，然后他会在阳具套上挂满小银铃，随着他四处走动而叮叮当、叮叮当，他所经之处，都有美丽的清脆声响悬浮扭动在半空像胚胎。

若他不是梦中的生物，那么你一定已经忘了你的梦。

满心渴盼却遭到拒绝的巴克，也发现自己情不自禁变成他渴望的那样东西，在叶子微微抽搐的橡树下，他变成黄色，金属，双性，看来华丽珍贵。巴克就这么站在那里，跟阿同一模一样，闪闪发亮。

奥伯朗看着他。

奥伯朗弯腰捡起巴克，将这模拟的瑜伽树立在掌心。奥伯朗眼中浮起一层雾。巴克知道自己别无选择，只能继续这样下去。

哈啾!

泰坦妮亚用衬裙裙摆温柔擦擦阿同的鼻子,裙上花朵全都垂头丧气,刺绣花纹缺针少线,水果都腐烂,长出斑点,逐渐掉落,因为,若奥伯朗是丰饶之角,泰坦妮亚便是再生之锅,要是他不偶尔用他那根大棍子搅搅她,锅子就将不再沸腾。

靠近我睡吧,泰坦妮亚对阿同说。让我们在我这张蒲公英绒毛床垫上相依偎,我的仙子们会为你唱催眠曲。

湿答答的仙子们乖乖合唱起:"尔等舌尖分岔之斑点蛇",但全都猛咳嗽又打喷嚏又喉咙痛又眼泪汪汪又喘不过气以及其他各种流感猖獗的症状,还没唱到关于蝾螈的那段,嘶哑声音就消散了,之后整片树林只剩下雨水打在叶子上的淅沥沥声。

管弦乐团放下了乐器。布幕升起。戏开演。

彼得与狼

终于，壮阔的山脉也变得单调；熟悉之后，这片景致不再使人敬畏惊迷，旅人看待这座高山的眼神无动于衷，一如本地居民。在某一道高度之上，树木不生，云影在光秃高山上自由飘移，就像云本身在天空中自由飘移。

山坡低处某村的一个女孩离开寡母，嫁给一个住在空旷高处的男子，不久便怀了孕。十月有一场激烈的暴风雨。老妇知道女儿快生了，一直在等人捎来消息，却一直没有消息。暴风雨过后，老妇人想上山看看怎么回事，但又有些害怕，于是把成年的儿子也一起找去。

大老远他们就看见烟囱里没有炊烟。孤寂在四周张开大嘴。屋门开着，来回摇摆砰砰作响。孤寂将他们吞没。地板上有些狼粪，因此他们知道狼来过屋里，但他们没碰年轻母亲的尸体，婴儿却无影无踪，只有若干乱糟糟痕迹显示孩子确实已经生了。女婿也不见踪影，只剩一只被啃过的穿着靴的脚。

他们用棉被包起死者带回家。时间已晚，狼嗥声使得即将到来的夜色沉默变得残缺。

冬天带来冰寒烈风，每个人都待在家里拨火。老妇的儿子将铁匠的女儿娶进门。雪融，春来，翌年圣诞节这家已经有了个活泼健康的孙子。时间过去，小孩愈生愈多。

长孙彼得七岁了，已经可以随同父亲上山，这里的男人每年都带羊群上山吃嫩草。彼得坐在新鲜的阳光下，将稻草绑成一股一股准备编篮子，突然看见大人一再教他要懂得害怕的那种动物无声无息自岩石后出现，沿着牧草地走，然后又一直跟在后面。

若这不是小男孩第一次看见狼，他不会这么仔细打量他们，看他们一身浓密灰毛尖端发白，带着鬼气森森的感觉，仿佛身形边缘就快溶解；看他们敏捷灵活的毛茸茸尾巴；看他们好奇探查的尖嘴。

然后彼得看见第三只狼长得非常特殊，蔚为奇观：他全身赤裸，尽管也跟其他狼一样四脚着地，但浑身却只有头上长毛。

他看这只秃狼看得入迷，差一点就丢了整群羊，自己也可能送命，或者就算不被吃掉也一定会因如此疏失被大人打个半死。但羊群自己抬起头，闻到危险，咩咩叫着跑开，于是男人们赶过来，又是开枪又是发出各种吵闹声，吓走了狼。

父亲气得根本不由彼得分说，只在他脑袋上赏了几巴掌，叫他回家。母亲正在喂今年刚生的宝宝吃奶，祖母坐在桌旁剥一锅豌豆。

"狼群里有个小女孩，奶奶。"彼得说。他怎能这么确定是女孩？或许是因为她的头发好长，又长又有生命力。"那小女孩的个子看起来跟我年纪差不多。"他说。

祖母将一枚扁平豆荚扔出门外，让鸡去啄食。

"我看见狼群里有个小女孩。"他说。

祖母将那锅豌豆注满水，挂在炉火上煮。那天晚上没时间，但翌晨一大早她便亲自带男孩上山。

"把你跟我说的话再跟你爸说一遍。"

他们去看狼群留下的踪迹，在一片略为潮湿的土地上发现一个足印，不像狗踩的，更不像小孩的脚印，但彼得对着它苦思半天，终于想出头绪。

"她跑的时候是两手两脚着地，屁股朝天……所以……她的重心会放在脚的前半部，对不对？而且脚趾岔开，你看……像这样。"

他跟村里其他小孩一样，夏天都打赤脚，此时他将自己脚的前半部凑进那个足印，给父亲看，若他也四脚着地奔跑的话会留下什么样痕迹。

"照那样跑法，脚跟就没有用了，所以她没留下脚跟的痕迹。这样就说得通了。"

父亲终于慢慢承认了彼得的推断，暗自不安地看了儿子一眼。这是个聪明的孩子。

他们不久便找到她。她正在睡觉，脊椎柔软得可以整个人蜷缩成完美的 C 形。她听见他们的声音，惊醒逃跑，但有人用绳结套住她的脖子，她这一跑使绳索随之勒紧，勒得她两眼凸出翻白，倒地不起。一只发怒的大灰母狼不知从哪里冲出来，但被彼得的父亲用猎枪轰得血肉横飞。女孩差点就勒死了，幸亏老妇及时把她的头靠在自己腿上，松开绳结。女孩咬了祖母的手。

女孩又抓又咬，拼命反抗，男人们最后用麻绳绑起她的手腕和脚踝，用一根棍子将她挑回村里。这下她变得四肢无力，也没有尖叫或大喊，她似乎根本不会叫喊，只有喉咙深处发出若干低哑沉浊的声响，同时，尽管她似乎不懂得哭泣，但有泪水流出她的眼角。

她被风吹日晒得一塌糊涂，从头到脚一身亮棕色，而且脏得要命，裹满泥与土。她这身栗色兽皮的每一寸都满布疤痕伤痂，被尖锐的岩石和荆棘刮伤。人们扛着她走，她垂扫及地的头发上满是植物针球，脏得看不出原先可能是什么颜色。她浑身都是可怕的寄生虫，又臭又脏，瘦得肋骨全一清二楚。彼得是个吃马铃薯长大的健康圆润男孩，体型比她大得多，尽管她约比他大一岁。

他好奇又严肃地跑在后面，祖母也拖着脚步跟在她旁边，被咬的手包在围裙里。女孩一被放在祖母家里的泥土地上，男孩就偷偷用食指戳了一下她左边屁股，好奇想知道她摸起来是什么感觉。她摸起来温热但厚硬，被他碰到时连动都没动一下，她已经放弃挣扎，就那么五花大绑倒在地上装死。

祖母家就这么一间大房间，冬天羊也关在屋里，跟全家人一起住。家里养来抓老鼠的那只大虎斑猫一闻到她的味道，便发出戳刺气球般的嘶嘶声，窜上楼梯直奔堆放干草的阁楼。汤在炉火上冒着热气，餐桌都摆好了，现在差不多已是晚饭时间，但天色仍相当亮，山区的夏夜来得很迟。

"给她松绑。"祖母说。

起初儿子不愿意，但老妇不容他拒绝，他只好拿起面包刀，割断绑着女孩脚踝的绳索。起先她只是猛踢猛踹，但当他割断绑住她手腕的绳索，她立刻像个挣脱束缚的恶鬼疯狂奔窜。看热闹的人全跑出屋外，家人躲上阁楼避难，但祖母和彼得不约而同跑到门口上闩，不让她逃出去。

受困的动物满屋乱蹦乱窜。砰——桌子打翻了；哐啷、叮当——餐盘摔碎了；砰、哐啷、叮当——五斗柜往前扣倒，砸在从柜里掉出像一层硬邦邦白土的餐具上。谷粉桶打翻了，她又是咳嗽又是打喷嚏，就跟普通小孩打喷嚏没两样，然后在扬起的白色粉雾中吓得四肢僵直，直到尘埃落定，一切都笼罩一层面粉，仿佛被某种魔法变得奇异。起初的狂乱过去后，她蹲坐片刻，用长鼻子闻来闻去，然后一下子东、一下子西地试着逃出，又是叫，又是吠，又是迷惑地抬起头。

她不曾以两腿站立，始终趴伏以双手及脚尖着地，但那又不太像是趴伏，因为你看得出四脚着地对她来说是很自然的事，仿佛她跟重力订立了不同于我们其他人的约定；此外你也看得出她大腿的肌肉在山上磨练得多强壮，她双脚弓起的弧线绷得多紧，还有，她确实只在蹲坐下来时才会用到脚跟。她嗥叫，不时咳嗽般发出那些令人难以忍受的、浑浊惊慌的呜哼。她那双转动的眼睛你只看得到眼白，白得发蓝，就像刺眼的白雪。

她拉了好几泡屎，显然是吓得不由自主。厨房闻起来活像茅房，但就连她的排泄物都与我们不同，源于奇怪邪恶的、无从猜起的生食，那是狼的粪便。

哦，可怕呀！

她撞上炉台，打翻挂在钩子上的锅，内容物流出来浇熄了火。热汤烫伤她的前腿，造成剧痛，她蹲坐下来，受伤的前脚可怜兮兮垂在身前，发出啜泣般的阵阵高声嗥叫。

就连与自己约定要爱死去女儿的孩子的老妇，听见女孩嗥叫也感到恐惧。

彼得的心猛然一跳，一乱，感觉自己仿佛在坠落；他没有意识到自己的恐惧，因为他目不转睛看着她那小女孩生殖器的裂鏬，就在她蹲坐身体的下方，一目了然。此时夜色已转暗到这季节最暗的限度——也就是说，不太暗；淡色天空中，一勾白线似的月亮悬在烟囱上，因此屋里不暗也不亮，但男孩可以清楚看见她的私处，仿佛它自行发出磷光，使他彻底着迷。

她嗥叫之际阴唇绽开，无意中给他看见一组盒中盒般的层卷皮肉，仿佛接连着向她内在开启，将他拉进一个秘密的内部所在，目的地却永远在他面前倒退远去，这是他第一次看见无限的暗示，歼灭一切，令人晕眩。

她嗥叫。

叫了又叫。直到山中终于传来同一种语言的响应，先是一个声音，然后众多声音交杂。

她继续嗥叫，但现在声调比较没那么悲惨。

不久，这屋里的人便很难不承认，狼成群下山进村了。

于是她获得了慰藉，趴下来，头靠在前脚上，头发拖在变凉的汤里，就这样合上她那本禁书，一点也不知道自己曾经打开它，更不知道它是遭禁的。沉重的眼皮合上，盖住她那双满是血丝的棕眼。先前彼得的父亲进屋时将枪挂在火炉上方，现在他想下楼来取，但脚一踩上楼梯，女孩便跳起身猜猜低吼，露出又长又黄的犬齿。

此刻屋外嗥叫中混杂着家畜的惊惶恐慌。其他村民全把自己锁在家里。

狼群来到门前。

男孩牵起祖母没受伤的那只手，起初老妇动也不动，但他用力拉了一下，让她回过神来。女孩怀疑地抬起头，但让他们走过去。男孩把祖母推上楼，自己随着爬上，然后收起楼梯。他又紧张又恐惧，多么希望时光能倒流，多么希望当初自己一看到狼就跑走，就大喊示警，根本没有看见她。

屋外，狼群跳扑撞门，门摇晃着，将门闩固定在门框上的螺丝也吱吱嘎嘎逐渐松脱。女孩一跃而起，兴奋地在门前来回跑动。不久门框的螺丝扯脱了，狼群一拥而入。

喧嚣。怖惧。屋里的吵闹声就像全冬天的风困在一只盒内。他们最恐惧的屋外事物如今进了屋，干草阁楼上的婴儿呜咽出声，母亲连忙将他按在乳房前，仿佛狼群也会把这孩子夺走。但狼群只是来救走他们收养的孩子。

他们在屋里留下熏人的臭味和满地面粉白痕，破损的门来回摇晃，炉火熄灭，黑色焦柴拨散得到处都是。

彼得以为老妇会哭，但她似乎无动于衷。一切安全之后，他们一个个爬下楼梯，仿佛解除了沉默的魔咒，全都兴奋激动争相讲话，只有老妇和心烦意乱的男孩默不作声。虽然此时已过午夜，儿媳还是打来井水，刷洗屋里的野生气味。打破的东西清扫丢掉，彼得的父亲将桌子和五斗柜重新钉好。邻居们走出屋子，惊诧不已，因为狼群连一只鸡、一颗蛋都没有夺走。

人们在星空下喝起啤酒以及马铃薯酿的烈酒，吃着点心，因为兴奋使他们饥肠辘辘。那可怕的一夜最后变成一场大派对，但祖母什么也不肯吃喝，一待家中打扫干净便上床睡觉。

翌日她去坟场，在女儿墓旁坐了一会儿，但没有祈祷。然后她回家，动手剁起晚餐要吃的包心菜，但不得不半途而废，因为她被咬的手发炎了。

那年冬天，祖母死后，在大雪强加于人的闲暇时光，彼得请村里的神父教他读《圣经》。神父很高兴地答应了，彼得是这群会众中头一个表示有兴趣识字阅读的。

男孩变得非常虔诚，虔诚到让家人都吓一跳，对他刮目相看。年纪比较小的孩子开他玩笑，叫他"圣彼得"，但他还是一有空就溜到教堂祈祷。四旬斋期间，他斋戒得瘦成皮包骨；耶稣受难日，他鞭笞自己。仿佛他将祖母的死怪罪在自己身上，仿佛他相信是自己将那致命的感染带进屋，使她病死被抬出去。他整个人充满不可一世的赎罪热情，每天晚上在微弱烛光旁一字一字细读《圣经》，寻找圣宠神恩的线索，直到母亲赶他上楼睡觉。

但是，尽管他全心召唤《四福音书》作者来守护他的床，梦魇仍时常搅扰他的睡眠。在那张他与两个弟妹同睡的窸窣稻草床上，他辗转反侧。

神父乐见彼得如此早熟聪慧，开始教他拉丁文。只要放羊之余有空，彼得就会去找神父。彼得十四岁时，神父告诉他父母应该送他去山谷里的城镇念神学院，让他将来也成为神父。他们多的是儿子，便送了一个给上帝，反正埋首于阅读和祈祷的他在他们眼中已变得陌生。那一年，羊群从山上的放牧地赶回来过冬之后，彼得便出发了。时值十月。

他走了一天，来到自山上流进谷地的河边。这季节的夜晚已经沁寒，他生起一堆火，祈祷，吃了母亲为他打包的面包与奶酪，尽可能安睡。尽管他激切想投身于那个等在前方的悔罪与虔敬的世界，却又深感不安烦扰，自己也说不上来是什么原因。

第一抹曙光乍现，只是稍微让黑暗变得浅淡，有如蛋壳丢进浑浊的液体。他起身到河边喝水洗脸，四周一片静定，他简直像此处唯一的活物。

她的前臂、胯下和双腿全长满了毛，头发披垂在脸上，让你看不清她的面貌轮廓。她蹲在河对岸，正舔着满映紫褐天光的河水，仿佛将迅速出现的黎明一并啜饮而尽，但在他注视她的同时，四周的颜色还是愈来愈淡。

孤寂与沉默，一切静定。

她不可能认知眼前河里的倒影是自己。她不知道自己有张脸，从来不知道自己有张脸，因此她的脸本身便是一面镜子，映照出与我们不同的一种意识，就像她的赤裸既不无辜也非刻意，一如我们最早的父母在人类堕落之前。她全身是毛就像荒野里的抹大拉，但悔罪不在她的理解范围。

在她无言的重量之下，语言为之粉碎。

灌木丛里跑出两只小兽，相互扭打，她没理会他们。

男孩开始发抖打颤，皮肤发麻，感觉自己仿佛是雪堆成，现在可能就要融化。他咕哝了句什么，或者那也可能是声啜泣。

那声被河水洗过的模糊声响使她侧头，小兽们也听见了，不再打闹，害怕地跑过去把头埋在她身侧。但片刻后她判断没有危险，再度将嘴凑上水面，水揽住又拨散她的发。

喝完水，她后退几步，抖甩一身湿毛皮。小兽紧衔住她摇晃的乳房。

从祖母下葬之后再也不曾哭过的彼得，此时忍不住大哭起来，泪水流下他的脸，溅落在草地。他张开双臂，笨拙向河里踏出几步，想到对岸加入她那神奇又私密的神恩，被一种几乎仿佛异象的狂喜所驱使。但他的表姐被这突如其来的动作吓到，乳头挣脱小兽的嘴，转身跑走，小兽也尖吠着匆忙跟上。她跑时手脚着地，仿佛那是唯一的奔跑方式，奔向高地，奔进尚未完成的黎明的明亮迷宫。

男孩回过神来，用衣袖擦干眼泪，脱下浸了水的靴子，用衬衫下摆擦干腿脚。他吃了些行囊里的食物，几乎食不知味，然后继续朝城镇走去，但如今他要去神学院做什么？因为，如今他已知道，没有什么好恐惧的。

他感受到自由的晕眩。

他将鞋带互绑，把靴子搭在肩上。靴子很是累赘，他跟自己争辩要不要丢掉，但当他走到铺妥的路面时便不得不穿上，尽管靴子仍然潮潮的。

鸟儿醒来，鸣唱。清凉理性的阳光令他惊讶，令人振奋的早晨展开了，如今山已在他身后。他回头一瞥，发现从远处看来那山有种扁平的二度空间感，已经开始变成它自身的图片，变成在火车站或边界驿站匆匆买下纪念童年的明信片，变成剪报，变成他将在陌生城镇拿给人看的照片，那些陌生的城市和国家他此刻尚无法想象也不知其名，他会在那些地方以陌生的语言说："我的童年就是在那里度过的。很难想象吧！"

他转过身，长久注视那座山。他在山里住了十四年，但从没这样看过它，以一个并未对此山熟悉得几乎像是自己一部分的人的眼光，于是，他第一次看出那山是多么原始、广袤、壮丽、荒凉、不仁而单纯。他向山道别，看着它变成布景，变成某个乡野老故事的奇妙背景画片，故事说的是一个被狼奶大的小孩，或者，说的是被女人养大的狼。

然后他下定决心，转脸朝向城镇，大步向前，走进另一个不同的故事。

"如果我再度回头，"他心想，带着最后一股迷信的怖惧，"我将化为盐柱。"

厨房的小孩

　　若戏班子里有小孩吸着混了油彩的母奶长大，人家便说他是"出生在皮箱里"；如果有类似的厨房用语，绝对适合形容我，因为我可不就是在奶蛋酥膨发的时候怀的胎？龙虾奶蛋酥，精选材料，以中火烤二十五分钟。

　　而且那是我妈厨师生涯中第一次被要求做奶蛋酥，是爵爷和夫人请来做客的某个法国公爵点的菜，我妈乐不可支，因为我们这儿鲜少有挑嘴美食家光临，就连为期两周的"松鸡大狩猎"，那些卷起袖子打下满天羽毛猎物的贵族也没有哪个懂得吃，事实上他们尤其不懂得吃，舌头钝得跟皮鞋底似的。"简直是给猪吃珍珠。"我母亲会这么说，不甚情愿让人把她二十四道厨艺精湛的菜色送去餐厅，只不过连猪都比他们更懂欣赏美食。我跟你说，英格兰乡间宅邸，没错！正是讲究吃的好所在，但只有爵爷和夫人不在家的时候才行。饮食水平全靠仆役下人维持哪。

　　因为夫人天生纤弱敏感，一天三餐只吃放在冰块上的生蚝和葡萄，别的什么都不肯碰；爵爷则整天不吃东西，直到太阳下山才来一根裹了一大堆辣酱的骨头，他的舌头早在当年治理扑纳①一小块地方时被咖喱烧坏了。（我想印度人是故意把他的食物弄得辛辣不堪以泄愤。哦，厨师的复仇——下起手来是很可怕的！）至于那些打松鸡的人，他们只想要三明治当前菜，三明治当主菜，再加上三明治、三明治、三明治，随身小酒瓶装得满满的，哦，正是，用那琥珀琼浆把食物冲下肚去，谁还尝得出什么味道？

于是我妈苦心制作她这辈子第一份龙虾奶蛋酥，派磨刀男仆骑脚踏车去好几里外的海边买来龙虾，就这么把他活生生煮熟，他又如何发出可怜的尖叫爬出锅子，等等，等等，于是我妈连蛋黄蛋白都还没分开，便已忙得团团转。

然后，就在她弯身要将面粉打进奶油时，一双手紧紧揽住她的腰。起初她以为是厨房里的人跟她瞎胡闹，便扭动宽大臀部甩开对方，同时把蛋黄加进奶油面粉糊，但搅入仔细切成小块的龙虾肉时，她感觉那双手摸得更高了。

就是这时候，番椒粉失手加太多了。她一直都为此抱憾。

当她将搅匀的材料缓缓掺入一碗打发的蛋白，天知道他又做了什么，总之她终于忍不住把东西一股脑儿倒下去，说道：

"管它去死呢！"

奶蛋酥进了烤箱，烤箱门砰然关上。

我且拉上一层纱幕，遮住接下来的激情场面。

"可是，妈！"我常缠着她问，"那人到底是谁？"

"哎哟天哪，孩子，"她说，"我根本没想到要问。我太担心了，怕那么用力关烤箱会把奶蛋酥震垮。"

但是没有。奶蛋酥顺利发起来就像热气球，一等它那金黄头顶

---

① 孟买东南方的一个城市，原拼作 Poonah 或 Poona，现名 Pune。

不可一世地碰上烤箱门，她便冲出我含蓄拉上的纱幕，边跑边拉平围裙，好在惊呼赞叹声中端出那精彩菜色，给群集的厨房工作人员（约四十五人）做个模范。

但还不够模范。厨师遇上了高手食客。管家亲自端回盘子，砰然放下。"他说：'太多番椒粉。'然后把它从盘子全扫进壁炉里。"她带着满意的狞笑说道。她可是高尚的典范，讲话特别注重气音，又老打嗝，连打嗝的"ㄜ"声都不忘加上"ㄏ"音。

我母亲羞惭得哭起来。

"我们这里需要一位欧陆——ㄏㄜ——大厨来增进格调。"管家语带威胁，朝我妈杀气腾腾看了一眼，扬长而去；尽管我妈指尖充满美食魔法，但仍只是个纯朴的约克郡姑娘，而一个蜂窝容不下两名蜂后，因此管家视她为眼中钉。此外，管家总是向往大老远聘来一位胡子活像帽架的卡赫姆[1]或索耶[2]，依照最时兴流行的方式将她调理或上下其手一番。

"想想看，亲爱的德文郡爵士伉俪不就请了埃布尔林大厨吗，桑德兰女公爵府请的是克雷平，波佛公爵府请的是拉巴姆，可不是吗……还有女王陛下，祝福她，御厨是梅纳杰……只有我们摆脱不掉那只约克郡肥母牛，她除了满口大大咧咧的约克郡腔不会讲别的，永远穿着毛毡拖鞋……"

在厨房桌上怀胎，在厨房地上出生，没有钟声欢迎我到来，但是有更适恰得多的砰！砰！砰！来自满屋每一个长柄浅底锅，简直

---

① Antonin Carême（1784-1833），法国名厨，出身贫寒，后来发迹，曾任法、英、俄等地皇亲贵戚府中主厨，并著作出版自己的食谱，其中《十九世纪法国烹饪艺术》一书奠定了经典法式料理的基础。

② Alexis Soyer（1809-1858），法国名厨，后赴伦敦任职于许多贵族之府，又任著名俱乐部主厨。爱尔兰饥荒期间至都柏林办食堂以低廉价格供餐，克里米亚战争期间至前线为军队、医院调配饮食，并曾义卖食谱将所得捐赠慈善机构。

就像整套厨房黄铜定音鼓连发齐响，还有汤勺敲在盘盖的愉快叮当，转烤架的狗 [1] 也全都："汪！汪！"

时值（你也推算得出来）十月减三有余，爵爷和夫人在伦敦，管家独自保持着她的优雅风格，坐在她的起居室，用迈森 [2] 瓷杯喝上好武夷红茶，加一点份量审慎的朗姆酒。酒柜是上锁的，不过她早就利用充裕余暇偷打了一把钥匙。管家自己有个小女佣，专门用来使唤，差遣和拍马屁，此时小女佣正往茶杯里增添牙买加风味，楼下突然一阵天翻地覆的吵闹，仿佛中国乐队奏起锣鼓铙钹，又敲又打。

"那些下等脏东西到底在——厂ट——搞什么鬼？"管家以美妙悦耳的贵妇声调开言道，快快但狠狠扯了小女佣耳朵一把，要她把八卦从实招来。

"哦，最尊贵的夫人您呀！"可怜小女佣颤抖抖来兮。"是厨师在生小孩！"

"厨师生小孩？！"

由于我母亲体态丰满之至，又胖又圆，再加上厨房全体工作人员都效忠喜爱她，因此管家完全不知我即将到来。但在火冒三丈勃然大怒的同时，她也很高兴听到这消息，因为她忖道，这下就有办法以这个不速之客为理由解雇我母亲，然后对爵爷和夫人不停碎碎念，让他们请一位装腔作势抹发油的绅士，来热热冷冷和凝胶和涂奶油。于是她下楼去也，姿态堂皇但步履不稳，因为她整天都在啜饮加朗姆酒的茶，小女佣则跑在前面把门大开。

她见到的场面何等壮观！要是当时拉斐尔人在约克郡，说不定会为这情景画幅素描。我母亲戴着微笑冠冕，坐在一袋马铃薯宝座

---

① 将狗系在烤架旁的转轮上使其跑动，以转动烤架。

② Meissen，德国东部一城，近德勒斯登，以瓷器闻名。

上，婴孩稳妥包在煮过消毒的布丁布里抱在胸前，全厨房大队人马满脸敬慕围在四周，每个人都挥舞着一种用具，发出愉快的汤勺敲击声，正是区区在下我的第一支催眠曲。

可惜，在管家其冷无比的眼神下，我的摇篮曲不久便愈来愈小声，只剩偶尔一声零星的咚或叮。

"这——厂さ——是什么？"

"可爱的小男娃！"我妈柔声呢喃，往靠在她厚实胸脯上的柔软小额头响亮一吻。

"带着他滚出去！"管家叫，"厂さ。"又补充道。

但这项要求引发一阵珰琅震天嘈响，仿佛一颗炸弹丢在五金行，因为在场所有人（除了母亲和我之外）都重新奋力敲打起手中的临时乐器，异口同声念诵道：

"厨房的孩子！厨房的孩子！你不能赶走厨房的孩子！"

实情也正是如此：而厨房尽管没有制造出我，却也导致我被制造出来，除了那贪嘴场所本身，我还能说自己是谁的后代呢？不管是女帮厨还是最小的蔬菜杂役，没人记得是谁或是什么在那个奶蛋酥早晨造访我母亲，当时厨房里每个人都忙着切三明治，但似乎曾有某个肥胖身形在此徘徊，受厨房吸引而来一如鬼魂受黑暗吸引而至。那位美食公爵不是有个美食小厮吗？然而他的模样轮廓就像肉冻在炉灶上受热融化了。

"厨房的孩子！"

厨房大队的声音实在太吵太响，管家只能撤退，到私人起居室再喝点朗姆酒；面对锅碗瓢盆的叛变，她发现自己并不勇敢，只好回自己帐篷生闷气。

我最早的玩具是滤碗、打蛋器和锅盖，我的澡盆是煮鳖汤的大炖锅。在我学会走路之前，他们暂且放弃鲑鱼，因为，有什么比那黄铜鲑鱼锅更适合当我摇篮的？锅高高放在壁炉架上，让我睡得又暖又香又远离危险，烹调料理引人食欲的香味和声响助我好眠，我就这样高踞在厨房上咿咿呀呀度过婴儿期，仿佛供在小小神龛里的家神。

事实上，厨房不正有些神圣吗？那些被煤灰染黑的石拱顶高高在我头上，挂着火腿和一串串洋葱、一束束干燥香草，看来有点像老教堂走道上方垂挂的教团旗帜。摸来冷凉、发出回音的石板地由善男信女每天两次跪着擦洗得一干二净，一排排刷洗得发亮的金属器皿挂在钩子或栖在架子上，静待需要的时机到来，就像许许多多圣餐杯等着食物圣礼。而炉灶就像祭坛，是的，祭坛，我母亲永远在坛前垂首致敬，唇上一层薄汗，火光映红双颊。

三岁时，她给我面粉和猪油，我立刻发明了酥饼皮。当时我太小没法揉面，她便扛我坐在肩上，看她在大理石台面上揉面团，然后把我放下，由我自己踩出一个个小派皮，为我的早慧流下欣喜的眼泪，让我自己动手加上一团团李子果酱，最后给我舔舔勺子作为奖赏。三岁半，我已经进展到做粗泡芙，再之后便一日千里。她抱我站上高凳，好让我搅拌得到酱汁，又用她的短围裙把我团团包了三圈在腰间塞好，免得我绊到下摆一头栽进自己调制的荷兰蘸酱。就这样，我变成了她的门徒。

学习读写对我来说很容易，我的字母是这样学会的：A 代表芦笋（asparagus），奶油火锅芦笋（但顾及我母亲，永远不加杂种式酱汁）；B 代表牛腰肉（baron of boeuf），大部分用烤的，底下接肉汁的盘子里放一个爱国的约克郡布丁噗噗烤着；C 代表胡萝卜（carrot），红萝卜，花椰菜，卡芒贝奶酪，以此类推，直到莎芭瑞安尼①，不过

---

① Zabaglione，以蛋黄、砂糖、葡萄酒做成的意大利甜点。

我常纳闷 X 有什么用处，因为哪个厨师的字母表里都没有它。

我的生活离不开这厨房，就像面包皮与面团或者美乃滋与鸡蛋一样息息相关。起初我调酱汁的时候站在凳子上，然后改站在倒扣的水桶上，再然后脚下什么也不需要垫了。时间过去了。

在这处偏远宅邸，生活就像平静小溪流过，一年只翻腾混乱一次，而且为时只有两星期，但那松鸡狩猎确实也够麻烦，一大堆人从城里跑来搞得我们鸡犬不宁。

尽管爵爷和夫人相信，他们的来临是我们每一个人存在的独独唯一理由，是我们人生一年一度的高潮，就他们而言，我们这些仆役整年其他时间全在冬眠，如今才活过来，就像睡美人被王子的来临唤醒，但事实上，没有他们的那十一个半月我们过得可好了，老爷太太的到来才是扰乱我们作息的长年慢性问题。我们咬牙熬过那两星期，就像迫于环境、今非昔比的上流人家必须将自宅房间出租一样不自在，至于高级料理呢，甭想了：三明治、三明治、三明治，他们只吃三明治。

而且，再也，再也没有宾客特别要求奶蛋酥，不管是龙虾或其他口味。松鸡狩猎期间，我妈总是有点闷闷不乐，情绪不佳，心不在焉，而且尽管没人点菜，每一年她都照样准备她的龙虾奶蛋酥，派磨刀男仆去买龙虾，活生生把他煮熟，打蛋，做面包粥，等等，等等，仿佛这是一种魔法仪式，能解开过去那个大问号，解答她儿子究竟来自谁的胯下，然后，也许，她这次可以好好把他的脸看清楚。或者也许另有其他原因。但她从来什么都不说。年年如此，熟能生巧，她已经做出有史以来最饱满、最美味的龙虾奶蛋酥，但没有贵客来吃，厨房里的人也都不忍心动手，所以，整整十五次，每年奶蛋酥都喂了鸡。

直到某个十月的黄道吉日，荒野上起雾一如高汤的腾腾热气，松鸡像死刑犯饱吃最后几顿大餐，我母亲的坚持终于获得回报。宾客成群来临，此时我们听到令人怀念的微弱手风琴声，一辆有篷四轮马车沿着车道驶来，车上满是法国百合纹饰。

听到消息，我母亲全身发抖，脸色大变，得在揉面的大理石台上坐下缓口气，而我，哦，正好到了男孩最常思索父亲之事的年纪，我准备会见生身之人。

但这是怎么回事？自己带来好几瓶酒的公爵吩咐要一大盒冰，走进厨房来取冰的人却是个没胡子的男孩，跟我年纪不相上下，甚至更小！尽管我母亲试着问他另一个假想中存在的小厮在哪里，那人多年以前曾让她手抖得控制不准番椒粉的分量，但他说听不懂她的约克郡土腔，摇头表示不解。然后，我母亲这辈子第三次哭了起来。

她第一次哭，是因为搞砸一道菜。第二次，看见儿子揉面团，她是喜极而泣。而这一次，她是为了不在的那人而哭。

但她仍派磨刀男仆去买龙虾，因为她必须也即将进行每年秋季的仪式，就算如今只是为希望守灵，或者像为葬礼准备烤肉。于是我决定自己解决此事，以最快的途径——送食物专用的升降梯——上楼，问那公爵他的仆役人在何方。

公爵正在放松休息，开一两瓶酒小酌一番，准备迎接晚餐。他身穿有衬里的天鹅绒家常外套，很像人家给名种狗穿的衣服，套着摩洛哥羊皮拖鞋的脚凑在熊熊炉火前烘暖，正用母语自顾自哼着歌。我从没见过这么肥的男人：就算他分十几二十磅肉给我母亲，也感觉不出哪里有差。又圆又胖。就算从墙板里突然冒出的这个年轻厨师让他吓了一跳，他这种绅士也不会表现出惊诧讶异，只问，我找他有事吗？语气再和蔼不过，而我，尽我烹饪法语词汇的可能，用我那一点点法语，结结巴巴地说：

"好多年前您第一次来这里时陪伴（配菜）您的那位随身小

厮——"

"啊！尚贾克！"他立刻响应，"真可怜。"他又加了句。

他一脸哀戚，眯起眼睛，垂下视线。

"肝病突然发作。唉，他死了。"

我的脸当场白得像小白菜。身为完美绅士的他，邀我来一口他的香槟安安神，这是他大老远从自己酒窖带来的，他不信任我们爵爷那烧焦的味觉。随着它一路冒泡泡打着嗝滑下我食道，我感觉到自己胸口上长出了毛。公爵以真正贵族都有的那种平易近人民主态度与我又分享一瓶酒，喝饱后，我对他叙述了就我所知的本人孕育过程，说明他的已故小厮如何撩拨赢得我母亲，在那道龙虾奶蛋酥的烹调过程中。

"那道奶蛋酥我记得很清楚。"公爵说，"是我吃过最棒的。我请管家代为向大厨致意，只加了一句吹毛求疵美食家的建议，说下次不妨稍微少放点番椒粉。"

原来是这样！坏心的管家只把话传了一半！

然后我讲述感人的故事：之后每一年松鸡狩猎期间，我母亲都做一份龙虾奶蛋酥以（我相信是）怀念尚贾克，于是我们又喝了一瓶香槟纪念逝者。最后公爵表现出无比温柔敏感的情怀，含着男子气概的眼泪说：

"这样吧，孩子，趁你妈妈再一次为我烹调那著名的龙虾奶蛋酥，我本人，为了纪念前任小厮，就悄悄下楼去——"

"哦，大人！"我感动得结结巴巴，"您真是太好了！"

我立刻赶回厨房，这时母亲才刚开始做奶白酱。不久，当奶油融化得像公爵听我说她故事时为之融化的心，厨房门悄悄开了，大人阁下蹑手蹑脚溜进来。我得说，他们真是我见过身材最匹配的一对。厨房军团全转开头，尊重这浪漫的一刻，但一手促成此刻的我忍不住偷看。

他偷偷潜近她身后，食指按在唇上表示要大家小心、安静，然后伸出手臂，慢慢，慢慢，慢慢地，以无比的轻盈灵巧，一手探上她身侧。感觉起来大概只像苍蝇停在屁股上，她抖抖一边屁股好似草原上一匹牝马，不为所动，将面粉过筛。公爵自己也有点发抖，那张有些波旁家族轮廓的脸上闪过一种神情，就像小小孩来到糖果店。他想从背后偷看她用那些烹调用具正在做什么，但被自己的丰满挡住了。

也许只是为了让她移开一点，或者是真心对她迷人的庞大体型表示赞赏，总之，此刻，他以庞然但无比优雅的姿态，就这么一手戳上她的屁股。

我母亲发出一声叹息，足以吹掉打发的蛋白，但她身为艺术大师，打蛋黄的手连抖都没抖一下，尽管公爵的双手愈游移愈高，那只汤匙也完全不曾动摇。

因为，你要明白，调味的时候到了。这一次，番椒粉的分量刚刚好，一丁点也不多。好耶！这份奶蛋酥将会——我用拇指和食指形成一个圆，凑上嘴巴作势亲吻。①

蛋白加入面包粥，她手中汤匙的动作迅速又轻盈，就像困在陷阱里的鸟。她将一切材料倒进奶蛋酥盘。

他的手一拧。

然后她才叫道："管它去死吧！"我母亲没照剧本来，却把手里的木匙当作棍棒，咚！一下狠狠打在公爵头上。他低低一声呻吟，倒在石板地。

"有你好看的。"她对倒地的他说。然后利落地将奶蛋酥放进烤

---

① 表示"美味"的手势。

箱关上门。

"你怎么可以这样！"我叫道。

"不然难道要让他搞砸我的奶蛋酥？上一次不就岌岌可危吗？"

磨刀男仆和我把公爵抬上大理石台，拍打他的脸，用抹布沾冰透的夏布利白酒轻拭他的太阳穴，最后，好不容易，他眼睛眨动，苏醒过来。

"好个了不起的女人。"他喃喃说道。

我母亲趴在炉灶上，一手拿着马表，完全不理他。

"她是怕你搞砸了奶蛋酥。"我窘得无以复加，解释道。

"真是尽心尽责！"

他似乎敬畏不已，直盯着我母亲，仿佛永远看不够。他以那巨大身形所容许的程度轻快跳下大理石台，冲过厨房，跪在她脚边。

"我求你，我恳请你——"

但我母亲眼睛只盯着烤箱。

"这下做好啦！"她一把打开烤箱门，端出堪称奶蛋酥之后的精彩作品，它大天使般的翅膀伸展于整个厨房，从盘子往上升起，只受重力局限。在场所有人（约四十七人——厨房大队再加上我和公爵）都鼓掌喝彩。

管家气炸了，因为我母亲坐上那辆封闭式马车，前往公爵本人的华美法国厨房，但她安慰自己，这下终于可以说服爵爷和夫人请一个索耶或卡赫姆之流的崭新大厨，朝她捻捻胡须，在她生日时给她来个特制蛋糕，不时还招待她享用朗姆糕。但是——我是我母亲厨房的独子，现在我继承了家业；何况，管家又能怎么抱怨？我可不是全国最年轻的（生于约克郡的）法国大厨吗？

因为，我可不是公爵的继子吗？

秋河利斧杀人案

莉兹·波登拿斧头

猛砍爹爹四十下

看见自己下毒手

又砍娘亲四十一下。

　　　　　　——童谣

一八九二年，八月四日一大早，麻州秋河。

热，热，热……一大清早，工厂的汽笛还没响，但尽管时间这么早，白炽烈日却已高高挂在静止空气中，一切尽在热气里蒸腾摇摆。

此地居民从来不曾适应这些炎热潮湿的夏季——潮湿比炎热更令人无法忍受，天气像纠缠不去的低烧，你怎么也无法退烧。最先住在这里的印第安人够聪明，天气转热时懂得脱掉鹿皮衣，坐进池塘让脖子以下全泡在水里。但这些人就不然了，他们的祖先是勤奋努力、禁欲自苦的圣人，将新教伦理原封不动搬到这个应该午睡的国度，而且他们还骄傲，骄傲（！）于硬跟自然作对。在大多数纬度相当，夏天同样湿热的地方，生活步调到这季节都会放慢：你拉上百叶窗关起窗扇，整天待在阴凉处；你穿宽松的衣服，好让偶尔动一动时自己肢体带起的气流使你保持凉爽。但上个世纪的最后十年在这儿是辛勤工作的高潮，不久一切便会繁忙起来，男人走进熔炉般的早晨，全身法兰绒内衣裤、亚麻衬衫、结实羊毛料的背心和外套和长裤，还用领带勒杀自己，他们认为让自己不舒服是一项大大美德。

今天正值热浪高涨，一大清早气温就已达八十四五度，还一路继续往上冲，毫无减缓趋势。

在衣着方面，女人只是看起来比较占便宜而已。在莉兹·波登吃过早餐，做完一些家务后将杀死父母的这天，早晨她起床时换上的是一件简单的棉布连身裙——但是，底下有上了浆的长衬裙、上了浆的短衬裙、长衬裤、羊毛长袜、衬衣和紧紧捏住她五脏六腑不放的鲸骨束腹，双腿间还系了条沉甸甸亚麻巾，因为她正值经期。

在如此层层叠叠衣物下，在这逼人欲狂的暑热中，她感觉不适又反胃，肚子被紧紧钳夹，还得在炉子上烧热熨斗烫手帕，直到时候来临，她走下存放柴薪的地窖，拿起那把我们永远想象她——"莉兹·波登拿斧头"——手持的斧头，就像我们永远想象圣凯瑟琳在那轮子上转动①，象征她的热情。

不久，跟莉兹一样穿着这许多衣服（虽然质料没那么好）的女仆布丽姬，会将柴油倒在揉成一团、夹着一两根火种的昨晚报纸上。炉火稳定后，她会做早餐，饭后洗碗时火也会继续陪伴，让她喘不过气来。

---

① 此处指的应是公元四世纪的基督教早期圣人 St. Catherine of Alexan-dria，传说中她自幼学识渊博，斥责罗马皇帝 Maxentius 迫害基督徒，并将奉派来与她辩论的哲学家们感化皈依。Maxtius 下令将她架于轮状刑具上车裂处死，但轮具奇迹般地崩垮，后来改将她斩首。

穿着哔叽西装——那身衣服光看就足以让你浑身刺痒热昏——的老波登会先走进冒汗的城里，像猪拱土一样埋头挣钱，等上午过了一半再回家，赴一场不容错过的命运之约。

但此时这里暂且没人起床，现在还是一大清早，工厂的汽笛还没响，炎热中万物静止，天空已经白亮，新英格兰的阳光没有影子，照射一如上帝之眼的击打，海一片白亮，河也一片白亮。

我们不但已大多忘记过去那令人发痒、造成压迫的服装有多不舒适，忘记持续的不舒适会如何磨损你的神经，更幸运地忘记了过去的种种气味，家里的气息——没洗干净的肉体，不常换的内衣裤，夜壶，馊水桶，不够畅通的茅房，腐烂的食物，未受照料的牙齿；街上也不比屋里清爽，马尿马粪的臊臭无所不在，肉店里突然冒出过期死肉的臭味，鱼摊散发阿摩尼亚般的可怖气息。

你会用浸透古龙水的手帕捂住鼻子，用香堇菜的香水洒满全身，使你永远带有的腐坏肉体气息被葬仪社的防腐味道遮盖。你会恨透你所呼吸的空气。

秋河第二街的一栋屋里睡了五个人：两个老男人，三个女人。三个女人全归第一个老男人所有，与他的关系包括婚姻、血缘或聘雇。他的房子窄如棺材，他便是靠这赚了大钱——他以前是开葬仪社的，但近来又朝另外几个方向扩展生意，每一个方向都带来令人非常满意的成果。

但光看这房子，你绝对猜想不到他是个有钱的生意人。他的房子逼仄、狭小、寒酸，毫无舒适可言——若你拍他马屁，或许会说这房子"朴素踏实"——而第二街也已没落了好些时日。波登家——门旁的黄铜门牌草书标明"安德鲁·J.波登"——兀自伫立，跟两侧邻舍隔了区区几码庭院。左边是马厩，自他卖掉马匹之后闲置已久；后院种了几棵梨树，这个季节结实累累。

在这个早晨，很巧的，波登家两个女儿只有一人睡在父亲的屋檐下。长女埃玛·黎诺拉到新贝德佛去吹几天海风了，因此将逃过一劫。

在大汗淋漓的六月、七月和八月，他们这个阶级很少有人还待在秋河，不过话说回来，他们这个阶级也很少有人住在第二街，在城里地势较矮的这一头，暑热如雾气聚集。一群开心结伴的女孩也邀了莉兹同到海边避暑，但她没有去，仿佛故意刻苦虐待自己的身体，仿佛有重要的事把她留在这精疲力尽的城里，仿佛坏心仙子下了咒将她定在第二街。

另一个老男人是波登的某个亲戚。他不属于这里，只是路过做客，是个偶然的旁观者，不相干。

把他排除在脚本以外。

尽管就戏剧的角度而言，他出现于这在劫难逃的屋里并不算什么瑕疵，但此出家庭末日剧的色彩必须粗浓，设计必须极度简化，才能达到最大的象征效果。

把约翰·维尼昆·摩斯排除在脚本以外。

第二街那栋屋子里，睡着一个老男人和他的两个女人。

市公所的钟运转着，断续发出六点第一声钟响之前的引言，同时布丽姬闹钟的长针也一跳，逐渐凑上整点，钟顶的小锤子往后收，正准备敲响闹铃，但布丽姬潮潮的眼皮并没有预感，没有跳。她穿着硬邦邦的法兰绒睡衣，身上盖一层薄被单，仰躺在铁床上，小时候她在爱尔兰被修女教过要这样睡，万一半夜死了，也好给葬仪社的人省点麻烦。

整体说来她是个好女孩，尽管脾气有时有点阴晴不定，有时会跟太太顶嘴，然后又得向神父忏悔自己犯了没耐心的罪。因为暑热和反胃——今天屋里每个人醒来都会恶心想吐——早上稍后她将会躺回这张小床。当她在楼上小憩片刻，楼下将大开杀戒。

壁炉台上或放或靠的东西包括：一串棕色玻璃念珠，葡萄牙人开的店里买来的衬硬纸板的彩色圣母像，一张她在唐纳格[①]的严肃母亲的脏兮兮照片——不管麻州的冬天多寒冷刺骨，这壁炉从没烧过半根柴火。床脚一口凹凹凸凸的铁皮箱里就是布丽姬的所有家当。

床旁有一张硬邦邦的椅子，上面放着一根蜡烛、火柴、闹钟，闹钟滴答滴答的金属铿锵响彻房间。布丽姬常跟主母一起取笑自己，不管怎么吵，再怎么吵，她都能照睡不误，因此除了闹钟她还需要所有工厂的汽笛，汽笛此刻就要响了，就在这一秒……

磨损起毛的冷杉木架上放着她从来不用的水罐和脸盆，她才不要辛辛苦苦打水上三楼只为了清洗自己，不是吗？反正厨房水槽多的是水。

老波登不认为有必要装浴缸，他不相信全身浸在水里有什么好处。要洗去天生自然油脂，在他看来简直是抢劫自己的身体。

一方没有镜框的镜子映出波折不平的倒影，照出又破又锈的肥皂盘，盘里装着一大把黑色金属发夹。

明亮的纸窗帘上，梨树的倩影婆娑摇曳。

尽管布丽姬没关房门，徒然希望能哄一丝风吹进房间，但前一天耗尽的热气还结结实实塞在这小阁楼里。天花板落下些许头皮屑般的石灰白漆，有只苍蝇发出沉闷哀鸣。

屋里充满浓浓睡意，那是迟迟不消散的略甜气息。静止，一切静止，整栋屋里没有丝毫动静，只有那苍蝇嗡嗡绕圈。静止停在楼梯上，静止压迫着窗帘。静止，楼下的房间一片死般静止，那是老爷和夫人共睡婚床之处。

---

① 爱尔兰北部一郡。

若窗帘拉开或油灯点上，比较能看清这房间和女仆简陋房间的差异。地上铺着一张花朵图案生气勃勃的地毯，不过质料廉价鲜艳；壁纸上有紫褐色、赭色和樱桃色的花朵，尽管波登家搬进来时这壁纸便已旧了。梳妆台上是另一面影像歪扭的镜子，这屋里每面镜子都会扭曲你的脸。梳妆台上，一张窄长桌巾绣着勿忘我花，桌巾上一把缺了三齿、缠着一些灰发的骨梳，一把乌木色的木发刷，还有一些小瓷盒放在蕾丝垫上，里面装着安全别针、发网，等等。波登太太白天戴上遮住渐秃头皮的小顶假发卷在那里，看来像只死松鼠。但这房里完全不见波登的男用物品痕迹，因为他自己有一间更衣室，就在左边那扇门后……

那它旁边那扇门呢？

通往仆役专用的后楼梯。

还有另一扇门呢，半藏在沉重的桃花心木床头后那扇？

若不是这门锁得紧紧，你就能由此走进莉兹小姐的房间。

这屋子有个奇怪的特点：房间都有很多门，更奇怪的是，这些门总是锁着。屋里充满上锁的门，而上锁的门后只是其他锁着门的房间，因为楼上楼下所有的房间都互通，像噩梦里的迷宫。这是一栋没有走廊的屋子。屋里每一部分都被标记为某个住户的私人领域，房与房之间没有共享的公共空间，这屋里的隐私全牢牢封住，就像法律文件的蜡印封缄。

要到埃玛房间只能穿过莉兹房间，埃玛的房间没有出口，是条死路。

波登家里里外外全锁上门的习惯始于好几年前。在布丽姬来此工作前不久，他们家遭窃了，不知是谁从侧门闯进来，当时波登夫妇出游不在家。他们夫妻鲜少一同出游，那次他把她装上二轮轻便马车，前往位在史莞汐的农庄，去确保租户不赖账。女孩们待在家里自己房间，卧床小睡或补缀绽线衣物或缝紧松脱的扣子或写信或思索该对值得救济的穷人做哪些善事或眼神空洞盯着半空中。

我想象不出她们还能做些什么。

这两个女孩独处时到底做些什么，我实在难以想象。

埃玛比莉兹神秘得多，因为我们对她知道得更少，她是片空白，她没有人生。她房间的门只通往妹妹的房间。

当然，称她们为"女孩"是有礼的说法。埃玛已经四十好几了，莉兹也三十多岁，但她们没结婚，因此住在父亲家里，持续着虚构的、延长的童年。

当老爷太太不在家，女孩们在睡觉或忙别的，某个或某些不明人物蹑手蹑脚沿着仆人用楼梯走进夫妇卧室，摸走了波登太太的金表和表链、她遥远童年留下的珊瑚项链与银镯，还有老波登藏在左边柜子第三个抽屉干净连身衬衣裤下的一卷钞票。入侵者还试图撬开保险箱的锁，那一方毫无特色的黑铁像剁肉的砧板或祭坛，稳稳放在老波登睡的那一侧的床边。但要打开这保险箱得用铁橇才行，入侵者只顺手拿了梳妆台上的一把指甲剪来撬，所以没得手。

然后入侵者在波登夫妇的床上大小便，把梳妆台上的零零碎碎全扫落摔碎在地，闯进老波登的更衣室，用那把先前拿来对付保险箱的指甲剪，恶狠狠攻击挂在衣橱樟脑丸黑暗中的丧礼用黑西装外套（指甲剪断成两截，被扔在衣橱地板上），然后退到厨房，砸碎面粉罐和糖蜜罐，拿起餐具洗涤室水槽旁那块肥皂，在起居室窗户上涂写了一两句不堪入目的话。

真是一团乱！莉兹瞪着起居室窗户，模糊感到惊讶，听见开着的纱门轻声砰砰摇动，尽管没有风吹。她在做什么，只穿着紧身束腹站在起居室中央？她怎么跑到这儿来的？是不是因为听见纱门摇动作响，下来察看？她不知道。她记不得了。

她只知道：突然间她便已在这里，在起居室，手里拿着一块肥皂。

她的感官知觉逐渐恢复清晰，然后才叫嚷起来。

"救命啊！我们遭小偷了！救命啊！"

埃玛下楼来安慰她，从莉兹婴孩时代起她这个大姐姐就一直负责安慰妹妹。是埃玛清干净了梦游的莉兹赤脚从厨房一路踩到起居室地毯上的面粉与糖蜜痕迹。但那些不翼而飞的珠宝和钞票则下落不明。

我没办法告诉你遭窃一事对波登造成多大的影响。他仓皇失措，大受震惊，甚至感觉遭到侵犯，简直像被人强暴。他对事物固有的完整性原本抱有无可动摇的信心，但从此改观。

遭窃一事震动了整家人，他们甚至打破彼此间惯常的沉默，加以讨论。他们当然怪罪到葡萄牙人头上，但有时也怪那些法裔加拿大佬。他们的愤恨之情没有与时俱减，但愤恨的对象则随着心情改变，不过他们怀疑的永远是那些陌生人和新来的人，那些人住在污秽杂乱的公司宿舍，离这里只隔几条脏乱的街。他们倒也不总是只怀疑那些深色皮肤的陌生人，有时候也认为小偷很可能是那些刚远渡重洋从不守清规的兰开郡来的纺织厂工人，因为一个贫民区的房东不会太受罪犯阶级的欢迎。

然而，波登太太也想到有可能是吵闹鬼①干的好事，尽管她并不知道这个词；但她确实知道两个继女当中的妹妹是个怪胎，要是那女孩想，光是她的怨恨就足以让盘子惊跳起来。但老头很爱他这个女儿。也许就是那时，在遭窃的震惊之后，他决定让她换个环境，吹点海风，来趟长途旅行，因为就是在遭窃之后他送她去遍游

---

① poltergeist，传说中会发出怪声或打破东西的鬼怪。

欧洲。

遭窃后，前门和侧门总是锁上三重锁，偶尔暂开，也只是梨子成熟季节屋里某人要去院子捡一篮落地的梨，或者女仆要把洗好的衣服晾起来，或者老波登晚饭后到树下撒泡尿。

从此他们便养成了锁上所有房门的习惯，人在房内就上门内的锁，人在房外就上门外的锁。老波登早上离房后便锁起房门，把钥匙放在大家都看得到的厨房架子上。

遭窃后，老波登幡然醒觉私人财产的短暂性。于是他大手笔拼命投资，从此将他的盈余投进结实的砖头和灰泥，因为，有谁偷得走一整栋办公大楼？

这时候，市区某条街上若干租约恰好同时到期，波登一口气全买下，整条街都成了他的。他拆光街上房屋，计划建造波登大楼，包括商店和办公室，深红砖头、深黄褐石块加铸铁，从今以后他将在此永远丰收一大笔无法贩卖的租金，而这座纪念碑，就像阿西曼迪亚斯^①的纪念碑，将在他死后长久流传——事实上它确实还在，四平八稳、体体面面的安德鲁·波登大楼，屹立在南中央街上。

就一个鱼贩的儿子而言，成就不小吧，嗯？

因为，尽管"波登"在新英格兰是个古老的姓，波登一族加起来拥有秋河好大一部分，但我们的波登，老波登，这家波登，并非来自家族中富有的一房。波登族人各式各样，而他父亲是提着藤篮挨家挨户卖鱼的小贩。老波登的吝啬来自贫穷，但学会靠房地产赚最多的钱，因为节俭对穷人的意义不同，穷人无法从中获得快乐，那对他们而言是不得不尔的需要。谁听说过一文不名的小气鬼？

这个白手起家的人寡欢又惨瘦，生活中鲜有乐趣。他的天职是

① 阿西曼迪亚斯（Ozymandias）即法老拉美西斯二世，雪莱有同名诗作讽咏之。

累积资本。

他的嗜好是什么？

咦，当然是把穷人踩在脚下啰。

一开始，安德鲁·波登是开葬仪社的，而死亡认出他是它的共犯，待他不薄。在这纺锤充斥的城市，很少人活到老，纺织厂里做苦工的孩童尤其死得频繁。他开葬仪社的时候，不！——他才没有砍掉尸体的脚硬装进太小的、内战剩下的、廉价买来的棺材！那是他敌人散播的谣言！

用棺材赚来的利润，他买下一两栋房屋出租，开始靠活人赚新鲜钱。他买下纺织厂的股份，然后投资一两家银行，如此一来就能以钱赚钱，这是形式最纯粹的利润。

别人丧失取回抵押品的权利，或遭到驱逐强迫迁出，对他来说就像佳肴美酒。他最爱来点巧取豪夺了。他的第一个一百万已经攒了一半。

夜里，为了节省煤油，他不点灯坐在黑暗里。他用自己的尿给梨树浇水：不浪费就不虞匮乏。日报一看完，他便将之撕成四方形，放在地窖茅房里，让大家拿来擦屁股。马桶冲走了大好的有机肥料，这损失令他大为心痛。他恨不得能向厨房里的蟑螂收房租。然而如此这般的生活却没有让他发胖，他对钱的纯粹热情火焰融去了他的肉，皮肤还贴在骨头上完全是出于吝啬。也许他的姿态是从第一项职业得来的，走起路来端穆庄重像辆灵车。

看见老波登沿街朝你走来，你会本能地对人必有死的此项事实充满敬意，他似乎就是死亡的瘦削大使。你也会想到，当初我们直立起身，以双腿而非四腿行走，是何等战胜自然的一大胜利！因为他把自己挺得直直，充满沉重决心，看见他走路的人永远会想起直立行走是不自然的，是战胜地心引力的，本身就是精神超越物质的超然存在。

他的脊椎像铁柱，是铸造而非生育而成，你无法想象老波登的脊椎在子宫里弯成胎儿的大 C 形。他走起路仿佛膝盖和脚踝都没有关节，脚踏在颤抖土地上就像执行官 ① 重重敲门。

他下巴留一道窄窄白胡须，在那年头就已经过时。他看似自己咬掉了自己的嘴唇。想起上帝，他心安理得，因为他善加利用了自己的才能，就像圣经嘱咐的一样。

然而，别以为他是铁石心肠。就像李尔王，他——更重要的是，他的支票簿——对小女儿百依百顺。他的小指——你看不见，盖在床单下——戴着一枚金戒指，不是婚戒而是高中毕业戒指，这极端憎厌人类的小气鬼就只有这么一个廉价装饰品，是他小女儿毕业时送给他的，要他永远戴着，于是他便一直戴着，会一路戴进坟墓——在这火烧火燎的早上稍后她将送他进入的坟墓。

他睡觉时衣装整齐，长袖内衣外穿着法兰绒睡衣，头戴法兰绒睡帽，背朝结褵三十年的妻子，妻子也背朝着他。

他们简直是杰克·史布拉夫妇 ② 的化身，他又高又瘦像个判人吊刑的法官，她则是又圆又胖的面团。他是小气鬼，她则是贪吃鬼，一个独自进食的人，这是最无害的一种恶习，却又是他恶习的影子或戏仿，因为他也想吃下全世界，或者，既然命运没给他那么大张餐桌容纳他的野心，他至少是个缄默不华丽的拿破仑，不知道自己原可能有何等成就，因为他从来没那个机会——既然没办法拿下全世界，他想大口吃掉秋河。但她，唔，她只是温和地、不停地往嘴里塞东西，不是吗，她总是在啮咬着什么，大概是在反刍吧。

① bailiff，为郡长的副手，掌管查封、逮捕罪犯、执行法庭命令等。
② 童谣《杰克·史布拉》："杰克·史布拉不吃肥，他的老婆不吃瘦，两人一起吃，盘子光溜溜。"

但这并不表示她从吃中得到很多乐趣。她可不是美食家，永远思索着美乃滋添几滴奥尔良醋点睛，或挤一点新鲜柠檬汁提味，这两者之间有什么精巧的差别。不。艾比从没有这么高的野心，就算可以选择她也绝不会想这么做；她满足于保持单纯的贪食，避开所有耽溺感官享受的意味。既然每一口食物她都并非吃得津津有味，于是她知道自己无尽的贪吃并不算逾矩。

他们双双躺在这张床上，活生生代表七宗死罪中的两宗，但他知道他的贪婪不算犯罪，因为他从不花半毛钱；而她知道她不算贪吃，因为她塞进肚子里的那些食物让她消化不良。

她雇了个爱尔兰厨子，布丽姬烹调的将就菜色完全符合艾比的要求。面包、肉、包心菜、马铃薯——这些粗食组成了艾比，艾比就是这些粗食的组合。布丽姬高高兴兴端上水煮的晚餐，水煮的鱼，玉米浓粥，玉米奶油布丁，玉米煎饼，饼干。

但是那些饼干……啊！这就碰到艾比的小小弱点了。糖蜜饼干，燕麦饼干，葡萄干饼干。但当她大嚼渗出巧克力的黏答答巧克力饼干，她会有种昏晕的感觉，感觉自己几乎太过头了，感觉如果她的胃没有立刻悸跳起来像内疚的良心，罪恶可能就埋伏在转角。

她的法兰绒睡衣跟丈夫的剪裁相同，只差领口多了圈软垂的法兰绒花边。她体重两百磅，身高仅五尺，床朝她这边歪沉。他的第一任妻子就是死在这张床上。

昨晚他们整夜呕吐，无法入睡，于是服用蓖麻油；清肠的结果丰沛，床下的夜壶几乎满溢出来，连阴沟闻了都会昏倒。

两人背对背躺着，之间的空位足以放下一把剑，一边是老头的脊椎骨（这是他能提供给她唯一坚硬的东西），另一边是妻子柔软温热的庞大屁股。清肠使他们好似被狠狠抽打一顿，拉着窗帘的幽暗房间中，滞重得让苍蝇飞不动的空气里，他们的脸呈现腐坏的青。

小女儿在锁着的房门后做梦。

看看这睡美人!

她掀开被单,将房间窗户大开,但今晨屋外没有薰风吹动纱窗。明亮阳光泛滥进百叶窗,亚麻色的光为我们照见莉兹,看见她穿上床揉皱了的睡衣漂亮得足以出席君王召见,质料是白色棉胚布,系带小孔一路交叉着浅粉红缎带,因为,在秋河以外的所有地方,这时不正是"淘气的九十年代"吗?秋河船公司那些内部装潢以桃花心木、挂着大吊灯的镀金汽轮,不正代表了"镀金年代"虚掷的豪华?但那些船不是从秋河开出去,开到别的地方,别的正值"美丽年代"的地方吗?在纽约、巴黎、伦敦,香槟酒的软木塞砰然弹开,蒙地卡罗的庄家通赔,女人向后仰倒掀起爽脆蛋白酥般的衬裙,既享乐又赚钱,但秋河例外。哦,当然。因此,在卧房无可改变的隐私中,为了让自己高兴,莉兹穿上有钱女孩的漂亮睡衣,因为,尽管住在一栋寒酸的屋里,她也是有钱的女孩。

但她相貌平庸。

睡衣的下摆卷到了膝上,因为她睡觉时总翻来滚去。她干燥发红的浅色头发噼噼啪啪散着静电,夜间睡觉前绑的辫子松开了,卷卷披落在枕头上。她趴着紧抓枕头,因为先前把脸贴住上浆的枕头套寻求清凉。

莉兹不是昵称小名,她受洗的教名就是如此。她父亲的逻辑是,既然大家都会叫她"莉兹",那又何必给她冠上沉重冗长、做作花俏的"伊丽莎白"?这个一毛不拔的小气鬼,甚至在给她取名之前就先把名字缩水了一半。因此她就成了光秃秃没有装饰的"莉兹",还是个没妈的孩子,两岁就死了娘,小可怜。

现在她三十二了,然而那个她记不得的母亲仍是强有力的哀伤来源:"要是母亲还活着,一切都会不一样。"

怎么会？为什么？哪里不一样？她答不上来，只迷失在对未知母爱的怀念中。然而有谁可能比她姐姐埃玛更爱她？埃玛把新英格兰老处女心中的压抑真情全倾注在小妹妹身上。也许，不一样之处会在于，因为她的生母，第一任波登太太，有时会突然爆发无法解释的狂怒，那么或许她会自行对老波登举斧相向？但莉兹很爱她父亲。所有人都同意这一点。莉兹非常爱那非常爱她的父亲，但父亲在母亲死后又娶了一个妻子。

她的赤脚稍稍抽搐，就像狗梦见追兔子。她睡得很不沉，很不饱，梦里充满模糊的怖惧与蒙昧的威胁，醒来后无从形容，无以名状。睡眠在她内在开启一栋紊乱的屋子。但她只知道自己睡得不好，而这刚过去的一夜也不安稳，她觉得隐隐反胃，又有经痛折磨。房里充斥经血的金属般腥利气味。

昨天傍晚她溜出去找一个女性朋友，当时莉兹很烦乱不安，一直揪扯着洋装前襟的抽褶。

"我怕……有人……会做出什么事。"莉兹说。

"波登太太……"说到这里，莉兹压低声音，眼睛在房里东看西看，就是不看向罗素小姐……"波登太太——哦！你能相信吗？波登太太认为有人想毒死我们！"

以前她尽责守分地管继母叫"母亲"，但五年前她父亲把贫民区一处房地产一半归在继母名下，家里因此起了争执；之后，莉兹若不得不谈起她，永远冷淡刻意称之为"波登太太"，当着面也叫她"波登太太"。

"昨晚，波登太太和可怜的父亲吐得好厉害！我隔着墙都听见了。我也是，今天一整天都觉得不对劲，感觉好怪。实在好……奇怪。"

因为她的梦游症不时会发作。从小，她就得承受偶尔的"不方便"，当时当地用这个词来称呼奇怪异常的行为，出乎意料、不由自主的恍惚出神，失去连贯的时刻，心智掉了一拍的那种时刻。罗素小姐急忙寻找合理的解释，提起那些"不方便"她会很窘。大家都知道波登家的女儿们一点也不怪。

"你们是不是吃坏了什么？一定是吃坏了东西。你们昨天晚饭吃什么？"好心的罗素小姐殷殷询问。

"热过的剑鱼。午餐时鱼是现煮热腾腾的，但我吃不太下；晚饭时布丽姬把剩下的鱼又热了一遍，但我还是只吃得下一口。波登太太把剩下的鱼全吃了，还用面包把盘子擦得一干二净，吃得咂嘴咂舌的，不过后来她整夜都在呕吐。"（这句的语调带了点洋洋得意。）

"哦，莉兹！天气这么热，热成这样，你们还吃重复热过的鱼！你也知道这种热天鱼坏得多快啊！布丽姬怎么这么不小心，给你们吃重复热过的鱼！"

此时也正值莉兹每月的难受时期，她的朋友看得出来，莉兹脸上有某种憔悴呆滞的神情。然而上流社会的人不可能提这个。但莉兹怎么会有这种怪念头，以为全家人受到外来恶势力的围攻？

"有些人威胁过。"莉兹不罢休地继续说下去，眼睛盯着紧张的指尖。"是这样，很多人不喜欢家父。"

这点无从否认。罗素小姐有礼地保持沉默。

"波登太太吐得好厉害，还把医生找了来，结果家父对医生口出恶言，大吼大叫，说我们家自己有好用的万灵蓖麻油，他绝对不会付钱看医生。他对医生大吼大叫，邻居全听见了，我觉得好丢人。是这样，有一个男的……"此时她低下头，颜色浅淡的短睫毛在颧骨上方拍动……"有个男的，一个深色皮肤的男人，脸上有种，是的死亡的气息，罗素小姐，我在各种奇怪时间都看过这个深色皮肤的男人在屋外，一大清早，三更半夜，不管什么时候，只要我在那难受的阴暗里睡不着，掀起窗帘一角朝外瞧，就会看见他在院子里梨树的阴影下，一个深色皮肤的男人……也许，早上牛奶送来之后，他在牛奶罐里下了毒。也许送冰的人来过之后，他在冰里下毒。"

"这人缠着你多久了？"罗素小姐问，表现出合宜的惊慌。

"从……我家遭窃之后开始。"莉兹说着突然直视罗素小姐的脸，带着一种胜利的神情。她的眼睛真大，大而明显，却笼罩着一层纱。她修得干干净净的手继续在揪扯洋装前襟，仿佛要扯开抽褶。

罗素小姐知道，就是知道，这个深色皮肤男人只是莉兹的想象。她立刻对这女孩失去了耐心。还深色皮肤男人站在她窗外呢，跟真的一样！然而她是个好心人，想方设法安慰对方。

"但是牛奶和冰块送来时，布丽姬已经起床忙她的啦，整条街也都人来人往；有第二街一半的人看着，谁敢在牛奶或冰桶里下毒？哦，莉兹，是这个要命的夏天，是这暑热，这叫人难以忍受的暑热害我们全都不舒服，让我们易怒又紧张，让我们生病。在这种可怕的天气，人很容易胡思乱想，这天气把食物热坏，让人脑袋生虫……莉兹，我以为你打算去海边呀。你不是计划到海边度个短假吗？哦，去吧！海风会吹走这些傻气想象的！"

莉兹不点头也不摇头，只继续扯着抽褶。她在秋河不是有重要的事情要办吗？就在这天早上，她不是亲自去药房想买点氰酸吗？但她怎能告诉好心的罗素小姐，她有迫不及待的需求，必须留在秋河谋杀父母？

早上她去中央街街角的药房，想买些氰酸，但没人肯卖给她，只能空手而归。是不是因为呕吐的这家人老谈毒药，使她起了下毒的念头？验尸结果将显示父母两人的胃里都没有毒药痕迹。她没有试图毒死他们，只是想到要毒死他们。但她买不到毒药，于是也就用不成毒药。这下子她能怎么打算呢？

"我说的那个深色皮肤的男人，"她继续对不甘愿听下去的罗素小姐说，"哦！我看见月光照在一把斧头上！"

醒来后，她永远记不得做了什么梦，只记得自己睡得很不好。

她的房间很宜人，以这窄小屋子而言也算宽敞。除了床和梳妆台，还有沙发和书桌；这是她的卧房，也是她的起居室兼办公室，因为书桌上堆满各个慈善组织的账簿，她充足的闲暇时间便是花在这类活动上。"花果会"，她代表该会带着礼物去医院探望贫困老人；"女基督徒戒酒联盟"，她为之收集签名，请愿对抗魔鬼的饮料；"基督徒的努力"，不管那是什么——这是慈善工作的黄金时代，她变本加厉投身于各式委员会。万一穷人不存在了，有钱人的女儿们该怎么办才好？

一会儿是"送报童感恩节晚餐筹款会"，一会儿是"马槽协会"，一会儿是"华人改宗皈依协会"——没有任何阶级或种类逃得过她无情的慈善活动。

写字桌，梳妆台，衣橱，床，沙发。她每天在这房里度过，在这些无趣家具之间移动，环绕着没有偏差的轨道，就像行星运转。她爱她的隐私，爱她的房间，整天锁在房里。架子上摆了寥寥几本书：《传教英雄》，《贸易的罗曼史》，《凯蒂所做的事》。墙上相框挂着高中同学的照片，写着感伤的题词，其中一个相框插着一张明信片，画面是一只小黑猫隔着马蹄铁朝外张望。一幅鳕角海景的水彩画，画者的业余蹩脚技巧清楚可见。一两张艺术品的单色照片，有德拉罗比亚①的圣母像和蒙娜丽莎，分别是她在伍菲济博物馆②和罗浮宫买的，当她去欧洲旅行的时候。

---

① Luca della Robbia（1400？—1482），意大利文艺复兴时期雕刻家。

② 在佛罗伦萨。

欧洲！

你难道不记得凯蒂接下来做了什么吗？那故事书中的女主角搭汽轮去到烟雾弥漫的老伦敦，优雅迷人的巴黎，阳光普照古色古香的罗马和佛罗伦萨，故事书中的女主角看见欧洲在她眼前展开，就像一连串有趣的幻灯片投射在巨大银幕上。一切都在此，一切都不真实。伦敦塔，喀啦；圣母院，喀啦；西斯丁小教堂，喀啦；然后灯光熄灭，她又置身黑暗。

那一趟旅行她只留下最精简的纪念品，那尊圣母像，那幅蒙娜丽莎，受全世界品味认可的艺术品的复制品。若说她回来时带着满满一袋盖有"永不遗忘"戳记的记忆，袋子也已塞进床下，先前在这张床上她梦想着世界，出门看过世界回家来后她继续做梦，梦变成的不是实际活过的经历而是记忆，而记忆只是另一种梦……

惆怅地："我在佛罗伦萨的时候……"

但然后她愉快地纠正自己："我们在佛罗伦萨的时候……"

因为，那趟旅行给她带来的满足，有相当部分——事实上是绝大部分——在于跟一群上选旅伴一同离开秋河，她们都是有头有脸富裕纺织厂主的女儿。一离开第二街，她便能自在置身于秋河的上流阶层；以她家的历史和新赚得的钱，她本应很能归属这个社交圈，但父亲的种种怪癖使她先前无法加入。女孩们一路分享房间，分享舱房，分享卧铺，一同旅行，一团上流社会的七嘴八舌，已经带有绝望意味，因为她们是如今结不成婚的女孩，旅途中任何多彩多姿的兴奋所带来的乐趣已事先被破坏，因为她们知道自己正在吃掉原本可能是结婚蛋糕的东西，用掉原本应该是——如果她们运气没这么差的话——她们嫁妆的钱。

这些女孩全逼近三十大关，有余裕出门看看这个世界，然后认命接受新英格兰老处女的贫乏生活。但她们只能看不能摸。她们知道不可以弄脏手，不可以让世界把她们的洋装压坏，而她们一路上友善亲切的陪伴有种稳稳的决心，勇敢地努力把握眼前这些第二好的事物。

就某些角度而言，那是一趟发酸的旅行，发酸；也是一趟有始有终的来回旅行，结束在起程的发酸地点。又回到了家了。狭窄的屋子，房间全上了锁就像蓝胡子的城堡，没人爱的肥白继母坐在蛛网中央，莉兹不在的期间她挪也没挪半寸，但变得更肥了。

这继母压迫着她，宛如一道咒语。

逼仄的日子打开是逼仄的空间和老旧家具，永远没有值得期待的东西，永远没有。

当老波登慷慨解囊支付莉兹欧洲之行的旅费，连金字塔上的上帝之眼都为之一眨，但对这小气鬼而言，只要是二女儿要的东西，没有什么嫌太铺张太浪费，她是这个家里的特殊例外，似乎要什么就能有什么，高兴的话拿父亲的银币打水漂也行。她定做的所有衣服他都毫不迟疑当场付账，而她是多么喜欢穿漂亮衣裳！她爱打扮上了瘾。他每星期给她的零用钱就跟厨子的薪水一样多，而没有花在打扮置装的部分，莉兹便捐给值得救济的穷人。

他愿意给他的莉兹任何东西，任何活在钞票的绿色标志下的东西。

她想要一只宠物，小猫或小狗，她很爱小动物，还有鸟也是，可怜无助的小东西。整个冬天她都把喂鸟台堆满饲料。以前她在空置的马厩里养过球胸鸽，他们看起来像羽毛球，发出"呼噜咕噜"的叫声，柔软似云。

如今尚存的莉兹·波登照片显示一张很难看出端倪的脸，如果你完全不认识她的话；即将来临的事件在她脸上投下阴影，或者是你看见那些事件投下的阴影——某种可怕不祥的东西。这张脸有突出的方下巴，新英格兰圣人的疯狂眼神，有这种眼睛的人不会听你说话……你可能会说那是一双狂热的眼睛，如果你完全不认识她的话。如果你是在破烂店里翻看一盒旧照片时，看到十九世纪九十年代那种勒人衣领上这张深褐褪色的脸，你或许会喃喃说道："哦，你的眼睛真大呀！"就像小红帽对大野狼说的话，但你也可能根本不会停手把她抽出来细看，因为这张脸本身并没有什么特别引人注目之处。

但一旦这张脸有了名字，一旦你认出了她，知道她是谁、做过什么，这张脸看来便仿佛着了魔，如今它缠绕着你，你将它一看再看，它渗出神秘气息。

这女人的下巴像集中营管理员，还有这双眼睛……

老来她戴上夹鼻眼镜，年纪大了之后那双眼睛里的疯狂光芒便消失无踪，或者是被她的眼镜折射——如果那双眼里真的有过疯狂光芒的话，因为我们每个人不都也在某个角落藏着一些自己的照片，照片上的我们看来就像疯狂杀手？而，在年轻时那些早期照片里，她看来并不像疯狂杀手，而是个极度孤寂的人，朝镜头露出神秘莫测的微笑但其实对照相机的存在丝毫不觉，因此就算人家说她是盲人你也不会惊讶。

梳妆台上有镜子，有时，当时间断裂成两半，她会在镜中以盲目而通灵的眼睛看见自己，仿佛她是另一个人。

"莉兹今天不是她自己。"[①]

在那些时候，那些无可挽回的时候，她简直可以抬起头对着高悬明月狼嗥。

其他时候，她看见的是自己在梳头发或试穿衣服。扭曲的镜子映照出她，就像水面那种令人昏晕的倒影。她穿上一件件洋装，然

---

① 英文中说某人"不是他/她自己"意指举止、态度反常，但此处为衔接先前意象，乃采字面直译。

后脱下。她看着身穿紧身束腹的自己。她拍拍头发。她拿皮尺量自己。她把皮尺拉紧。她拍拍头发。她试戴一顶帽子，一顶小帽，一顶时髦的稻草小帽。她拿发针别住帽子。她拉下面纱。她掀起面纱。她脱下帽子。她一把将发针狠狠戳进帽子，以她不知自己有的强大力道。

时间过去，什么事也没发生。

她伸出手，不甚确定地沿着自己脸的轮廓滑动，仿佛正在考虑解开灵魂上的绷带，但现在还不是时候，她还没准备好被人看见。

她是个平静一如藻海的女孩。

以前她把鸽子养在空马厩的阁楼，手捧谷物喂他们吃。她喜欢感觉他们鸟喙轻轻刮擦在手上的感觉。他们呢喃着"呼噜咕噜"，声音无比温柔。她每天替他们换水，清干净他们仿佛麻风的排泄物，但老波登讨厌他们的咕噜叫声，让他听得心烦，谁想得到他居然还有心，不过他发明了一颗，总之那些鸽子令他心烦，于是一天下午他从堆柴地窖拿出斧头，三两下就把那些鸽子的头给砍了。

艾比想用那些被宰的鸽子做派，但女仆布丽姬听了直跺脚：什么？！？用莉兹小姐心爱的鸽子做派？耶稣玛利亚和圣约瑟啊！她以典型的急性子叫道，他们到底在想什么啊！莉兹小姐神经那么紧张，又满是怪念头！（这女仆是全家唯一有点头脑的人，事实就是如此。）莉兹从花果会回来，先前她随他们到救济院去念宗教小册子给一名老妇听，"上帝保佑您，莉兹小姐。"家里满是血迹和羽毛。

她没有哭，那不是她的个性，她是一片静水，但受到搅动时会改变颜色，她的脸发红，变成深暗、愤怒、斑驳的红。老头爱他的女儿，简直快把她当偶像崇拜，她要什么就买什么，然而他仍杀了她的鸽子，只因为他老婆想大口吃掉他们。

她就是这样看的。她就是这样想的。现在她无法忍受看见继母吃东西，那女人每咬一口都仿佛发出："呼噜咕噜"。

老波登把斧头清干净，放回地窖柴堆旁。莉兹脸上的红色消退，她下楼去检视那毁灭的武器，拿起来在手里掂了掂。

那是几星期前，初春的事。

睡梦中，她双手双腿抽搐；这具复杂机械的神经和肌肉不肯放松，就是不肯放松，她整个人绷得紧紧，紧得像风之竖琴的琴弦，随机流动的气流在琴上拨出旋律，但那不是我们的旋律。

市公所的钟敲第一声，第一家工厂的汽笛鸣起，然后又一家，又一家，又一家，"超彗星纺织厂"，"美国纺织厂"，"机械纺织厂"……直到全城每一家纺织厂都大声唱出共同召唤之歌，工厂工人住的炎热巷道涌入匆忙的黑压压人群：快！赶快！去织布，去卷线，去纺纱，去染色，仿佛前往礼拜会堂，有男有女还有小孩，街道变得黑压压，天空也被开始喷吐黑烟的烟囱染污，纺织厂的哐当砰当喀啦声开始了。

布丽姬的钟在椅子上一跳一颤，即将发出闹铃声。他们的一天，波登夫妇丧命的一天，颤抖着即将展开。

屋外，上方，在已经灼热的空气中，你看！死亡天使在屋顶上做了窝。

V

American Ghosts
and Old World Wonders

美国鬼魂与旧世界奇观

莉兹的老虎

当马戏团来到镇上，莉兹看到老虎时，他们家还住在渡轮街，日子过得很苦。那是父亲监督下家里最严格悭吝的时期，每个人都知道存起第一个一千元是最困难的，那些钞票繁殖得好慢，好慢，尽管他不时兼差巧取豪夺，刺激那些现金生殖得更快一点。再过十年，南北战争将使棺材制造业大发利市，但在五十年代当时，唔——若他是个习惯祈祷的人，一定会跪下祈求来一小场夏季霍乱，或者来一点，只要一点点，伤寒。让他懊恼的是，他埋葬自己妻子时找不到别人来付账单。

那时候，两个女孩才刚失去母亲。埃玛十三，莉兹四岁——结结实实方方正正，长方形的矮胖小孩。埃玛将莉兹头发中分往后梳开，紧紧绑成辫子，露出她突出的前额。埃玛替她穿衣，替她脱衣，早晚拿沾湿的法兰绒布为她擦洗，还把这又大又重的小女孩背着到处走，只要莉兹肯让她背。莉兹不是个喜怒形于色的小孩，不容易跟人亲近，只对一家之主例外，而且只在有所求的时候。她知道权力何在，而且尽管其貌不扬，她的女性本能仍懂得向权力献殷勤。

渡轮街上的那栋小屋——好吧，那里是贫民区，但这葬仪社老板不以为意继续过活，四周全是死去婚姻的僵硬家饰。他那些零零碎碎小玩意到今日会备受喜爱，如果上了蜂蜡新出现在古董店的话，但当时那些东西纯粹是非常落伍，时间只会让它们更加落伍，因此那栋他从不整修的小屋室内难看碍眼，护墙板腐蚀，油漆损坏，带有脑浆般棕色纹路的深色壁纸长了霉，四壁顶端一圈不祥的猩红。屋里，两姊妹睡在同一间房，同一张节俭的床上。

渡轮街是镇上最糟的一区，住着那些刚下船不久的葡萄牙人，他们戴着耳环，深色皮肤，一口白牙，说话没人听得懂，飘洋过海来纺织厂工作，工厂新建起的烟囱挡住四面八方；每年都有更多烟囱，更多黑烟，更多新来的人，汽笛声断然专横地召唤众人上工，一如以往教堂钟声召唤众人祈祷。

渡轮街这栋简陋房屋立在，或者该说像个贪杯之人歪歪倒倒靠在，一条与另一条窄街成斜角交叉的窄街上，这里的老旧木造房屋看似一罐打翻的破碎姜饼屋东倒西歪，铰链快脱落的窗扇悬垂着，窗户塞满旧报纸，围篱栅栏缺了牙，人们以听不懂的语言吵架，还有从小就只认得狗链半径范围的狗在嗥叫。起居室窗外什么也没有，只看得到一排排冒牌房屋，以前有时会发出尖叫。

两个女孩的童年就是建立在如此不安的架构上。

夜里有只手来，把一张虎头海报贴在围篱栅栏上。莉兹一看见海报，就吵着要去看马戏团，但埃玛没有钱，一分钱也没有。这十三岁的女孩整天忙家事，前一个小女佣刚辞职，主仆双方恶言相向。每天早上，父亲算妥当天开销，把钱交给埃玛，一毛也不多。看到围篱上那张海报他很生气，认为马戏团应该付他租金。晚上他带着满身防腐液的甜甜气味回家，看见那张海报，气得脸色发紫，一把扯下海报撕个粉碎。

然后到了晚餐时间。埃玛不太会做菜，父亲排除了再请一个费钱的小女仆的可能（除非有瘟疫来袭），不过已经开始考虑再婚的经济性；当埃玛端上里面还半透明没煮熟的大块鳕鱼、重新热过的咖啡和一条潮潮冷冷的现成面包，他几乎因此有了找对象的心情，但这可不是说这顿饭改善了他的情绪。因此，当讲话漏风的小女儿像小猫一样爬上他的腿，小手指卷缠着他的炮铜表链，向他讨零钱去看马戏团时，换来了一顿骂。他很少这样凶她，因为他真的很爱这个小女儿，她的执拗跟他很像。

埃玛生疏笨拙地缝补一只袜子。

"把这小孩赶上床去，免得我发脾气！"

埃玛丢下袜子一把抱走莉兹，莉兹的嘴巴撇成气愤倔强的线条。这方下巴的小东西被放在窸窸窣窣的稻草床垫上——燕麦稻草，最软也最便宜——就这么坐在那里不动，瞪着一道阳光里的灰尘，满心怨恨。时值潮湿的仲夏，现在才六点，外面还是明亮的白昼。

这小孩具有钢铁般的决心。她把脚踩在她们用来爬上爬下床的凳子上，接着下到地面。为了通风，厨房门没关，只关着外面的纱门。起居室传来埃玛低声喃喃，她正在念《天意日报》给父亲听。

隔壁那只饿扁的瘦狗冲向围篱疯狂大叫，掩盖了莉兹靴子踩在后门廊上的吱嘎。神不知鬼不觉中，她走了——走得远远的！——迈着短腿沿渡轮街走下去，自立自强、专心一意的脸颊透着粉红。她不肯被拒绝。马戏团！这词在她脑袋里叮当发出一声红色声响，仿佛代表俗世教堂。

"那是老虎。"先前她们手牵着手研究围篱上那张海报时，埃玛告诉她。

"老虎是种大猫。"埃玛又很有教育性地加了一句。

多大的猫？

非常大的猫。

莉兹沿着渡轮街坚定走去，一只矮胖普通的红条纹小型家猫在一户门柱上对她大声喵了一句招呼；那是我们的猫"红毛"，埃玛多愁善感情绪（预示着她未来漫长的老处女生涯）小小发作时，有时会叫她"红毛小姐"，甚至"红毛亲亲小姐"。然而莉兹坚决不理红毛亲亲小姐，红毛亲亲小姐偷偷跟上，伸出一只脚仿佛想拦住自顾自走过的莉兹，仿佛建议她重新考虑一下这项逃家举动。尽管莉兹一步步稳稳往前走看似胸有成竹，但她根本不知道马戏团在哪，若不是有一群七嘴八舌的爱尔兰小孩帮忙，她自己是绝对找不到的。那群衣衫褴褛的小孩来自科基巷，身旁恰好有一只品种不明的黑黄瘦狗汪汪吠叫，这跟红毛亲亲小姐未免太不对路，她当场撒手不管了。

这只四处为家、一副悠闲笑脸的狗喜欢上了莉兹，高兴得直叫，绕着这个身穿白色小围裙努力前进的小孩转。莉兹伸手拍拍他的头，她是个天不怕地不怕的小孩。

那票小孩看见她摸了他们的狗，也喜欢上她，理由就跟乌鸦选择栖息在某棵特定树上是一样的。微笑的野孩子围绕住她。"要去看马戏团，是不是？去看小丑和跳舞的女士？"莉兹对小丑和舞者一无所知，但她点点头，于是一个小男孩牵住她一只手，另一个小男孩牵住她另一只手，一左一右夹着她往前跑。不久他们看出她的小短腿跟不上他们的步调，因此十岁男孩将她扛上肩头，她坐在那里一副君临天下模样。不久他们便来到镇边缘的一片空地。

"看到那大帐篷了没？"一座大得几乎无法想象的红白条纹帐篷，里面简直塞得下她整个家加上院子，还有足够空间再塞一栋、两栋屋子——巨大的红白条纹帐篷，外面火堆噼啪啪烧着石脑油，还有各式各样其他帐篷、亭棚和摊子散布在整片空地。但最令她印象深刻的还是这里的人之多，好像整个镇的人今晚都来了；但仔细看看人群，完全没有一个长相类似她，或她父亲，或埃玛，完全没有新英格兰式的油灯下巴和冰蓝眼睛。

置身在这些陌生人间，她也成了陌生人，因为这里全是纺织厂引来镇上的人，有着不一样的脸孔。丰润、粉红脸颊的兰开郡工人，扎着鲜红领巾；神色严肃的法裔加拿大人，置身欢乐中也不改典型的郁闷；还有笑得露出一口白牙的葡萄牙人，懂得享乐，笑声随着他们那听来令人微醺的语言一同流泻。

"到啦！"她的偶遇同伴宣布，把她放下，感觉自己已经尽责完成这自找的任务，便蹦蹦跳跳跑入人群，也许计划偷偷钻进帐篷免费看表演，或者甚至扒它一两个口袋锦上添花，谁知道呢？

上方的天空如今出现了一日将尽的融化般色调，是这些史无前例的工业城镇独有的那种染了烟灰的华丽日落，在蒸汽时代到来之前这世界从不曾见过。是蒸汽推动了工厂，让我们全变得现代。

日落时分，新英格兰那严肃明亮无比的天光染上一层纪念碑似的、罗马式的感官之美；在这严格却又淫逸的天空下，莉兹忘我地投入那种种不曾闻过的气味、从没听过的声响——甜甜圈炸锅里的热油，马粪，煮糖，炸洋葱，爆米花，新翻过的土地，呕吐物，汗水，摊贩叫卖，射击场的来复枪声，涂白脸的小丑弹着斑鸠琴唱歌，一旁小舞台上有个穿粉红紧身衣的女人跳舞。这一切太多了，多得让莉兹无法一下子吸收，多得让莉兹根本无法吸收——这感官飨宴太丰盛了，使她有点失神，头昏眼花，感觉晕眩，被一种深沉的陌异笼罩。

她小得让人注意不到，被人群卷走，在麻木的鞋子和衬裙间挤来挤去，离地面太近，其他什么都看不清。她用抽动的鼻子、竖直的耳朵、发热的皮肤吸入这一片忙乱嘈杂，兴奋得脸颊开始出现她特有的那种发红色彩，就像家里《圣经》内页的大理石花纹。她发现自己被人潮扫到一张长桌旁，卖着木桶装的苹果酒。

白桌布浸了酒出来的酒，又湿又黏，发出一种金属般的昏晕甜味。一名老妇将锡杯凑上木桶的水龙头，一杯杯注满，然后收钱抛在一个满是硬币的锡盒里——哗啦，叮，当。莉兹紧抓桌子，以免再度被卷走。哗啦，叮，当。生意很好，所以老妇根本不拴上水龙头，苹果酒稀里哗啦从桌子另一端淌到地上。

这时莉兹起了坏心眼，缩身钻进桌布下，躲进充满回响的黑暗，蹲在被压扁的泥泞草地，神不知鬼不觉伸出双手等在水龙头断断续续的水流下，直到掬满一捧，舔光手里的酒，然后咂咂嘴唇。掬满，舔光，咂嘴唇。就在她忙着偷喝美酒时，忽然感觉有个颤动的活物凑上她脖子，就在发辫分线那处敏感的皮肤，差点吓得她魂飞魄散。某样亲密而潮湿的东西好奇地拱着她颈背。

她扭过头，面对面凑在眼前的是一只忧郁小猪，正经套着一圈有点脏的古装蓬蓬领。她有礼地掬了一捧苹果酒，请这位新朋友喝，小猪喝得津津有味，猪唇湿湿颤颤凑在掌心那奇特的触感令她忍不住扭动身体。小猪喝完了，抬起粉红色的口鼻，小步从桌后跑出去。

莉兹毫不犹豫，跟着小猪跑过苹果酒小贩泛着鳕鱼干味的裙子。小猪尾巴消失在摊子后一辆推车下，推车上是更多桶还没开的酒。追着那只吸引人的小猪，莉兹发现自己突然又跑到了空旷处，但这一次面对的是突然而来的漆黑与沉默。她从马戏团边缘的洞钻了出来，而黑暗，在她先前躲在桌下的时候，已聚成一大团形成夜晚；她身后是灯光，但这里只有影影绰绰的低矮草木，不时摇动，偶尔一声夜鸟的鸣叫。

小猪停下来用鼻子拱土，但当莉兹伸出手想摸他时，他却一摇头甩开盖在眼睛上的耳朵，拔腿迅速跑向乡野。然而她只失望了短短一下，注意力立刻被其他事物吸引，因为有个男人背对灯光站在那里，身体稍稍前倾。苹果酒桶水龙头的声响再度出现。他摸索着裤子前裆，转过身来绊到了莉兹，因为他脚步有些不稳，而暗影中的她又很难看见。他弯下腰握住她肩膀。

"小孩。"他说着打了个大嗝，一阵酸味朝她脸上扑来。他摇摇晃晃在她身旁蹲下，两人变得一般高。这里实在太暗，她只看得见他苍白半月般的微笑，以及上方依稀一抹胡须。

"小女孩。"仔细看过之后，他更正自己。他说起话不像普通人，他不是这一带的人。他又打了个大嗝，再次拉扯裤子。他牢牢握住她右手，温柔拉到他蹲踞的双腿之间。

"小女孩，你知道这是做什么用的吗？"

她摸到纽扣，哔叽布，然后是毛毛的东西，然后是潮湿移动的东西。她并不介意。他按着她的手，让她搓揉了一两分钟，龇牙嘶嘶说道："亲亲，小小姐亲一下？"

这她可就介意了，执拗地摇头；她不喜欢父亲那又硬又干无可拒绝的亲吻，只看在权力的分上忍受下来。有时埃玛会闭着嘴轻轻碰她脸颊一下。超过此限莉兹就不许了。看到她摇头，那男人叹口气，把她的手从自己胯下移开，轻轻合起她手指，煞有介事地把她的手还给她。

"小费。"他说着从口袋里掏出个镍币扔给她，然后站起身走掉。莉兹把镍币收进围裙口袋，想了一会儿，也咚咚咚跟在那怪男人后面，走过空地静定秘密的边缘，好奇他接下来要做什么。

现在四周灌木丛里处处是惊奇、喵喵声、吱吱声、窸窣声，不过怪男人一概不予理会，甚至也没理会那个从他脚下冒出来的堂皇胖女人，那女人庞大如月，赤身裸体，全身上下只有紧身褡、以缀有黑玫瑰的吊袜带固定的黑色长棉袜，以及插着黑羽毛活像只来亨鸡的华丽大帽。女人以一种有很多丂音的语言怒骂喝醉的男人，但他无动于衷继续往前走，莉兹也跟着溜进去，扭头朝后好奇瞥了一眼。有记忆以来，她从不曾见过女人赤裸的乳房，而这肥女人朝着径自走远的怪男人挥拳叫骂之际，胸前那一对甜瓜晃动得好不诱人；然后女人掰开自己大腿发出啪一声潮响，然后再度跪在草地上，底下有某个看不见的东西发出呻吟。

然后一个几乎不比莉兹高的人，穿得像个小打鼓童，一个空翻——头下脚上——穿越他们的路径，一边翻一边自己嘀咕着什么。莉兹只来得及看见他尽管个子小，体型却不太对劲，头好像被狠狠按进肩膀里，但他一下子就不见了。

别以为这些会吓到她。她不是那么容易吓到的小孩。

然后他们来到一个帐篷后侧，不是那个红白条纹大帐篷，而是另一个比较小的，怪男人摸索着帐篷的掀门一如先前摸索裤子。这帐篷阵阵传出鲜紫褐色的阿摩尼亚臭味，内有照明，看来像中国灯笼一样发亮。男人终于解开掀门，走进帐篷，根本不管门没关好，似乎跟那翻跟斗的侏儒一样很赶时间；于是她也溜了进去，但一进去就找不到他了，因为这里有好多其他人。

客人走来走去把草全踩光了，地上现在铺着木屑，已成泥人的莉兹很快就粘了一身。帐篷里排列着附有车轮的笼子，但她不够高，看不见笼里有什么，然而在四周寻常的人声嘈杂中，她听见并非发自人类喉咙的奇怪叫声，因此知道自己来对了地方。

她看见她能看见的东西：一对年轻男女手挽着手，男的朝女的耳朵低语，女的咯咯笑；三个咧嘴傻笑、目瞪口呆的年轻人，拿棍子朝栏杆里戳；一家人依身材高矮顺序走下楼梯，一个男人、一个女人、一个男孩、一个女孩、一个男孩、一个女孩、一个男孩、一个女孩，最小的是一个性别不明的婴孩，抱在女人怀里。在场的还有更多人，但她注意到的就是这些。

令人欲呕的臭味比夏天的茅房还糟，帐篷里始终响着野蛮的呼号咆哮，听来仿佛长了牙齿的大海。

她钻来钻去，钻过裙子、长裤、男生夏天露出的满是抓痕的腿，最后挤到人群最前面，站在那由高到矮一家人的大儿子身旁，但她就算踮脚还是看不见老虎，只看见车轮和红金相间的笼底，笼底画了一个没穿衣服的女人，跟外面草地上那个很像，不过没有帽子和长袜，加上一些枝叶，还有镀金的月亮与星星。那家人的大儿子比她大得多，约摸十二岁，显然是中下阶层的人，但看来整洁正派，不过全家人都带着纺织厂工人特有的苍白神色。大哥哥往下一看，看到一个穿脏兮兮围裙的小小孩，踮着脚努力想往上瞧。

"你要看大猫吗，小娃儿？"

莉兹听不懂他说什么，但知道他的意思，点头表示同意。母亲的视线越过戴着蕾丝小帽的好宝宝，看着儿子抱起莉兹让她看个清楚。

"有虱子……"她警告，但儿子不理会。

"你看，小娃儿！"

老虎来来回回、来来回回踱步，有如撒旦在世上来回踱步，并熊熊燃烧。他燃烧得如此炽亮，简直将她灼伤。他的尾巴粗如她父亲的手臂，尾尖微微摇动。笼中虎踱得又快又大步，眼睛就像外国的黄色钱币，一对玩具般无辜的圆耳朵，硬邦邦胡须撅着看似人造，红色大嘴发出明亮的吼声。他来来回回踱步，脚下稻草间散落着沾血的骨头。

老虎低着头，东找西找，但没人知道他在找什么。他后腿肌肉紧绷有如琴弦嗡嗡作响，所有动作都来自高高翘起的后身，若他准许的话你简直可以拿颗弹珠从他背上滚下，弹珠会顺着斜角往下溜，最后滑过圆圆的额头落在地上。他是一项动力悬止的奇迹。他几大步来到笼子一头，行云流水一个动作转过身来，没有任何事物比他的步伐更快更美。他全身都是生猛、鲜活、激动的神经，毛皮上印着笼子栏杆的条纹。

她往前靠向那兽，少年紧抓住她，但无法阻止她一双小手紧紧握住兽笼栏杆，努力掰也掰不开。老虎的神秘步伐走到一半突然停住，注视她，她的卡尔文教派新英格兰浅蓝眼睛与老虎的平扁矿物眼睛震惊相遇。

莉兹觉得，他们之间这冷静眼神的交流似乎延续了无尽时间，老虎与她。

然后发生了一件奇怪的事。那柔软灵活的兽跪了下去，仿佛被这小孩的到来震慑，仿佛全世界孩童中只有这个小小孩能带领他前往一处安详国度，让他不需再吃肉。但这只是"仿佛"。我们能看到的只是，他跪下了。帐篷中一阵惊愕，老虎这样表现太不寻常。

然而，他的心智仍只受自己管辖。我们不知道他在想什么。我们怎能知道？

他停止咆哮，反而开始发出轰隆隆的低鸣。时间空翻。空间缩减成小孩与虎的相吸力场。全世界只剩莉兹与老虎存在。

然后，哦！然后……他朝她走来，仿佛她以意志的无形之线将他拉向自己。我无法用言语向你传达她有多爱那虎，又觉得他有多神奇。是她爱的力量迫使他走向她，跪下，像个悔罪之人。他浅色腹部拖过肮脏稻草，身体挪向那柔软小生物指爪紧攀的栏杆，身后是蛇般蜿蜒、尖端摇动不停的长尾巴。

他鼻上有道皱纹，他发出嗡嗡隆隆声，一人一虎始终注视对方，尽管两者都不知道对方代表什么。

抱着莉兹的少年害怕了，猛打她的小拳头，但她不肯放手，无意义的紧握一如新生婴儿。

啪啦！魔咒打破了。

世界涌进了场子。

鞭子啪啦挥打在肉食的虎头旁，光彩的英雄跳进笼子，一手挥鞭，另一手拿着三脚凳，穿戴浅黄褐色长裤、黑靴、缀有金饰扣的鲜红外套、高帽。他像个旋转苦行僧，又是挥，又是蹲，又是拿鞭指，又是拿凳子威胁，跃来转去跳着佯作凶狠的精彩芭蕾，驯虎之舞，而驯兽师根本没给老虎反抗的机会。

大猫的视线立刻离开莉兹，人立起来，向鞭子佯攻虚击，就像我们的红毛猫咪佯攻虚击用线绳绑着跑的纸片。他巨掌挥向驯兽师，但鞭子仍继续使他困惑、烦躁、苦恼，再加上大声叫嚷、群众突然兴奋的喊声、四周混乱不堪的讯息，于是他顺从习惯，顺从一辈子的训练，哀鸣着缩起耳朵，躲开那又跳又转的男人，趴伏在舞台暗暗一角，体侧起伏呼气，一副羞辱屈从的模样。

莉兹放开栏杆，满身泥泞地紧攀着保护她的少年，寻求安慰。驯兽师以鞭攻击老虎震惊了她整个人直至根源，而四岁的她根源离表面很近。

驯兽师最后一次挥动鞭子，不屑地挥在敌人的胡须旁，使他庞大的头伏在地上。然后他一只穿着靴子的脚踩在虎头上，清清喉咙准备开口。他是英雄。他就是老虎，且更甚于老虎，因为他是男人。

"各位女士先生，各位小朋友，这头无可匹敌的老虎人称孟加拉国之祸，短短三个月前才刚从他原生的丛林活跳跳送来波士顿，现在他在我要求绝对服从的命令之下，在各位面前表现出温和顺从的样子。但别让这野兽骗了。他本是野兽，也永远都是野兽。他被称为灾祸可不是浪得虚名，因为在原来的栖地，他一口气吃它一打

409

棕皮肤的异教徒当早餐是小事一桩，然后晚饭再来个两打！"

群众又怕又爱地打了个哆嗦。

"这头老虎，"那兽在他说出他名字时发出讨好的鸣声，"不折不扣是嗜血暴怒的化身；只要一瞬间，他就能从乖乖听话的毛球变成三百磅，是的，三百磅的致死暴怒。

"老虎是猫的复仇。"

哦，红毛小姐，红毛亲亲小姐，莉兹经过时她坐在门柱上发出挑剔的喵声；谁想得到你心中充满如此怨恨！

男人压低声音，一副透露秘密的口吻，而莉兹尽管如此激动，如此紧张，仍认出他就是她在苹果酒摊子后面遇到的那人，不过他现在站得直挺挺雄赳赳，帐篷里没有半个人想得到他喝了酒。

"我们之间，兽与人之间，相互束缚的关系本质是什么？让我告诉各位。是畏惧。畏惧！只有畏惧。你们知道吗，大猫的驯兽师都深受失眠之苦？你们知道吗，我们每一夜，一整夜，都在房间里来来回回踱步，根本合不上眼，只想着哪一天、哪一时、哪一刻这致命的野兽会选择出击？

"别以为我不会流血，别以为他们没伤过我。在这身衣服底下，我满身疤痕，一道又一道，这个伤口才好，那里又皮破血流。我身上的皮肤全是疤。而且我永远都在害怕，永远，在场上、在笼子里，现在，此时——此时此刻，各位小朋友，各位女士先生，你们眼前看到的是一个为性命担忧不已的人。

"此时此地，我深怕送命。

"此时此刻，我在这笼子里，在一个完美的死亡陷阱里。"

戏剧化的停顿。

"但是，"此时他拿鞭柄一敲老虎的鼻子，虎又痛又怒吼了起来，"但是……"莉兹看见他藏在长裤里的那只秘密青蛙动了动，

"……但是我怕这只大野兽还不及他怕我的一半！"

他大笑一声，露出红色大口。

"因为我以理性人类的知识控制他的杀手本能，我知道恐惧的力量。这鞭子、这凳子是虚张声势的工具，我用来在场上制造他的畏惧。在我的笼子里，在我的大猫之间，我建立了畏惧的阶级，你可以说我是这群大猫的老大，因为我知道他们随时都想杀我，那就是他们的目的、他们的意图……但是他们呢，他们永远不知道我下一步可能做什么。完全不知！"

仿佛着迷于这个念头，他再度放声大笑，但此时那虎，或许因为鼻子上意外挨了一下而火大，发出一声清楚可闻、明显不满的轰隆咆哮，轮廓立体的大头迅速一扭就甩开男人的脚，他猝不及防，几乎栽倒在地。这时老虎不再是静物，不再条纹分明界线清晰，而是一抹闪过的黑与红，血盆大口与犬齿，飞掠空中，扑向他。

群众立刻哗叫起来。

但驯兽师以无比的镇定清醒（尤其考虑到他已经喝醉了）以及几乎不可思议的敏捷身手，往后一跳站起，将拿在左手的东西塞进老虎的嘴，让他去啃，去咬，去毁坏那无伤大雅的东西，一个黑衣褴褛的男孩迅速打开笼门，驯兽师在喝彩声中一跃而出，毫发无伤。

莉兹惊呆的小脸上如今满是奇特的紫红斑块，因为帐篷里很热，因为激动，因为突然得到启蒙。

参观兽栏帐篷的票不含精彩大猫秀其余内容，要看得另买一张大帐篷的票。大部分观众不太想再买票，因此，尽管马戏团的人表示节目中会有小丑和跳舞女士，人们不久就看腻了老虎咬烂那把木凳，逐渐散去。

"好啦，小娃儿，"她的保姆男孩以歌唱般的甜美呢喃声对她说，"你已经看到野兽啦！梦魇的野兽！"

整段表演过程中，戴蕾丝帽的婴孩一直安详睡着，但现在开始欠动，喃喃出声。婴孩的母亲以手肘碰碰丈夫。

"走吧，爸爸？"

话声呢喃的微笑男孩用桃红嘴唇在莉兹额上印下道别的一吻，这让她很受不了，气冲冲拼命挣扎，大叫着要他放下她。于是她的掩饰破灭了，她冲破了泥巴与沉默的伪装；还留在帐篷里看热闹的人当中，一半有亲戚在她父亲手里惨淡下葬，另一半则欠他钱。她是全秋河最有名的女儿。

"咦，那不是安德鲁·波登的小女儿吗！那些加拿大佬怎么会跟小莉兹·波登在一起？"

约翰·福特之《可惜她是娼妇》①

有个牧场主有两个孩子,一男然后一女。不久后他妻子死了埋了,坟上插着两根木棍钉成的十字架,因为没有时间,还没有时间,刻墓碑。

她是否死于大草原的寂寞?或者害死她的是苦楚,在这空旷荒地苦楚怀念过去有左邻右舍的紧密温暖生活?都不是,她死于辽阔天空的压力,那天空重重压迫着她,压碎她的肺,直到她再也无法呼吸,仿佛大草原是海底岩床,她在这海洋中溺毙。

她嘱咐儿子:"好好照顾妹妹。"他,金发蓝眼,神情严肃,小小年纪;他和死神陪她同坐,在那间她丈夫劈砍圆木建成的房里。死神有高耸颧骨,头发编成辫子,它在这小屋里的无形存在嘲笑着小屋的存在。大眼睛男孩紧握母亲干枯的手。女孩年纪更小。

然后母亲躺进了大草原,胸上压着整片不仁的天空。孩子们在

---

① 约翰·福特(1586–1639),Jacobean 时代英国剧作家。悲剧《可惜她是娼妇》出版于一六三三年。"约翰·福特独自一人意气消/双臂交抱戴顶忧郁帽"(Choice Drollery, 1656)。

约翰·福特(1895–1973),美国导演。电影作品包括:《驿马车》(1938)、《侠骨柔情》(1946)、《黄巾骑兵队》(1949)。"我叫约翰·福特。我拍西部电影。"(《约翰·福特》,安德鲁·辛克莱,纽约 1979)。——原注

父亲的屋里生活，长大。闲暇时牧场主凿一块岩石："……之爱妻……之母"，上方留着空位，准备刻上他自己的名字。

美洲始于也终于寒冷与孤寂，她北端枕着北极冰雪，南端双脚伸进冷冽的南大西洋，那里是居无定所的信天翁的家乡。在这故事的年代，美洲有着女性的胴体，沙漏形的腰勒紧得断成两截，我们在那里放上一条水道皮带。美洲，你有适宜生育的宽臀，胯下一片丛林，隆起的胸脯属于哺乳的母亲，还有冷静的头，冷静的头。

它的中心吊诡在于：上半截不知道下半截在做什么。当我说大草原上的这两个孩子，受青翠乳房的哺育，是纯粹的美洲子女，你立刻就知道他们是北美人[①]，否则我不会用英文来描述他们，英文是他们讲的语言，使美洲众多咿咿呀呀的语言陷入沉默。

两个孩子金发蓝眼，雀斑宽脸，男孩穿连身背带裤，小女孩穿棉布连身裙，戴遮阳系带帽。在那部老剧作里，一个约翰·福特叫他们乔凡尼和安娜贝拉；另一个约翰·福特，在电影里，可能会叫他们钱宁和安妮贝儿。

安妮贝儿将会烘烤面包，捣洗床单，烹调豆子加培根，这朵西部百合花没时间停下来观想田野里那些从不劳动的百合。她当然没时间。女人的工作永远做不完，而她很早就长成了女人。

星期天，瘦削的父亲会驾轻便单座马车带他们进镇上教堂，他膝上放着黑色《圣经》，里面写着他们的名字和生日。孩子们坐在车内，害羞、大骨架、淡黄头发的儿子穿着他最称头的深色服装，安妮贝儿则愈来愈为自己孤单盛开的花容感到惊诧而害羞。十三岁，十四岁，十五岁。她真是长得愈来愈美了！他们来到会所祈

---

① 原文为西班牙文。

祷，教堂跟他们家一样是圆木搭建。安妮贝儿垂头低眼，她是个好女孩。他们是好孩子。鳏夫父亲有时喝酒，但喝得不多。孩子们在沉默中，在空旷荒野的庞然沉默中长大，沉默吞没了周六夜晚小提琴拉的歌曲，讥嘲着偶尔一现于婚礼和受洗礼的欢笑，在牧师的讲道周遭辽阔回响。

沉默和空旷和难以想象的自由，他们不敢想象。

妻子死后，牧场主变得沉默寡言。他们住的地方离镇上很远。他没时间参加谷仓落成派对和教堂聚餐。若她还活着，一切都会不一样，但现在他把闲暇时间都用来刻凿她的墓碑。他们不过感恩节，因为他没有任何东西好感恩的。生活非常艰苦。

牧师的妻子推断安妮贝儿差不多快到月经来潮的年龄，教给了她该知道的事。牧师妻子以一种照顾教区会众的心态，模糊想着要替安妮贝儿找个丈夫，替钱宁找个太太。"大草原上的小屋，那么远，那么寂寞……年轻孩子没人可讲话，只有牛、牛、牛。"

女孩想些什么？夏天，她想着暑热，想着怎么不让苍蝇飞进奶油；冬天，她想着寒冷。我不知道除此之外她还想什么。也许她跟一般少女一样，想着会有个陌生人来到镇上，带她远走高飞前往城市等等，但由于她的想象力受限于经验，限于农场、家务、四季，我想她没想那么远，仿佛她已经知道她是自己欲望对象的欲望对象，因为在那新世界的明亮阳光下，一切都清清楚楚。但小时候，他们只知道他们彼此相爱，一如任何兄妹之间当然应有的爱。

她就着大水盆洗头发，洗那头黄色长发。她十五岁。时值春天，这是今年她第一次洗头发。她坐在门廊上吹干头发，坐在那张她母亲从西尔斯邮购目录里挑选的、现在她父亲再也不肯坐的摇椅。她把一片镜子架在门廊栏杆上，镜子反射阳光，阵阵闪亮。她对镜梳理湿发，头发多得好像梳不完，纠缠着梳子。她身上只穿着衬裙，父兄都去赶牛了，没人会看见她苍白的肩膀，但是钱宁回来了。他被马掀翻在地，头撞到石块，昏昏然牵着那匹小型马回家来，而她正忙着解开纠结的发，没看见他，也没时间遮掩自己。

"哎呀，钱宁，我——"

想象他们身后有个管弦乐团：木造农舍，门廊，摇篮般摇个不停的摇椅，缀有小孔花边的白衬裙，因湿而显得色深的长发披在她肩上，细细水流滑下她浅浅乳沟，年轻男子牵着一跛一跛的小型马，两人四周是温柔土地，无穷无尽一如阳光。

《爱的主题曲》悠扬响起。她一跃而起，跑过去照顾他。镜子摔落在地。

"七年的霉运——"[1]

他们跪下，在镜子碎片中看见自己金发蓝眼的无邪圆脸，若将这两张脸交叠，五官每一处都会相互符合，他们的脸便是同一张，便是在此之前从不曾存在过的，美洲的纯粹之脸。

外景。大草原。白天

（远镜）农舍。

（特写）衬裙落在农舍门廊上。

威斯康星、俄亥俄、爱荷华、密苏里、堪萨斯、明尼苏达、内布拉斯加、南北达科塔、怀俄明、蒙大拿……哦，那些广大的土地！在那辽阔绿意中，任何事都可能。

---

[1] 西方传统迷信，打破镜子会走七年霉运。

外景。大草原。白天

（特写）钱宁与安妮贝儿接吻。

《爱的主题曲》响起。

淡出。

不，才不是那样！一点也不是那样。

他伸出一只手摸摸她的湿发，昏昏然。

安娜贝拉：你似乎身体不适。

乔凡尼：此处无人，只有我俩。我想你爱我，妹妹。

安娜贝拉：是的，你知道我爱你。

然后他们觉得他们该一起自杀，此时此刻就死，以免做出那件事；他们记得小时候曾一起打滚，母亲笑着看他们亲吻，拥抱，那时他们年纪太小，不知道不该这么做，但尽管身在这片寂寞无边的广大平原，他们还是知道不该那么做……做什么？他们怎么知道要做什么？因为看过母牛与公牛，母狗与公狗，母鸡与公鸡。他们是乡下孩子。他们的视线从镜子转向彼此，看见对方的脸犹如自己。

［音乐响起］

乔凡尼：诸神啊，别让这音乐只是幻梦。

我求你们，发发慈悲！

［她跪下］

安娜贝拉：我跪下，

哥哥，以我们母亲的骨灰发誓，

永勿变心背弃我。

若不爱我，便杀死我，哥哥。

［他跪下］

乔凡尼： 我跪下，

妹妹，以我们母亲的骨灰发誓，

永勿变心背弃我。

若不爱我，便杀死我，妹妹。

外景。农舍门廊。白天

翻倒的水盆，水流在抛落于地的衬裙上。

空无一人的摇椅，摇啊摇。

　　对我而言，最神秘的是那男孩——或者该说年轻男子。他竟如此急切地拥抱命运。我想象他不会说话，或几乎等于不会说话；他是沉默寡言的那一型，久不用的嗓音锈哑。他翻土，驯那些美丽的马，给牛挤奶，在农地干活，操劳流汗。他的工作内容包括电影里这类人的模糊不明的"工作"。他可不是驰骋平原的牛仔。父亲落地生根，儿子便也生根，在这片至今首度被人翻垦的土地。

　　我想象他头脑的养分只来自父亲的黑色《圣经》，因此受到狭隘钳制，但密密充满比喻意象，把自己看做类似亚当，而她是无可避免也无可取代的夏娃，荒野中独一无二的伴侣，尽管他知道艰苦操劳的他们并非活在伊甸园，而那禁忌之物究竟是什么他始终不甚确定。

　　因为那一定不可能是这件事吧？这无上的幸福？谁能禁止如此幸福呢？

　　她也觉得幸福吗？还是这对她而言爱情的成分多过欢愉？"好好照顾妹妹。"但打从懂事开始便是她在照顾他，而她以身体使他欢愉正如她以食物喂饱他。

乔凡尼：我永远迷失了。

迷失在翠绿荒原，在垦荒先锋迷失的地方。是颧骨高耸、绑着发辫的死神帮安妮贝儿脱下衣服。她闭上眼睛，不看赤身裸体的自己。死神教她如何抚摸他，也教他如何抚摸她。这事不只是农场上那样而已。

> **内景。牧师家。白天**
> 餐桌旁，牧师妻子从锅里盛出食物
> 给丈夫和儿子。
> **牧师妻子：**这样不成，这样
> 怎么成呢，那俩孩子住得那么远，
> 野人似的长大，谁也见不着。
> **牧师儿子：**妈妈，她实在好漂亮。
> 牧师妻子与牧师转头看年轻人。
> 他的脸慢慢但整个红了。

牧场主完全不知情。他工作。他把心中铁般的哀伤保持得崭新无锈。他期待独自在门廊上饮酒（以前每月只喝一回），那些晚上兄妹便趁机同睡在圆木小屋，盖着母亲缝制的"圆木小屋"花样的百衲被。每当他们一同躺下，仿佛被子里传出声音要她关灯，她便用手指捏熄烛火。四周是实质可触的黑暗。

她思考着失贞这件无法逆转的事。照牧师妻子的说法，她已经失去了一切，是个迷失的女孩。然而这改变似乎并没有改变她。她转向她唯一所爱的人，四周寂寥的空间便为之缩减，成为他们身体在溪岸长草上压出的柔软墓穴。冬天来临，他们在谷仓里，在哞叫的牲畜间，迅速危险地做爱。雪融化了，满眼绿意足以让人变瞎，春季植物逐渐充沛的辛涩汁液散发出淡淡醋酸味。鸟儿回来了。

一只黄昏的鸟叮叮叮地叫，就像单敲着中国古乐的磬。

外景。农舍门廊。白天
系着围裙的安妮贝儿走出来，
在自家门廊上敲响三角铁。
安妮贝儿： 吃饭！

内景。农舍。夜晚
餐桌旁，安妮贝儿为父兄盛出豆子。
她自己盘里什么都没有。
钱宁： 安妮贝儿，你今晚怎么不吃东西。
安妮贝儿： 今晚没胃口，什么都不想吃。

一只黄昏的鸟叮叮叮地叫，就像凿子刻在墓碑上。

他想跟她私奔远走，往西再往西，到犹他，到加州，到他乡过夫妻生活，但她说："那父亲怎么办？他已经失去够多了。"说这话时，她戴上的不是他的脸，而是他们母亲的脸，于是他打骨子里知道她腹中的孩子会拆散他们。

牧师的儿子穿起周日上教堂的最称头服装，前来追求安妮贝儿。他是第二男主角，你一开始就知道了，从他怯生生的态度与温和的眼神看得出来；在这大草原场景里，他活不长的。他前来追求安妮贝儿，尽管母亲要他上大学。"娶了年轻太太又上大学，你要怎么过活？"他母亲说。但他收起书本，赶着轻便马车出门拜访她。她正在晾衣服。

风吹床单，正是寂寞的声音。

索连梭： 你不愿爱人么？

安娜贝拉： 我无法爱你。

索连梭： 那你爱谁？

安娜贝拉： 这要由命运决定。

外景。大草原。白天

钱宁与安妮贝儿走在大草原上。

安妮贝儿： 钱宁，我想他喜欢我。

镜头横摇蓝天，天上有云。钱宁与安妮贝儿

在整片景色中显得渺小，手牵手，

低着头。两人的手慢慢松开。

他们继续走，两人隔的距离愈来愈远。

阳光，北美那无穷无尽的阳光，透过赛璐珞底片，将为我们照亮看着自己的美洲。

更正：将为我们照亮看着自己的北美。

外景。农舍门廊。白天

围篱上一排酒瓶。

砰，砰，砰。钱宁持枪将酒瓶一个个射破。

门廊上，安妮贝儿在大水盆里洗碗。

她脸上流着泪。

外景。农舍门廊。白天

门廊上，父亲双脚跷在栏杆上，手里拿着
玻璃杯和酒瓶。

大草原上夕阳西下。

砰，砰，砰。

（父亲视角）钱宁射着围篱上的酒瓶。

父亲酒瓶凑上杯子的叮当声。

外景。农舍门廊。白天

远景，牧师儿子驾车沿着小路前来。

砰，砰，砰。

安妮贝儿身穿干净洋装，头发整齐，红着眼
从屋内走上门廊。父亲酒瓶凑上杯子的
叮当声。

外景。农舍门廊。白天

牧师儿子勒马停车。他穿着刷干净的
周日称头外套，手拿花束—百叶玫瑰、
爱南蔷薇、雏菊。

安妮贝儿微笑，接过花束。

安妮贝儿：哦！

被刺伤的手指抬起，血滴在一朵雏菊上。

牧师儿子：让我来⋯⋯

拉过她的手，亲吻那小小伤口。

⋯⋯吻去疼痛。

砰，砰，砰。

酒瓶凑上杯子的叮当声。

（特写）安妮贝儿微笑，吸一口

花束的香气。

也许，若是有可能，她会学着爱牧师的温和儿子，然后嫁给他；但这不但不可能，而且她还怀着孩子，这表示她必须赶快结婚。

内景。教堂。白天

风琴声。父亲与钱宁在祭坛旁。

钱宁脸色苍白勉强，父亲面无表情。

牧师妻子抿紧嘴唇，愤怒不已。

牧师儿子与穿着简单白棉新娘礼服的

安妮贝儿牵起手。

牧师：你是否愿娶……

（特写）牧师儿子的手，将婚戒套上

安妮贝儿的手指。

内景。谷仓。夜晚

小提琴与斑鸠琴的老式音乐。

众人大跳方块舞，新娘新郎带头。

父亲坐在桌旁，手握酒杯。

钱宁坐在他旁边，伸手拿酒瓶。

一舞既终，新娘新郎凑在一起，

新郎亲吻新娘脸颊。她笑。

（特写）安妮贝儿抬头害羞地看牧师儿子。

舞阵再度将两人分开；安妮贝儿沿着

队伍与一个个男子共舞，突然摇晃
晕倒。
众人一片慌乱。
牧师儿子与钱宁都向她奔去。
钱宁扶起她靠在怀里，将她的头倚在
自己肩上。眼睛睁开。牧师儿子
伸手向她。钱宁让他抱住她。
她以恳求的眼神看着转身离去、
消失在人群中的钱宁。

沉默吞没了小提琴与斑鸠琴的乐声。绑着发辫的死神为婚床铺
床单。

内景。牧师家。卧房。夜晚
安妮贝儿躺在床上，身穿白睡衣，
紧抓枕头，哭泣。牧师儿子光着上身
坐在床缘，背对镜头，低头掩面。

早晨，新婆婆听见她对着夜壶呕吐，于是不顾儿子的反对，脱
光安妮贝儿的衣服，以产婆的眼光加以检视。她判断媳妇已经怀孕
三个月，或者更久。她揪着女孩头发满房拖扯，捆打耳光，又揍又
踢，但安妮贝儿不肯说出孩子的父亲是谁，只以亡母的坟墓发誓，
承诺从此以后做个良家妇女。事情如此急转直下，年轻新郎呆住
了，无从插口，只知道——并因此感觉些许惊讶——自己仍爱着这
女孩，尽管她身怀另一个男人的孩子。

"贱女人！娼妇！"牧师妻子说着一巴掌打得安妮贝儿流鼻血。

"好了，母亲，住手。"温和的儿子说，"你看不出她不舒服吗？"

可怕的一天逐渐结束。婆婆想把安妮贝儿逐出家门，但男孩为她说情，而祈祷上主指引的牧师翻开《圣经》，恰巧翻到通奸女子的那一节，为此深思不已。

"只要告诉我父亲是谁就好。"年轻丈夫对安妮贝儿说。

"你还是不知道的好，"她说，然后撒谎，"他已经走掉了，往西去了。"

"是不是——？"提出一两个人的名字。

"你不认识那人。他往西走的路上经过我们牧场。"

然后她又哭了起来，他将她揽进怀里。

"这事会传遍全镇，"婆婆说，"那女孩耍了你！"

她砰然重重把碗盘放在餐桌上，想把女孩赶到后门边吃饭，但年轻丈夫亲手为妻子在餐桌上摆好餐具，让她坐下，不顾母亲的满脸怒容。他们低头做餐前祷。牧师看着儿子为安妮贝儿切面包，放在她盘上，心想，我儿子真是个圣人。他开始为儿子担忧。

"除非你愿意，否则我绝不会碰你。"烛火熄灭后，丈夫在黑暗里对她说。

填塞床垫的稻草一阵窸窣，她转身背对他。

内景。农舍厨房。夜晚

钱宁由外走入，看着睡在摇椅上的父亲。

从一张椅子后捡起某件安妮贝儿

丢下的衣服，脸埋进其中。

肩膀颤动。

打开橱柜，取出酒瓶。

以牙咬开瓶盖。喝酒。

手持酒瓶，走到屋外门廊。

外景。大草原。夜晚

（钱宁的视角）大草原上月亮升起：

悲歌般一片辽阔平原。

《景色主题曲》响起。

内景。牧师儿子卧房。夜晚

安妮贝儿与牧师儿子躺在床上。

月亮照透窗帘。两人都睁着眼

躺在那里。床垫窸窣。

安妮贝儿：你醒着吗？

牧师儿子往反方向挪远。

安妮贝儿：我想我从没真正认识过

哪个小伙子……

牧师儿子：那那个——？

安妮贝儿（耸肩，避而不答）：

哦……

牧师儿子向她靠近。

因为她并不把哥哥列在"小伙子"这个新分类里，他就是她自己。于是那一夜他们相拥入眠，不过没做其他的事，因为她怕伤到宝宝，而他又那么充满心痛与荣耀，几乎无法忍受，能紧紧抱着她就够了，就太多了，在他那可怕的天真无辜中。

倒不是说她逆来顺受，只是，在害怕最严重后果的同时，原来最严重的后果已经发生了：她犯的罪被揭发，或者该说，直到他原谅她时她才发现自己犯了罪，于是，悔罪中诞生了一个新的安妮贝儿，对这个新的她而言过去不存在。

如果能，她会对他说："那并没有什么意义，亲爱的，我只是跟哥哥做了，因为那里只有我们两个，辽阔的天空让我们害怕，所以我们紧紧攀附着彼此，事情就这样发生了。"但她知道不能这样说，知道这份最自然的爱正是她不能承认的爱；在大草原上跟某个路过的陌生人睡是一回事，跟她父亲的儿子睡则是另一回事。因此她保持沉默。看着丈夫，她看见的不是自己，却是一个可能会逐渐变得更珍贵的人。

接下来那一夜，尽管有宝宝，他们还是做了。他母亲恨不得杀了她，拒绝给这妓女吃早餐，但安妮贝儿为他们做饭，套上围裙，将火腿切片煎煮，然后刷洗地板，态度是那么谦卑，那么恭敬感激，婆婆便没有开口，薄唇紧抿得像个陷阱，但没有开口，因为若说她有怕的东西，那便是她丈夫儿子要命的温和个性。于是。就这样。

钱宁来到镇上，渴望着她。天堂之门狠狠在他面前摔上。他在牧师家后院徘徊不去，躲在亚马逊蔷薇丛后，看着他们卧房的烛火熄灭，仍然不能想象，不能想象她会跟另一个男人做。但是。她做了。

她一走进店里，闲言闲语戛然而止，所有眼睛都转向她。她经过之处，嚼烟草的老男人啐出棕色唾液，女人满脸不以为然。她太年轻，太不习惯与人相处了。丈夫和她谈着，他们想走，就这么走吧，朝西边更西边去，或许直到另一侧的海边。他读过书，可以找份职员之类的工作。她会生下孩子，而他会爱那个孩子。然后她会生下他们的孩子。

"是啊。"她说。"我们就这么做。"她说。

427

外景。农舍。白天

安妮贝儿驾着二轮轻便马车来。

钱宁从屋里走上门廊，身穿衬衫，

手持酒瓶。

她拉住缰绳，但没有下车。

安妮贝儿：爸呢？

钱宁朝大草原一比。

安妮贝儿（不看钱宁）：我有话

要跟他说。

（特写）钱宁。

钱宁：你没有话要跟我说吗？

（特写）安妮贝儿。

安妮贝儿：我想没有。

（特写）钱宁。

钱宁：至少偶尔回来看看。

（特写）安妮贝儿。

安妮贝儿：没什么时间。

（特写）钱宁与安妮贝儿。

钱宁：得赶回去帮老公做饭，是吧？

安妮贝儿：钱宁……我结婚后你怎么

都不来上教堂了，钱宁？

钱宁耸肩，转身。

外景。农舍。白天

安妮贝儿下车，跟在钱宁身后走向农庄。

安妮贝儿：哦，钱宁，你也知道我们

那么做不对。

钱宁走向农舍。

安妮贝儿：我觉得自己很幸运，
能得到原谅。

钱宁：你要跟爸说什么？

安妮贝儿：我要到西部去。

乔凡尼：什么，这么快就变了心！你勇健的新夫君
是不是找出夜晚游戏的新招数，胜过当年
懵懂无知的我们？——哈！是这样么？
或者你是突然性情大变，要背叛
过去的盟约和誓言？

安娜贝拉：你怎能拿我的
灾殃开玩笑。

外景。农舍。白天

钱宁：去西部？

安妮贝儿点头。

钱宁：你自己一个人去？

安妮贝儿摇头。

钱宁：跟他一起？

安妮贝儿点头。

钱宁一手扶住门廊栏杆，弯腰向前，
遮藏住脸。

安妮贝儿：这样对大家都好。

她一手按在他肩上。他伸手探向她。
她挣脱。他的手，握住酒瓶；

瓶中酒泼洒在草地上。

安妮贝儿：那是不对的，我们那么做。

钱宁：那……

安妮贝儿：它根本不该被怀上，可怜的
孩子。你不会再见到它。忘了一切吧。
你会找到另一个女人，你会结婚的。

钱宁伸手猛然将她拉进怀里。

"不行，"她说，"决不。不行。"又挣扎又咬又抓："决不！那样
不对。那是犯罪。"但更糟的是，她说："我不想要。"而且她是真心
的，她知道自己不能这么做，否则如今摆在她面前的新生活，单纯
明亮像小孩画的房子的新生活，将会被彻底摧毁。于是她挣脱他，
跑上马车全速赶回镇里，鞭挥着那匹小型马的头。

带着一口棺材似的黑皮箱，牧师和妻子驾车把他们送到火车
站，就像你在电影里看到的那样——同样的电报局，同样的水塔，
同样戴着绿遮阳帽的卖票老头。快到秋天了，安妮贝儿已经藏不住
身孕，肚子突出；婆婆根本不屑对她说话，只透过跟牧师交谈表示
意见，而牧师则以对待忏悔罪人的尊崇态度对待安妮贝儿。

她的黄色长发系着黄缎带。悔罪妓女带着惊讶神情，好似怀孕
的童贞圣母。

她脸色苍白。怀孕不太顺利，她整个早上呕吐，还有点出血。
丈夫紧握她的手。昨晚父亲来向她道别，看来苍老，他没有好好照
顾自己。钱宁没来，让镇上议论纷纷，人们说他是不肯见这个丢人
的妹妹。除此之外似乎没别的原因能解释他的态度，大家都知道他
对女孩没兴趣。

"祝福你们，孩子。"牧师说。年轻丈夫带着令人不安的愚骏圣人态度，让妻子坐在皮箱上，在她腿上盖条毛毡，因为飕飕冷风沿着铁轨吹卷起尘沙，山丘是十月的紫褐与棕。远处，火车汽笛响了，那挥之不去的声音传遍无尽距离，更突显距离的辽远。

外景。农舍。白天
钱宁骑上马，将来复枪甩上肩膀。
双腿一夹马。

外景。铁路。白天
火车汽笛声。滚滚烟雾。
火车头拉着列车穿越大草原。

外景。大草原。白天
钱宁策马直奔而去。

外景。铁路。白天
火车轮转动不停。

外景。大草原。白天
马蹄掀起尘沙。

外景。车站。白天
牧师妻子：记住，好好照顾你自己，
听到没？还有——（但她实在
说不出口）

牧师：孩子一生下来就通知我们哦。

（特写）安妮贝儿感激的微笑。

火车汽笛声。

现在看看他们，仿佛为照相摆出姿势，年轻男子和怀孕女子，她坐在皮箱上，等着被带走，远离，去到别处，腹中怀着未来。

外景。车站。白天

站长走出售票室。

站长：车来啦！

（远镜）车头拐过转角。

外景。车站。白天

钱宁勒马。

安妮贝儿：啊，钱宁，你还是来说再见了！

（特写）钱宁情绪激动不已。

钱宁：你不是他的。你永远不是他的。

这里才是你的归属，跟我在一起。

在这里。

乔凡尼：所以死吧，死在我身旁，死在我手上！

我要复仇，荣誉支配爱情！

安娜贝拉：哦，哥哥，在你手上！

外景。车站。白天

安妮贝儿：别开枪——想想孩子！

别——

牧师儿子：哦，我的天——

砰，砰，砰。

为了保护妻子，年轻男子一把抱住她，于是他死了，不到一秒第二颗子弹也穿透她身体，两人双双倒地，此时火车头咻咻刹住停下，乘客陆续下车，看看发生了什么西部荒野好戏，那对父母则呆立一旁无法相信，无法相信。

看见妹妹还有一口气，钱宁跪倒在她身旁，她睁开眼，或许看见了他，因为她说：

安娜贝拉：哥哥，狠心，好狠的心……

更让死神满意的是，钱宁接着把枪管塞进自己嘴里，扣下扳机。

外景。车站。白天

（升降镜头）三具尸体，牧师安慰妻子，

乘客挤着下车争睹惨剧现场。

《爱的主题曲》响起，摇镜，辽阔天空下的

大草原，美洲的绿色乳房，大地，

亲爱，残忍，狠心。[①]

[①] 旧世界的约翰·福特安排乔凡尼剜出安娜贝拉的心，捧上舞台；舞台指示写道：乔凡尼上，匕首插着一颗心。新世界的约翰·福特将无法把这一幕呈现在赛璐珞底片上，尽管这场景令人难以抗拒，想起以前住在此地的印第安人施行的酷刑仪式。——原注

魔鬼的枪

墨西哥边界一处尘沙满天、苍蝇乱飞的炎热城镇——一个没有希望，没有优雅的城镇，不幸流落至此的人都已经山穷水尽。时间约在世纪之交，西部英雄的时代过去已久；这里的边界劫匪过着半死不活的贫困生活，毫无半点英雄气概。门多萨家族是一群阶级分明的野蛮土匪，控制这个镇、镇上的腐败警长、银行、电报局——无所不包。连神父都是他们指派的。

镇上唯一有点体面表象的地方是酒吧兼妓院，经营者是一对看来很不搭调的奇特男女——一个上了年纪、酗酒又有肺痨的欧洲贵族，以及担任鸨母供他吃穿的情妇。她名叫罗珊娜，是个直来直往、上了年纪、折旧得颇厉害、缺乏想象力的和善女人。

她妹妹是玛丽亚·门多萨，也就是土匪头子的老婆——所以妓院才会交到她手上。几年前，罗珊娜和她的男人，那个人称"伯爵"的绝望又快死的男人，突然双双出现在镇上，一文不名，衣衫褴褛，是求人让他们顺路搭农庄牛车来的……"隔了这么多年，玛丽亚，我回来了……我没别的地方可去。"她在这行颇有经验，于是在妹夫许可及资助下开了间酒吧兼妓院，里面全是惹出乱子得避避风头的女孩——大概算不上顶尖的娼妓。一共五人。但她们很合顾客的胃口，让门多萨手下那些亡命之徒不惹麻烦，并为他的客人服务——此外偶尔还有外来客，走错路经过此地的旅人，比方旅行推销员，或者抢匪。妓院生意兴隆。

伯爵呢，穿着脏兮兮的皱衬衫和曾经时髦如今快磨破的黑西装，给店里增添点上流味道；原来他的人生已经沦落至此，在情妇的酒吧充当装饰。一股苦涩，一股阴郁的尊贵，便是伯爵的特色。

伯爵让客人买酒请他。他是酒鬼，但总归是出身高贵的酒鬼，与人保持若干距离——尽管行将就木，他仍然有他的骄傲。谣传他年轻时在故国是传奇神枪手，店里女孩闲聊时都这么讲。北佬茱丽说，听说他和罗珊娜以前在马戏团表演，他举枪射掉她全身衣服，直到她光溜溜像刚出娘胎。光溜溜像刚出娘胎！

但他不是杀了罗珊娜的情人吗，不对，不是情人，而是某个买下她的男子，其中有个不为人知的故事……不是在旧金山码头边吗？不对不对不对——一切都发生在奥地利，或者德国还是哪里，总之是他出生的地方，远在遇见罗珊娜之前。他认识罗珊娜以后就没碰过枪了，现在他从来不开枪，尽管他那把长枪管的老式来复枪仍挂在墙上……听着，是这样！他这神枪手神得太过头了，人家说唯有魔鬼现身才——最好别理会这些故事，虽说玛达莲娜以前在旧金山一家罗珊娜待过的妓院工作，有人告诉她——但此时伯爵的影子横过墙上，她们噤声不语，玛达莲娜还偷偷在身上画十字。

在这镇上，没人问任何问题。不是别无选择，谁会住在这里？可怜的黛莉莎·门多萨，美人儿一个，青春十六岁，老大不高兴，满肚子不满，被送去修道院学读书写字之后脑袋里就多了些不切实际的想法。她学读书写字干吗？反正她已经注定得活得跟猪一样。但她要结婚了不是吗？嫁给个有钱人？是啊，不过是有钱的土匪！

下午生意清淡，罗珊娜和妹妹一起坐在自家起居室，拉下窗帘抵挡刺眼阳光，摇晃着藤摇椅，抽着雪茄，不紧不慢喝杯龙舌兰酒。玛丽亚·门多萨是个大嗓门儿的男人婆，自己也是穿皮靴马刺的土匪，野蛮，不识字，只有一个女儿，就是美丽的黛莉莎。"我们终于讲定啦，罗珊娜，只差最后送入洞房了……你看，这是黛莉莎未婚夫的照片……帅吧？嗯？嗯？"

罗珊娜存疑地看着那张被当做宝的照片。又是一个土匪，甚至比门多萨势力还大！至少她，罗珊娜，弄到了一个不会把马刺也穿上床的男人。而且黛莉莎连见都没见过对方……"不用，不用！"玛丽亚叫道，"没那个必要。等他们结了婚，等他上了她，自然就会有爱啦……然后会有小孩，我们黛莉莎的小孩，我的外孙，在他的大房子里长大，四周都是忙着鞠躬扫地的仆人。"但罗珊娜没这么肯定，怀疑地摇摇头。"反正黛莉莎也不能怎么样，"玛丽亚坚定地说，"这是门多萨安排好的，她会成为整个边界所有土匪的王后。比在这鬼地方活得跟猪一样强多了。"

门多萨家族确实活得像猪，防御围墙里面是吉卜赛式的肮脏营地，住着部下与食客。被门多萨夺下之前，那曾经是一座相当宏伟的西班牙殖民式大宅，现在门多萨，也就是黛莉莎那粗壮蛮横的父亲，却在走廊上跑马，喝醉了还拿枪射窗玻璃。被宠坏的独生女黛莉莎便对他愤怒大叫："我们活得像猪！像猪一样！"

妓院里出了问题！钢琴手跟最漂亮的女孩跑了，到南方打算自己开业，她估摸她丈夫不会大老远追到阿卡波哥。两人坐在杂货店门口的木桶上，旁边堆着大包小包，等待驿马车来带走他们；马车下了一个乘客，车夫去打水给马喝。这里有没有工作给钢琴手做？哎呀，还真巧！

他是北方来的，美国佬。而且还是个城市小伙子，穿着天鹅绒外套，手指又长又白！听见枪声他脸就一皱——门多萨的某个手下朝阳沟里的鸡开枪，吵闹不已。他真苍白……一个帅小伙，好模好样，优雅细致，讲话声音一听就是受过教育的。是不是还带了一丁点外国腔？

跟伯爵一样，在这半沙漠的原始环境，他格格不入得惊人。

罗珊娜一看见他，心就融化成一团母爱；伯爵也挺开心，因为小伙子在酒吧的走调廉价钢琴上弹了段勃拉姆斯。伯爵的眼睛起了雾，回忆起……维也纳的音乐学院？可能吗？多么不寻常……原来你在维也纳的音乐学院读过书？尽管对这新员工很满意，但罗珊娜仍嘟卷起嘴唇，因为她天生是个怀疑论者。可他是她听过最高竿的钢琴手。

而且，反正这镇上的人从不真的问什么问题，也不相信任何答案。他跑到这鸟不拉屎的地方一定自有理由。就你吧，钱宁，门廊楼上有间房给你睡，门上有锁，以免女孩们往你房里跑。她们老觉得无聊，总想找点新花样……别让她们烦着你。

但钱宁深陷在单单一样热情里，阴沉而投入，完全不理会店里的女孩。

卧房里，钱宁把一男一女的照片——他的父母——放在磨损起毛的松木梳妆台，在墙上钉起一张旧金山歌剧院的海报，《魔弹射手》①。他对照片说话。"我找到他们住的地方，追踪到他们的巢穴。再要不了多久了，妈，爸。不久了。"

屋外马蹄声。玛丽亚·门多萨来看姐姐了，像男人那样跨骑着马，女儿则侧坐鞍上像位淑女，不过满头乱发好似稻草。她是土匪家的野丫头，看起来也是这样，但——现在她已经订婚，父亲不准她去妓院，就连正式拜访她的好阿姨都不行！骑回家去，黛莉莎！

---

① *Der Freischutz*，德国作曲家 Carl Maria von Weber（1786–1826）作品。

她老大不高兴地掉转马头，策马前行之际回头一瞥，看见钱宁从卧房窗户注视着她；两人眼神相交，钱宁的眼睛一时变得蒙眬。

一时间，黛莉莎有点迷惘；然后她马刺狠狠一戳马，野生动物般奔驰而去。

三更半夜，妓院终于打烊，钱宁为伯爵弹起肖邦，老人脸上滚下感伤怀旧的泪珠。维也纳……还是那样子吗？试着别去回想……他又给自己倒了杯威士忌。然后钱宁轻声问他，我听说的传言是不是真的……在遥远的奥匈帝国流传的那些故事……伯爵吓了一跳。

那则古老传说，说一个人跟魔鬼订了契约，得到永不失手的子弹。

那只是古老传说，伯爵说。有些迷信的村庄还相信这种事。

各式各样阴影飘进开着的窗。

那则古老传说，因某位贵族的事迹而再度盛行，但那贵族突然消失，丢下了一切。而这里的门多萨一家，这些土匪——他们不全都该死吗？凶恶，残酷……一个把灵魂卖给魔鬼的人，与该死的人为伍最觉得安全吧？与娼妓和杀人犯为伍？

伯爵打个哆嗦，又倒了一杯威士忌。

人家以前悄声传说，那位伯爵——这位伯爵，你！老头子——神射手的名声之显赫，每个人都认为他具有超自然力量，是不是真的？

伯爵恢复镇定，说："人家也是这样讲帕格尼尼，说他一定是跟魔鬼学会拉小提琴，因为没人可以拉得那么好。"

"说不定是真的呢。"钱宁说。

"你是音乐家，不是杀人犯，钱宁。"

"勒死人和弹钢琴同样需要长手指。但子弹比较慈悲。"钱宁意有所指。

伯爵脱离先前突然陷入的某种梦境，说："第七颗子弹属于魔鬼。那就是代价——"

但今夜，他不肯，不能再多说了。他摇摇晃晃走回房，罗珊娜一如往常在床上等他。但为什么，哦为什么老头子在哭？都是威士忌害你变得跟小宝宝一样……但罗珊娜会照顾你，她总是照顾你，打从她发现你起一直如此。

罗珊娜亦对新来的钱宁发挥母性，但同时也观察他，眼神忧虑。他整天只知道弹钢琴，不然就是沉着脸死盯着在酒吧里玩闹的门多萨手下。有时他会研究公爵挂在墙上的那把来复枪，摸摸枪管，抚抚枪托。但他对死亡的技艺一无所知。一无所知！而且他对女孩们完全没兴趣，这样太不健康了。

在罗珊娜看来，她的老头子跟这年轻人有相似之处，那种一身黑衣的疯狂尊严。他们两个好像老在一起聊天，有时还讲德文，罗珊娜最讨厌这样，这让她觉得自己被排除隔绝在外。

他可不可能，年轻的钱宁可不可能是……伯爵在哪里抛弃的儿子，一个他从来不知道自己有的孩子，大老远跑来找他？

可能吗？

老头子和年轻人，有着同样形状的眼睛，同样形状的手……可能吗？

如果是，那他们为什么不告诉她罗珊娜？

秘密让她觉得自己被排除隔绝在外。薄暮中，她坐在房里的摇椅上，啜饮龙舌兰酒。

楼下有交谈声——德文。她走到窗边，看着伯爵和钢琴手一起走向妓院前那口满是浮泡的小池塘。妓院离中央街有一小段距离。

她朝身上画十字，继续摇摇椅。

"讲英文，我们必须把旧世界和那些神神秘秘都抛在脑后。"伯爵说。"那疲惫、筋疲力尽的旧世界。把它抛在脑后！这是个新国家，充满希望……"

他语气充满强烈反讽。沙漠的古老岩石低伏在夕阳中。

"但这国家的景物比我们古老太多了，有奇异的神明在这天上沉思默想。我永远不会跟这地方做朋友，永远不会。"

他们是陌异的外人，伯爵和钱宁看着门多萨家族骑马出门劫掠，由黛莉莎的父亲带头，一群龇牙的流氓，朝天上开枪，大吼大叫。

钱宁以冷静又安静的语调告诉伯爵，门多萨家族抢劫载运黄金的火车时杀害了他父母。他父母都是歌剧歌手，离开加州正横越大陆，刚结束旧金山的表演……而他当时远在欧洲。

门多萨亲手扯下他母亲的耳环。然后强暴她。然后某人开枪打死他父亲，因为他试图保护妻子。然后他们也打死了他母亲，因为她哭叫得太大声。

钱宁叙述一切，冷静又安静。

"我们每个人都有自己的悲剧。"

"有些悲剧是可以回敬给加害者的。我已经计划好要怎么复仇，很贴切的、歌剧式的复仇。我要引诱那个美丽小姐，让她怀上我的孩子。如果没法开枪打死她父母，我也会想办法用我这钢琴家的漂亮双手勒死他们。"

安静，确定，充满致命意图——但无能。他连枪的头尾都分不清楚，这辈子从没因生气而动手。

但是，打从那封镶着黑边的信寄到他维也纳的住处起，他便沉思默想计划复仇；在维也纳，他听说过某位贵族曾与恶魔订下契约，确保射出的子弹永远百发百中……

"如果你全都计划好了，如果你一心一意要复仇……"

钱宁点头。安静，确定，充满致命意图。

"如果你已下定决心，那么……你已经是恶魔的人了。而子弹确实比愤怒要慈悲，如果射得准的话。"

伯爵自己也一直恨门多萨，恨门多萨鄙夷他和罗珊娜靠他的好心过活。

但钱宁这辈子从没用过枪。老头啊老头，你能有什么损失？你什么都不是，你已经穷途末路，在一个满天苍蝇的小镇靠娼妓养活，来到你这一辈子所有道路的尽头……给我一把永不失手的枪，它会自己开火。我知道你知道怎么弄到这样一把枪。我知道——

"我没有什么好损失的，"伯爵莫测高深地说，"只剩我的罪恶，钱宁。只剩我的罪恶。"

黛莉莎，十六岁美人儿，老大不高兴，满肚子不满，回到卧房，躲进那张特别为她从火车上劫来的镀金四柱大床，四周像寒鸦巢一样堆满金光闪闪的俗丽赃物。她大吃巧克力，翻着非常非常旧的时装杂志，抱起一只皮包骨的小猫，那是她的宠物。鸡在床帐顶上做窝，咩！咩！一只羊从开着的窗户探进头。黛莉莎烦躁地皱起脸。这也叫过生活？

房门砰然打开，一只兴奋的狗追着一群嘎嘎乱叫的鸡跑进房，床帐顶上的鸡都站起来嘎嘎叫。一团混乱！狗跳上床，开始啃咬他叼来的某样血淋淋东西；小猫人立起来，用前爪挥打狗。黛莉莎把巧克力、杂志全狠狠甩开，大叫——受不了了！她冲出房间。

庭院里，她母亲正在杀一只尖声号叫的猪。门多萨家女人喜欢的就是这种事！真受不了。黛莉莎天生要过更好的生活，她就是知道。

她心情灰败，信步晃上满天尘沙的街道。空荡荡。就像我的人生，就像我的人生。

几株柳树弯垂在罗珊娜妓院前那口浮泡池塘，那里看来蛮隐秘清静。

黛莉莎悄悄走到池塘边，老大不高兴地朝自己倒影扔石头。早上生意清淡，妓女们衣衫不整一副淫逸模样，倚在露台上："小黛莉莎！小黛莉莎！来看你阿姨啊！"她们取笑她的黑长袜、她的修道院女孩衣服、她的一头乱发。

罗珊娜在吧台后记账，鼻上架着一副金属框眼镜。伯爵给自己倒酒当点心，她抬头本想劝阻，但还是打消念头，继续算她的账。晴朗早晨，屋外露台上，妓女们咪咪笑着朝黛莉莎招手。

钱宁随手弹起一曲施特劳斯的华尔兹。罗珊娜一脚跟着稍稍打拍子。

伯爵放下威士忌，微笑，走近罗珊娜，伸手邀舞。她吓了一跳——然后脸红了，露出灿烂如少女的笑容。她摘下眼镜，摸摸头发，朝吧台后的镜子瞄瞄自己，高高兴兴地小题大做。看见她高兴，伯爵的态度更加殷勤有礼。这男人还是有副好身子骨啊！而她，当她微笑，你看得出她以前一定是个漂亮女孩。

钱宁将琴音弹得更华丽：他俩的模样让他感动，他开始认真弹起施特劳斯的华尔兹。

罗珊娜靠上伯爵伸出的手臂，两人起舞。

"看！快看！罗珊娜在跳舞耶！"

妓女们跑回房间，又是笑又是赞叹。然后她们也开始跳舞，女孩跟女孩，身上是脏兮兮的睡衣、没系紧的束腹、衬裙、破洞的长袜。

玛达莲娜没有舞伴，徘徊在露台上逗黛莉莎。音乐传出妓院。

"黛莉莎！黛莉莎！来跟我跳舞嘛！"

慢慢地，慢慢地，黛莉莎走到露台边，爬上楼梯，凑在窗旁往里看，舞者们脸色发红，上气不接下气，正笑着倒做一堆。

她和钱宁眼神交会一瞬。但阿姨看见了她。"黛莉莎，黛莉莎，快走！这里你可不能来！"

门多萨家的餐桌旁，她父亲正拿着刀剔牙。

"我要学钢琴，爸爸。"

他继续拿刀剔牙。她在那天杀的修道院就不想学钢琴，现在怎么又想了？为了成为上流仕女啊，爸爸；她不是即将有场盛大婚礼，嫁给有头有脸的人吗？"爸爸，我要学钢琴。"

黛莉莎被宠坏了，要什么有什么。但她父亲喜欢逗她，要让她向他恳求央告得愈久愈好，毕竟这种机会可不常有。他又给自己切了块肉，嚼着。

"这鬼地方有谁可以教你弹钢琴，啊？"

"钱宁。罗珊娜阿姨那里的钱宁。"

他突然真的发怒了，这时候你就能见识到他是什么样的粗蛮野人。

"什么？我女儿到妓院去学弹琴？在那个肥妓女罗珊娜的眼皮底下？"

玛丽亚跳出来为姐姐出头，高举切肉刀扑向丈夫。"不准你侮辱我姐姐！"

门多萨一扭她手腕，刀落地。"我决不准女儿去跟妓女鬼混！"

"我要学钢琴。"被宠坏的小孩坚持。

"门都没有，你决不许去罗珊娜那里学琴，你已经订婚了。"

"那，爸爸，买台钢琴给我，叫钱宁来这里教我。"

吱嘎吱嘎的马车送来一台闪亮崭新的小型平台钢琴，放在腐朽大宅的庭院，旁边有哼哧的猪和拍着翅膀的鸡。

没两下，琴就搬进黛莉莎房间，她着迷地东一下西一下按着琴键。"小猫咪，小猫咪，穿黑外套的小伙子要来教我弹琴哦……"

她母亲在一旁监护，坐在摇椅上晃悠，啜饮龙舌兰酒。整洁、优雅、受诅咒的陌生人钱宁，腋下夹着一叠乐谱，前来给黛莉莎上课。首先是音阶……不久，彻尔尼练习曲。钱宁等着，看着，静待时机。

她母亲觉得无聊，啜饮龙舌兰酒然后打起瞌睡……一首彻尔尼练习曲，黛莉莎还不太熟练，事实上弹得糟透了。故意的吗？钱宁在场，令她小鹿乱撞。

钱宁站在她身后，帮她把手摆对位置，他又长又白的手盖住她指甲咬秃的棕色小爪子。

她转过身来，两人相吻。她很热切，很情愿，她的热烈反应让他意外，几乎吓了一跳。他鄙视她。这样下去简直太简单了！

但引诱要在哪里完成呢？不能在黛莉莎的房间，有她母亲在摇椅上打瞌睡。也不能在钱宁的妓院卧室，有罗珊娜阿姨把关。

"到教堂去，钱宁，没人会想到去那里找情侣。"

教堂巨大空洞，几乎有大教堂的规模，当初因预期印第安人会大批改宗皈依而建，如今几乎已成废墟，在一处类似绝壁的高处俯视半毁的村镇。空无一人。他们在教堂地板上做爱，野孩子和报复者。之后，她胜利地把脸埋在他胸口，欣喜尖笑；他态度疏离，对自己的冷血和邪恶感到高兴。

黛莉莎赤身裸体沿着走道走向祭坛，站在那里抬头冷眼看着洛可可式的耶稣，朝救世主吐舌头。

"我不久还会再来这里。我要结婚了。"

"结婚？"

"嫁给一位有头有脸的土匪绅士，"做个鬼脸，"因为我没有兄弟，我是继承人。我儿子会继承一切，但我得先结婚。"

"哦，不行。"钱宁说，复仇心切使他忘情。"你不能结婚。我不会让你结婚的。"

先是怀疑。然后……"你爱我吗？"兴奋，大叫。"所以你是爱我的！你一定是爱我的！你会带我远走高飞！"

伯爵在他和罗珊娜的卧室里翻一口箱子，取出若干旧书和奇怪的器具。房里满是神秘阴影。罗珊娜试着开门，发现门锁着，急得拼命扭扯门把。"你在干什么？你有什么秘密瞒着我？是不是那个老秘密？是不是——"

伯爵开门让她进房，将她揽进怀里。"他将会接过我的负担，罗珊娜。他要这么做，他愿意这么做，他知道……"

"你的……儿子来放你自由了吗？"

"他不是我儿子，罗珊娜。"

她松了好大一口气，几乎忘记他此刻说的话具有何等黑暗意涵。但她必须问："代价是什么？"

"很高，罗珊娜。你是否爱这个穷老头子，是否爱他胜过爱亲人？"

她睁大眼睛，盯着他看。

"爱，老头子，我真心相信我爱。我们在一起好久了……"

"我们会永远在一起，罗珊娜。"

于是他继续组合他的诡秘器具，她也动手帮忙。她只有一项要求。"那个小黛莉莎，她不可以出事……"

"不会。黛莉莎不会有事。她什么时候害过谁了？黛莉莎不会有事的。"

月蚀。教堂中、黑暗里、祭坛前，伯爵与钱宁召唤了合适的恶魔——"黑暗深渊弓箭手"。好一场风暴！一阵狂风不知从何而来，将尘沙卷成一场沙尘暴。罗珊娜独自待在充满奇异阴影的卧室，紧紧拉下窗帘，喃喃祈祷，念念有词。

狂风吹开教堂大门，扯得门铰链吱嘎欲断。沙尘暴中一一出现幻觉般的形体，是恶魔或神祇，不见得属于欧洲。新世界的未知大陆放出了遭禁的神鬼邪魔。

伯爵召唤来的远超乎预期，他和钱宁缩躲在五芒星中；阿兹特克与托尔特克的神祇巨大现形，教堂似乎已无影踪。

仪式结束后，那些形体都消失了，但教堂里一片狼藉，祭坛上方的耶稣面朝下扣倒在地。风停处，钱宁和伯爵从地上爬起，伯爵狂咳得吓人，脸色死灰，这场仪式差点要了他的命。

此刻户外一片平静，夜色清澈明亮，月亮已重现天际。钱宁满心狂热，坚毅，稳定，搀扶颤抖的伯爵起身。

"武器在哪？"

"他已经来了。他正在等。他会交给我们。"

室外黑暗中，一个印第安人贴墙而坐，静止得简直与景物融成一片。他身披斗篷，帽子压得低低，漠然等待。

沉重倚在钱宁身上的伯爵，以某种宫廷礼数向印第安人打招呼。但钱宁只吠道："枪带来了吗？"

"带来了。"

枪支易手，钱宁一把抓住。

"多少？"

"先挂账。"印第安人说着咧嘴一笑。"先挂账。"

他手指轻触帽檐为礼。他的小型马正在教堂墓地的坟头吃草。两个欧洲人看着他走过去，上马，骑走。蹄声消失在静定无垠的夜色中。

钱宁检视手中的温切斯连发枪，枪看来毫无异处。他不习惯用枪，拿的手势很笨拙。他的失望之情非常明显。

"这有什么特别的？店里就可以买到。"

"枪里有七颗子弹。"伯爵说，神色漠然一如任何印第安人。"第七颗是他放进去的，那颗子弹属于他。"

"可是——"

"第七颗是魔鬼自己的子弹。他会替你射出第七颗，就算扣扳机的是你。但另六颗绝对会命中目标，尽管你从没用过枪。"

钱宁不太相信，举枪瞄准黑暗中一处动静，开枪。然后朝尖叫声冲去。他的目标，黛莉莎的小猫，死了。

"只剩五颗给你自己用了，"伯爵说，"要省着用。这些子弹代价很高。"

黛莉莎找她的小猫。"小猫咪！小猫咪！"但小猫没有来。"被狗吃了啦。"黛莉莎母亲说。"好了别乱动，黛莉莎，你像条鳗鱼扭来扭去，我怎么给你穿新娘礼服……？"

那是店里买的新娘礼服，从墨西哥市用马车载来。全是白色蕾丝，还有面纱！在黛莉莎房间浑浊的镜子前，玛丽亚将婚纱戴在女儿头上。真漂亮。但黛莉莎在闹别扭。

"我不想结婚。"

那是你倒霉，黛莉莎！明天你必须也将要结婚。

我不要。我不要！

这次任你怎么胡搅蛮缠，你父亲也不会让步。

穿着婚纱华服的黛莉莎，在钢琴上弹出结婚进行曲的几个音符，然后大怒摔下琴盖。

钱宁坐在妓院钢琴旁，弹出结婚进行曲的几小节；一个来参加婚礼的客人喝醉了，一把将酒杯摔向吧台，把镜子砸得粉碎。妓女们迷信地躲在一起嘀咕。这里挤满了来参加婚礼的宾客，全都是有名的大坏蛋，但气氛太紧绷，一点也不欢乐。罗珊娜绷着脸，在收款机上打出换新镜子的价钱。伯爵神色哀戚，趴在吧台边喝酒。婚礼宾客全真心鄙视他。

　　黛莉莎爬出卧室窗户，偷偷沿着街道前进，匆匆躲进阴影里，看着一个印第安人骑小马沿街而来。

　　情人在浮泡池塘边等她。带我走！救救我！他抚摸她头发，第一次表现一点温柔。也许他真的会带她走，如果大屠杀之后她还能忍受见到他。也许……

　　现在夜很深了，只有伯爵还醒着，盯着一名醉昏在地上打鼾的婚礼客人。妓女们给那客人戴上羽毛帽，脱掉长裤，用胭脂涂花他的脸。

　　钱宁进门，伯爵一言不发倒了杯酒给他。他看着男孩，眼神几乎带有爱意——绝对带有某种情绪。

　　"我几乎想叫你……"

　　钱宁微笑，摇头，口哨吹出几小节肖邦的《丧礼进行曲》。

　　"可是，那……对小黛莉莎好一点。'黑暗王子是位绅士……'①"

　　也许。也许不。但，也许……

　　黛莉莎的头发真把梳子缠得一塌糊涂！门多萨营地一片忙乱，他们帮她准备了一辆马车，满满装饰缤纷纸花。但她紧张又焦虑，咬着下唇，让女眷替她穿衣打扮，仿佛她是具洋娃娃。她母亲穿一身黑，很奇怪的看来倒挺正派可敬，哭得稀里哗啦。身穿礼服头戴婚纱的黛莉莎，突然转身激动地抱了母亲一下，母亲也用力回抱。

---

① 《李尔王》第三幕第四景。此句为本书译者自译。

钱宁亲吻父母的照片。时间到了。他学生时代的黑天鹅绒外套里不顺手地藏着枪，优雅，致命，疯狂，前往教堂。

他们把洛可可式的受难耶稣安放回去了，钱宁蹲在他下方，躲进祭坛桌布下，把枪拿在手里掂掂重量，眯眼朝瞄准器看。

伯爵不肯去参加婚礼。不，才不要！他不肯起床。拜托，罗珊娜，你也别去参加婚礼！什么？不去看我的小侄女黛莉莎结婚？你也应该来呀，你这不信教的老头子，你不喜欢黛莉莎吗？

但今天早晨伯爵病了，爬不下床，一直咳嗽，瞪着手帕上不祥的血迹。

"我快死了，罗珊娜。别离开我。"

新郎很早就到了，魁梧高大的野蛮粗汉，跟黛莉莎父亲一个样。他在祭坛前就位，众人窸窣欠动。风琴声轻柔响起。

迟到的罗珊娜心绪不宁，衣衫凌乱，悄悄溜进教堂。

教堂前，黛莉莎跨出纸花装饰的马车。现在她真的担心起来，拼命四顾寻找钱宁。母亲再度亲吻她，这次女孩没回应，她满肚子心事。她母亲和门多萨家族的女眷进入教堂。她父亲稍微打扮了一下，靴子擦亮了，伸出手臂要挽她。

她沿着教堂走道前进，宾客发出传统的惊叹——真美呀！尽管她眼睛满教堂乱转，寻找她的救星。他到底在哪里？他要怎么救我？

琴声结束。

黛莉莎来到新郎身旁。隔着面纱，她迅速瞥他一眼，眼神极度不悦。神父开始主持婚礼。

钱宁掀开桌布，跳上祭坛，直接朝目瞪口呆的门多萨开火。

门多萨向后翻倒，滚下祭坛台阶。

一片沉默。然后，叫喊。然后，枪声。一片大乱！

但没有一颗子弹碰得到钱宁。新郎向他扑来，他射中新郎，然后朝门多萨那群亡命之徒开了第三——第四枪——两人倒地。

身穿婚纱华服的黛莉莎呆立无言，震惊之至。

她母亲哭嚎着冲出人群，冲向死去的丈夫。

钱宁瞄准，射中玛丽亚，她死在丈夫尸体上。

黛莉莎终于醒过来，冲过教堂里的一片大乱；她吓坏了，这是世界末日。

罗珊娜挣脱人群，追在她后面，教堂里乱糟糟满是枪响、嘈杂、火药烟雾。

教堂外，女孩和妇人碰上。黛莉莎说不出话来。罗珊娜抱抱她，抓住她的手，拉着她往妓院走去。

钱宁夺门而出，现在他像只疯狗，熊熊燃烧，狂怒，致命——手上拿着枪。

在浮泡池塘旁，罗珊娜听见钱宁追来，拉着黛莉莎走得更快，更快——女孩绊到了裙摆，白蕾丝如今沾满尘埃与血迹。更快，更快——他来了，杀人犯来了，魔鬼本尊来了！

伯爵的情妇和她心爱的小黛莉莎朝妓院跑，伯爵在窗旁望；她们朝他跑来，狂人紧追在后。

伯爵打开妓院的门。

他手里拿着挂在吧台后墙上的来复枪。

慢慢的，颤抖的，他举起枪。

他瞄准钱宁。

黛莉莎看见他，挣脱罗珊娜的手，朝情人跑回去——为了保护他？某个对歇斯底里的她而言足够的理由。

钱宁吓了一跳，停下脚步；这下老头子跟他翻脸了，是吧？老头子把他自己的魔法来复枪指向年轻人，指向新人了！

他瞄准伯爵，射出第七发子弹。

他已经忘记那是第七发，忘记一切，只知道杀人突然易如反掌。

他射出第七发子弹，黛莉莎倒地死在浮泡池塘旁，蕾丝后摆滑进水里。

伯爵泪如泉涌。罗珊娜跪倒在死去的女孩身旁，徒劳地对她说话，轻轻合上她的眼。朝自己身上比划十字。朝垮倒在妓院露台上哭泣的伯爵长长、狠狠瞪了一眼。

群众涌出教堂。

钱宁丢下枪，转身，跑走。

尾声

几乎已是沙漠。奇形怪状的白岩石，沙，炽热太阳。钱宁偷了门多萨家族一匹马，现在马在他身下垮倒。他伸手遮在眼上，远处有个村子……

但这村子似乎已经废弃。穿着音乐学生黑外套的他是个怪异破败的身影，从井里打水喝。终于，一个衣衫褴褛、又瘦又脏的小孩冒出破屋。

"天花来了。全死了，全死了。"

浊暗屋内，苍蝇嗡嗡飞绕在一具未埋的尸体上。钱宁干呕。他脸色惨白，发着高热——你会说，看起来就像被魔鬼追似的。

村子尽头，一个人在那里眺望面前的大片沙漠，那人靠在墙边，静止得、沉默得乍看简直与景物融成一片。他微笑，看着钱宁跌跌撞撞朝他走来。

"我在等你，"卖枪给钱宁的印第安人说，"我们有笔交易要收尾。"

影子商人

我关掉引擎。并立刻引发如此突然，如此充满回响的安静，仿佛熄火同时我亲手变出了这热气蒸腾午后的噤声沉寂、快要西下的熟透太阳，还有太平洋，就在崖壁遥远下方将白沫浪缘摔得粉碎，声响有如一千座遥远的电影院风琴。

我永远也不会习惯加州。三年了，还是着迷的访客。不管多常失望，我还是情不自禁，还是不由自主充满期待，还是老想着可能发生什么美妙的事。

就叫我"天真的外国人"吧。

话说回来，男孩可以离开伦敦，但伦敦却不会离开男孩。你会发现我对本地用词热心学习但有欠熟练，还是把汽油叫作"石油"，等等。我并不打算归化，我不是来此久待的，只是前来朝圣。我像个朝圣者，把自己从世界的那一端，一座雾蒙蒙、光线只够水彩画的三角岛的凌乱首都，赶到这里来，而在这里，说得玄一点，光已成肉身①。

我研习光与幻象。也就是说，我是学电影的。当初第一眼看见

---

① 这里是仿《圣经》中耶稣基督为"道成肉身"的说法。

那如今距此足有五小时辛苦车程之城的好莱坞字样，我简直觉得瞥见了圣杯。

现在，我正要去拜访一位传奇人物，仿佛这是世上再平常不过的事。一个活生生的传奇，像只戚然海鸟在这孤独悬崖顶上做窝。

我先走高速公路，然后转上一条比较小的道路，接着又沿一条崎岖小径艰苦地开，直到来到小径尽头这片铺碎石的停车场。此处另停有一辆满是鸟粪的红色丰田小货车，那副落魄模样已经有些年头，车后装载稻草。真奇怪，传奇人物怎么会开这种车。但我知道她就在这里，在我面前的大门围墙内，而我需要在海边稍停片刻定定神，才能开始进行这场会晤。我下了车，凑近峭壁边缘。

大海互相嘘着又低笑，就像正片开演前灯暗之际的观众。

第一次看见太平洋时，我仿佛见到海神，但并不是我所知道的那些神祇，哦，完全不是。连波提切利笔下那36B罩杯的头号金发美女[1]都不曾来到这处浪头。在大不列颠从未能统御的浪潮间，我的整套欧洲神话尽皆翻覆，于是我知道这片大海的居民自成一类[2]，只属于他们自己的怪异神话。他们有最奇怪的眼睛，水晶体[3]安在支架上啪啪闪眨，给你一秒二十四次的真实；躯体发出新艺综合体的所有色调，但没有纵深，没有实质，没有维度。他们属于另一个完全陌生的众神殿。美丽——但陌异一如外星人。

然而，我脑中多少想着外星人，或许是因为我在洛杉矶多少陌异得像个外星人，但也受到我执迷室友的影响。我正在收集论文资料，住在城里一家新世纪书店兼健康食品餐厅楼上的公寓，室友是个超级科幻迷，我很早以前偶然在巴塞罗纳跟当时同样闹肚子的他

---

① 指名画《维纳斯的诞生》。
② 原文为拉丁文，sui generis。
③ lens 指水晶体，亦指光学仪器的镜片，如摄影机的镜头。

结识相熟。现在他和我靠楼下日本女侍提供的糙米过活，我们两人都跟她，呃，走得很近。他成天在讲外星人，认为街上看到的大多数人都是狡猾模拟人类的外星人，认为金星人是这一切阴谋背后的主使。

他说他对广子的真实商数做过足够测试，说她没问题不是外星人，但从他的眼神看来，我猜他对我就不是那么肯定了。当初在皇家广场同病相怜的腹泻，提供的友谊基础颇为薄弱。我尽量少待在那地方，在学校里避免惹人注目，回家时也尽我所知的可能表现出很人类的样子，不管是回去吃点心，洗澡，还是——如果有机会的话——获取广子那奇妙有礼、缺乏私人性的肌肤之亲。现在我这房东开始穿戴起皮衣。是不是快到该搬家的时候了？

一定是阳光把他们搞疯的，这如今反射在嘶嘶作响太平洋上的珍贵白光，经过过滤就成了电影。*Ars Magna Lucis et Umbrae*，《光与影的伟大艺术》，四个世纪前在哥特式北方耍弄魔灯[①]的阿萨尼亚斯·喀尔彻如是说。

把我带到这辉耀山顶的追寻对象，也是来自哥特式北方——他是死去多年的条顿幻象大师，玩弄光影纯熟之至。你知道他叫作汉克·曼恩，"银幕的黑暗天才"，具有"奥秘魔力"的导演，遭到忽略的巨人，等等等。

但是等一下，你可能会问，一个已死之人，不管多么具有奥秘魔力，怎么可能成为追寻的对象？

啊哈！原因就在他留在这栋崖顶房屋里的那个女人，她的传奇性部分来自身为他的寡妇。

他是她最后一任丈夫。起初（默片时代）她嫁给一个灵活得像

---

① 早期的幻灯机。

特技演员的牛仔，后来他被一匹花斑马掀翻在地，她改跟一个自称维也纳男高音的人，在有声片早期合拍一阵子媚俗毙了的音乐剧。汉克·曼恩第一次看见她时，她在硬纸板做的危崖上大呼小叫唱着歌，他救走她，将她变成偶像。曼恩逝世后，她从此不再婚，在银幕上的表演多了一种冰寒的威严，是一个对禁欲生活能够欣赏享受（虽然有点晚了）的人。她也没有再拍过任何爱情戏。

若你是正牌影迷，就会知道他原名汉利希·曼恩海姆。他早期在 UFA① 的作品，有两三份目录中的一两部片名残存下来，再加上若干褪色磨损的剧照。

我与曼恩遗孀通信，她的信是口述由笔迹难以卒读的另一人代笔，最后终于对我做出此次邀请，我几乎乐得惊呆了。你要明白，我论文写的就是曼恩海姆，他已经成为我的宠物、我的嗜好、我的执迷。

但你必须明白，我这只是顾左右而言他，完全因为太过紧张。她绝不，远不只是一个好莱坞名人的寡妇而已，她是明星中的明星，最伟大的一位……《时代》称她为"电影的精魄"，她八十岁生日时第七度登上该杂志封面，微笑有如晴天阳光照在瓷器厂，被时间以永不褪色效果漂淡的鬈发上披着及肩的白蕾丝头纱。而她竟然邀请了我，我耶！请我到她家聊个天，喝一杯，在这暧昧的时间，马丁尼时刻，蓝色时刻，把一天叠起来收好，摇出令人兴奋的夜晚。

只不过她铁定已不再期待令人兴奋的时光。她已经变成广子她们国家的人所称的"活国宝"。毫无年龄痕迹的一个十年又一个十

---

① Universum Film Aktiengesellschaft，结合数间较小片厂、一九一七年成立于德国的重要跨国制片公司，发行过许多重要影片，包括表现主义大作《卡里加利博士的小屋》，开启了德国电影"黄金时代"。

年，一部电影又一部电影，"天空中最伟大的星"，这是预告片的广告词。她并没有什么特殊魔力，不像莉莉安·姬许，或露西·布鲁克斯，或玛琳·黛德丽，或葛丽泰·嘉宝，她们都具备那种能显现出他者性的天赋。她确实带些"别碰我"的味道，使她成为四十年代"黑色电影"女主角的不二人选。除此之外，她有的只是不寻常的持久耐看，仿佛在光与影的伟大艺术之下随着时间流逝不断重生。

有一点颇怪。如同史文加利[①]，汉克·曼恩也是死后才功成名就。尽管是他为她洒上星尘（在那之前她不是明星，只是"主演"），但直到他退休去到天上的那个大剪接室，她的职业生涯才出现明星的魔幻魅力。

墙内看不见的花园随风吹来茉莉香，我深吸一口气。然后检查公文包：笔记本、录音机、录音带，又检查录音机，确定里面有带子。我紧张得要死。然后别无他途，只能一手提着公文包，鼓起勇气大步走到她寓所大门前。

铸铁大门弯弯曲曲的花纹后有一层锌板，使人无法往里张望。我伸手刚要按门铃，大门就吱嘎一声自动开了，让我进去，然后再度关上，发出令人不安的、盖棺论定似的哐当一声。这下，我进来了。

一架飞机打破逐渐变暗的天盘，它经过后大空又再度封合。花园里非常安静。没有人出来接我。

一道粗略凿成的石阶通往一个游泳池，池边围绕一丛丛气味芳香的各种草，我认出薰衣草的味道。一两棵树的夏末落叶掉在浮沫水面上，看见那池子我忍不住打起哆嗦，原因我接着就告诉你。那池子乏人照料，长满一层翠绿地毯似的藻类，上面漂着一副破了一边的墨镜，还有个琴酒空瓶。

---

① Svengali，法国小说家 George du Maurier 畅销作品《崔尔碧》中的邪恶催眠师。

露台上，两把生锈的白珐琅椅，一张歪一边的桌子。然后，一圈柳杉围绕下，是那栋曼恩海姆为新娘盖的房屋。

跟那栋房屋相较之下，连包豪斯风格都显得巴洛克。那是个严峻朴素的纯玻璃方块，显示出最严格的透明几何。然而在那一刻，它接收了夕阳的所有红光，闪闪发亮像只红宝石拖鞋。我知道那闪烁发亮的宽广客厅的墙开了条缝让我——独独让我——进去，但我心想，唔，若没人反对，我想在这露台上多待一会儿，远离那玻璃盒子，它像透了古典现代主义的白雪公主的棺材。让女士出来找我吧。

没有声响，只有遥远低沉的大海低音；一两只海鸥；嘘着要彼此噤声的松树。

于是我等，等了又等。我发现自己在纳闷茉莉花香让我联想到什么，以便不去想我太清楚那该死游泳池让我联想到的东西——当然是《红楼金粉》。我也太清楚，当然太该死地清楚，我那位汉克·曼恩就是死在眼前这池子里，那是一九四〇年，好久好久以前，早在我甚至我的好母亲呱呱落地之前。

我等着，直到发现自己愈来愈不耐烦。"电影的精魄"要怎么召唤？烧一点爆米花和旧影迷杂志当供品？以"杰耶消毒水"混合"齐亚欧拉柳橙汁"做奠酒？①

我发现自己怀恨地肯定着自己，心想我对她老公可也略有所知，其中一两件事她可能从来不晓得。比方说，他祖母娘家姓恩斯特。我知道他加入 UFA，称霸剪接室。他在德国播下一个儿子的种，之后很快就离开了，而我跟那儿子谈过。六十出头的老头儿，人挺好，是个退休的银行职员，一九四二到四六年关在英国诺

---

① 早期电影院广告常以"每日喷洒'杰耶消毒水'"之类的语句强调内部环境的清洁卫生；"齐亚欧拉柳橙汁"则是电影院贩卖部常见的典型饮料。

福克的战俘营，英文说得一级棒，从没见过自己父亲，心中也毫无怨恨。由身为演员的第一任曼恩海姆太太一手带大。他给我看了张照片：画着浓重眼线的眼睛，表现主义的颧骨，是曼恩海姆在 UFA 的短片《厄榭府的崩塌》①的女主角，该片现已佚失。曼恩海姆太太死于德累斯顿空袭大火，她儿子对此也不表怨恨，让我觉得很惭愧，直到他告诉我最后她成了一个纳粹军官的情妇。然后我才感觉好一点。

　　我也亲自拜访过第二任曼恩太太，她是退休的办公室清洁工，现居洛杉矶市中心，担任全职酒鬼。以前曾是个小明星，但缺乏曝光机会终结了她的演艺生涯。岁月在她身上留下残酷痕迹。她模糊记得他，一个她嫁过的男人。那时她宿醉，他搬进了她公寓。她仍然宿醉，然后他搬走了。老天，好一场宿醉。他们离婚，她另嫁别人，那人的名字她想不起来了。她接受了我的十块钱，有一种习以为常的不以为意和优雅风度。我想不通他为什么娶她，她也不记得了。

　　总之，我捐了十块美金，收起录音机，她仿佛因为收了钱而感觉欠我些什么，开始在堆满她那单房住处的箱子——有鞋盒，有酒箱——里翻翻找找。东西翻出散落满地，丝绸舞鞋、旧帽子、假花，洒出的蜜粉扬起一阵云雾，云雾中她胜利地喘着气，找出一张照片。

　　过期的色情是最富古趣的东西。那是一张刻意摆出姿势的打屁股照片。我立刻认出他那张古怪、柔软、苍白、容易塑形的脸，那整头往后梳齐的金发，那嘴胡须，尽管他穿着制服背心裙、吊袜带和黑色丝袜，趴靠在第二任曼恩太太膝盖上。她穿着连身皮胸罩和

---

① 这是爱伦·坡一篇著名短篇小说的名字。

漂亮靴子，一手举起正准备打他裸露的屁股，转向镜头露齿而笑。当时她挺漂亮的，弄湿压平的卷卷发绺贴在前额和两鬓。她说给她两百块我就可以拿走这张照片，但我的预算很紧，想想这张照片也不会为电影史增色多少。

曼恩海姆很有先见之明地及时离开德国，但他在好莱坞得重新开始，从最低层干起（请见谅其中的双关之意）。然而他很快就一路攀升，副艺术指导，副导，导演。

曼恩好莱坞时期的杰作，当然是一九三七年由查尔斯·罗顿主演的《帕拉瑟索斯》①。罗顿的庞然躯体自大大小小的黑影游进炽热光亮，像头深海怪兽，一头巨大黑鲸。那电影像噩梦在你脑海挥之不去。曼恩并不尝试制造过去感，但《帕拉瑟索斯》看来好像就是在中古世纪拍的——滴水嘴怪兽的脸，挨饿受冻的消瘦扭曲身体，一种有限世界的幽闭恐惧，充满长期的、挤塞的不自由。

电影的精魄在《帕拉瑟索斯》惊鸿一瞥，出现在一场类似玫瑰十字会的女巫狂欢夜，扮演诺斯替教的智慧女神索菲亚。那时他们已经结婚了。在这场女巫狂欢夜中，曼恩要他的新娘裸体上阵，当时引发相当骚动，最后他被迫只拍她一张脸，飘浮在具暗示意味的阴影上。确实很有暗示意味：他这巧妙的障眼戏法产生了两个传说，其一是——这点只要看过他其他作品的内行人都能轻易判断为假——她有业界最大的胸脯；其二就没那么容易打消，说她从胸口到膝盖都长满浓密的体毛。就连曼恩的前任副导都相信后者。"毛茸茸跟蜘蛛似的。"这是他对她的形容。"也跟蜘蛛一样致命。"我偷带了半品脱的杰克丹尼尔波本威士忌到他的老人病房，他说了一堆恶毒的话，警告我来见她要带蛇毒急救箱。

---

① Philippus Aureolus Paracelsus（1493？—1541），瑞士医师、炼金术士，原名 Theophrastus Bombastus von Hohenheim。

不消说，《帕拉瑟索斯》是电影史上数一数二的票房灾难。他多年梦想的《浮士德》的拍片计划于是遭到搁置，他本希望让电影精魄饰演葛瑞倩或梅非斯托，或者一人分饰葛瑞倩以及梅非斯托两角，他接受不同访问时有不同的说法。曼恩被迫代工拍一部不入流的通俗剧，由精魄饰演一对双胞胎，戴金假发的好女孩和戴黑假发的坏女孩，此后他的事业再也不曾咸鱼翻身，她能幸免于难实在是奇迹。

这部招来一致劣评的恶名昭彰烂片发行后不久，他便来了《星梦泪痕》里那一招，只不过他走进的不是大海而是游泳池，就是那里那座，池里被他遗孀丢了玻璃用具。

至于电影精魄后来找了个新导演，谣传她还做了一点，只有一点点，整形手术，次年便赢得她的第一座奥斯卡奖。此后她扶摇直上，尽管永远把这悲剧披在身上，就像寡妇永远披着面纱，为她增添了一种令人毛骨悚然的魅力，像位浴火重生的遥远公主。

这位公主喜欢让客人等。

我紧张不安，在露台东张西望，最后在花圃的潮湿泥土上看见一样好生奇怪的东西。

潮湿，表示刚浇过水，但浇水的不是那个留下惊人足迹的不知什么东西。我没狩猎过大型野兽，但我敢发誓，泥土上那痕迹，仿佛中国戏院外新按在水泥上的手印，是一只巨大有爪的兽掌（除非那是老虎百合的脚印）。

你知道狮子老了鬃毛会变灰吗？我以前不知道。但此刻从柳杉下某丛香草后钻出一只年迈大猫，他身体的毛茸茸屋檐就全覆了一层雪。突然看到我，他似乎跟我突然撞见他一样吃了一惊。我们四目相对。他的鼻子像拳击手一样曾经折断。然后他的巨头往旁一侧，张开嘴——老天，他口气真难闻——发出咆哮，好似贝多芬

《第九交响曲》最后一个乐章。只消随便一挥掌，他就能让我一屁股飞出悬崖，掉在此处和夏威夷中间点的大海里。虽然看见他的牙齿全被拔掉，我也不觉得比较安心。

"哎呀，好啦，猫咪，他可不想被你用牙床咬死。"一个粗嘎、喑哑、年老、只剩一点女性的声音说。"去找妈妈，快去，这才乖。"

狮子喉咙发出低吼，但小跑进屋去了，乖得令人感动，我这才重新开始呼吸——我发现自己不知怎么有一小段时间都没呼吸——跌坐进露台的白色金属椅。我可怜的心扑通乱跳，但那个从逐渐变暗的某处冒出来的人物既没道歉，也没对我深受惊吓表示关切，只是站在那里，双手叉腰，用讽刺锐利的蓝眼审视我。

她手拿一座有许多分枝的不锈钢烛台，烛台的设计简洁得惊人，跟她一身打扮格格不入。她简直像个落伍的老式伐木工，格子衬衫，蓝色牛仔裤，工作靴，非常男性化的皮带，皮带扣是个好大的银骷髅加两根交叉骨头。她头上像印第安人绑着红头巾，底下露出粗乱推平的灰发，皮肤满是皱皱细纹，好似帕玛森奶酪表面，颜色是油灰的那种灰。

"你就那个要来写论文的？"她问。完全是山区乡巴佬的语汇。

我语无伦次地回答。

"他要来写论文。"她讽刺地自言自语重复一遍，让我更不安的是她还再度径自哑笑起来。

但此刻一声震耳欲聋的咆哮宣布好戏即将上演。这个"水壶大妈"，或者"水壶老爹"①，把烛台放在露台桌上，利落朝裤子臀部一擦点起一根火柴，点燃蜡烛，驱散逐渐四合的暮色，此时她滑出门来。用滑的。她坐在包象牙色皮革的铬钢轮椅，仿佛那是可移动式

---

① Ma & Pa Kettle 是美国五十年代一系列喜剧电影的主角，扮演这一对角色的银幕搭档后也以此为名。

的王座，右手随意搁在狮子鬃毛上。好一幅景象。

她为这次访问花了多少时间打扮？好几个小时。好几天。好几周。她身穿白绸斜裁蕾丝滚边睡衣，大约是一九三五年的样式，皮肤是百分之百蜜丝佛陀糖杏仁色泽，我想她戴着假发，因为那头雪白鬈发卷得太精准了。她身上只有这假发过了火，使她看似蛇发女妖美杜莎。她的嘴巴看起来有点滑稽，因为年老的嘴唇已薄得消失了，只剩下用红色画出的一个不规则四边形。

但她看来比实际年龄年轻，年轻得多——哦，是的；她看来足足年轻了十到十五岁，尽管我并不认为她努力打扮成这样是想制造性感老太太的效果。但是她的模样令人印象深刻。深刻得不得了。

而且你立刻知道这就是那张倾国倾城的脸。不是因为那身老骨头里仍闷烧着残余的美，她已经超越了美，但她昂首的姿态，某种不可一世的傲慢，要求你看着她，而且目不转睛。

我立刻自动扮演起舞男的角色，执起她的手一吻，说道："太荣幸了"，然后鞠躬。要不是穿的是球鞋，我还会并拢脚跟发出喀哒声。电影精魄似乎蛮高兴，不过并不惊讶，但她不能微笑，怕脸上的妆会皱。她喉头发出低声对我打招呼，用非常奇特的眼神看我，跟那眼神相较之下狮子的眼神简直如草食动物般温驯。

我被吓了。她把我吓了。这就是她的明星特质。原来是这个意思！我心想。我以前从未，以后也不太可能，遇到如此强大的精神力量，从那坐着轮椅、身穿古董睡衣的纤弱娇小老太太身上源源而出。而且，是的，其中确实有不可否认的情欲，尽管她老得一如山丘；仿佛被人注视能灌注给她无比的性电力，而那股力量又反弹回看者身上，仿佛她内在有某种机制将你的眼神转化为性能量。我不算六神无主，但纳闷自己是否消受得起，知道我意思吧。

这整段时间我都在想，那句话都不停在我脑中回响："幽灵自地窖再起了！"

夜色绝对让茉莉花香变得更浓郁。

她喉头发出低声对我打招呼，声音已经变得很微弱，你必须蹲下才听得见，让她含过口香片的呼吸吹在你脸颊上，你看得出她很爱让别人蹲低身子。

"我妹妹，"她沙哑说道，指指那位伐木工女士，她正看着这场主导与臣服的演出，双手大拇指插在皮带里，脸上的犬儒神色依然浓烈。居然是她妹妹，老天。

狮子用头蹭我的腿，吓得我惊跳起来，她往他发灰的鬃毛连捶好几下。

"这位是——哦！你一定已经看过他一千次了，比我们任何一个演员曝光几率都高。请容我介绍里欧，以前在米高梅任职。"

老兽把头一歪，再度发出毫无疑问的咆哮，仿佛介绍自己。米老鼠是她的司机，每天早上她都骑"扳机"①散步。

"为艺术而艺术②。"她提醒我，仿佛猜到了我的思绪。"他们让他退休之后，这可怜的孩子能上哪去呢？没人愿意碰过气明星。所以他就到这儿来，跟妈妈一起住了，是不是啊，亲爱的？"

"喝酒！"妹妹宣布，大模大样推来一满车叮叮当当的酒瓶。

在池边喝过三杯马丁尼（琴酒，挤一点柠檬）之后，我想该提起汉克·曼恩这个话题了。那时天色已经漆黑，亮着几颗星，夜晚的声响，海潮的声响，金属椅子的吱嘎，这椅子八成故意设计成这样好挤烂你的鸟蛋，设计的人搞不好就是那个男人婆妹妹。但我很难插嘴，电影精魄正在利落地检查我的电影史知识。

"不是，艺术指导当然不是班·卡瑞，这么想真荒谬！……我的

---

① 西部片演员洛伊·罗杰斯的马。

② 原文为拉丁文，Ars gratia gratis。

天，年轻人，华勒斯·瑞德那时候早就死了埋了，我们总算摆脱了差劲的废物……伊迪丝·海德？伊迪丝·海德设计了南西·卡萝尔那套人造皮晚礼服？是谁把这念头放进你小脑袋瓜的？"

狮子不时用砂纸般的舌头舔舔我手背，仿佛表示同情。男人婆琴酒一杯杯地灌，速度与我二比一，不时还发出响亮吱嘎声，像一扇老旧的门。

"不对，不对，不对，年轻人！罗顿绝对没有自虐上瘾！"

黑暗中我突然想到，那梦幻的茉莉香味不是从哪里的花丛传来，而是直接出自《双重保险》的开场戏，记得吗？我有一种可怕的感觉，感觉这是羞辱的开端，是即将到来的情欲劫难，不禁打个哆嗦，明察秋毫的妹妹又往我杯里一口气倒了半品脱琴酒，也许是安慰我，也许是与她共谋。

然后妹妹打个大嗝，宣布："我去尿个尿。"

她显然具备夜视能力，大步走进暮色，不久便传来淅沥沥水声。就如厕训练而言她已经返璞归真，省下了繁文缛节。妹妹小便的粗鲁声响使我又回到现实。我紧握酒杯，只为抓住某样实物。

"差不多是那时候，"我说，"你认识了汉克·曼恩。"

夜色与烛光使那张红嘴变黑，但她的绸裳亮得像充满浮游生物的水。

"不是汉克，是汉利希。"她发出矫正牙齿似的声音纠正我。然后似乎就此恍惚出神，因为她眼神随即定在不远的远方，没再说话。

我求之不得地趁她不注意把杯中琴酒倒在椅旁，相信到明天早上就看不出这是酒还是狮子尿了。妹妹整理衣着，骷髅皮带扣叮当响动，走回来，两手交替抛接着冰块和柠檬片，仿佛什么不合宜的事都没发生。然后，以完全正常，简直像是闲聊的口吻，精魄说："白色的吻，红色的吻。小型平台钢琴上放着装古柯碱的金盒子。

那年头。"

妹妹啧啧出声，可能是表示不耐。

"我看你已经喝饱了，"妹妹说，"我看你有点欠揍。"

这对精魄有点激将作用，她轻笑一声倾身拿琴酒，幸好酒放在她够得到的范围。她新倒一杯酒，没几秒就下了肚，然后左手做个含糊手势，不小心打到狮子耳朵。狮子本来已经盹着，现在被打扰，发出不满的咕哝，像空空如也的胃。

"他们看她的脸看太多，把它磨损了。所以我们替她做了张新脸。"

"嘻呵，嘻呵。"妹妹说。她不是在学驴叫，而是在大笑。

精魄靠在轮椅扶手上，犀利看了我一眼。我有种感觉，我们已经越过某处边际。还南西·卡萝尔的晚礼服呢，跟真的一样。胡扯够了。现在我们来到了不同的层面。

"我以前常想着转经轮，"她告诉我，"夜复一夜，代人祈祷的转经轮在熄灯的黑暗大教堂里不停转动，那些圆顶、镀金的信仰会堂，那些'国宾'、那些'豪华'、那些'皇宫'，在那些奇迹洞窟，梦里的生物可以现身走动在人眼前。转经轮转出微妙的光之线，织出那虔敬年代的祈祷书，那是最后一个伟大的宗教年代。而黑暗里那些好人，那些虔诚会众，那些有福之人，他们往前倾身，他们向上企求，他们吸收了传送出的神圣之光。

"现在，神父是将欲望的回文字词印在会众身上的人；但他投射在宇宙上的是谁？另一个人吗？或者，是他自己？"

这些话全出乎我意料之外。我与盘旋脑中的琴酒酒气奋战，我需要保持全副神智清醒。随着每一刻流逝，她变得愈来愈满口格言。我偷偷摸索着公文包，想准备好录音机，可不是吗，她这番话的语气简直就像曼恩海姆本人哪。

"他是诠释精魄的人，或者精魄透过他说话？或者他，一直都只是个影子商人而已？"

"呃。"她打个小嗝打断自己的话。

然后，视力丝毫不受时间或酒精影响的妹妹，伸出穿着长裤的腿，利落安静地一脚把我的公文包踢进池里，它扑通一声沉下去。

我的曼恩海姆档案落得与他本人相同的下场，尽管这当中带点报应不爽的诗之正义，但我必须承认这时我强烈恐惧起来，甚至想到她们可能把我骗来这里杀死，这个电影女妖和她诡异的辅祭助手。别忘了，她们把我灌得相当醉，这是个没有月亮的晚上，我又离家好远，无助困在这些只可能存在于加州的生物间，在这阳光制造电影、制造疯狂的加州。而她们其中一人刚刚武断地击沉了我这寄生行当的可怜小工具，我变得赤裸裸任她们宰割。好心的狮子摇摇头醒来，再度舔我的手，也许是想让我安心，但我没料到他会有此一舔，差点吓得魂不附体。

精魄再度开言。

"她只算半退休，你知道。她每天早上仍然花三个小时看剧本，邮差背着那些剧本蹒跚走上她的崖顶隐居所，背都快断了。

"年龄并未使她凋萎，我们确保了这一点，年轻人。她在黑暗中仍会发光，因为我们不是一起发现了永生不朽的秘密吗？几乎存在且只存在于观者眼中，就像真正的奇迹？"

我不能说以下这个推论让我安心：这位女士某种程度上被附身了，因此完全有权用第三人称称呼自己，用腹语术般虚幻不实的声音说话，那声音刮刺耳朵一如烟刮刺喉底。但她被谁或被什么附身？我可以告诉你，当时我感觉非常接近汉利希·曼恩海姆的不安魂魄，以及光与影的伟大艺术之形而上学。说到后者——阿萨尼亚斯·喀尔彻另著有 *Spectacula Paradoxa Rerum*（一六二四），即《宇宙吊诡剧场》。

现在她眼皮往下垂，完全闭上之际她的嘴也开了，但没再说话。

妹妹打破沉默，仿佛放屁。

"差不多就这样了，年轻人，"她说，"论文材料够了吧？"

她一把撑起自己，呼出一口大气，大得——可怕呀！——吹灭了所有的蜡烛，然后——愈来愈糟糕！——她丢下我一个人跟精魄独处。但什么事都没发生，因为精魄似乎已经过去了，就算不是死去也是昏过去，瘫倒在轮椅上，那发自内在、使她绸裳发亮的光芒也熄灭了。我什么也看不见，直到藏在四周松林里的大灯整片亮起，将一切照得清晰有如白日，老太太，昏昏欲睡的狮子，喝光的饮料推车，被我紧张的双脚踩扁在露台上的柠檬片，地砖裂缝中冒出的小小植物，游泳池的黑水，而我过于兴奋、突然被光刺伤的感官出现幻觉，竟以为那里面有一具尸体。

我头很痛，拼命眨眼张望，那尸体终于变得清楚，变成我的公文包，摊开了，零星纸张和录音带盒散落漂浮在水面。我给自己再倒一杯琴酒定定神。妹妹再度出现，就在我右后方，害我手肘一缩，琴酒泼湿自己的牛仔裤。她的印第安头巾俏皮地歪到一边，让她有种海盗味道。近看之下，她那毁了的皮肤下清晰可见的骨架轮廓让我想起某个人，但我太冷，太醉，又太沮丧，才不在乎那人是谁。她又自顾自哑笑起来。

"我们恨透你们这些带录音机的，"她说，"我们这些人认为你们在我们坟墓上跳舞。"

她一脚踩开轮椅刹车，利落地把轮椅和椅上不省人事的乘客推回屋里。狮子醒了，打个呵欠，嘴张得像圣安德瑞亚断层的开口，跟着走去。拉门拉上了。片刻后，先前看不见的猩红帷幕沿着玻璃屋墙一路拉上掩起，一切就此结束。我半预期看见帷幕上打出"剧终"字样，但灯光接着就熄了，我陷入黑暗。

我不想摸黑爬下通往门口那道疯狂阶梯，干脆瞎摸索抓住琴酒瓶，嘴凑着瓶口啜饮，直到不安稳地昏睡过去。

然后醒在冷冷的山边。

唔，不完全是。我醒来发现自己塞在我那辆福斯的后座，车停在崖顶，旁边是那辆丰田货车，那是黎明前的灰蒙时刻，我的前额叶和全身关节都疼痛不堪。我连试都没去试着敲开那屋的大门。我爬出车子，抖抖身体，然后上车，直接开回家去。过了一会儿，在那条通往公路的危险路径上，我在后视镜中看见一辆车从后面接近。是那辆红色丰田货车，开车的当然是妹妹。

她以违法的速度超过我，乐得猛按喇叭，挥挥手，脸上咧出一个没牙的微笑。看见这微笑，尽管没了牙，我陡然醒悟她让我想起谁——一个穿着连身宽褶裙、站在硬纸板阿尔卑斯山上的女孩，微笑着，因为终于看见即将解救她的男人朝她走来……若是先前我没有，为了学术理由，坐在小型看片间打着呵欠看完那部有够烂的轻歌剧，我一定连猜都猜不到。

她一定很恨电影。恨透了。她车后载着狮子，一人一狮看来兜风得挺愉快。里欧八成也受够了对着镜头微笑。她们停在悬崖那条路的入口，颇为有礼地等待，等着我安全驶入繁忙交通，驶出她们的生活。

她们是怎么找到尸体取代曼恩海姆的？在南加州，尸体并不难弄吧，我想。我纳闷，不知这么多年后，她们是否终于决定让我加入她们的化装舞会。如果是，又为什么。

也许，构筑如此瞒天过海的杰作之后，曼恩海姆不甘心就这么死去，总要在某个地方留下一点点线索，暗示他如何造就然后变成了她，变成了比她自己以前更出色的她，想要跟他最后一个小小辅祭，也就是我，分享这最卖座作品的秘密。但，更可能他只是抗拒不了想再一次化身为电影的精魄，不能让他的众多影迷失望……因为她们并不知道我已先看过一张他穿女装的照片，不是吗，尽管那年头他还留着一抹胡须。正是记起了第二任曼恩太太的照片，使我脑海中再无怀疑，确定实情便是如此，尽管这样并没能让我感觉稍微自在一点。

在健康食品餐厅，广子用肮脏抹布擦去胡萝卜汁，给我吃糙米配撒了葱姜末的冷豆腐，厌恶地撅起嘴唇：她自己只吃肯德基炸鸡。下午过了一半，此时生意清淡，我想要她跟我上楼一会儿，提醒我肉体不只是光与幻象，但她摇头。

"无聊。"她这话说得真刺耳。过一会儿她又加了几句，不过语气并没有和解之意："不只是你。一切。加州。我看过这部电影了。我要回家了。"

"你不是说你在家乡觉得自己像个外星敌人吗，广子。"

她耸耸肩，透过午夜色的刘海瞪着屋外白色阳光。

"熟悉的恶魔总比不熟悉的好。"她说。

我醒悟我对她来说只是一株野燕麦，旅途上的一个脚注，尽管她对我而言也是如此，但我心情依然低落下来，醒悟到自己有多么边缘，突然也想回家了，渴望再度看见雨，看见电视那种俗世媒体。

鬼船：一则圣诞故事

任何人，若于圣诞节或任何类似节日，以停止劳动，或举行盛宴，或任何其他方式庆祝前述节日者，各郡应科以罚金，每人每项犯行五先令。

一六五九年五月，麻州法院颁布
之法条，后于一六八一年更改

圣诞前夕。平安夜，圣善夜，满地积雪又厚又平又松软，等等、等等；让这些字句召唤出人们对圣诞夜魔力的传统期待，然后——把它忘了。

把它忘了。尽管波士顿湾上的皓月使得万暗中，光华射，但岸边这如今深锁于岌岌可危的冬季之梦中的村子将不会有圣诞节可言。

（梦境，是无法审查的。要是有办法，他们会把梦也禁掉。）

那时候——我们现在谈的可是很久以前，大约三又四分之一个世纪前——这些人初来乍到，才刚把自己名字潦草涂写在当时仍是一页空白的美洲大陆上，他们的意图就跟雪地一样洁白，一样纯正。

他们计划把字写得更大，他们计划在此刻下上帝之名。

因为他们如此虔诚，虔诚得要命，所以明天，圣诞节当天，他们将起床，祈祷，然后照常工作，一如平日。

对他们而言，每一日都是圣日，但没有一日是假日。

新英格兰是他们刚翻开的崭新一页，旧英格兰是他们家乡的兄弟才刚——他们最近不是打赢了英格兰内战吗？——公开的家丑。为了维护信仰纯正，家乡的兄弟姊妹破除教堂里的雕刻人像，禁绝演员男扮女装的剧场，砍倒村庄里的五月柱①，因为这样迎接春天太充满性狂欢意味。

这些都没什么特别激进的，就清教徒的基本前提而言。在植物汁液愈来愈充沛的时节，五月柱骄傲挺勃站在村里绿地上，任谁都能一眼看出它是淫乱的工具。光是想到卡顿·马瑟②头上插花绕着五月柱跳舞，就够让人头晕目眩。不行。清教徒最伟大的天才在于能嗅出任何异教遗绪，例如节庆时以冬青装饰房屋这种习俗；他们完全有本事成为社会人类学家！

他们厌恶那位可爱女士抱着活泼宝宝的圣像——圣母偶像崇拜，雕刻人像！——也厌恶节庆活动此一概念本身，只是后者比较没那么明显。让他们不高兴的是欢庆这一点。

然而，这绝对是种恶心的异教活动，竟以大吃、醉酒、淫秽莽戏③和扮装表演来迎接救世主的诞生。

在这新天地，我们可不要那种肮脏东西。

不用了，多谢。

---

① 古时英国乡间有庆祝五朔节（五月一日）的习俗，村子广场中央立起木柱，上插山楂花，青年男女拉着柱上垂下的彩带，绕柱歌舞游戏。
② Cotton Mather（1663－1728），美国牧师。
③ mumming play 此处姑译为"莽戏"，是英格兰民间传统戏剧，兴起于十八世纪，戏文以口述方式流传，演员皆为男性，于圣诞节演出，剧情基本上代表冬季之死与春季之复活，如后文提及土耳其骑士死而复活便是一例。

午夜将近，牛棚里的牲畜摇摇晃晃跪下致敬，经过一千六百个英格兰冬季的长久习俗，他们都惯于如此模仿当年伯利恒马厩里的牲畜；然后他们记起自己身在何处，于是急忙停止偶像崇拜，爬起身来。

波士顿湾，平静如牛奶，黑如墨，滑顺如丝。突然间，就在夜晚转动纺锤，准备织出黑暗夜色之际，也就是其他地方可能称为"女巫魔法时刻"的时候——

> 我看见三艘船驶进，
>
> 在圣诞节，圣诞节，
>
> 我看见三艘船驶进
>
> 在圣诞节早晨。

三艘船，沉默有如鬼船，往昔圣诞[①]的鬼船。

那三艘船上有什么？

并非那首老歌所说的"圣母玛利亚与圣婴"：若真是那样，新世界的历史会遭受严重伤害，搞不好连现在你读的这篇东西都不会是英文写成。不。想象力必须遵守现实法则。（至少遵守其中一些。）

因此我想象第一艘船绿叶葱郁，建材是爬满青苔的圣诞圆木系以常春藤，满载象征玛利亚的玫瑰与代表她子宫的石榴；一株华盖成荫的樱桃树充当桅杆，不时弯腰把成熟果实散落在水上，纪念如

[①] 典出狄更斯《圣诞颂歌》，毫无圣诞精神的守财奴主角接连被"往昔圣诞"、"当下圣诞"及"未来圣诞"三个鬼魂造访。

今新英格兰无人欢唱的圣诞颂歌。那首"圣诞树颂歌"讲的是，玛利亚请约瑟为她摘些樱桃，他嫉妒又怨恨地叫她找她那未出生孩子的父亲来摘——此话一出口，樱桃树便低低弯下腰，枝桠上的樱桃几乎垂到她膝上。

这株魔法樱桃树桅杆上攀满了在此同样遭禁的槲寄生，打从开天辟地以来它便被视为神圣，以往德鲁伊①都以小银镰刀将之割下，在全欧各地有巨石的地方举行充满兽性的季节更迭仪式。

然而还有更多槲寄生悬在长青树的亲切枝桠间，要人亲吻，邀人自由交换珍贵的体液。

那束挂着红苹果、绑着红缎带的冬青又是什么？咦，当然是敬酒束啊。

敬酒束的用法如下：你一手拿它，一手拿一壶苹果酒，请园里的苹果树喝一杯共度圣诞。在桑姆塞各地，在杜塞各地，在旧英格兰所有产苹果酒的地方，从不知何时的久远年月开始，人们便在圣诞节对苹果树浇酒，让它们喝个酩酊大醉，酒水淋漓。

你把苹果酒倒在树干上，让酒流至树根，然后开枪，欢呼，大叫大喊。你对未来的苹果收成和明年的新芽唱歌，向它们敬酒，用去年的丰饶汁液对它们举杯。

但这个村子可不会这么做。尽管花叶之船的浓郁果香绿意飘到岸上，使他们梦境清新，但大脑前端的记忆入口港有移民局官员把守，察觉到这批货夹带违禁品，便厉声喝叱："禁止上岸！"

一阵沉默的激烈爆炸，绿叶、红浆果、白浆果、迸裂石榴的湿润红种子、樱桃、花朵纷飞四散；同时散佚风中的，还有一切森林鬼怪、树精、丰饶女神的充满树汁浆液的身体，很久很久以前，他

---

① Druidism 是公元前后二世纪欧洲一古老宗教，教徒称为德鲁伊（Druid），行使魔法，熟悉森林动植物，尤尊橡树及生于橡树上的槲寄生。

们一度曾有办法搭上圣诞节的便车。

然后船和船上的一切全部消失。

但此刻第二艘船的通风口开始冒出无比美味的阵阵香气，再克己自制的人也禁不住在睡梦中愉快地皱起鼻子。这艘船很扁平，无疑是派饼盘的形状，随着它逐渐接近岸边，看得出甲板正是以刚出炉的派皮做成，闪着奶油亮泽，发着蛋黄金光。

事实上它根本不是船，而是一份圣诞派！

此时派皮鼓起，让一堆热气腾腾的货物滚下水面，有酱汁闪闪发亮的牛腰肉，有串烤天鹅，还有滴着肥油的烤鹅。这艘快活之船的船艏破浪雕像是颗野猪头，披挂月桂叶串，戴着迷迭香花冠，嘴里衔一颗烤苹果，两耳后插几枝迷迭香，一钵长了翅膀的芥末在上方盘旋。

在这片新发现的土地上，这段时期充满饥饿。漂浮的圣诞派比绿叶船靠得离岸近得多，近得足以让岸头人家的居民在睡梦中流口水。

但接着他们全都同时想起，决不可容许焚烧祭品和异教的猪肉、禽肉、牛肉牲礼，于是全体一同翻过身去，坚定地背对来船。

船打了一个转，两个转，然后沉入海底，芥末钵也随之扑通落水。海面留下一大堆载浮载沉的蜜饯逐渐漂散，就像船难遗骸，最后只剩一颗状如炮弹、塞满梅子的旧英格兰圣诞布丁，大海什么都吃的胃觉得它口味太重、太难消化，便加以排斥，因此布丁拒绝下沉。

睡梦中的人，不仅摆脱贪食的鬼魂也摆脱消化不良，发出松了口气的叹息。

现在只剩一艘船了。

梦境的沉默使这幽魂更显诡异。

这艘船满载最具体的、约略呈现人形的异教余绪。桅杆和帆桁挂满彩带、纸环串和气球，但这些俗丽装饰几乎全被船上各式各样的怪人挡住，若有任何人醒着，从岸上就能清清楚楚看见他们身上五颜六色的花俏服装。

在甲板上前摇后晃、翻滚舞蹈的，是卡顿·马瑟恨透的那些莽戏演员和扮装表演者和圣诞舞者，每一个都如同真人大小，但却加倍不自然。男人涂着胭脂反串女装，用枕头垫高胸脯；木屐舞者的木鞋在甲板上踏出无声噼啪；舞剑人手持木刀劈砍，无声摇晃着脚踝上的小铃铛。以往在家乡过节时，这些喧闹作乐之人都受到欢迎，是他们让"快乐英格兰"快乐起来的！

此刻，可怕呀可怕！他们的船愈来愈靠近这神圣海岸了，仿佛一心要强迫这些圣人庆祝圣诞节，不管他们愿不愿意。

教会不承认的那位圣乔治也在船上，一身漆成银色的纸盔甲，他的宿敌土耳其骑士头上绑着方格桌布充当缠头巾。两人用木棍斗剑，一如在故国的每个圣诞节，挨家挨户表演，这出莽戏本身远比后来它据称庆祝的耶稣降生要古老得多。

莽戏的剧情如下：圣乔治与土耳其骑士打斗，最后圣乔治打倒土耳其骑士。接着医师提着黑包包上场，又把他救活——这对死亡与复活是多么令人震惊的取笑戏仿。（复活叫作 resurrection，又可称为 revivification，端视信仰程度如何而定，当然，也视对何者的信仰程度如何而定。）

船上这些欢庆表演的主子是"昏君大人"①，他是旧圣诞的小丑

----

① Lord of Misrule，欧洲古代新年狂欢活动"愚人宴"（Feast of Fools，参见下一篇《在杂剧国度》）中玩笑选出的头头。

王子，起源于时间的深深海底。他的脸用煤炭涂黑，松垮长裤屁股后缝着小牛尾巴，而裤子老是往下掉，让人惊鸿一瞥他毛乎乎的屁股再拉起来。他拿着一只充气的尿脬，高高兴兴用来打四周跳舞的人的头。他是真正的古董，远在圣诞节有半点踪迹之前便已出现，跟那早已存在的仲冬节庆一样古老，甚至更老。

他的后代整年活在马戏团里。他是欢笑、混乱与怖惧。圣诞老人是他的私生子，但他与之断绝关系，因为圣诞老人不够猥亵。

罗马人庆祝一年转变枢纽的冬至时，昏君大人便已在场了。罗马人叫它"土星节"，节庆期间由奴隶做主当家，一切都上下颠倒，一切在鬼船当时的麻州几乎都会被视为违法，说不定今日依然。

然而从俗丽装饰的甲板传来的是一则非常非常古老的讯息：圣诞节的十二天期间，百无禁忌，诸事皆宜。

快乐圣诞是卡顿·马瑟最可怕的梦魇。

就算村民的梦境感染了一点快乐，他们体验到的也不是乐趣。他们给蔬菜驱魔，杀死野兽，在此处他们不会容忍不理性的胡闹；以往，在彼处，这种欢闹标示着一年中的颠反季节，当夜晚比白昼长，河水不流动，太阳落下海平面之后好像再也不会升起。

村子发出沉默的叫喊：去！汝等速离此地！

胡闹之船打了一个转，两个转——三个转。然后沉没，整船酒神后裔一同消失。

但在即将没顶之际，昏君大人抓住了仍漂在水上的圣诞布丁。这个圣诞布丁上装饰着冬青，满肚子醋栗、葡萄干、杏仁、无花果，圆圆球体内塞满所有的圣诞违禁品。

昏君大人举起手臂，将布丁朝海岸抛去。

然后，他，也沉下去了。大西洋吞没了他。月亮西下，雪再度飘落，这一夜与寻常冬夜并无不同。

　　只不过，第二天一早，当太阳还没出来，所有人起床在黑暗中发抖祈祷时，小小孩们心不甘情不愿把脚套进冰冷鞋子，却发现有多汁的东西挡住脚趾，细看之下，讶异又偷偷欢欣地，每个小孩都发现了一枚大如拇指的葡萄干，又皱又甜，丰润得仿佛浸过白兰地，天知道来自何方，但很可能是飞过头顶的圣诞布丁解体之际从天而降。

在杂剧国度 [①]

"看电视看得好无聊。"九重天之上，坐着安乐椅的当叽寡妇 [②] 说着关掉"深夜秀"，调整一下他／她夸张红胸衣里的假衬垫。"我要再度下凡到杂剧国度！"

> 在杂剧国度里，
> 一切都堂皇富丽。

嗯，咱们别太夸张——该说"算是有点堂皇富丽"。不如以前了，不过话说回来，什么东西不是这样。尽管如此，一切仍色彩鲜艳——事实上挺俗艳的，全是原色，红啦，黄啦，蓝啦。而且全都很过头，所以城堡会比一般城堡有更多塔楼，森林比一般森林更难穿越得多，此外也挺常见的是，乳牛的乳头和乳房也比正常的牛

---

① 英国的 pantomime 继承许多杂七杂八的表演传统及现代影响，很难归类，此处暂译为"杂剧"。基本上是相当庶民化的剧种，糅合奇幻情节与俚俗趣味，通常在圣诞节次日演出直到三月，内容多以童话故事为本，如文中所提的《阿拉丁》、《灰姑娘》、《杰克与魔豆》等都是传统戏码；后来受歌舞秀场兴起影响，也包括各式各样其他表演，如歌舞、喜谑闹剧、杂耍特技、男扮女／女扮男等等。
② 当叽寡妇（Widow Twankey）是杂剧戏码中阿拉丁的母亲。

多。咱们这儿可是多重投影，大量的尖角、枝叶、奶子、屁股。杂剧国度是个头角峥嵘的世界，要不就很阳具化，要不就是非常庶民的、咄咄逼人的女性化，而这一切背后有着某种古老的意义，最糟糕的那种古老，根本就非常肮脏。

但一切也都是二度空间，因此玛莉安姑娘的家，在杂剧国度的虚构诺丁罕，扁平一如煎饼。虽然门可以打开让她进屋，但她摔上门时发出的是一声空洞声响，整个建筑正面都打起哆嗦。罗宾在楼下对她唱情歌，她打开窗户敏捷地反唇相讥，你看到她身后的卧房只有画出来的床头在画出来的墙上。

当然，这里真正的问题是，在如今这景气欠佳的年头，悭吝大殿的悭吝男爵，也就是灰姑娘的父亲，丑姐姐的继父，太常担任杂剧国度的财政部长了。不过即使时至今日，花起钱很大方的人物如芭得鲁芭嘟公主有时候还是会动手管事，于是出现一些很棒的舞台效果，比方一艘三桅大帆船鼓满帆穿过波涛汹涌的暴风雨，瞭望台边又是打雷又是闪电，伴随这勇敢船只将狄克·威丁顿和他的猫送出或送回伦敦，配上一连串怀旧的活人静物，呈现出英国的海上英雄（正在进行新发现或者保护英吉利海峡的英国船只）如雷利[①]、德雷克[②]、库克船长和纳尔逊，狄克则放声以女低音唱起"若我有把榔头"，一群戴面具穿紧身衣的老鼠在旁合唱，来自伊塔莉亚·康提学校[③]。

幻象与转变，厨房藉由薄纱之助变成宫殿，等等，等等。你也

---

① Sir Walter Raleigh（1554-1618），英国作家、冒险家，活跃于伊丽莎白一世的宫廷。
② 应是指 Sir Francis Drake（1540-1596），原为海盗，后改行做冒险家，曾航行世界一周。
③ 英国历史最悠久的表演艺术学校，由女演员伊塔莉亚·康提于一九一一年成立，尤强调歌舞训练。

知道那种东西。那些都得花钱。而且，有时还掺进一点真的东西，仿佛那才是最大的幻觉；比方真的马，小跑一下，嘶叫两声，以实物大小在你眼前。然而"实物大小"是不适合的形容，完全，完全不适合。以观众的尺寸标准而言，他们或许是"实物大小"，但当前台拱架张开，大得像《杰克与魔豆》里吃人怪物的嘴，那四十匹拉着公主玻璃马车的马就显得跟白老鼠一样渺小而微不足道。他们是真的没错，但毫不重要，只有哪匹意外拉了坨屎才会引来一阵笑声或掌声。

有时会有一只狗，通常是那种沙色的短毛㹴犬。节目单上会写着："汪汪，由自己饰演"，底下紧接着："香烟，阿布杜拉饰演"。（阿布杜拉后来怎么了？）汪汪会做所有狗学校教的事——拿东西来，拿东西去，跳火圈——但他不时会忘记剧本，忘记自己活在杂剧国度，想起他是一只真的狗，被丢进一个有穿堂风、味道辛烈、窸窣作响的奇妙世界。他会跑向前台脚灯，看着抬起充满期待的脸有如一片雏菊原野的观众，呆愣一会儿，然后发出一声疑问的短吠。

托托掉进奥兹巫师的国度时可不是这样，唉，这比较像托托掉回了堪萨斯。汪汪不喜欢这样。汪汪觉得失望。

然后罗宾汉或白马王子或不管哪个在杂剧国度乃是——重点在于奶子的"奶"而非"乃"——汪汪名义上主子的人，便会将他一把抱在怀里，他就得救了，就回到了杂剧国度。在杂剧国度，他可以永生不死。

杂剧国度是未获承认事物的嘉年华会，被压抑事物的庆祝节日；在杂剧国度，一切过火，性别可变。

杂剧国度公民简略一览

480

大娘 ①

双性而自给自足的大娘是杂剧国度的神圣变装癖者，以各式打扮现身。比方他／她可能会这样介绍自己：

"我叫当叽寡妇。"然后坚决告诫观众："说的时候要带着微笑！"

因为"当叽"押的韵跟——歹势啦，牧师先生 ②；然后，

> 在遥远的古早年头，
>
> 杂剧国度说话都押韵顺溜……

但现在他们说话则都语带双关，自成一套语言，表示强调时用的既非重音也非沉音，而是眉毛。双关语。也就是说，日常对话都被肮脏思想染上了一层丰富色彩。

她／他主演鹅妈妈。《灰姑娘》里则买一送一，扮演两个丑姐姐，若把灰姑娘的继母也加上去，一共三人就更是大赠送了。《杰克与魔豆》里杰克的母亲，一旁的乳牛和豆茎更加强了大娘"阳具母亲"的面向。红心皇后（偷了些水果馅饼）。《小红帽》的外婆，被狼——"啊～呜！"——大口吃掉。他／她在杂剧国度四处出现，一见到主男 ③（参见后文）出现就吃吃窃笑，捏着嗓子叫："女孩们，小心！那里有个男人！！！"

大顶假发，两颊画两片圆圆胭脂，眼睫毛之长更甚乳牛黛西。

---

① Dame，杂剧中的女角，通常由男性扮演，角色类型偏向喜谑的或年长的配角。

② 这里叙事者本来要说粗话，半途打住。

③ Principal Boy，杂剧的主角，传统上由女性反串，戴金假发、穿短衣、紧身裤、高跟鞋。

马鬃布裙又往下滑又左右晃，撑着一大蓬层层衬裙，里面跑出小狗汪汪咬着一串香肠，显然是从大娘的下盘拖出来的。

"出去总比进来好。"

他／她跨在舞台上，庞然脚步声回响着古老的过去。她／他带来了神祇化身的神圣怖惧，如阿博美①神话中的雌雄同体神祇莉萨·马隆；尤鲁巴族②的雷神，可男可女的闪戈大神；刚果穿着女装、被称为"奶奶"的祭祀僧侣。

大娘弯下腰，掀起裙子，她有三条长及膝盖的衬裤，随心情穿着。

一条衬裤是英国国旗花色，代表爱国。

第二条是纵横四分的红与黑，纪念乌托邦。

第三条也是最宽大的一条，猩红色，屁股上有个标靶，靶心是屁眼，这条衬裤完全是献给猥亵的。

哄堂大笑。大喊。叫嚣。

她转身行礼。而且她在裤子里还塞了根警棍哦，这你可不知道吧？

中古世纪，勃艮地在隆冬（根据古代北欧人的毛毛腿传说，太阳是被天狼吃掉）举办"愚人宴"，以度过那些死气沉沉的白昼，那些空白的时间缝隙，期间所有男孩帽子上都插着槲寄生；等到天狼重新吐出太阳，已有一个或一群不知名的人把新年盦回现实——肮脏的工作，但总得有人做吧。及至十四世纪，一点也不毛毛腿的勃艮地人当然已经忘记天狼，但他们是否也忘记冬至那段狂欢杂交、不算时间的日子，很久以前亦是"土星节"，是一切颠倒混乱的时间，是"十二月的放荡"，主人与奴隶互换地位，什么事都可

---

① 贝宁南部一城。
② 主要居于奈及利亚西南部及贝宁东部。

能发生？

古代勃艮地名为"愚人宴"的仲冬嘉年华，是由一个穿女装的男人风风光光统治君临，大家叫他 Mère Folle，也就是"疯狂母亲"。

疯狂母亲转身行礼，抽出衬裤里的警棍，所有人全又怕又乐地尖叫，不敢看下去。但当他们再度敢看的时候，只见他/她露出天使般的微笑，瞧！警棍变成了魔法棒。

当叽寡妇/红心皇后/鹅妈妈拿魔法棒一点乳牛黛西，乳牛黛西开口领着众人合唱"在那老公牛和灌木丛旁"。

野兽

一、《鹅妈妈》里的鹅是动物角色的哈姆雷特（至少人家是这么说），内向又闷闷不乐，只有便秘般用力生不出蛋的鸟才会这样。鹅这个角色充满各种情绪：对母亲全心忠诚；对自己做妈妈这件事感到欢喜开心；为失去一颗蛋而心碎；颤抖害怕各式各样可能发生的可怕结果，万一杂剧国度随时都在杂交的所有可能文本相互交错——一个故事轻易连上另一个故事，把《鹅妈妈》跟《杰克与魔豆》或《罗宾汉》送做堆，前者有个拼命吃蛋的怪兽，后者有个爱吃鹅肉的诺丁罕警长。

值得注意的是，尽管鹅跟大娘一样，是通常（尽管并非总是）由男性反串的女角，但鹅代表的并不是当叽寡妇那种夸大戏仿的女性特质。鹅的女性特质是真实的，她完全是个女人，看看蛋在她人生中占多重要地位就知道了。因此鹅值得有一个细致又充满同理心的诠释者，就像日本歌舞伎中扮演女形①的演员，颤抖着女性命运

---

① "女形"（おんながた）汉字又写作"女方"，为旦角，由男性饰演。

的压抑情绪，能让你为了和服衣袖天生蕴含的悲哀掉下眼泪。

因为如此，也因为她是所有注意力的最主要焦点，《鹅妈妈》的鹅是最首要的动物角色，甚至超过……

二、狄克·威丁顿的猫：狄克·威丁顿的猫是杂剧国度的史卡拉慕嘘①，活泼敏捷，人立的时间多过四脚着地，强调他担任动物世界与人类世界之间的中介角色。他保留了身为不同存在模式间黑暗信差的那种古老暧昧氛围，却也是主人最完美的小厮，狄克叫他蹦就蹦，叫他跳就跳。因此他比较不像鹅是第一主角，不过他抓老鼠的动作是推动情节必不可缺的桥段，而且我们很难想象没有猫的狄克，一如无法想象没有怀斯的莫坎贝②。

值得注意的是，这只猫雄性得几乎过火，毫无疑问是公猫，且由男人扮演：就算在杂剧国度，也有些事物是神圣不可侵犯的。公猫是雄性的化身，而……

三、乳牛黛西女性得之彻底，甚至需要两个男人来演，单单一人扮不成。杂剧中四脚角色的后腿传统上是吃力不讨好的差事，但前半身则有机会大玩各种把戏，调情咯，献媚咯，眨着那双长又长的睫毛咯；有时若前后两人协调合作得够好，黛西还会跳起踢踏舞，使得她巨大乳房和许许多多垂着晃荡的乳头又摇又摆好不猥亵，强调女性性欲特质中一种基础粗糙的生殖概念，是我们这些不分泌乳汁的人不想被提醒的。（杂剧国度无时无刻不想着泌乳和繁殖。）

如上所言，这粗鲁的女性特质需要两个男人来扮；所以黛西是

---

① 原文 Scaramouche 是法文称呼，源自意大利 commedia dell'arte（参见《穿靴猫》）中的 Scaramuccia 此种角色，为夸大好吹嘘的男丑。

② Morecambe & Wise 是英国著名的喜剧双人搭档，以广播起家，后成功转至电视节目，自五十到八十年代初都有作品。

大娘的平方。

这三者是杂剧国度最重要的三个动物主角，尽管赫巴大妈（这是个四处游走的大娘角色，可能出现于任何一剧）总是有狗陪着出场，但通常这狗都是由汪汪饰演，而真的动物不算数。人扮的假马随时可以出现，假老鼠也不只限于《狄克·威丁顿》，在灰姑娘的厨房亦占有一席之地，甚至帮她拉马车。此外还有小鼠和蜥蜴，还有鸟:《林中孩童》需要知更鸟来遮盖①。有时也有鸸②。鸭子。你想得到的应有尽有。

杂剧国度还年轻的时候，我指的是它真的很年轻、还没固定在舞台上的时候，在还有天狼的那个年头，冬至前后的空荡黑暗日子被繁衍庆典占满——那时候我们不觉得自己与动物有什么差别。布鲁诺熊和菲利猫都置身于我们之中，一同谈笑。我们跟动物生活在一起，我们爱他们，我们嫁给他们（《美女与野兽》）。鹅、猫和乳牛黛西来自小小孩——那时我们以为自己能跟动物交谈——记得的天堂，提醒我们:以前我们曾经知道动物与我们同样有人性，且知道这一点曾使我们更有人性。

主男

好样儿的! 她是杂剧国度最堂皇富丽的一员。

看看那双手臂! 看看那双大腿! 就像树干，但是是性感的树干。她的大帽子插满羽毛，她那轻薄短小的丝绸灯笼裤缀饰亮片。扮演白马王子，她简直是纯粹华贵光彩的化身，不过若演杰克，她

---

① 参见《自由杀手挽歌》p.127 注。
② 一种不会飞的大鸟，类似鸵鸟，产于澳洲。

的服装一开始会稍微比较简单可亲，而狄克就需要先像个伦敦学徒，然后才会试穿市长大人那身狗屁衣服。扮罗宾汉，她会穿绿；扮阿拉丁，东方风味由缠头巾代表。

你看得出来，她反串男人靠的不是身材——因为她身材仍是传统的沙漏型——而是靠肢体语言。她走起路来踢着再军事不过的正步，双臂大幅挥舞，做出宽大、慷慨、涵括一切的父权手势，仿佛整个地球都是她的。她的男性特质有种古老魅力，时至今日甚至还带点爱德华时代式的怅然向往；毕竟，没有半个像样称职的主男会想扮演"新好男人"。她当初费那么大劲把自己变成主男，就是为了不想洗碗啊。

由于身材的丰腴曼妙历历在目，因此主男总是被称为"她"，不像更暧昧模棱的大娘。但她的声音是深沉暗棕，放声高歌更足以唤醒死人。只要听过她唱歌，谁，有谁能忘记旧派主男带领着众人合音，在令人热血沸腾的军乐声中，唱起，比方说，"昔日军旅的小伙子何在"？

说到这，昔日军旅的主男又到底何在？在这厌食时代，可供拍打的丰厚大腿愈来愈少。如今的女孩是大胸脯没错，因为有隆乳手术，但再也没有发自胸腔深处的嗓音了。以前的主男跟百货公司的圣诞老人一样，有着和气乐天的深沉浑厚男低中音，但杂剧国度现在再也听不到"呵！呵！呵！"的笑声。在这瘦巴巴的时代，主男一般看来更像彼得潘，但繁衍庆典要的可不是青春期之前的人物，尽管大量真正的孩童在场，看着并笑着他们不应该知道的事，正是以往繁衍庆典成功的不可或缺要素。

一如大娘，主男是男／女的混合，但她绝非搞笑角色。不。她是令人兴奋的、冒险的、浪漫的角色。因此，经过无数冒险，最后她会与主女一同合唱，声音忽而高亢，忽而婉转，就像蒙特

维蒂 ①《波佩雅加冕典礼》那情欲流动令人难以承受的高潮咏叹调，该剧现在也都总是以两位女士主演，一饰尼罗，一饰波佩雅，因为如今尽管人口爆炸，却已经没什么男性阉伶了。当主男与主女展开二重唱，两人低胸露肩服装里的四只乳房争相竞得所有观众的注意力。这确实令人兴奋，但可生不出宝宝，除非她们冲去圣诞晚餐的厨房借来挤管。杂剧里有种与生俱来的电检审查制度。

但性别问题始终保持模糊，因为你必须记住主男完全是男孩同时也完全是女孩，是一扇两面可开的门，就像大娘是夏娃母亲和老亚当二合一。两者都是两面可开的门，是季节转换之际的杰努斯 ② 脸孔，同时向前看也向后看，埋葬过去，繁衍未来；因此这两者应相互归属，因为他们都既是亦非模棱暧昧，而主女（参不见后文）只不过是个漂亮道具，就算扮演《灰姑娘》和《白雪公主》的领衔主角也一样。

退休的当叽寡妇重出江湖，吃了满肚子人类学，落在杂剧国度的舞台上。

"我回到人间了，我感觉色迷心窍！"

他／她一个字也不用说。舞台装饰感受到她没说出的意思，四处景片都打了个哆嗦。

大娘和主男在中国人开的洗衣店巧遇。阿拉丁把衣服拿来洗。两人就衬裤和小件衣物交换了些揶揄玩笑，互相打量，知道这一次，打从电检审查制度开始以来第一次，剧本将有所改变。

"我感觉色迷心窍。"当叽寡妇说。

没有交配仪式，繁衍庆典还算繁衍庆典吗？

---

① Claudio Giovanni Antonio Monterverdi（1567–1643），意大利作曲家。
② Janus，罗马神话中的门神，有两张面对反方向的脸。

但事情没那么简单。因为此刻，哦！此刻蹦蹦马被忘掉了。在现代的角色名单中，阳具母亲和大胸脯男孩只能排在第二，第一得让给某个板球选手，那人连拿球棒做些猥亵动作都不会，因为二十世纪末地球已经人口过多，生小孩不是要务，我们比较需要和谐的四只乳房，因此当叽寡妇应该闪一边去跟赫巴大妈来一下，别再烦阿拉丁了，真的。

人们是否仍相信杂剧国度？

如果你相信杂剧国度，就把两只手凑在一起鼓个掌给……

如果你真的相信杂剧国度，就把你的——歹势啦，牧师先生——

没有交配仪式的繁衍庆典是……只是杂剧。

当叽寡妇回到人间，要将杂剧重建为最初的状态。

但，鲜红衬裤和丝绸灯笼裤还来不及脱下，舞台上方便伸下一支钩子命中当叽寡妇双肩之间，紧紧钩住她的红绸胸衣，她大叫大喊，猛踢猛挣露出一双瘦巴巴小腿，被高高拖回原先的地方，尽管她吵闹抗议不休，仍被放回死去的星星之间，剩下主男不知如何是好，只能利落模仿起乔治·冯比①，唱起："哦，密司脱吴，且听我诉……"

翁伯托·艾柯说过："永远持续的嘉年华是行不通的。"你没办法一直维持的，你知道；没人能。嘉年华、节庆、愚人宴，本质都在于短暂。今天有，明天就没了，是抒发紧绷压力而非重组秩序，是提神的点心……之后一切都可以继续，一如什么事都不曾发生。

事情不会只因为女孩穿上长裤或男孩套上洋装就改变，你知

---

① George Formby（1904-1961），三十年代英国广播明星，备受欢迎。

道。土星节一结束，第二天主人又是主人了；性别的假日结束后，又该回去做苦工了……

何况，那些全都是好多年前的事。那时候还没有电视。

扫灰娘

(又名：母亲的鬼魂：一个故事的三种版本)

一、残缺的女孩

尽管很容易可让故事重心脱离扫灰娘，转移到身体遭受摧残的继姐们——事实上，很容易可把这故事想成讲的是切除女人身体某部位，好让她们符合某些规范，某种类似割礼的切砍仪式，然而，故事开头讲的永远不是扫灰娘或她的继姐，而是扫灰娘的母亲，仿佛这其实是她母亲的故事，尽管故事一开始她就即将退出叙事，因为已离死不远："一个有钱人的妻子生了病，感觉自己快死了，便将她的独生女唤来床边。"

注意丈夫/父亲的缺席。尽管这女人的身份定义来自与他的关系（"一个有钱人的妻子"），但女儿却清清楚楚是她的，仿佛只归她所有，整个剧情也只关系着女人，几乎完全发生在女人之间，是两组女人的争斗——擂台右边，是扫灰娘和她的母亲；擂台左边，是继母和她的女儿，这两个女儿的父亲没被提及，不过就文本脉络和生物需求而言，可以料想确实有这么一个人。

在两个女性家庭为争夺男人（丈夫/父亲，丈夫/儿子）而对抗的剧情中，男人看似只是她们狂想的被动受害者，然而他们具有绝对意义，因为那是经济意义（"有钱人"，"国王的儿子"）。

扫灰娘的父亲，老男人，是她们第一个欲望以及争议的对象；尸骨未寒的亡母一撒手，继母便将他夺了过来。接着是年轻男人，那个可能的新郎、假定的女婿，两个母亲为了占有他而战，把女儿当做战争工具或择偶交配活动的代理人。

若说那些男人，及其代表的金钱，是这两名成年女子争夺的被动受害者，那么这些女孩，三个都一样，更完全只受母亲的意志推动。尽管扫灰娘的母亲在故事一开始就死了，但身为亡者只让她的地位更具权威。母亲的鬼魂占据了叙事，是真正的中心动机，使其他所有事件为之发生。

临终前，母亲向女儿保证："我永远都会照顾你，陪在你身边。"故事将告诉你她如何做到这一点。

在母亲做出承诺的此刻，扫灰娘还没有名字，只是她母亲的女儿，我们只知道这样。是继母取笑地叫她扫灰娘，抹消了她原有的名字（不管那名字是什么），将她逐出家庭，赶离众人分享的餐桌，孤独一人与炉台灰烬为伴，除去她偶然得之的高尚女儿地位，代之以偶然失之的低下仆人地位。

母亲说会永远照顾扫灰娘，但她死了，父亲再娶，给了扫灰娘一个仿母，这母亲自己有女儿，爱她们激烈一如亡母生前——且我们将看到死后亦然——爱扫灰娘那样。

第二桩婚姻带来了恼人的问题：谁才是这个家的女儿？我的！继母宣布，把新命名为扫灰娘的非女儿赶去扫地，刷洗，睡炉台，她自己的女儿则睡在铺着干净床单的扫灰娘床上。扫灰娘不再被称为她母亲的女儿，也不是她父亲的，只剩下一个干枯、肮脏、余烬焦炭的外号，因为一切都已化为尘埃与灰烬。

此时假母亲睡在真母亲死去的床上，并且，据推想，在那张床上与丈夫／父亲交欢，除非这档事她并不喜欢。故事没有告诉我们这丈夫／父亲在家庭或婚姻中发挥什么功能，但我们大可推测他跟继母同睡一张床，因为已婚夫妇都是这样。

对此，真的母亲／妻子又能奈他何？就算熊熊燃烧着爱、愤怒与嫉妒，她终归已经死了埋了。

这故事的父亲在我看来是个谜。他是否太迷恋新妻子，以至于看不见自己的女儿满身厨房污垢，睡炉台睡得灰头土脸，而且整天操劳干活？就算感觉到个中别有隐情，他也乐于把整出戏全交给女人去导去演，因为，尽管他总是缺席，别忘了扫灰娘睡的灰烬可是在他的房子里，他是看不见的环节，将两组母女连结成一道激烈冲突的算式。他是不移动的移动者，是不为人见的组织原则，就像上帝；也像上帝一样，某个黄道吉日突然冒出来，引进带动情节的最重要工具。

此外，若没有这缺席的父亲，就不会有这个故事，因为如此一来便没有冲突。

若她们能暂时抛开己见，友爱地讨论一切，一定会联合起来驱逐父亲，然后所有女人都可以睡在同一张床上。若她们决定留下父亲，可以叫他负责做家事。

父亲引进的带动情节的重要工具是，他说："我即将出门出差，我的三个女儿想要什么礼物？"

注意：他的三个女儿。

我想到，继母的女儿可能根本就是他的亲生女儿，就像扫灰娘也是他的亲生女儿，她们都是他的——所谓的——"自然"女儿，仿佛合法性本身便不太自然。这样一来，故事里的各股势力可就得重新排列组合。若是如此，他默许另两个女儿占上风就比较说得通了，仓促的再婚和继母的敌意也更有理由。

但如此也会使故事变成另外的模样，因为提供了动机等。这表示我得给这些人全提供一个过去，得让他们成为各有好恶与回忆的立体人物，还得想出他们吃什么、穿什么、说什么。如此将使《扫灰娘》改头换面，把童话故事所需的最简单线条及典型联系公式："然后……"变成资产阶级写实主义的复杂技巧。他们得学会思考。一切都会改变。

我还是固守原来知道的就好。

他的三个女儿想要什么礼物？

"我要一件真丝洋装，"大女儿说，"我要一条珍珠项链。"二女儿说。遭遗忘的三女儿要什么呢？被一时善心叫出来的她，在围裙上擦干因家务操劳磨破皮的双手，带来一身旧火烬余气味。

"我要你回家路上第一根碰着你帽子的树枝。"扫灰娘说。

她为什么要这样东西？她是否其来有自地猜着自己在他眼中多没价值？或者是否梦境要她使用这道未获承认欲望的随机公式，让盲目机率为她挑选礼物？除非是她母亲的鬼魂，难以瞑目，不停寻找回家的方式，藉女孩之口代她说出要求。

他带回一根榛树枝，她将树枝种在母亲坟上，以泪水浇灌。树枝长成榛树。当扫灰娘前来母亲坟上哭泣，斑鸠呢喃："我永远不会离开你。我会永远保护你。"

于是扫灰娘知道那斑鸠是母亲的鬼魂，知道自己仍是母亲的女儿，而尽管先前她哭泣悲号，渴求母亲，但现在她的心稍稍一沉，因为发现母亲虽死犹存，此后得听命于母亲了。

时候到了，该国又要依例举办特殊舞会，国内所有处女都得前来，在国王的儿子面前跳舞，让他挑选想娶的对象。

斑鸠为此激动欲狂，一心要把女儿嫁给王子。你或许以为她自己的婚姻经验会教她心存警惕，但没有，该做的就是得做，一个女孩除了嫁人还能怎么办？激动欲狂的斑鸠一心要女儿嫁人，于是飞进屋里，叼起那件真丝新洋装，拉出窗外，丢给扫灰娘。接着是珍珠项链。扫灰娘用院子里的泵打水好好洗个澡，穿上偷来的新衣首饰，悄悄溜出后门，前往舞会场地，但继姐待在家里生闷气，因为她们没东西可穿。

斑鸠紧跟着扫灰娘，啄她的耳朵要她舞得更活泼，好让王子看见她，爱上她，跟在她身后，发现那只掉落的鞋作为线索，因为，若没有仪式性地羞辱另一个女人并摧残她两个女儿的身体，这故事就不算完整。

寻找穿得下这只鞋的脚，对于施行此一羞辱仪式是不可或缺的举动。

另一个女人不顾一切想得到这年轻男人，为了抓住他可以不择手段。不是少一个女儿，而是多一个儿子：她如此渴望儿子，让女儿跛脚也在所不惜。她拿起切肉刀，砍下大女儿的大脚趾，好让她的脚能穿进那只小鞋。

想象一下。

这女人挥舞着切肉刀逼近自己的孩子，那孩子张皇失措只恨自己不是男儿身，而老女人想要的是比脚趾更重要的身体部位。"不要！"她大叫。"母亲！不要！不要动刀！不要！"但刀还是砍了下来，她把脚趾丢进火堆灰烬，之后扫灰娘发现了，为之惊奇，对母爱这种现象感到既敬畏又恐惧。

母爱像尸布围裹住这些女孩。

王子觉得这哭泣的年轻女子毫不面熟，她一脚穿鞋一脚没穿，被母亲胜利地展示在他面前，但他说："我答应过要娶任何能穿下这只鞋的人，所以我会娶你。"于是他们双双骑马离去。

斑鸠飞来绕着这对新人转，没有呢喃或低鸣，而是唱着可怕的歌："看！看！鞋里有血！"

王子立刻把冒牌前任未婚妻送回家，对这伎俩感到生气，但继母匆匆砍掉另一个女儿的脚跟，立刻把这只脚塞进空出来的染血鞋子，就这样，信守承诺的王子扶新的女孩上马，再度离去。

斑鸠又回来唠叨了："看！"当然，鞋里再次满是鲜血。

"让扫灰娘试试。"急切的斑鸠说。

于是现在扫灰娘得把脚放进这惨不忍睹的容器，这绽开的伤口，仍然又黏又温热，因为这故事的许许多多文本从没提过王子在几次试穿之间洗过鞋。赤脚穿上血淋淋的鞋是件苦事，但她母亲，那斑鸠，以轻柔呢喃的低鸣催促她，无法违背。

如果不能毫无反感地投入这绽开的伤口，她便嫁不了人。斑鸠就是这么唱的，而另一个欲狂的母亲只能无力站在一旁。

扫灰娘的脚小如中国女子的缠足金莲，就像一截残株。几乎已形同截肢的她，将小脚穿进鞋里。

"看！看！"斑鸠胜利叫道，尽管在扫灰娘穿鞋站起、开始走动的同时，他暴露出自己的鬼魂身份，变得愈来愈虚幻不实。叽吱，残株般的脚在血淋淋鞋里踩出声音。叽吱。"看！"斑鸠唱道，"她的脚正合这只鞋，就像尸体正合棺材！"

"看我把你照顾得多好，亲爱的！"

二、烧伤的孩子

一个烧伤的孩子住在灰烬里。不，不是真的烧伤——比较算是灼黑，一点点灼黑，像根烧到一半从火里拣出的木柴。她看来像煤炭加灰烬，因为自从母亲死后她便住在灰烬里，被热灰烬烧伤，满身伤痂疤痕。烧伤的孩子住在炉台上，浑身是灰，仿佛仍在服丧。

亡母下葬后，她父亲便忘了母亲，忘了孩子，娶了以前负责耙扫灰烬的女人，因此现在这孩子住在未经耙扫的灰烬里。没人替她梳头，所以头发纠结乱翘像块毛毡，也没人替她擦去疤脸上的尘埃，她自己又无心梳洗，只是耙扫灰烬，跟只小猫睡在一起，分到的食物只有锅里烧焦刮下来的部分，吃时独自蹲在火炉前地板上，模样不成人形，因为她仍在服丧。

母亲虽死了埋了，但当她抬头看穿土地，看见这满身是灰的烧伤孩子，仍感觉满怀的母爱心疼。

"去给牛挤奶，烧伤的孩子，把牛奶全提回来。"继母说。以前她曾耙扫灰烬，负责挤奶，但那是很久以前了，现在这些事都归烧伤的孩子做。

母亲的鬼魂附在乳牛身上。

"喝下这牛奶，快快长胖。"母亲的鬼魂说。

烧伤的孩子拉过乳头饱喝一顿牛奶，然后才提着桶子回去，没人察觉，于是时间过去，她每天喝牛奶，长胖，长出乳房，长大。

继母有个想要的男人，她找那人来厨房吃饭，但叫烧伤的孩子下厨，尽管以前都是继母负责做饭。饭做好了，继母便赶烧伤的孩子去挤奶。

"我自己想要那个男人。"烧伤的孩子对乳牛说。

乳牛流出更多牛奶，更多又更多，足以让女孩喝饱，洗脸，洗手。牛奶洗去了她脸上的伤痂，现在她毫无烧伤痕迹，但乳牛的身体已空空如也。

"下次挤你自己的奶吧，"附在乳牛身上的母亲鬼魂说，"你已经把我榨干了。"

小猫走过。母亲鬼魂附在猫身上。

"你的头发需要整理。"猫说，"躺下。"

灵巧猫掌梳开她满头乱毛，直到烧伤孩子的头发直顺披垂，但她的发实在纠缠得太厉害，完工之际猫爪子已全被扯掉。

"下次自己梳头发吧，"猫说，"你已经把我变残废了。"

烧伤的孩子干净整洁，但赤身裸体。

苹果树上栖着一只鸟，母亲的鬼魂离开猫，附在鸟身上。鸟用喙啄破自己胸口，血源源流出，流在树下的烧伤孩子身上。鸟血流尽之际，烧伤的孩子有了一件真丝红洋装。

"下次自己做衣服吧，"鸟说，"我已经干够这些血淋淋的事了。"

烧伤的孩子走进厨房，现身在那男人眼前。烧伤尽除的她成了美女，男人不看继母了，改看女孩。

"跟我回家吧，让你继母留下耙扫灰烬。"他对她说，两人双双离去。他给她房子，给她钱，她过得挺好。

"现在我可以睡了。"母亲的鬼魂说，"现在一切都挺好。"

三、移动的衣裳

继母拿起烧红的拨火棒，灼烫在孤女的脸上，因为她没有耙扫灰烬。女孩去到母亲坟上。土里的母亲说："一定是下雨了。不然就是下雪。否则就是今晚露水很重。"

"没有下雨，没有下雪，现在时间太早也没有露水。是我的眼泪落在你坟上，母亲。"

亡母等待夜色来临，然后爬出坟墓进屋去。继母睡在羽毛床上，但烧伤的孩子睡在炉台灰烬里。亡母亲吻她，伤疤消失了，女孩醒来，亡母给她一件红洋装。

"我穿这件衣服时，正是你这年纪。"

女孩穿上红洋装。亡母取出眼眶里的蠕虫，虫变成珠宝。女孩戴上钻石戒指。

"我戴这枚戒指时,正是你这年纪。"

她们一同来到坟前。

"踏进我的棺材。"

"不要。"女孩说着打了个哆嗦。

"我踏进我母亲的棺材时,正是你这年纪。"

尽管心想这是死路一条,女孩仍踏进了棺材。棺材变成马车和马匹,马匹踏着蹄子,急于奔驰离去。

"去闯荡你的人生吧,亲爱的。"

艾丽斯在布拉格

本文为赞颂布拉格动画大师杨·斯凡克梅耶
及其电影《艾丽斯》所作

曾经，在布拉格城，冬天。

奇妙房间外，门上挂着牌子写道"禁止进入"。房里，房里，
哦，快来看哪！是那鼎鼎大名的迪博士。

迪博士双颊如苹果，长长白胡须，看来简直像圣诞老人。他正
对着水晶球沉思观想，那令人畏惧的球体里包含了一切现在、过去
和未来。

那是颗实心玻璃圆球，给人一种轻飘飘的假象，因为你可以一
眼望穿它，而我们常误以为透明就等于轻盈，以为光能穿透的东西
必不存在，因此必无重量。事实上，博士的水晶球重得足以造成相
当伤势，而博士的助手，铁面人奈德·凯利，常一手托着球掂掂重
量，然后两手交替抛接，思索着脆弱的中空颅骨，也就是他主人毫
无警觉趴在某本古籍上研究的脑袋。

奈德·凯利可以把杀人的事推到天使头上。他会说是天使跑出

了水晶球。每个人都知道球里住着天使。

水晶球看似：一种眼前房水，结了冻；

一只玻璃眼，尽管全无虹膜或瞳孔——事实上，正是能人异士可用以看见不可见之事物的那种透明眼睛。

一滴泪，圆形，含在眼中，因为眼泪只有落下的时候才会呈现梨形，也就是我们说的"泪滴"形；

闪亮的一滴，有时颤动在博士那非常老迈，倾向疲软，却仍能持续且看得出的早晨勃起的尖端，总让他联想到

一滴露水，

一滴露水颤巍巍、永无止境地即将从尚未绽放的玫瑰花瓣上坠落，因此，就像泪水，纯粹藉由拒绝成为自由落体而保持圆形，维持现状，因为它拒绝变成可能的模样，与形变恰成对反；

然而，在遥远的老英格兰，带着愉快双关语的"请务必下榻客栈"① 招牌上的图形永远都是椭圆球体，还装饰得金光闪闪，因为画招牌的人为了传达"下"的意思，必须表现出露水正在坠落的样子，因而在此不适用于比喻沉甸甸压在天使般博

---

① 原文 Do Drop Inn 音同 "do drop in"，后者有"一定要进来坐坐"或"没事路过就来看看吧"之意。

士伸出的掌心的神秘水晶球。

对迪博士而言，看不见的事物只是另一个没探索过的国度，一个美丽新世界。

十六世纪与十七世纪之交就像鬼屋的门，推起来吱嘎作响又抖动难开。穿过那扇门，望向远方，或许可以瞥见理性时代的遥远灯光，但布拉格这疑神疑鬼的妄想之都不会有什么改变，算命师住在黄金巷的小屋，屋子之小连大尺寸人偶都会嫌挤，而炼金术士巷有某栋房屋只在浓雾中才会显形。（阳光普照的日子，你看到的是一块石头。）但就算在浓雾中，还是只有出生于安息日的人才看得见那屋。

文艺复兴像一盏灯在住户刚迁出的房里闪烁不定，骤亮，渐暗，终于熄灭。在那时代，世界已突然显现出令人迷惑的无垠无涯，但由于人类的想像力毕竟仍然有限，我们的脑筋花了一点时间才跟上。弗朗西斯·培根将死于一六二六年，身殉实验科学，因为他在高门丘用雪塞进死鸡肚子看如此能否保鲜时受了风寒；但在浮士德博士曾居于查理广场的布拉格，旅居异乡的英国炼金术士迪博士在鲁道夫大公的奇妙房间等待天使现身，我们仍摸索着尚未走出前一世纪之尾。

鲁道夫大公将收藏的无价之宝存放在这奇妙房间，迪博士也是其中一项，于是不得不把博士的助手也算进去，那个不堪一提的、戴着铁面具的奈德·凯利。

鲁道夫大公有双疯狂的眼睛。这双眼睛是他灵魂的镜子。

今天下午很冷，是那种冷得让人想尿尿的天气。月亮已经升起，色如烛蜡，随着天空褪色，夜晚渐至，月亮也愈来愈白愈冷，白得像全世界寒冷的来源，直到那轮冬月升上寒冽天顶，一切都将结冻——不只是壶里的水和墨水池里的墨汁，还有血管里的血液和眼前房水。

形变。

厚窗外光秃树木的树枝杂乱交错，看似酒杯用了太多次而出现的微小磨痕，只有把杯子对着光才会看见。大公宅邸的杂乱屋顶和角楼上，厚厚积雪冻成一层硬霜，表面变得硬脆。雪中一只渡鸦：嘎!

迪博士懂得鸟语，有时自己也说，但鸟说的话多半都很陈腐无聊，渡鸦一再说的不过是："苦汤姆好冷哪!"①

博士头顶上，低矮天花板挂着一只飞龟标本。光线暗淡的房里杂物纷陈，随便堆在一起形成各种组合，看得见的有一把雨伞、一台缝纫机与一座解剖台，一只渡鸦与一张写字桌，还有一只老人鱼，皱巴巴可怜兮兮，成胎儿姿势挤在标本瓶内，灰发漂悬在黏黏的保存液里，脸上五官有点发绿，透过有瑕疵的玻璃看去显得些许扭曲。

迪博士希望能给人鱼找个伴——活的就关在笼里，死的就装进瓶子塞上盖——找个天使给她做伴。

那是深爱奇异事物的年代。

迪博士的助手，铁面人奈德·凯利，也在找天使。他正注视着以煤炭打磨滑亮做成的灵视盘那光可鉴人的表面。天使造访他的次

---

① 典出《李尔王》，第四幕第一景。

数比造访博士多，但，不知为什么，迪博士看不见凯利这些访客，尽管他们挤在灵视盘表面，以又高又尖的声音叫着他们用以沟通的克里欧鸟语。看不见他们让他很难过。

然而凯利在这方面极具天分，在拍纸簿上记下他们的音调，尽管他自己不懂，博士却能兴奋地解读出来。

但是，今天，没门儿。

凯利打呵欠，伸懒腰，感觉天气压迫着他的膀胱。

位于塔顶的茅房只是木板门隔起地上一个洞。楼下是另一间茅房，另一个洞，底下是另一间茅房，另一个洞，以此类推，你的排泄物落下另七层茅房，另七个洞，最后掉进远远下方的化粪池。天冷使得臭味不太明显，谢天谢地。

永远孜孜不倦追寻知识的迪博士，计算出屎块飞落的速度。

尽管在茅房上吊是件简单轻松的事，只需把绳子在梁上绑好，朝下一跳让重力替你折断你脖子，但凯利不管大便还是小便，从来不让茅房使他联想到"长长一坠"[1]，就连赞赏自己那话儿也一刻不敢放松，怕大"屎"会使他想起好不容易逃过的"吊"索，因为他在家乡英格兰的兰开斯特曾被判吊刑，罪名是诈欺；还有在拉兰郡，罪名是伪造文书；还有在艾许比德拉祖屈，罪名是信用诈欺骗局。

但在瓦顿勒达尔，他被上枷示众割掉耳朵，因为在教堂坟地挖尸体进行死灵法术，或者可能是盗墓，所以，为了掩饰缺耳，他永远戴着铁面具。三百年后，在一个如今还不存在的国家，将有人依样画葫芦戴起这种铁面具，像个倒扣的水桶挖出两条眼缝。

凯利解开裤裆纽扣，心想不知尿水是否洒落到一半就会结冻，

---

① 指吊刑。参见《大屠杀圣母》注释，p. 322。

不知布拉格今天是否冷得足以让他撒出一道尿弧。

没有。

他扣好纽扣。

女人恨死了这茅房。幸好鲜有女人来此，来到这魔法师之塔，鲁道夫大公收藏奇妙宝藏的地方，他的类博物馆，他的"奇异房"①，他的"珍奇室"，也就是我们提到的奇妙房间。

有个理论我觉得颇具说服力，说追寻知识到头来其实是寻找一个答案，回答这个问题："出生之前的我是什么？"

太初有……什么？

也许，太初有个奇妙房间，就像这一间，塞满奇异事物；现在房里的一切都与你禁绝，尽管那房间正是为你量身打造，从时间之初便为你准备好，而你会一辈子努力试图记起它。

有次凯利把大公拉到一旁，向他推销一小片太初，那可是善恶知识树所结果实的一片，凯利宣称从一个亚美尼亚人手上买来，而那人是在亚拉腊山②上找到生长于方舟残骸阴影里的它。这小片因时日久远而变得干枯，看起来非常像一只脱了水的耳朵。

大公很快判定这是假货，认为凯利被耍了。大公可不是好骗的，他只是对一切都有无限求知欲，并且特别愿意相信别人。夜里他站在塔顶，与第谷③和开普勒一同观星，然而白天他一举一动、任何决断，都得先征询头戴黄道十二宫帽的占星学家，但是那年头，占星学家和天文学家都很难描述这两门学问有什么不同。

---

① 原文为德文。
② 在今土耳其东部近亚美尼亚边界处，四周皆为高原，与世隔绝。《创世记》八章四节："方舟停在亚拉腊山上。"
③ Tycho Brahe（1546—1601），丹麦天文学家。一五九七年接受神圣罗马帝国皇帝鲁道夫二世之聘，至布拉格担任宫廷天文家，后并雇用刻卜勒为助手。

他不是好骗的。但他有他的古怪习性。

大公卧房里用链子拴着一头狮子，类似看门狗，但因为狮子属于猫科而非犬科，或许我们该说他是一头巨大的守护猫。大公怕狮子的黄牙，便叫人拔光狮牙，现在那可怜的兽没法咀嚼，只能靠流质食物过活。狮子把头枕在脚掌上，做着梦；若此刻能打开他的脑，你会发现里面只有牛排的影像。

同时，在垂着帷帘的隐私床上，大公正拥抱着某样东西，天知道是什么。

不管那是什么，他办事的力道之猛，使床有节奏地又震又摇，颠得挂在床上方的钟乱晃不安，钟锤叮叮当当碰撞着钟壁。

玎玎玲！

这钟是以魔法合金①铸造而成，帕拉瑟索斯说魔法合金铸的钟会招来鬼魂。若夜里有老鼠啃大公的脚趾，他不由自主的一颤会立刻晃动钟，叫来鬼魂把老鼠赶走；因为那狮子虽是自成一类的猫，却没有足够的猫精神，发挥不了一般捕鼠猫的家常功能，不像那只陪好博士做伴的花斑母猫，不时还会满怀好意把自己杀死的毛茸茸猎物带来送他。

尽管钟响不止——一开始轻声，然后随着大公接近旅途尾声而愈加激烈——却没有鬼魂前来。但也没有老鼠就是了。

一枚裂开的无花果从床上掉到大理石地板，发出筋疲力尽的轻声啪哒，然后是一串香蕉，软软平摊仿佛臣服。

"他为什么就不能像其他人那样，用肉凑合就行了。"饥饿的狮子埋怨道。

---

① 原文为拉丁文。

难道大公与水果色拉进行性交？

还是卡门·米兰达的帽子？[①]

更糟。

那串香蕉代表了大公对新发现的美洲的热衷。哦，美丽新世界！布拉格有条街就叫"新世界"（Novy Svet）。那串香蕉刚从百慕大送来，送的人是熟知他喜好的西班牙亲戚。他对怪异的植物特别热衷，每星期都来跟他那些毒参茄交合，那植物疙疙瘩瘩毛扎扎的根来自（大公一想到就爽得打哆嗦）被吊死之人洒漏的精液和尿液。

那些毒参茄舒舒服服住在一座专用的橱柜。凯利不太甘愿地必须负责每周一次用牛奶——洗净它们的根，给它们套上新的亚麻睡袍。凯利不太甘愿，因为那些疙疙瘩瘩的根看似一堆坚挺阴茎，他不喜欢碰，想象那些根被清洗照料时吵闹刺耳地嘲笑他，相信它们夺去了他的男子气概。

大公的收藏也包括了若干精彩的海椰子样本，又叫双椰子，形状完全，完完全全像女人的私处，一英尺长，裂纹裂缝一应俱全，我没唬你。大公和麾下众园丁计划让这两种植物交配，在自家温室里养出后代——海毒茄或者参椰子。（大公本人打定主意要一辈子单身。）

钟声停，狮子如释重负叹了口气，再度把头枕在沉重巨掌上："这下我可以睡了！"

帷帘下，床的两侧开始淌下滚滚水流，很快在地上积成深暗、发黏、青黑色的一摊摊。

---

① Carmen Miranda（1909–1955），生于葡萄牙的巴西歌舞明星，尤以其头戴水果帽的舞台装扮闻名。

但先别急着指控大公做出不堪启齿的事，用手指沾点那液体舔一舔。

真美味！

因为这些黏答答的一摊摊是现挤的葡萄汁、苹果汁、桃子汁、李子汁、梨子汁，或者覆盆子、草莓、熟透的樱桃、黑莓、黑醋栗、白醋栗、红……房里充满夏日布丁的成熟美味香气，尽管室外冰封塔上，渡鸦仍哑声忧郁叫着：

"苦汤姆好冷哪！"

这时正值隆冬。

夜来了。夜是个服丧的老寡妇，有黑色大翅膀，前来敲打窗户，人们用油灯和蜡烛将她阻挡在外。

回到实验室，奈德·凯利发现迪博士已经打盹睡着，这老头常在一日将尽之际这样靠着黑橡木椅背睡去，水晶球已从掌心滚落膝上。此时他在梦中欠动身体，球又从膝上滚落至地，落在灯芯草堆上——没摔坏——发出低闷声响，那只小花斑猫立刻迅速伸出右掌挡住它，然后把球当成玩具，左拍右打，最后再施以致命一击。

凯利叹口大气，再度应付他的灵视盘，尽管今天他觉得脑袋空空，编不出什么来。他反讽地想道，就算哪天，就那么一次，单单一根天使羽毛溜出灵视盘飘进实验室，一定也会被猫逮住。

当然，凯利知道，这种事是不可能的。

若能看进凯利的脑子，你会发现一台计算的机器。

夜寡妇将窗户涂黑。

突然间，猫发出类似猛力揉纸的声音，那声音表示疑问和关注。有老鼠吗？凯利转头看。猫侧着头，认真仔细得连两只竖起的耳尖都快凑在一起，正在端详地上水晶球旁某样东西，乍看仿佛那只玻璃眼掉了滴泪。

但再看一眼。

凯利再看了一眼，一口气立刻哽住，变得语无伦次。

猫站起身退开，动作流畅一气呵成，嘶啐着，尾巴毛直竖，僵硬得像扫帚柄，吓得连攻击冲动都被压抑住，眼看一个约小指头大小的人形冒出水晶球，仿佛那球是个气泡。

但球并未因那东西穿过而裂开或瘪掉，立刻重新封住，仍然保持完整；而那个小之又小的小女孩突然脱离了突然的拘禁，此刻正试着伸展细小四肢，试探四周这新环境是否有看不见的界限。

凯利结结巴巴说："一定有合理的解释！"

她刚长齐的恒齿仍显得有些透明，不甚平整，尽管那些牙小得他根本看不见；她一头淡金色长发，剪了个齐齐的刘海；她面有怒容，坐直身体环顾四周，显然不以为然。

猫狂喜地趴下身，撞倒一个蒸馏器，一些仙药之水浸透灯芯草堆流走。博士被这声响吵醒，看见她并不显得惊愕。

他以平原鹦的语言优雅地欢迎她。

她是怎么来的？

她跪在自家客厅壁炉架上，看着镜中的自己，觉得无聊，便朝镜子呵气成一片雾，然后用手指画出一扇门。门开了。她跳进门里，先是有短暂片刻透过鱼眼镜头看见一间广大幽暗的房间，只有分岔烛台插的五根蜡烛发出微弱光线，房里塞满各式各样杂物，接着视线被一只巨猫伸出准备攻击的爪掌完全挡住，那猫掌愈靠愈近，也愈变愈大得恐怖，然后，啪！她就冒出"未来时间"进入了"往昔时间"，因为那围绕住她的透明物质像泡泡一样破掉，她由此出现，穿着粉红连身裙躺在一堆灯芯草上，被一个留着长长白胡子的温柔巨人注视，旁边还有个男人头上戴着煤斗。

她嘴唇动着，却没发出声音：她把声音留在镜子里了。她气得大哭，双脚又挣又踢大发脾气。博士在遥远的很久以前曾抚养过小孩，便由她尽情哭闹，直到她累了，坐在灯芯草上揉着眼睛抽噎嘟囔，然后他才朝暗淡架子上一个大瓷碗内瞧瞧，从碗里拿出一颗草莓。

小女孩狐疑地接过草莓，因为它虽不大，却跟她的头一样大。她闻了闻，把它转来转去，然后咬了小小一口，在猩红果肉上留下小小一圈白色。她的牙齿完美整齐。

吃了一口，她便长大一点点。

凯利继续嘟哝着："一定有合理的解释。"

小女孩比较有把握地咬了第二口，又长大一点点。穿白睡袍的毒参茄醒了，彼此咕哝私语。

她终于放心，大口吃掉整颗草莓，但她放心得太早了；此刻她浅金色的头顶着屋椽，远在烛光范围之外，因此他们看不见她的脸，但一滴巨大泪珠落在奈德·凯利的头盔上发出铿锵声响，然后又一滴。博士尚称沉着，在他们需要匆忙赶建方舟之前，将一小瓶仙药之水及时塞进她手里。她喝下，很快就缩得足以坐在他膝上，一双蓝眼惊奇地瞪着他白如冰淇淋又长如星期天的胡须。

但她没有翅膀。

成天造假的凯利知道这其中一定有个合理的解释，但他想不出来。

她终于找回了声音。

"告诉我，"她说，"这个问题的答案：瞌锅基泥的总督想办一

场很小的晚宴，便邀了他父亲的连襟、他兄弟的岳父、他岳父的兄弟，还有他连襟的父亲。请算出宾客的人数。"[i]

随着她清亮通透如镜的声音，奇妙房间里的每一样东西都颤抖哆嗦，一时间仿佛全是画在薄纱上的舞台布景效果，若被亮光照射就会消失不见。迪博士摸着胡须思索。他可以提供许多问题的答案，或者知道去哪里找答案。他曾经捉住一颗坠落的星——有一片不就放在渡渡鸟[①]标本旁吗？让阳具倾向咄咄逼人、雄性特质倍于常人的毒参茄怀孕，这任务他认为热衷于情色秘术的杂食大公或许办得到。至于诗人提出的另两个难解问题[②]，答案一定也能透过天使找到，只要你灵视得够久。

他真的相信没有任何事物是不可知的。这使他现代。

但是，对这孩子的问题，他想象不出答案。

凯利被迫违反本性，开始怀疑有另一个会破坏他骗局的世界，因此陷入内省思考，根本没听见她发问。

然而，这个世界——相对于可以从字典里变出的那些世界——的魔法只有人为才可能真实，而迪博士自己当年，胡须还没这么白这么长的时候，在大学里是"剑桥剧团"的一员，曾在三一学院导演过亚里斯托芬尼斯[③]《和平》的一场有名演出，让一个杂货店男孩骑着一只巨大甲虫高高飞上天，还拎着提篮仿佛要去送货。

阿尔希塔斯[④]曾用木头做出一只飞鸽。据波特洛斯说，纽伦堡

---

① 原栖息于模里西斯的一种鸟，身体大而笨重，翼小不能飞，现已绝种。
② 典出邓恩诗作《捉住坠落的星》，开篇向读者提出若干不可能的任务，包括捉住坠落的星星、使毒参茄的根部怀孕、说出是谁使魔鬼的蹄分岔、教他听美人鱼唱歌等。
③ Aristophanes（c.448–c.380 BC），古希腊著名的喜剧作家。
④ Archytas（c.428–c.350 BC），古希腊数学、哲学、物理学家。

有个能人异士做出一只鹰和一只苍蝇，让它们在他实验室拍动翅膀飞来飞去，使众人惊愕不已。古时候，戴达勒斯刻的雕像在重量和水银流动的作用下会抬手移腿。有伟大智者之称的"伟哉阿博特斯"[1]曾以黄铜铸造一个会说话的头。

这些挣动颤抖仿佛有生命的东西，是否真是活物？这些东西是否相信自己是人？如果是，那么要相信到何等纯粹而强烈的程度，才可能使它们真的变成人？

（在布拉格这泥像[2]之城，形象是可以活过来的。）

博士常常想这些事，认为膝上这叽里咕噜胡扯另一个世界居民的小孩一定是自动机械装置，天知道从哪里冒出来的。

此时，标着"禁止进入"的门再度开启。

它进来了。

它底下有小轮子，摇摇晃晃滑进来，时走时停，头重脚轻，有如一艘靠发条齿轮运转的陆行大帆船，桅杆高耸，速度不稳但模样堂皇，边前进边点头，招手，脱落不重要的表面零星碎片，枝叶窸窣，此刻被石板地一条裂缝卡住，轮子无法克服，整艘船晃动得摇摇欲坠，然后几乎失控地四散乱飞，摇摇晃晃、喀啦呼咻，惊人笨重的躯体显然几乎快崩溃：这天它过了一个辛苦的下午。

尽管它看似离奇地自我推动，但推它的其实是米兰人阿芹柏多[3]。他一边捡起掉落的零零碎碎，一边啧啧感叹它的解体崩垮，又

---

① Albertus Magnus（c.1200–1280），中古世纪涉猎广博的学者、神学家，尤以引介希腊及阿拉伯科学、哲学知名。一九三一年获封圣，为自然科学研究者的守护圣人。

② 泥像（golem）出自犹太传说，将写有上帝之名的纸卷放进其口中，它便会活过来任人指挥。

③ Giuseppe Arcimboldo（1530？—1593），意大利画家，首创以水果、花叶、物品等组成人像画，启发了二十世纪的超现实主义者。

推又搡，偶尔还把它整个扛起来背着走。他全身沾满它渗漏的渍痕，只等将它放回奇妙房间之后好好洗个澡；房里的博士和助手会负责加以拆解，直到下次出动。

我们面前的这样东西，尽管不是，不曾是，也永远不会是活的，可是确实活动过，也将会再度活动，但不是此刻。现在被推了最后一把之后，它动也不动，轮子停住，机件放松，发出最终一声粗鲁的机械叹息。

一颗乳头掉下来。博士捡起递向小女孩。又是一颗草莓！她摇头。

这东西巨大明显的第二性征，显示它跟这小孩一样是女性。她住在博士取出第一颗草莓的水果碗里。大公要她的时候，负责设计的阿芹柏多便将她重新组合起来，把水果安插在藤编框架上，每一次都不太一样，视温室里有什么水果而定。今天，她头发主要是绿色的麝香葡萄，鼻子是梨，眼睛是欧洲榛果，脸颊是锈红色的苹果有点皱——没关系啦！反正大公比较喜欢年长的女人。画家把她准备好，她看来活像卡门·米兰达的帽子多了轮子，但她名叫"夏季"。

但现在，真是惨不忍睹！头发压烂了，鼻子压扁了，胸脯成了果泥，肚皮成了果汁。小女孩极感兴趣地观察这鬼东西，而后再度开口，认真问道：

"如果百分之七十少了一只眼，百分之七十五少了一只耳，百分之八十少了一条手臂，百分之八十五少了一条腿：那么，至少有百分之几是这四样全没？"[ii]

再一次，她难倒了他们。三个男人全努力思索，最后都慢慢摇头。仿佛小女孩的问题是压垮骆驼的最后一根稻草，"夏季"现在解体了——缩下，滑下，落下框架，掉进碗里，四散的水果有些还几乎完好，弹进她四周的灯芯草堆。米兰人一阵心痛，看着自己的设计解体。

倒不是说大公喜欢假装这怪模怪样的玩意是活的，因为非人的东西他都熟；而是他并不在乎她是不是活的，只想把自己的阴茎插进她那人造的陌生当中，也许边做边想象自己是个果园，而这场投身于丰美多汁肉体的拥抱（那肉体不是我们一般所知的肉体，可说是活生生的隐喻——"无花果"①，阿芹柏多指着那孔穴解释）、这番与夏季肉体本身的性交，将使他寒冷的王国、窗外的冰雪郊野开花结果，那里有渡鸦不停嘎声哀叹着严寒的冬季。

"理性变成了敌人，阻挡我们许多乐趣的可能。"弗洛伊德说。

有一天，当河里的鱼冻死，在冰寒如月的中午，大公将会来找迪博士，疯狂的眼睛一只像黑莓一只像樱桃，对他说：把我变成一场丰收庆典！

于是他变了。但天气并未好转。

凯利有点饿，心不在焉吃掉一枚掉落的桃子，只顾着沉思出神，完全没注意到桃子上的紫色瘀痕；小猫拿桃核玩槌球，博士则想起了自己很久以前在遥远英格兰的孩子，摸摸小女孩浅黄的发。

"汝自何处来？"他问她。

这问题使她又开口说话。

"一年开始，甲和乙两人各只有一千镑。"她急切宣布。

三个男人转头看她，仿佛她即将发布某项神谕般的智慧。她一甩那头金发，继续说。

"他们没有借钱，也没有偷钱。到了第二年元旦，两人之间一

---

① 原文为意大利文。

共有六万镑。他们是怎么做到的？"[iii]

他们想不出答案，只能继续盯着她看，字句在口中化为尘埃。

"他们是怎么做到的？"她又问一遍，这回语气几乎焦急绝望，仿佛只要他们凑巧猜对，她便能坚定又理性地被缩小抛回水晶球，然后由此穿透镜子回到"未来时间"，或者更好的是，回到她冒出来的那本书里。

"苦汤姆好冷哪。"渡鸦表示。之后，一片沉默。

原注：

艾丽斯难题的答案：

i. 一。

ii. 十。

iii. 那天他们去到英格兰银行，甲站在银行前，乙绕过去站在银行后。[①]

问题与答案出自刘易斯·卡罗尔《一则纠缠不清的故事》，伦敦，一八八五。

---

① 英文中说两人"之间"（between the two of them）如何如何，表示两人加起来一共有多少东西，或者一共达成什么结果等等；这里的问答故意采字面直义，指两人之间的"空间"（也就是银行）里有六万英镑。

发明艾丽斯的是一个逻辑学家，因此她来自胡言（nonsense）的世界，也就是说，来自非识（non-sense）的世界—与常识（common sense）成对比；该世界被逻辑演绎法化约，由语言创造，尽管语言在其中缩减成抽象。

印象：莱斯曼的抹大拉

　　若要一个女人既是处女又是母亲，你需要奇迹；当一个女人既非处女也非母亲，就没人谈奇迹了。耶稣的母亲玛利亚，和圣约翰的母亲另一个玛利亚，还有悔罪妓女抹大拉的玛利亚，一起前往海边。一个名叫法蒂玛的女仆也跟去了。她们跨进一艘船，丢掉锚，任大海决定去向。海将她们冲上马赛附近的海滩。

　　别以为法国南部跟叙利亚沙漠，或埃及，或卡帕多齐亚[①]相比是个轻松的选择，其他的早期圣人同样因为强烈需要独处而前去那些地方，躲进干枯贫瘠、不适人居的缝罅，沉思观想无法言诠的神圣事物。整个地中海沿岸到处都有干净方正的白色罗马城市，只有三位玛利亚带着女仆登陆的地方例外。她们登陆在一大片疟疾肆虐的沼泽，叫作卡马格[②]。那里可不宜人，沙漠还比较有益健康。

　　但两位坚毅的母亲和法蒂玛——别忘了法蒂玛——建起一座小教堂，那地方我们如今称为"海之圣玛利亚"。她们留在那里。但另一个不是母亲的玛利亚停不下来。她受寂寞之魔的驱使，独自穿越卡马格，然后爬过一座又一座石灰岩山峦。燧石割破她的脚，太

---

① 土耳其中部一地区，地形特殊，有早期基督徒避祸自成小小区的遗迹。
② Camargue，隆河（Rhône）出海口处的沼泽三角洲。

阳晒伤她的肤。她只吃自动落下树的水果和浆果，像个恪遵戒律的摩尼教徒。这黑眉毛的巴勒斯坦女人沉默行走，瘦削如饥荒，毛扎扎如狗。

她一直走到圣包姆森林，再一直走到森林中最偏远的角落。然后她找到一个山洞，停留下来，祈祷。她不曾再与别人交谈，不曾再看见另一个人，长达三十三年。那时候，她已经老了。

抹大拉的玛利亚，穿破布的维纳斯。乔治·拉图尔 [1] 画中的女人不是穿破布，但她的宽松衬衣粗糙简朴，足以充当悔罪服，或至少足以显示穿这种衣服不是为了自我装饰。领口开得很低，但似乎并没暴露出肉体本色，反之，那肉体看似更接近烛蜡，被自己的火光照亮，散发光辉。因此可以说，腰部以上，这个抹大拉的玛利亚正走在悔罪大道上，但腰部以下向来是更麻烦的部分，而她穿着一条有问题的红色长裙。

是以前剩下的华服？还是她只有这么一条裙子，穿着它卖淫，穿着它悔罪，然后穿着它出海？她是否穿这红裙一路走到圣包姆？裙子看来不像风尘仆仆，也没有磨损扯破。那是条豪华的，甚至引人议论的裙子。赤红的裙子给赤红的女人 [2]。

圣母玛利亚穿蓝。她喜欢蓝，这颜色因此变得神圣，我们想到的是"天"蓝。但抹大拉的玛利亚穿红，这是激情的颜色。这两个女人是一对吊诡，互为对方所非。一个是处女，是母亲；另一个非处女，没有孩子。请注意：英文并没有一个特定的词可以形容性成熟而不是母亲的成年女人，除非这女人用她的性当职业。

抹大拉的玛利亚是个没有孩子的女人，所以她前往荒野。另两

---

[1] Georges de la Tour（1593－1652），法国宗教画家。
[2] 英文"赤红的女人"（scarlet woman）指妓女、荡妇。

个身为母亲的留下来建立教堂，供人前往。

但她为什么把珍珠项链也带去了？你看，就放在镜前。而且她的长发梳理得漂漂亮亮。她究竟彻底悔罪了没？

乔治·拉图尔的画作中，抹大拉的头发梳得整整齐齐。有时抹大拉的头发乱糟糟、毛蓬蓬，像拉斯塔法里教徒一样。有时头发披散在她的毛毛衣上，与之纠缠得难分难解。毛扎扎的抹大拉玛利亚比较容易解读，在荒野里自愿穿着那粗粝外衣，仿佛过去的欲望变成这件毛衬衫①，折磨她现今悔罪的肉体。

有时她身上只穿着自己的头发，这发多年不见梳子，又长又乱纠结成团，直垂到膝。她拿每夜用以鞭打自己的绳子将头发绑在腰间，就成了一件粗粝的罩衫。在这些时候，年轻貌美又淫逸的抹大拉玛利亚，原本是快活的非处女、派对女郎、通奸淫妇——在这些时候她的转变就大功告成了。她变得又老又怪，变成施洗者约翰的女性版，一个毛扎扎的隐士，穿衣服跟没穿一样，超越了性别，抹灭了性，赤裸也变得无关紧要。

现在她完全像柱顶圣人西蒙②，也像其他那些能与野兽沟通的山洞独居者，如圣杰若。她吃香草，喝池水，变成比施洗者约翰更早版本的"林中野人"，看似毛扎扎的恩奇度，出自巴比伦《吉嘎梅许史诗》。这女人曾身穿华美红裳，一度是罪恶化身，现已退居到一个根本没有罪恶可能的存在处境，达到动物那种光辉的、获启的无罪境界。如今在这新成的饱满动物状态中，她已超越了选择。现在她除了美德别无选择。

---

① 基督教传统中，悔罪者穿质地粗砺的毛扎扎刺人衣物。
② Simeon Stylites（390？—459），叙利亚圣人，禁欲苦行，居于柱顶小台数十年不下地。

但此外也有另一种看的方法。想想唐纳特罗 ① 的抹大拉，现存佛罗伦萨——她被荒野的太阳晒干，饱经风吹雨打，厌食，没了牙，躯体完全被灵魂歼灭。你几乎闻得到她身上散发出圣人的臭味——难闻、腥烈、可怖。她热切无比地拥抱悔罪的严格苦行，你看得出她多痛恨自己早期所谓的"欢"场生活。苦行禁欲对她而言是很自然的演变。虽然你听说唐纳特罗本打算将这黑色雕像镀金，但那也无法使它的氛围轻松一点。

　　然而，你可以明白两百年前某个正遍游欧洲的启蒙时代无名氏的那句话——他说唐纳特罗的抹大拉玛利亚让他"对悔罪倒尽胃口"。

　　悔罪变成了 SM。自我惩罚本身就是奖赏。

　　但悔罪也能变成媚俗。想想伪经里埃及的玛利亚的故事：她原是美貌妓女，后来忏悔，剩下四十七年的人生都在沙漠里悔罪，身上只穿着自己的长发。她带去三条面包，每天早上吃一口，这三条面包一辈子都没吃完。埃及的玛利亚干净又清新，脸上奇迹般毫无皱纹，完全未受时间碰触，一如她的面包完全未受食欲碰触。她坐在沙漠里一块岩石上，梳着长发，像个以沙代水的莱茵河女妖。我们可以想象她露出微笑，也许还唱支歌。

　　显然，乔治·拉图尔的抹大拉玛利亚尚未达到悔罪的狂喜境界。事实上，也许他画的是就快要悔罪的她——早在她出海之前，不过我比较喜欢把这只有一面镜子装饰、光秃黯淡的空间想成她的林中山洞。但这是一个仍然打理照顾自己的女人，黑长发柔滑一如画轴上的日本女子——她一定刚梳完头，让我们想起她是美发师的守护圣人。她的头发是文化的产物，而非完全顺其自然。她的头发显示

---

① Donatello（1386？—1466），意大利文艺复兴雕刻家，被誉为现代雕刻之父。

她刚把镜子用做俗世虚荣的工具。她的头发显示，尽管她对着烛火沉思观想，这个俗世对她仍有影响。

除非我们看到的其实是她灵魂被吸引进烛火的画面。

我们在福音书里遇到抹大拉的玛利亚，用她的头发做了件不寻常的事。以珍贵油膏按摩了耶稣的脚之后，她用头发将那双脚擦干净，这惊人意象充满如此精准的情欲，艺术家很少画这场面实在令人意外，尤其是在十七世纪，当时宗教的过度虔诚常与情欲分不开。抹大拉，将她的发，那张她曾用以诱捕男人的美丽的网，当做——唔，当做拖把、抹布、毛巾。其中还有一点点变态的味道。总而言之，正是忏悔的妓女会做出的那种俗丽表示。

她梳好头发，或许是最后一次，也取下珍珠项链，亦是最后一次。现在她凝视烛火，火焰映在镜中成双。很久以前，那面镜子是她营生的家伙，她就是在镜中组合自己身上所有的女性元素，拿出去卖。但现在，镜子不映照她的脸，而是使纯粹火焰成双。

我生产的时候想着烛火。历时十九个小时。起初产痛来得缓慢，相对而言算是轻微，要克服还蛮简单；但之后产痛愈来愈密集，愈来愈强烈，我便开始集中心神想象一抹烛火。

看着那烛火，仿佛它是世上唯一的东西。看它多么白炽稳定。白色火焰中心有一团蓝色透明空气，要看的就是那个，要集中心神注意的就是那个。产痛变得密集又快速，我把全副注意力集中在火焰中心那团蓝色的空缺，仿佛那是火焰的秘密，仿佛只要我够专心集中，那也会变成我的秘密。

不久我就无暇再想任何其他东西。那时我已完全没入那片蓝色空间。就连他们终于切开远在下方的我的身体，让宝宝以最容易的方式出来时，我的注意力仍集中在那火焰之心。

火焰完成任务后，便自行熄灭；他们用大毛巾包住宝宝，交给我。

抹大拉的玛利亚沉思观想烛火，进入那蓝色核心，蓝色空缺。她不再是自己，变成了别的东西。

这是最为沉默的一幅画，画中散发的沉默不是来自镜中蜡烛背后的黑暗，而是来自与镜中倒影成双的蜡烛。两者一同散播光与沉默，使一个女人恍惚出神，获得启蒙。她不能说话，不肯说话。在沙漠，她或许会闷哼，但她将抛开话语，在这之后，在她沉思过烛火与镜子之后。她将抛开话语，一如她已抛开珍珠项链并将收起红裙。这个新的人，这个圣人，将会自这场烛火交合中诞生。

但这场烛火交合已产生了某样东西，你看，她已经带在身上。她把它抱在怀里，就在若她是童贞圣母而非神圣娼妓的话会抱着宝宝的位置，那不是一个活生生的孩子，而是一份死之警告，一颗骷髅头。

Ⅵ

Uncollected Stories

未曾收入选集之作品

赤红之宅

我记得，当时我在看一只鹰。天空广袤无垠，是最天真无邪的
蓝，蓝得像小小孩刚喝完早餐牛奶的碗，留下碗缘几抹白云，而这
片天空中铭刻着一个完美静定的点———一只鹰，在废墟上空。那鹰
如此静定，仿佛是天空的中枢，是那如无形之雨落在废墟上的沉重
沉默的来源。静止不动的鹰如此高踞在转动的世界之上，我相信他
一定将地球这半边尽收眼底；而在这半球，一只肥美田鼠或美味兔
子跳跃而过，不知自己已被即将从天而降的、长有羽毛利爪的命运
以锐利眼光捆绑。早晨，沉默，一只鹰，他的猎物，废墟。若我非
常努力，还可以在这景色中加上我的小帐篷，被我踏出的半隐半显
的痕迹小径，我的各式自然学家器材……我一定是来这空旷地方采
集孤寂植物的样本。城市废墟的绿色荒地上，有几只小狐狸在玩
耍，空中一只浑然忘我的鹰将此处萦绕不去的静定全聚于一身。

鹰陡然俯冲，如习禅的剑客一般自然又精准，他的飞落蕴含了
凌空咻咻困住我的绳。

我很确定———你要怎么打我就打吧，我记得一清二楚。不
是吗？

伯爵坐在大厅，厅里挂着描绘地狱每一层景象的织锦挂毯，而

地狱，他宣称，与赤红之宅颇为相似。不久，每个地方都会像赤红之宅。混乱就要来临，伯爵说着咯咯笑起来。伯爵写信的署名是"能趋疲敬上"，用孔雀羽毛沾活人献祭的鲜血签名。你为什么跑来这里，亲爱的，你一定听过谣言吧，说我和我的优秀随从已经在废墟里住下，用一副塔罗牌准备混乱？

但他的保镖抓住我时，我根本不知道伯爵是谁。他们站着包围住在地上扭动的我，朝我露出利齿：犬齿全都磨得尖尖，是他们受虐狂的标志。他们穿着闪亮饰钉组成神秘图案的黑皮夹克、长筒靴、黑皮紧身裤，滑亮的黑头罩紧贴着头也遮住嘴，只露出浅色眼睛。他们的眼睛闪烁发亮，就像溪里的小石头。他们持有手枪，腰带上满插着刀，每人携带一卷绳索。鹰俯冲而下之后，沉默重新恢复，完美得像不曾被打破。

他们将绳索一端绑在其中一辆机车上，拖着我一路跟跟跄跄、跌跌撞撞跑到赤红之宅，不过我必须承认他们骑得蛮慢，所以我没受太多伤。赤红之宅以白色水泥建成，在我看来非常像医院，像收容末期病患的大栋病房。我在那里卧床几天，身上的砂石磨伤、擦伤和淤伤便痊愈了。

一切我都记得一清二楚。我知道废墟存在，夜里我能听见狐狸在新邦德街上吠叫，那声音确认了废墟的存在，尽管我从窗户当然什么也看不到。

同时，在这盲目的地方，伯爵在顾问协助之下征询星图。顾问不时会发作癫痫，因此整体效率有限，不过就算状况最好的时候他的脑袋也乱七八糟，还会流口水。他满布星星的袍子沾满口水和洒出来的食物和其他随机溅上的体液，因为他对自己那些古怪的欲望和乐趣相当不知羞耻，伯爵也任由他发挥，他是得到特许的愚人，甚至可以在吃饭时间掏出老二玩起来。若对他淌着口水随机表现出

526

的好感稍显退缩你就完了，因为这表示你没有融入混乱。但我不确定他一直都是愚人，有时他定定地看着我，发亮的评估眼神就像二手车商。然后我会害怕他可能在想我记得什么。

当他身为愚人有好的表现，逗得伯爵吃吃笑时，伯爵便吩咐施瑞克太太让他从最年轻的女孩群中取用一个。那些女孩才十二三岁，愚人就喜欢这种刚破壳而出的女人。愚人把他的礼物带到地牢去，那女孩从此消失。

但从她踏进赤红之宅的那一刻起，不就等于已经死了吗？被捕获的那一刻已决定她的命运。

至于我，我很确定自己是在废墟被那些摩托车骑士捕获，我是这样来到赤红之宅的，我有百分之百的信心。然而伯爵以同等甚至更优越的信心向我保证我弄错了，所以我不确定该相信自己还是相信他。

伯爵致力于抹灭记忆。

伯爵说，记忆是人与兽最主要的不同点；兽生来是要活的，但人生来是要记的。从记忆中，人将有意义的形体编织成抽象模式。记忆是意义的格网，我们把网撒在这世界令人迷惑的随机流动上。记忆是我们穿越时间而行之际在身后放出的线——这是线索，就像阿里阿德涅[1]的线，表示我们没有迷路。记忆是我们捕捉过去的套索，将过去从混乱中拖出，形成整整齐齐的序列，就像巴洛克键盘音乐。说到这里伯爵皱脸做出怪表情，因为他恨音乐更甚数学，他只爱听人尖叫，称之为"尖叫的能趋疲修辞"。夜里有时施瑞克太太会为他尖喊，增添他的乐趣，如果我们这些女孩已经嗓哑力竭再

---

[1] 典出希腊神话，英雄忒修斯前往克里特岛的迷宫要杀死牛头人身怪兽米诺陶，国王之女阿里阿德涅暗地相助，让忒修斯进入迷宫时以线标记走过的途径，因此得以逃出迷宫。

也叫不出声音的话。

记忆是叙事的源头，记忆是抵挡遗忘的壁垒；记忆是储放自我存在的地方，而自我存在是我用纤弱的自我细丝逐渐织成的蛛网，尽可能捕捉这个世界。在自己织出的网中央我可以安然而坐，拥有自我。我是说，如果能的话我就会这么做。

因为我的记忆正在经历一场沧海桑田的变化。虽然我确定我记得，却不再确定我记得的是什么，事实上，也不确定我为什么要记得。

每一天，伯爵试图洗去我记忆的磁带。他完美打造了一套复杂的遗忘系统。虽然我热切断言我是在新邦德街的废墟被机车骑士掳来，但我也知道这断言只是我抵抗伯爵抹灭的最后一道薄弱防线。他已为我植入一套伪记忆，那些记忆有时全在我脑中同时放映，让我混淆困惑不已，使我尽管记得一切却无法确认那些记忆是真是假，它们全都闪亮鲜活地涌来，像是确实活过的实际经验。全都如此。

上帝啊，全都如此。

记忆是绝对遗忘的第一阶段，依循相反事物的神秘伯爵如是说。因此我被抛入赤红之宅所有女人的所有记忆的赋格曲。如今我住在赤红之宅，这里是他的后宫，他将我们交由残忍的施瑞克太太照管。她爱吃小鸟，如无花果食鸟[1]和唱鸫，串烤后整只塞进那张巨大红嘴里，吃得充满色情意味仿佛那是包酒巧克力，然后吐出骨头就像吐葡萄皮籽。她还有其他奢侈偏好，喜欢大口啃吃未出生的小兔子。她从实验室弄来兔子胎儿，要人用加了蛋黄格外浓稠的奶油酱烹调。她吃相很差，酱汁滴在她赤裸的肚皮上，我们当中就得

---

[1] fig-pecker 源自意大利文 beccafico 一字，指一种或数种啄食无花果的小型鸟，南欧料理视为佳肴。

有人去帮她舔干净。她又开双腿给我们看她的洞：那是沉沦解脱之途，她说。

伯爵亲自来赤红之宅给我们上课。他总是带来一对猪，用丝带拴着，我们这些女孩必须爱抚他们。伯爵相信猪是完美演化的最佳例子，这种兽什么都吃，住在屎里——而屎是最能趋疲的物质——且只要一有机会就吃掉自己的小猪仔。

就像时间，伯爵说；就像时间。

时间，是记忆之敌。

过去与未来非常相似。

黄昏时分，我下火车，先前那阴冷车厢里仅我一人，只点着一盏发绿的晦暗煤气灯；与之成对的另一盏坏了，在一面满是磨损痕迹、花得根本照不出人影的镜子旁。污秽地板上乱丢着三明治包装纸和柳橙皮。这一路景物灰败，穿越包裹着尸衣般秋季雾气的沼地，毫无人迹，平坦，四处积水，偶有几株树梢被截去的柳树，模样忧郁像手臂被砍断的男人，或身体遭受摧残、头上有鞭子在挥的女人。我在那寂寞的小站下车，夜色逐渐掩至；一个脸上神色封闭如门窗钉紧的男人走来接去我的车票，一个字也没说，把我的锡制小小行李箱扛上肩，搬出破旧的木造车站建筑，搬上外面一辆寒酸的马车，车杠间是一匹又饥又瘦的小型马，一根根肋骨突出在黯淡无光的毛皮下。车夫位置坐着一个暗色发肤穿黑制服的瘦男人，我震骇惊恐地发现他竟然没有嘴，吓得倒退，但站长一把抓住我的手，几乎是强迫将我塞进马车，然后重重摔上门。

可怜的小马痛苦举步拉动马车，我最后一次瞥见世界；在可怕的这一刻之前，我在那世界度过了二十二年的青春岁月。我进入前方的黑暗，还仿佛看见站长咧嘴而笑的脸，那张脸趴在污浊的马车窗上送走我，在突然涌上的恶意欢欣中变成一张纯粹邪恶的面具。

我知道自己必须试图逃离，无力地扭扯车门，但车门锁得紧紧的。摇晃而沉重的马车无可挽回地把我带进夜色阴影，夜色似乎飘过沼地要将我吞噬。我颓然靠在皮椅背，忍不住流出无助的眼泪。

最后我们进入一处黑暗庭院，几乎完全被又高又黑的树木封闭。马车驶入后，院门立刻关上。小马停步，死气森森的车夫开门放我下车，伸出手要扶我，姿态也算有礼，我别无选择只能碰他。他的皮肤湿冷，一如四周沼地的潮湿黑夜空气。

然而当我壮着胆子看向他那张可怕的脸想道谢，却看见他的眼睛说话。尽管他没有嘴也当然没有讲话所需的嘴唇、牙齿和舌头，但那双严肃的眼睛是大海深处的颜色，告诉我我是个很让人怜悯的女孩，而在那发亮的海底，我感到命运对我做出最可怕的暗示。那座散乱蔓延、砖块建成、铺以红瓦的建筑半像农舍半像乡间宅邸，如今——要是我事先知道就好了——完全供伯爵实验用；施瑞克太太在门边等我，身穿华丽的赤红丝洋装，袒露出乳房和不堪想象的伤口般的性器——我将学会比怕死更怕施瑞克太太，因为死亡至少有个尽头。

如今你身在一切灰飞烟灭之处，如今你身在一切灰飞烟灭之处。

然而我被捕获过程的这个版本——绝望像灰雪落在我经过的景色上，直到抵达希望消失的那一刻——有时在我看来太文学调调、太十九世纪，其中有火车，有《泰晤士报》上征求女家教的广告，将我像勃朗特小说的女主角用命运之线一路拉到那阴郁的平坦沼地。煤气灯和哑巴车夫带有笔墨过于做作的伪记忆味道，尽管想起他皮肤的触感我仍为之颤抖，也将永远忘不了他的眼睛。

但伯爵，统御一切形式之死的"异变之子"，向我保证如今遗忘的过程已进行得差不多，因此我可以同样轻易地记起过去和未来，反正两者都是幻象。我或许是根据以前在火车上读过的小说编出一个过去，此外也猜测未来：因为新邦德街上没有狐狸。除非有一天塔罗牌崩塌让狐狸吠叫着从底下跑出，他们才会在新邦德街上嬉戏。过去时间和未来时间合起来扭曲我的记忆。

但有某一段记忆，我有时会想它一定是最真实的，因为远比其他记忆可怕太多。

我心爱的父亲腰杆儿很直、姿态挺拔，尽管七十个年头已将他的发变成水沫般的白。舒适的公寓里，我们坐在铺着红丝绒桌布的喝茶圆桌旁，通向阳台的窗户开着，微风吹动我那些欣欣向荣天竺葵的沉甸甸花朵，有白，有鲑鱼粉红，有赤红，全排成一排，散发香料般宜人芬芳。

我多么爱那房间啊……滑溜的马毛沙发铺着草履虫图案的披布，还有成堆靠垫，上面有我母亲刺绣的色彩鲜艳的各式蝶与花，黄檀木橱柜里排满牧羊女与捕鸟人的小瓷像，全落了薄薄一层灰——我不是持家高手；波斯地毯有块污渍，是我六岁时打翻热巧克力留下的痕迹；壁炉架上有个瓷钵，装满干燥香花。

以前母亲每年夏天都会从我们乡下的房子摘回花朵，做成干燥香花。现在她已不在世，但仍统御着我们的茶桌，就在墙上的雀眼枫木框里对我们微笑，那张着色的照片是她与我父亲结婚后不久拍的。当时她仍非常年轻，不比我现在大多少，头戴宽草帽，帽上装饰着粉红缎带和一把雏菊，帽缘轻柔遮住她的眼睛，睫毛长得让眼睛看来像海葵的中心。那双眼睛是一种神秘的暗绿色。

人家说我眼睛像她。

有些女人干脆把眼睛挖了算了，伯爵说；他会特别生气，如果他正忙着洗去记忆磁带时，我开始——有时我不由自主会这样——

像录音带卡住似的一而再、再而三重复："人家说我眼睛像她，人家说我眼睛像她。"他用绑成结的鞭子打得我肩膀流血——来找他的女人的时候，他从不忘记带鞭子——然后把我交给施瑞克太太，送进感官剥夺室一段时间，我必须爬进她那遗忘的洞里待一阵。

父亲与我坐在母亲的照片下，那老式房间里的一切都因熟悉而深受喜爱。我二十二年的人生就在这房里像一把扇子缓慢安静地展开。我为父亲倒茶，银茶壶的壶嘴形状像天鹅脖子；细窄柄的茶杯是白色薄瓷，杯缘弯弯曲曲的金色线条已经褪色。我这只杯子多年前就承受不住自己的重量，裂了，我记得父亲仔仔细细将它修补得完好如初。桌上有个玻璃小盘盛着柠檬片，锐利清新的香味使这湿热的七月下午为之一醒。透过百叶窗的细长薄板，光照进来呈平行四边形，让我们感觉自己能控制天气。屋外公园里，几只鸟啼着盛夏的筋疲力尽之歌。

靴跟的喀哒断音。戴手套的拳头蛮横地捶在门上。老人伸手要拿他总是佩在腋下枪套里的左轮，却被他们开枪打倒，白发染满了血，红如施瑞克太太的红漆屋，她就在我脑海迷宫中央的酷刑室等着我，她是有女人头、母牛孔的米诺陶[①]。

我父亲趴倒在茶桌上，杯盘散落摔成碎片。他的手指在半空中扑抓，抓住最后一把失落的世界，然后世界便永远离开了他。

然后他们抓住我，剥光我衣服，在母亲的照片下，鸟类图案的波斯丝毯上强暴我，丢给我一件外套，用枪顶住我的背，逼我走下发出回音的楼梯，进入等在外面的一辆装甲车。我原是处女。我疼痛不堪。

施瑞克太太穿着灰暗橄榄色的笔挺制服、纯黑长袜，以及那双

---

① 参见 p. 527 注。

走动起来把油布踩得到处是洞的六英寸高跟鞋，在桃花心木书桌旁记录我的数据。我拒绝告诉她我哥哥在哪里，她叫我躺在房间角落的行军床，上方是一张伯爵骑着有翼飞蛇的宣传海报，然后她以不偏不倚、无动于衷的态度，将香烟头烫在我小阴唇的内膜。我记得，当时我看见窗外有一只鹰，位于仲夏蓝天动也不动的中心点，沉默自鹰翅落下将我击昏，远甚于她造成的疼痛。

一个勤务兵把我带到赤红之宅，这是一栋门漆成红色的四方建筑。他差不多得用抱的把我抱来，因为我几乎走不动。他脸上没有嘴。没有嘴。他的眼睛野性蛮荒，没有多少人性。

"啊哈！"伯爵好脾气地说，"你的记忆在愚弄你了！"

宽宏大量的他，在一处发出回音、挂有华贵织锦的宽广大厅接见我。对这厅的外部我只剩混乱不堪的记忆，但现在我对厅内再清楚不过，这里是无数房间组成的迷宫，就像大脑内部。他脱去仍胡乱披在我肩上的我的旧外套，丢进焚化炉，然后给我看那把黑曜石的献祭之刀，对我说："此刻开始你不再居住在这个世界，因为只要我随便一个念头，你就会消失在世界上。"

但他的作风比动刀含蓄微妙。致力于消融形式的他，打算以各种不同的存在腐蚀我的存在感，让我被自己众多的过去、现在和未来搞糊涂。

我正在腐蚀，正在磨损，正被抚磨光滑，一如石头被大海的手抚磨。他洗去我的记忆磁带，换以他自己的替代品，构成我的独特性的元素便随之四分五裂。若说我遭掳过程的第一种版本包含了尚不存在的废墟，第二种版本又回荡太多我可能读过的书的回音，那么这第三种最为感人的版本可能也只是扼要重述了一场中欧梦魇，或许是电影里看过的布拉格或维也纳的一段，或者在长途火车上听素昧平生的陌生人倾吐过。因为有时候我无法相信自己受了这么多苦。

若我能将一切，将当时发生的情形记得一清二楚，那么在过去的模棱暧昧重担下，我应该就能获得自由。

但在这记忆卖淫的妓院，没有自由，一切都受塔罗牌控制。施瑞克太太当然是"女祭司"或"女教皇"。伯爵给她一袭蓝袍，穿在那件可怕的红洋装外，好让我们每次看见都想起我们所有人共通的、无法解除的那部分兽性，因为我们都是女人。她是性欲的范式。我们全在她的毛茸茸洞口旁敬拜，仿佛那是神谕山洞口。

我们玩"塔罗牌游戏"时，施瑞克太太坐在一个小王座上。伯爵有本特别的书，紫纸写着黑字，挂在他私人居处一根扭曲的梁柱上；他们拿来书，打开放在她叉开的膝上，模仿她的性器，因为那也是一本禁忌之书。

"塔罗牌游戏"就像中古世纪君王的棋戏，在自己宫殿的黑白格大理石地板上拿人当棋子。他们让一队穿黑，另一队穿白；骑士名符其实骑着盛装战马，有时会拉下一堆粪便的马匹照规则小心斜走，以表示棋戏是认真的；主教戴着适合的法冠；卒子当然就穿一般民兵制服。伯爵玩塔罗牌游戏时，用十四个随从当大奥义①。若说施瑞克太太扮起女教皇俨然天生威仪，愚人当然就维持"愚人"的角色。他们戴上面具，随伯爵用电子合成器逼出的、颇似尖叫的不规则声响起舞。伯爵随便解读这幻觉牌组的含意，由之召引混乱：他是有他的方法论的。他是个科学家，就他的角度而言。

现在，我总共已被洗去，替换，回放了太多次，我的记忆只是

---

① 全套塔罗牌含大奥义（major arcana）及小奥义（minor arcana），前者二十二张，为各有名称的人物或象征图案，如文中提及的女教皇、愚人等，后者五十六张，分四种花色：杖、杯、剑、五芒星，约略等同今日的梅花、红心、黑桃、方块。

可消去旧字另写新字的羊皮纸，充满各种可能性与或然率；但仍有些元素他无法从我身上去除，而有意思的是，这些内容并不是老人头上的血，或他的爪牙部下包围逼近我时，石头眼睛带着矿物般的威胁。不是。有一只鹰，在一片静定天空将一切曾组成复杂世界的元素都拉向他。还有个生来没嘴的男人在我脑海的迷宫挥之不去。还有某一类眼睛，一旦看过便再也无法遗忘。

当我不由自主重复："我看到一只鹰，我看到一只鹰，我看到一只鹰……"或者："人家说我眼睛像她"，伯爵气得简直要把我活剥皮。他的愤怒是一种神经反射作用，就像懦夫在战场上发挥疯狂勇气对抗自己的软弱；处在如此极端境地的我竟仍能坚持记忆，提醒了他混乱或许有补救的可能，这点令他大为震怒。

大概不需我说你也能想到，我们这些赤红之宅里的女人过着完全孤绝的生活，不过我们所有人的经验被有计划地交替穿插，倒也让我们模糊但普遍感觉到与彼此亲近。当我在泪湿的枕头上重温被掳的致命时刻，我感觉到的惧怕可能是你的，你的，或你的——那是一种与我自己不同的惧怕，然而我却体验它一如我自己的惧怕，因此我离你们所有人愈来愈近。

然而伯爵后宫的狰狞运作使我们的生活收缩受限，我们不是自己，是他玩的牌，是不停变换的合唱团为他合音，为施瑞克太太，为愚人，还有其他我不认识、只在玩塔罗牌游戏的晚上才会看见的人，那些象形符号般的人形一如幽魂来自被遗忘的神谱学，依照心血来潮的随机指挥起身或倒下。"上帝是随机的。"伯爵说。他相信时间将会优柔寡断地战胜它本身的修正，也就是记忆。

我们彼此之间当然会窃窃私语，就像小主人上床睡觉之后，收在玩具橱里过夜的玩具。被自己置身的险恶处境震慑，我们的低语声音很轻。夜里在房间的黑暗中，我们看不见彼此的脸，没有身体的声音像枯叶窸窣，有时我们伸手相互碰触，轻轻地，一根手指搁在彼此嘴上，让自己安心，知道有一个声音自那开口发出。我们以鬼魂般的方式表露自己，因为我们不已经是影子了吗？死人的幽灵，活人的幽灵，在这两种临驳状态之间没有什么选择。

然而，我拥有若干珍贵的记忆凭借。一只鹰，一个没有嘴的男人，一双没有脸的眼睛。只要我继续把它们保存在记忆里，就算遗忘了它们的任何脉络，也都能保留一点点自己不被伯爵的哲学消融。他要打我就尽管打吧，我不怕在奥义牌的嘉禾舞曲中遇上死神的狰狞白骨，由此可见我如今的处境多么不堪。

（若你真的发现自己的舞伴是那身白骨，你当然就此消失。）

愚人从来不说话，只会尖喊和咿咿呀呀；他已经愈来愈完美，已经差不多忘光了该怎么说话。当我在殴打之下尖叫，伯爵便说："这样才对嘛！谁需要字句？"

我们是他的后宫，也是他的养成学校。课程分为三部分。首先，我们学习遗忘；其次，我们忘记怎么说话；最后，我们停止存在。

赤红之宅没有镜子，因为镜子衍生灵魂。镜子告诉你你是谁，而我们这些可怜女孩没半个人有丁点概念自己可能曾经是谁。然而，当伯爵打我们，我们感觉疼痛，便知道自己还活着，还没完全灰飞烟灭，而我记起自己不再是自己时，那种强烈的苦痛也相当真实，难以消退。

然而我们共同记忆的赋格曲也是一种慰藉。尽管我不再是自己，有时候，当我们，我和其他的小奥义牌，被迫玩塔罗牌游戏时，我感觉我也许，以一种尚无形式、尚不连贯的方式，几乎是一整群自己。当我们躺在睡觉的地方，碰触彼此，确认我们如信封般被撕开的身体仍然存在即使信封里的东西已经丢失，那感觉几乎像是我的身体变成了印度庙宇那种许多手脚、许多头的雕像——在我的迷惑中，再也没有必要试着确认最初的那一个。伯爵把磁带搅得愈乱，后宫众人就愈合而为一，成为一个有许多手许多眼的女人，没有名字，没有过去，没有未来——首先，存在于空无之中；然后很快，自己也变成空无。

混乱就像一大桶酸液。一切瓦解。

然而我紧攀着我的记忆凭借，像濒临溺毙的人紧抓着船桨。随着时间流逝并磨损我，我愈来愈沉思那些记忆，逐渐能让自己接受一个事实，即它们可能完全不包含任何真实记忆的元素。一开始这让我很难承受，但不久我便明白，那鹰、那没有嘴的脸、那没有脸的眼睛，全都是我仍带在身上、没有离我而去的世界的残余；如果它们不是真的记忆，那么或许在某种意义上，它们就像所有难民随身都会带有的零星物品，尽管微不足道，但他们绝不肯放手——比方说，一把弯了柄的汤匙，或者已经不存在的城市的一张电车票。小东西，本身没有意义，却是一整个意义系统的关键，只要我能记得。……

就说那只鹰。若我把那鹰想得够久，我会记得我并不记得他。那是个痛苦的开始，但总得从什么地方开始。当初当然是有天空的，赤红之宅外面多得是天空，只是我们在屋里看不到。天空。现在，那只鹰——唰！飞下来了，就像屠夫的剁肉刀砍穿肉。鹰飞坠而下，直扑在苜蓿与嫩草间蹦蹦跳跳、不够小心的丰肥兔子；鹰眼像望远镜的镜头，将我拉近放大，看见躺在阳光下、衣服上满是新鲜草香的我。是的。我记得夏日的绿色气息，倒也有点像揉碎天竺葵叶子的香料般味道。（专注于肉体的印象，任何肉体的印象；将它从过去，从我置身于赤红之宅前的时间，收卷回来。草味，天竺葵味，切片柠檬味。这些气味都唤回了世界。）

我躺在以记忆重建的草地上，开始察觉那鹰是个有点疑神疑鬼

537

的偏执意象。因为当时我不知道自己被人注视，对自己即将面对的、长有羽毛利爪的命运一无所知。所以我会被暴力强夺。掳获，然后强暴，此词源自拉丁文的 rapere，表示暴力强夺……这可有趣了，好个掉书袋的兔子，该从记忆小巷里捉出来。我一定曾学过拉丁文，尽管我想象不出目的何在。于是掳获与强暴合一。人是一种坚持制造模式的动物，伯爵轻蔑说道；你看得那么重要的全世界，只不过是漂亮的花朵壁纸贴盖在混乱上。

伯爵在他的坩埚里准备混乱。他玩塔罗牌游戏，将混乱变成一种体制。伯爵署名"能趋疲敬上"，用鹰羽沾撕裂的童贞鲜血签名。

鹰飞降而下。他们将我推倒在古董波斯丝毯的鸟儿图案上强暴。令我讶异的是，一个模式出现了，尽管风格化得一如我可能曾踩在上面走过的那些鸟儿图案。因为那鹰不多不少正是我被掳的记忆，保存为一个意象，或一个圣像。

我无法形容具体想出这一点时我是多么松了口气，虽然它并非记忆，却是在我的苦难中对我有些意义可言的中介关联。仿佛我在淫乱地散落于后宫满地的无数混杂肢体和手和眼当中，正确无误挑出了我自己的手，重新旋转接回我的手腕，感觉到血液流回那只手里。或者从满地乱糟糟中抓出我母亲的眼睛，仔细在袖子上擦干净，重新放回我的眼眶，那才是它们该在的地方。

那么，是我母亲的眼睛跳出那张老照片，跳进我的脑海；那也是那个哑巴车夫的眼睛，充满哦充满了对我的怜悯，使我心跳都为之暂停，害怕自己将遭遇到何等灾殃。那双眼睛也有一圈长又长的黑睫毛，是沾了煤灰的手指把它们放回去的。它们以只属于眼睛的哑然语言令我感动，我不知道它们是否真的是我自己的眼睛，因为这里没有镜子，或者它们属于我曾爱过的某个人，在那人消溶在我的记忆里之前。然而，我必须将这双眼睛塞回某个人的头上，随便谁都可以，好让这双眼睛有意义，它们会继续说话，尽管嘴已被封起。

那双眼睛充满所有我将失去的言说，当遗忘烙封我的唇，使我再也无法说话，就像那哑巴车夫，就像那眼睛被切除、代之以猛禽眼睛的哑巴勤务兵。或者代之以石头，就像那些摩托车骑士，嘴巴藏在皮头套里，看不出他们有没有嘴。

于是我建立了我这场横祸——从被掳获到灰飞烟灭——的语尾变化：鹰，没有嘴的脸，没有脸的眼睛。之后便将一无所有。我将会完全沉默。

当我察觉自己已将这些零散元素组织成一个格网，或一个连接的系统，这是打从进入赤红之宅的隐晦大门以来我第一次感到欢喜之情一涌而上。我检视自己乳房和肚腹遭受虐待的皮肉，感觉不是悲伤于自己被蹂躏，而是愤怒于伯爵如此凌虐我。就算这只是傀儡起而抗拒傀儡戏班主，又怎么样：傀儡戏班主的权威不正全仰赖他那些木偶的顺从？我难道不能，以我这有系统的随机连结，控制这个游戏？

鬼魂重组那些让它变成非存在的事件，重组的同时它也一小时比一小时更具实质。

而且没有希望也就没有畏惧。甚至不畏惧施瑞克太太，有朝一日我们必须穿过她的洞爬向灭绝；除非那其实通往自由。

今天早上，伯爵忙碌地洗去了我的维也纳末日的所有磁带；我很高兴，那是段丑恶的记忆，我真心为我同伴当中曾拥有那段记忆的人感到难过。他以惯常的兽性欣喜地吃吃而笑，终于除去了我那强迫式的、紧张的、打嗝般的一再念叨："人家说我眼睛像她。"但那是因为他不知道我已不再需要记得它，不管它是真是假；我已知道了一切我需要知道的，可以熬过酷刑岁月以及那一切二手家具般传下来的畏惧——魔法袍、假符咒书、愚人的沉默、娼妓的灭绝。

　　这世界是一座丑恶的秘密暗牢。但在此处的垃圾之中，我将找到还我自由的钥匙。

雪亭

车子在一片雪地阻滞不前，卡进一道车辙，动弹不得。我骂不绝口！我本来打算此时已舒舒服服凑在熊熊炉火前，身旁的桃花心木酒桌（这可是行家货色）上搁着一瓶纯麦威士忌，梅莉莎的五道菜大餐在厨房飘散香味；让室内装潢更加完整的是，一只拉布拉多犬信任地把头枕在我膝上，仿佛我确实是个乡间绅士，名正言顺地懒洋洋倚着印花棉布沙发。晚饭后，在我照例念诗给她听，再与她欢爱一场之前，我优雅又高尚的情妇（也是行家货色）或许会为她的兼差夫君弹曲钢琴，我则用她的珍贵小杯啜饮浓烈黑咖啡。

梅莉莎富有，美丽，年纪比我大颇多。仆人们对我投以同谋共犯的狡猾眼光：不管我怎么揉皱床单，他们就是知道你没在那张床睡过。议院会期间，这屋的主人都住在伦敦的另外寓所，而现在议院正忙得很。我只见过他一次，就是我认识梅莉莎的那场晚宴——他对待我的态度随便而粗鲁。我年轻，英俊，前途光明；所以我跟为人夫者关系通常不太好。为人妻者就大不相同了。马雅可夫斯基[1]说得一点也没错，女人非常偏爱诗人。

---

[1] Vladimir Mayakovosky，俄国诗人。

结果现在她漂亮的汽车在雪地里抛锚了。我向她借车开往牛津，表面上的理由是买书，出于狡黠的本能用天气当借口。昨夜老妇把床摇晃得变本加厉——好大一场雪！我醒来时房里满是辉亮雪光，映照在梅莉莎一绺绺蜂蜜色头发上，让我再度感觉到——但这一次几乎无法控制住——那种我与她在一起有时会产生的幽闭恐惧。

我说，今天晚餐后，我们一起念些关于雪的诗吧，为这天气献上应景的白色诗句。任何借口，不管多离谱，只要把她弄出屋外就好——我空腹享用了太多奢侈，问题就出在这里。他老是眼大肚子小，奶奶以前常说；当时奶奶就看出这特征了，在我还会尿床、说话漏风、蹒跚学步、根本不知奢侈为何物的那年头。我告诉你，这是文化性的消化不良，灵魂的肠绞痛。我要怎么离开这里，离开她那些倒影约略微妙失准的古董镜，她那装进十八世纪水晶瓶的法国香水，她那些在椭圆镀金画框中露出莫测冷笑的女祖先？还有她那些娃娃，最要命的就是她那些该死的娃娃。

那些娃娃从来没人玩过，那是她精心收集的古董女子，是梅莉莎魅力的一部分，她辛辣的独特创意安全地倾向于古趣。其中十几个最精美的娃娃住在她卧房，一座玻璃门的缎木橱柜里，奢华装饰着各式玩具摆设、迷你沙发、缩得小小的平台钢琴。它们的头是模造瓷器，每一个酒窝，每一道犹如蜂螫的丰厚下唇都细心巧手塑成，假发和长得超过真人比例的睫毛是用真发做的。她告诉我，给这些娃娃做玻璃眼睛的工匠，就是做那些充满魔法雪暴、珍贵之至的纸镇的同一人。每当我在梅莉莎床上醒来，第一眼看见的就是十几双似乎潮湿发亮的闪亮眼睛，仿佛泪汪汪指控我不该出现在这里，因为那些娃娃跟梅莉莎一样都是完美的高雅仕女，而我这个赤身裸体往上爬的人——事实上，赤身裸体正是我冲锋陷阵不可或缺的战袍！——很明显不是绅士。

过了三天那种风格高尚的生活，我迫切需要坐在大众酒吧，喝它几品脱粗糙的苦啤酒，跟酒吧女侍交换几句双关的风言风语——但我总不能这么对夫人阁下说吧。我必须用诗做为放假一天的正当理由。车借我，梅莉莎，我要去牛津买一本关于雪的诗集，因为这屋里没有这种书。我买妥书，也抽空满足了对面包、奶酪和俏皮话的需求，一切顺利。然后，几乎已经就要到家了，却卡在这里动弹不得。

整片原野积雪几乎满溢，又一场欲来的雪使近傍晚的黑暗天空为之变色。群群乌鸦在高空的无形旋转木马上转个不停，不时发出一声锈哑的嘎叫。我打开车前盖看了一眼，只知道自己不知道问题出在哪里，必须下车沿着小路走去，而路上紫褐色的影子告诉我雪与夜将一并到来。我呼出的气变成烟雾。我把梅莉莎丈夫的围巾在脖子上缠好，双手插进他羊皮外套的口袋；这件借来的外套让我保持温暖，不过寒意使得我前额的神经嗡嗡尖细颤抖，就像风吹动电线。

没有叶子的树，石墙交错分隔、有如拼布的山坡——这一切全在昨夜的暴风雪肆虐下变成一个颜色。雪塞住了所有声音，只剩乌鸦的反讽叫声做为标点。放眼望去毫无生物踪迹，放牧的牛都关在热气蒸腾的牛栏里，柯林·克劳和霍宾诺①在炉火旁抽烟斗，好一幅田园家居景象。只要是能温暖干爽待在屋里的人，今天谁会想来到户外。

太白了。户外太白了。沉默与洁白，两者的强度如此并驾齐驱，让你知道真正雪国居民的感受，在那里雪并不是稀罕因此迷人

---

① 两者皆典出英国诗人斯宾塞（1552–1599）的田园诗。前者出自《柯林·克劳再度返家》，后者出自《牧羊人历》，描写 Hobbinol 与 Colin 两名牧羊人之间的情愫。

的访客，将冷冷的漂亮花环放在树上，让我们以为树在假扮开花。（多么纤细的适恰比喻，还淡淡带有波提切利风味。我恭贺自己。）不。今天的冷是永白国度那种杀死人的冷；今天的可怕坦白是冻疮圣痕的白色雀斑。

面对这么多洁白，我的敏感，属于小诗人的精致敏感，禁不住绷得脆生生叮当响。

我确信不久就会找到村庄，可以打电话给梅莉莎，然后她会叫村里的出租车来接我。但雪原此刻在愈来愈浓烈的光芒中闪烁有如鬼魅，四周整片白色世界仍毫无生命迹象，只有乌鸦呱叫着飞降归巢。

然后我走到一处双扇铸铁大门，门开着，里面是一条车道。车道尽头一定有什么宅邸之类，可让我躲避风雪，而如果他们有钱（住在这么风格高尚的地方没有钱才怪），一定会认识梅莉莎，说不定还会派自家司机送我回去，温暖车内充满新皮革的好闻气味。我相信他们一定很有钱，乡间像爬满虱子一样到处都是有钱人。先前开往牛津的路上，我不就压扁了一对雏鸡吗？[①] 受到如此鼓舞，我走进大门，左右门柱上面目狰狞的半狮半鹰怪兽头顶积雪，像戴着圆圆小帽。

车道蜿蜒穿过一片榆树丛，光秃秃树木的上肢满是陈年乌鸦巢，像一堆可怕的虱子。我看得出下雪之后这里就没人走过，因为已冻硬结霜的地面上只有兔子脚印和楔形文字般的鸟爪痕。沿着车道我逐渐上坡，鞋子和裤管下缘已经湿透。天色愈来愈暗，愈来愈冷，老妇一定又试探地抖了两下床垫，因为一些雪片再度飘下，落在我眼睫毛上，因此我看见那房屋的第一眼仿佛噙着泪水，不过我

---

① 英国上流阶层传统习惯在乡间宅邸放养雉鸡，供打猎用。

可以向你保证，我已经摆脱了哭这个习惯。

　　此时我已来到陡峭的山丘顶，面前一处谷地，一圈由雪形成的魔法花园环绕下，是一栋精美宅邸，建筑是英国文艺复兴的逸乐风格，每一扇窗子都透出辉耀灯光。我想象自己对梅莉莎形容它——"那景象仿佛可以用眼睛看的德彪西作品"。真迷人。但尽管那房屋四面八方透光，却一片沉默，只有结霜树枝的吱嘎欲裂声。灯光与霜。我头上的冬季天空开始出现星星。特别为了我有文化有教养的女赞助人，我将天堂屋宇的星光和大宅的灯光加以诗意联结。是谁为她将今天这飘雪下午装满精美意象的三和弦啊？还用说，当然是她的聪明男孩啰！她一定会很高兴。这下子我可以让意象工厂下班了，该开始进行生活这件正事，而那栋美丽房屋似乎便充满优裕生活的希望。

　　然而，既然这房子大放光明，蛇般蜿蜒的台阶上的屋门又开着仿佛等待宾客到来，为什么雪地上仍然没有任何人来去的痕迹，只有我的脚印从弃置在路上的梅莉莎的车一路延伸而来？窗里也看不见任何人影，没有半点声音？

　　宽广大厅空无一人，一片宁谧，只见一座巨大吊灯，一枚枚水晶在暖空气中发出轻微叮玲，玲珑切面的七彩变幻影子投射在饰有白灰泥饰带的墙上。这座吊灯令我望而生畏，像个太气派体面的管家，但我还是找到了拉铃绳，扯了一下。洪亮铃声在屋内某处响起，吊灯也随之振动叮当，但等到一切恢复安静，还是没有人来。

　　我又用力拉了一下铃绳，仍没有回应，但一阵风突然掀起一阵雪或霰，从我四周刮进厅内。吊灯在风中摇动，发出音乐般响声，我身后的户外空气充满雪的味道——暴风雪又要开始了。我别无他法，只能勇敢跨过无动于衷的门槛，双脚在擦鞋垫上踩踏了好一会儿，声势之浩大足以将我来到的讯息传遍整个一楼。

这绝对是我见过最富丽堂皇的房子，而且温暖，暖得我冻僵的手指阵阵刺痛。然而屋里一切全白，就如户外夜色中一切全白，白墙、白漆、白帷帘，到处都有淡淡香水味，仿佛许多身着美丽礼服的富有女子先前穿过大厅去喝杯餐前酒，留下麝香鹿和麝香猫的气味兽迹。光是这里的空气就仿如她们光裸手臂的抚触，私密，淫逸，稀罕。

我的鼻孔大张微颤。我真想跟这些美丽女子每一个都做爱，正是她们的不在格外突显了她们的存在。这是一栋专为享乐、放纵、优雅肉欲而建造装潢的房子，我感觉自己像米侬来到长着柠檬树的土地①，恨不得就此住下。我鼓足勇气，以连自己听了都嫌吵的声音喊道："有人在吗？"但只有吊灯玎玲回答。

然后我身后突然传来吱嘎声，我猛转过身，看见屋门悠然关上，发出无可挽回的轻轻一声喀哒。这时我头上的吊灯似乎控制不住地吃吃窃笑起来，仿佛乐得看见我被锁在屋里。

是风，只是风罢了。试着相信只是风把门在你身后吹上，用力控制住你的想象。别那么突然不安起来，别再发抖了，慢慢走到门口，别显得紧张。只是风。或者——也许——是屋主玩的把戏，是恶作剧。我求之不得地紧抓住这念头。我知道有钱人最爱恶作剧了。

但一明白这必然是恶作剧，我便知道屋里不会只有我一人，因为这看似空荡的状态正是恶作剧的一部分。于是我先前的不安又被

---

① 典出英国诗人 James Elroy Flecker（1884–1915）的《米侬》。该诗前两段提及："你可知一处土地，柠檬树花朵绽放／柳橙闪着深泽金光？［……］你可知那片土地？如许遥远美丽！／吾爱，你与我将漫步而去。［……］你可知一栋宅邸所有房间灿烂／大厅与柱廊明亮焕然？／大理石雕像伫立看我／啊，可怜的孩子，他们对你做了什么？／你可知那处土地？如许遥远美丽！／我的守护者，你与我将漫步而去。"

另一种不安取代，变得极为局促。这下子我必须步步为营，不管发生什么事，我都必须表现出懂得怎么玩这场自己突然置身其中的游戏。我试了试门，但门，当然，锁得紧紧的。我忍不住感到微微惊慌，压抑那感觉……不，你并非任凭他们宰割。

大厅仍然空无一人。我左右两侧各是一扇关着的门，面前台阶通往空荡的楼梯间平台。我是否将在尴尬羞辱的情况下见到屋主，他们是否全会从墙板里的藏身处、从垂地的帘幔后蹦出来——"吓！"——取笑我？一大束插得华丽的白星海芋后一面巨大的镜子，照出我这穷诗人穿着一身不太搭调的借来的乡绅服装。我心想，我的脸看来真是苍白又不称头，那是一张吃了太多面包和人造奶油的脸。快点，振作起来吧！你早就把面包和橘子酱抛在身后了，留在奶奶家。现在你是梅莉莎夫人家中的客人，你的车在路上抛锚，你是来求援的。

然后，让我松了口气却也更加不安的是，我在镜中看见自己身后出现另一张脸。她一定知道我会看见她在我身后悄悄张望。那是一张苍白、柔软、漂亮的脸，披着金发，突然从海芋的倒影后方冒出来。但当我转过身，她——年轻、狡黠、步履轻迅——已经不见了，但我几乎可以发誓我听见排钟般的轻笑声，除非是我吃了一惊的陡然动作又振动到吊灯。

这一闪而逝的人影让我确知有人正在看我。（"多有趣啊，一场捉迷藏的游戏。话说回来，您是否，或许，可以派司机……"）我老大不高兴地明白自己被分派了小丑的角色，打开我在一楼碰到的第一扇门，预期发现吃吃笑的观众等在门里。

空空如也。

白色配白色的接待厅，全是漂淡的苍白，玻璃加铬钢的角落小几，白漆器用具，沙发布是厚厚的白天鹅绒。他们知道有客人要来：房里有酒，有几钵冰块，有一盘盘坚果和橄榄。我很想拿起雕花玻璃杯随便斟满什么酒一口灌下，抓一把盐味杏仁果——我又渴又饿，早餐过后至今只在酒馆吃了个三明治。但万一被我在大厅瞥见的那个金发女孩当场逮到就不好了。看，她忘了把娃娃带走，还放在一把安乐椅的深深坐垫上。

有钱人真是会溺爱孩子！那与其说是娃娃不如说是一件小小艺术品，我脑海深处的收款机叮当响起高达二十基尼的价钱，看到这个软趴趴的皮耶霍①戴着小帽，穿着前襟有黑纽扣的白绸睡衣，细致瓷脸上的嘴撅得逼真，带着喜剧式的忧伤表情。我的朋友皮耶霍，可怜的家伙，四肢无力软垂，充满敏感苦痛而毫无道德勇气。我知道你的感觉。但在我对他投以怜悯同谋的眼神之际，一声尖锐悠扬的当声，像是用音叉敲出不得不从的命令，从半开的双扇门后传来。一时惊愕过后，我便依召唤迅速来到饭厅。

除了在电影里，我从没见过这么华丽耀眼的饭厅——就连我跟梅莉莎认识的那场晚宴都没这阵仗。十五份餐具摆设在舌形的狭长玻璃上。但我没时间仔细看那些高级瓷器和水晶玻璃，因为通往走廊的门仍在摇晃，我知道我只慢了她几秒钟。所以这家的女儿确实在跟我玩"你追我躲"，现在她又跑到哪去了？

轻轻，轻轻走在白地毯上，我留下了深深的脚印，但没有发出半点声响。仍然不见任何生命迹象，只有烛火的苍白影子；然而，不知怎么的，到处都有一种噤声期待的感觉，就像圣诞夜。

然后我听见一串奔跑的脚步声，但是从屋里没有铺地毯的部分

---

① Pierrot 是法国及英国剧场的类型角色之一，源自 commedia dell'arte（参见《穿靴猫》p. 213）的 Pedrolino 面具。早期角色特性偏向逗人发笑、单纯笨拙的乡下土包子，后来演变成单相思苦恋、长吁短叹的人物。基本造型为：脸涂白，身穿长袖蓬领的宽松白色服装，头戴帽缘软垂的大帽子。

传来，在我上方高高某处。我停住不动，竖起耳朵，听见楼上，或楼下，或女主人的卧室，传来一串轻盈尖细的笑声，使吊灯为之凌乱振动，然后是头上许多许多脚的奔跑声。一时间，整栋屋子仿佛随着看不见的动作震动，然后又突然恢复一片沉默。

我毅然决然开始搜寻楼上的房间。

每间房都空无一人。但我不断新生的疑神疑鬼之感如今紧绷着每一根神经，告诉我房里的人全都在我进去的前一刻才刚撤走。我在屋内走动，脸色愈来愈凝重，不时听见各种悦耳笑声传出，但声源从来不是我所在房间的隔壁。这些声音的开始和结束有如开关打开、关上，当然也是恶作剧的一部分，取笑的对象就是不自在的我。我来到一间房，就大小和奢侈程度判断一定是主卧室，铺在床上的北极熊皮仍皱乱留有余温，仿佛有人刚才还躺在这儿，现在或许就躲在象牙衣柜里，欣赏着我大惑不解的模样。我大可以破坏他们的乐趣，只要——要是真能就好了！——我有勇气一把打开白色柜门，看见躲躲藏藏的主人一如我所料缩在高级衣物间。但我不敢这么做。

铺地毯的台阶变成了刷洗干净的木板地，我还是没看见任何活物，只有镜中可能出现的一张脸，尽管满屋都是生活的痕迹。楼上这里灯光暗淡，墙上每隔一段距离才装设一盏灯，但有一扇门开着，光线流泻到走廊上，仿佛邀我进入。

一个整洁小炉里火烧得正欢，黄铜炉围上挂着睡衣正在烘暖。我突然一阵强烈的失望，发现她的踪迹一路引我来到育儿室；先前我被整屋里的肉体冒险感给骗了，而那，去他的，一定也是恶作剧的一部分。但若我顺着那镜中小孩的意讨她喜欢，那么或许也能讨她母亲喜欢，而她母亲必然还够年轻，足以享受熊皮床上的爱抚，而且，我确信，也不会对诗无动于衷。

这个酷爱白色的母亲连育儿室都不放过,白墙、漆成白色的家具、白毡毯、白帘幔,全时髦得要命。连小孩都成了流行的奴隶。然而,尽管育儿室也屈服在室内设计横扫全屋的雪势下,里面的居民却没有。我从不曾见过这么多娃娃,连梅莉莎的橱柜也没这么多,全都相当精美,仿佛刚从店里送来,尽管其中有些一定比我年纪还大。梅莉莎看见一定会爱死!

坐在架子上双腿向前平伸的娃娃,从玩具箱里倒出来的娃娃,有身穿后衬撑垫的塔夫绸裙、头戴法国帽的高尚仕女,有可爱程度不一的小宝宝。一个四肢酥软、穿粉红绸裳的金发娃娃躺在炉火前的毡毯上,仿佛刚恣意享受完欢爱。一个精细迷人的仕女身穿一袭俗艳色维多利亚式真丝女用长外衣,羽毛草帽下是一头棕发,坐在炉火旁一把安乐椅上,姿态君临全室,仿佛这房间属于她。一个秀色可餐的姑娘穿着紫色天鹅绒骑装,坐在奇妙白子似的木马上。

现在我终于被美女围绕了,她们沉默储藏着这地方放逐的所有鲜艳色彩,鲜活一如温室,但她们全都并不真正存在,全哑口不能言,全是虚构,众多玻璃眼睛像泪珠凝结在时间里,让我感觉非常寂寞。

屋外大雪纷飞,扑打窗户,风雪已经正式展开了。屋内只剩一道门槛要跨过。我猜她在那里等我,不管她是谁,尽管我有些犹疑——虽仅是短暂犹疑——在那扇通往夜间育儿室的门前,仿佛可能有看不见的半狮半鹰怪兽看守着门。

壁炉台上一盏夜灯发出微弱光亮,这里幽暗静谧,空气充满童年的温暖苍白气味,是干净头发、肥皂、痱子粉的气味,是她庇护所的焚香。我一踏进夜间育儿室,就清楚听见她的呼吸:她根本没有躲藏,睡在白珐琅栏杆小床里,连被子都没盖。我把这个游戏很当一回事，但她，开始游戏的人，却没有；她玩到一半就沉沉睡去，眼皮合起，贵族的金色长发披散在枕头上。

她穿着轻薄的白蕾丝罩衫，白色长袜细致一如冬天早晨呼吸的烟雾，白色小羊皮凉鞋被踢在一旁。这个小猎人，小猎物，蜷缩身子睡着，大拇指塞在嘴里像个婴孩。

风在烟囱里呼号，雪扑打窗户。窗帘还开着，于是我为她拉上窗帘，房间立刻与风雪隔绝，我几乎可以觉得自己一辈子都这么安然舒适。倦意袭来，我颓然坐进她床边的藤椅。我不想离开我在这大宅里找到的唯一生物，就算保姆来势汹汹闯进房质问我，我安慰自己她一定知道这孩子多喜欢玩捉迷藏，事实上她一定也参与其中，我才可能这么不合常规地晃进这套育儿室。如果妈妈此时进来亲吻她道晚安呢？唔那样更好，她就可以发现我守在孩子的摇篮边，展现诗人的温柔。

如果没有人来呢？那我就得忍受这反高潮。我会脱下鞋子休息一会儿，然后悄悄离开。然而随着时间过去，我必须承认我有些失望，被迫不甘愿地放弃受邀共进晚餐的希望。他们已经完全忘了我！他们连自己的游戏都不好好玩，像这孩子一样半途就罢手了，退回有钱人的无可动摇的隐私之中。我答应自己至少出门前请自己喝杯上好威士忌，才能暖和地走回路上，然后艰苦跋涉回家。

小孩在睡梦中欠动，咕囔着听不懂的话，双手握紧又放松。她的脸颊有一层细致浅淡的粉红光辉。多美的肌肤——童年的质地，皮肤上无可比拟的细小茸毛从未接触过人情冷暖。我愈是看她，她愈是显得娇弱，透明。我这辈子从没守在睡着的小孩身旁看过。天真无邪、多愁善感的奶味充满整间夜间育儿室。

我想，先前我是预期在这场走遍全宅的捉迷藏游戏中，能得到某种欲望的满足，若不是满足肉体，至少也满足精神，满足虚荣；

但我愈是假装对沉睡中的孩子温柔，就真的愈变得温柔。哦，我这卑劣肮脏的生活啊！我心想。她，在那无可惊扰的睡眠中，评断着我。

然而她睡得并不安稳，身体阵阵抽搐，像梦见兔子的狗，有时还会呻吟。她一直在吸鼻子，然后咳得相当大声。那声咳嗽在她窄窄的胸口轰隆许久，使我突然想到这孩子，如此苍白，睡得如此不安又筋疲力尽，一定是生病了。一个被宠坏的生病小女孩，全家都得听命于她的心血来潮，然而这可怜的小暴君却没人爱；他们一定很高兴她睡着了，这样就可以不必再玩她强迫他们玩的游戏。她有着童话故事般的金发，眼皮薄得底下的眼睛几乎透出光来。如果真的是她要那些咕哝不满的大人全躲进衣柜和浴室，用一卷看不见的线拉着我穿过整栋房屋，哎，我也不能因此对她的小小乐趣记恨。而且她玩的对象除了我也包括其他大人：她岂不是把他们全收干净了，像娃娃一样装进这栋精美房子的巨大玩具箱？

想到这，我完全原谅了她，甚至伸出手指轻抚她蛋壳似的脸颊。她的皮肤柔如雪羽，敏感一如"公主与豌豆"故事里的公主：我一碰她，她便动了动，缩躲开我的碰触，咕囔着梦话，不安地翻过身去。这时一团发亮的东西从床单滑落在地，瓷做的头撞在刷洗干净的油布上。

她一定是趁我在各卧室搜索时，蹑手蹑脚去拿回那个遗忘的娃娃。现在他又回来了，穿着亮白绸睡衣的皮耶霍，她的小朋友，也许是她唯一的朋友。我弯腰替她把他从地上捡起，此时他那悲剧式的大玻璃眼角有东西反光闪烁。是亮片？假宝石？月亮是你的国家，老兄，也许他们给你眼睛里装了星星。

我仔细再看了看。

那是湿的。

那是一滴泪。

然后我颈后遭到利落一击，来得那么突然，那么有力，那么意外，我只来得及模糊感到惊诧，就趴倒跌进黑暗的消失里。

我睁开眼，看见四周令人不安地全无光亮。我试着移动，身上有十几把小匕首在割。这里非常冷，我躺在，哦是的，大理石上，仿佛我已经是个死人；我身上梅莉莎丈夫的羊皮外套被融雪浸湿，像潮湿的甲壳，上面堆着小山似的碎玻璃困住我。

小心翼翼但疼痛不堪地挣动几下之后，我想最好还是乖乖躺在这湿冷无光的厅里不动。开着的门吹进雪来，在户外白色夜晚的背景衬托下我模糊可辨门的形状，它缓慢如梦地来回摇晃，生锈的铰链发出吵闹的、机械的单调嘎声，像乌鸦叫。

我试着拼凑自己发生了什么事。我猜自己是躺在大厅——我简直可以发誓我刚探索过那里——的地板上，虽然在这鬼魂般的光线中，厅内的摆设我几乎完全看不出，但这里以前一定全漆成白色，可惜现在被村里的粗野男孩用油漆和粉笔满满涂写了猥亵字句。落难的大厅映照在墙上一面有裂痕的巨大镜子里。

也许我是被掉落的吊灯困住了。我身上这些一定是那盏吊灯的半碎玻璃内脏，我想我先前是在另一处大厅看见那灯的众多映影，而不是我现在躺的这里。我身上每根骨头都酸疼不已，阵阵作痛。若时间松动了我上方斑驳石膏天花板的吊灯，那么它很可能就是在我进来躲避这场在屋外嘶叫叽咕的风雪时猛然砸落在我头上；但是那样说不定会砸死我，可我从身上阵阵作痛的淤伤知道自己还活着。但我不是在这大厅仍温暖芳香、充满金钱世故的时候才走进来的吗？也许不是。

然后我被一道光刺穿，那光照得四周的玻璃碎块发出冰冷绿火。手电筒后看不见的人对我说话很不客气，声音是粗哑的老妇，老太婆。你是谁？你来干吗？

我困在碎散的玻璃和碎散的光线中，告诉她我的车在雪地里抛锚了，我是来这里求助的。此时这不在场证明连我自己听来都嫌薄弱。

我完全看不见那老妇，连她在光线后面的模糊形体都看不出，但我告诉她我住在梅莉莎夫人家，诉诸这老派乡间老太婆的势利眼。听见梅莉莎的名字，她轻呼一声咕哝了几句，再开口时，她的态度几乎客气得过了头。她不能不小心，可怜的老妇，整屋只有她一人，有贼会来偷屋顶上的铅材，还有不干好事的年轻男女跑来，等等，等等。但如果我是梅莉莎夫人的客人，那么她相信我在此过夜一定没问题。没有，这里没电话。我得等到风雪过去。新落下的雪一定已经堵塞了道路——我们对外隔绝啦！她说着吃吃笑。

我必须小心跟着她，走这里；她帮我一把，让我从那一大堆乱七八糟碎玻璃中脱身……小心。吊灯掉下来的时候，声音大得真吓人！简直让人觉得好像到了世界末日。请跟她来，她有她的几间房，那里相当舒服，熊熊生着火。（天气真糟，是吧？）

她殷勤地用光照路引我走出玻璃陷阱，带着我走过我们在镜子的浊滞深处宛如深海鱼移动般的幽灵倒影，穿过这栋我在昏倒即将醒来之际，或一连串幻觉（也许是雪造成的，或者是轻微脑震荡造成的）中，以为自己探索过的房屋的废墟。我全身颤抖不稳，觉得有点恶心想吐，死命抓住楼梯扶手。

一扇扇门抖动着被推开。我瞥视房里盖着白布看来有点吓人的家具，但她的手电筒灯光没有停留在任何东西上；她的地毯拖鞋踢哩拖啰、踢哩拖啰，在阴影中大胆通过。我仍然看不清她，尽管能听到她衣服的窸窣声，闻到那种二手衣店般、典型老太婆的窒闷霉味，就像奶奶身上的味道，像我儿时那些女人的味道。

她，当然，是窝居在育儿室里。微微发烧的我惊喘一声，看见这么多娃娃在这腐朽居所扎营！

娃娃乱七八糟堆得到处都是，塞在椅子边，满出茶叶箱，靠在壁炉架上，一张张空白憔悴的脸。她是否把已离去的这家女儿的娃娃全收起来，放在自己四周做伴？娃娃哑然瞪着我，玻璃眼珠里可能悬浮着这场将我困在此地的魔法暴风雪。我感觉自己是她们盲眼注目的焦点。

这些如今饱受蛾蛀的娃娃，其中一些我以前真的在这房里看过吗？我在大厅里昏倒时，是否跌回了过去，在多年前的白色沙滩上遇到这位年轻小姐？她沉重的头垂向前搭在胸口，因为塞在她软弱无力身体的木屑已经漏掉太多，支撑不住那颗头。她内有撑架的绸裙凹陷下去，像坏掉的雨伞。一旁另一个娃娃穿着女用衬衫，深红丝洋装已褪色成浅淡粉红，但小阳伞还在，因为伞是缝在她手上，而羽毛凌乱的草帽仍有几根线连着棕色假发，假发如今在瓷头皮上歪向一边。我几乎被地上一具可怜的尸体绊倒，她穿着还算紫色的渐秃天鹅绒，磨损的蜡脸因年代久远而变红，一头蜂蜜色头发只剩几绺……

然而就算那想象中的育儿室的居民有任何一个来到这一间，透过扭曲的想象溜出我的梦，我在这些被爱到死、四散满地的娃娃中也没认出她们来，谢天谢地。如今这房间的主人已将育儿室改为提供老年人的舒适。然而我有种不安的感觉，与其说是畏惧，不如说是不祥的预感；但身体不适、严重的酸痛疼痛和刮伤已占去我的心思，我无暇注意神经的一点不安。

在老妇的房里，明亮炉火和冒着热气的烧水壶使一切非常舒适，不过被壁炉架上一根插在自身烛泪里的蜡烛照得有些奇诡。这房间的家常朴素倒让我混乱的精神稍微一振，老太婆也把我招待得好好的，帮我脱下羊皮外套，态度殷勤得仿佛她知道这外套主人是谁，然后让我在一把安乐椅上坐下。这把快完蛋的安乐椅是红色丝绒，看起来一点也不像我记忆中那些颜色漂淡光亮耀人的家具；我告诉自己那是雪迷昏了我的眼，弄乱了我的脑袋。老妇蹲下身替我脱去湿鞋，从永远煮着茶的壶里帮我倒杯香浓的茶，从盖子上画着小猫咪的旧饼干锡盒拿出深色姜饼切了一片给我。那么松酥，满是糖蜜，难以消化的好吃东西绝不可能是幽灵做的！我已经感觉好些了，暴风雪大可在屋外肆虐，但我在屋内安全又温暖，虽然只有一个丑老太婆做伴。

因为她无可否认真的是个老丑婆，腰几乎弯到地上，椒盐色的头发盘在头顶插着玳瑁发簪，脸已完全被皱纹侵蚀，很难看出她是不是在微笑。她和她的房间已经很久没见过肥皂和水了，一股乏人照料、挥之不去的臭酸味让我觉得有点嫌恶，但热茶喝下去熨帖如血。何况你难道不记得奶奶厨房里那馊水和旧衣的味道了？柯林·克劳再度返回家来，而且变本加厉。

她给自己倒杯茶，坐在火炉那侧用一叠旧报纸和破衣服垫起来的椅子，啜着茶闲聊天气有多糟，我则慢慢让自己解冻，同时瞟着——我承认是紧张地瞟着——靠在立在所有平坦表面上的娃娃，满房破破烂烂的居民。

她看到我在看那些娃娃，便说："你在欣赏我的美女啊。"同时，雪像狂怒的鸟扑撞着没拉窗帘的窗户，狂风呼啸声在屋里回荡。老妇将空杯塞进炉栅，开始走动，突然像是有了目标；我看出我必须对她的好心招待好心以报，必须专心一致当她的听众。她抱起一把娃娃，开始一个个向我介绍。疯疯癫癫。可怜的老太婆，已经疯疯癫癫了。

法兰西丝·布兰贝阁下少了一只眼，钟形的绸裙也垮了，但她当年一定为玩具橱增色不少；然而时间是不留情的，三次离婚，自我放逐到摩洛哥，大麻，男妓，逐渐腐蚀了她的美……说到这，老妇咯咯笑得好厉害！但这女孩当年多么迷人，鸵鸟羽毛在她的鬈发上方颤动！我的视线从老妇移到娃娃再移回老妇，现在老太婆激动起来，浓浓一道唾液流下下巴。她反讽一笑，把法兰西丝·布兰贝阁下丢到一边，瓷做的头撞到墙之际她的四肢稍微颤动，然后便静静躺在地板上。

　　帕克公爵夫人瑟拉芬穿着褪色的紫褐丝裳，头上戴的那东西本来是羽毛帽。最初她来自巴黎，如今老了仍保有某种气质，虽然公爵夫人当年可不是端庄的典范，后天才嫁得如此地位的她举手投足仿佛生来便养尊处优，没有比她更完美的仕女了，老妇说。她一阵哮喘似的大笑，将装模作样的公爵夫人丢在法兰西丝·布兰贝阁下身上，说现在我必须见见露西小姐，啊！她若能继承家产就会成为女侯爵，但她最敏感的部位感染蛾蚀，变得形销骨立，徒有一身漂亮的紫色天鹅绒骑装。她总是穿紫，那是激情的颜色。祸延子孙的父之罪[1]，这爱嚼舌根的老虔婆暗示，先天的疾病……这可怜女孩的未来只有诊所、疗养院、轮椅、痴呆、早死。

　　每个娃娃的晦暗历史在我面前展开，老妇以极具自信的权威将她们一个个捡起又丢开，我很快就明白她亲昵地给这些娃娃取的名字都真有其人，那些小女孩每一个她都认识。她以前一定是这里的保姆，我心想；全家人都离开这艘沉船之后她仍留在这里，她最后一个照顾的孩子，家中的幺女——有可能长得正如我想象的那个金

<hr>

① "父之罪"（the sin of the fathers）典出《圣经·出埃及记》二十章五节："因为我耶和华你的上帝是忌邪的上帝，恨我的，我必追讨他的罪，自父及子，直到三四代。"

发继承人，不是吗？——跟一个雄风坚挺但粗鲁不文的司机跑了，或者她私奔的对象是在越洋轮船上演奏舞曲的乐队的黑人萨克斯风手。于是留下来的人继承了这片衰废。以前，她一定替她们擦过漂亮的小鼻子，帮她们把面包和奶油切成琴键状……那些小女孩都在这育儿室里玩过，跟着年轻女主人来喝茶，去屋外骑小马，长大后穿着华美礼服来跳舞，留下来参加家庭宴会，白天打高尔夫，晚上谈恋爱。或许，我的梅莉莎，在她那令人难以想象的少女时代，也在这里跳过舞？

我想到所有那些美丽的女人，有着圆滑光裸、庄重含蓄一如珍珠的肩膀，身着礼服参加晚宴，鲜艳一如她们四周的温室花朵，由伴侣的西装革履衬托得更出色，不过若是有我为伴会将她们装点得更精美许多——那些女人曾使这整栋屋子充满难以言传的性与奢侈的香味，就是那香味吸引我贪婪地上了梅莉莎的床。而现在，时间让美丽脸蛋结了霜，年岁如雪落在她们头上。

风嗥叫着，炉栅里的柴火嘶嘶作响。老太婆开始打呵欠，我也是。我很可以缩在火旁这把安乐椅上睡去，我已经半睡着了——请不用麻烦了。但，不，我一定要上床去睡，她说。

你要睡在床上。

然后她纵声呱笑，将我从又苦又甜的幻梦中震醒，那双浑浊老眼闪着光。这可怕的念头吓坏了我，她竟要牺牲我满足某种年迈的欲望，作为我在此过夜的代价。我说："哦，我不能睡在你的床上，拜托不要！"但她只答以又一声呱笑。

她站起身，看来比原先高出好多，巍然笼罩住我。现在，神秘地，她的旧日权威又恢复了，她的话就是育儿室里的法律。她一手像钳子紧紧抓住我手腕，拖着微弱抗议的我走向那扇门，我在震惊中发现自己完全认出那正是通往夜间育儿室的门。

我被残忍地抛回梦境中央。

我绊着门槛踉跄而入，门里一切都如以前，仿佛夜间育儿室是无变的、不变的暴风中心，那里的白是超越光谱的白。同样有洗过头发的气味，夜用小灯同样发出静谧幽暗的光，白色珐琅栏杆小床里同样睡着那个孩子。暴风雪呢喃唱着摇篮曲，雪亭的小继承人有着宛如雪花石膏雕成的眼皮，里面盛着一捧光亮，但这个她是有瑕疵的宝石，是碎裂的复制品，是被胡乱涂写过的图画，而这一夜以来第一次，我感到纯粹的恐惧。

老妇轻轻接近她照顾的孩子，从床单下抽出一个软软的布东西，原先被小孩苍白的手臂抱住。她再度呱笑起来，带着令人不解的欣喜，煞有介事把这东西递给我，仿佛那是圣诞树下的礼物。碰触到皮耶霍时我为之惊跳，仿佛他的白绸睡衣里有电流。

他还在哭。我又惊迷又畏惧，碰触他脸颊上闪亮的那滴泪，舔舔手指。咸的。玻璃眼中涌上另一滴泪，取代我偷去的那滴，然后又一滴，再一滴。最后眼皮颤动着闭上。我以前看过他的脸，那是张吃了太多面包和人造奶油的脸。一场魔法暴风雪使我盲目，我也哭了。

告诉梅莉莎我的诗意工厂破产了，奶奶。

夜用小灯散发着反讽的祝福之光。睡梦中的孩子伸出一只温暖的黏黏的手，紧抓住我；在惊恐和慰藉中，我将她抱进怀里，尽管她身上有脓疮病，有虱子，有尿湿床褥的臭味。

缝百衲被的人 ①

有一个理论是，我们制造自己的命运就像盲人朝墙泼油漆：永远不了解也看不见自己留下的痕迹。但我相信我的人生没有那么多堂皇、意外、抽象的表现主义意味，才没有呢。我总是试着与自己的潜意识尽可能融洽相处，让右手知道左手在做什么，每天早上一醒来便仔细检视梦境。因此，放弃——或者该说解构——那个盲人泼油漆的隐喻吧，将它拆解，形式化，再重新组合，努力获致比较线条分明、意图清晰的效果，别那么艺术兮兮，因为我确实相信我们都有选择的权利。

拼布是一种受人忽视的家居艺术，之所以受人忽视显然是因为我这个性别对此非常擅长——哪，就这么着，一直以来事情都是这样，不是吗？当然，我倒不是对美术有什么不满，不过美术家可是花了一百年才赶上那种鲜艳精彩的抽象图案，以前随便哪个普通家庭主妇都能在仅仅一年、五年或十年中达成，而且也没因此大惊小怪。

然而，拼布时，做的人脑中总是保有一个无比弹性却又和谐

---

① 英文 quilt 一字泛指棉被，但大多时候特指 patchwork quilt，即妇女（单人或多人）以各式零碎布头拼缝的成品，是一种传统工艺。此处译为"百衲被"。

的整体设计，以手边恰好有的任何材料加以执行：派对洋装、粗麻布、新娘礼服的碎片、寿衣的碎片、绷带的碎片、正式场合的男用衬衫等等。穿坏或破掉的衣物，剩余物资，做完女用衬衫留下的零星布头。你可以用安乐椅或窗帘剩下的印花棉布剪成鸟、果与花，用各式各样的东西在拼布上做出各式各样的图案。

最后的设计确实受到可用材料的影响，但不见得会影响很多。

剪出一片片规则的长方形或六边形需要纸样，勤俭的家庭主妇常因此用光了旧日情书。

做拼布一定得从中央开始，然后往外延伸，就算那种叫"疯狂拼布"的也一样，那种拼布的做法是随意剪出不规则形状，用羽毛缝①连结起来。

耐心是缝百衲被的人一项很重要的特质。

我愈想愈喜欢这个隐喻。这个意象真的非常贴切，完美地综合了芜杂的经验以及我们运用经验的方式。

在北方新教徒劳工阶级的传统中出生长大的我，对这隐喻包含的勤俭与努力工作意味也感到满意。

拼布。很好。

在我前往天堂的第三十年路途中的某处——那是十年前的事，我跟当时的丈夫在德州休斯敦的灰狗巴士站。他给了我一枚小面额的美国钱币（我们出门时钱总是全带在他身上，因为他不放心交给我）。这巴士站的一座大型自动贩卖机里，一格格分门别类放着饼干、巧克力棒、包玻璃纸的三明治。其中一格有两颗桃子，脸颊毛茸茸的"南方红"品种，看起来像维多利亚时代的插针包。一颗桃

---

① feather-stitch 是疯狂拼布的一种缝法，针脚较不整齐、较为随意。

子大，另一颗小。我很有良心地选了小的那颗。

"你干吗这么做？"当时的丈夫问我。

"或许有别人想要那颗大的。"我说。

"那跟你有什么关系？"他说。

我认为我的道德败坏就是从那时候开始。

不，说真的。从这个桃子的故事，你难道看不出我是怎么被带大的吗？并不是——真的不是——我认为自己不配吃那颗大桃子，只是我所受过的所有基本训练，所有内化的价值观，都告诉我把那颗大桃子留给比我更想要它的人。

想要它：欲望比需要更专横得多。我对其他人的欲望非常尊重，尽管当时自己的欲望对我来说是个谜。年龄并未澄清欲望之谜，只除了在肉体方面，现在我已经很清楚自己想要什么，而这么说就够了，多谢。如果你想找那类的真实告白，请到别家店去做生意吧。多谢。

这个故事的重点是，若那个当时是我丈夫的人没告诉我我拿小桃子很笨，那么我根本不会离开他，因为老实说，他对我而言，向来都是那颗小桃子。

原本我是个不知节制的偷桃贼，但我学会挑小的因为不曾受到惩罚。详情如下：

我小时候正值厉行节俭的年代，食物得配给之类的，水果罐头对我那个阶层的人而言是很不得了的奢侈品。星期天午茶时间，家里有客人，桌上一只玻璃碗盛着罐头桃子切片。大家都在闲聊，四处转，等我母亲把茶壶放上桌，我已经成功偷吃掉那些桃子的整整三分之一，弯着前爪将它们摸出玻璃碗，就像猫捉金鱼。当时我应该是十岁——就说十岁好了，算个对称的整数——圆圆胖胖的。

母亲发现我舔着自己黏黏的手指，于是笑着说我已经吃完我的份，接下来没得吃了；但当她将桃子一盘盘分给大家，我的份跟其他人一样多。

因此，我希望你了解，等到又过二十年之后，对我而言挑小桃子已经非常自然了：我不是一直都享有足够的爱，感觉可以分给别人一些吗？那时我这种心态真危险哪！

随便哪个傻瓜都看得出，我前夫跟新妻子在一起快乐多了；至于我，接下来十年我都在拼命抓，抓，抓可不是吗，为了弥补失去的岁月。

直到我仿佛撞上一道柔软的障碍，与自己内在的月历相撞，日子像奶油软糖融成一团，时间温柔但无法挽回，尽管我还不完全算是时间的废墟（不过我的皮肤没以前那么紧致，牙龈也迅速萎缩，大腿像雪纺纱一样多皱）。四十岁了。

四十岁的意义，真正的意义，在于：在分配好的一段时间中，你离死亡比离出生近了。在生命这条在线，我已经超过中途点。但事实上，从某个角度来说，我们岂不是永远都超过中途点，因为我们知道自己什么时候出生，却不知道……

因此，在世界四方游荡一阵之后，前偷桃贼回到了伦敦，回到由水蜡树篱、脏兮兮的白蕾丝窗帘、又高又窄的连栋房屋所组成的熟悉的隐蔽生活。那些街道似乎总在睡觉，永远处于星期天下午的私密；在围着砖墙的长形后园，以老鼠和垃圾为食的城市小狐半夜吠叫，有时会有猫头鹰轻迅扑下的声响。这城市薄薄一层盖在荒野上，荒野从铺路石间这里那里冒出来，长成一丛丛青草和黄菀。浑浊粉红胸脯的林鸽在园里那端的老树上咕咕叫，我们在门上加双重闩锁以防窃贼，但这也不是什么新鲜事了。

隔壁的樱花又开了。这是四月的迅速变化表演：前一天还是光秃秃，第二天就怒放欲滴。

小桃子事件后过了若干时间，我用两片大洋和一片大洲将自己与前夫隔开，在东方当酒吧女侍过着莎蒂·汤姆森①式的生活，有一天，在一个休假的周末，我发现自己正坐车穿过世界另一端的盛开繁花，身旁的年轻男子说："我是蝴蝶夫人，你是平克顿。"尽管当时我激烈否认，但后来果然如此，唯一不同之处在于我离开后再也没回去。我从没带个美国朋友回去过，就算我还有品位吧。

火车渐停，一阵潮潮绿绿的微风将飘散的樱花瓣吹进车窗，花瓣滑过他的额头，停在他的睫毛，被摇落在木条板座椅上。我们就像身在一场婚宴，只是撒满全身的不是五彩碎纸，而是人类处境之美，之脆弱，之短暂的象征。

"花总是会落。"他说。

"明年还会开啊。"我自在地说。我在这里是个陌生人，不懂得那种感伤，我相信人生是要用来活而非用来后悔的。

"那跟我有什么关系？"他说。

以前你总是说你永远不会忘记我。那让我感觉自己像樱花，今天在这里，明天就消失了；毕竟，对自己打算与之共度余生的人，是不会说这种话的。而经过了那一切，一年到头大部分日子我有时候根本不会想到你。我将这意象抛进过去，就像抛挥钓鱼线，然后钓起一副金色面具，眼角有着真实泪滴，但那泪滴已不属于任何人。

---

① 《军中红粉》（*Sadie Thompson*，1928；后曾数度重拍，另有相关的舞台剧及原著小说）一片的女主角名，故事主要是说一个"堕落"的女人远走他乡想展开新生活。

时间已经漂来遮住了你的脸。

隔壁花园的樱树高四十英尺，跟屋子不相上下，多年乏人照料依然活了下来。事实上，它有两套独门绝招，各包含三组转变，每年都准时上演，第一套在初春，第二套在暮春。是这样的：

四月，某一天，树枝；第二天，花朵；第三天，树叶；然后——

整个五月和六月初，樱桃结果成熟，直到某个黄道吉日它们变成玫瑰红，鸟儿飞来，整棵树变成一座繁忙的鸟塔，树下围着一圈欣赏得着迷出神的猫。（我们这一带有很多猫。）隔天，树上的樱桃全变成果核，被迅速伶俐的鸟喙啄食得干干净净，一棵果核树。

樱树是列蒂那野乱花园的主要纪念碑。每年从四月到九月气候温和的时节，她的花园在没人照料的情形下长得多么精彩！燕子还没飞来，蒲公英就先到了，懒懒吹散一蓬蓬毛茸茸的种子。然后毛莨也悄悄冒出长长的新芽。之后悬花蔓的白圆椎遍布四处，爬满列蒂花园里的一切，沿着架起晒衣绳的水泥柱蜂拥而上，那是住列蒂楼上那位女士用来晒衣服的，从楼上的厨房窗边拉动滑车。她从不到花园里去。她和列蒂已经二十年不说话了。

我不知道列蒂跟楼上女士二十年前为什么闹翻，当时后者比现在的我年轻，但列蒂已经是个老妇了。现在列蒂几乎又瞎又聋，但我想她还是很享受外面那杂乱的色彩变化，四季的万花筒使花园斑驳缤纷，她和她已故的哥哥从大战期间就没再弄过那花园，也许是为了某个如今已经遗忘的理由，也许根本没有理由。

列蒂跟她的猫住在地下室。

更正：以前住在。

哦，中古世纪的写实主义是多么尖酸，墓碑上刻着白骨，写道："我今如此，尔亦将至！"鸟会飞来把我们啄食一空。

半夜，我听见隔墙传来可怕的哀嚎。出声的人可能是列蒂也可能是楼上女士，也许醉疯了，痛快发泄起来，又叫又嚷，独自一人，被狐狸出没的夜晚、伦敦的无名沉重沉默逼得发癫。我紧张地耳朵贴墙，寻找声音的来源。"救命！"列蒂在地下室说。楼上臭婆娘事后宣称她啥也没听见，安然沉睡于梦乡，浑然不知我死命按电铃按了二十分钟，想把她吵醒。列蒂继续叫："救命！"于是我打电话报警，他们闪着灯光拉着警笛来了，戏剧化地并排停车，跳下车任没关好的车门兀自摇晃：这可是紧急报案电话呀。

但他们人太好了。太好了。（当然，我们当中没有一个是黑人。）首先他们试着打开地下室的门，但门从里面闩住，以防小偷。然后他们试着撞开前门，但门动也不动，于是他们打破前门玻璃，伸手进去拉开门闩。但怕小偷的列蒂把自己牢牢锁在地下室卧房里，声音飘上楼来："救命！"

于是他们又撞开她的房门，门框撞裂了，搞得一片狼藉①。至于楼上那婆娘呢，从头到尾睡得可香，至少事后她是这么宣称。原来列蒂跌下了床，连床单一起扯下来，全身裹缠着毯子、灰色被单，还有一条一角沾了点干屎的旧百衲被；她自己爬不起来，只能在层层纠结中无助地躺在地上呼救，直到警察来了，一把抱起她放回床上，让她舒舒服服躺好。看到警察她并不惊讶，她不是一直在叫"救命"吗？他们不就来救她了吗？

"您多大年纪啦，亲爱的。"警察说。她虽然耳背，但还是听清了这问题，老人通常对此都很有反应。"八十。"她说。她只剩年纪

---

① 看来此屋至少有两个出入口：一个是一般的前门，另一个是从屋外直通地下室的门；警察打不开后者，因此敲破前者的玻璃进屋，然后再撞破屋内通往地下室的门。

566

可以自豪了。(你看，人年纪愈大就愈倾向拿年纪来定义自己，正像小时候那样。)

想个数字。十。将它加倍。二十。再加十。三十。再加。四十。将它加倍。八十。将这意象颠倒过来，便会产生类似俄罗斯木头人偶的东西，一个大娃娃套着一个中娃娃套着一个小娃娃套着一个更小娃娃，如此无限①延续。

但我离自己当年所是的那个孩子，那个偷桃的孩子，比我离列蒂远。不说别的，那个偷桃贼身材圆润，一头棕发，我却瘦巴巴，一头红发。

指甲花染的。我已经红发二十年了。(那时列蒂就已超过中年了)我二十岁第一次染发。昨天我又把头发新染一遍。

指甲花是一种芳香药草，干燥后磨成粉状贩卖，呈浮沫似的绿色。把这粉末倒进碗里，加入滚烫热水，用比方说木汤匙的柄将之搅成糊状。(人家说最好别让指甲花接触金属。)指甲花糊的颜色不再是灰扑扑，变成鲜活的暗绿，仿佛热水使鲜叶的真正色彩活了过来，味道也很好闻，像菠菜。然后拿半颗柠檬挤汁加入，据说这样能"固定"最后的颜色。然后用这热乎乎、黏稠稠的糊彻底抹匀头发。

(当初他们怎么会想到要这么做？)

进行这步骤时照理说要戴橡胶手套，但我从来都懒得这么麻烦，因此我每新染一次头发，指尖就会连着几天像被大量尼古丁熏黄。绿泥厚厚涂在发上之后，便用不透气的东西包住头，比方塑料袋或保鲜膜，然后让它慢慢作用。一小时：赤褐色的挑染。三小

---

① 原文为拉丁文。

时：整头一层模糊的锈红光圈。六小时：红似火。

你可要知道，产地不同的指甲花也有不同的效果——波斯指甲花、埃及指甲花、巴基斯坦指甲花，这些全都会产生不同色调的红，从一般与指甲花联想的砖红，到深沉、燃烧、高级妓女般的紫红，或白鹦冠毛似的赤红。如今我已经是指甲花行家了，"来自南方山坡的纯朴指甲花"之类的。书中所有色调的红发我都染过。但人们以为我天生红发，甚至容忍我若干脾气暴躁的表现，就像人们容忍丽泰·海华丝，她购买红发，就在玛丽莲·梦露购买致命金发的同一处神话诗柜台。也许当初我开始染头发，是为了获得红发女子专属的不理性特权。有些男人说他们最爱红发女子，这些男人通常有非常有趣的心理——性欲问题，不该在没有母亲监护之下出门。

隔天早上我为列蒂梳头，把她打点好准备救护车来接，我看见她头上有泄露秘密的指甲花染的层层头皮屑，尽管她头发本身如今已是模糊的椒盐色，而且，我猜想，大概从跟我在德州休斯敦巴士站做出桃子选择差不多的时间起就没再洗过。当时我的头发恰好是水果类——柑橘色——我记得剪成圣女贞德般超狠超短的平头，我们现在不敢冒那种险了，哦，绝对不敢。现在我们需要阴影，我虚荣的脸和我；现在我头发留到及肩长度。此刻，指甲花在我头上产生红金色调，这是因为我头发开始变白了。

因为指甲花的效果也受到底下真正发色的影响。它对白发的效果是这样：

土耳其，一座乡间小镇，地平线上一排白杨树，镇中央一处泥土广场，有鸡，有机车，有卖杏的小贩，有驴，一个女人正讨价还价要买那种可以套在手腕上的、裹着芝麻的手环形面包。从背后看，她娇小苗条，穿着乡气印花布的宽松暗蓝长裤，头上包着巾，但头巾下露出又长又粗、拉潘柔①似的美丽金色发辫。纯金色，金得一如婚戒。这条发辫几乎长及她的脚，足有我两臂合起来那么粗。我等不及想看这童话人物的脸。

她将几环面包套在手腕，转过身来：她是个老妇。

"什么人生啊。"列蒂说，在我替她梳头时。

我对列蒂的人生一无所知。关于她我只知道一两件事：她在这地下室住了多久——从我出生前就住在这了；还有她以前跟哥哥住，是年纪比较大的哥哥照顾她。那个哥哥去年十一月跌下公交车，那是所谓的"车门口车祸"，移动中的公交车逐渐减速准备在路那一头的站牌停车，他跌下车门口，头撞上人行道边缘的砌石，造成无法挽回的伤害。

去年十一月，就在出事前不久，她哥哥来敲我家门，问我们能否帮他看看一盏坏掉的灯。他们那灯不亮是因为电线烂掉了，房东答应派人来修，但一直没下文。以前列蒂和她哥哥的房租是每星期两镑五十便士，从房东的观点来看，这租金并不划算，还不够他维持这栋房子的种种费用开销；从列蒂和她已故哥哥的观点来看，这租金也不划算，因为他们负担不起。

更正：列蒂和哥哥负担不起，是因为他太骄傲了，不肯让他们家接受好心专业人士的服务，例如社工等等。她哥哥死后，好心的专业人士大批前来造访列蒂，如今她的财务状况比较好了，房租有人代付。

---

① Rapunzel，童话故事中被女巫囚于高塔，留一头长发让人攀援入塔的女孩。

更正：曾经有人代付，当她还在的时候。

我们知道她名叫列蒂，因为我们／他在看保险丝的时候，她在黑暗的厨房里盲目地东碰西撞，她哥哥焦躁地说："列蒂，好了啦！"

在脆弱的感官知觉背叛列蒂、使世界只剩一堆不明色调和闷声响之前她曾看过听过什么，我一无所知。她碰触过什么，什么使她感动，对我来说都是谜。对我来说她像亚特兰提斯。她当年如何赚钱谋生，她和哥哥最初为何来到这里，她人生的所有真实砖头和灰泥都坍垮成一堆残垣断壁，一堆被遗忘的过去。

我猜不出她的欲望是或者曾经是什么。

她自己也有点轻微焦躁，她说："他们不会把我送走吧，是不是？"唔，他们不会让她一个人待在这里，是不是，因为现在她已经证明自己无法安然躺在自家床上而是会七颠八倒摔下困在被毯里，自己爬不起来。梳完她头发，我替她倒了杯茶，她请我帮她把梳妆台上小盘子里的瓷假牙拿来，她才能吃饼干。"不好意思。"她说。她问我站在我后面那人是谁：那是梳妆镜中我的映影，但是，哦，是的，她头脑依然清楚得很，如果把"清楚"的定义稍微扩充一丁点的话。你总得略作通融。以后你也会通融自己。

她需要坐起来喝茶，我将她抱起。她是如此羸弱，我好像拿起一只空空如也的藤篮；本来我暗自咬牙准备迎接重担，但她根本不重，轻得仿佛骨头中空一如鸟骨。我感觉她需要重物坠住，才不会随着她轻飘飘的声音一起飘上天花板。卧室里有股淡淡的狮舍气味，冷得要命，尽管屋外有充足的四月阳光，紧致的樱花花苞也开始飘落白色花瓣。

列蒂的猫走来坐在床尾。"哈啰，小猫。"列蒂说。

老太太养的猫常是一团乏人梳理的毛球，这只猫也是，看来好像正在逐渐拆散，黑色的毛皮生锈又褪色，但有些猫是天生的好心专业高手——就算其他人全都受不了你没完没了的胡言乱语，他们还是会静静陪着你。他们不会评判你，毫不在乎你是不是会尿床，而当你视力衰退，他们会自动把身体凑向你仍有感觉的手指，带来慰藉。他脚掌揉踩着沾了屎迹的百衲被，呼噜呜叫。

　　楼上婆娘终于下来了，宣称对昨夜的大乱一无所知，说她睡得太熟，完全没听见门铃或破门而入的声音。她八成是昏死过去了，不然就是根本不在这里，而是跟男朋友在城里。再不然，就是男朋友整个晚上都跟她一起在这里，但她不想让任何人知道，所以躲着不出面。我们一星期会看见她男友一两次，偷偷摸摸像在偷情，螃蟹似横溜到她门口。楼上那婆娘约莫五十出头，保存状态不错，仿佛她拿发胶除了把那头亮棕色鬓发喷得一丝不苟，也喷满全身。

　　她巴不得列蒂走。"真是危害健康！真是有碍公众安全！"楼下的列蒂在冰冷地下室陷入梦境般的幻觉中，楼上的婆娘看着我扫起门厅地上的碎玻璃。"她不该留在这里。她应该去住老人院。"最后一句盖棺论定："这是为她自己好。"

　　列蒂做梦般唤着那猫。就我所知，没有老人院会收留猫。

　　然后社工来了，医生来了，不知哪里还冒出一个侄孙女，八成是被社工找来，约莫二十七八岁，带着个紧抱玩具熊的侄曾孙女。列蒂很高兴看到侄曾孙女，这小孩是我想象中列蒂的隔绝孤单老年生活图像的第一道裂痕。先前我们不知道她还有亲戚，事实上，侄孙女这下让我们知道自己是外人。"现在该家人管了。"她说，于是我们行礼退场。这个侄孙女犀利得像图钉，忙碌得像蜜蜂，对老太太表现得颇有占有欲但也态度温柔。"列蒂，你这回又怎么啦？"把我们外人挡开，也许是羞于让人见到那沾了屎的百衲被，还有列蒂床旁的塑料尿桶。

他们正把列蒂的东西收进侄孙女带来的航空旅行袋,无巧不成书,房东恰就选在这天来收列蒂的房租,一副神气活现的样子,摸着刮得干干净净的下巴,听楼上那婆娘唠叨个没完,说列蒂已经不能自理生活啦,逼得人家破门而入、对房子和人命都造成危险啦。

什么人生啊。

然后救护车来了。

列蒂要住院几天。

这条街,根据房地产中介的说法,正在迅速改进当中;蕾丝窗帘没了,每家客厅里挂起白气球似的圆形纸灯罩。房东答应,等列蒂走了之后,他会给楼上婆娘五千镑搬走,这样他就能将空屋重新装修卖出,大赚一笔。

我们活在人情凉薄的时代。

花朵盛开的樱树像尚未被玷污的新娘,占据着野乱的花园;前任偷桃贼想着即将成熟让鸟儿(而非我)吃的果实。这种委婉说法真奇特,"走",指死亡,离去展开旅程。

在前往天堂途中的另一年,我问得了如下所述的答案,辛苦解释男性性反应;对我来说那是月球的另一面,绝对的神秘,我永远无法得知的一件事。

"你插进去,那不会无聊。然后你前后摇晃,那可能会变得颇无聊。然后你来高潮,那不会无聊。"

"你"指的是"他"。

"你来高潮,或者我们日文说'去'。"

正是。"行きます",去。日文的高潮离去使得英文的高潮到

来，仿佛倒映在镜中，使意义变得完全不同——这是说，如果它有什么意义的话。欲望在满足中消失，对激情而言这并不值得高兴，此所以没有"快乐的结束"这回事。

除此之外，日文将动词放在句末，使外国人更加困惑，让我觉得他们自己也有一半时间不太知道自己在说什么。

"这里的一切都好假惺惺。"

"不。是你在的地方假惺惺。"

而两者永远无法相遇。他爱无聊，别以为他对性活动中的无聊元素抱持轻蔑不屑的态度。他珍爱且崇拜无聊。他说，比方狗就从来不会无聊，鸟也不会，所以显然是感觉无聊的能力，将人与其他高等哺乳动物，或长鳞片长羽毛的生物区隔开来。一个人愈是无聊，就愈充分表现人性。

他喜欢红发女子。"欧洲人真是色彩鲜艳。"他说。

他是个难缠的家伙，那人可是个大桃子没错，有杰拉·菲利普①的脸，涅恰耶夫②的灵魂。我拼命抓、抓、抓，因为抓的经验不多，咬下的部分常多得让自己嚼不动。圆胖偷桃贼的典型命运，一个不肯被同化的人。每年一次，当我看到列蒂的樱树开花，便动用起那意象，看见花瓣落在一张仿佛金箔打成的脸上，像施烈曼③在特洛伊找到的阿伽门农面具。

面具变成一条亮闪闪的鲤鱼，挣脱钓鱼线尽头的钓钩。让他给溜了。

让我别把你太浪漫化。因为，万一你真的复活，我该怎么办？

---

① Gérard Philipe（1922—1959），法国演员，五十年代在西欧极受欢迎，惜英年早逝。常扮演年轻浪漫的英雄。
② 参见《自由杀手挽歌》，p. 120 注。
③ Heinrich Schliemann（1822—1990），德国考古学家，在希腊及土耳其发掘许多遗址。

跑来敲我的门，穿着你那又脏又酷又时髦的名牌牛仔裤，皮夹克，口袋塞满国民生产毛额，来得有点迟，要把我变成良家妇女，就像你以前有时威胁的那样？"在你最料想不到的时候……"老天，我现在四十岁了。四十！我已经将你标示为"魔鬼情人"，万一你真的爬出心底的坟墓，明亮光鲜，还有一辆美国车引擎隆隆等在外面，要把我载去海底长着百合的地方，怎么办？"我已经嫁给一个木工了。"那首歌里的女孩急着解释，不过她还是跟那蹄子分岔①的可爱家伙走了。但我不会。那不会是我。

而且这样也太不搭了，用古老民谣的语言来跟一个熟知点唱机的国际语言的人讲话。你会有一台你喜欢的、总是为之羡慕美国大兵的"伍力泽凯迪拉克"，准备用来羞辱我。它会咆哮出四个音箱的声音。艾佛利兄弟。杰瑞·李·刘易斯。早期的猫王。（"等我长大以后，"你梦想着，"我要去曼菲斯嫁给猫王。"）你整个太多了，你纯粹是二十世纪后期的孩子，你这来自月亮或镜子另一面的人，而假想中的你的到来是太让人害怕的灾难，我根本想都不敢想，即使在追悔自己青春岁月、最心绪起伏的时刻。

我在南伦敦过着安静的生活。我自己磨咖啡豆，边喝边听收音机里一大早的巴洛克音乐。我已经嫁给一个木工了。就像创造出我的这个文化，我现在也以好几海里的时速迅速倒退。不久我就需要一整排脚注，才能让三十五岁以下的人了解我说的任何话。

而你……

到后花园摘迷迭香要给鸡肉调味，没修剪的草丛里长着黄水仙，黑鸫多得足以拿来做成派。

---

① 西方传统认为魔鬼双脚是分岔的蹄（偶蹄）。

列蒂的猫坐在列蒂的窗台上。百叶窗是拉上的。五天前社工拉上百叶窗，然后开着她的小飞雅特，跟着救护车前往医院。我朝列蒂的猫叫唤，但他没转头。他的毛已经变成一撮撮尖角，看来多刺得像枚七叶树的果实。

列蒂在医院里用有吸嘴的杯子喝肉汤，而我，尽管对自己富于善心同情等等如此自豪，却不曾再想起列蒂的同伴，直到今天去摘迷迭香要塞进我们贪婪的烤鸡晚餐。

我再度唤他。叫到第三声，他转过头来，那双眼睛里像倒了牛奶。园墙太高我无法翻越，因为身手已经不如往昔灵活，于是内疚地把半罐猫食抛倒过去。来吃吧。

列蒂的猫动也不动，只用拉下帘子的眼睛盯着我。然后整条街每家花园里毛皮滑亮的肥猫全跳着、跃着、钻着跑来将这顿意外大餐吃得精光，一眨眼工夫就丁点不剩。真是给慈善捐助者上了一课！等这顿我没大脑地提供的没心肝盛宴结束，那些被照顾得好好的猫挺着饱肚晒太阳舔洗自己，然后列蒂的猫才终于用颤抖的腿撑起身体，扑通跳到草地上。

我以为他或许终于闻到猫食的味道，想来吃，太迟了，全被吃光了。其他猫不理他。他着地时有点摇晃不稳，但很快就站直身子。然而他对猫食留下的渍痕毫无兴趣，在蒲公英间好不容易蹒跚走了几步，于是我以为他想咬几根草给自己治病，但与其说他朝草低下头，不如说他让头自己垂下，仿佛他没有力气抬头了。他身体两侧都凹瘪下去，满身乱毛硬邦邦。他没有好好照顾自己。他茫然四顾，摇摇摆摆。

看到这样你几乎会相信，他不是在等那个平常喂他的人照常来喂饭，而是在想念渴望列蒂本身。

他的后腿开始不由自主发起抖，抖得他全身痉挛，后腿踢离地面，好像在跳舞。他又抖又痉挛，又抖又痉挛，最后吐出一点点白色液体。然后他把自己拉直站起，摇摇晃晃走回窗台，使尽力气才爬上去。

后来有比我敏捷的人跳过园墙，在那里放了一碗面包加牛奶。但猫也没理会。隔天，猫和食物都仍在那里，原封不动。

再隔一天，只剩下那碗发馊的食物，樱花瓣飘过空空的窗台。

小小的疏忽之罪让人想起更大的疏忽之罪；至少主动犯下之罪还有选择，有意图可作为借口。然而：

五月。一个风吹阵阵、亮蓝亮绿的早晨，我拎着一塑料袋窸窸窣窣的垃圾走下门前台阶，正好看见社工的红色飞亚特开来停在隔壁门口。

医院的人用指甲花帮列蒂染了发。一个八十岁的红发女，我的大俄罗斯娃娃，孱弱的老骨头里装着我的四十、我的三十、我的二十、我的十岁，她回来了，不是坐在令人颜面扫地的救护车上，而是自己把更加稳定的双脚踏在地上。她胖了一点点，气色也变好了，不只头发有了颜色，脸颊亦然。

房东大失所望。

在社工、区护士、居家看护、嘴巴厉害但心倒也蛮好的侄孙女的簇拥下，列蒂走下没有打扫、长着杂草的台阶，打开她自己那扇鲜少使用的地下室前门，先前有人记得拿钥匙从里面开了门闩，好让她回来。她环顾四周确认街上一切都没改变，那头新的白鹦冠毛——替她染发的人一定非常了解指甲花——也跟着东转西指，尽管她只看得见大块大块的光和影，听见的不是尖啼的黑鸫，而是人家在她耳朵旁大吼："小心点慢慢走，列蒂。"

"我没问题啦。"她不耐烦地说。

被警察撞破的那扇门关上了，她和她吱吱喳喳的随行人员消失在房里。

楼上婆娘的前厅窗户狠狠关上，砰。

而我该怎么想呢？先前我把一切都仔细编排好了，一个谜般的结构，关于人生如朝露，关于老去，关于时间的迷雾，拉长的影子，樱花，遗忘，忽略，悔憾……悲哀，多么悲哀啊……

但是。列蒂。列蒂回家来了。

楼上婆娘在街角杂货店怒气冲冲："她根本有神经病，他们怎么可以放她回来。"房东为了翻修卖掉空屋而答应要给她的那五千镑，就这么被吹散蒲公英绒毛的五月微风吹走了。列蒂的花园如今正值黄色毛茛怒放的季节，樱花结束了，没有悔憾。

我希望她已经太老、脑袋太糊涂，不会注意到猫不见了。

门儿都没有。

我希望她永远不会想到，不知隔壁那对好心夫妇是否记得喂他。

但现在她回家来了，显然打算在自己地下室房间的舒适和隐私中，按照自己的悠哉步调走向死亡。她行使了她的选择权，可不是吗，她把这一切都变成了疯狂拼布。

人生第三十年的某时，我把一个丈夫丢在德州休斯敦的巴士站，再也没回去过那个城市；吵架的起因是一颗桃子，当时那桃子似乎将人际关系中个人权利的问题一语道破，而事实上，或许真是如此。

你可以看出，我在这幅床罩上缝了五颜六色的东方锦缎和土耳其土布，然后我（叫我以实玛利①）四处漫游了一阵，种下（或缝

---

① 这是《白鲸记》的第一句。

下）一两株野燕麦在这实用的家常物品、这勤俭加想像力的产物中，等到老了以后我希望拿它来盖，让我脆弱的老骨头保持温暖。（列蒂的地下室里真冷。）

但是，好吧没错，我以前总是说花谢了还会再开，但列蒂竟能从干净白坟墓般的老人病房回来，简直太离谱了！而且不只这样，当我到花园去摘几朵郁金香时，他出现了，在砖墙那一侧，在四处蔓延的毛茛之间逸乐徜徉，胖嘟嘟的——这阵子列蒂把他喂得饱饱。

"见到你我可真的很高兴。"我说。

若这是则日本民间故事，那么他会是她那只猫的鬼魂，一身锈色，实质可触一如生前，可怜的猫为盼主人憔悴而死，听见她的声音又还魂出现在后门口。但此刻我们是在南伦敦，一个春天的早上。莞兹渥司路上跑着来回噗噗放屁的货车。某家楼上的收音机大声放着首都电台。一只老猫，明显可触一如二手皮草，在毛茛丛间打瞌睡。

我们知道自己什么时候出生，但——

我们缓刑的时间长短也同样随机不定。

把它抖开再看一遍，花朵，水果，指甲花的鲜艳染痕，俄罗斯娃娃，雪纺纱般起绉的肉体，老歌，猫，八十岁的女人；四十岁的女人，一头染过的头发，牙齿多半还是自己的，她是我的同伙，我的姊妹。她现在退入风俗画的障眼隐私中，变成一个持针的女子，一个缝百衲被的人，一个在城市某处花园缝拼布的中年女子，用力转过头去，硬是不看在四周耐心荒野中等待我们的岩石与树木。

Appendix

附录

《烟火》后记

安吉拉·卡特

　　我开始写短篇小说时，住在一间小得不足以写长篇小说的房间。因此那房间的大小影响了我在房中所做之事的规模，而这些短篇本身也是如此。短篇叙事有限的篇幅使其意义浓缩。信号与意思可以融成一体，这点在长篇叙事的众多模糊暧昧中是无法达成的。我发现，尽管表面的花样始终令我着迷，但我与其说是探索这些表面，不如说是从中做出抽象思考，因此，我写的，是故事。

　　尽管花了很久时间才了解为什么，但我一直都很喜欢爱伦·坡，还有霍夫曼——哥特故事、残忍的故事、奇异的故事、怖惧的故事、幻奇的叙事直接处理潜意识的意象——镜子、外化的自己、废弃的城堡、闹鬼的森林、禁忌的性欲对象。就形式而言，故事跟短篇小说不同之处在于，故事并不假装模仿人生。故事不像短篇小说记录日常经验，而是以日常经验背后地底衍生的意象组成系统，藉之诠释日常经验，因此故事不会让读者误以为自己了解日常经验。

　　爱伦·坡书写遵循的哥特传统堂而皇之忽视我们各种体制的价值系统，完全只处理世俗。其中的重大主题是乱伦和吃人。人物和事件夸张得超过现实，变成象征、概念、激情。故事的风格倾向于华丽而不自然——因此违背人类向来希冀相信字词为真的欲望。故事中唯一的幽默是黑色幽默。它只有一个道德功能——使人不安。

　　故事与色情刊物、民谣、梦境等次文学形式有关，并未受到文艺界人士正眼看待。这倒没什么奇怪，不是吗？大家都把潜意识藏进公文包吧，就像乌布老爹①对付良心那样：良心太烦人，就把它丢进马桶冲掉。

　　因此我动笔写故事。当时我住在日本，一九七二年返回英国，发现自己置身一个新的国家。那感觉像是醒来，极其突兀地醒来。我们活在哥特式的时代。现在，重点在于了解和诠释；但我的钻研方式正在改变。

　　这些故事写于一九七〇至一九七三年间，按写作时间先后排列。《主人》这篇故事中，添加了对英国资产阶级小说之父笛福的一点致意。

---

① Père Ubu，法国剧作家 Alfred Jarry（1873－1907）著名作品《乌布王》的主角。该剧被视为开二十世纪荒谬剧的先河，首演于一八九六年，语涉屎尿、暴力、色情等，当时引起轩然大波。

欢迎来到 CarterLand

严韵

是的！各位女士先生，各位大朋友小朋友，各位阿猫阿狗（或者更符合卡特笔下典型的，该说是各位阿狼阿虎），欢迎光临安吉拉·卡特的游乐场。这儿不是设计文明规划整齐、连花草树木都长得规格一致的主题乐园，而是步步险阻、暗伏威胁的幽郁森林；这儿的动物不是身穿厚厚绒毛装与游客例行合照的可爱布偶，而是披戴人类衣冠的货真价实野兽，与你进行结局难料的互动；这儿的城堡更不是无害粉彩的童话天地，有纯洁公主和高贵王子从此幸福快乐生活，而是住着哀愁的吸血鬼与迷人的蓝胡子，在他们身上爱与死永远纠缠不清。

这里的时间总是夜晚，这里的色彩永远诡丽。真幻莫辨，人兽（甚至物）不分。换言之，这是不折不扣的流动嘉年华（carnival），巡回游乐场（fairground）。

卡特对嘉年华游乐场这种宛如幽灵船四处漂移、充满各式怪诞诡秘事物、黑夜中突然出现而后一朝醒来又忽已开拔离去消失无踪的梦般国度，显然倾心不已。早期的短篇《紫女士之爱》甚至便已开宗明义直言"他们都是游乐场的原生子民"——可说将整套"焚舟纪"一语道破。在这个国度，不仅游乐场及其成员本身是奇异的，连他们行经落脚之处亦尽皆神秘朦胧——或者，原先可能平凡无奇的一切只因他们到来也变得神秘朦胧：崇山峻岭、仿佛仍滞留中世纪黑暗年代的中欧某国（《紫女士之爱》），迷雾湿冷、邪影幢幢的东盎格利亚（《爱上低音大提琴的男人》），落后贫瘠、严苛丑陋的某处高地（《刽子手的美丽女儿》）。在这样连熟悉事物都变得莫名陌生甚至骇人的——借用/乱用一个佛洛伊德的形容词——uncanny时空，潜在的欲望现形了，形变（metamorphosis）也于焉层出不穷：低音大提琴手对心爱乐器的执迷狂恋，在神似丰润女体的琴化为一堆枯柴时，终于无法承受而彻底崩坏；刽子手必须亲手砍断儿子的头借以砍断女儿与哥哥的暧昧情怀，并戴上面具化身他人，在女儿身上执行自己的欲望；在傀儡戏班主操弄下搬演过无数次败德堕落故事的紫女士，终于吸尽创造者的精血，挣脱舞台上下的界线进入现实生活，开始自动化地执行那些情节。

当然，如果我们仔细想想，"在陌生（或陌生化）的地方，不寻常的人与事物产生形变，暗示或暴露某些潜在欲望"这样的归纳分析，其实适用于几乎所有童话故事。因此，卡特最著名作品《染血之室》整本处理的正是人人耳熟能详的童话，也就十分"顺理成章"。一如拉什迪序中所言，这系列故事基本上围绕着"美女与野兽"的主题发展：从《师先生的恋曲》的初步演绎，《老虎新娘》的简单变奏，经过《精灵王》无可转变无可解脱的绝对宰制与绝对冲突，及至《与狼为伴》，面对野兽/大野狼的美女/小红帽已逐渐脱离被动、被害的角色；再到《狼女艾丽斯》，野兽伯爵则几乎退居背景，留下不再是美女的艾丽斯逐步在自己身上摸索发掘兽性与女性的特质，并以母兽般的善意救伯爵于半人半兽、不人不兽的痛苦困境，使之终于显现清晰面貌（以此视之，前作《烟火》中的《主人》一篇也可放进这个脉络，矢志屠灭野兽的男人和被当作野兽驱役的女人，在人与兽的交会折返点上擦身而过反向而行）；最后结束于《爱之宅的女主人》中摆脱不了野兽宿命的黑暗美女——同时又是玫瑰林里妖异却无邪的睡美人——遭逢自诩人性（＝理性＝男性）的救赎只加速她的灭亡。更不消说同名中篇《染血之室》里，邪恶的蓝胡子和他天真的小新娘演出一场美女大战野兽的惊心动魄戏码。（对比之下，相隔约十年后再度出现的另一篇童话改写《扫灰娘》，落笔的焦点便很清楚地已经转移，离开了 x 轴美女 y 轴野兽的坐标，显得更复杂微妙也更耐人寻味。）

以家喻户晓的童话做题材有个好处（同时也是坏处），那就是改写的意图和意义颇为方便解读。这或许很大一部分能解释何以《染血之室》是卡特众多作品中最受注目与欢迎的一本——不只读者容易"进入状况"，研究者更不愁找不到切入角度和分析重点。比方此书内篇幅远长于其他的《染血之室》，若以制式女性主义的观点来看，女主角最后为策马急驰而来、枪法神准的母亲所救（而非传统版本中的父兄），当然意味深长（何况母亲擅使的枪 [！] 还是袭自或说取代/反转了长久缺席的父亲，等等），但我个人认为更有趣也更丰富的是篇中男女主角的塑造：男主角是宛如经过萨德侯爵调教的优雅世故蓝胡子（另一个更极端的版本可以在后来的《赤红之宅》看到），阴郁森冷中不乏某种病态魅力；女主角尽管天真幼稚，却也绝非全无自我意志的懵懂无辜——事实上，她是相当自觉而主动地投入财富诱惑的怀抱，（以含辛茹苦的母亲为前车之鉴）坚决选择了面包而非爱情，也充满肉体欲望的好奇、觉醒与矛盾。更有意思的是，这两人的结合还隐约透出一些《蝴蝶梦》的影子：同样是年轻寒酸的少女受宠若惊地被年长富有的男子追求，一夕间飞上枝头成凤凰；男主角背后有着不幸而神秘的过去；集聪慧美丽优雅富贵于一身的前任夫人（《染血之室》以犹如"三美神"

的三名秀异女子代替《蝴蝶梦》中似乎无所不能的完美女性瑞蓓卡）留下令女主角局促不安、难望其项背的阴影；甚至连前妻死因的官方说法也一样，都是独自驾船出海溺毙。当然，这些相似点仍只限于表面，若要再做进一步类比恐怕难免牵强附会，但卡特必然熟悉自《简爱》以降的、"当涉世未深女主角遇上／爱上背负某不可告人秘密（尤其是关于过去婚姻的不可告人秘密）的男主角"此类型鬼气森森罗曼史，而《染血之室》或许可以视为简爱终于与罗彻斯特先生决裂的一个手势吧。（虽然若以如今的政治正确逻辑而言，可能不算是非常"激进"或"颠覆"的手势，毕竟你看女主角结果还是跟另一个男人在一起，没有幡然醒悟摇身一变成进步的女同志之类……）

　　关于卡特作品中的文学典故，可举的例子自然还有许多。如《染血之室》中与其他九个故事的浓郁哥特风截然不同、佻达灵活令人捧腹的《穿靴猫》，故作正经、谑而不虐的诙谐大胆简直是薄伽丘《十日谈》的番外篇，卡特擅长的第一人称口语化叙述在小奸小恶、臭屁兮兮但又不失讨喜的公猫主角身上发挥得恰到好处，配上同样卡特典型的煞有介事夸张描写（文中一无是处的老厌物守财奴胖大鲁，可说与《秋河利斧杀人案》及《莉兹的老虎》的老波登一脉相传相互辉映），喜剧趣味浑然天成。《黑色维纳斯》中直接间接取自文学的素材或典故更多：《黑色维纳斯》与《艾德加·爱伦·坡的私室》实描虚摹，充满细腻精彩的刻画与想象；《〈仲夏夜之梦〉序曲及意外配乐》牛刀小试，拿著名莎剧加以 remix 变奏（之后我们会在卡特最后一本小说《明智的孩子》中，看到对莎翁更多更广的致敬与玩笑）。梦游仙境的艾丽斯（和她的镜子）也是卡特爱用的象征，风格极为不同的几篇作品如《倒影》、《狼女艾丽斯》及《艾丽斯在布拉格》都有不同程度的引申。狄更斯是另一个常不经意流露在字里行间的影响：往昔圣诞的鬼魂（Ghost of Christmas Past，典出《圣诞颂歌》）徘徊不去，而《爱之宅的女主人》、《狼女艾丽斯》甚至《魔幻玩具铺》中不约而同穿起不属于自己的婚纱的女主角，又何尝不是《远大前程》赫文榭小姐（Miss Haversham）的分身——新娘礼服代表一种成（为女）人的自我实现，更是自我扮演；赫文榭小姐穿上自己当年无缘的嫁衣，借以挽留并演出曾经可能幸福的过去，吸血鬼女伯爵、狼女艾丽斯及梅勒妮则穿上（缺席且已唤不回的）母亲的婚纱，借以接近并假扮或许可能幸福的未来。此外，《圣经》典故也比比皆是，《大屠杀圣母》与《印象：莱斯曼的抹大拉》各以迥异方式和角度重新检视母／妓女的传统二分形象，象征人类最原初失落的伊甸园也有了全新版本：不同于吃下启蒙果实而遭严厉的天父放逐、愧悔不已的亚当夏娃，《穿透森林之心》的孪生兄妹是在追寻知识的自我启蒙过程中，毫不留恋地离开自给自足但平静封闭的桃花源以及温和无为的父亲——不是被动的"失"乐园，而是主动的"弃"乐园；若与卡特自己称之为"恶性童话故事"的《魔幻玩具铺》中，终于被迫孑然一身逃离暴虐的父／主所一手掌控的世界的梅勒妮与芬恩对照参看，更显得耐人寻味。

除了大量文学素材，卡特对电影、戏剧的喜爱与涉猎也清楚显示在作品中。《约翰·福特之〈可惜她是娼妇〉》把两位年代、背景、领域截然不同的约翰·福特送做堆，十七世纪的英国舞台和美国拓荒时期的大西部穿插交错，游刃有余成绩斐然。《影子商人》以拟实之笔写虚中之虚，在"人生即作品，人生即表演"的情节中还巧妙掺入性别表演的悬疑吊诡，精彩曲折栩栩如生。《魔鬼的枪》亦电影感十足（翻看书末附注的原始出处，原来它起先正是为电影剧本所写的大纲），将"与魔鬼打交道"这种非常旧世界老欧洲（还记得浮士德吧）的题材搬到墨西哥边境荒凉小镇真可谓神来之笔，跟莫名其妙出现在该地的颓废酗酒老伯爵和维也纳音乐学院钢琴手一样突兀荒谬却又奇妙搭调，卖枪给强尼的骑小马印第安人造型更是强烈鲜明令人难忘。戏剧方面，除了俯拾皆是的木偶傀儡意象，卡特更以《鬼船》和《在杂剧国度》这两篇鲜有其他小说家触及的材料，特意着墨勾勒不为人知或被鄙视为旁门左道的杂剧及异教传统的生殖力狂欢庆典，喧闹、荒诞、大不敬、无法无天，果然仍是嘉年华游乐场本色。

最后，在此番 CarterLand 的简短导览结束之前，让我们来瞧瞧一旁那个乍看并不算太起眼的西洋镜小摊子——只不过卡特摆出的这摊位该叫东洋镜更为合适。把眼睛凑上去，你会看见一张又一张充满异国情调的风景人物画片，有《吻》中像"孩童的蜡笔画"、鲜丽浮面充满传奇的撒马尔罕，有《一份日本的纪念》里发色黑得发紫、皮肤白皙身材纤细的情人（有兴趣操练后殖民理论的看官，还可针对这幅"西方女人眼中被物化阴柔化甚至阉割的东方男人"形象大作一番文章），有《肉体与镜》中独行东京红灯区街头为爱神伤的女子，而与该篇叙事者同样高度自觉、高度耽溺、高度表演化的后设姿态不但可继续见于《冬季微笑》，甚至在很久之后的《缝百衲被的人》也再度登场且运用更加流畅自如，不停编织感伤意象的同时又永远能在陷入自我陶醉涕泪交流之前猫一般轻盈跃开，达到精彩的参差反讽、自我解嘲效果。无论如何，这些东洋画片中明显的"日本趣味"自然与卡特早年旅居日本的经验多少相关，不时还会有意无意浮现在其他作品，成为或许无涉题旨但令人会心莞尔的小小装饰细节，例如《魔幻玩具铺》梅勒妮的新卧房竟挂着一盏蓝绿色纸灯罩（在那几乎是狄更斯式的古老伦敦氛围中会出现这种东西实在离奇！），又如《紫女士之爱》中神秘哑女拨弹的三味线（同样颇不可能！），而且我们别忘了，《源氏物语》作者紫式部的英文译名正是 Lady Murasaki——也就是 Lady Purple，紫女士。

就这样，像《莉兹的老虎》那名小女孩（又一个艾丽斯的化身？追着穿戴维多利亚领的小猪——而非手拿怀表的兔子——钻进别有洞天的奇幻国度？），在这幻象帐篷笼罩一切、梦境般自成世界的表演场，我们见到许许多多令人目眩神迷目不暇给的奇妙事物。而译者在这里可能暂时冒充了驯兽师，想方设法诱哄卡特生猛灵动犹如异域幻兽的文字排排站好，以一种难免有所改变、有所局限的秩序，试着将他们的绚丽毛皮和壮美姿容展现在观众/读者面前。当然，所有嘉年华游乐场共通的特点便是短暂、临时、无法捕捉勾留的狂欢，安吉拉·卡特以创作火力正旺的五十一岁盛年，太早回到——套句她可能会用的比喻——天上那个大马戏团，着实是令意犹未尽的读者/观众惋惜不已的惨痛损失；然而，比一般马戏团观众幸运的是，我们还拥有她留下的这些珍贵作品，每当我们打开书页，就能再度走进那瑰艳魅彩的国度，看老虎熊熊燃烧，玫瑰似血散落雪地。

自由女神也喝高了

马凌

　　文学教授纳博科夫教诲我们说，评断一部作品是否优秀，要看读者的两块肩胛骨之间有没有"微微的震颤"，这震颤有个名目，叫"美感的喜乐"。按照这个标准，我在阅读《焚舟纪》之际，后背发紧、头顶发麻、拊掌捶拳、啸叫不已，说明这定然是、绝对是、不可能不是、一部旷世杰作。

　　《焚舟纪》让人忆及文学的美好年代，那时节，自由的长风主宰着一切，自由的文学无拘无束更兼无忧无虑。那时节，江湖郎中拉伯雷的笔底世界一派狂欢味道；穷官吏塞万提斯的笔下人物满怀奇情异想；剧院合伙人莎士比亚的戏剧里填塞着逗人开怀的污言秽语——扮演仙后的男演员向台下粗汉抛着媚眼——对开本还没有"被经典"；还有，也是在那个美好时代，另一个大陆的《天方夜谭》刚刚结成集子，国王沉浸在山鲁佐德漫无边际的讲述中，哪怕荒诞不经，照样如痴如醉，惟其荒诞不经，方才如醉如痴。是的，在确立近现代小说的形状之前，特别是在建构资产阶级的世界观之前，文学有着那么一段真力弥满、元气淋漓的大好时光。尽管十九世纪以后现实主义文学成为主流，好在自由的一支也未断绝。雨果说："浪漫主义就是文学上的自由主义"，藤蔓卷须四面八方地伸展出去，结出不同的豆荚，新哥特的、唯美的、象征的、超现实的、荒诞的、魔幻的、科幻的、难以归类的、不可名状的，虽然许多体裁和题材被贬抑为文学的"亚种"，可是不羁的精神与想象终究保有一片天地。

读《焚舟纪》的感觉，有点像坐着过山车，经过一个神奇的莫比斯环，抵达了一个热闹空前的嘉年华。只听得女巫的魔法棒叮的一声，读者跟着叙述一路飞驰，闯入一个似曾相识却又似是而非的奇境。在这里，没有时间维度，空间蜷曲相叠，自由女神也喝多了，散发着疯癫气息。在这里，互文性无处不在，像无数组镜子参差互映，而戏仿又使这镜子带上了哈哈镜的曲度，产生啼笑皆非的效果。更为神奇的是，你向镜子伸出手去，未料穿过表面触到了本质，而你以为触到的是真，蓦然回首才发觉自己连同镜子不过是又一面镜子映出的幻像。这个女巫啊，不寻常。

"好女巫"安吉拉·卡特本姓斯达克，1940年出生于英国南部苏塞克斯滨海城镇伊斯特本，为了躲避二战的战火，她在南约克郡乡村的外祖母身边度过童年，擅讲民间故事的外祖母对她的影响要到以后才见端倪。在伦敦上中学的时候，她已经显示出文学天赋——就在2012年春天，她十二岁至十五岁之际发表于校刊上的三首诗和两篇散文重见天日，其中的一首提到"牛头怪"、"死亡的黑帆"、"阿蒙法老"、"太阳神祭司"，将古希腊和古埃及的典故有趣地捻在一起，证明她已经具备改写经典的明确意识。顺便提一句，天才在十三岁的时候已经达到成人身高，五英尺八英寸，胖，非常胖，让人自卑的胖。她决心掌握自己的命运——从控制自己的体重开始，在十八岁那年的短短的六个月内，她成功减去三十八公斤，蜕变成一幅瘦削的模特骨架。这是厌食症的作用，在两年的时间里，她像拜伦勋爵那样厌恶食物。这段时间，她穿着夏奈尔风格的套装，高跟鞋，黑丝袜，她自嘲说"像个三十岁的离婚妇人"。

二十岁那年，她嫁给化学教师保罗·卡特，这没有耽误她去布里斯托大学进修英国文学，她的主攻方向是中世纪文学，哥特传统显然给她留下了深刻烙印。她承认说："尽管花了很久时间才了解为什么，但我一直都很喜欢爱伦·坡，还有霍夫曼——哥特故事，残忍的故事，奇异的故事，怖惧的故事，幻奇的叙事直接处理潜意识的意象——镜子，外化的自己，废弃的城堡，闹鬼的森林，禁忌的性欲对象。"于是，疯狂和死亡、破坏和罪过，是她早期作品的主题，贯穿于六十年代后期她连续发表的四部长篇小说里，它们分别是《影舞》（1966）、《魔幻玩具铺》（1967）、《数种知觉》（1968）和《英雄与恶徒》（1969）。这期间，她也不再是夏奈尔女郎，而成了红发朋克。她与丈夫的勃谿渐大，她曾经热衷于为丈夫烘烤甜点，只为了让对方增肥，失去对女性的吸引力，这"阴暗的马基雅维利诡计"并未挽回什么。1969 年，凭借《数种知觉》获得的毛姆奖奖金，她逃离了家庭前往日本，她说"我相信老毛姆会深感安慰"。旅居东京的两年，她成为一名激进分子，也借与一个日本男人的亲密关系重新审视女性问题。她与保罗的故事曲折映射于 1971 年发表的第五部小说《爱》里。1972 年，二人离婚，"随便哪个傻瓜都看得出来，我前夫跟新妻子在一起快乐多了"。但因"安吉拉·卡特"的名字已经附着在这么多作品上，她保留了卡特这个姓氏。

在七十年代后期和整个八十年代，卡特历任多所大学的驻校作家，包括英国的谢菲尔德大学、美国布朗大学、澳大利亚的阿德莱德大学和北爱尔兰的东英吉利大学。她精力旺盛，涉足多个领域，从 1975 年开始为英国政治周刊《新社会》定期撰稿，后来也在《卫报》《独立报》和《新政治家》上发表评论。她对政治的态度很严肃，在英国的政治光谱上，她坚定地拥戴工党，左倾，以至于被贴上"社会主义者"的标签。1979 年，她惊世骇俗的非虚构作品《萨德的女人》发表，提出"道德色情"的概念，构想一种服务于女人的色情作品，并肯定了萨德对于女性解放的意义。从此以后，男人把她视为"女权主义者"，却颇有一些女权主义者视她为"反女权主义者"或"伪女权主义者"，真是一笔糊涂账。

卡特的作品以"禁忌"主题而著名，色情、恋物、强奸、乱伦、残杀、雌雄同体，即便在上世纪六七十年代性解放的底色中也足够抢眼。好在，作品里惊世骇俗，生活里却波澜不兴。1977 年，她和马克·派尔斯结婚，1983 年两人的孩子亚历山大诞生。他们的家洋溢着一片狂欢节的气氛，墙纸上盛开着紫罗兰和金盏花，搭配猩红色的油漆，起居室房顶上吊着风筝，书籍乱糟糟地堆在椅子上，鸟儿出了笼子在室内飞来飞去，朋友们潮水般地来赴晚宴。在为数不多的照片上，能看到卡特素面朝天，鲜红的发色不见了，代之以一头蓬乱的女巫气质的灰发，很多时候她的头发上还缠着一条丝带，有点突兀地打着个蝴蝶结，非常波西米亚，十分与众不同。作家撒尔曼·拉什迪感慨于她的八卦、毒舌、戏谑和大笑，他说："我所认识的安吉拉·卡特是最满口粗话、毫无宗教情操、高高兴兴不信神的女人。"

卡特的丰产足以让其他作家嫉妒，除了前面提到的五部长篇，还有另外四部，即《霍夫曼博士的欲望机器》（1972）、《新夏娃的激情》（1977）、《马戏团之夜》（1984）和《明智的孩子》（1991）。除此以外，她还发表了五部短篇小说集，两部诗集，三部戏剧作品，五部童书，四部论文集，又编选了三部童话集，翻译了两部童话集，另有两部作品被搬上银幕，五部作品被改编为广播剧，文体繁杂，题材多样，数量众多。尽管如此，她并不属于英国文学界的主流圈子，由于她的反传统，屡屡遭受文坛保守势力的苛责甚至无视。她在 1974 年便说过，知识界似乎并不欣赏她的风格和作品。1983 年，她担任布克奖评委，得奖者并不认识她，在颁奖仪式上令她尴尬地问道："请问您是谁？"没错，她也参加作家们的午餐会，也上过电视节目，也被忠诚的粉丝所拥戴，但她就是"不红"。

颇为戏剧性的是，英年早逝改变了这一切。1991 年，卡特被诊断出患有肺癌，她烦恼、愤怒，之后坦然接受了事实，并为自己恰好在患病前购买了巨额保险而沾沾自喜。她井井有条地处理自己的财产，整理好断续记了三十年的日记（带有不错的色粉手绘），甚至详细安排好了自己的葬礼——谁要参加、放什么音乐、大家要朗读什么作品，无一遗漏。她的"文学遗嘱执行人"苏珊娜·克拉普回忆说，1992 年 1 月前去探望卧病在床的安吉拉时，她保持着一贯的乐观精神，"急切地渴望听到聚会上和文学圈的八卦"，那一次，她头上的缎带是粉色的。

1992 年 2 月 16 日，卡特病逝。《卫报》的讣告褒扬说："她反对狭隘。没有任何东西处于她的范围之外：她想切知世上发生的每一件事，了解世上的每一个人，她关注世间的每一角落，每一句话。她沉溺于多样性的狂欢，她为生活和语言的增光添彩都极为显要。"拉什迪在《纽约时报》上发表悼文《安吉拉·卡特：一位善良的女巫，一个亲爱的朋友》："很多作家都清楚她是真正罕有的人物，她是真正的独一，这个行星上再也不会有任何能与她相像的东西了。"她逝世后三天内，所有书籍抢购一空，随后她的声名扶摇直上。1996 年，伦敦一条新的街道被命名为"安吉拉·卡特巷"。不出十年，卡特已经成为英国大学校园里拥有读者最多的当代作家，百分之八十的新型大学讲授她的作品，使得文学系的小讲师们多了一个"卡特研究"的新饭碗。时至今日，在英国女作家的排名里，她超出了弗吉尼亚·伍尔芙。是啊，简·奥斯丁没有她勇敢，玛丽·雪莱没有她多产，勃朗特姐妹没有她俏皮，弗吉尼亚·伍尔芙不够轻松，多丽丝·莱辛太正经，没有谁比她更"坏"。

在中国大陆，"Angela Carter"原本只在英文系里鼎鼎大名，不仅有大陆学者用英文写成的研究专著，还有相当数量的硕士论文。在台湾，"安洁拉·卡特"八年前开始流行，颠倒了一众书生。至于"安吉拉·卡特"这个中文译名的走红，南京大学出版社功莫大焉，从2009年开始，陆续推出《明智的孩子》、《新夏娃的激情》、《马戏团之夜》、《安吉拉·卡特的精怪故事集》，卷起了一阵小小的"卡特旋风"。而2012年出版的《焚舟纪》，收录了她五部四十二篇短篇小说，势必将使旋风向台风发展。

理解卡特的三个关键词是：后现代主义、女性主义和卡特式文体。所谓后现代主义，是指卡特在写作技巧上使用了戏仿、挪用、暗指、拼贴、元叙事等方式，将互文性发挥到极致。在《焚舟纪》中，她将传统童话、民间故事、名著名剧、经典电影、乃至历史人物与事件，包罗万象式地取为己用，借人物，借情节，借语言，借典故，借意象，佛如打碎成百上千个万花筒、再用那些碎片拼成了自己的奇境，流光溢彩，妙不可言。以她的经典短篇小说《染血之室》而言，有对《蓝胡子》的戏仿，有对萨德作品的致意，有对《蝴蝶梦》的暗指，有大量哥特小说元素的拼贴。《染血之室》属于卡特有名的"女性主义童话改写工程"，在这个工程里，《师先生的恋曲》和《老虎新娘》是对《美女与野兽》的改写，《雪孩》是对《白雪公主》的改写，《爱之宅的女主人》是对《睡美人》的改写，《扫灰娘》是对《灰姑娘》的改写，《与狼为伴》和《狼人》是对《小红帽》的改写。在接受约翰·海芬顿采访时，她曾经说过："我总是使用大量的引用，因为我通常把西欧的一切视为巨大的废品场，在那儿，你能够汇集各种各样的新素材，进行拼贴。"玛格丽特·阿特伍德说："如果你想以安吉拉卡特的风格来再现她的作品之诞生，那么你需要召集一整个戏班的神人之幽灵围拢在她的打字机旁随侍。王尔德必须在场，爱伦·坡也要来，还有博兰姆·斯托克、佩罗、玛丽·雪莱、甚至麦卡勒斯，以及一群热爱蜚短流长的鸹噪老太"。事实上，卡特对世界文学遗产的熟悉程度远超阿特伍德的想象，所以这个名单还应长长地铺展下去。与其他贴着后现代标签的作品不同，卡特的后现代不是故作高深的、难以卒读的、解构到了一地碎片程度的后现代，悬念、冲突、情绪渲染、异国风情、一点小情色、甚至纵情随意的插曲，都使作品自身维持着高度的可读性。女巫藏起细密针脚，只让人惊叹于她那百衲被的天衣无缝。

所谓女性主义，是指卡特作品的主题贯穿着女性解放的意识，这是她的作品深具颠覆性的深层原因。在她看来，阻碍妇女取得完全解放的，并不仅仅是男性的偏见，女性自身的认识误区也难辞其咎。她颠覆了传统而刻板的女性角色——落难的公主、自我牺牲的圣母、软弱善良而又糊涂的女孩，在她笔下出现了一批智慧而强悍的女武神一般的女人，她们勇于主宰自己的身体和命运，甚至显示出某种兽性。按照卡特的见解："在不自由的社会中，一个自由的女人会变成怪兽。"同样，在一个不自由的社会中，一个自由的女人也不妨以扮演怪兽来成就自身。《紫女士之爱》中的玩偶获得生命之后，直接向妓院走去，她喜欢如此使用自己的身体，看似怪异，又有何干？《染血之室》中最后解救了女主人公的，并非什么白马王子或警察，而是她持枪策马的母亲，如此威猛的母亲形象在文学史上的确珍罕。《黑色维纳斯》把锋芒指向大诗人波德莱尔，安排她的情妇让娜以"杜瓦太太"的名义获得完满结局，不仅在故乡加勒比海过上了体面生活，还一直向男性殖民者传播着"货真价实的、如假包换的、纯正的波德莱尔梅毒"，谑近乎虐。

所谓卡特式文体，是指卡特所发明的那种有着"女性哥特"特色的文体：阴暗，绚烂，神秘，夸张，奇诡，洛可可般精致，极具感官之美。卡特是不折不扣的文体家，可以厕身于博尔赫斯、卡尔维诺、纳博科夫这样的文体大师殿堂而毫不逊色。她有时炫技，比如为《仲夏夜之梦》写个序曲，让莎士比亚的在天之灵哀嚎去吧；又比如为《创世记》写个布朗版本，细密而渎神，让上帝在天堂咆哮吧。为了炫技，她甚至愿意把同一题材写两遍甚至数遍，她写了两个版本的莉兹·波登，多个版本的美女与野兽，一长一短版本的好莱坞大明星，一长一短版本的马戏团，每次有不一样的叙述策略，全都精彩。至于说拆解开她的文体构造、将她的风格凝练为若干写作公式？抱歉，她的才华难以复制。据说她逝世的第二年，就有几十篇博士论文预备破解她的魔法，可是无一成功。人们笑称，博士一评论，卡特就大笑。

　　作为多年粉丝的拉什迪说得中肯："她这个作家太富个人色彩，风格太强烈，不可能轻易消溶：她既形式主义又夸张离谱，既异国奇艳又庶民通俗，既精致又粗鲁，既典雅又粗鄙，既是寓言家又是社会主义者，既紫又黑。"所以归根结底，对她的理解还是要通过读者自己的一双眼睛、两块肩胛骨。翻开《焚舟纪》，去感受那微微的震颤吧。

图书在版编目（CIP）数据

焚舟纪 /（英）安吉拉·卡特著；严韵译. —2版.
—南京：南京大学出版社, 2019.4（2025.5重印）
书名原文: Burning Your Boats
ISBN 978-7-305-20478-4

Ⅰ.①焚 Ⅱ.①安 ②严 Ⅲ.①短篇小说-小
说集-英国-现代 Ⅳ.①I561.45

中国版本图书馆CIP数据核字（2018）第144810号

出版发行　南京大学出版社
社　　址　南京市汉口路22号　　邮编 210093

FENZHOU JI
书　　名　焚舟纪
著　　者　（英）安吉拉·卡特
译　　者　严　韵
装帧设计　丁威静
日历插图　贺婉娟
责任编辑　沈卫娟
统筹策划　周丽华

制　　作　北京大观世纪文化传媒有限公司
印　　刷　南京爱德印刷有限公司
开　　本　880毫米×1230毫米 1/32　印张　19.25　字数　450千字
版　　次　2019年4月第2版　2025年5月第7次印刷
ISBN 978-7-305-20478-4
定　　价　120.00元

网　　址　http://www. njupco. com
官方微博　http://weibo. com/njupco
官方微信　njupress
销售热线　025-83594756